Susanne Wittpennig
Maya und Domenico:
Liebe heilt viele Wunden

AF159374

www.fontis-verlag.com

Dieses letzte Buch von Maya und Domenico
widme ich meiner Oma (1914–2013),
die immer geglaubt hat, dass aus mir
mal eine Schriftstellerin werden würde,
wenn ich groß bin.

«Liebe ist geduldig und freundlich.
Sie ist nicht verbissen, sie prahlt nicht und schaut
nicht auf andere herab.
Liebe verletzt nicht [...] und sucht nicht den eigenen Vorteil,
sie lässt sich nicht reizen und ist nicht nachtragend.
Sie freut sich nicht am Unrecht, sondern freut sich,
wenn die Wahrheit siegt.
Liebe ist immer bereit zu verzeihen, stets vertraut sie,
sie verliert nie die Hoffnung und hält durch bis zum Ende.»

1. Korinther 13,4–7
(Die Bibel, «Hoffnung für alle»)

Susanne Wittpennig

# Maya und Domenico:

# Liebe heilt viele Wunden

Infos über die Autorin und über

«Maya und Domenico»

gibt es auf:

www.schreibegern.ch

**Bibliografische Information der Deutschen Nationalbibliothek**
Die Deutsche Nationalbibliothek verzeichnet diese Publikation in der
Deutschen Nationalbibliografie; detaillierte bibliografische Daten sind
im Internet über www.dnb.de abrufbar.

© 2014 by `fontis – Brunnen Basel

Umschlag: Susanne Wittpennig, Basel
Satz: Innoset AG, Justin Messmer, Basel
Druck: CPI – Ebner & Spiegel, Ulm
Printed in Germany

ISBN 978-3-03848-001-3

# Inhalt

Die Autorin .................................................................. 6

1. Wiedersehen in Norwegen ................................... 7
2. Typisch Hendrik ....................................................... 21
3. Eislaufen, Ribbe und eine Menge Socken ............. 44
4. Eisschicht .................................................................. 57
5. Die schwarzen Wikinger ......................................... 64
6. Aussprache ................................................................ 88
7. Ein bisschen viel Abschied auf einmal ................. 118
8. Eulensalat und Bananen ......................................... 125
9. Let the Party begin .................................................. 136
10. Suleikas Entschuldigung ......................................... 151
11. Nachricht von Nicki ................................................ 165
12. Love Talk .................................................................. 170
13. Suche nach Carrie ................................................... 175
14. Die erste Entdeckung ............................................. 203
15. Die zweite Entdeckung ........................................... 217
16. Zum letzten Mal ...................................................... 228
17. Klassentreffen .......................................................... 244
18. Anruf aus weiter Ferne ........................................... 264
19. Das Geheimnis der Liebe ....................................... 280
20. Zurück auf Sizilien ................................................... 293

Epilog ............................................................................ 357

Dank .............................................................................. 376
Weiterhin erhältliche Bücher ..................................... 377

# Die Autorin

**Susanne Wittpennig**, geboren 1972 in Basel, schreibt seit ihrer Kindheit leidenschaftlich gern Geschichten, die sie selber illustriert. Ihr erstes Büchlein schrieb sie mit ungefähr fünf Jahren, den ersten Roman mit zehn – das war zu dem Zeitpunkt, als ihr zwei Jahre jüngerer Bruder Matthias durch einen Autounfall ums Leben kam. Die ersten Aufzeichnungen von Maya und Domenico machte sie bereits mit elf Jahren.

Nach ihrer Ausbildung als Drogistin und diversen anderen Berufserfahrungen (Flughafen, Labor) arbeitete sie neben dem Schreiben mehrere Jahre als Webdesignerin und Grafikerin. Schließlich packte sie ihre Sachen und zog in ihr Traumland Norwegen, um dort eine dreijährige Ausbildung an einer norwegischen Filmakademie zu absolvieren. Zurzeit lebt und arbeitet Susanne Wittpennig in der norwegischen Hauptstadt Oslo und genießt Land, Leben und Leute.

# 1. Wiedersehen in Norwegen

Kalt war es. Klirrend kalt.

Auch wenn Morten mir mit den Koffern half, hatte ich doch meine Mühe, über den eisglatten Weg zum Auto zu gehen. Derart gefrorene Straßen war ich kaum gewohnt.

«Tja, so eisig kalt ist es nicht jedes Jahr um die Weihnachtszeit», meinte Morten. «Aber heute Früh hat das Thermometer minus siebzehn Grad angezeigt.»

«Brrrr», machte ich. «Daran muss man sich wohl echt gewöhnen.»

«Ach, so schlimm ist es nicht. Es ist eine ganz andere Kälte als in Deutschland. Das Einzige, was wirklich schlimm ist, ist, dass Kjetil und Solvej wieder eine Entschuldigung für ihre dauernde Stubenhockerei haben.»

Wir waren beim Auto angelangt. Morten öffnete den Kofferraum und hievte mein Gepäck hinein. «Ich weiß echt nicht, von wem sie das haben», brummte er mehr zu sich selbst. «Von Liv und mir jedenfalls nicht.»

Ich lächelte verlegen, weil ich nicht genau wusste, was ich dazu sagen sollte. Außerdem war ich zu sehr damit beschäftigt, mich darüber zu wundern, dass bereits um vier Uhr tiefschwarze Nacht herrschte. Das war das andere Extrem zum Sommer, wo es gar nicht mehr richtig hatte dunkel werden wollen.

Morten öffnete mir die Beifahrertür, und ich setzte mich ins Auto auf den eiskalten Sitz. Ich krümmte mich zu einem Päckchen zusammen und rieb die Hände aneinander. Die Handschuhe waren natürlich im Koffer.

«Es wird gleich warm», versprach Morten und startete den Motor. «Und sonst? Gut gereist?»

«Ja, danke.»

Wir hatten auf dem Weg von der Ankunftshalle bis hierher noch nicht viel miteinander geredet. Vor allen Dingen hatte ich mich noch nicht getraut, die Frage aller Fragen zu stellen. Da der Flughafen außerhalb von Oslo lag, hatten wir gemäß Mortens Aussage ungefähr eine Dreiviertelstunde bis Nittedal zu fahren. Genügend Zeit also, um gewisse Dinge eingehender zu besprechen. Doch auch Morten schien das heiße Eisen zu umgehen und beschränkte sich fast eine halbe Stunde lang auf Smalltalk oder Schweigen. Er war von Natur aus nicht der gesprächigste Mensch auf Erden. Doch je näher wir dem Ziel kamen, umso dringender wurde diese Frage. Ich musste ja letztendlich wissen, was mich nun erwarten würde.

«Ist … Domenico jetzt zu Hause?» Schon nur seinen Namen auszusprechen, verursachte mir Herzklopfen. Kein freudig erregtes Herzklopfen allerdings, sondern ein unangenehmes, gepaart mit einem vor Nervosität zugeschnürten Hals.

«Er ist mit Hendrik auf einem Konzert.» Mortens Stimme klang so, als hätte er diese Frage bereits erwartet und als wäre dies sogar absichtlich so einkalkuliert worden, um mich erst einmal in Ruhe ankommen zu lassen. «Hendrik konnte ihn endlich überreden, sich ein paar Stunden von Manuel zu trennen. Die kommen nicht vor Mitternacht heim.»

«Mhmm.» Mir war sofort klar, dass Nicki sich nur deswegen von Hendrik hatte überreden lassen, damit auch er die Begegnung mit mir noch um ein paar Stunden hinauszögern konnte.

«Wie … wie geht es ihm denn? Also … ich meine, Nicki?» Meine Brust schnürte sich bei dieser ultimativen Frage noch mehr zusammen.

Jetzt war es an Morten, «mhmm» zu murmeln. Er scheute sich eindeutig davor, mir die Wahrheit zu sagen.

«Also … ich wusste ehrlich gesagt nicht, dass es so schlimm um ihn steht», brachte er nach einer längeren Denkpause hervor. Nittedal war nun bereits ausgeschildert. Viel Zeit hatten wir nicht mehr.

«Ich wusste ein bisschen was von Hendrik», sagte Morten. «Mit mir hat Nicki ja nie groß über seine Probleme geredet. Aber Hendrik ist ja auch besser in psychologischen Sachen.» Er verstummte wieder und bremste ab, weil vor uns ein Auto mit unerträglicher Gemütlichkeit über die Autobahn schlich.

«Menschenskind, ich weiß ja, dass man besonders vorsichtig fahren muss, wenn alles so vereist ist, aber *so* dermaßen zu schleichen geht gar nicht», knurrte er.

Ich sah Morten von der Seite an. Im wechselnden Lichterspiel der Autobahn stellte ich wieder mal fest, wie sehr sein Profil dem von Domenico ähnelte. Und ich spürte, dass Morten sehr bedrückt war, es aber nicht zeigen wollte. Der Schleicher vor uns war eindeutig eine willkommene Ablenkung.

«Ich wusste nicht, dass er so starke Medikamente nehmen muss. Antidepressiva und Psychopharmaka und all das Zeug», nahm er das Gespräch schließlich doch wieder auf. «Er war völlig am Boden zerstört. Er hat mich richtig angefleht, ihm zu helfen.»

«Ja ...», seufzte ich. Ich hatte das «Problem Domenico» die letzten Wochen von vorne bis hinten und umgekehrt zergrübelt. Auch ich hatte nie so richtig gewusst, was Nicki alles für Pillen genommen hatte, da er jedes Mal was anderes behauptet hatte. Aber das war eigentlich nicht mal das größte Problem ...

«Hat ... hat Nicki dir erzählt, was passiert ist?», fragte ich sehr vorsichtig. «Zwischen uns, meine ich?»

Morten schüttelte den Kopf. «Hendrik hat es mir erzählt», meinte er. «Es tut mir so leid für dich ...»

«Ist schon gut. Ich ...»

«Sorry, ich weiß im Moment nicht, was ich sagen soll», gestand Morten. «All das Psychologische muss ich Rick überlassen. Der kennt sich damit ja bestens aus. Ich hab darin sozusagen zwei linke Hände, fürchte ich. Ich werde mich in erster Linie um seine Gesundheit kümmern. Ich war letzte Woche mit ihm beim Arzt wegen seiner Lunge und dem Herzstechen, das ihn da seit längerer Zeit plagt. Und zum Zahnarzt werden wir auch noch gehen.»

Diese Neuigkeit überraschte mich allerdings.

«Im Ernst? Nicki ist ohne Weiteres mit zum Arzt gekommen?» Ich hatte es nie geschafft, ihn dazu zu bewegen, sich endlich mal untersuchen zu lassen.

«Er wollte freiwillig gehen. Er hat mich darum gebeten,

ihm einen Termin zu vereinbaren.» Morten bog in die Einfahrt ab, die nach Nittedal hinaufführte.

«Freiwillig?» Das war noch unglaublicher. Aber das bedeutete auch, dass Domenico wirklich zutiefst verzweifelt war.

«Und was hat der Arzt gemeint?» Ich musste das letzte bisschen Wegstrecke unbedingt noch ausnutzen, um die wichtigsten Infos zu kriegen.

«Das lässt sich nicht so leicht beurteilen. Er hat ihn jetzt mal zu mehreren Untersuchungen im Krankenhaus angemeldet. Allerdings kann er erst im Januar hin.»

«Was denn für Untersuchungen?»

«Na ja, MRI, Computertomografie und so Sachen. Sehen, ob organische Schäden vorliegen. Ich nehme an, da kennst du dich besser aus.»

Ich nickte stumm. Ja, ich war mit diesen Begriffen wohlvertraut, weil mein Vater Arzt war. Außerdem hatte ich durch die Krankheit meiner Mutter noch einiges dazugelernt.

«Hoffen wir das Beste», sagte Morten. «Ich habe mit ihm nun viel Atemtechnik trainiert. Das hat schon einiges geholfen. Wir haben zwei vorsichtige Badminton-Matches in der Tennishalle gespielt.»

«Und das ging gut?»

«Ja. Ich glaube, er ist dabei, seine Angst wieder zu verlieren. Es war ein Schock für ihn, als er damals kollabiert ist. Für mich ja auch. Das Beste, was man tun kann, ist, dieser Angst zu begegnen. Sportpsychologie. Faktisch das Einzige, was ich von Psychologie verstehe.»

«Ich bin froh, das zu hören», sagte ich leise. «Ich glaube, er hat ziemlich darunter gelitten, dass er keinen Sport mehr machen konnte.»

«Ja, kein Wunder, er ist fast durchgedreht. Irgendwo muss er mit seiner überschüssigen Energie ja hin. Man kann einen Tiger nun mal nicht einsperren.»

«Tiger …», murmelte ich.

«Aber das werden wir wieder hinkriegen, Maya», versprach Morten, während wir die letzten Meter zurücklegten. «Er wird wieder Sport machen können. Das garantier ich dir.

Keinen Hochleistungssport, aber genug, um sich auszutoben.»

«Das wäre so gut», murmelte ich, während ich die verschneite Landschaft betrachtete. Dieses Mal würde ich jedenfalls eine weiße Weihnacht erleben ...

«Ich glaube, Sport würde ihm enorm helfen, aus seinen ganzen Problemen rauszukommen», redete Morten weiter. «Was habe ich nur falsch gemacht mit meinen Kindern? Na gut, bei Domenico hab ich ja alles vergeigt. Aber was ist mit Solvej und Kjetil? Ich fürchte, wir haben zu viel verlangt und gleichzeitig zu wenig Grenzen gesetzt ...»

Morten erzählte das alles mehr dem Handschuhfach als mir, und ich hörte darin die vielen Stunden, die er mit Nachdenken zugebracht hatte.

«Wieso? Ist etwas passiert mit Solvej und Kjetil?», erkundigte ich mich vorsichtig.

«Nein, nein.» Morten schüttelte rasch den Kopf. «Ich denke nur rückblickend. Irgendwie haben die beiden sich ja enorm gemacht in den letzten anderthalb Jahren.»

Wir waren angekommen. Ich erkannte das kleine rote Holzhaus mitten in einem schneebedeckten Garten und umgeben von Tannen auf Anhieb wieder. Kleine Laternchen an den Hauswänden und neben der Tür hießen Besucher mit ihrem heimeligen Licht willkommen, und auch die Fenster waren mit kleinen elektrischen Kerzen geschmückt.

Obwohl ich erst das zweite Mal hier war, fühlte sich alles irgendwie vertraut an.

«Ein richtiges Winterwunderland», sagte ich, als ich aus dem Auto stieg.

«Das kannst du laut sagen. Wenn du zum x-ten Mal auf dem Allerwertesten gelandet bist, weil du auf der vereisten Straße zum Lebensmittelladen rüberdackeln willst, dann weißt du, was ein Winterwunderland ist.» Morten öffnete den Kofferraum und holte mein Gepäck raus. «Pass auf, wenn du zum Haus gehst.»

«Also ich find's schön hier», sagte ich.

«Ist es ja auch. Ich will jedenfalls nicht mehr weg.»

Ich folgte Morten vorsichtig über den vereisten Weg zur

Haustür. Durch das kleine Fenster an der Tür sah ich im Flur Licht brennen. Ich war froh, endlich ins Warme zu gelangen. Fast der ganze Eingangsbereich war mit Zeitungspapier ausgelegt, auf dem die Schuhe sich in wilden Haufen türmten.

«Ja, wir sind eine chaotische Familie», sagte Morten. «Ich hab's leider versäumt, meinen Kindern Ordnung beizubringen. Und Nicki macht da auch keine Ausnahme. Wieso auch? Ich hab meine Gene ja fleißig weitervererbt.»

«Macht doch nichts.» Ich musste über Mortens trockenen Humor schmunzeln. Es war richtig schön, wieder hier zu sein. Fast, als würde ich nach Hause kommen.

Solvej kam angerannt und fiel mir ohne Vorwarnung stürmisch um den Hals.

«Endlich!», rief sie. «Das war lange her!»

«Ja, ich weiß», bestätigte ich. «Wir hätten viel früher mal kommen sollen. Aber es war so viel los ...»

Mir wurde schnell klar, dass es gut war, das Wesentliche vorher im Auto mit Morten besprochen zu haben. So schnell würden wir hier keine Ruhe haben.

Solvej strahlte mich an. Sie war gewachsen und etwas stämmiger geworden, so wie ihre Mutter Liv. Obwohl sie drei Jahre jünger war als ich, war sie größer. Ansonsten hatte sie sich nicht so sehr verändert. Nur, dass sie ihre zwei Lippenpiercings nicht mehr trug.

«Morten!» Liv erschien mit einem gestressten Gesichtsausdruck und zerzaustem Haar. Auf dem Arm hielt sie den heulenden Manuel. «Ich weiß wirklich nicht mehr, was ich mit dem Kind machen soll. Er heult nonstop.» Obwohl sie fast perfekt Deutsch sprach, war ihr norwegischer Akzent unüberhörbar.

«Ist Kjetil nicht da?» Morten warf einen Blick ins Wohnzimmer. Doch da lagen nur die zwei Katzen auf der Couch und dösten vor sich hin.

«Er sitzt mit Gustav in seinem Raum.» Liv ließ Manuel runter und strich sich ihre feinen, blonden Strähnen aus dem Gesicht. «Sie spielen Data.»

«Dann schick Gustav heim und sag Kjet, er soll seine

Datenmaschine aus dem Fenster schmeißen und runterkommen», sagte Morten streng.

Liv kniff die Lippen zusammen und ging die Treppe hoch. Ich beugte mich zu Manuel hinunter, der mit verheulten Augen zu mir hochsah.

«Hi Piccolo», sagte ich. «Ich bin da. Kennst du mich nicht mehr?»

Der kleine zweieinhalbjährige Junge starrte mich mit jetzt weit aufgerissenen Augen an, die denen von Domenico so ähnlich sahen. Sein süßes Näschen und die knuffigen Bäckchen mit den Grübchen verlockten mich, ihn in den Arm zu nehmen und so richtig zu knuddeln, doch Manuel war nicht ganz einverstanden damit und entzog sich mir. So begnügte ich mich damit, sein kupferrotes Haar zu berühren, das ihm in engelsgleichen Ringellocken fast bis auf die Schultern fiel. Offenbar wollte Nicki es ihm nicht schneiden. Er würde zweifelsohne mal ein sehr hübscher Jüngling werden – ganz wie sein Onkel.

«Das geht fast die ganze Zeit so, wenn Nicki mal nur ein paar Minuten weg ist», seufzte Morten. «Manuel hängt so fest an ihm, dass wir anderen kaum an ihn rankommen.»

«Ich weiß. Nicht mal seine eigene Mutter schafft es, ihn zu beruhigen», erklärte ich. «Er hat einzig und allein Zutrauen zu Nicki.»

«Hmm.» Morten schien über was Bestimmtes nachzudenken. Doch er sprach es nicht aus und fragte stattdessen: «Möchtest du was essen?»

«Nun ja ... vielleicht eine Kleinigkeit. Doch, gern.» Ich war tatsächlich hungrig. Ich richtete mich wieder auf, doch da fing Manuel schon wieder an zu quengeln.

«Irgendwas fehlt dem Kind einfach», meinte Morten kopfschüttelnd.

«Ich hole Kjet», sagte Solvej, löste vorsichtig Manuels Händchen von ihrem Hosenbein und machte auf dem Absatz kehrt.

«Gute Idee», stimmte Morten zu. Er ging voraus in die Küche, und ich nahm Manuel an der Hand und folgte ihm.

Die beiden Katzen stürmten wie der Blitz heran. Offenbar glaubten sie, es gäbe was zu fressen.

«Nix da, Söckchen!» Morten packte die schwarze Katze, die stinkfrech auf den Tisch gesprungen war, und stellte sie zurück auf den Boden. Sie saß klagend da und starrte uns mit ihren gelben Augen an. Sie hieß Söckchen, weil ihre Füße im Gegensatz zum restlichen Fell ganz weiß waren und aussahen, als trüge sie weiße Socken.

Solvej und Liv kamen endlich mit den Jungs hinunter in die Küche.

Ich hätte Kjetil auf den ersten Blick kaum mehr wiedererkannt! Als ich ihn das letzte Mal vor etwa anderthalb Jahren gesehen hatte, hatte er eine ziemlich krasse Phase gehabt und war mit Irokesenschnitt und Punkklamotten rumgelaufen. Nun hatte er diese Phase offenbar hinter sich und trug ganz normale, schlampige Jeans und ein T-Shirt. Wie Solvej hatte auch er seine Lippenpiercings rausgenommen. Aber was mir eigentlich am meisten auffiel, war, wie ähnlich er Domenico sah mit dem neuen Hairstyle! Die rotblonden Haare waren etwa so lang wie die von Nicki und fielen ihm in ähnlicher Formation über die Augen – die Augen, welche wiederum genau dieselbe mandelartige Form und blaugraue Farbe hatten wie die von Nicki.

Kjetil wirkte in der Tat beinahe wie eine Kopie von Domenico. Oder sogar wie ein Zwillingsbruder ... Der markanteste Unterschied war, dass er um einiges größer war als Domenico mit seinen italienischen Genen.

Ich brauchte ein paar Sekunden, um mich von diesem Anblick zu erholen. Kjetils Kumpel Gustav trug ein paar ausgeleierte Jogginghosen und ein kariertes Hemd und hatte sein hellblondes Haar breitflächig mit Haargel verklebt. Beide Jungs nahmen nicht im Geringsten von mir Notiz und setzten sich an den Küchentisch. Sie holten ihre Smartphones hervor und begannen darauf rumzuspielen.

«Ja-ja, Kjetil ist immer noch schwierig», murmelte Morten gerade so laut, dass Kjetil es nicht hören konnte. «Der Rotzbengel kommt einfach nicht aus dem Trotzalter raus.

Immerhin hat er zweimal gegen Nicki an der Playstation gespielt.»

«Wie bitte? Nicki spielt an der Playstation?»

«Ja, und das gar nicht mal so schlecht. Ein Reaktionsvermögen hat er. Erstaunlich ...»

Ich fand sein Reaktionsvermögen weniger erstaunlich als die Tatsache, dass Domenico überhaupt an einer Playstation gespielt hatte. Er, der sonst um jeden Computer einen großen Bogen machte.

«Unter uns gesagt, ich glaube, dass Kjet Nicki gar nicht mehr so übel findet», raunte Morten. «Aber das darf man nicht laut sagen, schon gar nicht in Gustavs Nähe.»

Ich spähte neugierig zu den beiden Jungs rüber, die eifrig mit ihrem Smartphone beschäftigt waren. Zu meinem Erstaunen sah ich, dass Manuel sich an Kjetils Hosenbein klammerte. Liv gab nebenbei zu bemerken, dass es gut wäre, wenn Gustav langsam nach Hause gehen würde. So ein bisschen konnte ich das Norwegische erahnen. Gewisse Wörter waren dem Deutschen ziemlich ähnlich.

Ausnahmsweise protestierte Kjetil nicht. Gustav brummelte irgendwas und wählte eine Telefonnummer.

«Kommt sein Vater ihn holen?», wandte sich Morten an Kjetil. «Ich hab keine Lust, jetzt nach Bærum zu gurken. Viel zu weit.»

Kjetil nickte mit verdrießlicher Miene. Er nahm vorsichtig Manuels Finger weg, die sich fest in sein Hosenbein krallten.

«Jetzt nimm ihn schon auf den Schoß, Kjet», drängte Solvej, die die ganze Zeit Tigerlilly, die andere Katze, auf dem Arm gehabt hatte, während Söckchen miauend um unsere Beine strich.

«Gleich», murmelte Kjetil und sah hinüber zu Gustav, der gerade sein Handy in der Hosentasche verstaute.

Liv scheuchte uns inklusive der Katzen alle aus der Küche. Nur Solvej sollte ihr zur Hand gehen.

«Magst du *rømmegrøt*, Maya?», fragte Solvej, als ich im Begriff war, die Küche zu verlassen.

«Was ist das?»

Solvej erklärte es mir: Es war ein Gericht aus einer Zutat

namens *rømme*, die so was Ähnliches wie saure Sahne war, plus Mehl und Milch. Darüber konnte man Zucker oder Zimt streuen. Ich hatte das noch nie gegessen, aber es hörte sich lecker an.

Morten, Kjetil und Gustav waren auf einmal verschwunden. Ich setzte mich etwas verloren ins Wohnzimmer und wartete. Die einzige Beschäftigung, die ich fand, war, den Tannenbaum zu studieren, der schon bereitstand für Heiligabend, aber noch nicht geschmückt war. Seltsam, irgendwie kam es mir völlig surrealistisch vor, dass in zwei Tagen schon Heiligabend war. Ich war eigentlich überhaupt nicht in Stimmung dafür.

Ungefähr zehn Minuten später kam Morten wieder zurück. Liv steckte den Kopf zur Küchentür raus.

«Hast du Gustav zum Bus gebracht?»

«Nein, er ist auf den Zug gegangen. Sein Vater holt ihn in Kjelsås ab. Ich hab nur kurz die Skier in den Schuppen gebracht.»

«Wo ist Kjetil?»

Im selben Moment kam auch Kjetil zur Haustür reingeschneit. Zu meiner größten Überraschung hielt er Manuel an seiner Hand, der nun erstaunlich zufrieden wirkte.

«Hast ihn ruhig gekriegt, Kjet?», fragte Solvej, die mit einer Schürze und einem Schneebesen in der Hand aus der Küche trat. Auf ihrer Nasenspitze prangte ein Mehlklecks.

«Manuel will aus irgendeinem mysteriösen Grund dauernd zu Kjetil», erklärte Morten.

Kjetil rollte mit den Augen und hielt Manuel gerade noch im letzten Moment davon ab, über Söckchen zu stolpern, die just in diesem Augenblick vor seinen Füßen durchlief.

Zehn Minuten später war das Essen fertig. Wir setzten uns alle um den Esstisch im Wohnzimmer.

Die *rømmegrøt* schmeckte tatsächlich lecker und machte ziemlich satt. Ich hatte mich erst gewundert, dass es dazu nichts anderes gab, doch ich stellte bald darauf fest, dass das gar nicht nötig war.

«Äh, ich weiß ja nicht, wie ihr es machen wolltet mit Schlafen, du und Nicki», meinte Morten etwas umständlich.

«Ich dachte, vielleicht wäre es das Beste, wenn du das Gästezimmer kriegen würdest und Nicki in Kjetils Zimmer umsiedeln würde. Nicht wahr, Kjet, du hast gesagt, es wär okay, Domenico dein Zimmer zu leihen und ein paar Tage bei Solvej zu schlafen?»

«Ja-ja», brummte Kjetil und schob vorsichtig Manuels Hand zurück, weil der ihm beinahe in die Augen fasste. Kjetil hatte sich schließlich erbarmt und den Kleinen auch während des Essens auf den Schoß genommen.

Nach dem Essen zeigte Morten mir mein Zimmer und trug mir gleich den Koffer hoch. Söckchen und Tigerlilly folgten uns. Das Gästezimmer war, wie die Zimmer der beiden Kids, im oberen Stock. Dazu gab es noch ein winziges Bad und eine kleine Galerie mit einer gemütlichen Spiel- und Sitzecke, von wo aus man über das Wohnzimmer blicken konnte.

«Nickis Sachen stehen noch darin, aber wir können die in Kjetils Zimmer rüberstellen», sagte Morten.

«Aber Nicki weiß, dass er ab heute in Kjetils Zimmer schlafen soll?», erkundigte ich mich besorgt. Ich wollte unbedingt einen verfrühten ungeplanten Zusammenstoß mit ihm vermeiden.

«Ja, das weiß er schon. Ich hab ihm gesagt, dass ich seine Sachen raus in den Flur stellen werde, falls du im Gästezimmer schlafen möchtest.» Morten nahm vorsichtig Nickis Rucksack, der mir so vertraut war, mitsamt ein paar herumliegenden Klamotten und trug alles in den Flur hinaus.

«Ist das alles, was er dabeihatte?», fragte ich.

«In der Tat. Wir schenken ihm zu Weihnachten wohl erst mal einen Berg Klamotten. Er hat ja kaum was. Musste sich einen Pullover von Kjetil leihen.»

«Das ist typisch», sagte ich. «Er vergisst immer, dass es anderswo kälter ist als auf Sizilien.»

Morten brachte mir frisches Bettzeug und Handtücher. Die Katzen hatten es sich bereits auf dem Bett bequem gemacht.

«Hier. Richte dich einfach häuslich ein. Deine Eltern

können wir dann beim Nachbarn unterbringen. Hab schon mit Arne geredet. Sie kommen ja in vier Tagen, nicht?»

«Ja ...»

Meine Eltern sollten am 27. ankommen. Leider schafften sie es nicht auf Heiligabend.

«Hast du es Nicki gesagt?», fragte ich. «Dass meine Eltern kommen und mit ihm reden wollen?»

«Ja, er weiß es.» Morten fummelte an der Nachttischlampe rum, um zu überprüfen, ob sie funktionierte. Ich betrachtete ihn von hinten. Sowohl Morten als auch ich wussten, dass die Aussprache mit meinen Eltern alles andere als einfach werden würde ...

«Raus mit euch!» Morten scheuchte die Katzen weg und ließ mich schließlich allein.

Ich setzte mich aufs Bett und schaute mich im Zimmer um. Es war regelrecht winzig, wie fast alle Räume hier bis auf das Wohnzimmer und die Küche. Außer der Kommode, dem Nachttisch und einem einfachen Bett hatte hier drin nichts weiter Platz. Meinen Koffer musste ich umständlich in den kleinen Zwischenraum zwischen Bett und Kommode schieben.

Ich zupfte vorsichtig an der Bettwäsche. Hatte Nicki die ganze Zeit darin geschlafen? Vorsichtig roch ich daran und schloss dabei die Augen. Ein kleines bisschen von seinem Duft drang in meine Nase, oder ich glaubte es zumindest. Sonne, Meer und leichter Tabakgeruch ... Ein Geruch, der sich tief in mein Gedächtnis eingebrannt und mein Inneres einst zum Erbeben gebracht hatte.

Abrupt öffnete ich die Augen wieder. Es spielte eh keine Rolle mehr. Es war ja vorbei. Für immer ...

Entschlossen wechselte ich die Bezüge. Nachdem ich mich einigermaßen häuslich eingerichtet hatte, verließ ich das Zimmer, um die anderen zu suchen. Es war erst acht Uhr, also noch keine Schlafenszeit.

Auf dem Weg nach unten begegnete mir Kjetil. Er ging grußlos an mir vorbei und hielt Manuel an der Hand. Einen kurzen Augenblick fühlte ich mich erstaunlich stark an Mingo erinnert. Natürlich, Kjetil sah ja Nicki und somit natürlich auch Mingo sehr ähnlich, aber das war irgendwie nicht alles. Doch was es genau war, konnte ich nicht sagen ...

Solvej sprang sofort auf, als ich ins Wohnzimmer trat.

«Da bist du ja», sagte sie. «Schläfst du jetzt im Gästezimmer? Nicki kommt wohl erst mit dem letzten Zug um halb eins heim.»

«Ich weiß.»

«Ihr hattet ziemlich Streit, was?» Solvej legte ihren Kopf schief und sah mich mit ihren mandelförmigen Augen an. Sie hatte dieselben Augen wie Kjetil, Domenico und auch Hendrik – allesamt hatten sie die Augen von Morten geerbt.

«Streit?» Das klang nicht so, als sei Solvej im Bilde, was wirklich geschehen war. Offenbar hatte man in der Familie nicht groß darüber gesprochen. Was mir im Moment mehr als nur recht war ...

«Na ja, das kann man nicht Streit nennen, Solvej», erklärte ich ihr. «Das ist ...» Ich schüttelte den Kopf. «Genau genommen haben wir uns getrennt.»

«Hey!» Kjetil streckte seinen Kopf oben von der Galerie runter. «Soll Manuel jetzt bei uns im Zimmer bleiben, bis Nic nach Hause kommt, oder wie?»

«Logo», antwortete Solvej. «Wo denn sonst?»

«Okay, okay.» Kjetil verdrehte die Augen und verschwand wieder. Er hatte mich auch dieses Mal wieder keines Blickes gewürdigt. Ich fragte mich, wann er wohl endlich aufhören würde, so zu tun, als sei ich Luft. Ich hatte ihm doch nichts getan!

Ich verbrachte den Rest des Abends mit Solvej vor dem Fernseher und schaute mit ihr einen Film auf Englisch, mit norwegischen Untertiteln. Morten und Liv gesellten sich später zu uns, während Kjetil mit Manuel oben im Zimmer blieb.

Da ich unbedingt sichergehen wollte, Nicki nicht mehr begegnen zu müssen an diesem Abend, verabschiedete ich mich gegen elf Uhr und verzog mich in mein Zimmer. Zumal ich wirklich müde war von der Reise und es zu alledem auch schon eine halbe Ewigkeit lang Nacht war.

Ein herrlich weiches Bett empfing mich. Ich kuschelte

mich fest in die warme Decke und genoss es eine Weile, einfach dazuliegen und aus dem kleinen Fenster in die Winterlandschaft zu schauen. Dann nahm ich mein Handy, um meinen Eltern noch eine kurze SMS zu schreiben, dass ich gut angekommen sei. Dabei sah ich, dass eine SMS von Elijah gekommen war.

*Hello my dear, ich hoff du bist gut bei den wikingern angekommen. viel glück mit allem. Ich denk an dich. elijah.*

Das war nett. Elijah kümmerte sich wirklich um mich und nahm Anteil an meiner Geschichte.

*Danke. Ja, bin gut im Wintermärchenland angekommen. Ich hoffe, dir geht's gut. Denke auch an dich! Maya.*

Danach schrieb ich Mama fast dieselbe SMS und legte dann das Handy beiseite, um mich endgültig unter der warmen Decke zusammenzurollen.

Doch trotz der Müdigkeit und trotz des weichen Bettes wollte der Schlaf nicht so schnell über mich kommen. Das Wissen, Domenico spätestens am nächsten Tag wiederzusehen, ließ meine Nerven ganz schön flattern. Und ich ahnte, dass es ihm wohl ähnlich ging. Nicht umsonst hätte er sonst eingewilligt, Manuel so lange allein zu lassen …

Und außerdem drehten sich immer noch so viele Fragen in meinem Kopf: Wieso war Domenico nach Norwegen gegangen und nicht nach Sizilien, obwohl er doch viel lieber dort sein wollte? Was war mit Suleika geschehen, die mir zuletzt gesagt hatte, dass sie mit ihm zusammen war? Und was hatte Carrie dazu gemeint, als er Manuel einfach mit nach Norwegen genommen hatte? Hatte er sie überhaupt gefragt? Und über allem anderen stand die Frage: Wie sollte ich mich ihm gegenüber nach all den Geschehnissen verhalten?

Ich blieb wach, bis die letzte Bahn um halb eins durch war. Ich hörte ein paar Leute lachen, die von der Bahn her Richtung Lebensmittelgeschäft gingen. Ein Auto, das auf einmal vor dem Haus hielt. Und schließlich Stimmen vor der Haustür.

Anscheinend waren sie nicht mit der Bahn, sondern mit dem Auto gekommen. Bedeutete das, dass Hendrik hier übernachten würde? Oder lieferte er Domenico nur ab und fuhr dann zu sich heim nach Lillestrøm?

Ich hörte die Haustür auf und zu gehen und nach einer Weile Schritte, die leise die Treppen hinaufkamen.

Einen Augenblick lang hatte ich furchtbare Angst, dass er in mein Zimmer kommen würde, weil er glaubte, dass seine Sachen noch da waren. Ich zog die Bettdecke fest über meinen Kopf. Ich brachte es echt nicht fertig, ihm in diesem Moment zu begegnen. Vor allen Dingen wünschte ich mir eigentlich, vorher noch mit Hendrik sprechen zu können.

Aber Domenico kam nicht rein. Er wusste ganz genau, dass ich in diesem Zimmer war. Ich hörte ihn an eine andere Tür klopfen und dann im Flur mit Kjetil und Solvej reden, die ihm offenbar Manuel aushändigten. Dann wurden die Türen geschlossen. Und endlich schlummerte ich ein.

## 2. Typisch Hendrik

Als ich erwachte, hatte ich erst überhaupt keine Orientierung, wo ich war. Und noch viel weniger, wie spät es eigentlich war. Ich hatte zwar das Gefühl, eine halbe Ewigkeit geschlafen zu haben, doch draußen herrschte immer noch tiefste Nacht. Ich nahm mein Smartphone vom Nachttisch und drückte auf den Einschaltknopf.

Wie bitte? 8.49 Uhr? Das konnte doch nicht sein! Ich wälzte mich aus dem Bett und trippelte ans Fenster. Draußen auf der Straße fuhren ein paar Autos vorbei, und ein paar Leute waren auf dem Weg zur Bahnstation. Tatsächlich war der neue Tag offensichtlich schon voll in Gang. Sachte öffnete ich die Zimmertür einen Spalt breit, doch im Haus war noch alles ruhig. Hier schienen noch alle zu schlafen. Ich musste dringend aufs Klo, doch ich traute mich kaum, aus lauter Angst, dass vielleicht Domenico just in diesem Augenblick aus seinem Zimmer treten könnte. Doch andererseits – seit wann stand Nicki vor Mittag auf?

Es sei denn natürlich, Manuel würde ihn aufwecken …

Schnell schnappte ich meine Utensilien, huschte ins Bad und erledigte gleich meine ganze Prozedur mit Duschen und allem Drum und Dran. Als ich fertig war, galt es ein weiteres Mal aufzupassen, um auf dem Weg ins Zimmer zurück keinen unerwarteten Zusammenstoß zu haben. Während ich die höchstens drei Meter bis in meinen sicheren Bunker zurücklegte, hörte ich unten in der Küche jemanden rumoren. Schnell änderte ich meine Pläne und ging runter, da ich annahm, dass es entweder Morten oder Liv war.

Doch zu meiner allergrößten Überraschung fand ich Hendrik in der Küche vor. Er brutzelte sich gerade eine Waffel mit dem Waffeleisen. Er hatte offensichtlich hier im Wohnzimmer auf dem Sofa übernachtet. Eine Welle der Erleichterung und der Freude durchströmte mich.

«Hendrik!»

Hendrik drehte sich um und strahlte mich an wie ein Honigkuchenpferd. «Heeeei! So koselig, dich endlich su sehen!» Er ließ das Waffeleisen stehen und kam zu mir, um mir eine kräftige Umarmung zu verpassen.

«Takk for sist.»

«Danke gleichfalls.»

«Wie lange ist das her? Vorletzten Sommer? Als wir bei euch in Deutschland waren?»

«Ja, in der Tat. Die Zeit vergeht so schnell …»

«Du warst ja auch ein halbes Jahr in Amerika …»

«Ja … und auch das kommt mir nun schon wieder so ewig lang vor.»

Ich schaute in Hendriks leuchtende Augen. Er hatte, wie alle seine Geschwister, die blaugrauen Augen von Morten geerbt, doch seine strahlten irgendwie am meisten Offenheit aus. Was man von Domenicos Augen ja nicht gerade behaupten konnte …

Im Gegensatz zu Kjetil hatte Hendrik sich kaum verändert. Er trug immer noch seine Rastazöpfe und den Sechstagebart. Er war jemand, der offenbar seinem Look treu blieb.

«Wir haben so viel su ersählen. Via Internet ist das alles

immer so komplisiert ...» Hendrik war im Gegensatz zu Kjetil und Solvej nicht in Deutschland aufgewachsen und sprach darum nicht fehlerfrei Deutsch.

«Ja ...» Unwillkürlich senkte ich meine Augen. Hendriks ernsthafter Blick versetzte mich in Nervosität. Was wohl Domenico ihm alles über mich erzählt hatte?

«Wie ... war das Konzert?», fragte ich rasch. Eigentlich meinte ich: Wie lief es mit Domenico?

«Oh, gans gut. Nic hat uns beim Aufbauen geholfen. Ich muss jetzt gleich su Sverre fahren und ein paar Sachen abholen. Wenn du magst, kannst du mitkommen. Dann können wir praten ... äh plaudern.»

«Oh ja, sehr gern.» Das kam mir mehr als gelegen: So konnte ich das Zusammentreffen mit Domenico noch um ein paar Stunden mehr rauszögern. «Von mir aus können wir gleich losfahren.»

«Möchtest du nichts essen? Ach du meine Güte!» Hendrik schnellte vor und öffnete das Waffeleisen. Die Waffel, die darin lag, war schon fast schwarz. Blitzschnell zog er den Stecker aus der Steckdose.

«Typisk meg», stöhnte er. «Morten wird sich freuen.»

«Ach ja, das könnte mir genauso passieren.» Vor lauter Aufregung hatte nämlich auch ich nicht mal den Geruch nach verbranntem Teig wahrgenommen.

«Wir swei mit unseren linken Händer», grinste Hendrik und machte sich schnell daran, die Bescherung zu beseitigen, was gar nicht so einfach war, da der verbrannte Teig am Waffeleisen festklebte.

«Äh ... können wir unterwegs was essen?», drängelte ich. Ich hatte zu große Angst, dass Domenico doch auf einmal runterkommen könnte, bevor wir hier fertig waren. Draußen wurde es nun nämlich mittlerweile langsam hell.

«Aber du bist doch sikkert hungrig?»

«Ähm ... okay, ganz ehrlich: Ich möchte erst mit dir allein reden, ehe ich Nicki begegne. Verstehst du, was ich meine?»

«Okay, skjønner. Aber ich muss das hier erst sauber machen. Sonst bringt Liv mich um.» Hendrik sah sich nach etwas um, das ihm dienlich sein könnte, um den verbrannten Teig irgendwie abzukratzen.

«Ich glaub, da hilft nur einweichen», schlug ich vor.

«Tja ... dann ade du liebe Welt ...» Hendrik ließ einen tiefen Seufzer fahren, nahm die Waffelplatten aus dem Gerät, legte sie ins Spülbecken und stellte das Wasser an. Ich deckte die Schüssel mit dem restlichen Teig mit einem herumliegenden Handtuch ab.

«Ich muss Morten einen Settel schreiben ...», murmelte Hendrik und schaute sich nach Notizpapier und Stift um.

«Wie wär's mit einer SMS?» Ich wollte nun wirklich dringend los.

«Gute Idee! Also los, komm. Ich werd es schon überleben – und Liv hoffentlich auch.»

Wir gingen in den Hausflur, um Schuhe und Jacke anzuziehen. Natürlich hatte ich meine Handschuhe immer noch im Koffer oben, doch Hendrik versicherte mir, dass ich sie nicht brauchen würde.

«Wir fahren ja mit dem Auto.»

Der Himmel war immer noch in einem rötlichen Dämmerzustand, obwohl es mittlerweile zehn Uhr war. Auch die Lämpchen an den Häusern brannten noch.

Ich streckte mich kurz und atmete die eisige Winterluft ein und aus. Mein Atem kondensierte zu Dampf. Der Schnee, der hier lag, war nicht sehr hoch, doch es war weit mehr, als ich es um diese Jahreszeit kannte. Der rötliche Himmel versprach einen sonnigen, aber klirrend kalten Tag.

«Es ist so schön hier», sagte ich zu Hendrik. «Ich mag es, dass die Häuser alle aus Holz sind. Es macht alles viel gemütlicher.»

«Tja, Holz gibt es hier massenweise», meinte Hendrik und öffnete die Tür seines weißen Toyotas, den er vor der Garage abgestellt hatte. Die Scheiben waren von eisigem Frost beschlagen, und Hendrik musste sie erst mal freikratzen, bevor wir losfahren konnten.

«Schlafen Morten und Liv eigentlich immer noch?», fragte ich, als Hendrik endlich den Motor starten konnte.

«Ach was. Morten und schlafen. Die trainieren doch schon

längst unten im Keller, diese Sportfanatiker.» Hendrik grinste, so dass seine lustigen Wangengrübchen erschienen, die in der Familie ebenfalls fleißig weitervererbt worden waren. Das Frühaufstehen hatte Nicki hingegen nicht von seinem Vater geerbt ...

«Aaaah, sant, ich wollte Morten ja noch eine SMS wegen des Waffeleisens schreiben.» Hendrik stellte den Motor wieder ab und zückte sein Handy. Ich wartete geduldig auf ihn, während ich die Sonne betrachtete, die nun endlich über den Häusern zum Vorschein kam.

«So, erledigt!» Hendrik startete den Motor erneut und fuhr rückwärts aus der Einfahrt raus, um auf die Straße zu kommen.

Zuerst redeten wir ein wenig über eher belangloses Zeug. Unbewusst wollten wir wohl beide das brisante Thema umgehen. Erst auf halber Wegstrecke wollte Hendrik wissen, wo genau ich nun wohnte in Berlin.

«Ich bin in eine WG gezogen. Vorübergehend. Weißt du, von dieser Claudia aus meiner Klasse, von der ich dir geschrieben hab. Diese Obercoole.»

«Stemmer det. Und wie ist es dort?»

«Ganz okay. Aber die Leute sind halt alle so ... na eben so obercool. Ich fühle mich etwas fehl am Platz. Meistens sitze ich in meinem Zimmer und grüble und schreibe ... na ja, du weißt ja, wie ich bin.» Ich versuchte meine Unzufriedenheit mit der Situation mit einem Grinsen zu überspielen.

«Ein Denker und Analytiker. Wie ich.» Hendrik tippte sich an die Schläfe.

«Ja, ich weiß. Ich studiere viel zu viel ...»

«Ach was. Manchen Leuten würde es guttun, sie würden mehr rumstudieren. Und in der neuen Klasse läuft's immer noch so gut?»

«Ja. Echt erstaunlich, wie offen die mir gegenüber sind. Und das in Berlin. Ich dachte immer, dort seien alle viel taffer. Stimmt vielleicht auch, aber ich glaube, ich hatte einfach Glück.»

«Das ist schön su hören.»

«Ich glaube, das hat Nicki nicht verkraftet», sagte ich leise.

«Dass ich auf einmal so beliebt war. Und ihn nicht mehr so brauchte wie früher ...»

Und schon waren wir beim Thema angelangt. Es ließ sich nun mal nicht umgehen.

«Mhmm», meinte Hendrik nachdenklich, und ich wusste nicht, ob er mir damit zustimmte oder seinen eigenen Gedanken nachhing. «Das ist jedenfalls eine interessante These», meinte er schließlich .

«Also ... du weißt ja, was passiert ist, oder? Du weißt ...» Ich schluckte zweimal. «Du weißt, dass Nicki mich geschlagen hat?»

«Ja, ich weiß es.» Hendrik starrte konzentriert geradeaus auf die Autostraße. Ich schielte zu ihm rüber und sah, dass er leicht mit dem Unterkiefer malmte.

«Er hat es uns gesagt. Er hat mich ja irgendwann mitten in der Nacht angerufen. Sum Glück hatte ich mein Handy an. Ich war völlig überrascht. Er ruft ja nie von sich aus an. Er war völlig fertig. Er heulte und flehte mich an, ihm su helfen, und fragte, ob er herkommen darf, er wisse nicht mehr, wo er hinsoll, und dass er sich sonst was antun würde, wenn wir ihm nicht helfen würden. Ich war völlig sjokkert, ich meinte erst, er sei auf Drogen oder so was. Aber dann hat er mir ersählt, dass er dich geschlagen hat und dass du nicht mehr heimgekommen bist. Und dass er nun dringend in eine Therapie muss. Morten hat ihm dann ein Flugticket gebucht, und swei Tage später kam er dann her mit Manuel.»

«Und dann?»

«Dann hat er uns alles gesagt. Was er dir alles getan hat und dass er tablettensüchtig ist, weil er immer diese Antidepressiva nehmen musste. Also, das wusste ich ja schon, aber dass er dich geschlagen hatte, das hat uns alle sjokkert. Er hat nur noch geheult, und Manuel hat auch geheult, und am Schluss hat Morten auch noch geheult.»

«Oh Mann, echt ...?»

«Ja, das war echt heftig. Morten leidet unter wahnsinnigen Schuldgefühlen. Er will Nic alles besahlen, Therapie und Krankenkosten und alles.»

«Nicki will also tatsächlich nochmals eine Therapie machen?»

«Ja. Das sagte er jedenfalls. Vorausgesetst, dass Manuel an einen guten Ort kommt. Das ist seine allergrößte Sorge. Morten und Liv, die diskutieren siemlich darüber.»

«Meinst du, es wäre eine Möglichkeit, dass Manuel hier in Norwegen bleiben könnte …?»

Hendrik bremste ein wenig ab und malmte weiter mit dem Unterkiefer.

«Tja, das ist eben die Frage. Es ist wegen Liv. Sie will sich nicht noch um ein weiteres Kind kümmern. Kjetil und Solvej waren schon schwierig genug. Liv hatte lange Zeit Depresjoner, skjønner du, weil sie kaum fertig wurde mit ihnen. Morten meint, er könne ihr nicht noch ein Kind mehr sumuten. Und Manuel ist ein schwieriges Kind. Aber sie haben noch keine definitive Entscheidung getroffen, glaub ich …»

«Aber mit Kjetil und Solvej geht es doch nun viel besser, oder nicht?»

«Ja, sie werden langsam älter und reifer. Kjet ist ganz erträglich inswischen. Und Solvej ist auch langsam über ihre schwierige Phase gekommen. Sie hatte ja viele Enttäuschungen mit Jungs und so.»

«Und hat … Nicki was über mich gesagt?» Das war die Frage, deren Antwort ich am allermeisten fürchtete.

«Nein, nicht direkt.»

«Also, nichts von wegen … dass ich egoistisch und hartherzig sei?» Ich wagte nicht, Hendrik dabei anzusehen.

«Nei, absolut nicht. Im Gegenteil. Er hat sich eher so angehört, als sähe er die ganse Schuld nur bei sich. Er hat kein einsiges negatives Wort über dich gesagt.»

«Ich hab auch einige Fehler gemacht …», murmelte ich. «Ich war auch neben der Spur. Ich war nicht die, die ich sein wollte.»

«Ach was. Das passiert uns allen. Du hast bestimmt dein Bestes getan.»

«Nein», murmelte ich, spürte aber, dass es jetzt nicht an der Zeit war, über diesen Part zu diskutieren.

«Also, Nicki weiß definitiv, dass ich gestern Abend angekommen bin, ja?» Ich wollte mich sicherheitshalber noch einmal vergewissern.

«Ja, das weiß er. Und glaub mir, er hat genauso viel Angst, dir su begegnen, wie du vor ihm. Wenn nicht noch mehr. Aber irgendwann müsst ihr euch ja treffen.»

«Es wird wohl ziemlich ... heftig werden», meinte ich vorsichtig. «Meine Eltern kommen ja, und mein Vater ist alles andere als gut auf Nicki zu sprechen nach all dem. Er möchte ihn am liebsten nie mehr sehen. Es ist viel eher Mama, die nochmals mit ihm reden möchte. Das kann noch ein richtiges Derby geben.»

«Das überlassen wir Morten», sagte Hendrik. «Er möchte sehr gern mit deinen Eltern sprechen. Keine Angst. Det ordner seg, wie wir Norweger sagen.»

Das beruhigte mich irgendwie. Ich wollte noch eine Menge fragen und sagen, doch Hendrik fuhr nun in eine kleine Seitenstraße rein. Ich hatte kaum gemerkt, dass wir in Lillestrøm angekommen waren, und war daher überrascht, dass wir auf einmal am Ziel waren. Allerdings war dies nicht das Haus, in dem Hendrik wohnte ...

«Hoffentlich ist dieser Schlafsack wach», brummte Hendrik missmutig.

«Schlafsack?»

«Sverre. Der war ja gestern noch auf *fylla*.»

«Was ist *fylla*?»

«Wie soll ich das übersetsen?» Hendrik runzelte die Stirn und schlug die Autotür zu. «Tja, *fylla*, das ist, wenn man sich trifft und gans viel Bier trinkt. Gans einfach.» Er grinste ein wenig und verdrehte die Augen. «Und wehe, Sverre hat mein Stimmgerät vergessen.»

Ich musste heimlich grinsen. Eigentlich galt Hendrik ja als das große Vergesslichkeitsgenie. Doch auf dem Weg zur Haustür merkte ich auf einmal, dass Hendrik alles andere als guter Laune war. Dass er regelrecht düster und sauer wirkte.

«Hast du was?», fragte ich.

«Hmm ... kann sein, dass es unser letztes gemeinsames Konzert war.»
«Wie bitte?»
«Sverre will aussteigen.»
«Was?»
«Ich ersähl's dir nachher.» Hendrik drückte auf den Klingelknopf.
Es dauerte eine ziemlich gedehnte Weile, bis endlich jemand öffnete. Fast schien es, als wäre überhaupt noch niemand wach dort drin. Schließlich stand ein ziemlich verpennter Typ mit abstehendem blondem Haar und einer lotterigen Jogginghose vor der Tür, der sich müde die Augen rieb und wohl selbst noch keine Ahnung hatte, ob er überhaupt schon wach war oder noch schlief.
«Hei Erling. Er Sverre våken?» Hendrik lehnte sich lässig an den Türrahmen.
«Hä?» Der Junge namens Erling blinzelte träge.
Hendrik erklärte irgendwas, und Erling ließ uns schließlich rein und schlurfte voraus ins Wohnzimmer, wo milde ausgedrückt ein Durcheinander herrschte. Eine halbe Konzertausrüstung mit Schlagzeugteilen, Gitarren, Kabeln, Verstärkern und für einen Laien wie mich undefinierbaren Teilen war in einem wirren Haufen in diese enge Stube gestopft worden, zusammen mit leeren Bierdosen und Chipstüten.
Hendrik ließ seinen Blick suchend über das Wirrwarr gleiten und stieg schließlich mit erleichtertem Gesichtsausdruck über einen Berg voll Schrott und Kabeln, um sich eine knallrote Plastiktüte mit weiteren Kabeln und sonstigen Teilen zu schnappen.
«Takk og lov, die Sachen sind da», stieß er erleichtert aus.
«Darf ich dir diese pose geben?» Er drückte mir die rote Tüte in die Hand und hob dann ächzend einen der riesigen Verstärker hoch. Wir trugen beides zusammen hinaus zum Auto, und Hendrik spurtete zurück, um die Haustür wieder zu schließen.
«Ist das alles?», fragte ich.
«Ja.»

«Und Sverre?»

«Ach, der pennt doch noch. Ist ja erst elf. Viel su früh sum Aufstehen.» Hendrik grinste sarkastisch. Wir setzten uns wieder ins Auto, und nur fünf Minuten später waren wir schon bei Hendrik zu Hause.

Wir gingen direkt in den Keller, um die Sachen auszuladen. Außer dass das Kuschelsofa nun in einer anderen Ecke platziert worden war, sah der Partyraum immer noch genauso aus, wie ich ihn in Erinnerung hatte. Auch Hendriks Motorrad stand immer noch in derselben Nische neben dem Eingang. Doch als ich in den Band-Room trat, bemerkte ich sogleich die wohl markanteste Veränderung: Das weiße Schlagzeug war weg!

«Was ist jetzt mit Sverre los?»

«Æsj!» Hendrik stellte den Verstärker in eine Ecke, schnappte sich seine Gitarre und ließ sich auf die lachsfarbene Couch fallen. Vorsichtig setzte ich mich zu ihm. Ich hatte Hendrik noch nie mit so grimmigem Blick gesehen. Nur Domenico war normalerweise zu solch finsteren Blicken fähig.

Hendrik spielte ein paar Takte, um sich zu entspannen, und summte eine Melodie, die ihm offensichtlich gerade im Kopf herumspukte. Ich wartete geduldig.

«Sverre will su den Black Vikings.»

«Wie? Die Black Vikings? Sind das nicht eure Konkurrenten?»

«Nettopp.» Hendrik wiederholte seine Melodie von neuem.

«Die mit dem Dünnpfiff-Sound?», versuchte ich ihn etwas aufzuheitern, und es gelang mir tatsächlich, ein kleines Lächeln auf seine Lippen zu zaubern.

«Genau.»

«Aber warum denn das? Ich dachte, du und Sverre, ihr seid quasi Sandkastenfreunde.»

«Schon. Aber Viggo – also der Lead-Sänger der Black Vikings – hat ihn mehrmals su einer *fylla* eingeladen. Ich mag keine *fyllas*, bei uns in der Band gibt's das nicht. Ein, swei Bier nach Konserten, aber mir reicht das. Aber Sverre ist halt anders drauf als ich. So ist er halt immer hingegangen und hat sich mit Viggo angefreundet. Und dann hab ich erfahren, dass der Schlagseuger der Black Vikings aussteigt und sie einen neuen brauchen. Also, Viggo hat das genau geplant, da bin ich sicher. Tam-ta-tam … tam-ta-tam …» Hendriks Finger klimperten wütend über die Saiten.

«Weißt du, Sverre ist einer der besten Nachwuchs-Schlagseuger. Hast ja gesehen, wie er die Sticks in die Luft schmeißen und presis wieder auffangen kann. Und Viggo weiß das. Er hasst mich, weil ich ihm schon dreimal den Sieg weggeschnappt habe.»

«Ist das denn so ein Konkurrenzkampf? Die machen doch ganz anderen Sound als ihr …»

«Nein, das ist eine lange Geschichte. Wir sind susammen auf die videregående Schule gegangen. Sverre, Viggo und ich, und Sverre war immer ein wenig mit uns beiden befreundet. Viggo und ich hatten beide eine Band, und dann gab es immer Streit, wer wo auftreten durfte und welche Schulkumpels zu welchem Konzert gingen und wer mehr Fans hatte.»

Hendrik spielte zwei ganze Akkorde am Stück, doch er schien nicht zufrieden mit dem, was die Gitarre von sich gab.

«Und dies ist bis heute so geblieben. Es ist richtig nervig. Viggo disst mich ständig auf Facebook. Aber Viggo und Sverre sind fortsatt Freunde, das ist seit der Schulseit so geblieben, und so stand Sverre immer ein wenig swischen Viggo und mir.»

«Aber Sverre und du, ihr seid doch trotz allem enge Freunde. Schon aus reiner Loyalität sollte er doch bei dir in der Band bleiben, finde ich.» Ich wollte Hendrik unbedingt trösten.

«Es geht nicht nur um Loyalität», meinte Hendrik achselzuckend. «Das, was wir machen, ist einfach nicht Sverres Stil. Er kann auch mit meinen Übersaugungen vom Leben nicht viel anfangen. Er sagt, er kann sich einfach nicht mehr länger mit der Band identifisieren. Was soll ich da machen? Ich muss es akseptieren.»

«Und was macht ihr denn jetzt? Also ihr, die Nordic

Streetnoiz? Ohne Schlagzeuger?» Offensichtlich ließ sich an der Situation wirklich nichts mehr machen.

«Jaaa – also da habe ich schon Pläne!» Nun begannen Hendriks Augen wieder zu leuchten. «Wir werden selvfølgelig unseren Stil etwas umändern müssen. Runa wird bei uns einsteigen. Das wird die beste Veränderung sein!»

«Runa?»

Hendriks Wangen färbten sich in ein dezentes Rosa. «Jenta mi ... mein Mädchen. Meine Freundin.»

«Du bist also tatsächlich verliebt?»

Hendriks Wangen wurden noch röter.

«Jepp. Wir sind seit vier Wochen offiziell susammen.»

«Wie schön!» Ich freute mich wirklich für Hendrik. Es hatte eine Zeit gegeben, wo ich mir einmal überlegt hatte, wie es wohl wäre, einen Partner wie Hendrik zu haben, im Gegensatz zu Domenico. Aber ich hatte immer gewusst, dass so was nie zustande gekommen wäre – erstens, weil ich ja mit Domenico zusammen gewesen war, und zweitens, weil mir immer klar gewesen war, dass ich nicht Hendriks Typ gewesen wäre. Auch wenn ich wusste, dass er mich als Freundin unheimlich gern mochte, so hatte er sich doch immer eine Partnerin gewünscht, die seine Liebe zur Musik teilte. Und offenbar hatte er die nun gefunden!

Hendrik lächelte und zupfte verträumt ein paar Saiten.

«Du scheinst echt glücklich zu sein», stellte ich fest.

«Ja», seufzte er. «Es war so schwer, über Eila hinwegsukommen, skjønner du. Aber Runa ist fantastisk! Enda bedre!»

«Und was macht dann Runa in der Band? Wird sie ein Instrument spielen?»

«Nei. Sie wird singen. Sie macht ja eine Ausbildung in Gesang, vettu.»

«Und du? Du bist doch der, der meistens singt?»

«Ja schon, aber sie wird die Leadsängerin sein. Sie hat ja die viel schönere Stimme als ich. Ich werde mich mehr auf die Gitarre konsentrieren. Thore wird vorläufig mal das Schlagseug übernehmen, aber er ist ja längst nicht so gut wie Sverre. Und wir haben ja gar kein eigenes Schlagseug mehr im Moment. Das, was hier stand, gehörte ja Sverre. Wir müssen entweder eins leihen oder viel Geld sparen, um ein eigenes su kaufen. Aber wir werden unsere Band umtaufen. In Royal Streetnoiz.»

«Von Nordic Steetnoiz zu Royal Streetnoiz – von nordischem Straßenlärm zu königlichem Straßenlärm –, das klingt super», fand ich. «Echt eine Steigerung.»

«Ja, ikke sant? Viggo muss nur ja nicht meinen!» Hendrik legte mit grimmiger Miene die Gitarre zur Seite und erhob sich. «Huch – ich habe ja gans vergessen, dir etwas su essen su machen. Du hast doch jetst sicher Hunger?»

«Essen – stimmt, ja.» Tatsächlich hatte ich meinen Hunger ganz vergessen.

«Möchtest du Müsli? Oder lieber Brot mit Nugatti?»

«Müsli klingt gut.»

Ich folgte Hendrik in den Partyraum. Er öffnete den Kühlschrank und stellte ein paar Sachen heraus.

Wir aßen unser Müsli schließlich im Stehen.

«Keine Angst, so wie ich Liv einschätze, macht sie uns später *kjøttboller.*»

«Schött... was?»

«Äh ... Fleischkugeln?»

«Ach so, du meinst so was wie Frikadellen?»

«Ja, so etwas. Wird swar wohl nicht vor drei Uhr sein, aber ... wir haben ja schon bald swölf Uhr.» Hendrik lächelte. «Hauptsache, mein Vater kocht nicht.»

«Warum nicht?»

«Weil das nichts wird.» Sein Lächeln verwandelte sich in ein Grinsen. «Er versalst immer alles. Außer Waffeln. Die macht er prima.»

Das Talent zum Kochen hatte Nicki offenbar nicht von seinem Vater geerbt. Apropos Nicki ...

«Wann und wie lange will Nicki eigentlich in Therapie gehen? Und wo? Habt ihr darüber schon gesprochen?»

«Das ist die große Frage. Erst muss er ja auch einen Plats kriegen. Morten meint, es wäre das Beste, er würde hier in Norge bleiben. Aber die Sprache ist das Problem. Nic kann ja kein norsk, und ich glaub auch nicht so gut engelsk, obwohl ...»

«Obwohl was?»

«Manchmal hab ich das Gefühl, dass er uns versteht, wenn wir norsk reden ... verstehst du?»

«Im Ernst?»

«Ja. Er reagiert darauf.»

«Inwiefern denn? Nicki hat doch nie Norwegisch gelernt. Ich meine, ein bisschen was versteh ich ja auch ab und zu, aber das sind einzelne Wörter.»

«Nei ...» Hendrik schüttelte den Kopf und schloss nachdenklich die Augen. «Nein, es ist mehr als das ... Kürslich hatten Liv und Morten nämlich eine lange Diskusjon på norsk über Manuel, und nachher kam Nic und fragte Morten ein paar gans presise Dinge, die man nur fragen kann, wenn man etwas von diesem Gespräch verstanden hat. Ich fand das echt erstaunlich, und ich fragte ihn sogar noch, ob er denn was verstanden habe, aber er gab keine Antwort.»

«Hmm. Erstaunlich. Aber andererseits ... es ist Nicki durchaus zuzutrauen. Er hat so eine extrem exakte Beobachtungsgabe. Er bekommt ja wirklich *alles* mit, was um ihn herum geschieht.»

«Ja, so ist es ...» Hendrik kratzte die Müslischale aus und stellte sie beiseite. Ich brauchte noch etwas länger, um fertig zu essen. Um ehrlich zu sein, ließ ich mir sogar extra Zeit, um die Rückkehr möglichst hinauszuzögern.

Doch es half ja alles nichts. Irgendwann mussten wir uns einfach begegnen, Domenico und ich.

«Wollen wir nachher aufbrechen? Irgendwann müsst ihr euch ja begegnen», sprach Hendrik im selben Augenblick meine Gedanken wortwörtlich aus.

«Okay ...»

«Aber iss nur in Ruhe fertig.»

Doch die Nervosität ließ es nicht mehr zu. Jetzt, da mir endgültig bewusst war, dass es sich eh nicht mehr lange aufhalten ließ, wollte ich es auf einmal so schnell wie möglich hinter mich bringen. So löffelte ich mein Müsli in Sekundenschnelle aus, und fünf Minuten später saßen wir bereits wieder im Auto.

Ich betete zum x-ten Mal zu Gott, dass er mir doch

irgendwie zeigen möge, *wie* ich Domenico begegnen sollte, was ich zu ihm sagen sollte und was nicht. Und überhaupt ...

Plötzlich fragte Hendrik: «Sag mal, was willst *du* eigentlich? Willst du gans mit Nicki beenden? Oder willst du ihm nochmals eine Sjanse geben?»

«Das ist eine wirklich gute Frage», seufzte ich. Ich wusste nicht, wie viele Stunden, Tage und Wochen ich mit dem Grübeln über diese ultimative Frage zugebracht hatte.

«Eigentlich fürchte ich, dass das hier nun wirklich endgültig zu Ende ist», sagte ich. «Sein Jähzorn, die ewigen Auf und Abs, die Pillenabhängigkeit ... ich kann einfach nicht mehr. Verstehst du das?»

Und all die anderen Eskapaden, die ich mit Domenico erlebt hatte, wollte ich schon gar nicht erst ansprechen.

«Das verstehe ich», antwortete Hendrik leise, ohne seine Augen von der Straße zu wenden. «Und trotsdem. Ihr wart so ein schönes Paar. Und habt euch sogar verlobt. Aber Nic muss wohl virkelig erst alles in Ruhe aufarbeiten ... wahrscheinlich sind so viele Verletsungen in seiner Seele, dass das viel mehr Seit braucht, als wir denken.»

«Ja, ich fürchte auch», bestätigte ich schweren Herzens.

«Aber er hat dir auch viel Schönes gegeben, ikke sant?» Hendrik wandte ganz kurz seinen Blick zu mir rüber, wohl um meine Reaktion zu überprüfen, ehe er sich wieder auf die Straße konzentrieren musste.

«Ja, das hat er», sagte ich mit fester Stimme. «Das hat er wirklich. Aber das allein reicht eben nicht.»

«Nein, das reicht wirklich nicht ...», stimmte Hendrik zu.

«Weißt du, ich kann einfach nicht länger mit seinen ewig wechselnden Launen leben. Einmal ist er so gut drauf und holt mir die Sterne vom Himmel, und dann am nächsten Tag brüllt er mich wieder an und schlägt mich im schlimmsten Fall. Okay, geschlagen hat er mich ja nur ein einziges Mal, aber trotzdem. Einmal ist mehr als genug. Auch wenn es ihm hinterher leid tut und er das auch wirklich ehrlich meint – irgendwann wird man einfach müde von diesem wechselnden Gefühlsbad. Ich brauche wirklich auch Ruhe und Stabilität in meinem Leben, sonst werde ich selbst noch verrückt, und das will ich nun wirklich nicht.»

«Skjønner.» Hendrik nickte nachdenklich. Als nichts mehr von ihm kam, wandte ich meine Aufmerksamkeit der Umgebung zu, durch die wir fuhren. Obwohl es Mittagszeit war, schien die Sonne nicht über eine gewisse Höhe aufzusteigen. In zwei, drei Stunden würde sie bereits wieder untergehen. Das ganze Land war von einer zarten, dünnen Schneeschicht bedeckt. Morten hatte mir gesagt, dass da noch viel mehr Schnee kommen würde und dass vorerst verhältnismäßig wenig Schnee lag.

«Nic ist ein guter Typ», unterbrach Hendrik auf einmal wieder die Stille. «Ich mag ihn virkelig kjempegodt. Er hat ein großes Herts. Aber er muss eben all diese Defisite aufarbeiten. Doch wenn er das geschafft hat, wird er ein gans toller Mensch sein, das glaube ich fest.»

«Mhmm ...»

Mir schlug das Herz bis zum Hals, als wir etwas später vor dem Haus parkten. Ich wusste nicht, ob ich jemals in meinem ganzen Leben schon so nervös gewesen war. Ich war kaum noch ansprechbar, als wir die paar wenigen Schritte bis zur Haustür zurücklegten.

Ich ließ Hendrik erst ins Wohnzimmer treten, nachdem wir Schuhe und Jacken ausgezogen hatten. Solvej und Kjetil lümmelten sich beide in Jogginghosen vor dem Fernseher, links und rechts flankiert von den beiden Katzen. Auf dem Boden lagen ein paar Bauklötze von Manuel, mit denen er immer so gern spielte.

Im Wohnzimmer hatte sich so einiges verändert. Der Weihnachtsbaum war in der Zwischenzeit mit kleinen Tannzapfen, Lichterketten, Lametta, Goldsternen, Weihnachtsmännern und langen Ketten mit norwegischen Flaggen geschmückt worden. Eine Menge Geschenke in allen Größen und Farben lagen unter dem Baum. Ein großes Pfefferkuchenherz mit der Aufschrift *God jul* schmückte den Kamin. So langsam kam nun doch ein wenig Weihnachtsstimmung auf.

Während Kjetil wie üblich keinen Mucks machte und

nicht die geringsten Anstalten unternahm, uns zu begrüßen, sprang Solvej sofort vom Sofa auf, als sie uns erblickte.

«Da seid ihr ja! Wo wart ihr denn?»

«Wir haben ein paar Sachen transportiert», sagte Hendrik. Ich spitzte die Ohren und lauschte, doch ich vernahm keine anderen Geräusche im Haus.

«Liv meinte, dass es so gegen drei Uhr *kjøttboller* gibt», informierte uns Solvej.

«Ha. Wusste ich's doch!», triumphierte Hendrik. «Wo sind die denn alle?»

«Unten im Mosenteret beim Einkaufen. Die wollen gleich für die Weihnachtstage vorsorgen.»

«Ist Nic auch dabei?», fragte Hendrik mit einem Seitenblick auf mich.

«Ja, beide, Nicki und Manuel.»

Also würde sich das Zusammentreffen doch noch eine Weile hinauszögern. Ich fühlte mich erleichtert und angespannt zugleich. Denn je mehr es sich rauszögerte, umso quälender war das Warten, nun, nachdem ich es doch endlich hinter mir haben wollte.

«Wie findet ihr den Weihnachtsbaum?», fragte Solvej strahlend. «Haben Kjet und ich heute morgen ganz allein geschmückt!»

«Nydelig», meinte Hendrik und schielte einen Moment lang neugierig auf die Geschenke. Dann fiel ihm auf einmal etwas ein, und er stürmte wie der Blitz in die Küche.

«Ach du meine Güte», hörten wir seine Stimme.

«Was ist passiert?» Ich folgte ihm, bereits das Schlimmste befürchtend. Doch in der Küche erblickte ich nichts, was einer Katastrophe ähnlich sah.

«Mist. Liv hat das Waffeleisen gereinigt», stöhnte Hendrik.

«Na ja ...»

«Sie wird mir wieder die Leviten lesen. Und ich werde su hören kriegen, was für swei linke Hände ich habe.» Hendrik sah so bekümmert aus, dass ich fast schon kichern musste.

«Ach Rick», tröstete ich ihn. «Das ist doch kein Weltuntergang. Du weißt ja: Mir geht's auch ständig so.»

In dem Moment hörten wir die Haustür. Hendrik und ich wechselten einen vielsagenden Blick.

«Sie kommen», flüsterte ich.

«Bist du bereit?» Hendrik sah mich an.

«Okay.» Ich hatte keine andere Wahl. Ich holte tief Luft und trat entschlossen in den Flur.

Domenico zog gerade Manuel Schuhe und Jacke aus. Ich sah ihn nur von hinten, wie er sich über seinen kleinen Neffen beugte, mit seinem kupferbraunen Haar, das ihm wie immer tief ins Gesicht fiel.

Ich beschloss, an ihm vorbei ins Wohnzimmer zu den anderen zu gehen, doch im selben Moment drehte er sich um, und unsere Blicke trafen sich.

Und diese eine Mikrosekunde, die wir uns in die Augen sahen, reichte bereits, um einen feurigen Pfeil auf meine Seele abzuschießen. Diese blaugrauen Augen, die einen so stechend ansehen konnten, schafften es jedes Mal, irgendwas in mir durcheinander zu bringen. Mit weichen Knien wankte ich an ihm vorbei ins Wohnzimmer. Das «Hallo» war mir im Hals steckengeblieben. Ihm aber offensichtlich auch.

Kjetil sah von seinem Smartphone auf, als ich zu ihm und Solvej trat, und warf mir einen knappen Blick zu. Es war quasi das erste Mal, dass er mich ansah, seit ich hier war. Solvej rutschte zur Seite, um mir Platz zu machen.

Hendrik war im Flur geblieben und unterhielt sich mit Nicki, während Liv und Morten in der Küche verschwunden waren, um mehrere Tüten mit Lebensmitteln zu verstauen. Etwas später streckte Liv den Kopf zur Tür rein.

«Solvej? Du får hjelpe meg da!»

«Mamma!» Solvej rollte genervt mit den Augen, doch Liv nickte ihrer Tochter mit strenger Miene zu.

«Muss leider beim Kochen helfen», stöhnte Solvej und warf die Fernbedienung auf den Tisch. «Ich mein, ist doch echt fies. Kjet muss nie helfen.»

«Hold kjeft, Solvej», brummte Kjetil, ohne von seinem Smartphone aufzusehen.

«Ist doch wahr. Ihr blöden Jungs seid so was von verwöhnt!»

Das war alles ziemlich ungünstig. Nun saß ich allein da mit einem Jungen, der nicht die geringste Lust zeigte, sich mit mir unterhalten zu wollen. Immerhin, die erste Begegnung mit Domenico hatte ich überlebt.

Domenico verschwand mit Manuel im oberen Stock, und Hendrik kam zum Glück wieder zu mir, um mich aus meiner ungemütlichen Situation mit Kjetil zu befreien.

Nach einer Weile drang der verlockende Geruch nach gebratenem Fleisch aus der Küche. Ich erhob mich und folgte dem Duft, um meine Hilfe anzubieten, doch Liv lehnte dankend ab. Sie lächelte zwar, wirkte jedoch ziemlich distanziert. Ich wusste ohnehin nie so recht, wie ich mich ihr gegenüber verhalten musste. Sie schien so unnahbar, und ich war mir manchmal nicht mal sicher, ob sie mich überhaupt mochte.

Morten war spurlos verschwunden. Er tauchte zusammen mit Domenico und Manuel wieder auf, als das Essen fertig zubereitet war.

Solvej wollte, dass ich mich neben sie setzte am Esstisch, und ich war froh, dass Hendrik auf meiner anderen Seite Platz nahm.

Doch Nicki und Kjetil gegenüberzusitzen, war auch nicht viel einfacher. Zumal ich ganz genau wusste, dass Domenico jede meiner Bewegungen registrierte und ich die ganze Zeit beschäftigt war, seinen Augen auszuweichen. Es war eine dermaßen unangenehme Situation, weil wir beide einfach nicht wussten, wie wir unseren Blickkontakt halten sollten. So starrte ich letzten Endes fast ausschließlich auf meinen Teller und hörte Hendrik zu, der gerade seine Plapperphase hatte und von dem Konzert am Vorabend erzählte. Nur ab und zu hob ich ganz vorsichtig meine Augen und stellte fest, dass Domenico in dem Moment dasselbe tat. Wir sahen schnell wieder nach unten ...

«Wir werden ja am sweiten Weihnachtstag nochmals spielen», erinnerte Hendrik die Familie. «Habt ihr euch jetst entschieden, ob ihr kommen wollt?»

«Wir werden sehen», meinte Morten. «Das können wir

noch nicht entscheiden. Ich habe leider hier zu Hause noch einiges zu erledigen.»

Als ich meinen Blick ein weiteres Mal hob, registrierte ich, dass Nicki keine Kette mehr um den Hals trug. Er hatte mir die letzte, die er noch besessen hatte und die ich ihm einst geschenkt hatte, durch Suleika zurückgeben lassen.

Ein weiterer Blick, und ich sah, dass er auch keine Lederbändchen mehr um seine Handgelenke trug, sondern nun die Tätowierungen, die seine Narben verdeckten, offen und sichtbar zeigte. Und dass auch er seinen Verlobungsring nicht mehr trug ...

«Ich dachte, wir könnten morgen am Tag des Heiligabends entweder Skifahren oder auf dem Bogstadvannet Eislaufen gehen», schlug Morten spontan vor. «Das Wetter soll weiterhin wunderschön bleiben. Kannst du Skifahren, Maya?»

«Uhh ... ich habe ein, zwei Mal auf Skiern gestanden, aber das ist ewig lang her.»

«Und du, Nicki?»

Domenico schüttelte nur den Kopf.

«Die Italiener sind aber gar nicht mal so schlecht im Skifahren», bemerkte Kjetil in sarkastischem Tonfall.

«Kjetil. Hör jetzt auf», tadelte Morten.

«Ich hab was Nettes gesagt!»

«Also ich würde sowieso lieber Eislaufen gehen», warf Solvej ein.

«Ich persönlich muss auch sagen, dass Eislaufen auf dem Bogstadvannet eine einzigartige Gelegenheit ist», sagte Morten. «Sie haben heute früh im Radio durchgegeben, dass die Verhältnisse momentan fast einmalig ideal sind. Der See ist genug gefroren, so dass das Eis sicher sein sollte. Auf morgen Abend ist nämlich bereits Schnee angesagt, und sobald der Schnee kommt, ist es dann vorbei damit.»

«Also ich würde Eislaufen sowieso vorziehen», meinte ich. «Das kann ich wenigstens einigermaßen.»

Solvej strahlte mich dankbar an.

«Ich bin dafür. Skifahren können wir den ganzen restlichen Winter noch», sagte Morten.

«Ich bleib eh hier», meldete sich Kjetil zu Wort. «Ich hab weder auf Eislaufen noch auf Skifahren Bock.»

«Kjetil!», warnte Liv.

«Ich dachte eigentlich, dass wir alle gehen, Kjet», sagte Morten. «Du kannst von mir aus deinen langweiligen Kumpel mitnehmen. Bærum ist ja gar nicht weit weg vom Bogstadvannet.»

«Gustav hat gar keine Schlittschuhe», brummte Kjetil.

«Oh Mann, Kjet, musst du nun echt wieder rummotzen», stöhnte Solvej.

«Ich hab aber auch keine Schlittschuhe», warf ich vorsichtig ein.

«Du kannst meine haben», sagte Liv. «Ich muss sowieso hierbleiben, weil ich Astrid versprochen habe, ihr beim Streichen der Garage zur Hand zu gehen. Außerdem muss ich ja das Essen vorbereiten.»

«Wie kann man nur an Heiligabend und dazu noch mitten im Winter die Garage streichen», murmelte Morten kopfschüttelnd.

«Nur die eine Wand innen», sagte Liv kopfschüttelnd. «Es ist halt einfach dringend nötig.»

«Na ja, ich muss es ja nicht verstehen.» Morten wandte sich nun an Nicki: «Was ist mit dir? Magst du mitkommen zum Eislaufen?»

Domenico, der gerade damit beschäftigt gewesen war, Manuel die Fleischkugeln mundgerecht zu schneiden, blickte auf.

«Nee», sagte er. «Glaub nicht. Muss doch auf Manuel aufpassen.»

Das war so ziemlich das Erste, was ich Nicki sagen hörte, seit wir uns gesehen hatten.

«Stimmt», meinte Morten leise. «Daran hab ich nicht mehr gedacht. Zum Eislaufen können wir ihn wohl schlecht mitnehmen. Dafür ist er noch zu klein ...»

«Ich bleib ja eh zu Hause», bemerkte Kjetil erneut. «Hab ich ja gesagt.»

«Was ist mit dir, Rick?» Morten überhörte Kjetils Einwand

und sah nun Hendrik an, der seinen Senf noch nicht dazugegeben hatte.

«Also ich enthalte mich auch», meinte Hendrik. «Ich bin sowieso ein Ungenie im Sport. Im Gegensatz zu Nick.»

«Ein Ungenie», murmelte Morten. «Aber dafür ein Genie im Wörtererfinden. Na, dann! Also, wer kommt jetzt definitiv mit zum Eislaufen?»

Ich tauschte einen Blick mit Solvej, und schließlich hoben wir beide die Hand.

«Wenn Kjetil somit auf Manuel aufpassen kann, kommst du dann mit, Nicki?», versuchte Morten erneut sein Glück. «Du kannst Kjetils Schlittschuhe ausleihen. Bist du überhaupt schon mal gefahren?»

Domenico nickte und warf einen superkurzen Blick auf mich.

«Na also. Sind wir immerhin zu viert», stellte Morten halbwegs befriedigt fest.

Nach dem Essen bedankte ich mich auf höflich norwegische Art bei Liv fürs Essen, die mir dafür ein Lächeln schenkte. Domenico verzog sich gleich wieder mit Manuel nach oben. Kjetil wollte auch hochgehen, doch Solvej rief ihn zurück.

«Ich dachte, wir können ‹Siedler von Catan› spielen. Oder was meint ihr?»

«Ich geh Computerspielen», sagte Kjetil.

«Och, Kjet!»

«Irgendwann male ich dem seinen Bildschirm mit Garagenfarbe an», bemerkte Morten trocken und versuchte Liv zu beschwichtigen, die Kjetil mit strengem Blick hinterhersah.

«Lass ihn, Liv. Wenn er und Nicki zusammen spielen wollen, ist es doch auch recht. Dann kriegt er halt dafür kein Eis. Basta.»

Liv war es definitiv nicht recht, doch sie fügte sich. Ich hatte sowieso die ganze Zeit das Gefühl, dass sie mit irgendwas nicht zufrieden war. Hoffentlich hatte es nichts mit uns zu tun …

Draußen war es bereits wieder Nacht, als wir das Spiel aufstellten. Während Liv und Morten uns Eis holten, rutschte Solvej etwas dichter an mich heran. Sie lief immer noch im Jogginganzug rum.

«Sag mal, meinst du, das kommt wieder in Ordnung mit dir und Nicki?», fragte sie leise und legte dabei ihren Kopf schief, fast, als wolle sie mich sogar darum bitten.

«Das weiß ich nicht, Solvej», sagte ich etwas überrumpelt über ihre direkte Frage. «Ich glaube eher nicht.»

«Aber du liebst ihn noch?»

Uff. Wieso stellte sie mir auch gerade jetzt so schwierige Fragen!

«Das kann ich jetzt nicht so pauschal beantworten», versuchte ich mich aus der Affäre zu retten.

«Ich glaube, das sind swei verschiedene Paar Socken», warf Hendrik ein, der mitgehört hatte. «Man kann jemanden lieben und doch nicht mehr mit ihm susammen sein wollen.»

«Du meinst, zwei verschiedene Paar Schuhe?», fragte Morten, der mit einer Hand voll Eistüten aus der Küche kam. Er warf sie uns zu wie ein Zoowärter, der seine Tiere füttert. «Du musst die deutschen Redewendungen noch etwas besser üben, dünkt mich.»

«Oh ... ja.» Hendrik errötete. «Klar. Schuhe. Nicht Socken.»

«Ich hab das Waffeleisen übrigens mit Scheuermittel gereinigt», raunte Morten ihm zu, mit einem verstohlenen Seitenblick auf Liv. «Dafür schuldest du mir dann noch eine Runde Darts.»

«Gebongt», flüsterte Hendrik erleichtert. «Vielleicht treff ich ja sur Abwechslung mal die Scheibe.»

Für den Rest des Abends spielten wir «Siedler von Catan», nur Kjetil, Domenico und Manuel blieben die ganze Zeit oben im Zimmer. Ich hätte gerne gewusst, ob sie dort oben an der Playstation oder am Computer spielten, doch natürlich hätte ich mich niemals getraut, auch nur einen Fuß in Kjetils Zimmer zu setzen.

Doch irgendwann wurde es Solvej zu bunt. Sie schmiss ihre Karten beiseite und stand auf. «Ach, das ist doch einfach doof. Dass mein Bruder nie mal mit uns spielen kann!» Ohne ein weiteres Wort stand sie auf und stampfte die Treppe hoch. Wir warteten, doch sie kam nicht mehr runter.

«Zwillingsbande», murmelte Morten in seine Karten. «Die halten es einfach nie lange ohneeinander aus. Na, sehen wir mal, wie das morgen so wird beim Eislaufen.»

Ja, das fragte ich mich echt auch. Falls Nicki wirklich mitkommen würde, würden wir zu viert sein – er, Morten, Solvej und ich. Aber Nicki hatte nicht sehr überzeugend geklungen. Vielleicht würde er es ja doch vorziehen, bei Manuel zu Hause zu bleiben? Zugegeben – das wäre für mich definitiv die einfachere Variante gewesen.

## 3. Eislaufen, Ribbe und eine Menge Socken

Am Tag des Heiligabends wachte ich erst auf, als es draußen schon Tag war. Morten hatte angekündigt, dass wir gegen Mittag losfahren würden. Ich war nach wie vor unsicher, ob Domenico wirklich mitkommen würde, und rechnete eigentlich eher damit, dass er eh nicht vor Mittag aus den Federn steigen würde.

Umso überraschter war ich, als ich ihn bereits um elf mit Morten und Liv unten im Wohnzimmer vorfand – damit beschäftigt, Kjetils Schlittschuhe anzuprobieren, die Morten ihm gegeben hatte.

«Dürfte passen», kommentierte Morten gerade. «Oh, hallo Maya. Seid ihr wach, du und Solvej?»

«Ich schon; wo Solvej ist, weiß ich allerdings nicht ...»

Domenico streifte mich mit einem knappen Blick. Doch bald darauf kam auch Solvej runter, und wir aßen ein kleines Frühstück und fuhren dann kurz nach halb ein Uhr los.

Ich saß mit Solvej auf dem Rücksitz und wunderte mich die ganze Zeit darüber, was Nicki wohl überzeugt hatte, diese unangenehme Situation – meine Gegenwart – zu ertragen, alles auf sich zu nehmen und mitzukommen. Zumal ihn ja Manuel ständig brauchte. Morten und er schwiegen auch hauptsächlich auf der ganzen Fahrt, während Solvej und ich über irgendwelche unwichtigen Dinge plapperten.

Ich begann im Auto regelrecht zu schwitzen, weil ich mich in Skihosen und zwei Schichten Strumpfhosen gepackt hatte sowie ungefähr drei Lagen Oberteile unter dem Wollpullover und der Skijacke trug. Ich fühlte mich fast schon wie ein Astronaut. Aber meiner Meinung nach war es wirklich eiskalt draußen und zudem windig, auch wenn Morten, Domenico und Solvej ungefähr nur die Hälfte von dem trugen, was ich anhatte. Aber immerhin hatten die drei alle Wikingerblut in den Adern und ich nicht.

Ich war daher schon fast froh, als wir endlich da waren und ich aus dem warmen Auto aussteigen konnte. Die Kälte fühlte sich im ersten Moment richtig angenehm an. Morten hatte Sitzkissen mitgenommen, auf die wir uns setzen konnten, um uns die Schlittschuhe anzuziehen.

Ein spiegelglatter See erwartete uns, in dem sich der stahlblaue Himmel und die Sonne spiegelten. Zum ersten Mal wurde mir bewusst, was ich da eigentlich vorhatte. Ich war zwar recht passabel im Eislaufen, doch bis jetzt hatte ich mich immer im sicheren Eisstadion bewegt. Die weite und glatte Fläche des Sees forderte meinen Mut auf den ersten Blick ziemlich heraus. Wenn man erst mal irgendwo mitten auf diesem gefrorenen Gewässer war, gab es nirgendwo einen Halt, an dem man sich festhalten konnte. Und was, wenn das Eis auf einmal einbrechen würde …?

Immerhin beruhigte es mich, dass sich hier auf dem Eis bereits andere Leute tummelten. Und sogar Kinder. Na, wenn die das schafften, würde ich es doch auch hinkriegen! Ich sah zu Domenico hinüber, der wortlos seine Schlittschuhe schnürte. Wie er das wohl meistern würde? Soweit ich wusste, war er außer das eine Mal mit mir nie mehr auf dem Eis gefahren. Im Eislaufen war ich ihm also ausnahmsweise überlegen.

Als Domenico mit seinen Schuhen fertig war, holte er eine

kleine runde Dose hervor, öffnete sie und schob sich irgendwas Braunes unter die Oberlippe. Als er merkte, dass ich zu ihm hinüberschaute, drehte er mir rasch den Rücken zu.

Doch dann, als wir uns vorsichtig auf das Eis wagten, erlebte ich eine ausgemachte Überraschung. Morten und Solvej waren bereits ein paar Meter gefahren, als ich die ersten, vorsichtigen Schritte wagte. Und als ich dieses schwarze, enorm glatte Eis unter meinen Füßen sah, packte mich auf einmal eine unerklärliche Panik, die ich selber nicht verstand. Vielleicht lag es ein wenig daran, dass ich schon eine längere Zeit nicht mehr gefahren war und das hier nicht meine eigenen Schlittschuhe, sondern die von Liv waren. Aber ich glaube, hauptsächlich lag es daran, dass das Eis tatsächlich schwarz aussah und nicht weiß, wie ich es von der Kunsteisbahn gewohnt war. Auf alle Fälle stand ich wie angefroren fest und wagte auf einmal keinen Schritt mehr weiter.

«Was ist, Maya?» Solvej drehte sich zu mir um.

*Na los, Maya!*, redete ich mir selber Mut zu. Ich wusste doch, wie man sich auf dem Eis bewegte, und ich brauchte ja nur dasselbe zu tun wie auf einer normalen Eisbahn. Doch irgendwie ging es nicht. Meine Knie schlotterten, und meine Beine wollten sich keinen Zentimeter weiterbewegen.

Und dann sah ich, wie Domenico an mir vorbeifuhr – etwas ungelenk zwar, aber mit einem Selbstbewusstsein, als hätte er sein Leben lang nichts anderes gemacht. Ich glaubte es einfach nicht! Aber Nicki war nun mal ein Naturtalent im Sport. Kein Wunder, als Sohn eines mehrfachen Olympiasiegers …

Er bremste ab, als er bemerkte, dass ich nicht weiterkam. Morten, der gerade seinen Rucksack richtig festgeschnallt hatte, drehte sich ebenfalls zu mir um.

«Alles klar bei dir, Maya?», fragte er.

«Ich … ich trau mich nicht», gab ich kläglich zu.

«Du brauchst keine Angst zu haben. Das Eis ist hier sicher. Ich werde vorausfahren. Und zur Sicherheit hab ich Eispickel und eine Wärmedecke im Rucksack.»

«Das ist es nicht …» Ich versuchte vorsichtig ein paar

Schritte, doch meine Knie wollten einfach nicht aufhören zu zittern. Irgendwie war dieses Eis auch viel rutschiger als auf der Eisbahn ...

«Komm, ich helf dir!» Solvej kehrte zu mir um und hakte sich bei mir unter. Sie winkte Domenico heran. «Nicki, komm schon, nimm ihren anderen Arm.»

Domenico zögerte, ehe er schließlich ebenfalls zu mir umkehrte. Sehr vorsichtig reichte er mir seinen Arm, so dass ich mich auch auf der anderen Seite einhaken konnte.

Sicher gestützt von Solvej und Domenico wagte ich nun endlich die ersten Schritte, und nach einer Weile waren wir schon in Fahrt. Solvej und Domenico ließen mich nicht los, und ich stellte etwas missgestimmt fest, dass Nicki innerhalb weniger Stunden (zusammengezählt mit unserem ersten Mal auf der Eisbahn vor einigen Jahren) bereits besser Eislaufen gelernt hatte als ich in meinem ganzen Leben.

Wir wagten uns weit auf den See hinaus. Immer schneller zog das schwarze Eis unter unseren Füßen hinweg, und der Wind pfiff beißend kalt um unsere Ohren. Ab und zu war das Eis aufgeschürft und übersät mit weißen Krusten. Es war fast, als würden wir über einen dunklen Ozean mit ein paar weißen Wolkenfetzen schweben, und ich konnte sehen, dass der See nicht sehr tief war. Hin und wieder konnte ich Steine und eingefrorene Algen erkennen. Was wohl mit all den Fischen geschehen war?

«Sieh nur, wir spiegeln uns!», sagte Solvej auf einmal, und tatsächlich, sie hatte Recht: Ich konnte mich und Solvej und Nicki von unten sehen, wie wir über das Eis flitzten.

«Und bitte lächeln!», rief Morten auf einmal und hielt sich sein Smartphone vor die Nase. Wir stoppten abrupt und schauten zu ihm auf.

«Nein!», rief Domenico, doch Morten hatte schon abgedrückt.

«Oh, entschuldige. Ich hatte echt vergessen, dass du keine Fotos magst», sagte Morten etwas verlegen.

«Ich möchte nicht fotografiert werden», sagte Nicki. «Ich mag's einfach nicht, okay?»

«Kein Problem. Tut mir wirklich leid. Aber man sieht eh

nicht viel von dir – so tief, wie du dir die Mütze ins Gesicht gezogen hast.»

Tatsächlich war von Domenicos kupferbraunen Strähnen nicht mehr so viel sichtbar unter der blauen Wollmütze, die er sich von Kjetil geliehen hatte.

«Mögt ihr noch? Oder sollen wir umkehren?», wollte Morten wissen.

«Ich will noch ein bisschen Pirouetten drehen», erklärte Solvej und ließ mich vorsichtig los.

«Aber pass auf, ganz so eben wie auf der Eisbahn ist das Eis hier nun auch wieder nicht», sagte Morten.

«Schon klar.» Solvej machte eine halbe Drehung und fuhr dann auf einem Bein, erst vorwärts und dann rückwärts. Sie sah zwar nicht aus, als hätte sie je wirklich Eiskunstlaufunterricht gehabt, doch mit ihren Akrobatik-Kenntnissen fand sie schnell die Balance. Mit ihrer weißen Pudelmütze sah sie fast aus wie eine kleine Eisprinzessin. Domenico schaute ihr zu und versuchte dann ebenfalls ein paar Drehungen. Er bewegte sich dabei ziemlich lässig, als hätte er die Sache schon voll im Griff.

«Nicht schlecht, Nicki», lobte Morten anerkennend. «Ich kann fast nicht glauben, dass du erst einmal auf dem Eis gefahren bist.»

Zu guter Letzt gab ich wieder einmal mehr die klägliche Figur ab. Ich schaffte es zwar mittlerweile, mich allein fortzubewegen, doch die Drehungen wollten mir nicht recht gelingen. Ich verstand zwar immer noch nicht, warum mir dieses schwarze Eis so Angst machte, doch ich beschloss, diese Tatsache einfach zu akzeptieren. Morten und seine Kids waren mir im Sport nun mal haushoch überlegen, na und?

Als die Sonne sich alsbald wieder rötlich verfärbte und sich dem Horizont näherte, schlug Morten vor, langsam wieder zurückzufahren. Es wurde auch spürbar kälter.

Dieses Mal nahm ich mir fest vor, ohne Hilfe zurückzufahren, doch ich musste leider feststellen, dass ich schon bald wieder hinter den anderen zurückblieb. Domenico verlangsamte schließlich seine Schritte und wartete, bis ich aufgeholt hatte.

«Willst du, dass ich dich halte?», fragte er rau.

«Okay», gab ich mich geschlagen. Es war mittlerweile so kalt, dass ich nur eins wollte: zurück ins warme Auto.

Domenico reichte mir seinen Arm, und ich hielt mich an ihm fest. Morten und Solvej waren etliche Meter vor uns, doch nachdem sie sich vergewissert hatten, dass Domenico und ich ganz gut klarkamen, beschlossen sie wohl, nicht extra anzuhalten.

Ich musste zu meiner Bekümmerung feststellen, dass ich mich ganz sicher und geborgen fühlte an Domenicos Arm. Eigentlich wollte ich keine solchen Gefühle zulassen, doch da das Ufer immer noch ziemlich weit entfernt war, blieb mir fast nichts anderes übrig. Und Domenico hatte eine Art an sich, mich so dermaßen sicher und stabil zu halten, dass ich jegliche Angst verlor. Ein Gefühl, das mir nur allzu vertraut war …

Und je schneller wir über das Eis flitzten, umso fester hielt er mich.

Die Sonne warf ihre letzten rötlichen Strahlen über den See, als wir endlich am Ufer waren. Die Hügel und Wälder rund um den See herum waren im Kontrast zum Sonnenlicht nur noch schwarze Silhouetten.

Morten schlug vor, uns noch irgendwo in ein Café zu setzen und uns eine heiße Schokolade mit einer Waffel zu gönnen, bevor wir nach Hause zurückkehren würden.

«Das haben wir uns redlich verdient», meinte er.

Wir hielten irgendwo unterwegs an und saßen bald darauf in einer warmen, kuscheligen Nische eines gemütlichen Cafés – koselig, wie die Norweger das nennen. Das war mittlerweile eines meiner Lieblingswörter geworden. Morten hatte uns allen wie versprochen eine Waffel und eine große Tasse heiße Schokolade bestellt. Während wir uns ein wenig über die Gemeinsamkeiten der deutschen und norwegischen Sprache unterhielten, bemerkten wir auf einmal, wie abwesend und still Domenico mal wieder war. Das war eigentlich nichts Neues, und ich hatte in all den Jahren gelernt, ihn dann einfach in Ruhe zu lassen. Doch Solvej konnte das natürlich nicht.

«Hey Nicki, alles klar?» Sie stieß ihn kumpelhaft in die Seite. «Du bist so still.»

«Ich denk nur grad an Manuel ...», antwortete er zu meiner Überraschung. Na toll, wenn *ich* ihn damals nach seinem Wohlbefinden gefragt hatte, hatte er mich oft einfach nur angeknurrt, während Solvej ohne jegliche Anstrengung die Antwort von ihm kriegte, die sie wollte.

«Ach, Kjet passt sicher gut auf ihn auf», erwiderte sie – ein weiteres Detail, das mich ziemlich wunderte. Dass der mürrische, computerbesessene Kjetil sich irgendwie auch nur im Geringsten mit einem Kleinkind wie Manuel anfreunden würde, war mir immer noch ein Rätsel. Und auch umgekehrt: Dass Manuel sich ausgerechnet Kjetil, der wirklich nicht die Freundlichkeit in Person war, als Vertrauensperson ausgesucht hatte.

«Das ist nicht das Problem ...», sagte Domenico leise.

«Ich kann es dir leider nicht versprechen, Nicki», sagte Morten mit einem Seufzer. «Es hängt vorwiegend von Liv ab. Ich persönlich würde ja nicht Nein sagen, doch ich kann ihr nicht noch ein weiteres Kind zumuten. Aber wir werden tun, was wir können, um für Manuel eine gute Lösung zu finden.»

Domenico nickte mit gesenkten Augen. Ich sah, dass weder die Aussicht auf eine weitere Therapie noch seine gesundheitlichen Probleme das waren, was ihn am meisten beschäftigte. Nein, das, was ihn innerlich am schlimmsten plagte, war, was mit Manuel geschehen sollte, falls er wirklich eine Therapie antreten würde. Abgesehen von all dem, was zwischen uns passiert war.

Nachdem eine ungemütliche Stille eingetreten war, in der weder Morten noch Domenico wussten, was sie sagen sollten, und auch Solvej sprachlos war, schob ich Domenico schließlich den restlichen Teil meiner Waffel hin. Ich wollte einfach irgendwie das Eis zwischen uns brechen, und das ging in unserem Fall nur mit kleinen, sehr behutsamen Schritten.

«Hier. Magst du den Rest haben? Ich mag nicht mehr …» Ich wusste ja, wie gern Nicki Süßes aß.

Da hob er seinen Blick und sah mich verwundert an.

«Hast du denn keinen Hunger?», fragte er.

«Nein … das Eislaufen hat mich irgendwie so müde gemacht.» Das war nicht mal gelogen, aber auch nur die halbe Wahrheit. Hunger hatte ich eigentlich schon. Und Nicki merkte das auch.

«Nee, lass mal. Iss sie lieber selber.» Ich sah seinem Blick an, dass er mich genau durchschaut hatte, und gab es daher auf. Domenico kramte die runde Dose aus seiner Jackentasche und schob sich wieder so ein merkwürdig braunes Ding unter die Oberlippe. Ich hätte ihn gern gefragt, was das war, doch ich traute mich nicht. Ich nahm auf jeden Fall an, dass es etwas mit Tabak zu tun haben musste.

Es war kurz vor fünf und natürlich bereits tiefschwarze Nacht, als wir wieder zu Hause waren. Liv werkelte schon eifrig in der Küche, und der Duft nach Braten erfüllte das Haus. Solvej hatte mich aufgeklärt, dass es immer an Weihnachten das traditionelle norwegische Weihnachtsgericht gab, das sie *ribbe* nannten. Entweder *ribbe* oder *pinnekjøtt*, aber wenn es nach Solvej ging, konnte man das Letztere auf den Mond schießen.

«*Ribbe* geht ja noch, aber *pinnekjøtt* ist grauselig», stöhnte sie. «Schmeckt wie ein vertrockneter Schafsbock.»

«Was es ja streng genommen auch ist», kommentierte Morten.

«He, wir müssen doch die Lichter anmachen!» Solvej rannte zum Fenster und tippte mit dem Fuß auf eine der Stromleisten, und die elektrischen Kerzen im Fenster und am Weihnachtsbaum begannen zu leuchten.

Kjetil saß mit Manuel auf dem Boden im Wohnzimmer und spielte mit ihm Bauklötze. Ich fand es unglaublich, dass ihm dieses Spiel irgendwie nie verleidete. Doch Kjetil schien ziemlich froh zu sein, als Domenico ihn endlich wieder ablöste und er an seinen geliebten Computer zurückkehren durfte.

Hendrik schlurfte telefonierend zwischen Wohnzimmer

und dem hinteren Teil des Flures, wo Morten und Liv ihr Schlafzimmer hatten, hin und her. So zuckersüß und liebevoll, wie seine Stimme klang, schwatzte er gerade mit seiner Runa. Er hatte zwei verschiedene Socken an, eine hellgrüne und eine lilafarbene. Das war typisch Hendrik. Sicher hatte er seine Socken mal wieder verloren.

Morten ging in die Küche, um Liv zu helfen, und ich folgte ihm, um ebenfalls Hilfe anzubieten, doch Liv lehnte ab. Also blieb mir nichts anderes übrig, als es mir wieder auf dem Sofa bequem zu machen und Domenico und Manuel beim Spielen zuzusehen, zumal Solvej sich zu Kjetil nach oben verzogen hatte – wahrscheinlich, um nicht beim Tischdecken helfen zu müssen.

Nicki nahm überhaupt keine Notiz von mir, sondern hatte sich so hingesetzt, dass er mir den Rücken zuwandte. Ob das Absicht war oder nicht, konnte ich nicht sagen. Schließlich erlöste Söckchen mich aus der Langeweile, indem sie miauend auf meinen Schoß hüpfte und es sich auf meinen Beinen bequem machte. Immerhin konnte ich mich nun damit beschäftigen, diese warme und weiche Katze zu streicheln, die zufrieden schnurrte. Doch sobald Söckchen ein bestimmtes Geräusch aus der Küche vernahm, hüpfte sie wieder von meinem Schoß und düste wie der Blitz in die Küche. Bestimmt, weil es etwas zu fressen gab.

Hendrik war endlich fertig mit seinem Telefonat und gesellte sich zu mir, doch er war kaum ansprechbar. Er sah ganz verliebt und glücklich aus. Im Gegensatz zu mir schien er mindestens auf Wolke siebzehn zu schweben.

«Kommt deine Mutter nun eigentlich, Rick?», fragte Morten, der ins Wohnzimmer kam, um den Tisch zu decken. Hendrik und ich sprangen sofort auf, um ihm zur Hand zu gehen.

«Nein, sie feiert lieber mit ihrer Schwester», sagte Hendrik. «Ich werde morgen den Tag mit ihr sein.»

«Du weißt aber, sie ist jederzeit auch herzlich willkommen hier bei uns», sagte Morten. Hendrik hatte eine andere Mutter als Solvej und Kjetil. Ann Merete war die erste Freundin von Morten gewesen, bevor Morten ihr mit Domenicos Mutter Maria untreu geworden war und – bevor er schließlich Liv kennengelernt hatte. Das war eine ziemlich lange Geschichte.

Eine Weile später saßen wir endlich alle zusammen am Esstisch.

«Ihr habt noch nie *ribbe* gegessen, was?», fragte Morten Domenico und mich. Wir schüttelten beide den Kopf.

«Ist das gegarte Schweinerippe?», fragte ich und starrte in meinen Teller voll Braten, Kartoffeln und Sauerkraut, geschmückt mit Preiselbeeren.

«So ungefähr könnte man das nennen. Ich würde jetzt nicht behaupten, dass es ein kulinarischer Höhenflug ist, aber das ist immerhin eins unserer Nationalgerichte. Steht schon fast unter Denkmalschutz.»

«Mittelalterfraß», rümpfte Kjetil die Nase. «Könnte man nicht wenigstens die ollen Kartoffeln durch Pommes ersetzen? Dann wär's ja noch einigermaßen akzeptabel.»

«Noch ein motzendes Wort, Kjetil, und es gibt nächstes Mal *lutefisk* oder *rakfisk*», sagte Morten und versuchte, streng zu klingen. «*Ribbe* ist immerhin das erträglichste aller Weihnachtsgerichte, würde ich sagen.»

Ich wurde den Verdacht nicht ganz los, dass selbst Morten nicht gerade ein Fan der traditionellen norwegischen Weihnachtsessen war. Ich selbst fand das Gericht eigentlich nicht schlecht, aber es war in der Tat etwas gewöhnungsbedürftig.

«Es gibt ja hinterher noch Pfefferkuchenherzen, Kjet», scherzte Solvej und trat Kjetil unter dem Tisch ans Bein.

«Ein bisschen norwegische Tradisjon möchte ich meinen Kindern schon gern noch beibringen», bemerkte Liv. «Und wer jetzt nicht isst, kriegt auch keine Pfefferkuchenherzen.»

Hendrik war der Einzige, der das Mahl anstandslos aß und sogar zu genießen schien. Aber kein Wunder, er war ja auch das einzige von Mortens Kindern, das in Norwegen aufgewachsen war und sich seit seiner Kindheit daran gewöhnt hatte.

«Also, da fress ich ehrlich gesagt lieber noch so 'ne Pizza Grandiosa», brummte Kjetil mehr zu sich selbst.

«Pizza Grandiosa?» Offenbar erweckte dies Domenicos Aufmerksamkeit.

«Na ja, diese Pappkartonpizza, mit der alle norwegischen Kids aufwachsen», klärte ihn Morten auf. «Schmackhaft und billig.»

«Och, jetzt hört doch auf», meinte Solvej. «Mamma hat sich doch so viel Mühe gegeben.»

«Wenn ihr jetzt nicht den Mund haltet, gibt es nächstes Mal wirklich Pizza Grandiosa», sagte Liv mit ihrem melodischen norwegischen Akzent, und zu meiner Überraschung sah ich den Anflug eines Schmunzelns auf ihren Lippen. Sie hatte doch mehr Humor, als ich ihr zugetraut hätte.

«Aber das Beste an allem ist der *julebrus*», sagte Solvej und hob ihr Glas. In der Tat – diese dunkelrote Weihnachtslimonade schmeckte so derart süß und künstlich, dass sie schon wieder richtig gut war. Dagegen hatte auch Kjetil nichts einzuwenden.

«Was isst man denn auf Sizilien zu Weihnachten, Nicki?», fragte Morten.

Domenico blickte von seinem Teller auf. Er hatte die meiste Zeit damit verbracht, sein Essen für Manuel in mundgerechte Häppchen zu schneiden.

«Äh ... weiß nicht ...» Er sah aus, als versuchte er sich angestrengt zu erinnern. «Viel auf alle Fälle. Ich glaub, da wird tagelang nur gegessen.»

Nach dem Essen wurden die Geschenke verteilt. Morten und Liv hatten sich nicht lumpen lassen. Es gab eine Menge auszupacken für jeden. Solvej bekam ein nigelnagelneues Smartphone, da ihr eigenes schon seit einiger Zeit kaputt war, und Kjetil einen neuen Laptop. Daneben gab es noch jede Menge praktischen Krimskrams wie Parfums, Pyjamas, Kissenbezüge und Handschuhe. Zusammen bekamen sie noch die gesamte DVD-Collection ihrer Lieblings-TV-Serie «Lilyhammer» geschenkt, in der Steven Van Zandt einen italienischen Mafioso spielt, der im norwegischen Lillehammer gestrandet ist.

«Dann dürft ihr euch aber nicht mehr beklagen, dass wir zu viel vor der Kiste sitzen», grinste Solvej.

«Es wird nicht mehr als eine Stunde pro Tag geschaut», bestimmte Morten, doch natürlich nahm ihm das keiner ab. Wenn ich etwas begriffen hatte die letzten Tage, dann war es dies, dass Morten nicht besonders gut darin war, streng zu sein.

Hendrik bekam das volumenmäßig größte Geschenk von allen. Ich hatte mich die ganze Zeit gefragt, für wen wohl dieses Riesenteil war.

«Es ist recht leicht, dafür, dass es so groß ist», meinte Hendrik und schüttelte es ein wenig. «Ich höre nichts. Aber irgendetwas ist drin ...»

«Natürlich ist etwas drin», sagte Morten.

«Ich hab keine Peilung, was das sein könnte.» Hendrik begann das Papier aufzureißen. Ich sah, wie Mortens Mundwinkel zuckten. Zum Vorschein kam die Verpackung eines Staubsaugers.

«Ein Staubsäuger? Hä? Das kann doch kein Staubsäuger sein. Und warum überhaupt ein Staubsäuger?»

«Jetzt mach es doch auf», grinste Morten.

Hendrik öffnete den Karton – und machte gleich darauf große Augen. Ein paar Sekunden lang starrte er nur in das Paket hinein und brach gleich darauf in schallendes Gelächter aus.

Der Staubsaugerkarton war bis obenhin gefüllt mit Socken. Socken in allen Farben. Schwarze, weiße, braune, violette, grüne, gelbe, rote, buntgemusterte, gestreifte, karierte, geblümte. Das mussten mindestens zweihundert Paar sein, wenn nicht mehr. Hendrik lachte sich fast Tränen, und wir anderen lachten mit. Selbst Nicki konnte ein verstohlenes Grinsen nicht unterdrücken.

«Die sollten ein halbes Jahr reichen, bevor sie wieder alle vergessen und verloren sind», meinte Morten.

«Ich kann auch nichts dafür», verteidigte sich Hendrik scherzhaft. «Ich glaube, dass meine Vaskemaskin Socken speist.»

«Dann schenken wir dir nächstes Jahr eben auch noch eine neue Waschmaschine.»

Doch Hendrik bekam nicht nur Socken, sondern auch ein neues, supergutes Stimmgerät für seine Gitarre.

Auch Domenico und ich wurden reich beschenkt. Vor allen Dingen Domenico. Ich bekam ein Parfum, Ohrringe und eine Halskette. Das kam mir gerade recht, da ich die zwei Herzanhänger, die mir Domenico einst geschenkt hatte, beide im Laufe der Zeit verloren hatte. Seither hatte ich keinen Halsschmuck mehr getragen ...

Domenico bekam vor allen Dingen einen ganzen Berg Klamotten. Pullover, Jeans, Handschuhe, Winterschuhe, eine Wollmütze und auch eine richtig warme Daunenjacke. Bisher hatte er sich ja alles von Kjetil geliehen.

Sogar Manuel bekam ein Geschenk: einen eigenen Schlitten.

«Cool!», sagte Nicki. «Den probieren wir morgen gleich aus, Manùcculi. Sulu nuatri dui, scià.»

«Ja, wenn das heute Nacht wirklich schneien wird, wie sie in der Wettervorhersage versprochen haben, dann werdet ihr morgen mehr als genug Gelegenheit dazu haben», sagte Morten.

Am meisten in Erstaunen versetzte mich jedoch Kjetil. Er stand plötzlich auf und ging in sein Zimmer hoch. Zurück kam er mit irgendetwas in seiner Faust, das einem Lederband glich.

«Hier», sagte er zu Domenico und drückte ihm den kleinen Gegenstand in die Hand. «Das kannst du von mir kriegen.»

Domenico öffnete die Hand und schaute an, was Kjetil ihm gegeben hatte. Es war eine Lederkette mit einem verzierten Stein.

«Danke», stammelte Nicki, offensichtlich ziemlich verblüfft. Er hatte wohl kaum erwartet, von Kjetil etwas zu Weihnachten zu bekommen. Ich selbst hatte nämlich überhaupt nichts für ihn, doch es war ja eine unausgesprochene Regel gewesen, dass wir uns gegenseitig nichts mehr schenken würden. Dafür bekam ich noch eine SMS von meinen Eltern mit vielen Grüßen an alle und der Info, dass sie ja nun sehr bald Richtung Oslo abfliegen würden, und noch eine von Elijah, der mir auch frohe Weihnachten wünschte. Ich malte mir aus, ihm zu Weihnachten eine Kiste mit Bananen zu schenken und musste kichern bei der Vorstellung.

Den Rest des Abends sahen wir uns einen Weihnachtsfilm an, da wir alle viel zu müde zum Spielen waren. Hendrik pennte mitten im Film sogar ein. Er fuhr jedoch noch in derselben Nacht nach Hause nach Lillestrøm, da er nicht noch ein weiteres Mal auf der Couch im Wohnzimmer schlafen wollte, die eigentlich ein wenig zu kurz war für ihn.

## 4. Eisschicht

Ich war so müde von diesem Eislauf auf dem gefrorenen See, dass ich schnell einschlief. Doch dann wachte ich zwei Stunden später bereits wieder auf und wusste sofort, dass ich nicht gleich wieder würde einschlafen können. Das hatte ich in letzter Zeit oft gehabt. Genauer gesagt nach dem Bruch mit Nicki. Meistens wachte ich so gegen drei Uhr auf, und dann kamen die Gedanken wie schleichende Schlangen angekrochen und begannen sich um meinen Kopf zu wickeln. Wie Dickicht wucherten sie und wurden immer dichter, bis ich den Ausweg aus diesem Gespinst nicht mehr fand.

Immer und immer wieder fühlte ich mich gezwungen, die ganze Situation zu analysieren und zu durchdenken, sie einmal von dieser und einmal von der anderen Seite zu betrachten und noch eine dritte Version durchzudenken und doch nie wirklich auf einen grünen Zweig zu kommen. Das Wie und Warum ließ sich nicht so einfach lösen. Und auch nicht, wer letztendlich mehr Schuld trug an diesem Bruch.

Als ich einsah, dass es wieder einmal so weit war und ich nun mindestens die nächsten zwei Stunden wachliegen würde, stand ich auf und ging ans Fenster. Es war ja kein Problem, solange ich Ferien hatte und am nächsten Tag ausschlafen konnte.

Und da stellte ich fest, dass es schneite! Morten hatte tatsächlich Recht gehabt. Es schneite, und wie! Die Schneeflocken waren so dick, dass es fast weiß war vor meinem Fenster. Es war der Wahnsinn. Eine Weile stand ich einfach da und schaute diesem Schneetreiben zu. Wie würde das erst am nächsten Morgen aussehen!

Einer Eingebung folgend, verließ ich das Zimmer und tappte vorsichtig über den Flur. Ich wollte gern wissen, wie hoch der Schnee im hinteren Teil des Gartens war. Dort würde es leichter abzuschätzen sein, da man direkt zum Schuppen hinüberblicken konnte. Das kleine Nachtlämpchen am Fenster neben der Galerie spendete genügend Helligkeit, um meinen Weg zu finden, ohne dass ich das große Licht im Flur anmachen musste.

Und dann auf einmal schob sich ein Schatten vor das kleine Licht am Fenster. Ich zuckte zusammen und unterdrückte einen Aufschrei. Einen Moment verharrte ich stocksteif, doch dann kam ich auf die Idee, dass es vielleicht eine der Katzen gewesen war. Ich machte einen weiteren Schritt auf das Fenster zu und erschrak dann wieder, als der Schatten sich erneut bewegte. Er wich auf einmal zur Seite, so dass ich das Lämpchen wieder sehen konnte, und im Schein des Lichts blickte ich auf einmal in Domenicos Augen!

«Sorry. Wollte dich nicht erschrecken ...» Seine raue Stimme hörte sich zerbrechlich und resigniert an.

«Nicki, bist du das?» Die Frage war eigentlich überflüssig, doch es war das Erste, was mir einfiel.

«Sorry, ich ... wusste nicht, dass du wach bist. Ich ... ich hab dich nicht geweckt, oder?» Seine Augen glänzten im schwachen Schein des Lämpchens.

«Nein, ich ...»

«Du kannst auch nicht schlafen, was?», stellte er fest.

Ich schüttelte den Kopf. «Nein ... du auch nicht?» Auch das war eine ziemlich unnötige Frage. Seit wann sollte Nicki nachts schlafen können?

Er gab darauf auch keine Antwort und drehte sich wieder zum Fenster um. Er blieb so stehen, dass das Licht seine schöne Silhouette mit einem sanften Schein nachzeichnete.

Ich war unsicher, ob ich hierbleiben oder wieder gehen sollte. Schließlich entschied ich mich zu bleiben und schob mich zaghaft etwas näher an ihn heran, aber immer noch mit genügend Sicherheitsabstand.

«Stehst du schon lange hier?», traute ich mich endlich eine weitere Frage zu stellen.

«Eine Weile.»

«Wie lange schneit es schon so stark?»

Er zuckte mit den Schultern. «Ich glaub, es fing an, als wir ins Bett gingen ...»

«Ich glaub, ich hab noch nie erlebt, dass es jemals so stark geschneit hat.»

«Ich auch nicht ...»

Ich hätte gern einen Blick aus dem Fenster hinüber zum Schuppen geworfen, doch dazu musste ich noch näher an Domenico herantreten. Ob er das zulassen würde? Oder würde er zurückweichen?

Doch er blieb, wo er war, als ich mich ganz neben ihn stellte, und eine Weile lang starrten wir einfach nur stumm aus dem Fenster. Der Schuppen schien schon fast im Schnee zu versinken, und ich schätzte, dass auf dem Dach gute zwanzig oder sogar dreißig Zentimeter Schnee lagen.

Ich fragte mich, ob Nicki wohl gerade dasselbe dachte wie ich. Ob er sich gedanklich auch diesem faszinierenden Schneetreiben widmete oder geistig an einem ganz anderen Ort war. Ich versuchte ihn zu fühlen, wie ich es früher irgendwie oft gekonnt hatte, versuchte zu erfassen, was in ihm vorging, doch ich vermochte es nicht. Alles, was ich spürte, war diese zentimeterdicke Mauer zwischen uns. Und als er schließlich nach einer halben Ewigkeit das Schweigen brach, zuckte ich richtig zusammen. Ich hatte überhaupt nicht mehr damit gerechnet, dass er ein Gespräch mit mir beginnen würde.

«Hattest du ... starke Schmerzen?», fragte er leise.

«Schmerzen?»

«Du weißt, was ich mein' ...»

Es dauerte eine Weile, bis ich tatsächlich begriff, wovon er sprach. Und als ich es endlich kapiert hatte, brauchte ich noch eine weitere Weile, um mir zu überlegen, was ich antworten sollte. Sollte ich ihn schonen? Oder sollte ich schlicht und einfach ehrlich sein?

«Ja. Es hat ziemlich wehgetan. Mein Arm war völlig ausgerenkt. Ich bekam sogar eine Spritze. Dann wurde es aber bald besser. Mittlerweile ist alles wieder gut.» Das war die reine Wahrheit. Was meinen Arm betraf. Aber nicht meine Seele …

Ich merkte, wie er gepresst Luft holte und wie seine Lunge sich verkrampfte.

«Ich werd mir das nie verzeihen …» Er löste sich vom Fenster und wollte in sein Zimmer zurückgehen.

«Warte, Nicki …»

«Was?» Er blieb sofort stehen und drehte sich wieder nach mir um, fast so, als hätte er darauf gewartet, dass ich ihn zurückhalten würde. Ich war selber erschrocken, denn nun musste ich etwas sagen. Ich konnte nicht mehr länger ausweichen.

Ich fasste mir ein Herz. «Nicki, hör zu: Ich will nicht, dass du dich schlecht fühlst wegen dem, was passiert ist.»

Er antwortete nicht gleich. Sekundenlang verharrte er in derselben Stellung, und wir schauten einander in die Augen. Er trug nur ein schwarzes, ärmelloses Hemd und eine Jogginghose, und ich heftete meinen Blick schließlich auf die mir so vertraute Tätowierung an seinem Oberarm.

«Wieso? Wieso soll ich mich nicht schlecht fühlen? Ich hab doch allen Grund dazu», meinte er und kam zaghaft einen winzigen Schritt näher.

«Weil das nichts bringt. Es hilft weder mir noch dir, wenn du dich nun als Versager fühlst. Wir können es nicht mehr ungeschehen machen. Das Einzige, was wir können, ist offen darüber zu reden.» Ich hatte immerhin genug Zeit gehabt, mir diese Antwort zu überlegen.

«Hör zu: Halt am besten einfach Abstand zu mir, okay?», sagte er in ziemlich scharfem Tonfall. «So, wie es von Anfang an richtig gewesen wäre.»

«Nein», erwiderte ich. «Nein, das hilft doch auch nicht wirklich. Wir müssen immerhin darüber reden.»

«Wir müssen gar nichts. Meine erste Reaktion damals auf Sizilien ist es gewesen, vor dir wegzulaufen. Und genau das hätte ich tun sollen.»

«Aber das wäre nicht richtig gewesen!»

«Doch. Das wäre das einzig Richtige gewesen.»

«Nein. Denn dann würde ich heute noch dasitzen und mir den Kopf zerbrechen, was aus dir geworden ist.»

Er schüttelte entschieden den Kopf. «Das würdest du nicht. Du hättest 'nen anderen Typen kennengelernt. Und mich vergessen. Und genau so hätte es sein sollen. Dann wärst du jetzt nämlich in 'ner glücklichen Beziehung und hättest all das nicht durchmachen müssen.»

«Aber ich sehe das nicht so!» Beinahe vergaß ich, dass es ja mitten in der Nacht war und ich vielleicht besser gedämpfter sprechen sollte.

«Wie denn sonst? Ey, was willst du denn nach all dem noch von mir?» Auch seine Stimme war lauter geworden, und die altbekannte Wut machte sich darin bemerkbar. Ich konnte zwar in dem gedämpften Licht nicht so viel von seinem Gesichtsausdruck sehen, doch ich kannte die Tonlage seiner Stimme nur zu genau. Alles, wirklich alles an ihm war mir vertraut. Auch seine Wut. Und deswegen trat ich unwillkürlich einen Schritt zurück.

«Nichts, Nicki. Ich will nichts von dir. Ich will nur mit dir reden!»

«Bist du extra deswegen nach Norwegen gekommen?», zischte er. «Um mit mir zu reden?»

Ich nickte stumm.

«Und worüber willst du reden? Ich meine, was gibt es denn da noch zu reden?»

«Alles. Ich meine ... warum das alles passiert ist und ...»

«Warum? Ist das so schwer? Weil ich ein psychisches Wrack bin. Nur deswegen. Darüber müssen wir nicht reden.»

Ich seufzte. Wieso verstand er nicht, was ich wirklich wollte? Er war doch sonst nicht so schwer von Begriff. Im Gegenteil: Er war einer der feinfühligsten Menschen, die ich kannte. Er sah und spürte Dinge, die den meisten anderen entgingen.

«Ich denke, wir sollten doch zumindest klären, wie es weitergehen soll mit uns», versuchte ich einen neuen Anlauf.

«Das ist ganz einfach: Halt du dich von mir fern und geh deinen eigenen Weg.»

«Aber auf diese Art können wir uns doch nicht trennen.»

«Wie soll man sich denn sonst trennen?»

«Nun ja, ich denke, wir sollten uns wenigstens in Freundschaft trennen. Ich möchte nicht, dass wir böse aufeinander sind.»

«Ich bin nicht böse auf dich.»

«Ich auch nicht auf dich.»

«Na also. Dann ist doch alles klar. Was müssen wir denn da noch weiter reden?»

Er verstand immer noch nicht. Wollte er mich nicht verstehen, oder konnte er nicht? Wir konnten uns nicht einfach mit klaffenden Wunden im Herzen trennen. Das musste irgendwie geklärt, geheilt werden. Alles, was ich wollte, war, die Eisschicht zwischen uns zum Schmelzen zu bringen, neuen Zugang zu seinem Herzen zu finden, das Ganze gemeinsam verarbeiten und dann einen sauberen Schlussstrich ziehen. Aber wie sollte ich ihm das verständlich machen?

«Hör zu.» Er kam einen letzten kleinen Schritt näher zu mir. «Man kann sich nicht in Freundschaft trennen, okay? Entweder man trennt sich, oder man bleibt befreundet. Und in unserem Fall funktioniert nur eine einzige Möglichkeit: È finita. Mi senti?»

«Ja, das sehe ich ja auch so. Aber ich finde, wir müssen trotzdem darüber reden.»

«Es *gibt* nix zu reden! Ich bin ein Versager, eine Niete, eine Null. Das ist alles, was ich dazu sagen kann.»

«Aber ich möchte nicht, dass du so über dich denkst. Verstehst du das denn nicht?»

«Das kannst du leider nicht ändern.»

Ich stieß einen verzweifelten Seufzer aus. Irgendwie funktionierte das einfach nicht. Ich konnte es drehen und wenden, wie ich wollte: Ich kam nicht an diese Eisschicht heran.

«Komm, Maya, lass uns das einfach beenden.» Seine Stimme klang nun immerhin wieder etwas ruhiger. «Ich weiß, dass ich's vergeigt hab, und mehr kann ich dazu einfach nicht sagen. Bald kommen ja eh deine Eltern. Und dein Vater wird mich zur Schnecke machen. Ist okay. Hab's nicht anders verdient. Aber es ändert doch alles nix mehr.» Er wollte sich umdrehen und gehen, doch abermals rief ich ihn zurück.

«Warte, Nicki ...»

«Was denn?»

«Es interessiert mich aber trotzdem, wie es dir geht. Wie es dir *wirklich* geht, meine ich.»

«Wie geht es *dir*?», kam seine Frage zurück.

«Ich bin okay», sagte ich. «Wirklich. Ich sorge mich mehr um *dich*.»

«Brauchst du nicht.»

«Doch.»

«Nein. Definitiv nicht.» Seine Stimmbänder klangen, als seien sie kurz vor dem Versagen. Er holte tief Luft. Wieder herrschte minutenlanges Schweigen zwischen uns, und wir hörten nur unsere Atemstöße. Sahen einander in die Augen und dann wieder weg, nur um dann erneut wieder den Blick des anderen zu suchen.

Und ich erinnerte mich an den ersten Schultag, als ich ihn das allererste Mal gesehen hatte. Als er mir wie ein Held erschienen war, stark und unnahbar. Der Junge mit den tausend Geheimnissen. Den stets ein Hauch von Gefahr umgeben hatte. Von dem ich nie für möglich gehalten hätte, dass er mir eines Tages so nahe sein würde. Und ich ihm.

«Gute Nacht», sagte er schließlich und ging endgültig.

Ich holte tief Luft und trat zu dem kleinen Fenster. Ich starrte hinaus in den Schnee, der inzwischen etwas nachgelassen hatte. Lauschte in mein Herz. Erforschte meine Gefühle. Irgendetwas Altes, Vertrautes war immer noch da. Doch dass unsere Herzen es schaffen würden, einander wieder zu vertrauen und wieder eine Beziehung zu führen, stand völlig außer Diskussion.

# 5. Die schwarzen Wikinger

«Nein. Kommt nicht in Frage, Solvej», sagte Morten, und dieses Mal klang er wirklich streng. «Es gibt kein *Vorspiel* für dich und Kjetil. Ich hab genug Ärger mit euch gehabt. Es reicht, wenn ihr zum Konzert geht.»

«Aber Maya und Nicki gehen doch auch.»

«Maya und Nicki sind über achtzehn. Die sind alt genug, selber zu entscheiden, ob sie Alkohol trinken oder nicht.»

«Ja, aber alle trinken doch. Sogar schon mit sechzehn. Was ist denn dabei? Man wird doch nicht gleich betrunken von ein, zwei Bier.»

«Da ist eine Menge dabei. Ich finde einfach, dass man nicht zu früh damit anfangen soll. Basta. Ich kann nicht behaupten, dass ich damit gute Erfahrungen gemacht habe.»

«Aber man kann doch hingehen, ohne zu trinken. Hendrik trinkt doch auch nicht», drängelte Solvej weiter.

«Ja-ja, das sagen alle, und am Schluss müssen wir wieder kommen und euch aufsammeln. Nein. Kommt einfach nicht in die Tüte. Außerdem wird eure Mutter das sowieso nicht erlauben.»

Es war bekannt, dass Liv generell strenger war als Morten. Solvej erkannte, dass sie nichts mehr ausrichten konnte, und verzog sich schmollend aufs Sofa.

«Ich weiß auch nicht, ob ich gehe», sagte Domenico zu ihr.

«Wieso denn nicht?», fragte Solvej. «Du kannst doch ruhig hingehen. Du bist über achtzehn.»

«Ja, aber ich hab keinen Bock mehr auf Partys», murmelte Domenico und verließ das Wohnzimmer, ehe noch jemand weitere Fragen stellen konnte. Ich ahnte, wo sein Problem lag. Ich hatte schon mehrmals erlebt, dass er die Kontrolle verloren hatte, wenn er einmal damit angefangen hatte, Alkohol zu trinken.

Ich schwieg dazu. Ich wusste selbst nicht, ob ich zu diesem *Vorspiel* hingehen wollte, wie die Norweger das nennen. Ja, sie benutzen tatsächlich ein deutsches Wort dafür. Ich hätte es vorgezogen, direkt zum Konzert zu gehen.

Aber ich wusste, dass Hendrik enttäuscht sein würde, wenn wir nicht mitkommen würden.

Als Hendrik kam, um uns abzuholen, war Domenico immer noch nicht sicher, ob er wirklich mitkommen wollte. Und auch ich war es nicht.

«Wer kommt denn überhaupt alles?», wollte ich wissen.

«Ein paar venner ... ich mein, Freunde. Sverre, Thore und ein paar Jungs. Aber vor allen Dingen möchte Runa euch so gern kennenlernen.»

«Sverre auch? Aber ich dachte, er sei aus der Band ausgestiegen?»

«Ja, aber Thore hat ihn eingeladen. Ist ja seine Wohnung, wo wir vorsen.»

«Vorsen?»

«Ach, das ist Slang. Ich meine, wo wir uns sum Vorspiel treffen.»

Schließlich entschied ich mich doch, mitzukommen – einfach, um Hendrik eine Freude zu machen, der uns so gern seine Runa vorstellen wollte. Und irgendwas schien Domenico zu bewegen, sich uns ebenfalls anzuschließen, auch wenn das bedeutete, dass er Manuel wieder einen Abend alleinlassen musste. Doch Morten fand, dass dies gerade ein guter Test war.

«Manuel muss lernen, ohne dich zurechtzukommen», sagte er. «Wenn du in der Therapie sein wirst, wirst du dich nicht mehr um ihn kümmern können. Und wir müssen ja auch schauen, ob wir überhaupt mit ihm klarkommen, wenn du und Kjetil beide weg seid.»

Domenico schwieg dazu. Ich sah ihm an, dass irgendetwas an ihm nagte. Vor allen Dingen warf er mir ständig merkwürdig verstohlene Blicke zu. Irgendetwas Dunkles, Bedrohliches bahnte sich an, das spürte ich deutlich.

Da ich nicht mit einer Party gerechnet hatte, musste ich mir von Solvej etwas zum Anziehen leihen. Ich hatte mich eher auf rustikale Winterkleidung und Wollpullover eingestellt. Doch Solvej hatte zu meiner Erleichterung eine Menge Partyklamotten, allerdings war reichlich Kitsch dabei. Zudem war mir fast alles zu weit, da Solvej ja viel kräftiger gebaut war als ich. Ich fand schließlich ein passendes rotes Oberteil mit ein wenig Glitzerkram drauf, das zu meinen Jeans passte. Allerdings hatte es den Nachteil, dass es etwas tief ausgeschnitten war, doch das war immer noch besser als die andere Variante, nämlich ein quietschrosa Oberteil mit dem Schriftzug *all you need is a party*.

Domenico hingegen machte nicht viel aus sich. Er behielt seine Jeans und sein dunkelblaues T-Shirt an und machte sich noch nicht mal die Mühe, sein Haar mit etwas Gel zu stylen. Es war eindeutig, dass er nicht die geringste Lust auf dieses Vorspiel hatte, und ich zerbrach mir immer noch den Kopf, aus welchem Grund er eigentlich mitkam, wo er doch leicht einfach später mit Kjetil und Solvej zusammen zum Konzert erscheinen konnte.

Doch Hendrik war überglücklich, dass Domenico und ich ihn begleiteten. Weil er versprochen hatte, uns alle nach dem Konzert wieder nach Nittedal zu bringen, fuhren wir mit dem Auto. Während der Fahrt nach Oslo textete er uns mit lauter News über die Band und Runa voll. Wegen des vielen Schnees fuhr er besonders langsam und vorsichtig. An Heiligabend waren mindestens dreißig Zentimeter Schnee gefallen, und noch immer versank man an den Straßenrändern regelrecht im Tiefschnee, wenn man zu Fuß unterwegs war.

Domenico saß auf dem Rücksitz, und aus dem Augenwinkel konnte ich erkennen, dass er konzentriert an einer SMS schrieb. Für wen die wohl war? Der erste Name, der mir einfiel, war Suleika. Oder war die Nachricht für seine Schwester Bianca, die inzwischen auf Sizilien lebte? Wenn ich eins wusste, dann war es, dass nicht viele Leute Nickis Nummer besaßen. So standen außer Suleika, Bianca, seiner Mutter und allenfalls noch Mike eigentlich nicht viele zur Auswahl. Irgendwie war das ein unbehagliches Gefühl, obwohl es mir in Tat und Wahrheit egal sein konnte.

«Was passiert eigentlich jetzt genau mit Sverre?», versuchte ich mich auf das, was mir Hendrik gerade erzählte, zu konzentrieren.

«Der ist jetzt bei diesem Vorspiel dabei, aber tritt nicht mehr mit euch auf?»

«Ja. Er ist ja immer noch mein Freund. Er steht nun voll swischen Viggo und mir. Wir wurden ja für diesen Anlass anstelle der Black Vikings ausgewählt. Jetst ist Viggo erst so riktig sauer auf uns. Aber Sverre und ich … wir sind fast susammen aufgewachsen. Aber ob unsere Freundschaft das auf Dauer übersteht, weiß ich nicht …» Hendrik bremste ab, weil vor uns eine Schlange wartender Autos vor einer roten Ampel stand. Wir hatten Oslo fast erreicht, und wäre es nicht dunkel gewesen, hätten wir einen Blick auf den Fjord gehabt.

Ich sah Domenico im Rückspiegel zu, wie er sich wieder so ein braunes Päckchen unter die Oberlippe klemmte. Ich hatte mich immer noch nicht getraut, ihn zu fragen, was das eigentlich genau war.

Wir waren nun beim Hauptbahnhof, und Hendrik kurvte ein wenig in den Straßen herum, bis wir tatsächlich einen Parkplatz fanden. Hendrik sprach von einem Wunder.

«Parkhaus ist viel su teuer», meinte er.

Auch die Stadt war von den Schneewehen, die vor zwei Tagen über das Land gefegt waren, nicht verschont geblieben. Allerdings war der Schnee hier bereits matschig und mehr grau als weiß, und man musste aufpassen, um auf diesem Mansch nicht auszurutschen. Immerhin war es dadurch temperaturmäßig wieder milder geworden.

«Was hat eigentlich dieser Tiger zu bedeuten?», fragte Domenico auf einmal, als wir den Bahnhofsplatz überquerten und an einer großen Tigerstatue vorbeikamen. Es klang, als hätte Nicki diese Frage schon mehrmals im Herzen bewegt. Mir war hingegen beim letzten Besuch in Oslo gar nicht mal aufgefallen, dass hier ein Tiger stand.

«Das kommt davon, dass Oslo auch *Tigerstaden* heißt», erklärte Hendrik. «Das ist von einem alten Gedicht, wo es heißt, dass Oslo eine gefährliche Stadt ist.» Er schmunzelte. «Aber keine Angst, so gefährlich nun auch wieder nicht.»

Domenico lächelte ein wenig und tätschelte die Statue.

Mit der Untergrundbahn, die die Norweger T-bane nennen, fuhren wir Richtung Majorstuen. Thore, bei dem das

Vorspiel stattfinden sollte, wohnte in dieser Gegend. Hendrik hatte uns erklärt, dass es in Norwegen üblich sei, dass jeder sein eigenes Getränk mitbringe, da der Alkohol hier so teuer ist. Da wir alle drei sowieso beschlossen hatten, keinen Alkohol zu trinken, hatten wir uns mit mehreren Flaschen *julebrus* eingedeckt.

«Wir hätten eh keinen Alkohol mehr gekriegt», erklärte Hendrik. «Der Verkauf ist an Feiertagen stengt ... äh ... geschlossen. Hier muss man manchmal gut im Voraus planen, wenn man Alkohol kaufen will. Naturlig kriegt man immer was von den anderen spendiert, wenn man unbedingt will.»

An der Haltestelle Majorstuen, wo wir ausstiegen, trafen wir den Rest der Gruppe. Es waren mehrere Jungs und etwa drei Mädchen. Domenico blieb etwas hinter uns, als wir auf sie zugingen. Er schien wie üblich nicht in Stimmung zu sein, mit fremden Leuten zu sprechen.

Hendrik begrüßte seine Freunde mit einer kurzen Umarmung und schloss seine Runa in die Arme, ehe er uns vorstellte. Zwei oder drei der Jungs kannte ich von letztem Mal, doch ich konnte mich nicht mehr an alle Namen erinnern. Magne, Erik, Kristian – so schnell, wie ich die Namen hörte, so rasch hatte ich sie auch wieder vergessen.

Hendrik glühte regelrecht vor Stolz, als er uns Runa präsentierte. Sie musterte uns neugierig und mit einem offenen, freundlichen Lachen. Sie war klein und zierlich, mit einem schmalen Gesicht und diesen für die Norwegerinnen so typischen hohen Wangenknochen. Sie trug eine bunte Wollmütze und hatte wildes, dunkelblondes Haar, das ihr lang über die Schultern hing.

Natürlich, so musste ein Mädchen sein, das Hendrik gefiel. Ein starkes Mädchen mit einer selbstbewussten Ausstrahlung, das immer ein Lächeln auf den Lippen hatte, stets guter Dinge war und alles für einen Jungen wie Hendrik tun würde. Ich wusste sofort, dass sie perfekt zu ihm passte. Sie begann, sich auch gleich mit mir auf Englisch zu unterhalten, und fragte mich, wie es mir in Norwegen gefalle.

Domenico ging in einem gewissen Abstand und allein

hinter uns her. Er machte keine Anstalten, sich irgendwo anzuschließen und ein Gespräch zu suchen, und ich musste mich fast dazu zwingen, kein allzu schlechtes Gewissen zu haben, weil ich mich nicht um ihn kümmerte. Aber wir waren ja kein Paar mehr, und auch er musste lernen, irgendwann selbst aus seinem Panzer auszubrechen.

Thore wohnte zum Glück nicht allzu weit von der Station entfernt. Die Wohnung, die Thore sich mit drei anderen Jungs teilte, war schon überfüllt mit Leuten und Lärm. Runa und Hendrik wurden sofort beschlagnahmt, und ich fühlte mich schnell ziemlich verloren in dem Gewühl.

Instinktiv wandte ich mich nach Nicki um. Er hatte sich klammheimlich in eine Ecke aufs Sofa verdrückt und sein Handy wieder hervorgeholt. Die Mädchen, die in seiner Nähe standen, warfen ihm verstohlene Blicke zu. Aus irgendeinem Grund wühlte mich das ziemlich auf. Kein Wunder, Nicki konnte tun und lassen, was er wollte, er zog *immer* die Blicke der Mädchen auf sich. Er sah selbst dann noch attraktiv aus, wenn er blass und müde und ungepflegt war. Das war eine Sache gewesen, die mich oft mehr als angestrengt hatte. Die Kehrseite davon, so einen gutaussehenden Freund zu haben, war, dass man sich ständig mit anderen Frauen herumschlagen musste, die versuchten, ihn anzumachen. Das würde mir beim nächsten Mal sicher nicht mehr passieren, denn die Chance, nochmals so einen Typen wie Domenico zu finden, war eher gering.

Ich setzte mich dann in seine Nähe und zückte ebenfalls mein Smartphone. Weil ich sah, dass Nicki immer noch eifrig tippte, beschloss ich, Elijah eine SMS zu schreiben.

*Hi, hattest du schöne Festtage? Hier hat's wie verrückt geschneit. Gehe heute Abend auf ein Konzert. Gruss M*

Ich überlegte, ob ich noch etwas mehr hinzufügen sollte. Etwas in der Art «vermisse dich ein bisschen» oder so. Doch ich ließ es sein.

Als ich fertig war, öffnete ich Facebook auf meinem Smartphone und scrollte mich durch die Neuigkeiten. Viel Aufregendes gab es nicht. Delia hatte ein paar neue Modelaufnahmen von sich gepostet, auf denen sie wie immer fantastisch aussah. Manuela hatte die üblichen Lebensweisheiten und Sprüche geteilt, deren sie offenbar nie müde wurde. Vicky hatte Bilder von ihrem neuen Tattoo gepostet. Claudia hatte natürlich mal wieder ein *Selfie* geschossen, auf dem ihr Gesicht immer viel schlanker und perfekter aussah als in Wirklichkeit, während Nicole, unsere Klassenlehrerin, letzte Nacht wieder mal auf einer angesagten Berliner Party gewesen war und sich mit einer Gruppe Männer auf mindestens acht Fotos präsentierte. Ich selbst hatte seit Wochen nichts mehr gepostet. Was hätte ich auch erzählen sollen? Dass ich Stress mit meinem Freund hatte und wir uns quasi getrennt hatten?

Als ich das alles durchgescrollt hatte und nichts mehr zu tun hatte, stand ich auf, um die Toilette zu suchen. Das war gar nicht einfach in dieser verwinkelten Wohnung, für die man fast eine Karte benötigt hätte, um sich zurechtzufinden, und so fragte ich schließlich die erstbeste Person, die mir über den Weg lief.

Das Mädchen, das mir den Weg zur Toilette erklärte, kam mir irgendwie bekannt vor. Sie stellte sich als Anniken vor und schien auch mich wiederzuerkennen, konnte mich aber offenbar nicht einordnen. Sie hatte eine Dose Bier in der Hand, wie die meisten anderen auch. Ich hätte gern gewusst, wo Hendrik geblieben war, und beschloss, ihn nach meinem Toilettengang zu suchen.

Als ich fertig war und wieder raustrat, lief ich um ein Haar Sverre in die Arme. Ihn erkannte ich auf Anhieb wieder, zumal er ein recht hübsches Gesicht hat. Er hatte seine Haare immer noch zu einem Pferdeschwanz gebunden und strahlte mich sogleich an, als er mich erblickte.

«Hei hei! Süße Mädcken! Takk for sist.» Und ehe ich mich versah, umarmte er mich einfach.

«Äh ... danke gleichfalls.» Ich hatte einfach beschlossen, auf Deutsch zu antworten.

«Hva skjer jenta?» Sverre hatte offensichtlich Lust, mit mir zu flirten. Er war eindeutig ziemlich betrunken, doch ich ahnte, dass er ansonsten eigentlich ein ganz netter Typ war.

Er war ja nicht umsonst einer von Hendriks besten Freunden gewesen …

«Excuse me ….» Ich hingegen hatte nicht unbedingt Lust, mit einem angetrunkenen Typen zu flirten, und wollte mich schnell wieder aus der Affäre ziehen.

«Skål.» Sverre hob seine Bierdose, um mir zuzuprosten.

«Skål», antwortete ich höflich und hob meine Limo.

Auf einmal berührte mich jemand am Arm, und ich wandte mich um. Ich sah direkt in Nickis Augen, die kurz aufflackerten, ehe er sie senkte.

«Hendrik ist in der Küche», sagte er mit belegter Stimme und streifte Sverre mit einem kurzen und stechenden Blick. Dann zog er die Hand von meinem Arm weg und ging voraus in die Küche, drehte sich aber nochmals zu mir um. Mir war klar, dass er mir damit sagen wollte, dass ich ihm folgen sollte.

«Tschüss!», sagte ich zu Sverre und ließ ihn stehen.

In der Küche standen Hendrik, Runa und noch zwei andere Typen.

«Da bist du ja», sagte Hendrik. «Dachte schon, du seist verloren gegangen. Unnskyld, dass ich mich su wenig um dich gekümmert hab, aber ich wurde hier aufgehalten.»

«Macht doch nichts», beruhigte ich ihn.

Domenico streifte mich mit einem weiteren Blick und holte dann wieder dieses komische runde Döschen hervor.

«Was ist das eigentlich genau?», stellte ich endlich die lang aufgehobene Frage.

«Das da?» Domenico nahm eines dieser ekligen braunen, kleinen Beutelchen hinaus. «Nennt sich Snus. Gibt es offenbar nur in Skandinavien. Das ist einfach Tabak. Anstatt dass du es rauchst, wird es durch die Schleimhäute aufgenommen. Damit schone ich wenigstens meine Lunge.»

«Aber gesünder ist es deswegen ja sicher nicht, oder?»

«Natürlich nicht.» Er zuckte resigniert mit den Schultern. «Aber du weißt ja …»

Ich brauchte nicht weiter zu fragen. Sein ewiger Kampf gegen die Nikotinabhängigkeit hatte nie ein Ende genommen. Auch davon war ich mit der Zeit müde geworden.

«Immerhin gesünder für die Umwelt», versuchte ich einen matten Scherz.

Wir blieben ein wenig in der Küche und plauderten mit Hendrik und Runa über das bevorstehende Konzert, aber beide waren sie so beliebt und geschätzt, dass sie von allen Seiten abgelenkt wurden und Domenico und ich immer wieder ein wenig uns selbst überlassen waren. Ich war ganz froh, als Hendrik endlich zum Aufbruch mahnte, da er, Runa und Thore sich aufs Konzert vorbereiten und den Rest der Bühne noch aufbauen mussten. Die anderen würden noch eine Weile weiterfeiern, doch Nicki und ich beschlossen, gleichzeitig mit Hendrik und der Band aufzubrechen. Außerdem sollten Kjetil und Solvej um halb neun vor dem Club warten, in dem die Band spielen sollte.

Der Club war etwa sieben Minuten vom Bahnhof weg. Wir fuhren mit der T-bane zurück und gingen den Rest zu Fuß. Wir hatten uns mit Kjetil und Solvej vor dem Eingang verabredet, während Hendrik, Thore und Runa nach drinnen verschwanden und sich vorbereiteten. Die Royal Streetnoiz sollten dort zum ersten Mal in ihrer neuen Formation auftreten. Solvej begrüßte uns überschwänglich wie immer, während Kjetil kaum eine Miene verzog und noch nicht mal ein «hei» über die Lippen brachte.

«Wie war's bei Thore?», fragte Solvej.

«Ganz okay», sagte ich.

«War Sverre auch da?»

«Ja, aber der hat die Birne bereits ganz schön voll.»

Solvej verdrehte die Augen, doch ihre Wangen färbten sich leicht rosa. Hatte sie etwa ein Auge auf Sverre geworfen und wollte deshalb so dringend bei diesem Vorspiel dabei sein? Zuzutrauen wär's ihr ja …

«Viggo und die Black Vikings sind übrigens da», informierte uns Kjetil. «Hab sie vorhin gesehen. Sie sind schon ziemlich voll.»

«Wie?» Domenico, der die ganze Zeit wieder ziemlich abwesend gewesen war, war mit einem Mal total aufmerksam. «Was machen die denn da? Ist doch Hendriks Konzert.»

Kjetil zuckte mit den Schultern. «Die andere Band spielt ja immer noch. Rick ist ja erst um halb zehn dran.»

«Lasst uns reingehen.» Domenico hatte es auf einmal sehr eilig.

Solvej und Kjetil mussten sich ausweisen und belegen, dass sie auf Hendriks Gästeliste standen, da ansonsten erst ab achtzehn Einlass war.

Der Club war eigentlich eher eine Bar und alles andere als groß. Vorne war eine runde Theke mit ein paar Barhockern, während ganz hinten die Bühne war, die in rotes und pinkfarbenes Licht getaucht war. Die Band, die vor den Royal Streetnoiz auf dem Programm stand, war immer noch am Spielen. Dadurch, dass hier alles so eng war, bedeutete es einen echten Akt, sich durch all die Leute zu schieben, die dichtgedrängt in diesem kochend heißen Raum standen. Ich fühlte mich, als hätte man mich in einen Waschkessel gezwängt.

Ich entdeckte die Black Vikings sofort. Alle drei Bandmitglieder standen an der Theke, und obwohl ich sie nur von hinten sah, wusste ich sofort, dass sie es waren. Sie waren ja auch mehr als auffällig mit ihren langen, schwarzen Mähnen und den nietenbeschlagenen Lederjacken. Richtig schwarze Wikinger ... Einer drehte sich zu uns um, und das Gesicht, in das ich blickte, wirkte so finster und unheimlich, dass ich mich um ein Haar instinktiv an Nicki festgeklammert hätte. Das war Viggo. Eindeutig.

«Ihr bleibt am besten in meiner Nähe», wies uns Domenico an. Bei dem lauten Sound konnte ich fast nur seine Lippenbewegungen deuten. Domenico wandte sich an seinen Halbbruder und machte ihm ein Handzeichen: «Kjet, pass du vor allem auf Solvej auf.»

Kjetil nickte kurz und drehte sich nach Solvej um.

Domenico bahnte uns systematisch den Weg durch die Menge zum Bühnenrand. Die andere Band spielte gerade ihre letzten Takte und bedankte sich beim Publikum. Danach gingen die Bühnenlichter aus, und die Hintergrundmusik wurde wieder aufgedreht. Immerhin konnte man sich jetzt mit normaler Lautstärke unterhalten.

Neben der Bühne war ein weiterer Ausgang, der in einen Hinterhof führte. Domenico wies uns mit einem knappen Kopfnicken auf, ihm zu folgen. Typisch – sobald er irgendwo Gefahr witterte, schlüpfte er in seine ehemalige Gangleader-Rolle.

Doch es war angenehm, frische Luft zu schnappen. Die Kälte draußen tat nach dieser heißen und stickigen Waschküche drinnen richtig gut.

«Ob die Black Vikings dableiben?», fragte sich Solvej. «Oder sind sie inzwischen verduftet?»

«Die verduften nicht», sagte Domenico und holte seine Snus-Dose hervor. Solvej verfolgte es mit ihrem Blick.

«Du nimmst echt viel von dem Zeug», stellte sie fest.

Domenico hob seinen Kopf und schoss einen drohenden Blick auf sie ab. Solvej hatte noch nicht begriffen, dass man Nicki mit solchen Bemerkungen in Ruhe lassen musste. Doch das würde in Zukunft nicht mehr mein Problem sein ...

Wir hatten genügend Zeit, um nochmals auf die Toilette zu gehen und uns vorne an der Bar mit einer Cola einzudecken, ehe wir uns vor die Bühne drängten. Ich hatte die Black Vikings nicht mehr gesehen, doch Domenicos Augen hatten diesen einen besonderen Ausdruck, den ich so gut kannte und der deutlich machte, dass ihm nicht die kleinste Bewegung entging.

Hendrik, Runa und Thore waren am Checken und Aufbauen der Verstärker und Mikrofone und was es sonst noch brauchte. Offenbar konnten sie das Schlagzeug der Vorgängergruppe ausleihen. Domenico, Kjetil, Solvej und ich schafften es, direkt vor die Bühne zu kommen.

Kurz vor halb zehn tippte Domenico mir auf die Schulter. «Passt auf. Viggo ist hinter uns.»

Ich wandte mich kurz um und erblickte die drei furchterregenden Gestalten tatsächlich direkt hinter uns. Sie erinnerten mich regelrecht an Wikinger auf dem Kriegspfad. Besonders Viggo, der am kräftigsten von allen dreien wirkte. Es war kaum zu glauben, dass er gleich alt war wie der eher schmächtige Hendrik.

«Meinst du, die haben was vor?», raunte ich.

«Wozu sind sie denn sonst da, wenn nicht, um zu stören? Außerdem sind die breit wie 'n Rathaus.»

«Aber du prügelst dich nicht mit denen, ja?», konnte ich es nicht lassen, ihn zu ermahnen. «Außerdem sind ja Leute von der Security da. Ich hab vorhin welche gesehen.»

Domenico gab darauf keine Antwort. Ich holte tief Luft und hoffte inständig, dass Viggo und seine Kumpanen entweder von selbst verduften würden oder die Sache sich sonst irgendwie erledigen würde.

«Du könntest eh nichts gegen sie ausrichten», fügte ich hinzu. Ich wollte wirklich sichergehen, dass hier kein Desaster entstehen würde.

Ich konnte kaum zu Ende sprechen, als das Spotlicht auf der Bühne anging und Hendriks fröhliche Stimme durchs Mikrofon erklang, die das Publikum herzlich willkommen hieß. Und obwohl ich nicht viel verstand, kapierte ich, dass Hendrik *kjempestolt* war, seine Runa als neues Bandmitglied präsentieren zu dürfen.

Das Konzert begann mit einem reinen Intro von Runas wunderschöner Stimme, die mich von Anfang an mächtig beeindruckte. Es war fast unfassbar, dass dieses zierliche Mädchen eine so dermaßen kräftige Stimme besaß, die sämtliche Töne mühelos traf. Sie präsentierte einen Song, den ich noch nie gehört hatte, sehr wahrscheinlich ein ganz neues Lied der Royal Streetnoiz.

Dann setzte Thore mit einem Schlagzeugwirbel ein, und kurz darauf kam Hendrik mit seiner Stimme und Gitarre hinzu. Doch dann erkannte ich den Song. Es war einer von denen, die ich mir mehrmals auf YouTube angehört hatte. Er war einfach ein wenig abgewandelt worden. Das Publikum johlte und applaudierte. Der Auftakt war mehr als gelungen. Runa hatte das Publikum mühelos gewonnen. Hendrik strahlte übers ganze Gesicht und schien vor Stolz fast zu platzen.

Vielleicht, dachte ich, war es sogar eine Chance, dass Sverre die Band verließ. Runa, die in ihrem glänzenden Kleid wie eine kleine Prinzessin aussah, machte dem neuen Bandnamen Royal Streetnoiz alle Ehre. Ich vergaß sogar komplett, dass Viggo und die Black Vikings immer noch hinter uns standen.

Während ich mich im Takt der Musik bewegte, stieg auf einmal diese Wehmut in mir hoch, die irgendwo ganz tief drin in mir lauerte und nur auf solche Momente wartete, wo sie sich bemerkbar machen konnte. Ich wusste, dass sie die ganze Zeit in mir da war, aber im Alltag schaffte ich es oft, sie zu unterdrücken. Doch jetzt, wo diese sehnsuchtsvollen Klänge und Texte der Royal Streetnoiz den Raum erfüllten, gab es nichts, mit dem ich mich von diesem Gefühl ablenken konnte. Dieser wehmütigen Gewissheit nämlich, dass meine Zukunft nun ohne Nicki stattfinden würde.

Und ich erinnerte mich daran, wie wir damals vor über anderthalb Jahren, als wir zum ersten Mal nach Norwegen gekommen waren, an Hendriks letztem Konzert zusammen getanzt hatten. Wie wir nach einem Streit wieder an unsere bedingungslose Liebe geglaubt hatten und daran, dass unsere Liebe alles überwinden würde.

Und nun war letztendlich doch alles zerbrochen. Alles, wofür wir gekämpft und woran wir geglaubt hatten. Und ich traute mich immer noch nicht, wirklich in diesen seelischen Scherben herumzuwühlen und zu versuchen, sie wieder zu etwas zusammenzukitten, das Sinn ergab. Es lag einfach brach in mir, und ich rührte es nicht an, aus Angst, mir damit innerlich noch mehr Schmerz zuzufügen.

Ich schrak aus meinen Erinnerungen auf, als Domenico mir ohne Vorwarnung seinen Arm um den Rücken legte. Bevor ich mich darüber wundern konnte, flog auf einmal eine Bierflasche neben meinem Ohr vorbei auf die Bühne. Sie landete direkt vor Hendriks Füßen und spritzte seine Jeans voll.

«Din drittsekk!», brüllte eine besoffene Stimme hinter mir, und jemand rempelte mich an. Domenico zog mich sofort enger an sich. Während ich meinen Kopf nach hinten drehte, um zu sehen, was da abging, registrierte ich, dass Nicki in seinem anderen Arm Solvej hielt.

Und dann sah ich Viggo, der wie ein lauernder Wolf hinter

uns stand, doch er war nicht an uns interessiert. Seine Worte und seine bösen Blicke galten Hendrik.

Eine weitere Flasche sauste neben unseren Ohren vorbei. Nicki, der blitzschnell reagierte, ließ mich los und blockte die Flasche im letzten Augenblick mit seinem Arm ab, so dass sie nicht auf der Bühne landen konnte, sondern kurz davor auf dem Boden zersplitterte. Die schwarzen Wikinger brüllten ein paar hässliche Worte, und Nicki hielt sich für einen kurzen Moment mit schmerzhaft verzogenem Gesicht den Arm fest. Die Flasche hatte ihn hart getroffen.

Runa hatte ihren Gesang unterbrochen und schaute entsetzt auf uns runter. Hendrik und Thore versuchten, die paar Takte zu retten, doch schließlich gaben auch sie auf. Im Publikum wurden Stimmen laut.

«Stikk av, Viggo!», rief Hendrik ins Mikrofon.

Doch Domenico, der Tiger, wartete nicht so lange, bis die Security sich den Weg zu uns gebahnt hatte. Die hatte es offenbar versäumt, Viggo und seinen Konsorten die Bierflaschen abzunehmen sowie ein paar Wächter vor der Bühne aufzustellen. Meiner Meinung nach führten die ihren Job ziemlich träge aus …

Doch nicht so der Tiger. Domenico drehte sich blitzschnell um, knallte Viggo die Faust ins Gesicht und stieß ihn einfach zu Boden. Und das alles in dem Bruchteil einer Sekunde, wie nur eben der ehemalige Tiger es konnte. Viggo, der nicht schnell genug auf diesen präzisen Angriff reagieren konnte, sank wie ein Mehlsack zu Boden. Die Zuschauer hinter uns sprangen kreischend zur Seite.

Solvej drückte sich an mich und klammerte sich ängstlich an meinem Arm fest. Sie sah sich verzweifelt um und rief Kjetils Namen.

Domenico, der den Feind schon als besiegt sah, beugte sich über ihn, und ich hatte einen Augenblick Panik, dass er sich nun wieder vergessen und Viggo bis zur Bewusstlosigkeit prügeln würde. Auch wenn Viggo das verdient hatte, wollte ich keinesfalls, dass Nicki uns und vor allen Dingen sich selbst wieder einmal mehr in Schwierigkeiten bringen würde.

«Viggo!» Hendriks Stimme klang nun ungewohnt scharf von der Bühne. «Stikk av, ellers ringer jeg politiet!»

Domenico ließ Viggo langsam los und wollte aufstehen. Offenbar hatte er beschlossen, einer Schlägerei auszuweichen. Doch dann schnellte Viggos Faust unverhofft nach vorne. Traf Domenico mitten im Gesicht, und Nicki, der viel kleiner und drahtiger war als Viggo, wurde von dem wuchtigen Schlag nach hinten geschleudert. Sein Kopf sank vornüber, so dass sein Haar seine Augen bedeckte, und er blieb einen Moment lang benommen vor der Bühne sitzen.

Und da endlich tauchten zwei Security-Leute auf. Sie hievten Viggo auf die Füße und führten ihn ab. Hendrik und Runa standen wie versteinert auf der Bühne und blickten mit vor Schreck geweiteten Augen in den Zuschauerraum hinunter. Die Band hatte aufgehört zu spielen, und einige Buhrufe wurden im Publikum laut, von denen wir nicht genau wussten, ob sie Viggo galten oder Hendrik.

Ich war so damit beschäftigt, das ganze Geschehen zu erfassen und mich nach allen Seiten umzusehen, um sicherzugehen, dass die Black Vikings nun wirklich keine Unruhe mehr stiften würden, dass ich nicht mitbekommen hatte, dass der Schlag, den Domenico von Viggo verpasst bekommen hatte, ziemlich ernsthaft war. Kjetil war es, der ihn auf die Beine zog, und als Nicki seinen Kopf endlich hob, sah ich, dass er fürchterlich aus der Nase blutete.

«Alles klar, Mann?», fragte Kjetil rau.

«Hat Viggo dich so geschlagen?», fragte Solvej entsetzt.

Domenico nickte nur, doch sein Gesicht wirkte ziemlich verzerrt.

Ich kramte ein Taschentuch aus meiner Handtasche und begann, Domenicos Gesicht zu säubern. Viggos Faust hatte ihn ziemlich übel direkt zwischen Nase und Oberlippe getroffen.

«Geht's?», fragte ich. Domenico nickte, aber es war ihm anzusehen, dass es ihm alles andere als gut ging. Ich warf einen Blick auf die Bühne und begegnete Hendriks Augen, die uns besorgt ansahen. Ich versuchte ihm mit einem Handzeichen zu erklären, dass wir die Sache im Griff hätten, obwohl ich mir diesbezüglich nicht ganz sicher war. Aber Hendrik und die Band standen schließlich vor einem Publikum, das ihnen johlend Druck machte, endlich weiterzuspielen.

Zögernd begann Hendrik ins Mikrofon zu sprechen und entschuldigte sich bei den Leuten für die Unterbrechung. Die Band setzte zu neuen, erst zaghaften Tönen an, doch bald wurden sie wieder Herr der Sache und heizten dem Publikum erneut ein. Doch mir entging nicht, dass Hendriks Blick uns weiterhin voller Besorgnis folgte, als wir mit Domenico hinaus in den Hinterhof gingen.

Und das war die einzig richtige Entscheidung gewesen. Denn als wir draußen an der frischen Luft waren, wurde Nicki schwarz vor Augen, und er musste sich setzen. Kjetil und ich stützten ihn.

«Kacke», stöhnte Domenico leise. «Ist mir übel …»

«Ich glaub, wir sollten einen Krankenwagen rufen», sagte ich.

«Nee … geht schon …» Domenico wollte sich wieder aufrappeln, doch Kjetil hielt ihn fest.

«Bleib besser sitzen.»

Ich nahm eine Handvoll sauberen Schnee von einer kleinen Mauer und drückte ihn Domenico vorsichtig auf die Wunde.

«Damit es keine Schwellung gibt», erklärte ich und wandte mich an Kjetil: «Kannst du an die Bar gehen und eine Cola holen? Bitte!»

Kjetil nickte mit stolzer Miene und verschwand wieder im Inneren. Ich hoffte, dass er nicht doch noch mit den Black Vikings zusammentreffen würde, aber ich traute ihm zu, dass er schlau genug war, auf sich aufzupassen.

«Ich glaub, wir gehen am besten heim», sagte ich zu Nicki. Dieses Mal widersprach Domenico nicht, sondern nickte nur.

Kjetil kam zum Glück schon bald wieder zurück mit einem Becher Cola. Domenico trank ihn in einem Zug leer, und ihm wurde davon tatsächlich wieder etwas besser.

«Ich schlage vor, dass wir mit Nicki nach Hause gehen»,

sprach ich den Gedanken aus, den ich vor einigen Minuten gefasst hatte.

Solvej nickte stumm. Kjetil widersprach ebenfalls nicht.

Nur Domenico meinte: «Ich kann auch allein nach Hause gehen ...»

«Nein. Das kannst du nicht. Ich bin hier die Ärztin. Du bist beinahe ohnmächtig geworden vorhin. Was ist, wenn du unterwegs zusammenbrichst, und niemand ist bei dir?»

Daraufhin wusste selbst der Tiger nichts mehr zu entgegnen.

«Die Black Vikings sind übrigens weg», sagte Kjetil auf einmal. «Hab sie vorhin draußen gesehen.»

«Wo sind sie hin?», fragte Solvej.

«Zogen Richtung T-bane. Haben noch draußen vor dem Club mit der Security gestritten und sind dann weg.»

«Können wir dann nicht noch bleiben, bis das Konzert fertig ist?», bettelte Solvej. «Hendrik fährt uns ja dann heim.»

«Also ich geh mit Nicki heim», meinte ich. «Wenn ihr noch bleiben wollt, könnt ihr ja.»

Kjetil und Solvej nickten einstimmig. In dem Moment spürte ich, wie nahe sich die beiden Zwillingsgeschwister standen. Besonders Solvej schien es zu genießen, mit ihrem Bruder einmal allein etwas zu unternehmen, zumal Kjetil ja sonst meistens vor dem Computer saß.

Irgendwie war ich froh, der Menschenmenge zu entkommen, obwohl ich auch ein wenig traurig darüber war, dass wir unseren Lieblingssong «Fly, brother, fly» nicht mehr mitkriegen würden. Obwohl Nicki und ich ihn mehr als in- und auswendig kannten, hätte ich den Song zu gern in der neuen Fassung mit Runas Stimme gehört.

Doch fast im selben Atemzug dachte ich auch, dass es vielleicht zu schmerzhaft geworden wäre, diesen Song zu hören, der Nicki und mich so sehr zusammengeschweißt hatte. Der Song, der uns einst so viel Hoffnung gegeben hatte, der eine ganz besondere Botschaft an Nicki gewesen war und der unsere Liebe wieder neu hatte aufflammen lassen. Unwillkürlich schüttelte ich den Kopf bei dem Gedanken.

Und nun war ich mit Domenico auf dem Weg zur Bushaltestelle, durch eine dunkle und kalte Winternacht, die genau den Zustand unserer Beziehung untermalte, und wir gingen schweigend nebeneinander her und hatten einander so gut wie nichts mehr zu sagen. Und ich fragte mich, warum man eigentlich nicht einfach dort weitermachen konnte, wo man aufgehört hatte, und sich nicht einfach wieder in die Arme schließen und sagen konnte: Ich liebe dich, lass uns den ganzen Kram einfach vergessen.

Aber man konnte einfach nicht.

«Der Bus kommt in zehn Minuten», sagte Domenico, nachdem er die Uhrzeiten auf der elektronischen Tafel abgelesen hatte. Er kannte sich hier mittlerweile etwas aus. Ich sah ihm zu, wie er an seiner Snus-Dose herumfummelte, ohne sie jedoch zu öffnen. Er trug die neue Winterjacke, die er von Morten bekommen hatte, und es war fast ungewohnt, ihn in ordentlicher Winterkleidung zu sehen. In Deutschland hatte er selbst im kältesten Winter nicht mehr als seine übliche Lederjacke getragen. Doch selbst jetzt trug er nicht mal eine Mütze, während ich mich ohne gar nicht mehr aus dem Haus traute.

Der Bus kam verspätet und war bereits ziemlich voll mit Passagieren. Dennoch fanden wir ziemlich weit hinten noch einen freien Zweiersitz.

Auf der Busfahrt schwiegen wir weiter. Ich dachte immer noch darüber nach, warum man sich nicht einfach über all die Dinge unterhalten konnte, die einen beschäftigten. Warum man es lieber vorzog zu schweigen und eine Trennwand zwischen sich zu errichten.

Die Rückfahrt nach Nittedal dauerte gut eine Stunde, inklusive eines langen Fußmarschs. Domenico bekam unterwegs mehrere SMS und antwortete immer gleich darauf. Wer immer diese Person auch war – mit ihr konnte er jetzt offensichtlich problemlos kommunizieren. Ich musste mir fast auf die Zunge beißen, um ihn nicht noch danach zu fragen, ob der Absender Suleika hieß. Und gleichzeitig wunderte ich mich, was daran denn so schlimm gewesen wäre, wenn ich ihn einfach danach gefragt hätte. Außerdem konnte es mir doch wirklich *egal* sein, wer ihm schrieb ...

Und so holte auch ich mein Smartphone aus der Tasche und beantwortete eine SMS von Elijah, die ich am Vortag erhalten hatte. Prompt spürte ich, wie Domenico für den Bruchteil einer Sekunde seinen Blick zu mir rüberschweifen ließ. Allerdings war Elijah offenbar im Moment anderweitig beschäftigt, so dass keine Antwort von ihm kam.

Domenico wusste zum Glück ziemlich genau, wo wir aussteigen mussten. Es schien ihm eindeutig besser zu gehen. Seine Oberlippe war ziemlich geschwollen, aber das war ein Anblick, an den ich mich in all den Jahren fast gewöhnt hatte. Nicki hatte öfters irgendwelche Blessuren, da es alles andere als selten vorkam, dass sich mit jemandem prügelte.

Die Nachtluft war frisch und klar. Hier oben in Nittedal war es spürbar kälter als in der Stadt. Ich blickte zum Himmel empor und sah die Sterne über uns funkeln. Und wieder erfüllte mich Traurigkeit dabei, Traurigkeit wegen dieser Sehnsucht nach diesem gewissen Etwas, diesem Ort, an dem alle meine Träume und Wünsche zusammentrafen ... diesen Ort, den es offensichtlich auf dieser Erde einfach nicht gab.

Auch Domenico blieb stehen und folgte meinem Blick gen Himmel.

«Schau, wie schön», meinte er zu meiner Überraschung leise.

«Ja, sehr.»

«Auf Sizilien kann man die Sterne auch immer gut sehen ...»

«Ich weiß.» Ich hatte es ja selbst erlebt.

Auf einmal hatte ich Lust, ihm etwas Gutes zu sagen.

«Danke, dass du ... uns beschützt hast ... vor Viggo.»

Er wandte mir sein Gesicht zu und sah mich so erstaunt an, als hätte er mich noch nie im Leben gesehen. Mir war mit einem Mal wirklich klar, wie wenig ich mich immer bei ihm bedankt hatte für alles, was er für mich getan hatte. So oft hatte ich ihn einfach nur noch als kontrollierend und eifersüchtig empfunden, was er sicher auch gewesen war, doch es war mir zum Schluss unserer Beziehung immer weniger in den Sinn gekommen, mich auch mal bei ihm zu bedanken.

«Wie? Ich ... ich dachte ...»

«Was?»

«Na ja, ich dachte, ich hab euch eh nur wieder den ganzen Abend versaut. Ich hätte Viggo nicht angreifen sollen. Dann hättest du jetzt nicht mit mir heimgehen müssen ...»

«Du wolltest uns beschützen und Hendrik verteidigen», sagte ich. «Vielleicht hätte er sonst noch mehr Bierflaschen geworfen.»

Er zuckte mit den Schultern. «Ach, ich weiß doch auch nicht. Ich weiß echt nicht, wie ... ich hab Viggo losgelassen, weil ich meinen Zorn beherrschen wollte, und dann hat er mir die Faust ins Gesicht gedonnert. Irgendwie ist es egal, wie ich es anstelle. Ich mach's immer verkehrt ...»

«Nein, Nicki, das stimmt nicht», wollte ich ihn trösten. «Du machst doch so viele Sachen auch sehr gut.»

Er schüttelte nur leise den Kopf. Wir setzten uns sachte wieder in Bewegung. Der kleine Abhang, der in eine Unterführung mündete und uns auf die andere Straßenseite führte, war eisig und rutschig. Domenico, der vorausging, wandte sich immer wieder nach mir um, um sicherzugehen, dass ich nicht ausglitt. Früher hätte er mir die Hand gegeben. Aber die ungeschriebenen Regeln verlangten nun eine gewisse Distanz.

«Sag mal, weißt du schon, wo und wie lange du Therapie machen wirst?», fragte ich ihn, als wir die Unterführung passiert hatten und nun wieder aufwärts gingen. Ich wollte seine eigenen Gedanken dazu hören.

«Nee, keine Ahnung», murmelte er.

Ich hatte gehofft, dass er mir etwas mehr sagen würde. Konkretere Pläne halt. Aber das hier klang so, als sei er sich noch nicht mal sicher, ob er überhaupt eine Therapie machen würde.

«Aber du *wirst* eine machen?», hakte ich daher nach.

«Ja. Klar. Will ich ja. Wir werden Anfang Januar damit

beginnen, uns umzusehen. Entweder hier in Norwegen oder dann halt in Deutschland. Wo auch immer. Ist mir eigentlich egal …»

«Norwegen? Aber du kannst doch die Sprache gar nicht?»
Er hob die Schultern. «Muss ich halt lernen.»
«Mhmm.» Ich spürte, dass es nicht so einfach war, ihn nach konkreteren Dingen zu fragen. Ich dachte schon, dass ich mich wie üblich mit meinen Fragen zurückhalten musste, als er zu meiner Überraschung doch zu reden anfing.

«Das ist das, was ja schon längst fällig gewesen wäre, verstehst du?», meinte er. «Das hätte ich machen sollen, bevor wir überhaupt nur an 'ne Beziehung gedacht haben. Ich mein', diese Pseudo-Therapie in Rimini war ja echt für die Katz. Die hat mir so gut wie nix gebracht. Im Gegenteil. Die hat mich erst recht in diese Medikamentenabhängigkeit gestürzt. Was ich will, ist 'ne Therapie, wo man mir endlich beibringt, wie ich ohne Pillen und Nikotin zurechtkommen kann und wo ich auch lerne, mit meinen Launen umzugehen. Ich kann einfach nicht akzeptieren, wenn man mir sagt, dass ich mit Suchtproblemen und dem ganzen Psychozeugs leben muss und nie die Chance auf ein normales Leben hab!»

Ich war erstaunt über seine lange Rede. Er hatte sich sogar richtig in Rage geredet, und ich hörte eine Entschlossenheit in seiner Stimme, die mir richtig wohltat. Wir überquerten die nächste Straße und schlugen einen Seitenweg ein, der steil aufwärts führte, so dass wir unsere ganze Energie für den Aufstieg aufwenden mussten. Dazu kam, dass der Weg so eisglatt war, dass wir auf den Seiten durch den Tiefschnee stapfen mussten, was den Aufstieg umso beschwerlicher machte. Nicht nur ich, sondern auch Domenico kam ganz schön ins Keuchen. Wir mussten oben erst mal eine Weile anhalten und ein wenig verschnaufen.

«Ich hab so 'ne Riesenpanik …», sagte Nicki auf einmal leise.

«Panik?», fragte ich. «Vor der Therapie?»
«Nein. Davor … dass ich irgendwie krank bin oder so.»
«Du meinst, wegen … HIV-positiv?»

Er nickte traurig. «Nicht nur das ... auch sonst. Ich mein, meine Lunge ist ja eh so gut wie hinüber. Ich muss im Januar zu diesen Untersuchungen ... und ich hab so 'ne Panik vor dem, was die mir dann sagen werden.»

«Verstehe», sagte ich vorsichtig. Es war ein Thema, das wir immer irgendwie beiseitegeschoben hatten. An das auch ich mich nicht heranzutasten getraute. Jetzt, wo wir getrennt waren, würde ich vielleicht leichter damit umgehen können ...

Doch so sehr ich auch nach Worten suchte, um ihn zu trösten – ich fand sie nicht. Denn nun konnte ich ihm nicht mehr sagen, dass ich bedingungslos zu ihm halten würde, wie ich es getan hätte, wenn wir noch zusammen gewesen wären. Nun blieb mir nichts anderes übrig, als zu schweigen, anstatt irgendwelche unnützen Worte auszusprechen.

«Ich möchte nicht sterben, weißt du», sagte er mit so gebrochener Stimme, dass mir war, als würde eine eiskalte Hand nach meinem Herzen greifen. «Ich möchte leben ... schon allein nur wegen Manùcculi ... und ich möchte noch irgendwas Gutes tun, bevor es zu Ende ist ...»

Wir setzten unseren Weg langsam wieder fort. Ich traute mich einfach nichts zu sagen, weil ich das Gefühl hatte, dass jedes Wort, das aus meinem Mund kommen würde, sich nur als billiger Trost erweisen würde. Am besten wäre es gewesen, einfach den Arm um ihn legen zu können. Aber das erlaubten die Spielregeln nicht mehr ...

Auch er schwieg nun wieder. Die Straße war nun weniger steil. Doch soweit ich das abschätzen konnte, hatten wir noch weitere zehn Minuten zu gehen.

«Deine Eltern kommen morgen, was?», fragte er plötzlich.

«Ja.» Mit einem Mal wurde mir bewusst, dass es tatsächlich so war. Nur noch diese eine Nacht lag dazwischen, bis ich sie wiedersehen würde. In meinen Gedanken war dies immer ein Erlebnis gewesen, das noch in weiter Zukunft lag.

«Du hast ihnen alles gesagt?» Domenico sah mich von der Seite an.

«Ja. Ich ... hielt es für das Beste, ehrlich zu sein. Außerdem mag ich meine Eltern nicht anlügen.»

«Ist schon klar.»

Ich wusste, dass uns ein enorm schwieriges Gespräch bevorstehen würde. Paps würde sich nicht zurückhalten und Nicki ordentlich die Leviten lesen. Und ich konnte meinen Vater auch verstehen. Kein Vater dieser Welt, der irgendwas für seine Tochter übrighat, würde dazu einfach schweigen können. Und Nicki wusste das ebenfalls. Ich fragte mich insgeheim, ob er plante, klammheimlich zu verschwinden. Denn niemand hatte ihn je gefragt, ob er zu dieser Aussprache bereit war. Im Gegenteil, es wurde einfach vorausgesetzt.

Domenico stellte keine weiteren Fragen mehr. Die Eisschicht zwischen uns war zwar am Schmelzen, aber es war zu heikel, hier weiter vorzudringen. So kam weder von Nicki noch von mir ein weiteres Wort, und das blieb so, bis wir zu Hause angekommen waren.

Dort war das Chaos los. Morten und Liv waren immer noch wach, und Manuel brüllte wie am Spieß.

Domenico zog nicht mal seine Schuhe und seine Jacke aus, sondern rannte sofort ins Wohnzimmer und nahm Liv den weinenden Manuel ab. Liv war ziemlich fertig mit den Nerven und verschwand ohne ein weiteres Wort in ihrem Schlafzimmer.

Morten trat mit einem ernsten und bekümmerten Gesicht zu uns.

«Es funktioniert nicht», sagte er leise. «Der Junge hat den ganzen Abend nur geweint. Ich wollte dich anrufen, aber …»

«Mist», knirschte Domenico und drückte Manuel an sich, der nun sofort wieder aufgehört hatte zu weinen.

«Ich weiß nicht, wie wir es lösen sollen», sagte Morten resigniert. «Es geht nicht. Das ist zu viel für Liv. Sie wird das nicht mitmachen.»

«Verstehe», sagte Domenico mit gepresster Stimme.

«Ihr seid früh da», stellte Morten fest. Und dann mit einem Blick auf Domenicos geschwollene Lippe: «Was ist denn passiert?»

Zu allem Überfluss mussten wir Morten auch noch erklären, dass wir um ein Haar einer Katastrophe entronnen waren.

«Nichts weiter. Viggo wollte das Konzert boykottieren.» Domenico setzte sich mit Manuel auf das Sofa und rieb ihm mit seinem T-Shirt sein feuchtes Näschen trocken.

«Uff da», machte Morten und setzte sich neben ihn. «Ist es schlimm? Und wo sind überhaupt Kjetil und Solvej?»

«Die sind noch beim Konzert», übernahm ich das Antworten an Domenicos Stelle.

«Ihr habt sie einfach allein gelassen?» Es war das erste Mal, dass ich einen vorwurfsvollen Ausdruck in Mortens Miene sah.

«Sie wollten unbedingt bleiben», sagte ich. «Aber Viggo und die anderen Black Vikings sind vorher schon weg. Hendrik bringt sie ja dann mit dem Auto heim.»

«Trotzdem. Ihr hättet sie mitnehmen sollen. Ich kenne Viggo», meinte Morten. «Wenn der voll ist, ist es echt nicht mehr lustig.» Er zückte sein Handy und wählte eine Nummer. Nach einer Weile hatte er Solvej dran.

«Ich bin's, Papa ... ja, seid ihr immer noch dort? Ist alles ... okay. Ja, Nicki und Maya haben es mir erzählt. Das Konzert ist fertig? Gut. Aber das nächste Mal erlaub ich das nicht mehr. Nein, ich erzähl Mama nichts ... aber Hendrik soll euch jetzt gleich nach Hause bringen, ja? Gut. Tschüss!»

Morten verstaute das Handy wieder und sah uns an. Er wollte uns offenbar keine weitere Standpauke mehr halten. Ich fühlte mich irgendwie schuldig, dass ich so schnell eingewilligt hatte, Kjetil und Solvej allein zu lassen, aber zum Glück war wirklich nichts mehr weiter passiert.

Domenico war es gelungen, Manuel wieder zu beruhigen. Er redete leise sizilianisch mit ihm und entlockte ihm ein kleines Grübchenlächeln. Manuel plapperte ein paar zusammenhanglose Laute, die wohl nur Nicki verstand.

Morten schaute ihnen aufmerksam zu.

«Ich vermute, der Junge hat bereits einen psychischen Schaden von all dem, was er durchgemacht hat», stellte er ernst und nachdenklich fest. Domenico nickte traurig. Er wusste es nur allzu gut.

«Er war ja bereits auf Drogenentzug, als er zur Welt gekommen ist», murmelte er. «Das weißt du ja. Ich war der Erste, der ihn im Arm gehalten hat. Ich … ich will ihn nicht verlieren … er bedeutet mir *alles*.»

«Ich weiß», sagte Morten leise. «Ich weiß nur noch nicht, wie wir das lösen sollen. Ich werde tun, was in meiner Macht steht. Aber ich kann Liv nicht einfach übergehen. Sie war ziemlich wütend vorhin. Das habt ihr sicher gemerkt. Sie zieht sich dann am liebsten zurück. Aber wir werden eine Lösung finden. Das verspreche ich dir. Der Junge soll einen guten Platz bekommen.»

«Ich … ich möchte einfach nicht, dass man ihn in irgendein Kinderheim oder so was steckt», sagte Domenico mit bebender Stimme. «Alles, nur nicht das.»

«Das werden wir nicht», sagte Morten. «Ich weiß zwar die Antwort momentan nicht, aber wir werden sie finden.»

## 6. Aussprache

Meine Eltern sollten bereits am Vormittag eintreffen. Sie waren von Neuseeland her fast zwei Tage und zwei Nächte lang geflogen und sollten um zehn Uhr früh in Oslo landen.

Ich war, kurz nachdem Domenico sich verzogen hatte, auch ins Bett gegangen. Trotzdem war es fast halb zwei geworden. Doch ich hatte Solvej und Kjetil nicht mehr nach Hause kommen hören. So war ich ziemlich gerädert, als ich mich um acht aus dem Bett wälzte – was sich bei der Dunkelheit anfühlte, als sei es noch immer mitten in der Nacht. Ich hatte mit Morten verabredet, um neun Uhr zum Flughafen loszufahren.

Im Auto hatte ich endlich Gelegenheit, mit Morten etwas intensiver über das bevorstehende Gespräch mit meinen Eltern zu reden. Ich sagte ihm, dass Domenico sich unheimlich davor fürchtete.

«Ich weiß», sagte Morten.

«Mein Vater kann ziemlich heftig werden», erklärte ich. «Kurz nachdem das alles geschehen ist, also dass Nicki mich geschlagen hat, meinte mein Vater, dass Nicki ihm nicht mehr unter die Augen treten soll.»

Ich erinnerte mich noch fast wortwörtlich an dieses Gespräch.

«Nun ja, ich habe da sicher auch noch einiges zu sagen», murmelte Morten. «Wenn dein Vater jemandem die Leviten lesen muss, dann mir.»

«Es ist nur so: Wir haben Nicki gar nicht wirklich darauf vorbereitet. Wir haben ihn nie gefragt, ob er eine Aussprache möchte. Wir drängen es ihm einfach auf, und ich fürchte, dass er vielleicht ... abhauen wird», sprach ich aus, was mir nun die ganze Zeit im Kopf herumgespukt hatte.

Morten wandte mir kurz sein Gesicht zu, um sich gleich darauf wieder auf die Straße konzentrieren.

«Hm. Meinst du?»

«Es ist möglich. Es wäre nicht das erste Mal, dass er abhauen würde.»

«Aber wohin sollte er gehen?»

«Ihm fällt immer was ein. Aber ich hoffe ja, dass ich mir das nur einbilde. Hast du ihn ein wenig auf das Gespräch vorbereitet?»

«Zu wenig, fürchte ich. Ich habe das irgendwie gar nicht in Erwägung gezogen. Für mich war einfach klar, dass deine Eltern kommen würden und wir miteinander reden müssen. Ich muss gestehen, ich war darin nachlässig. Es war mir einfach nicht bewusst.» Morten schüttelte leise den Kopf. «So ein Mist», murmelte er.

Wenn das nur gutgehen würde. Ich wusste, dass dieses Gespräch enorm wichtig war. Für meine Eltern, um mit der Sache abschließen zu können. Für mich, um die Spannung zwischen den Fronten etwas zu lockern. Und für Nicki ...?

Ich war ziemlich aufgeregt, als wir am Ausgang auf meine Eltern warteten. Das letzte Skype-Gespräch war etwa zwei Wochen her. Nicht allzu lange, aber ich hatte meine Eltern nun ein halbes Jahr nicht mehr real gesehen. Sie waren nun am Ende mit ihrer Weltreise – diese Weltreise, die immer

Mamas Wunsch gewesen war und die sie sich nun zusammen erfüllt hatten.

Vor allen Dingen war ich immer ein bisschen nervös, weil ich nie wusste, wie es Mama gesundheitlich ging, obwohl sie mir immer wieder versichert hatte, dass sie wohlauf war. Aber ich fürchtete, dass ich vielleicht in der Realität irgendwelche Anzeichen erkennen würde, die mir auf dem Computerbildschirm während unserer Skype-Gespräche entgangen waren.

Umso erleichterter war ich, als sie beide durch den Ausgang kamen und ich das strahlende Lächeln meiner Mutter sah. Ihre Haare waren zwar in der Zwischenzeit wieder nachgewachsen, doch sie trug immer noch ihre Kurzhaarfrisur. Offenbar gefiel sie ihr, und es stand ihr gut.

Auch Paps sah prima aus. Erholt und braungebrannt, wenn seine Haare auch mittlerweile fast ganz ergraut waren. Das war nun irgendwie echt schnell gegangen im letzten Jahr. Doch es war mehr als offensichtlich, dass diese gemeinsame Reise ihnen beiden gutgetan hatte.

Ich lief auf sie zu und fiel erst Mama um den Hals und dann Paps.

«Endlich! Ich hab euch ja so vermisst», sagte ich, und das stimmte wirklich. Selbst wenn ich mich mittlerweile ganz gut an mein selbständiges Leben gewöhnt hatte.

«Wir haben dich auch wahnsinnig vermisst», sagte Mama und drückte mich fest an sich.

Morten wartete bescheiden im Hintergrund, bis wir mit der Begrüßungszeremonie fertig waren. Er schüttelte meinen Eltern höflich und etwas schüchtern die Hand.

«Willkommen in Norwegen», sagte er. «Ich hoffe, Sie sind gut gereist.»

«Haben wir uns nicht letztes Mal geduzt?», meinte Mama.

«Oh ... ja, gut möglich.»

Letztes Mal – das war unsere Verlobung gewesen, wo sich meine Eltern und Nickis Vater zum ersten Mal begegnet waren. Diese Vorstellung war richtig bizarr. Doch noch viel bizarrer war es, dass Nicki und ich ja eigentlich offiziell immer noch verlobt waren.

Immerhin sah mein Vater ganz entspannt aus, als er Morten die Hand schüttelte. Vielleicht würde das Gespräch doch nicht so schlimm werden ...

Wir beeilten uns, aus dem überfüllten Flughafen zu kommen. Zum Glück war es nicht weit bis zum Ausgang.

«Meine Güte, habt ihr viel Schnee hier», stellte Mama auf dem Weg zum Auto fest. «Wir haben schon beim Landeanflug gestaunt. Ich glaube, ich habe schon seit Ewigkeiten keinen Schnee mehr gesehen.»

«Das kann ich mir denken», sagte Morten. «Ihr wart ja mehr in warmen Gegenden unterwegs ...»

Im Auto angelangt, wurde viel Smalltalk gemacht. Natürlich war die Reise meiner Eltern ein dankbares Thema. Morten stellte eine Menge Fragen zu der Route. Ich spürte, dass er damit erst mal Kontakt knüpfen wollte, damit das Gespräch nachher einfacher werden würde. Meine Eltern gingen darauf ein und schilderten ausführlich, wo sie überall durchgereist waren. Ich kannte das alles schon von meinen Skype-Gesprächen und den vielen Postkarten fast in- und auswendig und lehnte mich erst mal ein wenig zurück, um meinen eigenen Gedanken nachzuhängen. Ich saß auf dem Beifahrersitz neben Morten und hatte so eine gute Gelegenheit, mich aus dem Gespräch auszuklinken.

Besonders Mama schilderte eine Menge Details, und das Thema Domenico wurde erst mal gekonnt und bewusst vermieden.

Morten fuhr meine Eltern direkt zu seinem Nachbarn Arne, damit sie sich erst mal in Ruhe einquartieren und ein wenig hinlegen konnten, zumal sie ja die ganze Nacht geflogen waren und wenig geschlafen hatten. Sie sollten dann am späteren Nachmittag zum *middag* kommen, was bei den Norwegern eigentlich schon eher Richtung Abendessen ging.

Arne war nicht zu Hause, doch er hatte Morten den Schlüssel zur unteren Wohnung überlassen, die eigentlich eine Kellerwohnung mit eigenem Eingang war. Arne hatte sie für den Eigenbedarf als Gästewohnung konzipiert, daher stand sie meistens leer. So konnten meine Eltern sich frei einrichten und kommen und gehen, wann sie wollten.

Ich hatte am Vortag vor dem Konzert den Kühlschrank schon gefüllt mit einigen Lebensmitteln wie Käse, Joghurt, Früchten und Brot, so dass sie sich bis zum Essen mit ein paar Kleinigkeiten verpflegen konnten.

Obwohl ich allzu gerne noch etwas Zeit mit meinen Eltern verbracht hätte, hatte ich es doch ziemlich eilig, wieder in Mortens Haus zurückzukehren. Ich machte mir nämlich immer noch Sorgen, dass Domenico abhauen könnte. Außerdem wollten meine Eltern ja sowieso ausruhen.

Zurück im Haus, ging ich als Erstes nach oben, um zu sehen, ob die anderen schon wach waren. Hendrik hatte Solvej und Kjetil in der Nacht nur abgeliefert und war dann wieder zu sich nach Hause gefahren.

Doch oben war noch alles still. Die pennten tatsächlich noch! Was nicht mal so verwunderlich war, da ich mittlerweile wusste, dass auch Solvej und Kjetil das Langschläfer-Gen hatten. Trotzdem. Es war immerhin halb zwölf. Zumindest Manuel sollte doch langsam wach sein. Das verstärkte meinen Verdacht umso mehr ...

Lediglich die beiden Katzen waren munter, aber auch nur, weil sie unten in der Küche etwas hörten. Sie schossen zwischen meinen Beinen hindurch und düsten die Treppe runter. Ich hielt mich leicht erschrocken am Geländer fest, und dann fiel mir auf einmal etwas ein.

Zwei Stufen auf einmal nehmend, rannte ich nach unten und ging sofort in den Hausflur. Und gleich darauf stellte ich erleichtert fest, dass Domenicos Schuhe und seine Jacke immer noch da waren. Und ebenso die Sachen von Manuel. Nicki konnte also nicht abgehauen sein!

Riesig erleichtert gesellte ich mich zu Morten in die Küche, der dem drängenden Miauen der Katzen nachgegeben hatte und dabei war, eine Futterdose zu öffnen. Er hatte seinen Trainingsanzug an und eine halb gefüllte Trinkflasche neben sich auf dem Tisch stehen.

«Nicki scheint da zu sein», verkündete ich. «Sie schlafen alle noch.»

«Gut. Ich bin dann unten im Fitnessraum. Liv hat Trainingsunterricht mit den Junioren und kommt nicht vor drei Uhr zurück. Wenn was ist, ruf mich einfach. Und nimm ungeniert etwas aus dem Kühlschrank, wenn du hungrig bist. Die beiden Tiger hier kriegen nun auch ihr Fresschen, sonst hast du keine Ruhe vor denen.»

Morten schob den Katzen ihre Teller zu und füllte dann seine Trinkflasche weiter auf. Ich schaute kurz auf seine muskulösen Oberarme. Ohne weitere Worte verschwand er nach unten in den Keller, um sich seiner Lieblingsbeschäftigung zu widmen.

Da ich mal wieder nicht wusste, was ich mit mir anfangen sollte, schaute ich den Katzen eine Weile beim Fressen zu und verzog mich dann ins Wohnzimmer. Ich nahm eine Zeitschrift und blätterte sie durch und versuchte dabei ein paar Worte norwegisch zu lesen. Das dauerte so lange, bis Söckchen zu mir auf den Schoß hüpfte und sich halb auf meinen Arm und halb auf die Zeitschrift legte, so dass ich nicht mehr umblättern konnte.

Ich wurde zusehends nervöser, je mehr die Zeit fortschritt. Ich wünschte mir sehnlichst, dass einer dieser Langschläfer da oben endlich mal aufwachen würde. Schließlich versuchte ich die Augen ein wenig zu schließen und drückte Söckchens warmen Körper an mich. Bis ich irgendwann endlich Fußgetrampel und Stimmen hörte. Und ich hörte Manuel, der zwischen Bad und Schlafzimmer hin und her raste und offenbar außer Rand und Band war.

«Da bist du ja», strahlte Solvej, als sie mich später auf der Couch entdeckte. «Oh. Hat unser Söckchen dir Gesellschaft geleistet?»

«Und wie», sagte ich. «Seid ihr gut heimgekommen gestern?»

«Ja. Hendrik hat uns doch gefahren. Und was ist mit euch? Ihr habt schon geschlafen.»

«Wir haben's geschafft», sagte ich. «Wo ist Nicki?»

«Ich glaub, er und Kjet wollen gerade 'ne Session Age of Empires spielen.»

Ich schüttelte ungläubig den Kopf. Wie Kjetil das fertiggebracht hatte, Domenico überhaupt in Berührung mit einem Computer zu bringen, blieb mir ein Rätsel. Aber das war gut so. So war er abgelenkt und hatte keine Gelegenheit abzuhauen.

Solvej und ich spielten eins von Solvejs unzähligen Kartenspielen, um die restliche Zeit totzuschlagen. Schließlich kam auch Morten wieder hoch, und ein wenig später kam Liv nach Hause, und im Nu war es drei Uhr. Meine Eltern sollten gegen vier Uhr rüberkommen.

Solvej und ich halfen beim Abendessen und schnitten die Zutaten. Es gab Tacos – laut Morten Norwegens heimlich auserkorenes Nationalgericht.

Dann kamen meine Eltern und konnten sich direkt an den gedeckten Tisch setzen.

«Solvej, holst du Nicki und Kjetil runter?», forderte Morten seine Tochter im allerletzten Moment auf, als wir schon am Tisch saßen. Solvej nickte und rannte die Treppe hoch. Ich merkte, wie Paps nun zunehmend nervöser wurde. Mama hingegen sah aus, als könne kein Wässerchen ihre Stimmung trüben.

Kurz darauf war Solvej wieder da und hielt Manuel auf dem Arm.

«Nicki und Kjet haben keinen Hunger. Nicki meint, ihr sollt ihn dann rufen, wenn ihr reden wollt. Aber wir sollen Manuel zu uns nehmen.»

«Hm.» Morten wechselte einen Blick mit mir. Dass Domenico nicht zum Essen kam, beunruhigte mich nicht. Im Gegenteil. Es hätte mich eher überrascht, wenn er erschienen wäre. Und Kjetil blieb offenbar aus Solidarität bei ihm – ein Phänomen, über das ich mich immer noch wunderte. Wann und wie waren die beiden zu Beginn nicht gut aufeinander zu sprechenden Halbbrüder Freunde geworden?

Ich nahm Manuel auf meinen Schoß und versuchte, ihm ein paar Bissen zurechtzumachen, doch Manuel schien sich ebenfalls nicht fürs Essen zu interessieren und wollte viel lieber mit seinen Bauklötzen spielen.

Ich selbst brachte auch nicht so viel runter. In meinem Magen bildete sich der übliche Klumpen, wie immer, wenn etwas Unangenehmes bevorstand. Ich ertrug all die oberflächlichen Gespräche während des Essens nicht, die lediglich dazu dienten, die Zeit zu überbrücken, bis wir dann endlich zur Sache kommen konnten. Ich merkte, dass es Paps ähnlich ging. An der Art, wie er sich mit der Serviette über den Mund strich, konnte ich erkennen, dass auch er ziemlich nervös war. Er hasste es generell, um den Brei herumzureden, und wollte am liebsten immer gleich zur Sache kommen.

Hinterher bei Tee und Kuchen fackelte er dann nicht mehr lange. Morten hatte Solvej mit Manuel wieder nach oben geschickt. Wir hatten uns auf der Couch platziert und warteten auf Hendrik, der gegen halb sechs erscheinen sollte. Doch Paps wollte sichergehen, dass wir so bald wie möglich in die Gänge kamen.

«Tja, also ich denke, es ist an der Zeit, nun endlich anzusprechen, weswegen wir eigentlich gekommen sind», begann er. «Sicher auch, um Norwegen mal zu sehen und euch alle zu treffen. Aber hauptsächlich sind wir ja hier, weil wir eine ziemlich unschöne Geschichte besprechen müssen.»

«Ja», murmelte Morten. Er saß mit vornübergebeugtem Oberkörper da und hatte die Stirn in Falten gelegt. Liv saß mit angezogenen Beinen neben ihm und musterte meine Eltern und dann ihren Mann. Ich schaffte es nicht, anhand ihrer Miene zu ergründen, was in ihr vorging.

«Ist Domenico überhaupt bereit, mit uns zu sprechen?», erkundigte sich Mama, die sich anscheinend dieselben Gedanken gemacht hatte wie ich.

«Ja, er wartet oben im Zimmer», sagte Morten. «Er sagt, wir sollen ihn holen, wenn es so weit ist. Ich denke, wir warten aber noch auf meinen Sohn Hendrik. Er müsste eigentlich jeden Moment kommen.»

«Hat Domenico denn mit euch über diese ganze Sache geredet?», fragte Mama. «Hat er euch erzählt, was passiert ist?»

«Er ist ja zu mir gekommen, weil er so verzweifelt war. Er hat mich angerufen und angefleht, ihm zu helfen. Ich habe ihm schließlich ein Flugticket gebucht, so dass er herkommen konnte. Es war dann aber Hendrik, mit dem er vorwiegend über diese Dinge gesprochen hat. Und Hendrik hat es hinterher mir erzählt.»

«So, dann wisst ihr, dass Domenico meine Tochter ... geschlagen hat?» Mama sprach es sehr vorsichtig aus.

«Ja», sagte Morten. Sein Gesicht zuckte dabei. «Das weiß ich.»

«Es ist einfach so: Ich kann diese Geschichte nicht so ohne Weiteres stehenlassen», beharrte Paps. «Deswegen bin ich hier für eine offene Aussprache.»

«Natürlich. Ich auch. Unbedingt.» Morten hob seinen Kopf. Sein Blick streifte mich kurz. «Wie gesagt, wir warten nur noch auf meinen Sohn Hendrik. Er muss unbedingt dabei sein, finde ich.»

Und schon hörten wir die Haustür aufgehen und Schuhe, die in eine Ecke flogen.

«Da ist er ja schon.»

Hendrik spurtete ins Wohnzimmer, noch immer in Jacke und Mütze. «Bin ich su spät?»

«Nein, du kommst genau zur richtigen Sekunde.»

«Okay.» Hendrik ließ sich auf einen der freien Stühle fallen, da auf der Couch kein Platz mehr war. Ich saß zwischen meinen Eltern auf der Dreiercouch, während Morten und Liv sich den Zweisitzer teilten.

«Du kannst dir natürlich schon erst Jacke und Mütze ausziehen», meinte Morten. «So eilig haben wir es nun auch wieder nicht.»

«Ach so, ja.» Hendrik entledigte sich der überflüssigen Klamotten und brachte alles in den Hausflur. Dann kam er zurück und setzte sich wieder.

«Okay. Ich bin klar.»

«Sollen wir Domenico denn jetzt holen?» Morten sah meine Eltern an.

«Ja, gern.» Diesmal war es wieder Mama, die antwortete. Ich hoffte inständig, dass Paps das Gespräch nicht zu sehr an sich reißen und auch Mama zu Wort kommen lassen würde.

Ein paar Sekunden verstrichen, in denen niemand sich rührte und alle einander nur ansahen.

«Ich geh schon», meinte Hendrik und sprintete nach oben. Morten nickte dankbar.

Es dauerte ziemlich lange, ehe Hendrik mit Domenico wieder runterkam. Domenico blieb dicht hinter ihm, mit gesenktem Kopf, so dass die Haare wieder mal tief in sein Gesicht fielen. Paps räusperte sich. Hendrik zog einen Stuhl für Domenico heran, so dass er sich zwischen ihn und Morten setzen konnte. Ich krallte meine Finger ineinander. Wer würde nun das weitere Gespräch eröffnen? Ach, ich fand solche Situationen einfach schrecklich …

«Hallo Nicki», sagte Mama freundlich und versuchte ihm direkt in die Augen zu schauen.

«Hi», murmelte Domenico hinter seinen Haarsträhnen hervor, ohne den Kopf zu heben.

Dann setzte ein weiterer unangenehmer Augenblick der Stille ein. Niemand schien zu wissen, wer nun an der Reihe war. Mortens Blick wanderte rastlos zwischen Domenico und meinen Eltern hin und her, und er öffnete schließlich seine Lippen, als hätte er entschieden, dass er wohl den Anfang machen müsse.

Doch dann kam Mama ihm zuvor.

«Also gut, kommen wir doch am besten direkt zur Sache», meinte sie. «Irgendwann muss es ja raus.»

Domenicos Gesicht zuckte leicht. Er musste sich so dermaßen furchtbar fühlen. Wie damals bei seiner Gerichtsverhandlung. Obwohl ich wusste, dass diese Aussprache für uns alle wichtig war, hätte ich ihm dies gern erspart. Schließlich hob er ganz kurz seinen Blick, und für einen Moment lang konnten wir in seine Augen sehen. Der verzweifelte Ausdruck darin war fast nicht auszuhalten. Und ich war Paps dankbar, dass er nun Mama sprechen ließ, obwohl es ihm sichtlich schwerfiel, sich zurückzuhalten.

«Nicki, wir wissen alle, was passiert ist», sagte sie, und ich staunte darüber, wie ruhig und weich sie ihre Stimme klingen lassen konnte. «Und du brauchst uns das auch jetzt nicht mehr alles zu erzählen. Doch wir wollen dir auch nichts vormachen: Wir sind erschüttert darüber. Erschüttert, traurig, und enttäuscht. Aber ich kenne dein Herz, und ich weiß, dass du selber am meisten darunter leidest. So will ich von meiner Seite her dir auch nicht allzu lange Vorhaltungen machen oder dir eine Standpauke halten. Ich denke, das ist überflüssig. Trotzdem ist es wichtig, dass wir unseren Gefühlen Ausdruck geben dürfen. Wir, aber auch du. Bist du einverstanden?»

Domenico erwiderte nur ein schwaches Nicken.

«Möchtest du anfangen, oder sollen wir?»

Er zuckte nur mit den Schultern. Ich wusste nicht, ob er sich überhaupt darauf vorbereitet hatte, etwas sagen zu müssen.

«Na gut, dann fangen wir an. Du weißt selber, dass uns das, was geschehen ist, alle wahnsinnig verletzt hat, nicht wahr?», sagte Mama sanft. «Nicht nur meine Tochter, sondern auch uns. Uns als Eltern, die wir dir unsere Tochter anvertraut haben. Und auch als Menschen, die wir wirklich mit ganzem Herzen versucht haben, dir zu helfen. Ich sage das nicht, um dich anzuklagen. Ich sage dies in erster Linie deshalb, weil es mir trotz all dieser vielen Stunden, die ich mit dir verbrachte habe – die Stunden, in denen ich versucht habe, dir eine Mutter zu sein und du mir wie ein Sohn warst –, offenbar nicht gelungen ist, dich wirklich ganz zu erfassen. Denn das, was geschehen ist, hat mein Bild, das ich von dir hatte, doch ziemlich erschüttert. Der Nicki, den ich kennengelernt habe, war stark, tapfer, liebevoll, hilfsbereit, großherzig und voller Mitgefühl für andere. Er war in meinen Augen ein kleiner Held. Ich wusste ja, dass du mit Rückschlägen würdest kämpfen müssen. Ich wusste, dass du die Schatten deiner Vergangenheit nicht von heute auf morgen bewältigen können würdest. Und wir waren gern bereit, dir beizustehen. Du warst auf einem so guten Weg. Auch dann, als meine Krankheit ausgebrochen war, hast du eine Stärke an den Tag gelegt, die ich nie erwartet hätte. Aber das, was nun passiert ist, das hat meine schlimmsten Vorstellungen übertroffen, und alles, was mich bewegt, ist die Frage: Warum? Warum ist es geschehen? Was ist schiefgelaufen?»

Das war eine lange Rede gewesen, und wir alle hatten schweigend zugehört und uns kaum zu rühren gewagt. Erst jetzt, wo das Wort bei Domenico lag, wagten wir wieder ein wenig auf unseren Sitzen herumzurutschen.

Domenico rührte sich nicht. Er saß immer noch da mit gesenktem Kopf, und da seine Haare so tief über sein Gesicht fielen, konnte ich in dem Augenblick nicht mal sagen, ob er seine Augen offen oder geschlossen hatte.

«Sag frei heraus, was du denkst, Nicki», ermunterte ihn Mama geduldig.

Und da endlich bewegte sich Nicki.

«Ich ... ich weiß es nicht.» Seine Stimme war belegt, und er musste ein wenig husten, um sie freizumachen. «Ich weiß nicht ... was ihr hören wollt.»

«Was in dir vorgegangen ist dabei, als du unserer Tochter wehgetan hast. Was du dir dabei gedacht hast. Ob wir dich schlecht behandelt haben oder ob sonst etwas vorgefallen ist, was dich verletzt hat. Oder ob es bewusste Absicht oder einfach eine Kurzschlusshandlung war. *Das* möchten wir gern wissen.»

Domenico schüttelte nur resigniert den Kopf.

«Sonst füge ich mal meine Gedanken hinzu», meinte Paps, der sich die ganze Zeit mit Müh und Not zurückgehalten hatte. Immerhin gelang es ihm, seine Stimme auf einem ruhigen Niveau zu halten.

«Ich bin ganz einig mit Esther», sagte er. «Ich habe dich unterstützt und vieles weggesteckt. Ich habe viele meiner Prinzipien über Bord geworfen und versucht, die ganze Sache toleranter anzugehen, als es meiner Natur entspricht. Du weißt, ich plädiere ein wenig auf gewisse, in den Augen von euch jungen Leuten altmodische Moralvorstellungen. Ich hatte gewiss immer andere Vorstellungen von dem Partner, den meine Tochter mal bekommen sollte. Das gebe ich ganz offen zu. Deine vielen Rückfälle kann ich bis heute beim besten Willen nicht nachvollziehen. Aber gut, ich bin kein Psychologe. Ich bin da etwas unbeholfen. Vielleicht brauchen diese Dinge tatsächlich mehr Zeit und Geduld. Und das war ich letztendlich ja auch bereit aufzubringen, zumal du mich mit wirklich sehr vielen guten Charaktereigenschaften überrascht hast. Aber diese Sache hier, meine Tochter zu schlagen, das geht einfach nicht. Das ist für mich unverzeihlich. Hätte ich das vorher gewusst, hätte ich die Verlobung niemals zugelassen.»

Die letzten Sätze kamen etwas härter aus Paps' Mund, und Mama berührte besänftigend seine Schulter.

«Okay», sagte sie. Sie wechselte einen Blick mit Morten, der sich anscheinend bewusst zurückhielt.

Domenico hatte sich während Paps' Plädoyer kaum gerührt. Wieder legte sich diese furchtbare Stille über den Raum. Alle warteten, und dieses Warten war im ganzen Wohnzimmer zu spüren. Die Reihe war nun eindeutig an Domenico, und ich hoffte inständig, dass er nun endlich etwas sagen würde. Allzu lange würde ich dieses unbehagliche Schweigen nämlich nicht mehr aushalten.

Doch die Sekunden verrannen.

Hendrik legte schließlich vorsichtig den Arm auf Domenicos Rücken und flüsterte ihm was ins Ohr.

«Okay», presste Domenico endlich hervor und richtete sich ein wenig auf. «Okay.» Er streifte ganz kurz Paps mit seinem Blick und blieb dann etwas länger bei Mama hängen. Ich war erschüttert, wie starr seine Augen waren. Er hatte jegliche Emotionen komplett vergraben.

Seine Sätze kamen ganz zerhackt, als er endlich zu sprechen begann.

«Ich ... weiß, dass ich ... komplett versagt hab. Mehr als das. Ich kann nicht ... hab ein Problem ... mit Nähe und so. Ich mach ... ich mach immer alles kaputt, wenn mir jemand zu nahe kommt. Ich komm nicht klar damit. Das ist keine Entschuldigung. Weiß ich schon. Ich kann nicht erklären, warum's passiert ist. Ich wollte das nicht.» Seine Brust bebte, als würde ihm jemand die Luft abdrücken. «Ich werd 'ne Therapie machen deswegen. Ich würd auch in den Knast gehen, wenn ich's dadurch wiedergutmachen könnte.»

«Du musst dafür nicht in den Knast gehen», sagte Mama. «Es geht mir nicht darum, dich anzuklagen. Aber wir müssen die Dinge einfach mal klarstellen.»

«Also, für mich ist einfach klar, dass es auf dieser Basis *keine* weitere Beziehung mit meiner Tochter mehr gibt», platzte Paps mit seinem Anliegen heraus. «Ich weiß, dass sie volljährig ist und ich eigentlich nichts mehr zu melden habe. Aber pardon, ich bin ihr Vater und … also, ich kann meinen Segen dazu nicht mehr geben. Tut mir leid. Für mich persönlich hat das hier ein Ende. Ein für alle Mal. Das ist eigentlich das, was mir am meisten am Herzen liegt.»

«Ja, Martin, dazu kommen wir noch», sagte Mama leise. «Ich möchte erst gern noch das andere ansprechen.»

«Wir brauchen nix anzusprechen», erwiderte Domenico nun mit leiser, gequälter Stimme. «Für mich ist so oder so alles klar. Ich mein … es ist aus zwischen Maya und mir. Keine Frage. Brauchen wir gar nicht zu diskutieren.»

«Ich möchte einfach noch dies sagen», sprach Mama weiter. «Und diese Worte richte ich auch an Morten. Es war ganz klar von unserer Seite her ein Fehler, euch einfach allein nach Berlin gehen zu lassen. Ihr wart beide noch nicht so weit, einen gemeinsamen Haushalt zu führen. Wir haben das ja eigentlich immer gewusst. Und ich muss gestehen, dass ich mich deswegen sehr schuldig fühle. Aber wir wollten euch doch bewusst auch mal erlauben, eure eigenen Wege zu gehen. Wir wollten nicht immer die strengen, konservativen Eltern sein, die euch mit ihren tausend Bedenken ständig im Wege stehen. Das war letztendlich der Grund für unsere Zustimmung. Aber es war nicht richtig. Wir hätten das besser regeln sollen.»

Morten, der immer noch schwieg, sah nun Mama an und nickte zustimmend. Es lag kein anklagender Ausdruck in seinem Gesicht, lediglich ein Reflektieren über die ganze Situation.

Im selben Moment wurde mein Blick von etwas anderem in Beschlag genommen. Oben auf der Galerie hatte sich etwas bewegt. Ich sah Söckchen, die offenbar gerade von irgendetwas vertrieben worden war und sich mit geducktem Kopf davonschlich. Und dann entdeckte ich auf einmal Kjetil. Er kauerte dort oben in der kleinen Nische neben dem Fenster und lauschte. Auf seinem Schoß saß Manuel, ebenso reglos und gespannt. Schnell wandte ich meinen Blick wieder ab und tat so, als hätte ich überhaupt nichts gesehen. Ich wollte nicht, dass es nun deswegen eine Unterbrechung gab.

Als weder von Morten noch von Domenico ein weiterer Beitrag kam, sah Paps mich an.

«Wie siehst du die Sache, Maya? Ich denke, es ist auch für dich klar, dass wir hier einen Schlussstrich ziehen müssen, nicht wahr?»

«Ja, natürlich», sagte ich ohne Umschweife. «Das ist ... das ist ohne Frage.»

Paps' Blick blieb skeptisch auf mir ruhen. Ich wusste, dass ich nicht sehr überzeugend geklungen hatte. Das lag nicht etwa daran, dass die Entscheidung für mich nicht klar war, sondern viel mehr daran, dass ich so eine schmerzhafte Entscheidung nicht unbedingt vor allen Versammelten aussprechen wollte.

«Hmm.» Paps seufzte ein wenig. «Ich möchte einfach gern zu einem Punkt kommen und diese Geschichte hier sauber abschließen.»

Alle nickten zustimmend. Ich sah Morten an. Warum sagte er denn nie etwas? Hatte nicht Hendrik mir versichert, dass Morten noch so einiges zu sagen hätte? Oder wartete er absichtlich mit seinem Einsatz, bis alle ihre Sichtweise dargelegt hatten?

«Also, ich hätte einfach gern noch eine Entschuldigung von Nicki gehört», sagte Paps. «Eine Entschuldigung meiner Tochter gegenüber, die so viel gelitten hat, aber auch eine Entschuldigung uns gegenüber, die wir ihm unser Vertrauen geschenkt haben. Ich finde, das wäre einfach mehr als angebracht.»

Wieder nickte Morten. Weitere Sekunden verrannen. Domenico sah aus, als suche er verzweifelt nach Worten. Livs Blick wanderte von ihm zu Morten und wieder zurück. Ihr Gesicht wirkte hart und streng, aber das tat es immer. Das musste nicht zwangsläufig etwas Negatives bedeuten. Trotzdem verstärkte es diesen eh schon fast nicht mehr aushaltbaren Nervenkitzel umso mehr.

Alle warteten.

Und dann sah ich, wie Kjetil sich oben auf der Galerie von seinem Platz erhob. Gleich darauf hörten wir ihn die Treppe runterpoltern.

«Ey! Sorry, wenn ich störe», sagte er. «Aber kann Nic mal hochkommen? Manuel braucht ihn.»

Ich wusste sofort, dass das eine glatte Lüge war. Ich hatte doch gesehen, wie Manuel ganz ruhig auf Kjetils Schoß verharrt hatte. Und da war mir klar, dass Kjetil diesen Vorwand nur benutzte, um Domenico aus dieser ungemütlichen Situation rauszuholen. Irgendein unsichtbares Band war zwischen diesen beiden gewachsen.

Außer mir hatte offenbar niemand bemerkt, was Kjetil da im Schilde führte. Oder vielleicht allenfalls Hendrik, aber wenn, dann gelang es ihm jedenfalls meisterhaft, jegliche Anspielung in seinem Gesicht zu unterdrücken.

«Klar, geh ruhig, Nicki», sagte Morten schließlich, und ich glaubte eine gewisse Erleichterung in seiner Stimme zu hören. Offenbar fand er es gar nicht so daneben, Nicki von seiner Anklagebank zu entlassen.

Domenico erhob sich rasch und verschwand mit Kjetil. Ich brauchte sein Gesicht nicht zu sehen, um zu wissen, wie unendlich froh er war, sich verdrücken zu dürfen.

«Ist das ihr jüngster Sohn? Kjetil?», fragte Mama.

«Ja, genau der», antwortete Morten.

«Er erinnert mich irgendwie an Mingo …»

Mama war nicht die Erste, die das feststellte.

Wir sahen einander wieder an, und keiner wusste offenbar, wie das Gespräch nun weitergeführt werden sollte.

«Ich finde, das, was er zu dieser Sache gesagt hat, war nicht ausreichend», meinte Paps schließlich.

«Er hat gesagt, was es zu sagen gibt», meinte Mama. «Es ist doch ganz klar, dass unsere Gefühle nicht gleich sofort wiederhergestellt sind. Auch wir brauchen Zeit, ihm zu verzeihen. Wichtig ist, dass er es einsieht und Maßnahmen ergreift.»

«Ja, du hast Recht», murmelte Paps. «Trotzdem hätte ich das alles gern ausführlicher besprochen.»

Ich seufzte ein wenig. Paps' Hang, immer alles haarklein zerreden zu wollen, hatte Mama und mich schon oft Nerven gekostet. Natürlich war es wichtig, aber manchmal vergaß Paps leider, dass man gewissen Dingen einfach Zeit lassen musste.

«Wir müssen ihm Zeit lassen», sprach Mama genau meine Gedanken aus. «Das weißt du. Es ist genauso schwierig für mich. Ich möchte ihn ja auch am liebsten schütteln und irgendetwas aus ihm herauspressen, aber das geht nun mal einfach nicht.»

«Aber ich habe ihm doch schon so viel Zeit gelassen!», widersprach Paps. «Ich meine, er war ja wirklich auf einem guten Weg. Ich habe so viel in den Jungen investiert und ihn unterstützt. Wie konnte er uns das nur antun? Und warum?»

«Die Verantwortung einer Beziehung war zu viel für ihn. Er hätte erst mal alles aufarbeiten sollen und dann erst eine Beziehung eingehen können. Es ging alles zu schnell.»

«Aber das habe ich ja immer gesagt!», rief Paps. «Genau das! Ich habe immer darauf beharrt: Zuerst alles andere auf die Reihe kriegen, und erst dann eine Beziehung. Aber die beiden sind mir halt einfach davongaloppiert.»

«Tja, wo die Liebe hinfällt ...», murmelte Morten in Richtung seiner Knie. Dann blickte er auf.

«Also, das, was passiert ist, tut mir alles unendlich leid. Wenn ich darf, möchte ich nun auch gern was dazu sagen», meinte er jetzt, und es machte den Anschein, als hätte er seine Rede innerlich genau vorbereitet.

«Ich weiß um die Geschichte Bescheid, und ich will nichts beschönigen. Was passiert ist, ist schlimm. Aber geschehen ist geschehen. Domenico ist zu mir gekommen, weil er Hilfe haben wollte. Er hat seine Fehler zugegeben, und ihm soll verziehen werden. Und er soll die Hilfe bekommen, die er braucht. Ich stehe hier an seiner Stelle auf der Anklagebank, nicht er. Ich war ihm nicht der Vater, der ich hätte sein sollen. Ich war egoistisch und habe nur an mein eigenes Glück gedacht und habe meinen Sohn, der ein Recht auf einen Vater gehabt hätte, aus meinem Leben ausgeklammert, weil ich mir keine Probleme aufladen wollte. Wenn hier einer einen unverzeihlichen Fehler begangen hat, dann bin *ich* es.»

Morten sah mit festem Blick in die Runde. Es war mucksmäuschenstill. Hendrik schürzte seine Lippen. Seine Gedanken schienen zu rotieren.

«Ich habe eigentlich nie groß an einen Gott geglaubt», fuhr Morten fort. «Jedenfalls nicht so, wie ihr es tut. Aber in den letzten Monaten habe ich mehr gebetet als je zuvor in meinem Leben. Ich habe viel gebetet, dass Gott mir doch diese Schuld vergeben möge. Ich möchte einfach, dass ihr wisst, dass Domenico hier alle Unterstützung bekommen wird, die er braucht. Und dass wir alles, was wir können, beitragen werden, um ihm zu helfen, endgültig festen Boden unter seinen Füßen zu bekommen. Ihr könnt also all das uns überlassen.»

Hendrik nickte zustimmend.

Doch Morten hatte noch mehr zu sagen.

«Ich habe mich als junger Spund dazu hinreißen lassen, auf Sizilien ein Verhältnis mit einer Frau anzufangen, die ich kaum kannte. Ich war jung und unerfahren und wollte Dinge ausprobieren. Zu Hause saß meine damalige Freundin, die mit meinem ältesten Sohn Hendrik schwanger war, während ich auf Sizilien in dem Sportcamp meinen Spaß mit dieser jungen Frau hatte. Das ist meiner Meinung nach noch viel schlimmer als das, was Domenico gemacht hat.»

Ich sah nach rechts und links, um die Reaktionen meiner Eltern zu überprüfen. Ihre Blicke hingen gebannt an Morten, der sich keine lange Pause gönnte, sondern sogleich weitersprach.

«Diese sizilianische Frau wurde von mir schwanger, und ich wusste nichts davon. Als sie mir sieben Jahre später die Kinder bringen wollte, habe ich sie abgewiesen und ihr Geld gegeben, damit sie den Mund hält und für die Kinder sorgen kann und mich aus dem Spiel lässt. So. Ich habe mich in den ganzen Jahren nicht darum geschert und mich vor meiner Verantwortung gedrückt. Dass die beiden Jungen sich selber überlassen waren, weil ihre Mutter unfähig war, sich um sie zu kümmern, wollte ich gar nicht wahrhaben. Die Defizite, unter denen Domenico heute leidet, gehen alle auf meine Kappe, und ich bin es, der hier dafür geradestehen muss. Den anderen Sohn, Mingo, habe ich verloren, ohne ihn je gekannt zu haben. Die Schuldgefühle werden mich ewig foltern. Ich habe bei allen fünf Kindern, die ich gezeugt habe, irgendwie versagt, aber bei Domenico und Mingo am allermeisten. Dagegen scheint mir das, was Domenico getan hat, weit weniger schlimm. Ich weiß, dass er viel Mist gebaut hat. Und es tut mir wahnsinnig leid, besonders für Maya. Aber ich werde versuchen, meine Schuld wiedergutzumachen. Und ich stehe zu Domenico. Egal, was er getan hat.»

Morten lehnte sich nun wieder etwas zurück. Er war offenbar fertig. Der nächste Schweigemoment folgte. Ich war gespannt, wer als Nächstes das Wort ergreifen würde, und war überrascht, dass Hendrik es war.

«Ich wollte auch noch was sagen», warf er ein. «Nic hat ein halbes Jahr für seine alkoholkranke Mutter gesorgt, bevor Maya su ihm nach Berlin kam. Das hat ihn fast su einem Nervensusammenbruch gebracht. Er hat mir ersählt, dass er seine Mutter jeden Abend ins Bett bringen musste, weil sie so betrunken war. Als Maya kam, war er so erschöpft, dass er sich nur noch ausruhen wollte. Vielleicht hat das auch dasu geführt, dass das alles passiert ist.»

Das war gut möglich. Ach, so vieles war möglich und auch wieder nicht. Ich wollte irgendwie gar nicht mehr weiter über all diese Gründe grübeln.

«Meines Erachtens scheint es, als würden alle ihn in Schutz nehmen», war die Reihe nun wieder an Paps. «Aber dass meiner Tochter dabei unendliche Schmerzen zugefügt wurden, kommt offenbar nicht zur Sprache.»

«Paps, ich bin okay», sagte ich.

«Nein. Für mich ist das alles nicht okay. Alle kümmern sich nur um Domenico. Aber was ist mit meiner Tochter? Wird ihren Gefühlen genug Aufmerksamkeit geschenkt?»

«Paps!», stöhnte ich. Was ich am allerwenigsten wollte, war, nun der Mittelpunkt des Gesprächs zu werden. «Paps, ich bin wirklich okay. Ehrlich. Ich habe keinen psychischen Schaden deswegen.»

«Weißt du, ich habe einfach Angst, dass du ihn immer noch zu sehr in Schutz nimmst. Dass dir zu wenig klar ist, was er dir eigentlich angetan hat.»

«Natürlich ist mir das klar, Paps. Deswegen hab ich ja auch einen Schlussstrich gezogen.»

«Wie gesagt», warf Morten ein, «er wird von uns alle Hilfe kriegen.»

Ich schwieg. Wie viel wusste Morten eigentlich von Nickis krimineller Vergangenheit und den Schulden bei den Drogendealern? Und von seinen Mädchengeschichten? Ich dachte an die hässliche Sache, die nur ich allein wusste. Die Geschichte, die mir damals Janet erzählt hatte, nämlich dass Domenico früher ein paar Mädchen misshandelt hatte … Dinge, die Nicki schließlich bestätigt hatte. Aber das hatte ich meinen Eltern nie erzählt. Und ich fühlte mich deswegen fast wie eine Betrügerin. Hätten Mama und Paps davon gewusst, hätten sie mich ganz bestimmt niemals zu ihm nach Berlin gelassen, geschweige denn einer Verlobung zugestimmt …

Das war ein ziemlich großes Kaliber.

«Wird denn Domenico in Norwegen bleiben?», wandte Mama sich nun wieder an Morten.

«Das werden wir sehen», sagte Morten. «Das hängt von ihm ab und auch davon, wo wir einen Therapieplatz für ihn finden. Aber Norwegen wäre sicher keine schlechte Option.»

«Aber wie soll er das denn mit der Sprache und dem Schulabschluss schaffen?», fragte Paps. «Er kann ja keinen Schulabschluss in einer fremden Sprache machen.»

«Ah so ja, dieser Schulabschluss.» Morten wechselte einen Blick mit Hendrik. «Ja, das hat er auch erwähnt. Er sagte, er sei absolut nicht klargekommen damit. Das war ständig ein Riesendruck, der auf ihm gelastet hätte, meinte er. Lernen ist nicht so seine Sache. Meine war's auch nicht. Ich bin von der Schule abgegangen, als ich sechzehn war, und hab mich vollkommen dem Training gewidmet. Domenico ist wie ich, fürchte ich. Er kann nicht stillsitzen und sein Hirn vollstopfen. Er muss sich bewegen, muss etwas mit seinen Händen zu tun haben. Und jetzt fragen wir uns echt: Muss er denn wirklich einen Schulabschluss haben? Ich habe auch keinen, und trotzdem hab ich was erreicht. Wäre es nicht besser, ihn von dieser Last zu befreien?»

«Hmm, aber ohne Schulabschluss kann er ja keine ordentliche Arbeit bekommen. Da bleiben ihm doch nur schlecht bezahlte Hilfsjobs», meinte Paps. «Deswegen haben wir doch immer so darauf plädiert.»

«Was ist eine ordentliche Arbeit? Ist das, was ich mache, etwa nicht ordentlich? Jetzt mal ehrlich: Wieso soll er nicht zum Beispiel tätowieren? Oder malen? Oder irgendwo als Hilfskellner arbeiten? Oder auf der Baustelle? Solange er glücklich dabei ist? Er sagte selber zu mir, dass es ihm egal sei, was er macht, solange er etwas mit seinen Händen arbeiten kann. Wieso muss er unbedingt viel Geld verdienen? Ist es das, was den Erfolg im Leben ausmacht? Sorry, das klingt jetzt etwas ... etwas idealistisch. Etwas abgedroschen. Aber Geld allein macht ja bekanntlich auch nicht glücklich.»

«Tja, aber wenn er eines Tages eine Familie ernähren will, dann muss er doch schon etwas mehr als nur einen Hilfsarbeiterlohn bekommen», wandte Paps ein.

«Dann wird ihm schon was einfallen», warf Hendrik ein. «Nic ist so unheimlich begabt. Der kann so eine Menge. Ich glaube, wenn er wirklich will, wird er immer einen Weg finden.»

«Das stimmt allerdings», musste Paps zugeben. «Faul war er nie. Im Gegenteil. Er hat uns sehr unterstützt, als Esther krank war.»

«Ja, also, warum lassen wir ihn dann nicht lieber seinen eigenen Weg gehen, anstatt ihn noch länger mit diesem Schulabschluss zu quälen?», sagte Morten. «Ich habe in meinem Leben gelernt, dass nicht immer alles nach gesellschaftlichen Regeln ablaufen muss. Einige Menschen ticken halt anders. Warum muss man immer alle in dasselbe Schema pressen?»

«Na gut, das ist auch wieder wahr», räumte Paps ein. «Ja, es stimmt, ich habe da sehr Druck gemacht.»

«Wenn wir diesen Schulabschluss jetzt mal vergessen,

dann könnte er bestimmt hier in Norwegen eine Therapie machen. Hier hat er uns, seine Familie. Und das braucht er. Wir alle haben hier viel aufzuholen.» Morten wandte seiner Frau Liv einen Blick zu, den sie schweigend erwiderte. «Also, wenn er jetzt erst mal ein halbes Jahr bei uns bleibt und wir fleißig Norwegisch mit ihm reden, wird er die Sprache ziemlich schnell lernen. Er versteht ja jetzt schon eine Menge. Ich hab sehr gestaunt. Außerdem können auch viele hier Deutsch.»

«Ich finde auch, es wäre gut, wenn er in Norwegen bleiben würde», meinte auch Mama. «Wenn er etwas braucht, dann ist es eine Familie. Wir haben ja versucht, ihm eine Familie zu sein, aber dann kam leider das mit meiner Krankheit dazwischen.»

«Aber was für eine Art Therapie soll es denn sein?», wollte Paps wissen. «Er hat ja eigentlich schon was in der Art gemacht, aber ein halbes Jahr war wohl nicht genug.»

«Das wissen wir noch nicht so genau. Darin ist mein Sohn Hendrik Spezialist. Er will ja Psychologie studieren. Aber wenn Nicki etwa so ist wie ich, dann braucht er einen Therapeuten mit einem starken Charakter. Dieses Softie-pädagogische Zeug wird ihn nicht weiterbringen. Ich hab diese Witzfigur von einem Sportpsychologen oft zur Verzweiflung gebracht, bis ich schließlich einen anderen bekam, der stark genug war, mir die Stirn zu bieten.» Morten zeigte ein schwaches Grinsen.

«Und was soll mit dem kleinen Jungen geschehen?», fragte Mama. «Nicki wollte sich ja nie von ihm trennen ...»

«Er bleibt jetzt vorerst mal bei uns», sagte Morten. «Wir sind ja mit dem Jugendamt in Kontakt. Sie halten das für eine willkommene Lösung. Seine Mutter kann sich ja nicht mehr richtig um ihn kümmern wegen ihrer eigenen Drogenprobleme. Wie es in Zukunft weitergeht, weiß ich nicht ...» Er wechselte einen weiteren Blick mit Liv, die nach wie vor schwieg. Sie presste fest die Lippen zusammen. Offenbar kam sie mit etwas nicht ganz klar.

«Aber vielleicht sollten wir jetzt erst mal eine Runde Tee

trinken», schlug Morten vor. «Mittlerweile haben wir so viel geredet, dass eine Pause guttut.»

«Also, ich würde gerne noch unter vier Augen mit dir reden. Von Vater zu Vater. Ich hoffe, das ist okay?» Paps beugte sich vor und schaute Morten an.

«Ja, selbstverständlich», sagte Morten.

Wir alle erhoben uns, nur Paps und Morten blieben sitzen.

Ich beschloss, nach oben zu gehen und mich für eine Weile in mein Zimmer zurückzuziehen. Natürlich hoffte ich nebenbei auch rauszufinden, was Domenico und Kjetil trieben.

Hendrik, der ahnte, was ich vorhatte, folgte mir, und das war mir nur recht.

«Das kommt schon gut», tröstete er mich auf dem Weg nach oben.

«Mein Vater will immer alles haarklein zerreden», murmelte ich. «Das ist mir manchmal so peinlich ...»

«Ach. Nicht so schlimm. Morten hat's gans gut gepackt, finde ich.»

«Hendrik, sag mal ... glaubst du auch, dass Kjetil Nicki absichtlich aus dem Gespräch hat rausholen wollen?»

«Klar hat er das», grinste Hendrik.

«Ich hab nämlich gesehen, dass Kjetil die ganze Zeit oben auf der Galerie saß und gelauscht hat.»

«Ja-ja. Das hab ich auch gesehen. Das ist typisk Kjet. Ich hab schon gedacht, dass er lauschen würde.»

«Ich frage mich nur, seit wann sich Kjetil und Nicki so gut vertragen. Kjetil konnte doch Nicki am Anfang überhaupt nicht ausstehen. Und jetzt hängen sie irgendwie ständig zusammen rum.»

«Ich weiß es nicht, aber ich habe eine Theorie.» Hendrik grinste geheimnisvoll. Wir waren oben an der Treppe stehengeblieben. Die Tür zu Kjetils Zimmer war zu.

«Und die wäre?»

«Ich glaub, dass Kjetil sich siemlich solidarisk mit Nic verbunden fühlt, da er selbst schon so oft swischen so Erwachsenendiskusjoner gesessen hat, weil er Mist gebaut hat. Es gibt nichts, was er mehr hasst als solche Gespräche.

Ich glaub, Kjet merkt langsam, dass Nic su ihm ein wenig seelenverwandt ist.»

«Ja, irgendwie sind sie sich ähnlich ...» Das hatte ich ja schon oft gedacht.

«Weißt du, Kjetil ist der gleiche Sturkopf wie Nic. Der lässt sich nichts vorschreiben. Sie haben ja mal darüber geredet, ihn ein Jahr in ein Ersiehungsheim su schicken, weil er so schwierig war. Aber er hat sich mit Händer und Füßer gewehrt. Er konnte sich nicht vorstellen, von Solvej getrennt su sein. Und auch Solvej konnte das nicht.»

«Die hängen sehr aneinander, was?»

«Ja. Kjetil ist total sensibel. Er hat immer gemerkt, wenn Solvej Liebeskummer hatte. Und dann hat er einfach den Kerl manchmal verprügelt, der Solvej schlecht behandelt hat. Darum hat dann die Lehrerin angerufen, und deswegen sollte Kjet in ein Ersiehungsheim gehen. Aber sum Glück haben Morten und Liv nicht eingewilligt.»

«Interessant.» Dass Kjetil so sensibel war, hatte ich nicht vermutet. «Das war irgendwie so ähnlich wie bei Nicki und Mingo.»

«Ja, ikke sant? Vermutlich ist Kjetil ein bissken Nics neuer Mingo», schmunzelte Hendrik, und ich fand den Gedanken gar nicht mal so abwegig.

«Ich glaub, Kjetil spürt, dass Nic ihn versteht», fügte Hendrik noch hinzu. «Und deswegen sind sie wohl nun Freunde geworden. Aber du, ich muss leider los. Ich hab meiner Mutter versprochen, dass ich spätestens um halb acht su Hause bin. Ich muss ihr was helfen beim Computer.»

Ich nickte, allerdings enttäuscht, dass Hendrik uns schon wieder verlassen musste. Wer sollte mir nun in dieser Sache beistehen?

Als Hendrik gegangen war, klopfte ich vorsichtig an Kjetils Tür und legte mein Ohr dran. Gedämpfte Stimmen waren dahinter zu hören und das Geräusch von irgendwelchen Schüssen und Hintergrundmusik. Die spielten anscheinend tatsächlich am Computer. Ein Hauch von Unnahbarkeit ging von dieser Tür aus. Durfte ich da reinplatzen? Sollte ich es wagen und laut anklopfen? Mindestens fünf Minuten lang blieb ich einfach stehen und malte mir alle möglichen Situationen aus, was ich sagen wollte, wenn Kjetil und Nicki ungehalten reagieren würden.

Als ich mich dann doch zum erneuten Anklopfen überwinden konnte, geschah erst mal gar nichts. Offenbar hatten sie mich nicht mal gehört. Ich klopfte ein weiteres Mal, diesmal noch lauter, und endlich ging die Tür auf.

Kjetil stand vor mir und sah mich mit zusammengekniffenen Augenschlitzen an. Ich fühlte mich auf einmal um Jahre zurückversetzt, als ich zum ersten Mal zu Domenico heimgegangen war und Mingo mir die Tür geöffnet hatte ... fast genauso hatte er mich angesehen.

«Ist Nicki da?», fragte ich mit heiserer Stimme.

«Seid ihr endlich fertig mit eurem ätzenden Gelaber?», blaffte Kjetil mich statt einer Antwort an.

«Ist schon gut, Kjet. Lass sie rein», hörte ich Domenicos Stimme von drinnen.

«Was macht ihr eigentlich?», fragte ich, während ich an Kjetil vorbei ins Zimmer schlüpfte.

«Ich bring 'nem Italiener bei, wie man 'nen Computer anschmeißt», brummte Kjetil.

«Wurde aber Zeit», sagte ich prompt. Ich wollte diese furchtbar ernste Situation mit etwas Lockerheit entwaffnen.

Kjetils Zimmer hatte sich ziemlich verändert, seit ich es das letzte Mal gesehen hatte. Er hatte offensichtlich seine Totenkopfphase überwunden und das ganze Zeug weggeräumt. Allerdings war es immer noch ziemlich chaotisch, aber darin glichen Kjetil und Nicki sich ja aufs Haar. Doch hauptsächlich war Kjetils Zimmer mit Computerschrott gefüllt. Er hatte tatsächlich einen Computer *und* eine Playstation.

Domenico drehte sich zu mir um. Er hatte Manuel auf seinem Schoß sitzen, der ganz interessiert mit seinen kleinen Fingerchen auf der Computertastatur rumdrückte.

«Was ist? Muss ich noch mal runterkommen?»

«Nein, glaub nicht. Morten und mein Vater reden noch miteinander», sagte ich.

Domenico sagte nichts dazu. Kjetil rollte mit den Augen.

Endlich hatte ich Zeit, die beiden Halbbrüder mal in aller Ruhe miteinander zu vergleichen. Ich staunte immer noch darüber, wie ähnlich Kjetil Nicki nun mit seiner neuen Frisur sah. Besonders um die Augenpartie und im Profil. Nur sein Kinn war breiter und etwas runder als das von Nicki, und auch die Wangenknochen waren weniger ausgeprägt. All dies hatte Domenico eindeutig von seiner Mutter geerbt. Und dann gab es natürlich noch den markanten Unterschied – abgesehen vom Größenunterschied –, dass Kjetils Haut und seine Zähne weitaus gesünder aussahen als die von Nicki, dem man seine wilde Vergangenheit ziemlich deutlich ansah.

«Lass mal hören, was die so labern», meinte Kjetil plötzlich und schlich hinaus in den Flur. Domenico flüsterte Manuel etwas ins Ohr und nahm ihn dann an der Hand, um Kjetil zu folgen. Mich beachteten die beiden Jungs gar nicht mehr.

Ich wog ab, ob es gescheiter war, in mein Zimmer zu gehen und dort ein wenig zu verweilen, oder ob ich ihnen folgen sollte. Und wo war Solvej überhaupt? Ich hielt inne und vernahm leises Gelächter aus ihrem Zimmer. Vermutlich telefonierte sie gerade mit einer Freundin.

Die Neugier siegte schließlich.

Ich sah Domenico und Kjetil nebeneinander flach auf dem Boden auf der Galerie liegen und Manuel zwischen ihnen. Ich kauerte mich in die Nische neben dem Fenster. Kjetil warf mir einen warnenden Blick zu. Ich hatte den Verdacht, dass sie mich nicht dabeihaben wollten. Aber nun war es zu spät – wenn ich wieder aufstehen würde, würde ich zu viel Lärm veranstalten. Ich hoffte nur inständig, dass Solvej nicht plötzlich aus ihrem Zimmer kommen und ahnungslos in dieses Gelage hineinplatzen würde.

Ich hörte, dass sie zu viert waren unten im Wohnzimmer, und dass auch Mama und Liv wieder dazugestoßen waren. Und dass es Liv war, die nun redete und die meinen Eltern etwas mitteilte.

«Ich habe all die Jahre nicht gewusst, dass Morten noch einen Sohn hatte, oder besser gesagt: zwei Söhne. Sie müssen wissen, dass Morten mich die ganze Zeit angelogen hat, indem er mir das verschwiegen hat. Ich muss mit einer Situation klarkommen, mit der ich nie gerechnet hätte. Ich habe nichts gegen Domenico. Er ist sehr höflich und freundlich, und er hat keine Schuld an der Situation. Er hat ein Recht auf seinen Vater. Darum werde ich nicht im Weg stehen. Und ich werde Morten unterstützen, auch wenn er mir viel angetan hat. Er ist mein Mann, und wir müssen zusammenhalten. Aber ein weiteres Kind zu mir zu nehmen – ich weiß nicht, ob ich das kann. Ich möchte diesem kleinen Manuel gern helfen. Ich habe gesagt, wenn Kjetil und Solvej uns mit diesem Kind unterstützen werden, dann werde ich auch da nicht im Weg stehen. Dann kann der kleine Manuel bei uns bleiben, bis Domenico seine Therapie fertig hat. Aber nachher muss er sich wieder um ihn kümmern.»

«Das ist sehr großherzig von Ihnen, Liv», sagte Mama, und ich war absolut einer Meinung mit ihr. In dem Moment konnte ich mich total in Liv hineinfühlen. Es war mir nie gelungen, an sie heranzukommen, so dass ich wirklich gewusst hätte, was sie dachte. Doch in dem Moment war mir bewusst, dass ihr reserviertes Verhalten nicht unbedingt damit zu tun hatte, dass sie mich oder Nicki nicht mochte. Nun fühlte ich mich sogar fast solidarisch mit ihr verbunden. Sie hatte ähnlich wie ich vieles von ihrem Partner einstecken müssen; Dinge, die nicht minder schlimm waren als die, die Domenico getan hatte. Und sie hatte sich dennoch entschieden, ihrem Mann zu verzeihen, und war bereit, an seiner Seite zu bleiben …

In dem Moment musste ich meinen Gedankenfluss stoppen, weil er mich in einen nicht zulässigen Bereich führte.

Unwillkürlich traf mein Blick Domenico. Er wechselte einen vielsagenden Blick mit Kjetil.

«Ich kann meiner Frau wirklich dankbar sein, dass sie mir so viel verziehen hat», hörten wir nun Mortens Stimme. «Ich habe es nicht verdient. Ich empfinde es als Gnade. Und deswegen möchte ich Liv nicht mehr als nötig belasten, versteht ihr? Aber ich habe eine große Schuld wiedergutzumachen. An Domenico, aber auch an euch und eurer Tochter.»

«Natürlich», sagte nun Paps. «Wir schätzen das sehr. Und wir sind sehr froh, dass Domenico nun in guten Händen ist. Nun, dann sind wir uns ja einig.»

In dem Moment hörte ich ein klägliches Miauen zu meinen Füßen. Söckchen saß da und legte ihre Pfote auf meine Knie. Tigerlilly blieb in einiger Entfernung sitzen.

«Schscht», machte ich, doch die Katze war bereits auf mein Bein gesprungen. Kjetil warf mir einen skeptischen Blick zu und legte seinen Finger an den Mund. Doch in dem Moment hörten wir, wie die Erwachsenen sich erhoben. Die Gesprächsrunde war offenbar beendet. Wir verharrten sicherheitshalber noch eine Weile in dieser Stellung und wagten uns dann endlich wieder zu rühren.

Domenico und Kjetil kehrten in ihr Zimmer zurück und schlossen die Tür, ehe ich mich überhaupt entschieden hatte, ob ich ihnen folgen wollte oder nicht. Es schien mir nun ziemlich eindeutig, dass sie mich nicht dabeihaben wollten. So oder so wollte ich ja auch unbedingt noch Zeit mit meinen Eltern verbringen und ging daher wieder runter.

«Da bist du ja», sagte Mama strahlend.

Den Rest des Abends verbrachte ich in einer gemütlichen Gesprächsrunde mit den Erwachsenen. Meine Eltern zeigten mir, Morten und Liv fast sämtliche Ferienfotos, und das war genug Material, um die nächsten zwei Stunden totzuschlagen. Meine Eltern waren um halb zehn auch schon wieder müde und wollten sich zurückziehen.

Domenico war gerade mit Manuel im Bad und putzte ihm die Zähnchen, als ich in den oberen Stock kam. Ich wollte an ihm vorbeigehen, doch da hatte er mich schon gesehen.

«Hi», sagte ich schüchtern und blieb zaghaft stehen. Manuel grinste mich an und spuckte ein wenig Zahnpasta aus. Domenico richtete sich auf und sah mich an.

«Hi», erwiderte er rau. Doch in seinem Gesicht lag ein viel entspannterer Ausdruck als noch vor ein paar Stunden. Er wirkte, als sei eine große Last von ihm genommen worden.

«Wie geht's?», fragte ich.

«Ich bring grad Manuel ins Bett», sagte er statt einer Antwort. Ich war nicht ganz sicher, wie ich das deuten musste. Wollte er mir damit sagen, dass ich ihn in Ruhe lassen sollte?

«Kannst du ihn kurz nehmen?», fragte da Nicki zu meiner Überraschung und schob Manuel sanft zu mir raus. Ich nickte und streckte meine Hände nach ihm aus. Nicki schloss die Badezimmertür hinter sich zu.

Manuel grinste mich frech an, und ich legte neckisch meine Finger auf seine Wangengrübchen. Er fand das offenbar furchtbar lustig und lachte vergnügt. Offenbar war Domenicos nun bessere Stimmung auch auf ihn übergesprungen.

Nickis Zimmertür stand offen. Kjetil hatte sich offenbar schon zu Solvej hinüber verzogen. Ich hörte deren leises Gelächter durch die Wände. Ich suchte in Domenicos Sachen nach Manuels Schlafanzug. Ich wusste, dass Nicki immer furchtbar lange im Bad brauchte. Immerhin machte es den Anschein, als hätte er Manuel bereits eine frische Windel für die Nacht angezogen.

Domenico kam ungefähr zwanzig Minuten später aus dem Bad.

«Sorry», murmelte er. «Hat etwas länger gedauert …» Er wirkte ziemlich schläfrig.

«Bist du happy, dass Manuel nun hierbleiben kann, während du in der Therapie bist?», fragte ich.

«Mhmm.» Er setzte sich auf die Bettkante und streckte seine Hand nach Manuel aus, der auf dem Kissen herumturnte.

«Ich hab ihm den Pyjama angezogen», sagte ich.

«Danke.» Domenico schenkte mir ein kleines Lächeln, bei dem seine Wangengrübchen erschienen. Dieses Lächeln, dass ich immer besonders schön fand. Ich sah auf seine Hände, die Manuel sanft berührten und ihn an sich zogen. Diese Hände, die auch mich so oft gehalten und mich getröstet hatten, wenn ich traurig gewesen war. Und auf einmal ertappte ich mich dabei, dass ich mich furchtbar nach diesen Händen sehnte. Es kam so schmerzhaft über mich, dass ich plötzlich die Tränen fast nicht mehr zurückhalten konnte.

Nicki kuschelte sich mit Manuel unter die Decke und schloss die Augen. Ich konnte ihm gerade noch eine gute Nacht wünschen und in mein Zimmer verschwinden, ehe die Gefühle mich übermannten. Söckchen folgte mir, und ich hatte keinen Nerv, die Katze wieder aus dem Zimmer zu vertreiben. Also ließ ich sie.

Kaum hatte ich meinen Kopf auf mein Kissen gelegt, begannen die Tränen zu fließen. Ich wollte nicht mal mehr aufstehen und die Zähne putzen gehen. Ich wollte nur noch mein Kopf im Kissen vergraben und es mit meinen Tränen durchnässen.

Ich weinte ganz fürchterlich, weil mir auf einmal all die wunderschönen Dinge wieder einfielen, die ich gemeinsam mit Domenico erlebt hatte. Das Wochenende im Haus am See, wo wir ganz für uns gewesen waren und unsere Liebe zueinander so übermächtig gespürt hatten. Wo ich mir gewünscht hatte, den Rest meines Lebens mit ihm zusammen sein zu dürfen. Die Nacht bei der Laterne, wo er mich zum ersten Mal geküsst hatte und ich den Himmel auf Erden erlebt hatte. All die Situationen, in denen er mich beschützt und mit seinen starken Armen liebevoll festgehalten hatte …

All diese Bilder kamen eins nach dem anderen in mir hoch und vertrieben all die düsteren Bilder von seinen Abstürzen und Eskapaden, die die letzten Wochen überwiegend in meinen Erinnerungen vorgeherrscht hatten.

Irgendwann legte sich Söckchen zu mir aufs Kopfkissen und drückte ihren weichen Körper an meine Wange. Ich schluchzte tief auf und weinte in das Fell der Katze. Ihr zufriedenes Schnurren schenkte mir immerhin ein bisschen Trost. Ich wünschte mir irgendwie, Nicki würde mich hören und zu mir rüberkommen, aber das würde eh nicht der Fall sein, da er eindeutig eine Dosis Schlafpillen genommen hatte.

Doch auf der anderen Seite war mir ja klar, dass es nicht mehr funktionieren würde mit uns. Es hatte nie wirklich dauerhaft funktioniert, und ich hatte lange gebraucht, bis ich das in der ganzen Tragweite kapiert hatte.

Nein, unsere Wege mussten sich trennen. Ein für alle Mal.

# 7. Ein bisschen viel Abschied auf einmal

Den nächsten Tag verbrachte ich mit meinen Eltern in Oslo und besuchte mit ihnen verschiedene Sehenswürdigkeiten. Da das Tageslicht begrenzt war, brachen wir um halb zehn auf, um den Tag ausnutzen zu können. Wir hatten nur diesen einen Tag zur Verfügung, und den wollten wir voll auskosten. Am Tag darauf stand nämlich bereits die Heimreise auf dem Programm. Meine Eltern mussten am letzten Dezembertag wieder in Basel sein, da Mama einen wichtigen Arzttermin bei Doktor Falke hatte, der sich extra für sie diesen Termin reserviert hatte.

Obwohl ich gern Silvester in Norwegen gefeiert hätte, hatte ich beschlossen, zusammen mit meinen Eltern nach Hause zu reisen und mit ihnen Silvester in Basel zu feiern. Einerseits, weil ich so viel Zeit wie möglich mit ihnen verbringen wollte, und andererseits, weil es weder mir noch Nicki guttat, noch länger unter demselben Dach zu wohnen.

Wir fuhren mit der Bahn nach Holmenkollen hinauf, um die Skisprungschanze zu bewundern, sahen uns das Skimuseum an und fuhren nachher mit dem Bus nach Bygdøy ins Wikingermuseum. Als wir mit allem fertig waren und nach Nittedal zurückkehrten, war es natürlich schon wieder Nacht.

«Nächstes Mal müsst ihr im Sommer herkommen», sagte ich zu meinen Eltern. «Da wird es nicht mal mehr richtig dunkel.»

Wann es allerdings ein nächstes Mal geben würde, wusste ich auch nicht. Die Trennung von Domenico und mir würde wohl unweigerlich auch zu einer gewissen Trennung zwischen seiner Familie und mir führen ...

Ich war froh, dass wir während des ganzen Tages nicht viel über Domenico sprachen. Aber ich vermutete, dass meine

Eltern spätestens dann nochmals ausführlich mit mir darüber reden würden, wenn wir in Basel waren.

Am Tag darauf mussten wir früh los. Der Flieger würde um elf starten, und wir würden ungefähr um halb zwei in Zürich landen und dann mit dem Zug nach Basel reisen. Morten hatte wieder versprochen, uns um halb neun zum Flughafen zu fahren.

Ich hatte nicht damit gerechnet, Domenico so früh am Morgen noch zu begegnen. Ich hatte mich am Vorabend bereits sicherheitshalber von den beiden Langschläfern Solvej und Kjetil verabschiedet – wobei Kjetil sich kaum die Mühe gemacht hatte, auch nur einen Ton zu mir zu sagen –, und auch von Hendrik, der extra nochmals vorbeigekommen war, um mir einen *klem* zu geben, wie die Norweger eine Umarmung nennen. Domenico hatte sich früh zurückgezogen. Ich wusste, dass er es nicht schaffte, länger als nötig in der Gegenwart meiner Eltern zu sein.

Umso überraschter war ich, als er am Tag der Abreise ganz früh aus seinem Zimmer kam und schüchtern an meiner Tür stehenblieb.

«Hi …», sagte er leise.

«Nicki!», stieß ich erstaunt hervor. «Wieso bist du schon auf?»

«Wollte dir nur auf Wiedersehen sagen … oder … na ja, Tschüss halt.»

«Oh», sagte ich verlegen. «Das ist nett.»

Er zuckte mit den Schultern und blickte zu Boden. Er wollte offensichtlich noch was loswerden.

«Es … es tut mir wirklich … von ganzem Herzen leid, dass … dass all das geschehen ist», sagte er mit seiner rauen Stimme. «Ich kann dir nicht genug sagen, wie sehr … Es hätte niemals so kommen sollen. Ich wollte mit dir 'ne schöne Zukunft haben. Aber … das war alles viel zu früh. Ich bin nicht der, der ich sein möchte.» Er schloss die Augen und schien nach weiteren Worten zu ringen.

«Ist schon … okay.» Auch ich musste erst nach den richtigen Worten suchen.

«Ich hoff einfach, du … du findest jemand anderen, der

dir mehr Glück geben kann», rang er sich schließlich durch. Er hielt sich am Türrahmen fest, und irgendwie wurde mein Blick von seinen Fingern in Beschlag genommen. Seit er weniger rauchte, waren seine Fingerkuppen nicht mehr so gelb. Komisch, dass mir das grad jetzt auffiel. Und komisch, dass ich mir auch gerade jetzt überlegte, was *er* wohl mit seinem Verlobungsring gemacht hatte. Ich hatte meinen ja in die Kartonschachtel gelegt, in der ich alle Sachen von Nicki aufbewahrte.

«Danke», antwortete ich. «Im Moment ... bin ich nicht auf der Suche nach jemand anderem.»

«Du verdienst es aber», sagte er leise. «Du verdienst ... den besten Typen, den es gibt.»

«Du verdienst aber auch jemanden, der dich liebt», erwiderte ich, und das meinte ich wirklich. «Eine, die es besser kann als ich.»

Er schüttelte nur ziemlich resigniert den Kopf und starrte stumm den Türrahmen an. Ich hätte nach wie vor gerne gewusst, in was für einer Verbindung er nun mit Suleika stand. Aber jetzt war nicht der Moment, um so etwas zu fragen.

«Soll ich dir helfen, das Gepäck runterzutragen?», fragte er mich.

«Ja ... gerne.» Ich wollte seine Hilfe nicht ablehnen. Ich fühlte, dass es ihm wichtig war, mir zum Abschied noch was Gutes zu tun.

Domenico nahm meinen Trolley und meine Handtasche und trug beides hinunter zum Ausgang. Morten war schon reisefertig. Wir würden meine Eltern dann direkt bei Arne abholen.

«Oh, schon wach, Nicki?», wunderte sich auch Morten.

Wir hielten die Abschiedsszene so kurz wie möglich. Domenico wollte nicht mehr mit rüberkommen zu Arne, und ich verstand es. Meinen Eltern unter die Augen zu treten war für ihn im Moment schier unerträglich.

Ich war richtig traurig, Norwegen wieder zu verlassen. Vor allen Dingen, weil ich ahnte, dass ich wohl so schnell nicht mehr wiederkommen würde, auch wenn Morten mir versicherte, dass ich jederzeit herzlich willkommen war. Aber nun war erst mal Abitur angesagt – und eine Menge anderer Sachen. Ich würde mich auf ein völlig neues Leben konzentrieren müssen.

Und so war ich ziemlich still, als wir im Flieger nach Zürich saßen. Ich tat so, als würde ich schlafen, doch in Wirklichkeit hing ich all den Eindrücken nach, die ich in den letzten Tagen gesammelt hatte.

*Goodbye Norway,* sagte ich in meinem Herzen. *Ich werde dich wohl nun für lange Zeit nicht mehr wiedersehen ...*

In Basel lag überhaupt kein Schnee, und ich hatte das Gefühl, in einer völlig anderen Welt gelandet zu sein. Es kam mir beinahe so vor, als sei ich aus einer Traumwelt wieder in die wirkliche Welt zurückgekehrt. Als wären sie alle – Morten, Liv, Solvej, Kjetil, Hendrik, Runa und auch Sverre und Thore – irgendwelche unwirklichen Figuren aus einer Fantasiegeschichte, die ich mir nur selbst in meinem Kopf zusammengezimmert hatte. Ich wusste nicht, warum ich dieses Empfinden hatte.

Wir brachten erst mal unser Gepäck in die Wohnung meiner Eltern. Sie wohnten immer noch am selben Ort in der Genossenschaftssiedlung am Rhein. Diese topmoderne, sterile Wohnung war erst durch Mamas persönliche Note so richtig gemütlich geworden. Immerhin sorgte die riesige Fensterfront für genügend Helligkeit, um auch bei trübem Wetter nicht ganz in Depressionen zu versinken. Und grau und trüb war es jedenfalls. Und so beschlossen wir, uns erst mal ein gemütliches Restaurant zu suchen und einen ordentlichen Imbiss zu uns zu nehmen.

«Den Luxus gönnen wir uns jetzt nach dieser langen Reise», war Mamas Meinung.

Wir bestellten uns Schnitzel mit Pommes, doch Mama musste erst ihre fürchterlichen Medikamente nehmen, bevor sie essen konnte. Im vergangenen Jahr war ein Tumor an ihrer Bauchspeicheldrüse entfernt worden, so dass diese ihre Funktionalität eingebüßt hatte und Mama nun ihr Leben lang an diese Medikamente gebunden sein würde. Den

Namen dieser Pillen werde ich nie vergessen, weil er so futuristisch klingt: «Creon 25.000».

«Ihr glaubt nicht, wie eklig diese Dinger sind», stöhnte sie. «Aber immerhin – ich lebe noch.»

Wie immer, wenn sie von ihrer Krankheit sprach, tat sich ein tiefes Loch unter mir auf. Nicht, dass Mama besonders oft davon redete – im Gegenteil, sie legte Wert darauf, so normal wie möglich zu leben. Doch wenn sie ein seltenes Mal etwas erwähnte, dann war es immer so, als würde mir jemand den Boden unter den Füßen wegziehen. Ich hatte keine Ahnung, wie ich in Zukunft damit umgehen sollte.

Mama hatte gute Chancen, noch mehrere Jahre zu leben – aber was, wenn es irgendwann einmal zu Ende sein würde? Wenn der zusätzliche Tumor in der Leber wieder zu wachsen beginnen würde? Denn nun hatte ich niemanden mehr, der mir beistehen würde, keinen Nicki, der mich festhalten würde ... *Er* war es gewesen, der mir in meinen dunkelsten Stunden so viel Kraft und Trost gegeben hatte. Doch das war nun vorbei. Nun hatte ich niemanden mehr, der mich stützte. Meine einzige Überlebenschance war somit, nicht allzu sehr an Mamas Krankheit zu denken.

«Ich möchte gern die Sache mit Domenico nochmals ansprechen», eröffnete Paps wie erwartet das gefürchtete Thema. Ich nickte – klar, es musste sein.

«Ich hoffe und wünsche mir einfach, dass du, Maya, innerlich gut mit dieser Geschichte abschließen kannst», sagte er. «Und dass dir auch wirklich bewusst ist, dass es die richtige Entscheidung ist.»

«Natürlich, Paps», bestätigte ich.

«Du hörst dich nicht wahnsinnig überzeugend an, weißt du», sagte mein Vater vorsichtig. «Mir ist es einfach sehr wichtig, dass du dir wirklich im Klaren darüber bist, dass es hier keinen Weg zurück mehr gibt.»

«Natürlich bin ich mir im Klaren, Paps.» Ach, ich wollte doch gar nicht mehr so viel darüber diskutieren. Ich wollte mit diesen Gedanken viel lieber allein sein und das alles erst mal in Ruhe verarbeiten.

«Es ist einfach wichtig, Maya, dass du eines weißt – und

ich weiß, es ist nicht immer einfach, Rat von seinen Eltern anzunehmen», übernahm Mama nun das Wort. «Aber es ist auch mir wichtig, dass du dies wirklich verinnerlichst: Auch wenn Nicki noch so viele Stärken hat und ein ganz besonderer junger Mann ist – ein Mann, der seine Partnerin schlägt, hat meines Erachtens eine Grenze überschritten, die man einfach nicht überschreiten darf. Wenn ein Mann so etwas tut, dann weiß man nicht, wozu er sonst noch fähig ist. Und diese Grenze sollte sich einfach jede Frau, die etwas auf sich hält, zu Herzen nehmen. Das ist mir unendlich wichtig. Denn ich möchte nicht, dass du in einer Beziehung landest, in der du nicht die Frau sein kannst, zu der du geschaffen worden bist. Sondern ich möchte, dass du eines Tages einen Partner bekommst, der dich wie eine Königin behandelt – so, wie du es verdienst.»

«Genau das ist es, was ich meine», untermalte Paps Mamas Rede. «Deine Mutter kann es einfach besser ausdrücken als ich.»

«Domenico ist ja jetzt in guten Händen. Du brauchst dir nun wenigstens keine Sorgen mehr zu machen um ihn», fügte Mama hinzu.

«Klar», sagte ich. «Ich sehe das ja genauso. Ich brauche einfach Zeit, um das alles zu verdauen. Deswegen höre ich mich vielleicht nicht so überzeugend an. Aber ich bin vollkommen eurer Meinung.»

«Weißt du», sagte Mama vorsichtig, «ich habe manchmal ein ganz klein wenig den Verdacht, dass du unbewusst immer noch darauf hoffen wirst, dass es vielleicht nach seiner Therapie wieder mit ihm funktionieren könnte. Und ich möchte dir einfach ans Herz legen, dich wirklich von ihm zu lösen. Ich glaube, du tust dir keinen Gefallen, wenn du weiterhin auf ihn hoffst. Er hat so viel aufzuholen, dass das unter Umständen sein ganzes Leben dauern kann. Und diese Grenze solltest du dir unbedingt setzen, Maya: Ein Mann, der dich schlägt, hat dich einfach nicht verdient.»

«Ganz meine Meinung! Ich denke, das Beste ist jetzt, wenn du dich einfach voll auf deine Zukunft konzentrierst», meinte Paps mit einem Lächeln. «Das Abitur mit Schwung hinter dich bringst und dich nachher auf dein Studium freust. Dir stehen nun alle Möglichkeiten offen. Hast du dir mittlerweile schon etwas mehr Gedanken gemacht, wo du studieren möchtest? Ob in Berlin oder doch zurück in der Heimat?»

Uff. Da war sie schon wieder, diese Frage. Darüber hatte ich mir in den letzten Wochen wirklich oft genug den Kopf zerbrochen.

Was *wollte* ich? *Wo* wollte ich leben? Diese Entscheidung war alles andere als leicht. Mir gefiel es in Berlin. Mir gefiel meine Freundesclique. Ich mochte Elijah, Vicky, Amy, Heiko und Carl. Und ich freute mich darauf, nun endlich ohne schlechtes Gewissen gegenüber Domenico tolle Dinge mit ihnen unternehmen zu dürfen.

Aber ich vermisste auch die alte Heimat. Ich vermisste Delia und Manuela. Ich vermisste Patrik, auch wenn der Kontakt zu ihm etwas eingeschlafen war. Aber seit meine Eltern nach Basel gezogen waren, fühlte ich mich, als ob ich mein eigentliches Zuhause verloren hatte.

Fakt war, dass ich mich eigentlich nirgendwo richtig daheim fühlte.

Doch die Zeit drängte. Der Sommer würde bald da sein, und die Schule würde zu Ende sein. Und dann musste ich wählen. Spätestens dann, besser noch früher ...

«Du kannst ja auch immer noch ein Praktikum in Erwägung ziehen, Maya», ermunterte mich Mama. «Du brauchst ja nicht gleich nach der Schule mit dem Studium anzufangen. Eventuell ist es gar nicht schlecht, erst mal ein Jahr zu arbeiten.»

Ich nickte. Ja, die nächsten Wochen würden voll und ganz meiner Zukunftsplanung gewidmet sein.

«Ich werde nun alles gründlich durchdenken», versprach ich deshalb.

Der Abschied von meinen Eltern drei Tage später fiel mir alles andere als leicht. Erst hatte ich Norwegen hinter mir lassen müssen, und nun musste ich mich auch schon wieder von meinen Eltern trennen. Das war ein bisschen viel

Abschied auf einmal. Doch andererseits – ich würde sie in drei, vier Wochen ja schon wiedersehen. Denn wir hatten vereinbart, uns immerhin ein Mal im Monat zu treffen – entweder in Basel oder in Berlin.

Nachdem meine Eltern mich auf den Zug begleitet und mir so lange gewinkt hatten, bis eine Kurve sie meinen Blicken entzogen hatte, fühlte ich mich zum ersten Mal wirklich allein auf der Welt. Jetzt wurde mir so richtig bewusst, dass alles, was für mich Familie gewesen war – und Domenico war ein Teil davon – nun auf einmal weg war. Ich hatte nur noch mich.

Und jetzt saß ich mutterseelenallein im Zug nach Berlin.

Ich betete; das tat mir gut. Und was mich tröstete, war, dass am nächsten Montag die Schule wieder anfangen würde. Und ich endlich, endlich meine Freunde wiedersehen würde.

## 8. Eulensalat und Bananen

Die Vorfreude auf den ersten Schultag nach den Ferien erfüllte mich mit einem mächtigen Kribbeln. Nach all dem Schwermütigen der vergangenen Tage freute ich mich riesig darauf, Vicky, Amy, Elijah, Carl und Heiko wiederzusehen. Ich freute mich auf die lustigen Sprüche der Jungs und darauf, mit Vicky und Amy über die Liebe und das Leben zu tratschen. Obwohl das Thema Liebe eigentlich alles andere als aktuell für mich war ...

Und ganz besonders freute ich mich auf Elijah. Obwohl wir nicht immer so fleißig darin gewesen waren, einander in den Ferien SMS zu schreiben, war dennoch während dieser Zeit eine besondere Verbindung zu ihm entstanden. Er hatte viel für mich getan, nachdem dieser Bruch mit Domenico passiert war.

Ich war ein wenig spät dran und somit eine der Letzten,

die im Klassenzimmer erschienen. Bis auf Claudia, die es vorgezogen hatte, wieder einmal zu spät zu kommen, weil sie am Vorabend noch ausgegangen war.

Es war ein schönes Gefühl, ins Klassenzimmer zu treten und gleich von Vicky und Amy angestrahlt zu werden. Beide hatten sie ihre wilden Haarmähnen wieder einmal zur gleichen Frisur gestylt – was besonders witzig aussah, da Vicky blass und rothaarig war und Amy dunkelhäutig und schwarzhaarig.

«Da bist du ja!» Vicky sprang von ihrem Platz auf und stürmte mit Karacho auf mich zu, um mich zu umarmen. «Eeeeendlich! Dachte schon, du kommst nicht mehr!»

«Ja, auch ich hab's noch geschafft», stöhnte ich.

«Ha-ha, zu lang vor dem Spiegel gestanden heute Früh, was?», lachte Amy und packte mich ebenfalls zur Begrüßung.

«Seh ich so aus?», scherzte ich. Ja, ich hatte mir tatsächlich an diesem Tag etwas mehr Make-up aufgelegt als sonst. Ich wollte schließlich eine gute Figur machen in dieser Klasse. Meine früheren Erfahrungen als ewige Außenseiterin saßen mir manchmal immer noch in den Knochen, und ich erachtete es überhaupt nicht als selbstverständlich, nun auf einmal beliebt zu sein. Es erschien mir immer noch wie ein unbegreifliches Wunder ...

Ich schielte hinüber zu den Jungs, die einander gerade etwas auf ihren Smartphones zeigten. Elijah hatte mich schon längst erblickt und hob eine Banane zum Gruß. Ich kicherte. Typisch Elijah – er und seine Bananen!

Gleich darauf hörte ich Nicoles High Heels die Treppe raufstöckeln. Ich warf Vicky und Amy ein Kusshändchen zu und verzog mich schnell an meinen Platz bei den Jungs. Abgesehen davon, dass zwei Drittel der Klasse aus Jungs bestanden, war ich ziemlich stolz darauf, als einziges Mädchen in einer Jungengruppe sitzen zu dürfen.

«Wohoooo», machte Heiko hinter mir, als ich mich neben Elijah setzte. «Wen haben wir denn da?»

«Tja», sagte ich. «Ein verschlafenes Gespenst.»

Elijah grinste mich an. Seine grünen Augen strahlten

unwahrscheinlich, und wie Nicki hatte auch er Wangengrübchen, wenn er lächelte. Seine Ringellocken sahen aus, als hätten sie heute morgen keinen Kamm gesehen. Als sei er direkt von seinem Bett zur Schule gekommen.

«Guten Morgen, Milady.»

«Guten Morgen, Milord», konterte ich. «Auch schon wach?»

«Yeah. Extrem wach. Könnte Bäume ausreißen.»

«Bananenbäume?», grinste ich.

«Ha-ha, klar, *honey*, was denn sonst? Du bist gut.»

Wir lachten beide. Ich war mein ganzes Leben lang so ernst gewesen und hatte nur wenig Jungs gekannt, mit denen ich ein wenig rumalbern konnte. Umso mehr genoss ich das nun.

«Unser Bananenhäuptling», feixte Heiko und gab Elijah einen Klaps auf die Schulter.

Und schon betrat Nicole, unsere Klassenlehrerin, den Raum. Hinter ihr schlich eine etwas verlegen grinsende Claudia an ihren Platz.

«Hallo miteinander», strahlte Nicole. «Schön, euch alle wiederzusehen! Ich hoffe, ihr hattet tolle Ferien und eine Menge gute Partys!»

Ich hatte mich immer noch nicht ganz an Nicoles Stil gewöhnt. Ich hatte bislang vorwiegend strebsame und seriöse Lehrer gehabt, allen voran Frau Galiani, die die Schule ziemlich ernst genommen hatte und nie zu unnötigen Späßen aufgelegt gewesen war. Die stets in rustikaler Kleidung mit Jeans und Pullover erschienen war und von uns Schülern erwartet hatte, dass wir uns ordentlich anstrengten. Aber ich hatte Frau Galiani dennoch sehr gemocht. Sie war mir immer ein Vorbild gewesen und hatte mir in vielem weitergeholfen. Und ich hatte viel gelernt bei ihr.

Doch Nicole war das genaue Gegenteil. Sie musste um die vierzig sein, lief aber gern im Teenagerlook herum. An diesem Tag trug sie einen Pullover mit einem aufgenähten silbernen Totenkopf drauf und einen kurzen Jeansrock, zusammen mit gemusterten Strumpfhosen und High Heels.

Nicht, dass ich was dagegen hatte, aber ich wunderte mich, dass man das an der Schule überhaupt tolerierte.

Bei Frau Galiani wäre so was nie in Frage gekommen. Sie hatte immer versucht, eine respektvolle Distanz zu uns Schülern zu wahren, während Nicole das genaue Gegenteil praktizierte: Sie war mit der halben Klasse auf Facebook vernetzt, und fast jedes Wochenende konnte man Partybilder von ihr und ihren Freunden im Internet bewundern. Das Kuriose war, dass sie für die eine Hälfte der Klasse immer noch Frau Winter war und nur für eine gewisse Elite aus der Klasse, zu der auch ich gehörte, war sie Nicole. So ganz ernst nehmen konnte ich sie daher als Lehrerin nicht, und auch ihr Unterricht war ziemlich oberflächlich. Außer über Filmproduktion hatte ich nicht viel Gescheites bei ihr gelernt.

Immerhin hatte sie als Erstes gleich eine ziemlich gute Nachricht: Unser Film, den wir im letzten Halbjahr produziert hatten, war nominiert für die Teilnahme an einem Festival. Außerdem würden Claudias Eltern im Gremium sitzen.

«Die Chancen stehen also supergut», strahlte Nicole und zupfte sich ein paar ihrer lilagefärbten Haarsträhnchen zurecht. «Wenn alles gutgeht, wird unser Film schon bald ein wenig bekannt werden. Ich muss nur ein paar nette Wörtchen mit Claudias Eltern wechseln.» Sie zwinkerte Claudia zu.

Claudia lächelte ihr gut einstudiertes, verlegenes Lächeln, das eigentlich vor Selbstgefälligkeit nur so strotzte. Sie hatte sich ihr Haar in den Ferien platinblond gefärbt. Dazu hatte sie eine ganze Show auf Facebook abgezogen, bei der sie jeden Freiwilligen und Unfreiwilligen zu einem Zeugen der ganzen Prozedur hatte werden lassen. Sie saß ganz am anderen Ende des Klassenzimmers, dort, wo Vicky und Amy saßen. Sie hatte den Platz direkt neben der Tür gewählt, weil sie es vorzog, oft zu spät zu kommen.

«Wann findet dieses Festival denn statt?», platzte Vicky raus, die sich immer gern zu Wort meldete.

«Im April irgendwann», lächelte Nicole. «Muss das Datum nochmals nachsehen.»

Während ich versuchte, Nicoles laschem Unterricht zu folgen, wanderten meine Gedanken nach Norwegen. Ob sie immer noch so viel Schnee hatten? Hier in Berlin lag kaum Schnee. Für Solvej und Kjetil hatte die Schule wohl auch wieder begonnen an diesem Tag. Und Hendrik? Was machte er wohl? Doch die Frage aller Fragen war, wie es Domenico jetzt ging …

In der Pause verzog sich unsere ganze Clique auf die roten Sitze in der Eingangshalle, die unser Stammplatz geworden waren. Während Vicky und Amy aufs Klo verschwanden und Carl und Heiko über irgendwas anderes diskutierten, nahm Elijah mich kurz beiseite.

«Und? Wie war's? Konntest du dich mit ihm aussprechen?»

«Ja, einigermaßen. Na ja, nicht ganz so, wie ich es mir gewünscht hätte, aber das ist momentan einfach zu schwierig. Er bleibt jetzt vorläufig in Norwegen und wird eine Therapie machen. Und das ist gut so.»

«Seid ihr nun noch Freunde? Oder wie ist euer Kontakt?» Elijah rieb sich seine sommersprossige Nase, und ich erkannte ein wenig Verlegenheit in dieser Gebärde.

«Ich weiß es nicht. Schwierig zu definieren. Irgendwie hängt alles noch total in der Luft. Das wird sich wohl erst im Lauf der Zeit herausstellen.»

«Hmm.» Elijah blickte runter auf seine Schuhe. Er war ein Jahr jünger und auch kaum größer als ich. Ich sah ihn an und hatte richtig Lust, mit meiner Hand durch seine zerzausten Locken zu wuscheln. Ich hatte mich oft gefragt, wie mein Bruder wohl ausgesehen hätte, wenn er noch gelebt hätte. Jetzt wusste ich es: wie Elijah.

«Ho, Milady, nun kannst du ja richtig ausgehen, ohne dass dir einer das Partyleben versaut», mischte sich Heiko, der mal wieder mitgehört hatte, in unser Gespräch ein.

«Hast du deine Ohren immer überall?», fragte ich.

«Na klar. Onkel Heikos Lauscherchen müssen doch mitkriegen, wat hier abjeht. Also, was ist? Ist das 'n Grund zum Feiern oder nicht?»

Ich fand nicht gerade, dass die Trennung von Nicki ein Grund zum Feiern war, doch ich wollte die allgemeine Begeisterung nicht zerstören.

«Na ja ...»

«Komm schon, Mädel! Lass die Sau raus! *You only live once!*»

«Richtig! Du musst unbedingt neue Typen kennenlernen, Maya!» Amy und Vicky, die von der Toilette zurückgekehrt waren, zogen mich an den Händen zu sich heran, und ich ließ mich neben sie auf den Sitz plumpsen.

«Du musst deine Freiheit doch jetzt so richtig auskosten!» Vicky knuffte mich neckisch in die Seite. «Vergiss den Typen. Der war es nicht wert! Es gibt noch genug andere Männer!»

«Ich hab auch Schluss gemacht mit Jamal», erzählte Amy. «Vorgestern Abend. Einfach so. Aus. Finito. Hat einfach nicht mehr gepasst.» Sie wirkte nicht so, als sei sie sonderlich bekümmert deswegen.

«Im Ernst?» Ich starrte sie ziemlich perplex an. «Einfach so – Schluss? Keine Tränen, nichts?»

«Nein, wieso auch? Manchmal muss man einfach knallhart 'nen Schlussstrich ziehen. Es bringt nix, den Typen hinterherzuweinen. Gibt doch noch genug andere!»

«Hmm.» Mehr fiel mir dazu nicht ein.

«Und du hast sicher mehr als genug Chancen bei Männern, Maya», fügte Vicky lächelnd hinzu.

«Vollkommen einer Meinung», säuselte Heiko, während seine nussbraunen Augen gleichzeitig einer aufgetakelten Blondine folgten, die mit langen Beinen und wackelndem Hinterteil Richtung Ausgang stolzierte. «Die holde Männlichkeit liegt dir zu Füßen, Milady!»

«Hey, wie wär's mit dir, Heiko?», grinste Amy und kniff ihn in den Oberarm. «Du und Maya, ihr wärt ein schönes Pärchen!»

Heiko feixte und hielt mir galant seine Hand hin, aber ich wusste genau, dass das nur zum Spaß gemeint war. Ich war nicht Heikos Typ. Heiko stand auf so richtig zurechtgemachte Zicken, die den ganzen Tag im Fitnesscenter trainierten und einen Waschbrettbauch und einen volltätowierten Body hatten.

Mir selbst war Heiko ohnehin zu cool, auch wenn er blendend gut aussah. Aber ich hatte ja schon mal Erfahrungen mit so einem gut aussehenden Typen gemacht und gesehen, wohin dies führte. Das nächste Mal würde ich es vorziehen, einen eher etwas unscheinbareren, dafür soliden und treuen Jungen an meiner Seite zu haben.

Zufällig traf sich mein Blick mit dem von Elijah. Er hatte die Stirn ganz leicht in Falten gezogen.

«Also, das muss ich mir schon zweimal überlegen, ob ich Heiko wirklich nehmen soll», sagte ich daher halb zum Scherz, aber auch halb ernsthaft.

«Oooooooch!» Heiko tat so, als würde er gleich furchtbar anfangen zu weinen.

Carl, der wie meistens der Ruhigste von uns war, reichte ihm mit gespielt mitleidiger Miene ein Taschentuch. Heiko schnäuzte so kräftig hinein, dass sich sämtliche Umstehenden in der Umgebung nach uns umdrehten.

«Sieh an, sieh an. Die Elefanten rüsseln wieder», sagte Elijah trocken.

«Ja. Hab dich auch soooo lieb», schluchzte Heiko.

«Ich weiß. Deswegen zieh ich heut die Schwimmweste an.»

«Ich hab übrigens Eulensalat dabei, Jungs», sagte Carl mit wichtiger Miene.

«Wie gut. Dann brauch ich mir wenigstens heut keine Sorgen mehr zu machen.»

«Brauchst du nicht. Die Karnickel sind heute bis um sechs im Garten.»

«Wie herzallerliebst.»

«Bloß nicht zu viel Gefühl, Mann.»

«Oh Jungs, nicht gleich nach den Ferien schon wieder *random speech!*», stöhnten Vicky und Amy.

«*Du* kriegst jedenfalls keinen Eulensalat heute, Vicky», sagte Heiko mit gespielt beleidigter Miene.

«Danke. Ich kann verzichten.» Vicky streckte ihm die Zunge raus.

Ich lachte. Ich fand dieses Spiel, das wir *random speech* nannten, immer lustig, während Vicky und Amy sich eher darüber aufregten. Aber sie waren ja auch schon um einiges länger mit diesen Jungs in einer Klasse als ich.

«Zurück zu den ernsthaften Themen dieser Welt», meinte Amy. «Unsere Maya ist nun also wieder auf dem Single-Markt.»

«Ja, Lotto!», sagte Heiko und schlug sich an die Stirn. «Voll vergessen. Also. Was kann der Onkel Heiko da tun, Milady?»

«Erst mal gar nichts, Milord», sagte ich. «Ich hab's nämlich nicht sooo eilig.»

«Nun ja, also mein Vorschlag wäre, dass wir es bald mal wieder so richtig krachen lassen.» Heiko verschränkte genüsslich die Arme hinter dem Kopf und blickte in die Runde. «Schließlich muss man die Feste feiern, wie sie fallen.»

«Ach, jetzt hör doch auf, Heiko», sagte Elijah. «Ich glaub nicht, dass Maya jetzt grad nach Feiern zumute ist.»

«Doch, doch», meinte Heiko leichthin. «Zum Feiern gibt's immer 'nen Grund. Onkel Heiko wird 'ne zünftige Sause organisieren, Kinder. Darauf könnt ihr euch gefasst machen.»

Im selben Moment erblickte ich die schüchterne Karola, die ebenfalls in unsere Klasse ging und mit hochgezogenen Schultern an uns vorbeischlurfte. Ihr blasses Gesicht sah immer ein wenig aus, als sei sie gar nicht richtig wach, aber ich selbst hatte genug Erfahrungen als Mauerblümchen gemacht, dass ich wusste, dass sie nicht so träge war, wie sie wirkte, sondern sehr gedankenversunken und introvertiert. Mir entging nicht, wie sie Heiko einen verstohlenen Blick zuwarf, doch Heiko war für die unscheinbare Karola mindestens ebenso unerreichbar wie der Kronprinz von England für uns Normalsterbliche.

«Sieh an, sieh an», brummte Heiko, der sie nun ebenfalls entdeckt hatte. «Großmutters Schlafrock. Lieber Scholli, kann die sich nicht mal ihre Haare ordentlich kämmen?»

«Halt die Klappe, Heiko!», erwiderte ich scharf. «Ich mag dich ja, aber ich find das echt nicht in Ordnung.»

«Ach. Nüscht für unjut. Ick meen det doch nie nich böse»,

säuselte Heiko mit seinem berlinerischen Dialekt. «Ich sag nur, wie's ist.»

«Nicht jede kann einen durchgestählten Body und ein Hairstyling à la Nicole haben», sagte ich. «Es gibt auch noch andere Qualitäten, die einen Menschen ausmachen.»

«Also, wenn Haarpracht à la Nicole zu 'ner erstrebenswerten Qualität gehören soll, dann muss ich leider sagen ...»

«Jetzt halt doch wirklich mal deine Fresse, Heiko. Sonst stopf ich dir gleich am ersten Schultag eine Banane garniert mit Eulensalat rein», sagte Elijah streng. «Ich bin völlig einer Meinung mit Maya: Deine Sprüche Karola gegenüber sind einfach nur fies!»

Nachdem wir uns noch eine Weile über Karola, Schlafröcke, Eulensalate und Bananen gezankt hatten, machte die Klingel dem Ganzen auch schon wieder ein Ende und dirigierte uns ins Klassenzimmer zurück.

Ich genoss es natürlich, nach der Schule noch mit Vicky und Amy ganz entspannt eine Cola trinken zu gehen, ohne dass ich ein schlechtes Gewissen haben musste. Diese grenzenlose Freiheit war einerseits schon ein tolles Gefühl. Andererseits wusste ich aber auch tief in mir drin, dass ich das Nachhausegehen gern ein wenig hinauszögerte und es eigentlich nichts gab, worauf ich mich daheim freuen konnte. In der WG von Claudia fühlte ich mich nach wie vor als eine Fremde. Obwohl ich ein nettes Zimmer hatte und mich dorthin zurückziehen konnte, fehlte mir das Gefühl eines wirklichen Zuhauses, das mich mit Wärme und Geborgenheit umfing. Für mich war klar, dass diese WG nur eine vorübergehende Lösung war und ich mich nach etwas Neuem umsehen würde, sobald ich wusste, wohin mein Weg mich führen würde.

Claudia war zwar höflich und korrekt zu mir, doch wir waren nie Freundinnen geworden. Wir waren einfach nicht auf der gleichen Wellenlänge. Meistens war die WG voll mit lauter coolen Leuten, die aus irgendwelchen angesagten Kreisen kamen. Claudia, deren Eltern eine bedeutende Stellung in der Filmbranche hatten, pflegte eine Menge Beziehungen und kam in praktisch alle Clubs rein. Ich hingegen fühlte, dass ich nicht in diese Glitzerwelt hineinpasste. Und so blieb ich meistens in meinem Zimmer, bereitete mich fürs Abitur vor, chattete mit meinen Freunden oder meinen Eltern und hing meinen eigenen Gedanken nach.

Doch an diesem Abend war Claudia ausnahmsweise mal allein in der Küche, als ich mir was zum Abendessen brutzeln wollte.

«Hi», sagte ich so lässig wie möglich und bemühte mich, nicht allzu unsicher zu wirken. Seit ich wieder zurück in Berlin war, hatte ich kaum mit ihr gesprochen.

«Oh, hi!», erwiderte sie recht freundlich. «Warte, ich mach dir gleich Platz.» Sie stand vom Esstisch auf und räumte ihre Papiere und ihren Laptop beiseite. Sie war wieder an irgendeinem eigenen Filmprojekt.

«Schon gut, das geht schon so», meinte ich.

Sie zeigte ein Lächeln, das schon freundlich, aber nicht allzu herzlich war.

«Blöd, dass die Schule wieder angefangen hat, was?», fing sie zu meiner Überraschung an mit mir zu reden. «Ich hätte gern noch etwas länger Ferien gehabt.»

«Mhmm, ich war dieses Mal ehrlich gesagt ganz froh», antwortete ich wahrheitsgemäß. «Ich hab mich darauf gefreut, die andern in der Klasse wiederzusehen.»

«Ach ja», nickte sie. «Klar.» Und dann fügte sie hinzu: «Du warst ja in Schweden oder Norwegen bei deinem Freund, was? Oder besser gesagt, Ex-Freund …?»

«Norwegen», sagte ich. «Ja, das stimmt.»

«Und? Konntet ihr das Ganze einigermaßen sauber abschließen?» Sie schien sich tatsächlich für die Sache zu interessieren. Sie hatte die Geschichte ja damals hautnah miterlebt, als Domenico so ausgerastet war und mich geschlagen hatte, und sie hatte mir wirklich sehr beigestanden, das musste man ihr lassen.

«Ja, ich denk schon. Es braucht wohl noch ein wenig Zeit», sagte ich. «Er bleibt jetzt vorläufig bei seiner Familie und wird sich einen Therapieplatz suchen.»

«Therapie klingt gut», meinte sie. «Das ist das einzig

Richtige. Aber nicht unter zwei, drei Jahren, würde ich sagen.»

«Ich hab keine Ahnung, wie lange es dauern wird», meinte ich.

«Aber komm ja nicht auf den Gedanken, nach der Therapie wieder mit ihm zusammenzukommen», sagte sie ziemlich nachdrücklich. «Das wird nämlich nicht funktionieren!»

«Nein, natürlich nicht.» Das hatte ich ja auch mit meinen Eltern schon durchgekaut.

«Weißt du, so selbstverständlich ist das nicht», erwiderte sie mit mattem Lächeln. «Weil ich nämlich diesen dummen Fehler selber gemacht habe. Weil man tatsächlich so blöd sein und sich einbilden kann, dass sich solche Typen eines Tages ändern könnten. Aber bei denen hilft selbst eine Therapie nicht.»

«Ja, ich weiß», seufzte ich.

«Schau, es gibt so viele gute Kerle, dass du dir das wirklich nicht antun musst. Du brauchst keinen kaputten Psycho. Du brauchst einen richtigen, gestandenen Mann. Einer, der reif ist und mit beiden Beinen im Leben steht. Und die gibt es. Glaub mir.» Claudia schenkte mir nochmals ein zurückhaltendes Lächeln, ehe sie mir wieder den Rücken zukehrte.

«Genau! Ich werde die Augen auf jeden Fall offenhalten», sagte ich, weil es das war, was sie hören wollte. Ich öffnete den Kühlschrank, um die Butter rauszuholen. Beide wandten wir uns schweigend wieder unseren eigenen Angelegenheiten zu. Das Thema war beendet.

Die Frage war, ob ich wirklich schon bereit war für eine neue Liebe. Für alle anderen klang das so einfach: Wenn es mit dem einen Typen nicht passte, sah man sich einfach nach einem anderen um.

Aber so funktionierte ich nicht. Das konnte ich nicht.

Wen ich liebte, den liebte ich. Und zwar von ganzem Herzen. Es würde mich viel kosten, zu einem anderen Jungen wieder eine nur annähernd ähnliche Beziehung aufzubauen wie zu Domenico.

Die meisten verstanden nun mal nicht, was wir alles zusammen durchgemacht hatten.

Sicherheitshalber räumte ich dennoch alles, was ich von Nicki hatte – die Kartonschachtel mit den Ketten, seinen Bildern, den wenigen Fotos und nicht zuletzt dem Verlobungsring sowie sämtlichen Zeichnungen –, auf den Dachboden, damit sie nicht mehr in meiner Nähe waren.

Auch meine Tagebücher und den Roman, den ich mal in meiner Kindheit angefangen hatte zu schreiben – die Geschichte um den Jungen Michael und das Mädchen Jashnika, die gemeinsam eine verzauberte Laterne in einem geheimnisvollen Land retten mussten –, auch all dies wanderte vorerst mal auf den Dachboden.

Nur den Umschlag, den Nicki mal von seiner Mutter erhalten und nie geöffnet hatte und der nun in meinem Besitz war, verstaute ich irgendwo in die unterste Schublade. Es konnte ja durchaus sein, dass er ihn eines Tages zurückverlangen würde …

## 9. Let the Party begin

Ende Januar machte Heiko seine Drohung wahr und trommelte uns zu einer Fete zusammen. Es war der erste Abend, der endlich mal allen passte. Ich hatte sogar am selben Tag eine gute Nachricht von Mama bekommen. Der Tumor in der Leber war ein wenig zurückgegangen. Der Arzt hatte gesagt, dass damit eine gute Möglichkeit bestehe, dass Mama noch einige Jahre damit leben könne. Und es ging ihr auch wirklich gut. Dank der ekligen Medikamente konnte sie immerhin auch fast alles essen, trotz der fehlenden Bauchspeicheldrüsenfunktion. Die Weltreise war offenbar das Beste gewesen, was sie hatte tun können. Mama hatte mir auch gesagt, dass sie und Paps noch nie so eine gute Zeit miteinander gehabt hätten.

So war ich gerade ein wenig in Feierstimmung. Außerdem mussten wir die gemeinsame Zeit noch ausnutzen. Mir war nämlich wehmütig zumute, wenn ich daran dachte, dass wir nur noch ein halbes Jahr miteinander hatten. Jetzt, wo ich es endlich einmal richtig schön hatte in der Klasse, war es schon fast wieder vorbei. Und Heiko hatte offenbar so eine richtig exklusive Party für uns klargemacht – was immer das zu bedeuten hatte.

«Dresscode: Edel», war das Motto.

Ich hatte mich mit Vicky und Amy verabredet, um uns gemeinsam zu stylen. Vickys und Amys Mission war es offenbar, einen richtig tollen Typen für mich aufzureißen. Sie scherten sich nicht sonderlich darum, dass ich ihnen immer wieder sagte, dass ich momentan noch nicht für eine neue Liebe bereit war. Aber ich wollte ihnen den Spaß nicht verderben.

Wir trafen uns bei Vicky zu Hause, da sie sturmfreie Bude hatte. Ich genoss es, endlich mal die Freiheit zu haben, das anzuziehen, was ich wollte, ohne dass mir irgendjemand irgendwelche Vorhaltungen machte und sich eifersüchtig gebärdete. Nicht, dass ich das unbedingt ausnutzen wollte, aber ich hatte nun wirklich große Lust, endlich mal das schwarze Cocktailkleid anzuziehen, von dem ich wusste, dass es mir gut stand. Ich hatte es einst von Domenicos Mutter Maria geschenkt bekommen, doch Nicki hatte mir nie erlaubt, es anzuziehen. Dabei brachte gerade dieses Kleid meine Figur so gut in Form, dass weder meine zu breiten Hüften noch meine zu kleine Oberweite auffielen. Und es passte zu Heikos sogenanntem Dresscode.

«Es sieht gigantisch gut aus, Maya», waren sich Amy und Vicky einig. «Na, wenn die Jungs nicht auf dich abfahren werden …»

Für mein Make-up hatte ich einen eher natürlichen Look gewählt. Ich wollte mich nicht hinter einer Maske verstecken, auch wenn Amy und Vicky mich überreden wollten, jetzt doch mal so richtig ordentlich aufzulegen, wo ich nun doch alle Freiheit der Welt hätte. Aber das war einfach nicht mein Ding. Edelparty hin oder her. Außerdem wollte ich mir ja gar nicht unbedingt einen Typen anlachen, sondern einfach einen Abend mit meinen Freunden genießen.

Wir hatten uns mal wieder auf dem Kurfürstendamm verabredet, um dann gemeinsam mit der U-Bahn Richtung Berlin-Steglitz zu fahren – in eine der feineren Gegenden!

Heiko hatte zwei Mädels mitgebracht, die er irgendwo aufgerissen hatte. Natürlich zwei richtig klassische Tussis in Minikleidern und High Heels und mit rot geschminkten, zu schmollenden Kussmündern gespitzten Lippen. Das waren nach seiner Auffassung «richtige Frauen». Sie hießen Jacqueline und Silvia und waren wirklich nicht die Sorte Mädels, mit denen ich mich freiwillig abgegeben hätte. Nun war ich umso mehr froh, dass ich dieses Cocktailkleid trug und wenigstens eine gute Figur darin machte.

Heiko musterte Amy, Vicky und mich mit seinem Kennerblick und grinste zufrieden. Auch Amy und Vicky trugen Cocktailkleider – Amy ein knallrotes und Vicky ein grünes, das ihre rote Feuermähne besonders leuchten ließ. Wir hatten unsere Mäntel offen, da die Temperatur dies erlaubte. Für Ende Januar war es erstaunlich mild.

«Stylingcheck: Note Zwei plus», kommentierte Heiko.

«Wieso nur Zwei plus?», empörte sich Vicky. «Wieso keine Eins?»

«Weil ich nur selten Einsen gebe», feixte Heiko.

«Okay. Dann eben. Aber wisse, dass ich auch sehr streng bin, und ich würde bei dir sagen: Zwei minus», konterte Vicky. Damit hatte sie einen Volltreffer gelandet. Man musste nur wissen, wie man Heiko von seinem hohen Ross runterholte.

Elijah und Carl sahen aus wie zwei Lausejungs vom Feld und hatten sich beim Styling nicht so viel Mühe gegeben. Elijah trug seine normalen Jeans und ein Holzfällerhemd und darüber seine alltägliche Daunenjacke, was Heiko einen weiteren Anlass bot, seine spitze Zunge tanzen zu lassen.

«Jungens, Kinderchen», sagte er kopfschüttelnd. «Das ist 'ne Edelsause, keine Bananenernte!»

«Eben deshalb», sagte Elijah gelassen.

«Wie? Was? Ich hab gesagt, det ist 'ne Edelsause. Also 'ne piekfeine Fete. Und du siehst aus wie 'n Bergbauer. Nicht mal das Hemd ist gebügelt.»

«Ja, hast du nicht gewusst, dass Könige sich gern als Bettler verkleiden?», grinste Elijah breit und fuhr sich mit der Hand durch seine braunen Locken.

Heiko schüttelte tadelnd den Kopf. Er selbst hatte sich piekfein aufgemöbelt, mit Sakko und Lackschuhen. «Tja, eigentlich müsst ich jetzt behaupten, dass ich mich so mit dir da nicht blicken lassen kann. Aber weil ich heut 'nen großzügigen Tag hab, würd ich mal sagen, dass *du* es bist, der sich blamiert, und nicht ich.»

«Danke. Ich weiß das zu schätzen.» Elijah war das offensichtlich ziemlich egal, und ich mochte es, dass er so über den Dingen stand. Davon konnte ich mir noch eine Scheibe abschneiden. Ich war froh, dass er bei mir war, denn dann würde ich nicht die Einzige sein, die keinen Alkohol trinken wollte. So, wie ich Heiko kannte, würde er bestimmt wieder einen gewissen Druck aufsetzen und dafür sorgen wollen, dass alle ungefähr den gleichen Alkoholpegel hatten.

Elijah lächelte mich an, und ich merkte, wie er sich auffällig kontrollierte, seinen Blick nicht zu sehr über mein Kleid wandern zu lassen.

Wir stiegen irgendwo in Steglitz wieder aus, und die Gegend kam mir auf Anhieb sehr bekannt vor. Und sogleich wusste ich auch, woher: Es war dieses Viertel gewesen, in dem Domenico mir einst diesen schönen Park mit der Laterne gezeigt hatte.

Während Heiko uns vorausging, ließ ich meine Augen sehr aufmerksam umherschweifen, um vielleicht irgendwo diesen Park wiederzuerkennen. Aber ich konnte beim besten Willen nicht mehr sagen, in welcher Straße es gewesen war. Ich spürte nur, dass ich mich in diesem Augenblick fast ein wenig danach sehnte, mit Domenico wieder einmal auf dem Motorrad durch die Gegend zu flitzen …

Als Heiko vor einer riesigen Villa stehenblieb, machten wir große Augen.

«Hier?», fragte Vicky ungläubig. «Du machst Witze!»

«Nee, nee, det hier is bierernst», meinte Heiko. «Hier ist es. Ist 'n Kumpel von mir. Hat sturmfreie Bude heut.»

«Aber dem seine Eltern sind doch bestimmt … irgendwelche ... hohen Tiere oder so.» Amy kriegte ihren Mund fast nicht mehr zu. Jacqueline und Silvia kicherten nur.

«Die besitzen ungefähr drei Großkonzerne», sagte Heiko gelassen. «Aber keine Angst. Kevin ist heut allein zu Hause.»

«Kevin? Heißt der tatsächlich Kevin? Wie der in diesem Film?», fragte Carl.

«Ja, der heißt tatsächlich so. Klein-Kevin. Allein in seiner Villa. Los, kommt, Leute! Worauf wartet ihr noch? Stürmen wir die Bude!»

Elijah und ich wechselten einen Blick. Das konnte ja heiter werden!

Heiko ging voraus und drückte auf den Klingelknopf am Tor. Eine Kamera begann zu surren, und auf einem kleinen Bildschirm neben dem Briefkasten erschien ein pickeliger Junge mit einer Schirmmütze.

«Passwort?», fragte er mit gespielter Grabesstimme.

«Mach keine Witze, Kev.» Heiko zeigte der Kamera einen Vogel. «Wir sind's.»

«Ha-ha», machte der Junge. «Kommt rein.» Und schon summte der Türöffner, und Heiko stieß das Tor auf.

«Bin gar nicht so daneben mit meinem Styling», raunte Elijah mir ins Ohr. «Wenn dieses Milchgesicht Kevin ist, hat Heiko mit seinem Edelstyling glatt übertrieben.»

Ich kicherte. Wir durchquerten den Vorgarten und stiegen die monumentale Vortreppe hoch zum Hauseingang. Ich schaute mich staunend um. Das hier war wirklich die Schickeria hoch drei. Schon allein der Vorgarten war riesig und geschmückt mit Lichterketten und einem Springbrunnen, der jetzt im Winter allerdings stillgelegt war. Bestimmt waren dafür schon mindestens drei Gärtner nötig, um das alles in Stand zu halten. Wie Heiko es immer schaffte, sich genau diese Leute zu Freunden zu machen, war echt ein Phänomen.

Wir betraten die Eingangshalle, die nicht weniger kolossal ausgestattet war als die äußere Fassade der Villa. Schwere, kostbar aussehende Gemälde hingen links und rechts an den Wänden, und der Boden bestand aus purem Marmor. Ich nahm allerdings an, dass die Bilder Fälschungen waren. Die echten, falls es wirklich irgendwelche wertvollen Werke von verstorbenen Künstlern waren, ruhten bestimmt irgendwo in einem Safe.

Das Milchgesicht war tatsächlich Kevin. Er trat in stinknormalen Skater-Klamotten und einer Schirmmütze aus dem Nebenraum, um uns in Empfang zu nehmen. Elijah warf Heiko einen triumphierenden Blick zu. Was das Styling betraf, ging die Runde also an Elijah.

«Los, kommt rein, Mann», grinste Kevin. «Meine Alten sind das ganze Wochenende weg. Geschäftsreise. Wir können also zünftig abfeiern, Mann. Sau rauslassen und so.»

«Sag mal, was ist das hier eigentlich, Mann?», sagte Heiko etwas pikiert und warf einen missbilligenden Blick auf Kevins Klamotten. «Vielleicht 'ne Pyjamaparty, oder wat?»

Jacqueline und Silvia kicherten wieder. Außer Kichern hatten diese beiden Mädchen noch nicht viel anderes gemacht.

«Nee, warum?» Kevin glotzte etwas einfältig in die Wäsche. «Wat meinste denn?»

«Ja, also ... ich mein ... hast du keinen Dresscode? So 'n bisschen *Stil*? So was in der Art?»

«Ach so. Nö. Warum? Kann doch jeder so kommen, wie er Bock hat», sagte Kevin gelassen.

«Ah, verstehe.» Heiko klang enttäuscht.

«Ey, wenn meine Alten doch schon mal nicht da sind und ich endlich rumrennen kann, wie's mir passt, schmeiß ich mich sicher nicht in Schale. Aber kommt jetzt lieber mal in die gute Stube. Schmeißt eure Jacken da in die Ecke!» Kevin wies mit einer großzügigen Handbewegung auf einen riesigen Haufen voller Mäntel, Schals und Mützen. Was für ein Durcheinander! Ich legte meinen Mantel und meinen Schal fein säuberlich daneben, so dass ich sie nachher leichter wiederfinden würde, und folgte den andern.

Die gute Stube war ein riesiger Salon, der ungefähr dreimal so groß sein musste wie unser altes Wohnzimmer in dem Haus, in dem ich aufgewachsen war. Viele Leute waren bereits da und wippten im Takt zu Technomusik, die aus einer großen und teuren Anlage dröhnte. Fast jeder hatte eine Bier- oder Alcopopsflasche in der Hand. Die edle Ledercouch war mit Chipstüten und Krümeln übersät. Ich konnte mir bereits lebhaft vorstellen, dass dieses Pickelgesicht Kevin tierischen Ärger mit seinen Eltern bekommen würde. Ich fühlte mich etwas unbehaglich deswegen. Wie ein Eindringling, der eigentlich nicht hier sein sollte.

«Boah. Tolle Bude!», staunte Vicky.

«Das gibt aber sicher Ärger mit Mami und Papi», sprach Amy meine Gedanken aus.

«Nicht unser Problem.» Heiko machte sich nie einen Kopf wegen solcher Sachen. «Was wollt ihr trinken? Ich geh mal die Bar für uns auschecken, ja?»

Ja, dieser Salon verfügte sogar über eine eingebaute Bar mit Marmortheke. Ich war überzeugt, dass irgendwo auf diesem pompösen Anwesen auch ein Swimmingpool war, doch mitten im Winter war der natürlich kein Thema.

«Ein Bier für mich», sagte Vicky. «Wenn schon, denn schon.»

«Für mich auch», schloss sich Amy sofort an.

«Wir alle, oder?», meinte Heiko und sah mich besonders intensiv an.

«Für mich lieber eine Cola», sagte ich mit fester Stimme und machte mich auf die Gegenreaktion gefasst.

«Für mich auch», kam Elijah ihm zuvor.

Natürlich sah Heiko uns mit seinen geweiteten Nussaugen an.

«Ey wat denn? Det is aba nich euer Ernst, wa?»

«Doch. Das ist unser bierernster Ernst», meinte Elijah.

«Nee, det könnt ihr doch nich machen, Kindas.»

«Und wie wir das können.» Elijah schlenderte seelenruhig Richtung Bar und wies mir mit seinem Blick an, ihm zu folgen.

«Willst du wirklich nichts trinken, Maya?», erkundigte sich Vicky verwundert. «Ich meine ... hier können wir doch endlich mal machen, was wir wollen. Das muss man doch ausnutzen.»

«Ich weiß. Aber ich mag einfach nicht. Ist das so schlimm?»

«Natürlich nicht», meinte Amy versöhnlich. «Also für uns jedenfalls nicht. Heiko wird schon seine Probleme damit haben.» Sie grinste.

Mir war es wirklich ziemlich schnuppe, ob Heiko damit ein Problem hatte oder nicht. Ich hatte mit Alkohol nun mal nicht die besten Erfahrungen gemacht und wusste, dass ich nicht viel vertrug. Wieso sollte ich mir dann die Birne so vollhauen, wenn mir eh nur schlecht davon wurde? Außerdem wollte ich hier einen klaren Kopf bewahren. Ich wollte wissen, was mit mir geschah.

Doch Heiko zuckte letztendlich nur mit den Schultern und ließ uns in Ruhe. Etwas später sahen wir ihn auf der Couch mit seinen beiden Zicken, alle mit einer Flasche Alcopops in der Hand.

«Und jetzt?», fragte Amy grinsend. «Wollen wir uns mal an ein paar Typen ranpirschen?»

«Ich weiß nicht», meinte ich mit einem Seitenblick auf Elijah, der sich gerade mit Carl unterhielt.

«Ach, komm schon, Maya.» Vicky lächelte mich so schmelzend an, dass ich es fast nicht übers Herz brachte, ihr die Freude zu verderben.

«Okay, man kann ja mal jemanden ansprechen», sagte ich. «Aber ich bin ehrlich gesagt noch nicht bereit, mich auf mehr einzulassen.»

«Ach, das wird schon. Nur nicht zu verkrampft sein. Das muss man alles locker nehmen!» Vicky hakte sich bei mir unter. «Sieh mal. Was hältst du von dem dort?» Sie deutete auf eine Gruppe Jungs, die in der Nähe der Terrassentür standen.

«Was? Wen?» Ich versuchte ihrem Finger zu folgen.

«Der Große dort mit dem dunklen T-Shirt. Sieht doch gut aus! Sportlich, schlank, groß, gepflegt. Der wäre doch was für dich. Was meinst du?»

Ich richtete meinen Blick auf den wildfremden Typen, den sie mir beschrieb.

Ja sicher. Der Typ sah gut aus. Aber das war auch schon

alles. Wie sollte ich denn wissen, ob der zu mir passte? Ob das der Richtige für mich war? Hier liefen etliche gut aussehende Jungs rum.

«Oder wie wär's mit dem Blonden mit dem weißen T-Shirt?» Vicky deutete mit ihrem Finger ein wenig weiter nach rechts. «Der sieht doch auch gut aus.»

Ich folgte ihrem Finger gehorsam. Ja, klar doch: Ein weiterer netter Typ. Was sollte ich dazu sagen?

«Welcher gefällt dir besser, Maya?» Vicky und Amy sahen mich gespannt an.

Ach, du meine Güte, als ob ich das wüsste! Blond oder braunhaarig? Ich kannte doch diese beiden Jungs gar nicht. Wie sollte ich wissen, welches der Bessere war? Irgendwie kam mir das fast vor wie auf einem Viehmarkt, wo man sich für eine braungescheckte oder schwarzgescheckte Kuh entscheiden musste.

«Nur nicht zu wählerisch, Maya», sagte Amy. «Den perfekten Typen gibt's sowieso nicht.»

Ich wusste, dass Amy und Vicky keine Ruhe geben würden. Sie hatten sich nun mal in den Kopf gesetzt, mich wieder glücklich zu liieren. Auch wenn ich ihnen immer wieder versicherte, dass das im Moment keine Priorität hatte.

«Na schön ... dann nehme ich halt den Braunhaarigen.» Ich hätte ebenso gut den Blonden nennen können. Es spielte überhaupt keine Rolle.

«Okay! Komm!» Vicky nahm mich an der Hand.

«Was?» Ich starrte die beiden entsetzt an.

«Nein, nein, Milady, du kommst hier nicht weg ohne einen ordentlichen One-Night-Stand», grinste Heiko, der von irgendwoher wieder zu uns getreten war.

«Sorry, aber nein, danke!», sagte ich. «Davon hab ich noch nie was gehalten.»

«Aber Maya – du musst doch deine Augen unbedingt ein wenig offenhaben!» Amy sah mich besorgt an. «Sonst lernst du ja nie wieder jemanden kennen.»

Wieso kapierte denn niemand, dass ich im Moment gar

niemanden kennenlernen wollte? Dass ich im Moment einfach nur mit allem zurechtkommen wollte?

«Klar, ich halte die Augen ja offen», versprach ich, weil es das war, was sie hören wollten. «Aber sagt mal, gibt es hier irgendwo eine Toilette?» Ich erkannte, dass es meine einzige Möglichkeit war, diesem leidigen Thema zu entfliehen.

«Na klar, Milady! Dort draußen im Foyer einfach nach rechts und dann nach links. Siehst du gleich.» Heiko grinste mich versöhnlich an und prostete mir mit seiner Bierflasche zu.

«Danke!» Ich machte mich rasch aus dem Staub und hoffte, das stille Örtchen auch zu finden. Gleichzeitig machte ich mir Gedanken, wo wohl Elijah abgeblieben war. Ich sah ihn und Carl nicht mehr. Aber diese Villa war ja auch groß genug, um sich zu verirren.

Wundersamerweise fand ich das Bad auf Anhieb und schloss mich ein. Irgendetwas funktionierte hier einfach nicht so ganz. Ich hatte eigentlich vorgehabt, den Abend mit meinen Freunden zu genießen, durchzutanzen und die neugewonnene Freiheit voll und ganz auszukosten. Doch trotz der guten Botschaft von Mama, die ich an diesem Tag bekommen hatte, war mir nun doch nicht mehr nach Feiern zumute. Irgendwie hatte ich auch ein furchtbar schlechtes Gewissen, weil wir hier in einem fremden Haus waren – auf einer Party, die eigentlich gar nicht sein durfte.

Ich hätte gern noch eine Weile in diesem luxuriösen Bad mit den riesengroßen Spiegeln an der Wand zugebracht. Ich bewegte mich ein wenig auf und ab und drehte mich um mich selbst. Ich hatte selten Gelegenheit, mich so uneingeschränkt von allen Seiten betrachten zu können. Das Kleid saß wirklich gut. Ich ließ mein Haar lang über die Schultern fallen und warf meinen Kopf nach hinten. Gar nicht übel … bestimmt hätte ich Nicki wahnsinnig gut gefallen in dieser Aufmachung, obwohl er immer der Meinung gewesen war, dass Schwarz nicht zu mir passte.

Doch leider konnte ich nicht allzu lange hier drin verweilen, da von draußen schon bald jemand ungeduldig an die Tür polterte. Ich musste das Bad für den Nächsten freigeben. So raffte ich schnell meine Sachen zusammen und drückte mich mit einem knappen «Entschuldigung» an zwei Mädchen vorbei, die mit ungeduldigem Blick vor der Badezimmertür auf und ab tänzelten.

Ich wollte zurück ins Foyer und in den Salon, doch aus irgendeinem Grund verfehlte ich den Weg und landete in einem geräumigen Esszimmer. Der Salon lag gleich nebenan, doch mein Augenmerk wurde von der offenen Terrassentür in Beschlag genommen. Ich hatte schon im Salon festgestellt, dass hinter dem Anwesen ein kleiner Hang hinunter in einen Park führte. Das hier war eine gute Gelegenheit, sich via Esszimmer still und leise ein wenig davonzustehlen, ohne dass mich jemand aufhalten würde. Außerdem gab es auch noch andere Gäste, die dabei waren, den Park zu erkunden, so dass ich mich wenigstens nicht auf ganz verbotenem Terrain fühlte dabei.

Schnell holte ich meinen Mantel und meinen Schal aus dem Foyer und trat dann leise durch den Essraum hinaus auf die Terrasse. Ich bekam eben noch mit, dass Vicky, Amy und Heiko bei einer anderen Gruppe Leute standen, und hoffte, dass sie mich nicht sehen würden. Ich hatte einfach das Bedürfnis, ein paar Minuten allein zu sein. Warum, konnte ich mir nicht wirklich erklären …

Von der Terrasse führte eine kleine Treppe hinunter in den Park. Gut verborgen von Dickichten und Bäumen fand ich einen schmalen Pfad, auf dem ich nicht sehen konnte, wohin er mich führen würde. Tatsache war nur, dass ihn offenbar kaum einer bemerkt hatte oder die anderen es vorgezogen hatten, den breiten Weg hinunter in den Park zu gehen.

Aber das hier war perfekt für mich! Ein kleiner Märchenwald – ganz, wie ich es liebte. In meinen engen Stiefelchen stakste ich über den unebenen Boden und sah hinauf in die Baumwipfel. Der Himmel wirkte aufgrund der Bewölkung etwas verschlossen. Keine sternenklare Nacht diesmal. Ich ging und ging und war gespannt, wohin mein Weg mich führen würde – bis sich die Bäume lichteten und ich meinen Augen nicht traute.

Vor mir lag ein Weiher, und auf der Insel mitten im Weiher stand sie – die Laterne, die Nicki mir damals gezeigt hatte! Es war jener Park, in den wir damals verbotenerweise «eingebrochen» waren, indem wir von außen über die Mauer geklettert waren. Hätte die Lichtanlage funktioniert, hätte ich das Gelände wahrscheinlich längst wiedererkannt. Doch der Park lag im Dunkeln; weder das Lichtspiel mit den Gold- und Türkisfarben, das ich noch so gut in Erinnerung hatte, war in Betrieb, noch die vielen Lichterketten, mit denen die umstehenden Bäume geschmückt waren. Nur die alte, prunkvolle Laterne leuchtete.

Ich stieß einen kleinen Laut der Verblüffung aus. Jetzt war ich tatsächlich auf einer Fete gelandet, die ausgerechnet in dieser Villa und in diesem Park stattfand. Wenn Domenico das gewusst hätte …

Ich trat so nahe wie möglich an den Weiher heran, um mir die Laterne genauer anzusehen. Nicki hatte mir damals eine Freude machen wollen … und ich hatte so ungerührt darauf reagiert. Schon damals war irgendwas in mir zerbrochen gewesen, nur hatte ich es noch nicht so richtig gemerkt. All diese Rückfälle von Nickis Seite her waren eben doch zu viel gewesen für meine Seele, und ich hatte es einfach nicht wahrhaben wollen.

Dennoch: Wie sehr wünschte ich mir, ich hätte damals an jenem Abend anders reagiert. Wo er es doch so lieb gemeint hatte …

«Hey!»

Ich zuckte regelrecht zusammen, als ich eine leise Stimme neben mir hörte. Ich fuhr herum und entdeckte zu meiner Erleichterung, aber auch Überraschung Elijah hinter mir.

«Da bist du ja», sagte er. «Ich hab dich schon überall gesucht.»

«Hmm …», machte ich nachdenklich. «Irgendwie hatte ich nicht mehr richtig Bock auf diese Party.»

«Kann ich verstehen. Ist irgendwie auch crazy, das Ganze. Ich will nicht in der Haut von diesem Kevin stecken, wenn dem seine Eltern nach Hause kommen.»

«Ich auch nicht.»

«Woran denkst du?» Elijah legte mir vorsichtig die Hand auf die Schulter. «Du wirkst so grüblerisch ...»

«Ach ... ich war mal mit meinem Ex-Freund hier, weißt du. Er wollte mir diese Laterne zeigen ...»

«Sie ist schön!» Elijah richtete seinen Blick auf die kleine Insel.

«Ja. Laternen haben eine besondere Bedeutung für mich. Eine lange Geschichte ...»

«I know. Du hast mir das Bild gezeigt, das er für dich gemalt hat.»

«Die Erinnerungen kommen halt noch hoch ... ich bin einfach noch nicht bereit für eine neue Beziehung.» Irgendwie fühlte ich mich verpflichtet, Elijah diese Erklärung zu liefern.

«Weiß ich doch.» Ich hörte einen leisen, zerbrechlichen Klang in seiner Stimme. «Darum ... darum ... hab ich auch nie gefragt.»

«Gefragt ...?» Ich sah ihn erstaunt an.

«Ich hätte dich gern gefragt ... aber ... ich weiß, dass das jetzt nicht dran ist. Das ist kein Thema ...» Wäre es nicht dunkel gewesen, hätte ich sicher gesehen, dass Elijahs Wangen sich röteten.

«Oh ... das ist ... wahnsinnig süß von dir ...», hauchte ich und wusste, dass ich diese zarten Worte behutsam behandeln musste. Ich war wirklich zutiefst gerührt. Und ich wollte Elijah eine anständige und ehrliche Antwort geben.

«Ich mag dich unheimlich gern, Elijah», sagte ich nach sorgfältigem Nachdenken. «Wäre ich nicht in dieser Situation, dann hätte ich vielleicht ... ja, dann hätte ich vielleicht Ja gesagt. Aber ich merke, dass ich nicht bereit bin, mich so Knall auf Fall in eine neue Beziehung zu stürzen. Es wäre dir gegenüber nicht fair. Ich hab das alles mit Domenico noch nicht verarbeitet.»

«Das ist mir doch alles klar», antwortete er leise. «Und ich find's gut, dass du so ehrlich bist. Anyway – ich glaube, dass es auch besser ist so. Ich möchte unsere Freundschaft nicht zerstören. Sie ist mir zu wertvoll.»

«Ja, das ist sie. Mir bedeutet sie auch viel.» Ich starrte auf den Weiher und wünschte mir, das goldene und türkisfarbene Lichtspiel nochmals sehen zu dürfen. Aber das Wasser blieb dunkel.

«Manchmal kann man sich als Freunde mehr geben als in einer Beziehung», resümierte Elijah. «Von daher finde ich es ganz gut, wenn wir es so lassen, wie es ist. No worries also. Außerdem werde ich vermutlich nach dem Abitur nach Amerika zurückgehen, um dort Film zu studieren. Es würde wahrscheinlich längerfristig eh nicht passen.»

Ich nickte und wusste innerlich, dass es so richtig war. Ich konnte mir in dem Moment nicht vorstellen, Elijah zu küssen oder all diese Intimitäten auszutauschen, die ich mit Nicki ausgetauscht hatte. Das ging gegenwärtig einfach nicht. Meine Gefühle waren noch nicht an diesem Punkt. Ob es später einmal funktionieren würde, konnte ich beim besten Willen nicht sagen. Aber es hatte keinen Sinn, irgendetwas zu versuchen und dabei das zarte Pflänzchen unserer Freundschaft zu zerstören. Und ich wollte Elijah auch keine falschen Hoffnungen machen. Doch ich wusste, dass er glücklicherweise klug genug war, sich seine Zukunft nicht durch falsche Illusionen zu verbauen.

«Sollen wir wieder zu den andern zurückgehen?», fragte Elijah vorsichtig. «Oder möchtest du noch ein wenig hierbleiben?»

«Ich glaub, ich bin eben doch kein Partymensch», seufzte ich. «Außerdem wollen mich Vicky und Amy ja doch nur wieder verkuppeln mit irgendeinem Typen.» Ich rang mir ein Lächeln ab, das wohl eher verzweifelt wirkte.

Elijah lachte. «Ach ja. Die zwei sind sehr aktiv darin.»

«Irgendwie wollen die nicht verstehen, dass ich gern mal eine Weile lang Single bleiben möchte», jammerte ich. «Und dass ich mich halt einfach nicht mit irgendeinem x-beliebigen Typen liieren kann.»

«Tja, die leben nun mal auf einem anderen Planeten als du.»

«Scheint so. Okay, lass uns zurückgehen.» Es brachte nichts mehr, noch länger hierzubleiben und die Laterne anzustarren. Das änderte nichts mehr an der Situation …

Vicky war schon ganz verzweifelt, als wir endlich wieder im Salon auftauchten. Die Musik hatte sich kaum verändert. Kevin spielte immer noch dieselbe Techno-Suppe ab wie vor einer halben Stunde.

«Endlich! Da seid ihr ja!» Vicky stürmte auf uns zu. «Wo wart ihr die ganze Zeit? Ich hab mir echt Sorgen gemacht. Amy hat mich vollkommen im Stich gelassen. Sie hat offenbar schon ihre neue Liebe gefunden!» Sie deutete auf Amy, die zusammen mit einem Jungen auf der Couch saß – und zwar auf seinem Schoß. Der Junge war so ziemlich das Gegenteil von ihr, bleich und mit hellem Haar. Sie sahen nebeneinander fast aus wie Vanille- und Schokoeis.

«Er heißt Torsten und studiert Wirtschaft. Er hat sogar schon ein eigenes Auto und möchte gern mal durch Afrika fahren. Klingt doch gut, oder? Der passt zu Amy.»

«Ja?» Ich zuckte mit den Schultern. Wie konnte man nach einer halben Stunde bereits sagen, ob jemand zu einem passte? Aber Amy ging die Dinge offenbar anders an als ich ...

Fast unwillkürlich ging ich in Gedanken kurz Domenicos Steckbrief durch: Italiener ohne Schulabschluss, schlägt sich mit Gelegenheitsjobs durch, ist Kettenraucher und pillenabhängig und unter Umständen sogar HIV-positiv.

*Das* klang jedenfalls alles andere als gut.

Und trotzdem hatte ich diesen Jungen vier Jahre lang geliebt. Irgendwie war die Liebe schon ein merkwürdiges Phänomen ...

Doch vielleicht sollte ich das nächste Mal eben doch besser auf einen passenden Steckbrief achten. Ich würde mir wohl viel Ärger ersparen. Gute Übereinstimmung war offenkundig mehr als unerlässlich. Vermutlich war ich tatsächlich ein wenig zu romantisch veranlagt. Vicky und Amy machten es ja vielleicht ganz richtig: Sie gingen erst mal die äußeren Merkmale durch und schauten dann, ob sich daraus etwas ergeben könnte, bevor sie allzu tiefe Gefühle investierten.

«He! Träumst du?» Vicky stieß mich in die Seite.

«Ah ... nein.» Abrupt kam ich wieder in die Wirklichkeit

zurück. Da ich mit meinen Gedankengängen vorerst zu keiner endgültigen Schlussfolgerung kam, beschloss ich, dieses Thema vorerst mal beiseite zu legen.

«Kommt, lasst uns wenigstens noch ein bisschen tanzen!» Vicky hakte sich bei mir unter und winkte Elijah heran. «Immerhin ist das 'ne Party.»

*Wenn auch nicht mit dem besten DJ,* ergänzte ich in Gedanken, während ich Vicky auf die Tanzfläche folgte.

## 10. Suleikas Entschuldigung

Ich war so mit der Schule, meinen Freunden und meinen Gedanken beschäftigt, dass ich kaum merkte, wie die Zeit verging. Die Tage begannen wieder etwas länger zu werden, die Temperaturen wärmer, und auf einmal war es Anfang März. Die ersten Vorboten des Frühlings lockten mich aus meinem Kämmerchen. Es war der erste so richtig strahlende Sonnentag und dazu auch noch Wochenende. Ich hatte riesige Lust, irgendwas zu unternehmen und nach dem langen, trüben Winter die Helligkeit auf mich einwirken zu lassen.

Nacheinander rief ich Elijah, Vicky und Amy an, doch alle drei hatten ausgerechnet an diesem Tag schon etwas vor. So musste ich mir wohl oder übel allein etwas einfallen lassen. Ich beschloss, ein wenig an der Spree entlangzuspazieren und mir ein Buch zum Lesen mitzunehmen. Irgendwo würde ich bestimmt ein lauschiges Plätzchen finden, um mich zu ein paar gemütlichen Lesestunden niederzulassen.

Die frische Luft und die Sonne brachten auch wieder etwas Frische in meine Gedanken. Die letzten Wochen hatte ich mich so oft mit der Frage herumgequält, ob ich meine Zukunft hier in Berlin aufbauen wollte oder ob ich wieder in die alte Heimat zurückkehren wollte. Egal, wie ich es drehte und wendete, ich konnte mir die Antwort darauf momentan einfach nicht geben.

Und als ich so im Sonnenschein der Spree entlangspazierte, kam ich zu dem Entschluss, dass ich diese Entscheidung ja noch gar nicht fällen musste. Vielleicht war ein Jahr lang Praktikum oder irgendwo ein wenig jobben gar nicht mal so verkehrt. Dann konnte ich vor dem Studium noch etwas Geld verdienen und musste meinen Eltern nicht ständig auf der Tasche liegen. Und ich hatte ein Jahr länger Zeit, um mir wirklich sicher zu werden, ob ich tatsächlich Medizin studieren wollte.

Seit der Trennung von Domenico war so vieles anders geworden in mir, und ich musste erst einmal vorsichtig ertasten, ob meine Träume für die Zukunft immer noch dieselben waren wie damals. Denn jene Träume waren nicht zuletzt auch dank Domenico zustande gekommen ...

Während meines Spaziergangs durch meine Luftschlösser hatten meine Füße fast von allein eine ganz bestimmte Richtung angestrebt, und als ich die Brücke mit den Liebesschlössern vor mir sah, hielt ich plötzlich inne.

Jetzt war ich doch tatsächlich bis hierher gegangen! Ich war mir erst jetzt klar darüber, dass ich das unbewusst die ganze Zeit vorgehabt hatte. Obwohl es eigentlich absolut unsinnig war. Selbstverständlich würde das Liebesschloss von Domenico und mir noch da sein. Wer sollte das auch weggenommen haben? Und warum wollte ich mir das überhaupt nochmals ansehen?

Vielleicht, weil ich das Gefühl hatte, irgendwas wiedergutmachen zu müssen?

Ich lief auf die Brücke zu. Ich erinnerte mich noch ziemlich genau, wo wir das Schloss befestigt hatten. Und es dauerte auch gar nicht lange, bis ich es wieder fand. Ich nahm es vorsichtig in die Hand und strich mit dem Finger über die beiden Initialen. Es würde für immer hier hängen, es sei denn, irgendjemand würde die Brücke abreißen oder die Schlösser mit Gewalt entfernen, weil die Geländer unter der Last von Tausenden von Schlössern zusammenzubrechen drohten wie letzthin bei ein paar Brücken in Paris. Wie schon bei der Laterne bei Kevins Villa hatte ich dieselben Schuldgefühle, weil Domenico mir mit diesem Liebesschloss seine ewige Liebe hatte beweisen wollen. Und ich auch dieses Mal so kalt und abweisend reagiert hatte, weil meine Gefühle einfach nicht mehr dieselben gewesen waren.

Ach, wie sehr wünschte ich mir, die Zeit nochmals zurückdrehen zu können. Und alles ganz anders machen zu können. Hätte ich doch damals mehr Freude, mehr Liebe gezeigt. Vielleicht wäre es dann nie so weit gekommen, dass Domenico mich geschlagen hätte? ... Denn er war ja selbst verzweifelt gewesen, weil er innerlich gespürt hatte, dass ich mich immer weiter von ihm entfernte.

Aber wo hatte das Ganze überhaupt seinen Anfang genommen, überlegte ich. Wer hatte was ausgelöst? Wo hatte ich angefangen müde zu werden, erschöpft in meinen Gefühlen für ihn? Hätte ich all das verhindern können, wenn ich anders und besser reagiert hätte? Wenn ich ihm mehr Liebe gezeigt hätte?

Das waren diese Gedanken, die mich immer wieder plagten, vor allem nachts, wenn ich aufwachte und ihn am meisten vermisste. Wenn ich niemanden hatte, der mich nach einem schlechten Traum in den Arm nahm oder an den ich mich kuscheln konnte, wenn mir kalt war.

Eine ganze Weile lang starrte ich die eingravierten Initialen an. Ich hatte nun schon seit Wochen nichts mehr von Domenico gehört. Hendrik und Morten versorgten mich nur mit spärlichen Infos, und ich ahnte, dass sie sich absichtlich zurückhielten, um meine Seele nicht unnötig zu belasten. Das Beste war nun eigentlich, so wenig wie möglich daran zu denken und den Blick nach vorne zu richten. So wusste ich nur, dass Domenico eine Reihe Arztuntersuchungen hinter sich hatte und intensiv auf der Suche nach einer Therapiestelle war.

Dennoch: Ich wünschte mir je länger, je mehr, mich noch einmal gründlich mit ihm auszusprechen und ihm diese Dinge, die von meiner Seite her nicht in Ordnung gewesen waren, mitzuteilen. Ganz vage stellte ich mir vor, wie es wäre, mit ihm noch einmal zu unserer alten Laterne zu gehen – jener Laterne, bei der unsere gemeinsame Geschichte ihren Anfang genommen hatte –, um ihm dort all dies zu sagen und ordentlich Abschied von ihm zu nehmen. Aber das würde ja nun kaum noch möglich sein ...

Ich ließ das Schloss los und entschied mich zurückzugehen. Weiter als bis hierher wollte ich sowieso nicht spazieren. Ich hatte das Ziel erreicht, das ich unbewusst angestrebt hatte.

Auf dem Rückweg fiel mir auf, wie viele Leute die ersten frühlingshaften Sonnenstrahlen aus ihren Häusern gelockt hatte. Das Spreeufer war voll von Pärchen, Picknick-Fans, Fahrradfahrern, Joggern, Hundespaziergängern und Familien mit Kinderwagen. Auch wenn die Bäume noch kahl waren, konnte man überall spüren, wie die Natur wieder zu leben begann.

Aus irgendeinem Grund stach mir eine Gruppe junger Leute, die sich am Ufer im Gras räkelten, besonders ins Auge. Ich wusste nicht, warum ausgerechnet sie meine Aufmerksamkeit auf sich zogen. Vielleicht war es das Mädchen, das mit beiden Armen aufgestützt dasaß und genüsslich den Kopf in Richtung Sonne streckte, um jeden einzelnen Sonnenstrahl in sich aufzusaugen. Ich dachte, dass dieses Mädchen mit kakaobrauner Haut ganz bestimmt ein anderes Klima gewöhnt war als die tiefen Temperaturen in Deutschland. Und gleichzeitig dachte ich, dass ihre Kurzhaarfrisur die großen Ohrringe besonders gut zur Geltung brachte. Ein schönes Mädchen mit einer zierlichen Figur. Bestimmt hatte sie viele Verehrer ...

Das Mädchen blinzelte, und als es die Augen ganz öffnete, stutzte ich. Irgendetwas an ihr kam mir bekannt vor. Fast magnetisch wurden unsere Blicke voneinander angezogen, und im selben Moment regte sich auch etwas in ihrem Gesicht. Sie richtete ihren Oberkörper auf und drehte sich in meine Richtung.

Und da erkannte ich sie!

«Suleika?», fragte ich.

«Maya?» Sie sprang auf ihre Füße und kam langsam auf mich zu. Und als sie direkt vor mir stand, erschrak ich erst mal ein wenig, als ich sah, wie blass sie war, trotz ihrer mokkabraunen Haut. Und vor allen Dingen diese kurzen

Haare! Warum um alles in der Welt hatte sie ihre Prachtmähne abgeschnitten, die meines Erachtens zu den schönsten Haaren der Welt gehört hatten?

Wenigstens wirkte ihr Gesicht nicht so feindselig, wie ich befürchtet hatte. Im Gegenteil, es wirkte sogar sehr offen.

«Hey ... was machst du hier?», fragte ich dümmlich und ärgerte mich, dass es mir einmal mehr passierte, dass ich aus lauter Verlegenheit dumme Fragen stellte.

«Sonne genießen. Und du?»

«Auch. Du ... du hast ja dein Haar abgeschnitten ...»

«Ja, hab ich.» Sie sah mich mit ihren schönen Sternenaugen unverhohlen an. «Mir blieb leider nichts anderes übrig. Ich muss mich schützen. So erkennt man mich wenigstens nicht gleich auf Anhieb.»

«Sind sie immer noch hinter dir her? Deine Familie, meine ich?»

Sie zuckte mit den Schultern. «Kann sein. Weiß ich nicht. Ich hab schon lange keinen Kontakt mehr zu ihnen gehabt. Aber ich denke schon, dass sie sich nicht so leicht geschlagen geben. Immerhin bin ich von zu Hause abgehauen und hab sie ihrer Meinung nach alle im Stich gelassen.» Sie schüttelte verächtlich den Kopf und schaute mich wieder an.

«Ich muss mit dir reden. Hast du Zeit?»

«Ja.» Meine Stimme zitterte ein wenig. Ich musste zugeben, dass ich etwas Angst vor Suleika hatte. Das hatte ich von Anfang an gehabt. Obwohl sie eine sehr großzügige und offenherzige Seite hatte, gab es auch diese andere, zynische Seite in ihr. Sie ließ sich nichts gefallen. Und sie scheute sich nicht, unverblümt ihre Meinung zu sagen. Außerdem hatten wir uns nicht in allergrößtem Frieden getrennt das letzte Mal.

Und nicht zuletzt war da die Frage, wie es um ihr Verhältnis zu Domenico derzeit stand. Ich hatte versucht, diese Frage beiseitezuschieben, weil es mich ja gar nichts mehr anging. Aber so ganz gleichgültig ließ mich die Sache leider doch nicht.

Suleika wandte sich ihren Freunden zu und gab ihnen ein

Zeichen. Dann zog sie mich etwas abseits zu einer zufällig leeren Sitzbank etwas weiter oberhalb des Ufers.

«Was ich sagen wollte ...», begann sie zögernd, «... ich ... ich wollte mich einfach mal entschuldigen.»

Damit hatte ich nun nicht gerechnet. Ich dachte, sie wollte erneut ein Hühnchen mit mir rupfen darüber, wie schändlich es von mir gewesen war, Nicki zu verlassen.

«Ach ja?»

«Ja. Ich war ziemlich grob zu dir. Das weiß ich selbst. Ich war ziemlich fertig mit der Welt. Die ganze Sache mit meiner Familie und dieser Zwangsheirat ... und dann das mit meiner Schwester ...» Sie schüttelte matt den Kopf. Es schmerzte sie offensichtlich immer noch sehr, darüber zu reden.

Ich wusste nicht, was ich nun antworten sollte. Sollte ich einfach sagen, dass alles in Ordnung war? Dass sie sich keinen Kopf darüber machen solle, weil sie so grob zu mir gewesen war? Was empfand ich Suleika gegenüber eigentlich? Mochte ich sie überhaupt noch? Empfand ich Mitleid ihr gegenüber angesichts der schwierigen Situation, in der sie steckte?

Aber zum Glück redete Suleika weiter, und ich brauchte noch nicht zu antworten.

«Ich war so mit den Nerven fertig. Ich sehnte mich nur noch nach Trost, und den fand ich bei Nicki. Er ist so gut im Trösten. Weil er selber so viel durchgemacht hat, kann er einen so gut verstehen. Und ich war immer wieder eifersüchtig auf dich, weil du ihn haben durftest und ich nicht. Es tut weh, wenn eine andere den, den man eigentlich liebt, haben darf, weißt du. Ich habe die ganze Zeit mit diesem Schmerz irgendwie gelebt. Aber ich wusste immer, dass er dich liebte und nicht mich, und ich wollte, dass er glücklich wird. Zwischen uns hat es ja nie funktioniert. Obwohl ich ihn immer noch liebe. Aber das tut nichts zur Sache.»

Sie schaute mich an. Erwartete sie jetzt eine Reaktion? Aber es wurde immer schwieriger, ihr eine passende Antwort zu geben. Doch wieder kam ich darum herum, da sie noch mehr auf dem Herzen hatte.

«Nicki war immer einer meiner besten Freunde», fuhr sie stockend fort. «Aber dass er dich geschlagen hat, das war auch für mich ein Schock. Und ich versteh, dass du dich von ihm getrennt hast. Ich hätte es auch getan. Aber trotzdem … trotzdem hätte ich mir so sehr gewünscht, dass er endlich mal die wahre Liebe findet. Ich habe immer gehofft, du würdest es schaffen mit ihm …»

«Ich wollte es schaffen, Suleika … aber … ich hatte die Kraft nicht mehr dazu. Wirklich nicht.» Wenigstens war das Gespräch jetzt an einem Punkt, wo ich ein bisschen was sagen konnte.

Sie nickte. «Verstehe ich ja. Ich hatte sie ja auch nicht mehr.»

Suleikas Blick blieb an meinem Haar hängen, das mir lang über die Schultern fiel. Sie wirkte wehmütig. Vielleicht, weil sie ihre schönen Haare hatte hergeben müssen, um sich zu tarnen.

«Weißt du, Nicki ist damals von seinem Stiefvater mehrmals bewusstlos geprügelt worden, er und auch Mingo», fuhr sie ohne Umschweife fort. «Das war ganz schlimm. Und er hat nie was gesagt, sondern hat sich immer zusammengerissen. Er hat für uns alle gekämpft, aber seinen eigenen Schmerz nie gezeigt und nie darüber geredet.»

«Und woher wusstest du das? Wenn er nie darüber geredet hat?» Ich wusste ja selbst, wie schwierig es war, gewisse Informationen aus Domenico rauszukriegen.

«Mingo hatte mir das erzählt. Und dann bin ich einfach zu Nicki und hab ihn danach gefragt. Hab gefragt, ob das wahr sei. Er hatte nur Ja gesagt, und kein Wort mehr. Und dann hab ich es einfach gewagt und hab ihn in den Arm genommen, ihn, den starken Tiger-X, und seitdem waren wir Freunde. Er brauchte mir nichts zu erzählen, und ich ihm auch nicht. Wir wussten einfach Bescheid. Und später waren wir mehr als Freunde. Er sagte mir schließlich, ich sei die Erste, die ihn trotz all dem Schrott versteht. Aber es ging trotzdem nicht lange gut. Ich konnte mir von ihm auch nicht alles gefallen lassen. Er war mir dreimal untreu. Wusstest du das?»

«Dreimal?»

«Ja. Mindestens. Und wenn ich ihn dann zur Rede gestellt habe, dann hatten wir jedes Mal Streit, weil er es nicht zugeben wollte. Aber ich wusste es ja genau. Ich meine, ich kannte doch alle Mädchen in der Szene und in der Umgebung. Und ich wusste, dass mindestens die Hälfte davon scharf auf ihn war.»

Tja, das alles wunderte mich längst nicht mehr ...

«Mich hat er einmal mit Angel betrogen. Damals auf Sizilien. Das hat mir ziemlich gereicht», hörte ich mich sagen.

«Mit Angel?» Suleika riss ihre Augen auf.

«Kennst du sie?»

«Nein. Er hat sie nur einmal erwähnt. Dass sie ihm und Mingo eine Menge geholfen hat und ihnen immer Essen zugesteckt habe, weil ja Mingo alles Geld immer für Drogen verbraucht hat. Das ist die Tochter von diesem bösen Koch da, der immer herumgebrüllt hat, nicht wahr?»

«Ja, das ist sie. Und sie war Nickis Freundin, bevor er wieder nach Deutschland zurückgekommen ist.»

«Und du wusstest, dass er mit ihr fremdgegangen ist und hast dich trotzdem mit ihm verlobt?» Suleika sah mich tatsächlich ungläubig an. Jetzt endlich hatte ich das Gefühl, dass sie mich wirklich verstand.

«Na ja, genau genommen ist nicht wirklich was zwischen den beiden passiert, wenn du verstehst, was ich meine. Es hat mich natürlich trotzdem verletzt. Doch wir hatten dann letztendlich eine ziemlich gute Aussprache, so dass ich die Sache beiseite legen und ihm verzeihen konnte. Aber ein zweites Mal hätte ich das nicht mehr geschafft.»

«Versteh ich. Ich habe das dreimal durchgemacht. Jedes Mal, wenn er wieder ein Problem hatte mit irgendeiner Tussi, kam er zu mir zurück. Und dann hat er mich immer angebrüllt, wenn ich zu nahe an ihn herankommen wollte. Irgendwann hatte ich keine Kraft mehr und hab Schluss mit ihm gemacht.»

Das kam mir alles so bekannt vor.

«Wann war denn das alles?», wollte ich wissen. «War das, bevor …?»

«Ja, das war, bevor er in der JAA landete und hinterher in eure Klasse kam.»

«Weißt du, ich fragte mich immer … eigentlich sollte ich ja aufhören, darüber nachzudenken, aber ich fragte mich immer, wie früh Nicki eigentlich begonnen hat mit sexuellen Kontakten zu Mädchen und so …»

«Oh, seine ersten Kontakte hatte er ziemlich früh», wusste Suleika. «Sicher mit zwölf oder so. Nicki war halt extrem frühreif. Musste er ja auch sein. Er hat ja alles durchlebt, was ein normaler Mensch in fünfzig Jahren oder so durchlebt. Er hat ja bereits mit neun Dinge gemacht, die andere erst mit fünfzehn oder so machen. Darum hat er auch alles immer so schnell durchschaut. Er war klüger als wir alle. Ich meine, er wurde gewiss nicht umsonst unser Leader. Er hat für uns diesen Partykeller klargemacht und bestimmt, wer kommen durfte und wer nicht. Er war vierzehn und hat zwanzigjährige Mädchen gehabt und so. Manchmal sind da ganz wilde Partys abgegangen.»

Noch immer war ich hungrig nach jeder kleinen Info, obwohl es doch gar nicht mehr wichtig war. Und obwohl ich Domenicos schlimme Geschichten eigentlich gar nicht hören wollte, weil sie ja doch nur immer beklemmende Gefühle in mir hervorriefen.

«Einmal hat Mike so 'ne Party sogar gefilmt», fuhr Suleika nachdenklich fort. «Irgendwo existiert glaub ich sogar noch eine DVD. Die hat Mike dann Nicki mal zum Geburtstag geschenkt, aber da wurde Nicki so wütend, dass er sie wohl zerbrochen hat oder so. Ich weiß nicht mehr genau.»

«Eine DVD mit Filmaufnahmen von einer Party?»

«Ja. Mike hatte irgendwie 'ne neue Videokamera und musste alles filmen, was ihm vor die Linse kam. War ziemlich lästig.»

«Und Nicki hat die DVD zerbrochen?» Irgendwie passte es mir einfach nicht, dass Suleika mehr über Domenico wusste als ich.

Sie zuckte mit den Schultern. «Glaub ich zumindest. Weiß nicht. Ist auch nicht so wichtig.»

«Doch, ist es. Du weißt immer noch mehr über ihn, als er mir je erzählt hat», platzte ich heraus. «Hat er dir denn so viel über sich erzählt, als ihr zusammen wart?»

Mist, warum konnte ich nicht die Klappe halten!

«Ja, schon», sagte Suleika, die meine innere Anspannung offenbar bemerkte. «Ich wurde schon so was wie seine Vertraute. Er kam ja auch immer wieder zu mir, wenn er eine Enttäuschung erlebt hatte.»

«Hat er dir denn damals auch erzählt, dass er nach Sizilien gehen würde? Du weißt schon, damals, als er unsere Klassenkameradin verprügelt hatte und von der Polizei gesucht wurde.»

«Ja. Er sagte es mir und bat mich, es niemandem zu erzählen. Aber dann verlor ich den Kontakt zu ihm. Er meldete sich nie mehr wieder bei mir. Und als er und Mingo weg waren, zogen auch wir uns aus der ganzen Szene zurück. So bekamen wir ja nicht mal mit, dass sie wieder zurückkamen und dass Mingo kurz darauf starb. Erst nachdem wir uns auf der Eisbahn wiedergetroffen hatten, kamen wir wieder in Kontakt zueinander. Ah, das weißt du ja, du warst ja dabei …» Suleika legte ihren Kopf ein wenig schief, wahrscheinlich, um mich besser mustern zu können.

«Und was hattest du nun für eine Beziehung zu ihm gegen Schluss? Die letzten Wochen?» Ich merkte zu spät, dass ich genau wie Paps ziemlich bohrend war mit meinen Fragen.

«Sag mal, ist das ein Verhör?» Suleika verschränkte abwehrend die Arme vor der Brust.

«Nein, sorry … ich möchte es nur gern wissen …»

«Das kann dir doch egal sein. Du hast dich doch von ihm getrennt.»

«Schon. Aber es ist trotzdem gut, die Wahrheit zu wissen.»

«Ja.»

«Also, dann sag es mir: Ist was zwischen euch?»

Sie zog die Luft ein und warf den Kopf ein wenig zurück. «Also gut: Wir sind in Kontakt miteinander. Okay? Er hat mich gefragt, ob ich nach seiner Therapie mit ihm zusammen sein möchte.»

«Wie? *Das* hat er dich gefragt?» Ich schnappte nach Luft. Das traf mich wie ein Schlag. Oder mehr noch: Härter als ein Schlag.

«Komm schon, Maya. Das hat nichts zu bedeuten. Ich weiß, dass ich eigentlich nicht seine erste Wahl bin. Aber er sagt, dass er nicht mehr mit dir zusammen sein kann. Was soll er denn sonst machen?»

«Ich weiß nicht …» Ich wusste wirklich nicht, was ich dazu sagen sollte. War das wirklich wahr? Hatte Nicki Suleika wirklich diese Frage gestellt? Oder erzählte Suleika mir eine Lüge? Aber wozu sollte sie mich anlügen? Was hätte das für einen Zweck haben sollen?

«Hör zu», sagte sie, «du und er, das klappt anscheinend doch nicht. Ist ja auch unmöglich nach all dem, was geschehen ist. Aber soll er denn deswegen sein Leben lang allein bleiben?»

«Nein, natürlich nicht …» Sie trieb mich wieder einmal komplett in die Defensive. Ich konnte tun und lassen, was ich wollte, sie fand immer ein Argument, das besser war als meines.

«Und wenn er vielleicht HIV-positiv ist … die Möglichkeit besteht ja schließlich, oder? Ich meine, was soll er dann machen? Du willst ihn ja nicht mehr zurück, nehme ich an, und ob *ich* nun mit ihm zusammenkomme oder jemand anders, das kann dir doch letztendlich egal sein, nicht?»

Ja, sie hatte Recht. Sie hatte wirklich wieder einmal Recht mit ihren Argumenten. Und trotzdem auch wieder nicht. Es war mir *nicht* egal. Aber ich konnte einfach keine logische Erklärung dafür finden, warum es mir *nicht* egal war.

«Aber ich dachte, zwischen euch klappe es auch nicht?» *Das* war die rettende Antwort.

Sie hob die Schultern. «Wir werden uns irgendwie arrangieren. Ich weiß, wie er tickt, und er weiß, wie ich ticke. Und wir können zusammen auf Sizilien leben. Das möchte er doch so gern, und mir ist das auch mehr als recht. Dann kann ich meiner Familie nämlich entkommen.»

Ich schwieg. Ob es vor allem deswegen in meiner Seele kratzte, weil Domenico mir nichts davon gesagt hatte?

«Du hast ja wohl auch schon mit ihm geschlafen, nicht wahr?», schoss es urplötzlich aus mir heraus. Woher diese Frage nun auf einmal kam, wusste ich selber nicht. Vielleicht ärgerte es mich einfach, dass Suleika schon ein Stück von Nicki gehabt hatte, das ich noch nicht gehabt hatte. Denn selbstverständlich wusste ich ja, dass sie schon miteinander geschlafen hatten.

«Ja. Du nicht? Ach so ja, du bist ja ziemlich prüde.»

Sie war eben immer noch die alte Suleika – die mit der spitzen Zunge.

«Ich bin nicht prüde», sagte ich so ruhig wie möglich. «Es gibt nur ein paar gute Gründe, warum wir es nicht getan haben.»

«Du meinst wegen HIV? Man kann ja auch verhüten ...»

«Ich meine nicht das. Wir wollten es einfach richtig und schön machen. Außerdem war es auch Nickis Wunsch, damit zu warten.»

«Richtig und schön, was heißt das?» Sie wirkte ziemlich resigniert.

«Weißt du, ich hab nun schon des Öfteren gesehen, wie Mädchen nach unüberlegtem und wahllosem Sex immer tiefer abstürzten und ziemlich unglücklich wurden. Und dadurch die Hemmschwelle immer tiefer sank und sie sich von Männern immer mehr bieten ließen. Sieht man ja eigentlich an dir ...» Ich konnte es nicht lassen, Suleika damit einen kleinen Seitenhieb zu verpassen. Wenn sie ihre spitze Zunge gegen mich schon immer mit so viel unverblümter Ehrlichkeit tanzen ließ – dann konnte ich das auch!

«Was meinst du damit?», fragte sie pikiert.

«Was ich damit meine? Schau doch dein Leben an: Deine Familie spricht nicht mehr mit dir, und du gibst dich zufrieden damit, Domenicos Lückenbüßerin zu sein, obwohl du genau weißt, dass er eigentlich *mich* liebt.» Ich wollte Suleika nicht weh tun, aber eine kleine Genugtuung verspürte ich damit schon. Und tatsächlich war Suleika – die so schlagfertige Suleika – für einen Moment ziemlich sprachlos. Das war meine Retourkutsche!

«Und dafür bin ich mir einfach zu schade», fuhr ich fort, da sie offensichtlich keine Worte fand. «Ich möchte dann Sex haben, wenn ich bereit dazu bin und mir sicher bin, dass ich dadurch nicht den Respekt vor mir selber verliere und immer tiefer fallen werde. Und ich möchte die Liebe mit dem Mann meines Lebens erleben.»

«Okay, okay», sagte Suleika, die sich langsam von meinem Angriff erholte. «Versteh ich ja. Und du hast sicher Recht damit. Vielleicht hab ich das noch nie so gesehen, aber – ja. Diese Runde geht an dich. Sorry!»

Immerhin zeigte sie genug Größe, um auch eine andere Meinung als die ihre gelten zu lassen.

«Fairerweise möchte ich aber noch Folgendes hinzufügen», fuhr ich fort. «Ich möchte mich da nicht heldenhafter machen, als ich bin, denn: Genau genommen war sogar ich diejenige, die mehr wollte. Nicki war es, der mich letzten Endes zurückhielt. Er fand, dass wir das behutsam anpacken sollten. Er wollte nämlich das Gefühl haben, mit mir endlich was Richtiges zu erleben. Das heißt also, du kannst mich alles nennen, aber nicht prüde. Ich persönlich hätte nämlich schon längst die Kontrolle verloren. Nur, damit du das weißt. Aber jetzt im Nachhinein bin ich froh, dass wir nie weiter gegangen sind. Sonst wäre wohl noch viel mehr in mir kaputt …»

«Okay, verstehe», sagte sie in versöhnlichem Tonfall. «Das macht ja Sinn.»

Ich nickte traurig. Ach, es war alles viel zu schmerzhaft, um noch weiter darüber zu reden. Ich fühlte, je tiefer ich wieder in diese Materie vordrang, desto mehr wurde ich innerlich wieder aufgewühlt. Kurz entschlossen stand ich auf.

«Suleika, ich … kann irgendwie nicht mehr darüber reden. Ich sollte die Vergangenheit besser ruhen lassen.»

Sie nickte. «Ich weiß. Ich will bloß nicht, dass wir uns in Feindschaft trennen, weißt du. Ich will dir Nicki nicht wegnehmen. Wirklich nicht! Aber … wenn ihr beide eh nicht mehr zusammenkommt, wieso sollen er und ich dann nicht wenigstens versuchen, ein klein wenig Glück zu finden? Ja, ich weiß, ich bin tief gesunken. Ich bin vielleicht nur seine Lückenbüßerin. So ist es halt. Aber ich hab ja niemanden mehr, und er hat auch niemanden ... und immerhin liebt er mich ja schon auch, wenn auch vielleicht auf andere Weise.»

«Nicki hat seine Familie in Norwegen», sagte ich. «Und seinen Zio Giacomo auf Sizilien. Und eine Menge Tanten und Onkel.»

«Okay. Aber *ich* habe niemanden ...» Suleikas Augen glänzten traurig.

«Was ist mit Gina?»

Sie zuckte mit den Schultern. «Ich weiß es nicht. Ich möchte gern wieder zu ihr zurück. Ich würde alles tun dafür. Aber im Moment geht das wohl nicht. Ich weiß nicht, ob sie mich wieder zurückhaben möchte ...»

Sie beendete diese Aussage mit einem weiteren Schulterzucken und wandte dann ihren Blick von mir ab. Es sah aus, als ob auch sie das Gespräch beenden wollte.

Ich überlegte fieberhaft, was ich zum Abschluss sagen sollte. Ich schaffte es nicht, einfach zu behaupten, dass es mir völlig egal war, dass Suleika und Domenico offensichtlich noch eine Verbindung hatten. Und dennoch wusste ich, dass es ja ihr gutes Recht und somit auch in Ordnung war. Weder Domenico noch Suleika waren mir noch irgendwas schuldig.

So entschloss ich mich, darüber zu schweigen, und sagte einfach nur: «Ich wünsch dir alles Gute, Suleika. Hoffe, es kommt wieder in Ordnung mit deiner Schwester.»

Sie sah mich einen Augenblick an, als wäre sie enttäuscht, dass nichts weiter von mir kam. Ich spürte richtig, dass sie sich gern in Frieden von mir trennen wollte. Und dass sie hören wollte, dass alles wieder in Ordnung war zwischen uns. Aber so gern ich selbst das auch wollte, konnte ich ihr das im Moment einfach nicht bieten.

Ich war aufs Neue aufgewühlt, als ich Suleika verließ. Ich versuchte mir selbst gut zuzureden und die Sache vernünftig und logisch zu betrachten. Nicki und ich hatten keine

Zukunft miteinander, das funktionierte einfach nicht. Basta! Er hatte mich mies und unwürdig behandelt, und das konnte ich nicht dulden, wenn ich meinen Stolz als Frau bewahren wollte.

Dennoch: Die Vorstellung, dass eines Tages eine andere an seiner Brust liegen würde, eine andere sich mit ihm verbunden fühlen würde – das war etwas, worüber ich besser nicht nachdenken sollte, wenn ich mir nicht unnötigen Schmerz zufügen wollte.

## 11. Nachricht von Nicki

Ich hatte keine Zeit, mich gedanklich noch allzu lange mit Suleika zu beschäftigen. Es geschah eine Menge rund um mich herum. Gewisse Projektarbeiten in der Schule standen an, unser Film wurde wahrhaftig bei einem kleinen Festival aufgeführt, und Amy kam tatsächlich mit diesem Torsten zusammen. Schon nach zwei Dates hatten sie offenbar beschlossen, miteinander zu gehen. Amy schwärmte die ganze Zeit von seinem tollen Auto und dass sie froh war, nun endlich einen Typen zu haben, der sie mit seiner Karre rumchauffieren konnte.

In meinen Ohren klang das nicht wie die große Liebe, und ich begann immer mehr zu erahnen, dass Amy und auch Vicky die Dinge viel oberflächlicher angingen als ich.

Ich selbst kämpfte trotz allem immer noch mit dem, was ich durch Suleika erfahren hatte, und kam zu dem Schluss, dass es mich letztendlich nichts mehr anging und ich Nicki in meinem Herzen ganz loslassen musste.

Obwohl aus meiner Sicht ja letztendlich *ich* Schluss gemacht hatte, suchte ich im Internet nach ein paar Ratschlägen zum Thema Liebeskummer und kam zu dem Fazit, dass Ablenkung das Beste war, der ganze Prozess schlicht und einfach Zeit brauchte und ich diese Gefühle des

Schmerzes respektieren musste, bis sie eines Tages von selbst verschwinden würden. So jedenfalls die Hoffnung.

Ich war eigentlich ganz gut in Gang mit diesem Prozess dank all den Ablenkungen rund um mich herum, und vielleicht wäre ich recht gut über die Runden gekommen mit all diesen Gefühlen, wenn nicht Ende März, etwa eine Woche nach meinem Geburtstag, auf einmal ein Anruf von Domenico gekommen wäre, mit dem ich nicht im Traum gerechnet hatte. Zumal er sich zu meinem Geburtstag nicht gemeldet hatte und mir auch nicht durch Morten oder Hendrik irgendwelche Grüße hatte ausrichten lassen. Im Gegenteil: Seit meiner Abreise aus Norwegen Ende Dezember hatten wir nicht mehr miteinander gesprochen. Drei Monate war das her. Ich hatte in der Zeit auch nicht viel Kontakt zu Morten, Hendrik und Solvej gehabt, abgesehen von Facebook und den Glückwünschen, die sie mir gesandt hatten. Es war eine unausgesprochene Abmachung gewesen, eine gewisse Distanz zu bewahren.

Umso erstaunter war ich, als ich auf einmal Nickis Handynummer auf dem Display erkannte. Ja, er rief mich tatsächlich von seinem Handy aus an, und er hatte offenbar immer noch die gleiche Nummer.

«Nicki?», fragte ich vorsichtig.

«Hallo», sagte er nur. Darauf folgte ein sehr langes Schweigen, und in meiner Verlegenheit fragte ich schließlich ungewollt schroff: «Was gibt's? Wieso rufst du an?»

«Ich ... wollte dir nur sagen, dass ich 'nen Therapieplatz hab.» Ich hörte seiner zerhackten Stimme an, dass er seine Nervosität unterdrückte, und ich war so sehr damit beschäftigt, dies zu analysieren, dass es einen Moment dauerte, bis ich die Botschaft ganz erfasste.

«Echt? Das ist ja super ... wo denn?» Ich hörte selbst, dass es mir auf die Schnelle nicht gelang, genug Freude in meine Stimme zu legen, und hoffte, dass er dadurch nicht irritiert war.

«In Bergen.» Knapper hätte er gar nicht mehr antworten können.

«Bergen?»

«Ist im Westen von Norwegen. Hendrik kennt dort 'nen Streetworker. Er meint, der sei genau richtig für mich als Therapeut.»

«Und was ist das genau für eine Therapie?» Ich konnte irgendwie nicht verhindern, dass mein Herz ziemlich heftig klopfte. Warum war ich denn so nervös?

«Was das für 'ne Therapie ist? Na, ich werd halt dort wohnen und kann auch arbeiten, und dann muss ich halt all die Sachen durchziehen, die man in so 'ner Therapie macht. Die arbeiten auch mit der Kirche zusammen, und das wollte ich unbedingt, weil ich auch mehr über den Glauben rausfinden will und das besser verstehen möchte. Hab ja nie vergessen, was Pfarrer Siebold damals alles zu mir gesagt hat. Hendrik hat angefragt, ob ich dorthin kann, und nun krieg ich 'nen Platz.»

«Und wie ist es mit der Sprache?»

«Sollte gehen. Dieser Streetworker kann mehrere Sprachen, unter anderem auch Deutsch.»

«Das klingt ja großartig!» Ich hätte gern noch eine Menge Details gewusst, aber ich schaffte es nicht, meine Gedanken zu fokussieren. Das kam alles so plötzlich und überraschend, dass mein Inneres einfach nicht ganz mitkam. Ich wusste daher nicht mehr, was ich sagen sollte, und er offenbar auch nicht. So entstand ein weiteres, langes Schweigen.

«Ich bin übrigens nicht positiv», sagte er auf einmal leise.

«Wie?»

«Ich bin nicht HIV-positiv. Ich hab das Testergebnis bekommen. Vor drei Wochen.»

Das war eine zu krasse Neuigkeit, um darauf eine angemessene Antwort zu geben. Es war, als würde irgendwas mitten in mein Herz fallen. Monatelang hatte dieser Gedanke immer wie ein Damoklesschwert über uns gelastet. Über seinem Leben und über unserer Beziehung. Und obwohl das nicht der Trennungsgrund gewesen war, hatte es eine nicht unwesentliche Rolle in der endgültigen Entscheidung gespielt.

Und nun löste sich dieses Damoklesschwert auf einmal innerhalb weniger Sekunden in nichts auf – jedenfalls für mich. Und anstelle der inneren Anspannung trat nun auf einmal ein starkes Gefühl von Wehmut.

«Ich dachte, du willst das vielleicht wissen», meinte er zurückhaltend.

«Klar ...»

Wieder blieb es einige lange Sekunden still zwischen uns.

«Wir fahren übrigens übernächstes Wochenende nach Süd-Deutschland», sagte Domenico dann. «Ich muss ein paar Sachen regeln. Mit Carrie reden und so. Und mein Motorrad holen. Ich dachte ... vielleicht ... magst du auch kommen. Dass wir uns noch verabschieden können.» Den letzten Satz sagte er so leise, dass ich ihn um ein Haar nicht verstanden hätte.

«Übernächstes Wochenende – also in zwei Wochen?», fragte ich.

«Ja.»

«Und wer sind ‹wir›? Wer kommt alles?»

«Morten und ich. Und vielleicht Hendrik oder Kjetil. Und Manuel natürlich.»

«Hmm...» Eigentlich hatte ich in zwei Wochen schon etwas vor. Ich wollte mit meinen Eltern zusammen nach Schleswig fahren, um meine Cousinen zu besuchen. Wir hatten das schon länger geplant. Das würde ziemlich schwierig werden ...

Ich sagte dies Domenico.

«Klar, versteh ich schon», meinte er. «Dachte nur. Nachher sehen wir uns wohl nicht mehr wieder ...»

«Nicht mehr wieder? Wie meinst du das?»

«Ich darf keinen Kontakt zu dir haben während der Therapie. Also zu gar niemandem, außer zu Morten und Hendrik.»

«Was denn? Zu gar niemandem sonst?» Ich hätte das eigentlich wissen sollen, aber ich hatte bis jetzt noch gar nie darüber nachgedacht.

«Nein. Ich darf auch kein Handy haben und so.»

Ich überlegte fieberhaft, und mir war schnell klar: Wenn ich ihn nicht noch einmal wiedersehen und mich ordentlich von ihm verabschieden würde, dann würde meine Seele die nächsten Jahre keine Ruhe haben. Ich musste das Ding würdig beenden. Und vielleicht ... ja, vielleicht konnte ich doch noch ein letztes Mal mit ihm zu unserer Laterne gehen? Irgendwie spürte ich, dass dies wichtig für uns beide sein könnte.

«Wann musst du denn eintreten, und wie lange musst du insgesamt Therapie machen?» Vielleicht würden mir diese Infos zu einer Entscheidung verhelfen.

«Wahrscheinlich kann ich im April eintreten.»

«Im April schon? Und wie lange?»

«Unter zwei Jahren geht's wohl kaum ...», sagte er leise und zögernd.

«Ich muss mit meinen Eltern reden», sagte ich. «Ich muss sehen, ob ich das Wochenende in Schleswig verschieben kann.»

«Okay, mach das.»

Während der nächsten Schweigepause schoss es mir durch den Kopf, dass er zumindest auch zu Suleika keinen Kontakt haben durfte während der Therapie. Ob er sich von ihr auch noch speziell verabschieden würde?

«Ich muss leider auflegen», sagte er. «Ich muss Manuel in den *barnehage* bringen.»

«In den was?»

«Na ja, so sagen die hier. Barnehage. Kinderhort oder Kindergarten oder wie das heißt. Kannst ja Morten Bescheid geben, ob du in zwei Wochen kommen kannst. Und falls ja: Kannst du mir diesen Umschlag mitbringen? Du weißt schon, den Umschlag, den meine Mutter mir mal gegeben hat. Mike hat mir gesagt, dass *du* den nun hast.»

«Stimmt. Alles klar, ich bring ihn mit.»

«Super! Ciao. Alles Gute dir.»

«Dir auch, Nicki ...» Doch er hatte bereits aufgelegt.

Ich starrte auf mein Smartphone. Ich verstand selber nicht, warum es mich nun so dermaßen aufgewühlt hatte, seine Stimme zu hören. Meine Augen waren ganz feucht geworden. Ohne groß zu überlegen, wählte ich die Nummer von Mama.

Nach zwei Klingeltönen hatte ich sie bereits dran.

«Mama, können wir das Wochenende in Schleswig um eine Woche verschieben? Bitte.»

Freilich wollte Mama wissen, warum, und nachdem ich es ihr erklärt hatte, meinte sie nur: «Natürlich. Ich werde Tante Ruth anrufen. Es ist bestimmt wichtig für dich, dass du diese Sache mit Nicki richtig abschließen kannst.»

Manchmal war ich froh, dass ich meiner Mutter keine langen Erklärungen liefern musste.

Und so plante ich die Reise in meine alte Heimatstadt.

## 12. Love Talk

Ich reiste am Freitag direkt nach der Schule ab, so dass ich spätabends bei Delia ankommen würde, die mir für die beiden Nächte bis Sonntag sozusagen Asyl angeboten hatte.

Delia und ich hatten uns schon seit Oktober – das waren über fünf Monate – nicht mehr live gesehen. Natürlich hatte ich ihr vieles via Skype und Facebook erzählt, so dass sie auf dem Laufenden war, was zwischen mir und Domenico geschehen war. Dennoch würde es etwas völlig anderes sein, nochmals von Angesicht zu Angesicht mit ihr über all das zu reden.

Delias Gesicht strahlte vor Begeisterung, als sie am Bahnsteig auf mich wartete. Nach der langen Reise war ich froh, meiner Freundin endlich in die Arme fallen zu können. Und wie jedes Mal nach einer längeren Periode der Begegnungs-Abstinenz entdeckte man wieder diese kleinen Veränderungen aneinander, die einem weder Facebook noch Skype wirklich zeigten. So stellte ich fest, dass Delia sich ihr Haar mit einer leicht rotblonden Tönung gefärbt hatte und dass ihr Gesicht auf einmal viel erwachsener wirkte. Ihre Kleidung saß wie immer tadellos auf ihrer perfekten Figur. Meine Hose schlackerte hingegen nur so, weil meine Hüften einfach nicht so geformt waren, um Hosen gut sitzen zu lassen. Ich fühlte mich ja nicht ausgesprochen eitel, aber es war schon nicht immer ganz einfach, ein Model zur Freundin zu haben, das es überhaupt gar nicht fertigbrachte, jemals schlecht auszusehen.

«Mensch, so lange ist das wieder her!», sagte Delia, als wir uns endlich voneinander lösten. «Die Zeit rast dahin, das ist einfach unglaublich!»

Ich hingegen hatte im Moment eher das Gefühl, als ob die Zeit überhaupt nicht vorwärts ginge.

Delia hatte sich so auf unser Treffen gefreut, dass sie es uns wieder ganz besonders gemütlich gemacht und eine Menge Kerzen in ihrem Zimmer aufgestellt hatte. Obwohl es bereits auf elf Uhr nachts zuging und ich Domenico und seine Familie am nächsten Tag schon um acht in der Früh am Bahnhof treffen sollte, mussten wir unbedingt noch eine ganze Weile lang tratschen und uns gegenseitig «updaten». Und es gab wie immer eine Menge zu besprechen, auch wenn wir das meiste voneinander schon wussten.

Ich fand, dass Delia zuerst erzählen sollte, weil ich wusste, dass meine Geschichte wohl viel mehr Raum einnehmen würde als ihre.

«Viel Neues gibt es ja bei mir nicht», meinte sie. «Wenn alles gutgeht, ziehen Ronny und ich bald zusammen in eine WG. Das hab ich dir ja erzählt. Wird Zeit, dass er endlich von zu Hause wegkommt und erwachsen wird. Immerhin hab ich ihm endlich diese Star-Wars-Manie ausgetrieben. Schließlich brauche ich keinen Jungen, sondern einen Mann.»

«Sieht ganz so aus», sagte ich. «Eigentlich enorm, wie lang ihr nun schon zusammen seid. Hätte ehrlich gesagt nie gedacht, dass das so lange hält. Wie lange genau ist das jetzt?»

«Drei Jahre und fünf Monate», sagte sie stolz. «So lange war ich noch nie mit einem zusammen. Ich hab mich jetzt einfach entschieden, das durchzuziehen. Man muss halt konstant an einer Beziehung arbeiten und durchhalten, auch wenn's nicht immer so easy ist.»

«Ja …», murmelte ich.

«Ach Maya, das ist doch was völlig anderes bei dir»,

beruhigte sie mich. «Ehrlich, du hast ja mehr als genug durchgezogen. Domenico war deine Jugendliebe. Das ist ja okay. Aber du wirst doch jetzt erwachsen und brauchst was Vernünftiges, einen stabilen, gesunden Mann und keinen drogenabhängigen Herumtreiber.»

Ich nickte. «Ja, auf jeden Fall.»

«Ich meine, dass du dich verlobt hast, ist halt in jugendlichem Übermut geschehen. Aus meiner Sicht hab ich immer gewusst, dass das nicht gutgehen kann, aber ich wollte dir nicht noch mehr dreinreden. Aber das ist ja jetzt alles passé.»

«Ach, ich weiß nicht, ob es in jugendlichem Übermut geschehen ist. Irgendwie hab ich wirklich an die Liebe geglaubt und daran, dass sie alles überwindet. Ich wollte nicht auf all diese vernünftigen Stimmen rund um mich herum hören.»

«Ja, so ging es mir früher auch», sagte Delia. «Aber ehrlich gesagt hab ich aufgehört, einfach nur an die Liebe zu glauben. Ich glaub viel eher, dass in einer Beziehung zuerst mal all die praktischen Faktoren eine Rolle spielen. Beruf, Stabilität, und dass man auch sonst zueinander passt. Ich meine, all diese romantischen Gefühle vergehen doch eh irgendwann mal. Dann muss ein festes Fundament vorhanden sein.»

«Sicher, aber irgendwie muss man doch auch mit einer Person zusammen sein, die man wirklich liebt ... nur praktische Faktoren helfen da nicht», meinte ich. «Sonst könnte man ja einfach irgendjemanden nehmen.»

«Also, ich persönlich glaube, Liebe beginnt mit einer Entscheidung», sagte Delia.

«Hmmm.» Daran war sicher etwas Wahres. Aber dennoch: Ich konnte mir einfach nicht vorstellen, eine rein nüchterne Entscheidung für einen potenziellen Partner treffen zu müssen.

«Weißt du, du wirst vielleicht nie mehr so stark verliebt sein, wie du es in Domenico warst, aber jetzt mal ehrlich: Wer von uns ist das schon?» Delia sah mich intensiv an. «Er war eben einfach deine erste große Liebe. Aber man bleibt doch eh nie mit der Person zusammen, in die man sich zuerst verliebt. Ich war in meinen ersten Freund auch total stark verknallt. Aber wir haben überhaupt nicht zusammengepasst.»

«Wie stark warst du eigentlich in Ronny verliebt?» Ich hatte sie das noch nie gefragt.

«Am Anfang überhaupt nicht», lachte sie. «Doch dann hab ich festgestellt, dass er eigentlich ein ganz netter Kerl ist, trotz seines kindischen Gehabes. Und so hab ich mich dann eben entschieden, mich mit ihm einzulassen. Außerdem muss man ja froh sein, wenn man einen Typen findet, der überhaupt beziehungswillig und beziehungsfähig ist. Ist ja echt selten heutzutage ...»

«Hmm.»

Ich hatte meine Gedanken darüber noch nicht ausreichend sortiert, um eine angemessene Antwort zu geben. Daher fuhr Delia fort: «Ich glaub, es gibt einfach zwei Wege in der Liebe: Entweder den sicheren Weg mit weniger Risiken, aber auch weniger Kummer, und dann den anderen Weg mit vielleicht stärkeren Gefühlen und einer Menge Risiken, aber dafür auch viel Leid. Ich hab mich entschieden, den sicheren Weg zu gehen. Das Leben hat nun mal einfach seine Regeln. Man kann nicht alles haben.»

«Du hast wahrscheinlich Recht», sagte ich. «Es hört sich bloß alles nur so ... kärglich an. Ich meine, bist du denn glücklich?»

«Sicher doch. Ich meine, was bedeutet Glück? Ich muss nicht jeden Tag Freudensprünge machen, um glücklich zu sein. Ich bin zufrieden, ich bin gesund, ich habe eine Beziehung, und ich kann modeln. Was will ich mehr? Man muss nicht immer nach den Sternen greifen, sondern man kann sich ja auch mal mit dem begnügen, was da ist, und sich daran erfreuen.»

«Tja, da bist du mir wohl schon einen Schritt voraus», sagte ich, auch wenn sie hier ein paar ziemlich altbackene Weisheiten von sich gegeben hatte, wie man sie ja an jeder Ecke hören kann. «Ich bin noch dabei, meinen Weg zu finden.»

«Du wirst es schon schaffen. Aber sag mal, hast du dich eigentlich entschieden, was du nach dem Abitur machst? Wirst du wieder zurückkommen?»

«Ich weiß es nicht. Meine Eltern sind ja nicht mehr hier ... und nun hab ich in Berlin mittlerweile fast genauso viele Freunde wie hier. Es ist gar nicht so einfach.»

«Verstehe.»

«Aber ich weiß, dass ich mich bald entscheiden muss. Doch vermutlich werde ich ein Jahr irgendwo jobben, bevor ich mit dem Studium beginne. Ein bisschen Geld verdienen und so. Meine Eltern haben so viel für mich bezahlt, und ich will ihnen nicht ständig auf der Tasche liegen.»

«Mhmm», meinte Delia. «Guter Plan. Ich bin auch froh, wenn ich endlich hier ausziehen kann und nicht mehr abhängig bin. Aber lass uns unseren Love-Talk mal beenden für heute. Wahrscheinlich möchtest du dich langsam schlafen legen, hab ich Recht? Du musst ja früh raus morgen!»

«Besser gesagt heute», meinte ich nach einem Blick auf Delias Digitalwecker. Es war schon halb eins.

Wir schlüpften in unsere Pyjamas, und Delia machte das Bett für uns bereit. Sie hatte ein riesiges Doppelbett, in dem wir beide mehr als genug Platz hatten.

«Was machst du eigentlich mit deinem Tattoo?», fragte Delia unvermittelt, als ich gerade das Oberteil wechselte und ihr Blick auf mein nacktes Schulterblatt fiel. «Wirst du es behalten oder entfernen lassen?»

«Ach ja, das Tattoo ...» Ich spürte es gar nicht mehr, so dass ich meistens schlicht und einfach vergaß, dass eine tätowierte Rose mein linkes Schulterblatt zierte. Domenico hatte sich damals so sehr gewünscht, mir ein Tattoo machen zu dürfen, und ich hatte schließlich eingewilligt.

«Ich weiß nicht ... ich hab darüber gar nicht mehr nachgedacht», meinte ich wahrheitsgemäß. «Am Anfang nach der Trennung hat es mir noch Mühe bereitet, aber nun vergesse ich es meistens ...»

«Ich meine, schön sieht es ja aus», sagte Delia. «Und es ist ja nur 'ne Rose. Keine Initialen oder so.»

«Ja. Wahrscheinlich lass ich es», meinte ich schulterzuckend.

«Ob Domenico je die Kurve kriegen wird?», fragte Delia leise, als wir zusammen in ihrem großen Bett lagen. «Ob er es schaffen wird, nach der Therapie endlich ein stabiles Leben zu führen?»

«Ich hoffe es», konnte ich nur antworten.

«Aber du würdest ja selbst dann auch nicht mehr zu ihm zurückwollen, oder? Das ist jetzt endgültig vorbei, nicht wahr?»

«Ja», flüsterte ich in die Dunkelheit. «Es ist vorbei.»

# 13. Suche nach Carrie

Ich wartete pünktlich um acht auf dem Gleis auf das Eintreffen des Zuges aus Kopenhagen. Natürlich hatten Delia und ich, auch nachdem wir das Licht gelöscht hatten, nicht mit dem Tratschen aufhören können. Dementsprechend müde war ich nun, doch das war jetzt gar kein Thema.

Als der Zug einfuhr, versuchte ich Domenico und Morten irgendwo in einem der Fenster zu erkennen, doch es gelang mir nicht. Ich wusste auch nicht, ob sie nur zu zweit mit Manuel waren, oder ob Hendrik oder gar Kjetil dabei sein würden.

Eine Menge Leute stiegen aus, und ich fragte mich, wie ich die Norwegen-Fraktion in dieser Masse überhaupt finden sollte.

Doch dann kamen sie direkt auf mich zu. Domenico, Morten, Manuel – und tatsächlich, Kjetil! Morten entdeckte mich als Erster und winkte mir. Domenico und Kjetil gingen mit scheinbar unbeteiligten Mienen nebeneinander her und zeigten keine Regung, als sie mich sahen.

Ich winkte vorsichtig zurück und lief ihnen entgegen. Als ich vor ihnen stand, sah ich quasi viermal in die gleichen

Augenpaare. Wie vier Orgelpfeifen standen sie der Größe nach da: Morten, Kjetil, Domenico und Manuel. Ich umarmte einen nach dem anderen – angefangen bei Morten – und war erstaunt, dass sogar Kjetil sich von mir umarmen ließ, wenn auch ziemlich zurückhaltend und steif. Ich fragte mich, was ihn wohl dazu bewogen hatte, mitzukommen.

Domenico sah recht erholt aus. Er trug die dunkelbraune Lederjacke, die er mal von Mama bekommen hatte und die er sich immer für bessere Gelegenheiten aufhob. Die Jacke stand offen, und mein Blick fiel auf die Lederkette, die er von Kjetil zu Weihnachten erhalten hatte. Wie lange er sie wohl tragen würde?

Sein Gesicht wirkte viel entspannter als beim letzten Mal. Weicher und weniger hart, und es schmerzte richtig, dass er so hübsch aussah. Hübsch, stark und so vertraut – und eines Tages würde eine andere ihn bekommen. Na großartig ...

Auch Manuel wirkte viel ruhiger und zufriedener, obwohl er immer noch ziemlich müde schien und sich die Äuglein rieb. Morten schlug vor, erst mal zum Hotel zu gehen und das Gepäck abzuladen.

«Wir haben ja so einiges vor», sagte er. «Das Wichtigste ist vor allen Dingen, mit Manuels Mutter zu reden, bevor wir den Termin auf dem Jugendamt haben.»

Unterwegs erfuhr ich von Morten, dass sie bis Mittwoch bleiben würden und am Montag einen Termin auf dem Jugendamt haben würden, um über Manuels Zukunft zu sprechen. Ich selbst würde natürlich bereits am Sonntagnachmittag wegen der Schule wieder nach Berlin zurückfahren müssen.

«Das Beste ist, wenn wir dieses Mädchen so bald wie möglich treffen können», wandte sich Morten auf dem Weg zum Hotel an Domenico. «Möglichst noch heute.»

«Die steht nicht vor Mittag auf», sagte Domenico und klemmte sich verstohlen ein neues Tabaksäckchen unter die Oberlippe. «Vor ein, zwei Uhr geht bei der nix.»

«Na gut, dann können wir ja zumindest in aller Ruhe frühstücken», resümierte Morten.

Er war es hauptsächlich, der auf dem Weg zum Hotel mit

mir redete. Domenico kümmerte sich um Manuel und beachtete mich kaum, und Kjetil war verschlossen wie immer.

Morten hatte eine Dreibettsuite in einem Hotel ganz in der Nähe gebucht. Es gab ein Einerzimmer und ein Zweierzimmer, und ohne große Diskussionen überließen Morten und Kjetil Domenico das Einbettzimmer. Offenbar wussten mittlerweile alle darüber Bescheid, dass Nicki oft an Schlafproblemen litt, wenn er sich nicht ganz zudröhnte mit Schlafpillen. Ob er es jemals hinkriegen würde, diese Schlafstörungen zu überwinden, die er schon seit seiner Kindheit hatte? Oder war so was einfach hoffnungslos?

Danach lud Morten uns in einem nahegelegenen Café alle zum Frühstück ein. Die Unterhaltung verlief ähnlich wie zuvor: Sie wurde hauptsächlich von Morten und mir bestritten. Domenico hüllte sich in Schweigen oder schenkte seine ganze Aufmerksamkeit Manuel. Und Kjetil wirkte, als sei er nicht im Mindesten an dem interessiert, was um ihn herum vorging.

Erst wollte Morten wissen, wie es mir ging, wie es mit der Schule lief und was ich sonst alles machte. Ich erzählte ein wenig von meinem bevorstehenden Abitur und dass ich nach wie vor überlegte, ob ich weiterhin in Berlin bleiben oder wieder zurück in die Heimat gehen sollte.

«Ja, das ist oft schwierig mit solchen Entscheidungen», sagte Morten verständnisvoll. «Das ging mir auch so, als wir vor der Entscheidung standen, ob wir nach Norwegen ziehen oder in Deutschland bleiben sollten. Für Liv war es ja klar, aber für mich nicht, weil ich ja in Deutschland aufgewachsen war. Und manchmal fühlt man sich eben an zwei Orten zu Hause.»

Das war das Stichwort, bei dem sich sowohl in Domenicos wie auch in Kjetils Blick etwas regte. Domenico, weil er sich, seit ich ihn kannte, zwischen Deutschland und Sizilien hin- und hergerissen fühlte. Und Kjetil, weil er vermutlich ebenfalls nicht immer wusste, ob er nach Deutschland oder Norwegen gehörte.

«Sag mal, Nicki, weißt du denn, wo wir das Mädchen

finden? Carrie, meine ich», wandte Morten sich nun an Domenico.

«Ja. Ich glaub, ich weiß schon, wo ich sie finden werde», murmelte Domenico.

«Wann hattest du zum letzten Mal Kontakt zu ihr?», fragte ich. Einerseits, weil ich wirklich schon ewig nichts mehr von Carrie gehört hatte und mich beschämenderweise auch selber nicht drum gekümmert hatte, andererseits, weil ich endlich mal ein Wort an Domenico richten wollte.

«Schon ewig nicht mehr. Also, das letzte Mal sah ich sie im Dezember, als ich Manuel abholte, bevor ich nach Norwegen ging. Aber seither nicht mehr. Ich glaub, sie hat ihr Handy verloren. Jedenfalls meldet sich unter der Nummer niemand mehr.»

«Aber nimmt sie nie Kontakt mit dir auf?», wunderte sich Morten. «Sie müsste doch eigentlich Manuel vermissen?»

«Tut sie auch», meinte Domenico leise. «Aber sie hat Angst vor mir. Ich hab sie manchmal echt … zur Schnecke gemacht. Als ich so sauer war auf sie, weil sie mit diesem Penner rumhing und Manuel darunter gelitten hat.»

«Verstehe.» Morten schien intensiv nachzudenken. Ich war oft schockiert gewesen, wie kalt Domenicos Gefühle gegenüber Carrie waren. Doch andererseits hatte er mitansehen müssen, wie Carrie immer mehr in die Drogenabhängigkeit zurückgefallen war und somit auch Manuel immer stärker vernachlässigt hatte. Das hatte ihm natürlich unheimlich weh getan. Dennoch tat mir Carrie leid. Sie brauchte schließlich auch Hilfe.

«Und wo genau finden wir das Mädchen nun?», wiederholte Morten seine Frage.

«Ich weiß schon, wo», sagte Domenico knapp. «Aber ihr müsst nicht mitkommen. Ich kann sie allein finden.»

Ich wusste ganz genau, warum Domenico dies sagte: Er wollte nicht, dass sein Vater sah, an welchen Orten er sich früher rumgetrieben hatte. Wie viel Morten von Domenicos krimineller Vergangenheit wirklich wusste, war mir nach wie vor unklar. Aber das ging mich ja nun nichts mehr an …

«Na, ich muss doch aber dringend mit ihr reden», sagte Morten.

«Ich bring sie hierher. Ich geh sie suchen und bring sie hierher. Es ... ist besser, wenn Manuel nicht mitkommt fürs Erste.»

«Na gut ...», meinte Morten zögernd. «Wenn du meinst. Dann geh ich ins Hotel zurück und warte dort auf euch.»

«Ich komm aber mit», sagte Kjetil unvermittelt zu Domenico.

«Nee, du bleibst hier.»

«Ey, bestimmst du das oder ich?»

Domenico verdrehte die Augen. «Okay, okay. Dann komm halt mit.» Dass er keine größere Szene veranstaltete, hatte wohl damit zu tun, dass er Morten und Kjetil nicht zeigen wollte, was es mit der ganzen Sache hier auf sich hatte.

«Und was ist mit mir?», fragte ich. «Kann ich nicht auch mitkommen?» Mir gefiel es ganz und gar nicht, dass die Jungs mich einfach ausschlossen.

Domenico sah mich mit schmalen Augen an.

«Ich kenne doch Carrie auch», sagte ich. «Und zu mir hat sie immer noch mehr Vertrauen.»

«Meinetwegen ...» Domenico klang alles andere als begeistert. Ungewollt versetzte mir das einen Stich ins Herz. Dieses uralte Gefühl von Ausgeschlossensein kam wieder in mir hoch. Wie oft hatte ich das erlebt, wenn ich mit Nicki zusammen gewesen war und er mich nicht in seine Geschichten mit einbezogen hatte. Nein, es war richtig, mich von ihm zu trennen. Mit solchen Gefühlen wollte ich nicht länger leben müssen ...

«Geht ihr alle», sagte Morten. «Ich bleib mit Manuel hier. Dann kann ich noch in Ruhe mit Liv telefonieren.»

«Geht das denn jetzt?», fragte ich. «Manuel allein ohne Nicki – und ohne Kjetil?»

«Ja, wir haben ihn langsam daran gewöhnt», sagte Morten. «Er muss ja nun auch jeweils für ein paar Stunden pro Tag in den Kinderhort.»

Domenico würdigte mich keines Blickes, als wir unsere Jacken anzogen und uns auf den Weg machten. Er musste mir mal wieder klar zeigen, dass es ihm überhaupt nicht in den Kram passte, dass ich dabei war. Auf dem Weg zurück zum Bahnhof ging er neben Kjetil her und redete ausschließlich mit ihm. Ein schmerzhaftes Empfinden von Wut bohrte in meiner Brust. Ich überlegte schon, ob ich irgendeine Bemerkung machen sollte, als mir auf einmal wieder einfiel, dass ich mir ja wirklich keinen Kopf mehr darum zu machen brauchte.

Ab und zu drehte Domenico sich leicht nach mir um, um zu sehen, ob ich ihnen folgte. Doch er verzog keine Miene.

Ja, er würde noch einiges lernen müssen in der Therapie. Vor allen Dingen dies: seine Machtspielchen unter Kontrolle zu halten.

Ich versuchte, meinen Ärger ganz zu vergessen, und betrachtete die beiden Jungs von hinten, verglich ihre Haarfarben und dachte, dass es eigentlich ganz witzig aussah, dass sie beide rötliches Haar hatten – nur Domenico eben rotbraun und Kjetil rotblond. Dazu waren ihre Haare auch hinten ungefähr gleich lang.

«Du, ist es wirklich immer noch so gefährlich hier in der Szene?», fragte ich, als Domenico sich endlich mal wieder nach mir umdrehte.

Er zuckte mit den Schultern. «Hab keine Ahnung mehr, was läuft.» Und dann fügte er etwas zögernd hinzu: «Suleika kann mich ja nicht mehr updaten, seit sie in Berlin lebt.»

Suleika …

Am liebsten hätte ich ihn hier auf der Stelle gefragt, ob es wirklich der Wahrheit entsprach, dass er mit Suleika eine gemeinsame Zukunft nach der Therapie plante. Aber das war jetzt nicht der richtige Augenblick …

«Hast du mit Mike keinen Kontakt mehr?», fragte ich stattdessen.

«Nee.» Seine knappe Antwort signalisierte mir, dass er nicht besonders willig war, darüber zu reden. Vielleicht wollte er auch einfach nicht, dass Kjetil mehr erfuhr, als nötig war.

Ich hätte ihn zu gern gefragt, ob er denn wüsste, ob Toni, einer der früheren Zuhälter seiner Mutter, immer noch im

Knast war, unterließ es jedoch. Hatte sowieso keinen Zweck, eine Unterhaltung mit ihm anfangen zu wollen. Domenico drehte sich zu mir um, aber nicht etwa, um sich nach meinem Wohlbefinden zu erkunden, sondern um mich mal wieder rumzukommandieren.

«Zieh die Kapuze hoch, Maya», befahl er. Ganz Tiger-X ...

«Geht's auch weniger barsch?», erwiderte ich instinktiv und vergaß wieder einen Moment lang, dass wir ja gar nicht mehr zusammen waren. Zu vertraut waren mir diese Szenen ... Deswegen hatte er trotzdem kein Recht, mich so anzublaffen.

«Macht jetzt einfach, was ich sage», meinte Domenico müde. «Du auch, Kjet. Los. Kapuze hoch.»

«Was soll denn das? Sind wir hier in 'nem Gangsterfilm, oder wie? Wir sind doch nur beim Bahnhof.» Kjetil war offensichtlich auch alles andere als begeistert von Domenicos Machtgehabe.

Domenico verdrehte die Augen und sagte irgendwas auf Italienisch.

«Mann, ich kann kein Italo», murrte Kjetil, der sich immer noch weigerte, auf Domenicos Forderung einzugehen. Ich wusste, dass Domenicos Wechsel auf Italienisch oft instinktiv geschah, wenn er einer Sache mehr Ausdruck verleihen wollte oder wenn ihm etwas besonders nahe ging.

Domenico sah Kjetil mit schneidendem Blick an, und Kjetil funkelte trotzig zurück. Zwei Brüder, die sich ansahen, als hätten sie ein Duell auszutragen. Ein weiteres Déjà-vu ...

«Hör zu, Kjet, ich bin hier verantwortlich, mi senti? Du kennst die Stadt nicht, aber *ich* kenn sie. Und ich weiß, was hier am Bahnhof läuft. Ich kenn die meisten Typen, die hier rumhängen, und die kennen mich. Und du siehst meinem Bruder irgendwie verflixt ähnlich. Ich will einfach nicht, dass es hier Ärger gibt, okay?»

Domenico hatte sich Mühe gegeben, seinen Tonfall ruhig zu halten, doch Kjetil weigerte sich immer noch. Er stand da mit verschränkten Armen und sah wütend auf Nicki runter.

«Und was, wenn ich nicht will?», blaffte er.

Domenicos Augen verengten sich noch mehr. Ich biss mir

nervös auf die Unterlippe. Jeder andere hätte vor Domenicos messerklingenartigem Blick schon längst klein beigegeben. Mich selbst hatte dieser Blick schon so oft in die Knie gezwungen.

Aber Kjetil war offenbar eine harte Nuss. Und alles andere als leicht einzuschüchtern. Ich verfolgte ängstlich, was nun geschehen würde. Wie würde Domenico darauf reagieren, dass ihm endlich jemand so vehement Paroli bot?

«Wenn du nicht machst, was ich sag, dann kannst du gleich wieder umkehren», bestimmte Domenico.

«Sagst du. Ich bestimm hier immer noch über mich selbst», konterte Kjetil.

Domenicos Gesicht zuckte, und er versuchte, seinem Blick noch mehr Power zu verleihen. Doch Kjetil weigerte sich standhaft, sich auch nur im Geringsten einschüchtern zu lassen.

«Ey, ich hab dir erlaubt, mitzukommen, klar? Ich bin für dich verantwortlich, das hab ich schon gesagt. Und wenn du jetzt nicht machst, was ich sag, dann ...»

«Was dann? Hä? Willst du mich vielleicht zwingen?»

Domenico öffnete den Mund, schnappte jedoch nur nach Luft. Eine Weile lang sahen sich die beiden Brüder einfach nur an, und ich konnte förmlich spüren, dass Domenico um weitere Worte verlegen war. Spätestens jetzt war der Zeitpunkt da, an dem er normalerweise seine Fäuste hätte sprechen lassen, um sich Respekt zu verschaffen. Aber hier konnte er es offenbar nicht. Irgendetwas in ihm widerstand dem Bedürfnis, Kjetil zu schlagen.

«Okay, Jungs», sagte ich schließlich, weil ich dieses Blickduell nicht mehr aushielt. «Könnt ihr aufhören damit? Ähm ... Kjetil ... hör zu: Ich glaub, du solltest auf Nicki hören. Es geht wirklich nur ... um deinen Schutz. Ich hab selber erlebt, dass es hier gefährlich sein kann, und du willst ja nicht, dass einer kommt und dich für Mingo hält und seine Schulden bei dir einfordert?»

Kjetil sah mich knapp an und verdrehte die Augen, und dann zog er zu meinem Erstaunen ohne weiteren Kommentar die Kapuze hoch.

«Okay. Ich bin den Mist leid. Seid ihr jetzt zufrieden? Können wir weiter?»

Domenico schaute mich verblüfft an, und ich konnte in seiner Miene eine Mischung von leichter Dankbarkeit, aber auch verletztem Stolz erkennen. Der ehemalige Tiger-X schaffte es nicht, Kontrolle über seinen eigenen Halbbruder zu bekommen, während ich Kjetil mit ein paar Worten zum Gehorsam hatte bewegen können. Das war für Domenico bestimmt schwer zu schlucken.

«Danke», sagte ich und zog selber die Kapuze meines Pullovers hoch. Dass wir alle drei heute einen Kapuzenpullover trugen, hatte damit zu tun, dass Domenico und Kjetil eh ständig mit so einem Teil rumliefen und ich wohl rein intuitiv einen angezogen hatte, weil mein Unterbewusstsein geahnt hatte, dass ich ihn brauchen würde.

Domenico und Kjetil sagten kein Wort mehr. Kjetil feuerte durch seine rotblonden Haarsträhnen noch ein paar trotzige Blicke Richtung Nicki ab und sah dabei wirklich aus wie Mingo in blond. Stumm marschierten wir weiter Richtung Unterführung. Die Jungs gingen wieder vor mir her, und ich fragte mich, warum man sich eigentlich dauernd in dieses blöde Schweigen hüllte, wo es doch so viel zu erzählen gegeben hätte.

Auch wenn es nicht offensichtlich war, so konnte ich doch an einigen verstohlenen Blicken gewisser Leute feststellen, dass sie Domenico sehr wohl wiedererkannten oder ihn jedenfalls zu erkennen versuchten. Er war ja nun wieder länger aus der Szene weggewesen, die sich nicht nur in seinem ehemaligen Viertel traf, sondern eben auch am Bahnhof. Kjetil, der diese Blicke offensichtlich auch bemerkte, blieb nun ein paar Schritte hinter Nicki zurück. Weder er noch Morten hatten wohl eine Ahnung, was hier wirklich abging. Sonst hätte Morten ja kaum erlaubt, dass Kjetil mitkam. Morten war mit seiner Familie nämlich – kurz nachdem Maria mit ihren Söhnen Nicki und Mingo nach Deutschland gekommen war – in eine andere Stadt gezogen, bevor sie dann endgültig nach Norwegen zurückgingen.

Domenico haute ein paar Leute an, um sie nach Carrie zu

fragen. Niemand hatte wirklich eine Ahnung, doch zu guter Letzt fanden wir sie vor dem kleinen Lebensmittelshop am Ende der Unterführung, zusammen mit ein paar anderen Junkies. Sie war vermummt in eine schwarze Kapuzenjacke, und ich hielt sie erst für einen Jungen. Wäre ihr zerzauster kleiner Hund Razor nicht kläffend um ihre Beine gewuselt, hätten wir sie vielleicht gar nicht erkannt.

Domenico blieb kurz stehen, um sich zu sammeln, dann ging er mit entschlossenen Schritten auf Carrie zu und berührte sie sanft an der Schulter.

Carrie zuckte zusammen und wandte sich um. Ich erschrak, als ich sah, wie ausgemergelt sie aussah. Sie hatte die überflüssigen Pfunde wieder verloren, die sie sich während und nach der Schwangerschaft zugelegt hatte. Ihre Augen waren geschwollen und gerötet, ihre Wangen eingefallen. Sie roch nach muffeligen Klamotten, Bier, Rauch und Schweiß.

Es war nicht zu übersehen, dass sie wieder voll im Drogensumpf steckte.

«Carrie ….», sagte Domenico leise.

Carries Mondaugen weiteten sich furchtsam. Sie hatte eindeutig Angst, dass Nicki ihr wieder mal die Leviten lesen würde, weil sie so heruntergekommen aussah. Doch stattdessen sagte Nicki mit der nettesten Stimme, die ihm zur Verfügung stand: «Komm mit. Ich hab dir Manolito mitgebracht.»

«Manolito?» Ein ganz kleines bisschen Leben regte sich in ihren trüben Augen. «Mein kleiner Manolito?»

Es tat mir so leid zu sehen, wie tief sie anscheinend in ihrem Unterbewusstsein unter der Trennung von ihrem kleinen Sohn gelitten hatte. Ob das mit ein Grund war, dass sie wieder so stark rückfällig geworden war? Weil sie ihren Kummer und ihr eigenes Versagen mit Drogen zu überdecken versucht hatte?

Auch Kjetil, der zwar immer noch seine coole Maske aufhatte, sah aus, als überfordere ihn diese Situation irgendwie. Er war in einem gewissen Abstand stehengeblieben und hatte die Fäuste in seine Jackentaschen gesteckt.

«Ja. Du musst mit uns kommen. Er ist ... mit meinem Vater im Hotel.» Domenico nahm sanft Carries Arm.

«Ich ... ich kann nich ... wart hier schon 'ne Ewigkeit auf Buzzer ... brauch dringend was ... aber der Kerl taucht nich auf ... kann kaum noch stehen, Nic ...» Carrie hatte Mühe, die Worte deutlich auszusprechen. Sie stand leicht gekrümmt da und presste ihren Arm in den Magen. Sie hatte weder mich noch Kjetil überhaupt wahrgenommen. Die Typen, die bei ihr standen, scherten sich kaum um sie.

«Buzzer?» Domenico runzelte die Stirn. «Ey, du willst mir nicht sagen, dass du das Zeug von dieser Kanalratte kaufst?»

«Er ist der Einzige, der mir manchmal gratis was gibt ... hab doch keine Kohle ... rein gar nix, verstehste?»

Domenico schloss die Augen, und ich sah, wie er seine Faust ballte. Er murmelte irgendwas auf Italienisch.

«Okay», seufzte er schließlich und sah Carrie wieder an. «Okay ...» Er legte etwas zaghaft den Arm um sie. «Ich treib was für dich auf. Aber nachher musst du mit uns kommen, ja?»

Carrie zog sich nur fröstelnd zusammen. Domenico wandte sich an Kjetil und mich.

«Hört zu ... ich muss für Carrie was besorgen. Stoff, mein ich. Sie klappt sonst zusammen.»

Ich nickte, weil mich solche Sachen kaum mehr schockieren konnten. Ich hatte zu viel gesehen während meiner Zeit mit Nicki und Mingo. Doch Kjetil starrte Domenico an, als sähe er ihn zum allerersten Mal. Die sonst so abgeklärte und besserwisserische Maske fiel auf einmal von seinem Gesicht, und er sah aus wie ein unsicherer kleiner Junge, der plötzlich überfordert war mit der Wirklichkeit.

«Es geht nicht anders», sagte Nicki heiser. «Es wäre unrealistisch, jetzt von ihr zu erwarten, dass sie das schafft.»

«Schon klar», sagte ich und versuchte so gelassen wie möglich zu klingen. Razor winselte leise zwischen unseren Füßen, als würde auch er uns bitten, was zu unternehmen. Er merkte offenbar, dass es seinem Frauchen schlecht ging.

«Könnt ihr ... vielleicht mit Carrie irgendwo nach draußen

gehen und auf mich warten? Ich regle das», sagte Domenico und sah dabei vor allem Kjetil an.

«Also ... heißt das, du ... du willst tatsächlich Dope beschaffen?» Kjetil zog ängstlich seine Augenbrauen zusammen. Offensichtlich glaubte er, hier doch in einem Gangsterfilm gelandet zu sein.

«Ja. Hab keine andere Wahl.» Und dann, nach einigem Zögern, fügte er hinzu: «Easy. Ich mach das nicht zum ersten Mal. Leider ...»

Kjetil sagte nichts mehr. Die Furcht stand ihm ins Gesicht geschrieben, als wir Carrie hinaus ins Freie brachten. Domenico stützte sie, weil sie Mühe hatte zu gehen. In einer nahegelegenen Grünanlage setzten wir sie auf eine Bank. Razor legte sich sofort zu ihren Füßen hin. Er sah auch ziemlich ausgehungert aus. Wann er wohl zum letzten Mal Futter und Wasser bekommen hatte?

«Also, ich bin gleich wieder da. Oder na ja, sagen wir ... bald. Sagt Morten Bescheid, dass es später wird, okay?» Domenico wollte sich beeilen, um schnell fortzukommen, doch Carrie hielt ihn zurück.

«Hast du 'ne Kippe für mich, Nic? Bitte! Ich brauch dringend 'ne Kippe.»

«Kippen hab ich keine. Aber du kannst davon haben.» Domenico kramte die Snus-Dose aus seiner Jackentasche und erklärte Carrie, wie sie es anwenden musste. Carrie murmelte irgendwas Unwilliges, gab sich dann aber mit diesen Tabakbeutelchen zufrieden. Domenico nickte uns zu und machte, dass er wegkam.

Ich war nun mit Kjetil und Carrie allein, und das war so ziemlich das Unangenehmste, was mir passieren konnte. Ein drogenabhängiges Mädchen, das halb auf Turkey war, und ein verwöhnter Bengel, der glaubte, der Coolste auf der Welt zu sein, waren nicht unbedingt die einfachste Gesellschaft.

Kjetil setzte sich neben Carrie auf die Bank – in genügendem Sicherheitsabstand – und fuhr damit fort, finster vor sich hin zu starren. Ich setzte mich auf die andere Seite und versuchte, ein wenig mit Carrie zu reden, doch sie konnte nur müde ihren Kopf heben. Sie hatte im Moment andere

Sorgen, als dem Aufmerksamkeit zu schenken, was ich zu sagen versuchte. So endete es damit, dass wir alle drei einmal mehr in Stummheit versanken und Carrie vor sich hin schlotterte. Kjetil holte sein Smartphone hervor und begann damit rumzuspielen. Da fiel mir ein, dass ich ja noch Morten anrufen und ihm Bescheid sagen sollte.

Ich wusste nicht so recht, wie ich ihm erklären sollte, dass Domenico gerade Drogen für Carrie besorgte. Also sagte ich, dass es noch ein wenig dauern würde, weil Carrie sich noch fertig machen musste. Ich war mir nicht sicher, ob Morten merkte, dass ich ihm nicht die ganze Wahrheit sagte, doch er war klug genug, nicht weiterzufragen.

Kjetil legte schließlich sein Smartphone beiseite und schaute sich ungeduldig um.

«Ich hoffe, Nicki braucht nicht mehr allzu lange», versuchte ich ein Gespräch mit ihm aufzunehmen. Ich hatte dieses ewige Schweigen einfach langsam satt.

«Vor allem hält die das offensichtlich nicht mehr lang aus», sagte Kjetil zu meinem Erstaunen mit einem Seitenblick auf Carrie. «Die krepiert ja bald.»

Carrie schlotterte und stöhnte immer mehr. Ihr Gesicht war käsebleich. Razor lag winselnd und hechelnd zu ihren Füßen und schlug seinen Schwanz auf dem Rasen hin und her.

«Sie krepiert nicht, aber es muss wahnsinnig schmerzhaft sein», sagte ich und berührte Carrie vorsichtig am Arm. «Ich hab das schon mal gesehen. Bei Mingo ...»

«Mingo?» Es war wohl das allererste Mal, dass Kjetil mir geradewegs in die Augen sah.

«Ja ... du ... weißt doch, dass Mingo auch drogenabhängig war, oder?»

«Ja, weiß ich.» Seine Augen zuckten und wanderten dann zu Carrie hinüber, um dort zu verweilen. Er schien angestrengt über etwas nachzudenken.

«Heißt das, dass Manuel drogensüchtig zur Welt gekommen ist?», fragte er leise. «Wenn ja beide Eltern Heroin gespritzt haben?»

«Ja ...»

«Ist ja mies für den Kleinen ...»
«Hast du das nicht gewusst?»
Er schüttelte den Kopf. «Nö. Nic erzählt ja nix.»
«Ja, ich weiß. Glaub mir. Es hat mich Jahre gekostet, um überhaupt mal die groben Zusammenhänge in Nickis Leben zu erfassen.»
Kjetil zuckte nur die Schultern und sagte nichts mehr dazu, doch es war immerhin das erste Gespräch gewesen, das ich mit ihm geführt hatte.
Nach einer weiteren langen Weile kam Domenico endlich zurück. Er wirkte ziemlich gestresst und angespannt. Sein Gesicht und seine Haare waren ganz verschwitzt, obwohl es nicht sehr warm war.
«Okay, Carrie. Ich hab was. Lasst uns dort drüben hinter die Büsche gehen, wo uns niemand sieht.» Er deutete mit einem Kopfnicken auf eine etwas verborgene Nische hinter den Häusern. «Kjet, hilf mir, sie da rüberzubringen.»
Kjetil zögerte und wartete, bis Domenico Carrie auf die Beine gebracht hatte. Dann nahm er vorsichtig ihren anderen Arm. Carrie murmelte etwas und warf zum ersten Mal einen Blick auf Kjetil. Ihr Mund öffnete sich, als wolle sie etwas sagen.
Domenico und Kjetil brachten Carrie hinter die besagte Hausmauer, wo das Gebüsch uns gut vor den Blicken neugieriger Passanten schützen sollte. Ich behielt Razor im Auge und überlegte mir, dem armen Tier sobald wie möglich Futter und Wasser zu besorgen.
Wir kauerten uns alle ins Gras. Domenico hatte nicht nur an den Stoff gedacht, sondern auch an das nötige Besteck und die Spritze. Mit einer Routine, als hätte er das schon tausendmal gemacht, löste er das bräunliche Pulver in etwas Zitronensaft auf einem Löffel auf und brachte das Ganze mit dem Feuerzeug zum Schmelzen. Kjetil starrte fasziniert, aber auch ziemlich befremdet zu. Sein Mund stand sogar ein wenig offen. Ich selbst hatte die ganze Prozedur bisher auch noch nie so detailliert und nah betrachten können, und es war gewissermaßen tragisch, mitansehen zu müssen, wie vertraut Nicki mit dem Ganzen war.

«Ich musste das oft machen für Mingo», sagte er in fast entschuldigendem Tonfall.

Ich nickte. Klar, ich wusste das ja.

Als er fertig war, zog er das Ganze mit der Spritze auf und band Carries Arm mit einem Tuch ab, das er auch mitgebracht hatte. Er klopfte ihr auf den Unterarm und suchte dann konzentriert nach einer geeigneten Stelle, um die Nadel anzusetzen. Was alles andere als einfach war, da Carries Arm bereits mit Schorfwunden und alten Einstichen übersät war.

Spätestens jetzt musste Kjetil sich abwenden. Sein Gesicht war ganz blutleer. Das war eindeutig zu viel für ihn. Aus seiner Kehle kam ein komisches Geräusch, als müsste er sich gleich übergeben.

Ich hingegen schaute zu bis zum bitteren Ende. Immerhin war ich als Arzttochter einiges gewöhnt. Und nicht zuletzt hatte ich einst Mingos Abszesse wegoperiert. Das war noch viel ekliger gewesen.

Ein paar Sekunden lang waren meine Gedanken ganz bei diesem Moment damals auf Sizilien. Damals, als die Liebe zu Domenico noch so frisch und schön, aber auch schmerzhaft gewesen war ...

Seltsamerweise hob Domenico genau in diesem Moment kurz seinen Kopf, um mir in die Augen zu sehen. Manchmal fragte ich mich echt, ob er Gedanken lesen konnte.

«Ich hoffe, das ist das allerletzte Mal, dass ich so was tun muss ...», murmelte er. Während er das Gift vorsichtig in Carries Arm drückte, konnte ich förmlich die Verwandlung sehen, die Carrie innerhalb weniger Sekunden durchmachte. Ihre Augen verloren den irren, nervösen Blick und wurden trüb und ruhig, ihr Kopf sank nach vorne.

«Carrie? Geht's?», fragte Domenico besorgt.

Carrie nickte. Ihr Körper wurde immer schwerer, und schließlich verlor sie die Beherrschung über ihre Bewegungen. Sie kippte leicht zur Seite – und ihr Kopf fiel direkt auf Kjetils Schulter. Kjetil versteifte sich sofort. Seine Augen wurden ganz groß vor Schreck, sofern das bei seinen schmalen Augen überhaupt möglich war. Er wagte sich keinen Millimeter mehr zu rühren.

Domenico richtete Carrie vorsichtig wieder auf. Er setzte sich auf die andere Seite von ihr und zog ihren Kopf an seine Brust.

«Das braucht manchmal etwas Zeit», erklärte er uns leise. «Habt ihr Morten Bescheid gesagt?»

Ich nickte. Kjetil starrte immer noch auf Carrie.

Endlich war Carrie einigermaßen so weit, dass sie sich aufrichten konnte. Sie schaute sich um, als wäre sie eben erst frisch auf die Welt gekommen. Und dann fiel ihr Blick auf Kjetil, und sie fixierte ihn mit offenem Mund.

«Wer ... wer ist das?», nuschelte sie. «Ey, kann doch nich sein ... ey, wollt ihr mich verschaukeln?»

«Das ist mein Bruder», sagte Domenico.

«Nee, oder? Kann doch nich sein!»

«Klar kann das sein. Das ist mein Halbbruder. Aus Norwegen. Kjetil heißt er.»

«Sch..., ch...jetil?» Carrie versuchte angestrengt, den Namen auszusprechen.

«Kjetil. Das K spricht man irgendwie zwischen sch und ch aus», erklärte Domenico.

«Ey nee, ich glaub, mich tritt 'n Pferd. Der sieht ja aus wie Mingo. Aber voll!»

«Irgendwie sagen das alle», murmelte Kjetil.

«Lasst uns zum Hotel zurückgehen», meinte Domenico.

«Wohin? Ey, haste echt keine Kippe, Nic? Dieses eklige Zeug da ist nix für mich.» Sie klaubte das Snus-Beutelchen unter der Oberlippe heraus und schmiss es ins Gras.

«Ich hau unterwegs jemanden an, aber komm jetzt. Oder möchtest du Manuel nicht sehen?»

«Doch. Aber bin doch völlig dreckig», murmelte Carrie. «Hab draußen gepennt. Hab ja keine Wohnung mehr und so ...»

«Du hast keine Wohnung mehr?» Domenico starrte sie entsetzt an. Auch ich war schockiert, das zu hören. Es hatte Carrie offenbar völlig in den Ruin getrieben, dass man ihr quasi das Kind weggenommen hatte, obwohl es bestimmt das Beste für Manuel gewesen war. Aber es hatte Carrie tief in der Seele verletzt, dass sie anscheinend nicht imstande gewesen war, richtig für den Kleinen zu sorgen, obwohl sie sich ja für ihre Verhältnisse Mühe gegeben hatte.

«Nee ... ham mich rausgeschmissen ...»

«Mist», zischte Domenico. «Okay, komm jetzt einfach mit. Du kannst im Hotel duschen.»

Zum Glück war es ja nicht so weit. Ich bestand darauf, unterwegs im Lebensmittelladen noch ein wenig Hundefutter für Razor zu kaufen, und Carrie war mir dankbar. Domenico beschaffte unterwegs fünf Zigaretten für sie. Und Kjetil sagte wieder mal kein Wort mehr.

Im Hotel war Morten nun mittlerweile doch ziemlich ungeduldig und besorgt gewesen. Vor allen Dingen schien er sich tausend Fragen zu stellen, was wir so lange getrieben hatten. Sein Blick auf Carrie zeigte eindeutig, dass er über ihren Zustand schockiert war, doch er bemühte sich, es sich nicht anmerken zu lassen. Das letzte Mal, als er sie gesehen hatte, war bei unserer Verlobung gewesen, und dort hatte sie noch einiges kräftiger ausgesehen.

Manuel war schon ganz quengelig, doch er wurde sofort ruhig, als er die Stimme seiner Mutter hörte.

Carries Augen glänzten, als sie in die Knie ging, um ihren Sohn in die Arme zu schließen. Manuel rannte auf sie zu, und sie drückte ihn fest an sich. Eine Weile verharrten sie reglos, und Carrie murmelte ein paar Worte auf Spanisch, ihrer Muttersprache, zu ihrem Sohn.

Eine verstohlene Träne rann über meine Wangen.

«Es geht ihm gut», versicherte ihr Morten. «Wir haben gut auf ihn aufgepasst.»

Carrie hob ihren Kopf und sah Morten schüchtern an. Von dem einst frechen Punkmädchen war nicht mehr viel übrig geblieben. Ihr Haar hatte sie immer noch unter der schwarzen Kapuze verborgen.

«Ich bin Manuels Großvater», sagte Morten. «Nickis Vater. Wir haben uns schon getroffen.»

Carrie nickte verlegen.

«Ich denke, wir müssen viel miteinander reden. Was haltet ihr davon, wenn wir gemeinsam irgendwo einen Kaffee trinken gehen?»

Carrie nickte wieder und sah von Morten zu Domenico und dann zu Kjetil. Sie löste sich vorsichtig von Manuel und schob ihre Ärmel über ihre Hände, um die Einstichwunden zu verbergen. Manuel klammerte sich an ihrem Bein fest, als Carrie sich aufrichtete. Jetzt erst wurde mir klar, wie sehr er seine Mutter vermisst hatte.

Während Carrie unter der Dusche war, gab ich Razor Futter und Wasser. Der Hund stürzte sich hungrig und durstig darauf. Danach setzten wir uns an den Tisch im Wohnzimmer der kleinen Suite, um auf Carrie zu warten.

«Wie soll man dem Mädchen nur helfen?», seufzte Morten. «Sie ist schon schwer geschädigt durch ihre Drogenabhängigkeit, was?» Er sah dabei Domenico an.

«Mhmm ...» Nicki blickte beschämt zu Boden. «Ich glaub, es ist mal wieder alles meine Schuld», gestand er leise. «Ich war manchmal ganz schön grob zu ihr. Ich wollte Manuel für mich haben ... er ist das Einzige, was ich von Mingo noch hab, versteht ihr? Aber das ist nicht okay. Er braucht ja seine Mutter. Und sie braucht ihn ...»

«Such jetzt nicht die Schuld bei dir», sagte Morten. «Was passiert ist, ist passiert. Wir werden sehen, was wir *jetzt* tun können.»

Als Carrie fertig war mit Duschen, zogen wir los Richtung Park. Ich hatte das See-Restaurant vorgeschlagen, weil es dort ganz nett war. Und nicht zuletzt, weil viele Erinnerungen daran hingen. Weil der hintere Eingang näher war, mussten wir den Stadtteil durchqueren, wo Domenico früher zusammen mit Mingo und seiner Mutter in dieser muffigen Kellerwohnung gelebt hatte. Domenico verlor kein Wort darüber, auch nicht, als wir ganz nahe an dem Erotikshop vorbeikamen, wo früher mal Bilder von seiner Mutter ausgestellt gewesen waren. Ich fragte mich, ob diese Bilder noch dort waren und ob Morten davon wusste. Doch da niemand sich was anmerken ließ, ging ich davon aus, dass Domenico seinem Vater nie erzählt hatte, unter was für Bedingungen er einst hier gehaust hatte. Ja, ich war mir ziemlich sicher, dass Morten nur Bruchstücke aus seinem Leben kannte.

Der Parkeingang war kaum wiederzuerkennen. Hier war wirklich aufgeräumt worden! Die Mülleimer waren geleert, und all der Abfall, der immer auf dem Boden rumgelegen hatte, war weg. Keine Drogenabhängigen lungerten mehr hier rum. Das war wohl auch der Grund, warum Domenico es gewagt hatte, mit uns hier durchzugehen.

Da es Samstagnachmittag war, war das Restaurant ziemlich voll, doch wir fanden noch einen freien Vierertisch nahe beim Fenster. Morten zog einen fünften Stuhl heran, so dass wir uns alle um den Tisch quetschen konnten. Domenico überließ Manuel vollkommen Carrie, die mehr als nur glücklich war, ihren Sohn bei sich zu haben. Und auch Manuel genoss die Nähe seiner Mutter so sehr, dass er ganz still auf Carries Schoß sitzen blieb. Razor legte sich zu Carries Füßen – satt und zufrieden.

Morten wollte Carrie was Ordentliches zu essen bestellen, doch sie lehnte ab.

«Nee, weiß nich, hab keinen Hunger.»

«Aber du *musst* was essen», sagte Domenico bestimmt. «Außerdem kannst du es ja mit Manuel teilen. Der hat noch nix Warmes gehabt heute.»

Carrie nickte zaghaft, und nachdem wir bestellt hatten, kam Morten gleich zur Sache.

«Okay», sagte er. «Wir sind ja unter anderem wegen dir hergekommen. Um eine Lösung für Manuel, aber auch für dich zu finden, Carrie.»

«Bleibt Manuel denn nu bei euch?», murmelte Carrie mit gesenktem Kopf. Sie fühlte sich sichtlich unwohl unter Mortens Blicken.

«Bist du mit dem Jugendamt im Gespräch?», fragte Morten statt einer Antwort.

«Nee. Nich mehr. Geh da nich mehr hin. Krieg meinen Kleinen ja eh nich mehr zurück. Faschistenweiber! Die sagen, er muss ins Heim, wenn er nich bei euch bleiben kann.»

«Also, genau darüber haben wir lange gesprochen, meine Frau und ich.» Morten ließ sich zum Glück von Carries Art, sich auszudrücken, nicht einschüchtern. «Solange Nicki in der Therapie ist, kann Manuel bei uns bleiben. Nachher sehen wir weiter.»

«Bei euch? Also da oben in Schweden?»

«Norwegen», sagte Morten.

«Sorry. Bin schlecht in Geografie», nuschelte Carrie entschuldigend. «War ewig nich mehr in der Penne ...»

«Kein Problem. Ja, wenn du damit einverstanden bist, dass Manuel bei uns bleibt?»

«Hab ja keine andere Wahl ...» Carrie hob träge ihre Schultern. Sie hatte ihre Arme fest um Manuel geschlungen, der sich an sie schmiegte. «Weiß ja, dass ich 'ne schlechte Mutter bin. Seht ihr ja ...»

«Darum geht es nicht», sagte Morten sanft. «Wir wollen dir dein Kind ja nicht wegnehmen. Aber ich glaube, es wäre die beste Lösung für Manuel. Und so bleibt er in der Familie, und du kannst jederzeit mit ihm Kontakt haben.»

«Ja?» Carrie hob etwas perplex ihren Kopf und warf Morten einen vorsichtigen Blick aus ihren Mondaugen zu. «Und dann kann er für immer bei euch bleiben?»

«Nee, eben solange ich in Therapie bin», warf Nicki ein.

«*Du* gehst in Therapie, Nic? Du bist doch gar nich drogenabhängig ...?»

«Doch, klar bin ich. Weißt du doch», sagte Nicki so leise, dass seine Stimme fast nicht mehr zu hören war. «Du weißt doch, dass ich ständig auf Pillen war.»

«Nee, echt jetzt?»

Domenico verdrehte statt einer Antwort die Augen. Er hasste dieses Thema.

«Und dann? Was is dann nach der Therapie? Kannste ihn dann zu dir nehmen oder so?»

«Ich versuch's. Wenn sich diese Psychotante dann nicht mehr einmischt ...»

«Bei der Alten bin ich doch gar nich mehr.» Carrie kratzte

sich im Gesicht. Irgendwas juckte sie offensichtlich stark. Manuel klammerte sich sofort an ihrem Arm fest. «Die Tante hat mich nur noch voll angestresst.»

«Gut so», sagte Morten. «Die Frau hat wirklich einen an der Waffel, soweit Nicki mir das erzählt hat. Die brauchen wir echt nicht. Nein, hör zu, Carrie: Wir haben am Montag einen Termin auf dem Jugendamt wegen Manuel. Dort werden wir das alles besprechen und uns dafür einsetzen, dass er die nächsten ein, zwei Jahre bei uns in Norwegen bleiben darf. Und ich hoff jetzt mal, dass diese Frau sich nicht querstellen wird. Aber sie wäre ja echt dumm, wenn sie das tun würde. Immerhin bin ich Manuels Großvater. Das wird schon klappen.»

Carrie nickte leise – und auch betrübt.

«Dann werd ich meinen Kleinen eh nie mehr sehen», sagte sie traurig und streichelte Manuel über seinen rötlichen Schopf. «Norwegen ist ja 'ne Ewigkeit weg von hier ...»

«Ich komm dich mit Manuel besuchen, sobald ich mit der Therapie fertig bin», versprach Domenico.

«Und wir kommen sicher immer mal wieder nach Deutschland», meinte Morten. «Meine Eltern leben ja hier, weißt du. Dann werden wir sicher dafür sorgen, dass du deinen Sohn sehen kannst.»

«Ja?» Carries Stimme bebte. Manuel zupfte an ihrem Ärmel und brabbelte ein paar undeutliche Laute.

«Hä? Was meinste, Manolito?»

«Er möchte wissen, wann es Essen gibt», übersetzte Domenico, der Manuels Sprache als Einziger verstand. «Ich hab immer Sizilianisch mit ihm geredet ...»

Und genau in diesem Moment brachte der Kellner auch schon das Essen. Perfektes Timing! Morten, Domenico und ich hatten Lachsforelle bestellt – auf meine Empfehlung hin, weil ich das früher hier immer mit meinen Eltern gegessen hatte und sie hier besonders gut zubereitet wurde. Kjetil, der die ganze Zeit ziemlich teilnahmslos unserem Gespräch zugehört hatte, stürzte sich nun hungrig auf seinen Hamburger, während Carrie sich zu guter Letzt zu einer Lasagne aufgerafft hatte. Voller Hingabe und Konzentration begann sie, Manuel kleine Portionen zuzubereiten und wollte sie ihm in den Mund führen, doch Manuel wollte ihr den Löffel aus der Hand reißen.

«Er kann es allein», sagte Domenico lächelnd. «Ich hab's ihm beigebracht.»

«Ach so ...» Carrie überließ Manuel vorsichtig den Löffel.

«Du bist keine schlechte Mutter», sagte Domenico. «Wollte das nur mal sagen. Ich mein, du hast Manuel viel Liebe geschenkt.»

«Echt?»

«Ja. Hast du. Mehr als manch andere Mutter.»

Carrie zeigte zum ersten Mal ein leichtes, wenn auch wehmütiges Lächeln. Ihre Augen begannen wieder zu glänzen. Domenicos Worte mussten wie Balsam auf ihre geschundene Seele wirken.

«Ich hab ihn immer geliebt», sagte sie, und sie sah aus, als würde sie weinen, doch es wollten offenbar keine Tränen kommen. Viele Heroinsüchtige haben keine Tränen mehr, selbst wenn sie innerlich weinen; Carrie war da keine Ausnahme. «Ist wirklich wahr. Er ist mein Ein und Alles. Wollte immer 'ne Familie für ihn haben und so ...»

«Weiß ich doch», sagte Domenico. «Ich ... sorry, für all die fiesen Sachen, die ich dir an den Kopf geschmissen hab. Ich war ja selber von der Rolle ... Aber ich werde versuchen, es wiedergutzumachen. Nach der Therapie, falls ich Manuel zu mir nehmen kann, werd ich immer dafür sorgen, dass du ihn regelmäßig sehen kannst.»

Carrie schluchzte dankbar auf und vergrub ihr Gesicht in einer Serviette.

Nachdem sie sich wieder etwas gefangen hatte, meinte Morten: «Aber was ist mit dir, Carrie? Solltest du nicht auch etwas für dich tun? Du kannst doch so nicht leben?»

Carrie zuckte nur mit den Schultern.

«Hast du noch nie über eine Therapie nachgedacht?»

«Hatte ich ja alles schon. Zweimal Entzug und so. War auf Methadon, und dann kam Manuel, und dann ging der ganze Stress los, und dann war ich wieder drin. Weiß halt nich, ob ich das je pack ...» Carrie schien offenbar langsam Zutrauen zu Morten zu fassen.

«Aber so kannst du doch nicht weitermachen?», meinte Morten. «Gibt es denn niemanden, der dir helfen kann?»

«Wenn man einmal süchtig is, is man es immer», murmelte Carrie und warf Domenico einen verstohlenen Blick zu.

«Nein», sagte Domenico leise. «Wenn das so wär, dann müsste ich ja keine Therapie machen ...»

Ein hilfloses Schweigen entstand. Niemand wusste etwas zu sagen. Es war ziemlich klar, dass das hier keine einfache Situation war, die man auf Knopfdruck lösen konnte. Hier halfen keine guten Ratschläge.

«Bin einfach nur froh, wenn ich Manolito nich ganz verlier ...», brach Carrie schließlich das Schweigen. Ihre dünne Stimme zeugte von dem letzten bisschen Kraft, die noch in ihr war. «Das ist alles, wofür ich leb ...»

«Du wirst ihn nicht verlieren. Das versprech ich dir», sagte Domenico mit fester Stimme.

Ansonsten gab es vorläufig nicht mehr viel dazu zu sagen. Carrie ebenfalls mit nach Norwegen zu nehmen, stand nicht zur Diskussion. Das hätte Liv mit größter Sicherheit nicht mitgemacht; sie, die ja schon mehr als genug mit Mortens Vergangenheit konfrontiert worden war.

Wenn ich Carrie ansah, war es schwierig für mich, mir überhaupt eine Zukunft für sie vorzustellen. Es schien ziemlich hoffnungslos auszusehen im Moment. Aber vielleicht würde sich die Situation in ein, zwei Jahren anders darstellen. Man wusste ja nie, was einem das Leben bringen würde. Alles, was man tun konnte, war im Hier und Jetzt zu denken. Und für sie zu beten.

«Auf jeden Fall kriegst du meine Telefonnummer», sagte Morten. «Dann kannst du mich jederzeit anrufen, wenn du wissen möchtest, wie es Manuel geht. Oder – wir rufen *dich* an, falls du uns deine Handynummer gibst.»

«Hab kein Handy mehr», meinte Carrie. «Trotzdem ... danke.»

Obwohl Kjetil die ganze Zeit geschwiegen hatte, war mir

nicht entgangen, wie er alles ganz genau beobachtete. Seine Augen, die meistens völlig kalt und unbeteiligt wirkten, bewegten sich allerdings kaum dabei.

«Tja, dann ... magst du nachher noch mit uns zu Mingos Grab mitkommen, Carrie?», fragte Morten.

«Jetzt?» Carrie wirkte nicht sehr überzeugt. Ihr Tonfall zeugte davon, dass sie schon ewig nicht mehr bei Mingos Grab gewesen war.

«Ja, nach dem Essen.»

«Ich weiß nich ...» Ihr Blick wanderte zu Domenico rüber, und es sah aus, als würde sie ihn stumm um etwas bitten. Sie hatte auch während des Essens die Kapuze nicht runtergezogen.

«Ich hab noch Ropys», sagte Domenico leise, der genau wusste, dass ihr Blick Rohypnol-Tabletten meinte. Damit konnte Carrie ihre Schmerzen wohl etwas hinauszögern, falls sie erneut auf Turkey kommen sollte.

Ich schüttelte leise den Kopf. Ach, das hier war doch alles zu tragisch.

Carrie willigte schließlich ein, mit uns zu kommen. Und so brachen wir gleich nach dem Essen auf. Der Friedhof war nicht weit, und es gab einen Blumenladen ganz in der Nähe, in dem wir ein paar Chrysanthemen und andere Beetblumen kauften.

Wahrscheinlich noch nie zuvor hatte Mingos Grab so viele Besucher auf einmal gesehen wie an diesem Tag. Soweit ich es all den Schilderungen und Erlebnissen entnommen hatte, war Mingo eine eher einsame Person gewesen, die kaum Freunde gehabt hatte – weil er auch gar nicht fähig gewesen war, Freundschaften zu führen. Und nun war auf einmal fast seine ganze Familie unterwegs zu ihm – Zwillingsbruder, Sohn, Vater, Halbbruder und nicht zuletzt die Mutter seines Sohnes.

Das Grab lag ziemlich verwahrlost da. Die Blumen, die zuletzt hier eingepflanzt wurden, waren schon fast verrottet, und das Holzkreuz verwitterte zusehends mehr. Vermutlich war Nicki das letzte Mal hier gewesen, bevor er nach Norwegen aufgebrochen war. Seither war wohl niemand mehr hier gewesen, und der Winter hatte der damals vielleicht noch blühenden Pracht ein Ende bereitet. Doch wer hätte auch herkommen sollen in der Zeit? Carrie war dazu nicht mehr fähig, und von Maria, Domenicos und Mingos Mutter, hatte ich schon ewig nichts mehr gehört.

Wir ließen Domenico vorausgehen und hielten uns zurück, bis er beim Grab war und niederkniete. Da wir ihn nur von hinten sahen, konnte ich nicht erkennen, was für Emotionen sich in ihm abspielten. Doch er wirkte, als hätte er alles um sich herum vergessen. Mit bedächtigen, sorgfältigen Bewegungen begann er, die verdorrten Pflanzen aus der Erde zu entfernen und die neuen hineinzusetzen. Manuel löste sich von Carrie und lief zu Nicki rüber. Offenbar wusste er ganz genau, was hier abging. Carrie folgte schließlich ebenfalls und begann, Nicki zittrig und unbeholfen bei der Arbeit zu helfen.

Morten, Kjetil und ich hielten uns im Hintergrund. Wir setzten uns auf eine Bank in der Nähe und ließen Domenico mit Manuel und Carrie allein, weil wir irgendwie spürten, dass sie diesen Moment für sich brauchten.

Kjetils Gesicht hatte sich merkwürdig verändert. Er, der seine Gefühle meisterhaft zu verbergen wusste – fast noch besser als Domenico –, hatte auf einmal einen Gesichtsausdruck, der mindestens zehn Emotionen gleichzeitig verriet. Von Bestürzung, Wut, Trauer, Fassungslosigkeit bis hin zu Mitgefühl war so ziemlich alles vorhanden. Irgendwie war ich mir fast sicher, dass er sich in dem Moment vorzustellen versuchte, wie *er* sich wohl fühlen würde, wenn seine eigene Zwillingsschwester Solvej hier unter der Erde läge.

Wir wagten uns Domenico erst zu nähern, als er mit seiner Arbeit fertig war. Nur Kjetil traute sich keinen Schritt näher an das Grab heran als nötig und blieb in sicherer Entfernung. Er wandte sich schließlich ganz ab und ging ein paar Schritte Richtung Pavillon, der in der Mitte des Friedhofes stand.

Morten trat zu Domenico. «Weißt du inzwischen, was du auf den Grabstein schreiben möchtest?»

Domenico nickte zögernd. «Ja.»

«Aber du möchtest es uns nicht sagen, seh ich das richtig?», fragte Morten behutsam.

Domenico schüttelte den Kopf. «Ich kann es nicht erklären. Sind persönliche Worte. So 'ne Art Geheimsprache, die ich mit Mingo hatte.»

«Dann brauchst du es auch nicht zu erklären. Was meinst du, dürfen wir was dazuschreiben? Wir, also Hendrik, Kjetil, Solvej und ich? Und Manuel natürlich? Also Mingos ganze Familie?»

Domenico nickte wieder. «Klar. Müsst ihr unbedingt.»

«Ich möchte ihm nämlich gern was in der Art schreiben, dass wir ihn als Sohn und Bruder für immer im Herzen tragen werden, auch wenn wir ihn nicht gekannt haben.» Morten sah gedankenversunken auf die Grabstätte.

«Okay ... danke ...», murmelte Nicki, der nicht so recht wusste, wie er sich ausdrücken sollte.

Schließlich kam Kjetil doch langsam herangepirscht. Seine Augen sahen furchtsam auf das Grab und das Holzkreuz, auf dem Mingos Name – Michele Domingo di Loreno – und sein Geburts- und Todesdatum standen.

«Ist er nur siebzehn geworden?», fragte Kjetil mit gepresster Stimme. Ich wusste sofort, woran er dachte: Er und Solvej waren dieses Jahr sechzehn geworden. In einem Jahr würde er so alt sein, wie Mingo bei seinem Tod gewesen war. Ihn schauderte sichtlich bei dem Gedanken.

Domenico nickte nur. Er hielt Manuel an der Hand fest, doch Manuel löste sich auf einmal von ihm und rannte zu Kjetil. Weil Kjetil immer noch aufgewühlt auf das Holzkreuz starrte, klammerte sich Manuel an seinem Bein fest, um seine Aufmerksamkeit zu bekommen.

In dem Moment, als ich mir gerade die Frage stellte, was Manuel eigentlich an Kjetil so faszinierte, schoss mir auch gleich die mögliche Antwort durch den Kopf.

Ob Manuel unbewusst spürte, dass Kjetil seinem verstorbenen Vater Mingo ähnelte? Ob er vielleicht ahnte, wie sein Vater gewesen war, obwohl er ihn nie gekannt hatte, und sich deshalb so zu Kjetil hingezogen fühlte?

Ich teilte Morten, der neben mir stand, mit, was mir soeben durch den Kopf gegangen war.

«Hmm. Keine schlechte These», meinte Morten. «Man müsste mal Hendrik fragen, ob so was psychologisch sein kann.»

«Können wir los?», fragte Kjetil, den es offenbar ziemlich drängte, von hier wegzukommen.

Domenico konnte sich nicht so leicht von diesem Ort lösen. Für ihn nahte hier ein baldiger Abschied. Er hatte nun all die Jahre gebraucht, um die Worte zu finden, die er für seinen Bruder für immer in Stein meißeln wollte. Am Montag sollte der Text an die Grabsteinfirma geliefert werden, so dass der Stein spätestens am Mittwoch geliefert werden konnte, bevor Domenico dann für eine lange Zeit nicht mehr herkommen würde. Morten hatte bereits einen Eilauftrag aufgegeben. Aber Domenico hatte nochmals hierherkommen müssen, um sich seiner Worte wirklich sicher zu sein.

Als wir schließlich von hier weggingen, dachte ich, dass nun eine weitere Ära zu Ende ging. Mingo bekam nun endlich seinen Grabstein, und Domenico schloss mit dem Tod seines Bruders ab. Und auch für mich war es gewissermaßen ein Abschied.

Es war nicht einfach, Carrie am Bahnhof abzusetzen, zumal wir wussten, dass sie kein Zuhause mehr hatte und irgendwo unter einer Brücke pennen würde. Geld konnten wir ihr ja auch keines geben, da sie es sowieso in Drogen umsetzen würde. Domenico hatte ihr versprochen, dass sie Manuel jeden Tag sehen durfte, solange sie hier waren. Er würde sie am nächsten Tag gegen Mittag wieder hier abholen – zu der Zeit, wo ich bereits wieder auf dem Weg nach Berlin sein würde.

In einem ruhigen Moment teilte ich Domenico mit, was mir schon seit einiger Zeit durch den Kopf gegangen war. Wir kauften im Lebensmittelgeschäft ein paar Snacks ein, und ich erwischte Domenico gerade in dem Augenblick, als er allein in einer Abteilung vor einem Regal mit Süßigkeiten stand.

«Nicki ...» Ich berührte ihn leicht am Arm. Er wandte sich zu mir um. Sein Blick wirkte mal wieder abweisend und kalt. Er hatte mich auch auf dem Weg zurück kaum beachtet. Aber egal, was für eine Masche er hier abzog, ich musste ihm mein Anliegen nun einfach mitteilen.

«Hör zu. Ich weiß, es klingt vielleicht etwas ... fehl am Platz, und vielleicht findest du diese Idee absolut daneben. Aber ich würde gern mit dir noch ein allerletztes Mal zu der Laterne gehen ... zu unserer Laterne. Du weißt schon. Einfach, um würdig Abschied zu nehmen.»

Er kniff seine Augen noch mehr zusammen. Sein kritischer Blick raubte mir sofort den Mut.

«Wieso das denn?», fragte er schroff. «Ich dachte, du magst keine Laternen mehr ...»

«Doch, tu ich. Eben deswegen ... und weil ich dir noch was sagen möchte.»

«Okay ...» Ich merkte, dass er zögerte.

«Es ist mir wirklich wichtig.»

«Ich hab auch noch was», sagte er.

«Was denn?»

«Du hast doch den Umschlag von meiner Mutter mitgebracht, oder?»

«Ja, hab ich.» Ich hatte im letzten Moment noch dran gedacht.

«Also, ich dachte, dass ich ihn nachher im Hotel aufmache. Ich hab mir eigentlich geschworen, dass ich ihn niemals aufmachen werde, aber dann hat Hendrik gesagt, dass ich es tun soll. Zusammen mit Morten.»

«Das ist eine gute Idee.»

«Ich weiß nicht, ob die Idee gut ist, aber ich dachte, dass ich dir das noch schuldig bin.»

«Mir? Was denn?»

«Dass du dabei sein kannst, wenn wir ihn aufmachen. Und sehen kannst, was drin ist.»

Er packte ein paar Sachen in den Korb und ging dann ohne ein weiteres Wort zu der Kasse. Ich folgte ihm. Morten,

Kjetil und Manuel warteten bereits auf uns. Wir bezahlten unsere Lebensmittel und gingen ins Hotel zurück. Meine innere Spannung stieg immer mehr angesichts der Tatsache, dass wir endlich erfahren durften, was in diesem mysteriösen Umschlag war, den Domenico nun über anderthalb Jahre lang nicht angerührt hatte.

## 14. Die erste Entdeckung

Nicht nur Domenico, auch Morten wirkte ziemlich nervös, als wir wieder im Hotel waren. Er schickte Kjetil mit Manuel ins Nebenzimmer unter dem Vorwand, dass er mit Domenico was ganz Persönliches besprechen musste. Kjetil reagierte ziemlich unwirsch. Er verschwand mit Manuel und knallte die Tür mit einem lauten Schlag zu.

«Passt ihm natürlich nicht. Ist ja klar», murmelte Morten. «Aber mir ist es lieber so.»

Domenico legte den Umschlag auf den Tisch, und eine Weile lang starrten wir ihn einfach nur an. Er war ziemlich dick, und ich ging davon aus, dass Fotos darin waren. Die Frage war nur, was für Fotos ...

«Ich glaube, ich ahne, was drin ist», sagte Morten auf einmal leise.

Domenico sah seinen Vater verblüfft an.

«Du weißt ...?»

Mortens Blick war finster. Der mysteriöse und möglicherweise gefährliche Umschlag lag auf dem Tisch, bereit, ein Geheimnis zu enthüllen, das womöglich wieder einmal alles auf den Kopf stellen konnte.

«Sollen wir das wirklich aufmachen?», fragte Domenico ängstlich. «Wäre es nicht besser ... gar nicht zu wissen, was drin ist?»

Auch Morten zögerte. Doch dann sagte er mit fester Stimme: «Los. Machen wir es auf. Was immer drin sein mag, ist Vergangenheit. Es wird nichts mehr an der Gegenwart und an der Zukunft ändern.»

«Okay ...» Domenico wandte sich einen Moment ab, um das Snusbeutelchen unter seiner Oberlippe auszutauschen. Eine weitere kleine Handlung, um den gefährlichen Moment hinauszuzögern.

Morten reichte Domenico ein Taschenmesser. Nicki nahm den Umschlag vorsichtig an sich und wog ihn in der Hand. Er zögerte sichtlich. Nachher würde es kein Zurück mehr geben.

Und endlich ritzte er ihn entschlossen auf.

Eine Menge verschiedener Sachen lagen darin. Mehrere Fotos, zusammengefaltete Blätter und auch eine DVD, die in einem dünnen Papierumschlag steckte.

«Ma che è?», murmelte Domenico.

Morten nahm ihm sachte den Umschlag aus der Hand und warf einen Blick auf die Fotos.

«Ich hab's geahnt ...», flüsterte er. Er zog den Inhalt ganz heraus und breitete alles auf dem Tisch aus.

Die Fotos stammten noch aus einer alten Kamera und zeigten ein wunderschönes junges Paar. Einen hübschen, rotblonden Jüngling und eine schöne Sizilianerin, und es gab absolut keinen Zweifel, wer das war.

Mir blieb beinahe die Luft weg – zum einen, weil ich mit einer anderen Art von Fotos gerechnet hatte, mit Kindheitsbildern von Nicki und Mingo, und zum anderen, weil ich nicht wusste, was das nun in Domenico auslösen würde.

Von ihm kam keine Regung. Er saß einfach da und schaute auf die Bilder, als wäre er zu Eis erstarrt.

Morten nahm ehrfürchtig ein Bild nach dem anderen in die Hände.

«Tja, Nicki ... das hier sind deine Eltern, als sie jung waren ... jünger, als du es jetzt bist», sagte er mit belegter Stimme.

Es waren innige Bilder. Morten und Maria eng umschlungen am Strand oder Hand in Hand durch die Straßen schlendernd. Morten, der Maria auf den Armen trug oder sie durch die Luft wirbelte. Küssend unter einer Palme, dann wieder badend im Meer, dann mit einem Rieseneis unter einem Sonnenschirm. Und nicht zuletzt eine Menge schwarzweißer Passbilder, auf denen Morten und Maria sich zu zweit in einen Fotoautomaten gequetscht und sämtliche Grimassen ausprobiert hatten, die man mit einem Gesicht machen konnte.

Es war offensichtlich, dass die Verbindung zwischen Morten und Maria mehr als nur eine flüchtige Bekanntschaft oder Bettgeschichte gewesen war.

Morten reichte ein Bild nach dem anderen an Domenico weiter, der sich kaum traute, sie anzufassen. Seine Finger zitterten, und er musste sich gewaltig beherrschen.

Wir alle sahen die Bilder schweigend an. Bilder, die eine ganz andere Geschichte erzählten als diejenige, die Nicki und ich uns ausgemalt hatten und die Morten uns vermittelt hatte. Bilder, die uns von einer innigen Freundschaft und einer leidenschaftlichen Liebe erzählten, einer tiefen Verbindung zwischen zwei jungen Menschen, die einander gefunden und dann wieder verloren hatten. Zwei Menschen, deren Gesichter je einen Teil von Domenico zeigten und die sich in ihm vereinigt hatten.

Und ein weiteres Puzzleteil fiel hiermit an seinen Platz. Und ich sah dabei, dass Morten Tränen in den Augen hatte und sie verstohlen wegwischte.

«Wer hat die Fotos gemacht?», fragte Domenico mit heiserer Stimme.

«Ach, wir haben den Fotoapparat ständig irgendwelchen wildfremden Menschen in die Hände gedrückt. Oder den Selbstauslöser betätigt.» Mortens Stimme klang, als befände er sich in einer ganz anderen Welt.

Ich konnte nur erahnen, was in Domenico vorgehen musste, als er zum ersten Mal in seinem Leben seine Eltern zusammen sah – voller inniger Zuneigung füreinander. Wenn es auch nur Fotos waren. Aber die Fotos erzählten ja, was früher gewesen war.

«Ich wusste nicht, dass du sie geliebt hast», sagte Domenico schließlich, und die Fassungslosigkeit stand deutlich in sein Gesicht geschrieben.

«Es war kurz, aber heftig», sagte Morten und zog seine

Nase hoch. «Ich wusste selber nicht, was mir geschah. Sie hatte mir komplett den Kopf verdreht. Und gleichzeitig hatte ich das Gefühl gehabt, sie beschützen zu müssen.» Er klaubte ein Taschentuch aus seiner Hosentasche und wischte sich damit über die Augen.

«Beschützen?» Domenico sah seinen Vater an.

«Ja. Sie wirkte irgendwie zerbrechlich. So, als ob sie niemals wirklich Liebe bekommen hatte. Sie erzählte mir damals, dass ihr Vater sie verprügelt und rausgeschmissen hatte.»

«Ja, weil sie immer alles Geld stibitzt hatte ...»

«Das wusste ich nicht. Aber ich glaube, dass es mehr als nur das war. Doch sie wollte nie mit mir darüber reden. Sie sagte immer, der einzige Mensch, zu dem sie Vertrauen hätte, wäre ihr Onkel Giacomo. Sie hat den Namen immer wieder erwähnt ...»

«Zio Giacomo ...» Domenico zog die Luft tief ein.

«Ja. Sie war – wie soll ich sagen? Sie war so geheimnisvoll und wild, und gleichzeitig so unheimlich sanft und fürsorglich. Und so wunderschön ...» Morten starrte auf die Fotos.

Ja, Maria war in der Tat wunderschön. Es war kein Wunder, dass Domenico, der viele Gesichtszüge von ihr geerbt hatte, selbst so gutaussehend war. Ihre schönen, geschwungenen Augenbrauen, die hohen Wangenknochen, die feine, schmale Nase und das spitze Kinn waren fast exakt in Domenicos Gesicht kopiert. Nur ihre Augen waren nicht dieselben. Im Gegensatz zu denen von Domenico waren die seiner Mutter groß und braun wie die eines Rehs.

Und auch Morten war einer jener Jünglinge gewesen, die wohl so manchen Frauen den Kopf verdrehten. Hier auf diesen Bildern war die Ähnlichkeit des jungen Morten mit Domenico noch deutlicher zu sehen. Sein keckes Profil, sein schöner Oberkörper, die lässige Körperhaltung und der leicht stolze Ausdruck in seinen Augen hatte er eindeutig an Domenico und auch an Kjetil weitervererbt.

Spätestens jetzt war mir klar, warum Morten Kjetil bei dieser Sache nicht hatte dabeihaben wollen ...

Domenico schaute abwechselnd die Fotos an und dann

wieder seinen Vater, verglich die Gesichter miteinander und studierte die Geschichte, aus der er und Mingo letztendlich entstanden waren.

«Hast du sie wirklich geliebt?», wollte er nochmals wissen.

Morten seufzte. «Schwer zu sagen. So gut kannte ich sie ja nicht. Es war eine Menge Leidenschaft da. Und Geborgenheit. Das war ganz seltsam. Obwohl wir nicht dieselbe Sprache redeten, fühlte ich mich von ihr verstanden, fühlte ich eine Wärme in ihrer Gegenwart, wie ich sie anschließend nie mehr erlebt habe hinterher – weder mit Hendriks Mutter Ann Merete noch mit meiner jetzigen Frau Liv. Ich fühlte mich in Marias Armen irgendwie zu Hause. Wenn sie mich gebeten hätte – ich hätte sie in meinem jugendlichen Übermut auf der Stelle geheiratet.»

«Sie wusste genau, wie sie es anstellen musste», sagte Domenico bitter. «Sie kann jedem Typen den Kopf verdrehen. Wirklich jedem. Sie hat dich nur ausgenutzt wie alle anderen auch.»

Doch Morten schüttelte entschieden den Kopf. «Ich glaube nicht, dass es nur ein Ausnutzen war», sagte er überzeugt. «Da war etwas zwischen uns, das man nicht beschreiben kann. Und ich spürte, dass sie sich wirklich nach Liebe sehnte. Und dass sie mich haben wollte. Aber ich konnte ihr das letztendlich nicht geben. Ich hatte ja andere Verpflichtungen.»

Domenico schüttelte heftig den Kopf. «Nein, das kann ich nicht glauben. Sie hat nie jemanden wirklich geliebt ... nur sich selbst. Sie war ja nie da, wenn man sie brauchte. Sie kam immer nur, wenn *sie* etwas haben wollte.»

«Nein, das glaub ich nicht», sagte Morten leise. «Ich glaube, sie wollte wirklich lieben. Vielleicht magst du Recht haben, dass sie es nicht konnte. Aber ich glaube nicht, dass sie mich mit Absicht ausgenutzt hat. Ihr Herz war einfach zerbrochen.»

«Ich denke dasselbe wie Morten, Nicki», schaltete ich mich vorsichtig ein. «Hätte Maria Morten nur ausgenutzt, wozu hätte sie dann all diese Bilder aufbewahrt? Und all die

Zeitungsausschnitte? Es hat ihr doch irgendwas bedeutet, oder?»

Damit hatte ich offensichtlich ins Schwarze getroffen. Domenico vergrub sein Gesicht in seinen Händen und saß eine Weile reglos da. Diese Fotos hatten sein inneres Bild, das er von seiner Mutter hatte, eindeutig wieder ziemlich durcheinandergeschüttelt.

«Ich hab versucht, es irgendwie zu kitten», murmelte er zwischen seinen Händen hervor. «Nachdem wir diese Aussprache gehabt hatten in Sizilien und sie mir ... endlich ... die Wahrheit gesagt hat, was sie bei unserer Geburt getan hat ... da dachte ich, dass ich vielleicht drüber hinwegkommen kann und für sie sorgen kann. Ihr helfen kann und so. So hab ich sie mit nach Berlin genommen, und sie war all die Wochen bei mir, bevor Maya kam ... Aber es funktionierte nicht. Ich konnte machen, was ich wollte. Diese Frau ist wie eine Rose mit Dornen. Sie macht einen nur kaputt. Ich war völlig fertig zum Schluss. Ich war froh, als sie endlich ging und als Maya kam. Ohne Zio Giacomo klappt das einfach nicht zwischen meiner Mutter und mir.»

Morten seufzte tief auf. «Das ist ja eben das, was ich immer dachte: Dass diesem Mädchen irgendwas fehlt.»

«Der fehlt 'ne Menge.»

«Du solltest sie vielleicht nicht so hassen, Domenico», sagte Morten leise.

«Ich hasse sie ja gar nicht. Na ja ... nicht mehr. Aber ich kann sie nicht lang in meiner Nähe haben. Das geht einfach nicht.»

«Das musst du ja auch nicht ...» Morten wischte sich mit dem Finger wieder über die Lider, doch es wirkte eher wie eine Art Unentschlossenheit. Doch dann setzte er sich mit einem Mal aufrecht hin und sah Domenico fest in die Augen.

«Okay. Ich will dir die Wahrheit sagen», begann er. «Es ist etwas, was ich noch nie jemandem erzählt habe und was ich eigentlich auch niemandem erzählen wollte. Aber ich bin es dir schuldig.»

Domenicos Augen verzogen sich ängstlich. Aber was konnte nun noch schlimmer sein als all das, was er bisher über seine Vergangenheit und die seiner Mutter erfahren hatte?

Morten vergewisserte sich mit einem Blick zur Nebenzimmertür, dass diese wirklich geschlossen war und Kjetil nicht etwa heimlich lauschte.

«Ich habe euch nämlich nicht die ganze Wahrheit erzählt. Es war etwas, was ich für mich behalten wollte, vor allen Dingen, um Liv und meine Familie zu schützen. Und du musst mir versprechen, Nicki, dass du es niemandem erzählst. Weder Hendrik noch Kjetil noch Solvej und am allerwenigsten Liv. Denn wenn das ans Licht kommen würde, dann weiß ich nicht, ob die Verletzungen bei meiner Familie je wieder heilen würden. Ich sage es nun euch – und Gott ist mein Zeuge; es ist etwas, was ich mit ihm persönlich aushandeln muss.»

Domenico und ich schafften es beide vor Anspannung kaum, Luft zu holen. Atemlos warteten wir auf das, was Morten uns zu sagen hatte.

«Es ist nämlich so, dass ich in all den Jahren immer wieder an sie gedacht habe – an Maria, deine Mutter», gestand Morten, und ich sah, dass seine Brust dabei bebte. «Und dass ich damit eigentlich gestehen muss, dass sie die große Liebe meines Lebens gewesen ist. Ja, ich weiß, das hört sich krass und verdreht und geradezu irrsinnig an. Aber es ist so.»

Da weder Domenico noch ich auch nur einen Mucks hervorbrachten, fuhr Morten, der es wohl schnell hinter sich bringen wollte, ohne Umschweife fort: «Ich habe in all den Jahren nie mehr gleich viel für eine Frau gefühlt wie für sie. Es war eine Verbindung zwischen uns da, die ich mir nicht erklären konnte. Obwohl wir nicht die gleiche Sprache sprachen, und obwohl wir uns mit Händen und Füßen verständigen mussten, war etwas wahnsinnig Schönes zwischen uns, das man mit Worten kaum erklären kann. Der Spaß, den wir zusammen hatten, die Romantik, dieses Prickeln, wenn ich sie sah und sie mich in kindlicher Freude anstrahlte – ich habe das danach nie wieder erlebt. Ihr kennt meine Frau Liv – sie ist eine eher ernste, kontrollierte Person. Selbstverständlich liebe ich sie von ganzem Herzen, weil ich mich auch dafür entschieden habe, sie zu lieben. Liebe ist nun mal in den meisten Fällen eine praktische Angelegenheit, und wir heiraten selten die Person, in die wir am meisten verliebt waren. Aber ich komme nicht umhin zuzugeben, dass meine Gedanken öfters bei Maria waren in all den Jahren.»

Domenico, der während Mortens Bericht die Tischplatte angestarrt hatte, hob nun seine Augen und sah Morten direkt an.

«Dann sind ich und Mingo ... also doch nicht nur ein dummer Unfall gewesen?», fragte er leise.

Morten schüttelte den Kopf. «Nein, das wart ihr nicht. Die Schwangerschaft war zwar nicht geplant gewesen, aber es war Liebe da.»

«Aber du hast gesagt, sie hat dich betrunken gemacht, um ein Kind von dir zu kriegen?», forschte Domenico nach. «Weil sie damit an deine Kohle wollte?»

«Wir haben an dem Abend viel getrunken, ja. Und sie hat mir fleißig Wein gebracht. Ja, sie hat es eingefädelt, das ist richtig. Sie wollte ein Kind von mir. Aber nicht, weil sie in erster Linie Geld wollte. Sie wollte eine Familie. Sie wollte mich, und sie wollte Kinder. Sie wollte lieben. Sie wollte glücklich sein.»

«Glaubst du das wirklich?», flüsterte Domenico.

Morten nickte mit halb geschlossenen Augen. «Ich glaube es nicht nur – ich weiß es. So viel kann selbst ein eher nüchterner Typ wie ich fühlen.»

«Die hat mir nie so was erzählt. Sie hat immer nur gesagt, dass sie sich kaum an dich erinnern kann. Stattdessen hat sie mal behauptet, dass sie drei Abtreibungen hatte», schnaubte Domenico. «Und dann hat sie ja noch Bianca von diesem elenden Typen da bekommen. Also, sieht nicht so aus, als ob sie so wählerisch war mit ihren Kerlen, sorry.»

«Wenn man das, was man sich wirklich wünscht, nicht haben kann, sucht man eben nach einem Ersatz», meinte Morten. «Sie wollte eben nach wie vor eine Familie ...»

«Und wieso treibt sie dann drei Kinder ab?» Domenicos Augen verfinsterten sich.

«Bist du sicher, dass sie das wirklich getan hat? Und wenn, dann kennen wir ja die Gründe auch nicht wirklich ...» Morten hob etwas unsicher die Schultern.

«Ja, okay, du hast vielleicht Recht. Ich weiß es nicht. Und sie hat viel Müll erzählt.» Domenico schüttelte fassungslos den Kopf und suchte angestrengt nach Worten, um der Situation Ausdruck zu verleihen.

«Aber warum hast du das nicht gesagt?», fragte er leise und, wie mir schien, auch zornig. «Warum ... hast du mir ... und uns allen andauernd erzählt, dass Maria dich nur ausgenutzt hat?»

«Weil ich Liv schützen wollte», flüsterte Morten verzweifelt. «Liv und Hendrik und meine Kinder. Ich wollte dieses letzte Geheimnis eigentlich für mich behalten. Ich weiß nicht, ob es gut ist, wenn meine Familie auch dies noch erfährt, aber du ... *du* solltest es nun zumindest wissen. Ja, du kannst mir nach wie vor gern alle Schande ins Gesicht sagen, denn das habe ich mehr als verdient. Ich nehme es dir nicht übel. Aber wäre die Situation nicht so unmöglich gewesen für Maria und mich, dann wären wir vielleicht tatsächlich eine Familie geworden – du, Mingo, Maria und ich. Doch zu Hause wartete ja Ann Merete auf mich, die mit Hendrik schwanger war. Doch nach all dem waren meine Gefühle für sie nicht mehr dieselben, und den Rest der Geschichte kennst du ja. Die Beziehung zerbrach an all dem seelischen Auf und Ab ...»

«Ich weiß nicht, was ich sagen soll», gestand Domenico mit brüchiger Stimme. «Ich weiß es echt nicht.»

«Sag, was immer du möchtest. Du musst auch gar nichts sagen, wenn du nicht willst.» Morten holte sein bereits vor Feuchtigkeit zerrissenes Papiertaschentuch erneut hervor, um sich zu schnäuzen.

Domenico nahm vorsichtig wieder ein paar der Fotos in die Hände und studierte sie aufmerksam. Es gab keinen Zweifel an dem, was Morten gesagt hatte. Das hier war wirklich Liebe gewesen. Die Bilder und die verliebten Gesichter von Morten und Maria sprachen Bände.

«Siehst du nun, dass es gar nicht so schlecht ist, Fotos von sich zu haben?», meinte Morten nachdenklich. «Sie erzählen dir viel; ist es nicht so?»

Domenico hob seinen Blick und nickte dann zaghaft. Doch er fügte hinzu: «Sie können die Dinge manchmal aber auch ganz anders zeigen, als sie in Wirklichkeit waren … Ich mein, auf 'nem Foto kannst du lächeln, aber innerlich weinst du. So was sieht man dann nicht auf den Bildern.»

Ich hätte einiges dazu sagen können, doch ich hatte mich entschlossen zu schweigen, weil dies eine Geschichte zwischen Domenico und Morten war.

«Hast du jetzt noch Kontakt zu deiner Mutter?», erkundigte sich Morten vorsichtig.

Domenico schüttelte den Kopf. «Nee. Seit sie von mir wegging, als Maya nach Berlin kam, ist sie wie vom Erdboden verschluckt. Sie geht auch nie ans Telefon. Weiß nicht mal, ob sie ihr Handy überhaupt noch hat.»

«Hmm.» Morten starrte nachdenklich in die Luft.

«Ich mein, das ist normal.» Domenico konnte die Bitterkeit in seiner Stimme nicht unterdrücken. «Sie bleibt einfach immer so lange an einem Ort, bis die Leute genug von ihr haben und sie wieder rausschmeißen. Und dann verschwindet sie, und keiner weiß, wo sie ist. Und auf einmal steht sie wieder vor der Tür. Ich mein, ihr Vater will sie nicht bei sich haben, weil sie ihm alles Geld klaut und verprasst. Und Zio Giacomo kann sie auch nicht dauernd durchfüttern.»

«Ist sie denn bei deinem Zio?»

«Nein. Der hat sie nie mehr gesehen, seit ich das letzte Mal auf Sizilien war.»

«Hast du denn Kontakt zu ihm?»

«Seit einiger Zeit nicht mehr. Dem seine Handys sind kaputt. Er geht jedenfalls nie ran. Ich weiß nur von meiner Schwester, dass sie nicht dort ist.»

«Bianca?», warf ich ein.

«Ja. Die schreibt mir manchmal SMS.»

«Was macht sie eigentlich? Geht es ihr gut?», wollte ich wissen.

«Ja. Denk schon. Klingt jedenfalls, als wäre sie glücklich

bei Giovanna und Luisa. Sie hat mir geschrieben, dass sie nicht wisse, wo unsere Mutter sei.»

«Also immer noch auf der Suche nach einer Heimat und Liebe», sagte Morten leise.

«Ja. Sie hat ja schwere Alkoholprobleme. Das weißt du, nicht?»

«Ja, das weiß ich ...» Morten stützte seinen Kopf in die Hände und schloss die Augen.

Ich wollte nicht wissen, wie viele Gedanken durch seinen Kopf jagten und unter was für Schuldgefühlen dieser Mann zu leiden hatte. Und Maria – ob auch sie innerlich sehr unter dieser verlorenen Liebe litt? Ob sie heimlich immer noch an Morten dachte? Ob sie es deswegen nicht ertragen hatte, ihre Kinder dauernd in ihrer Nähe zu haben, weil Nicki und Mingo sie zu sehr an Morten erinnert hatten? Ob sie es einfach verdrängt hatte und daher immer so getan hatte, als könne sie sich kaum noch an Morten erinnern?

Doch das waren alles nur Spekulationen, deren Auflösung ich wohl nie wirklich erfahren würde.

«Kann man denn nichts für sie tun?», fragte Morten nach einer längeren Schweigepause.

«Wieso? Du willst sie doch nicht etwa treffen, oder?», fragte Domenico ungläubig.

«Nein!» Morten rief es fast in den Raum hinein. «Nein, auf keinen Fall. Das wäre alles andere als gut. Das würde zu viele Erinnerungen aufwühlen. Außerdem möchte ich das Liv nicht antun. Sie hat mir so viel verziehen. Aber ich würde mir wünschen, dass Maria endlich Glück und Frieden finden wird.»

«Das liegt an ihr allein», sagte Domenico. «Aber vielleicht solltest du ... das irgendwie bei Liv wiedergutmachen. Vielleicht ... ihr was Schönes schenken oder so ... zeigen, dass du sie liebst.»

Morten nickte mit einem tiefen Seufzen. «Du hast so was von Recht, Nicki. Siehst du, in einigen Dingen bist du mir weit voraus. Aber sag mal, was möchtest du eigentlich mit den Fotos machen?»

Domenicos Antwort kam nicht gleich unmittelbar. Er

brauchte Zeit, um sich darüber wirklich eine Meinung bilden zu können.

«Ich glaub, ich behalte sie», sagte er leise. «Es ist ... es ist der einzige Beweis, dass ich ... wenigstens nicht ganz und gar durch 'nen blöden Unfall entstanden bin.»

«Wie du siehst ... Fotos sind doch zu was gut», wiederholte Morten seine Aussage von vorhin.

«Mhmm. Ich wollte den Umschlag ja auf Sizilien ins Meer schmeißen ... doch nun bin ich froh, dass ich's nicht getan hab», musste Domenico zugeben. Sein Blick fiel nun auf die zusammengefalteten Blätter. «Was ist denn das?»

«Mach es auf», sagte Morten.

«Du weißt auch hier, was es ist, ja?»

«Ja. Ich weiß es.» Morten atmete tief ein und verschränkte seine Arme hinter dem Kopf. «Es wird dir eine weitere Erklärung liefern.»

Domenico faltete die Blätter sorgfältig auseinander und breitete sie auf dem Tisch aus. Es waren Zeichnungen, Porträts und Ganzkörperbilder von Morten. Sie waren ziemlich gut – vielleicht nicht ganz so professionell wie die von Domenico, aber man konnte eindeutig sehen, dass der Zeichner – oder besser gesagt, die Zeichnerin – viel Talent hatte.

«No ...», murmelte Domenico perplex. «Non ci posso credere.»

«Nun weißt du, woher du dein Talent hast, Nicki.» Morten strich ehrfürchtig mit dem Zeigefinger über eines der Porträts.

«Ich weiß, dass meine Urgroßtante gut malen konnte», murmelte Domenico, der an diesem Abend mit einer Überraschung nach der anderen konfrontiert wurde. «Ich wusste, dass das Talent irgendwo in der Familie liegt. Aber ich hatte echt keinen blassen Schimmer, dass meine Mutter ... dass sie ...»

Er schloss die Augen und öffnete sie wieder, als würde das irgendwas an dem, was er sah, ändern. «Ich hab sie kein einziges Mal zeichnen sehen. Auch hat sie uns niemals gesagt, dass sie zeichnen kann. Ich mein, wie bescheuert ist das denn? Ich mein, sie hat mich dauernd zeichnen sehen. Aber sie hat *nie* was gesagt, echt nie.»

«Sie kann zeichnen, Nicki, und zwar ziemlich gut», sagte Morten leise.

«Ey, ich glaub das echt nicht mehr ... jetzt wird's mir langsam zu viel ...» Domenico stand auf und lief aus dem Zimmer. Wir hörten die Badezimmertür auf- und zugehen und dann, wie der Riegel vorgeschoben wurde. Und wir wussten, dass er nun eine ganze Weile dort drin bleiben würde.

Morten und ich sahen uns an, doch keiner von uns sagte etwas. Morten nahm die Zeichnungen in die Hände, um sie besser betrachten zu können. Mich hingegen interessierten die Fotos weit mehr. Ich konnte mich kaum an diesen Bildern satt sehen, die so unendlich viel vermittelten und Domenicos ganze Welt wieder einmal gründlich auf den Kopf gestellt hatten.

«Was auf dieser DVD ist, weiß ich allerdings nicht», brach Morten auf einmal die Stille und nahm den dünnen Papierumschlag in die Hand. «Von Maria und mir kann da jedenfalls nichts drauf sein.»

«DVD – warte!» In Sekundenschnelle hatte mein Gehirn den Zusammenhang erfasst. «Ich glaub, ich ahne, was das sein könnte.»

«Was denn?» Morten war neugierig.

«Ich bin mir allerdings nicht sicher», musste ich mich korrigieren. «Eine Bekannte von mir hat mir was erzählt, doch sie war der Meinung, dass Nicki diese DVD mal zerbrochen hatte. Sie haben früher wilde Partys gefeiert, und ein Kumpel von ihm hat das alles gefilmt. Falls das diese DVD ist, müssten darauf diese alten Aufnahmen sein.»

«Sollen wir nachsehen?», fragte Morten. «Oder – ist das zu heikel?»

«Warte ...» Mir wurde eine weitere Tatsache bewusst. «Falls darauf alte Aufnahmen von Partys und so sind ... dann bedeutet dies womöglich, dass auch Mingo mit drauf ist.»

«Verstehe», sagte Morten. «Aber ich glaube, wir müssen ihn damit konfrontieren. Jetzt oder nie.»

Ich war der gleichen Meinung. «Allerdings müssen wir Nicki erst wieder aus dem Bad rauskriegen ...»

«Lass uns lieber erst mal Kjetil aus dem Zimmer befreien», sagte Morten. «Echt unglaublich, wie brav der da drin bleibt ...»

Als wir die Tür zum Nebenzimmer öffneten, sahen wir Kjetil am Boden kauern und hingebungsvoll mit Manuel ein Lego-Auto basteln. Beide waren so in ihre Tätigkeit vertieft, dass sie nicht mal aufsahen, als wir in der Tür standen.

«Tja, da scheinen zwei ganz zufrieden zu sein ...», stellte Morten fest.

«Sieht ganz so aus», meinte ich und wunderte mich, dass sogar ein Lächeln auf Kjetils Lippen zu sehen war. Er schien es überhaupt nicht eilig zu haben, das Spiel mit Manuel zu unterbrechen. Diesem verwöhnten Bengel war es tatsächlich gelungen, eine besondere Freundschaft zu dem kleinen Jungen aufzubauen, und ich wurde den Verdacht nicht los, dass meine These gar nicht so verkehrt war: Manuel spürte in Kjetil irgendwas von seinem Vater Mingo. Oder zumindest eine spezielle Verbindung und Geborgenheit.

«Glaub mir», sagte Morten, «Kjet ist uns eine Riesenhilfe mit Manuel. Ohne ihn hätte Liv wahrscheinlich nicht zugestimmt, den Kleinen während Nickis Therapie bei uns zu behalten.»

Da hatte Gott wieder einmal eines meiner vielen Gebete erhört ...

Morten blickte auf seine Armbanduhr. «Ist ja schon fast neun Uhr. Wann musst du zurück zu deiner Freundin?»

«Ach, ich hab Delia keine Uhrzeit genannt», winkte ich ab. «Sie ist sowieso bei ihrem Freund. Sie hat mir extra den Hausschlüssel gegeben, falls ich später kommen möchte. Ich wollte eigentlich gern noch mit Nicki allein sein und an meinen Lieblingsort gehen, bevor ich mich von ihm verabschieden muss.»

«Klar, macht das.» Morten fand die Idee gut. «Dann versuchen wir jetzt mal, Nicki dazu zu kriegen, sich die DVD anzusehen.»

Ich nahm meinen ganzen Mut zusammen und klopfte an die Badezimmertür.

«Nicki? Kommst du wieder raus? Wir wollten uns noch die DVD ansehen.»

Erstaunlicherweise dauerte es nicht lange, bis Antwort kam. «Komme gleich», drang seine Stimme durch die verschlossene Tür. Der Wasserhahn wurde aufgedreht, und es klang, als würde Nicki sich das Gesicht waschen. Ich wartete geduldig, bis er fertig war und rauskam, und als ich ihn sah, stellte ich fest, dass er überraschend frisch und gefasst wirkte und ich nicht mal sagen konnte, ob er geweint hatte oder nicht.

# 15. Die zweite Entdeckung

«Wollen wir sehen, was da drauf ist?» Morten hielt Domenico die DVD hin.

«Warte ...» Domenico riss seinem Vater die DVD aus den Händen. «Ich glaub, ich weiß, was das ist!»

«Ja?»

«Mein Freund Mike hat uns damals gefilmt ... auf 'ner Party ... ich fürchte, ich seh darauf nicht besonders gut aus. Ich hab nix mehr geschnallt, sonst hätt ich dem die Kamera weggenommen.»

Also hatte ich mit meiner Vermutung richtig gelegen ...

«Du meinst, wir sollen es lieber nicht anschauen?», fragte Morten behutsam.

«Ich weiß nicht ... eigentlich müsst ihr das nicht unbedingt sehen. Ich glaub, ich war stockkanonenvoll ...»

«Ich dachte, du hättest diese DVD zerbrochen?», bemerkte ich.

Domenico zuckte mit den Schultern. «Ich weiß nicht. Ich

glaub, ich wollte sie zerbrechen, aber irgendwie war sie verschwunden.»

Morten dachte einen Moment nach.

«Hör mal, ich bin dein Vater, okay? Wenn ich hier etwas zu sehen bekomme, was nicht schön ist, dann gebe ich die Schuld erst mal mir. Es hat doch keinen Zweck mehr, die Vergangenheit zu verbergen. Reiß diesen Vorhang runter, Nicki. Ich hab auch Mist gebaut. Das beste Beispiel dafür hast du ja eben vorhin gesehen. Und ich war mehr als nur einmal betrunken. Ich weiß ja mittlerweile ungefähr, wie deine Vergangenheit war. Weißt du, was? Wir schauen die DVD an, und dann schmeißen wir sie weg, okay?»

Domenico zögerte immer noch.

«Na ja, ich will dich nicht drängen», sagte Morten sanft. «Ich denke nur, es könnte vielleicht wichtig sein.»

«Es ist nicht nur das ...» Domenico stockte. «Ich glaub, Mingo ist auch auf der DVD.»

Wie ich geahnt hatte ...

Doch das war das Stichwort, das Kjetil endgültig aus dem Zimmer lockte.

«Ich will das sehen», sagte er. «Alle sagen, dass ich Mingo so ähnlich seh. Ich will wissen, wer er war.»

Mein Blick fiel auf Manuel, der Kjetil gefolgt war und neugierig zu uns hochsah.

«Vielleicht sollte Manuel seinen Vater auch mal sehen?», meinte Morten vorsichtig und sah Domenico erwartungsvoll an.

«Ich weiß nicht, ob ich das schaffe», murmelte Domenico.

«Aber wenn du es nicht tust, wirst du dich vielleicht ewig fragen, was auf der DVD drauf war», gab Morten zu bedenken. «Dann wirst du immer dran denken, und es wird dich nie in Ruhe lassen.»

Schließlich willigte Domenico ein. «Aber Manuel muss nicht sehen, wie bescheuert ich drauf war», bat er. «Wir können ihm dann einfach nur Mingo zeigen – falls er tatsächlich mit aufm Film ist.»

«Okay, dann geh ich wieder mit ihm ins Zimmer», brummte Kjetil.

«Danke, Kjet. Wir rufen dich dann, wenn es so weit ist», sagte Morten. «Aber kannst du uns noch deinen Laptop bringen?»

Kjetil brachte uns seinen Computer, und Morten schob die DVD in den Schlitz. Sie wollte allerdings erst nicht starten und stürzte immer wieder ab, und ich sah bereits eine gewisse Erleichterung in Domenicos Gesicht, der wohl schon glaubte, eventuell um diese Sache herumzukommen. Doch Kjetil brachte das Laufwerk schließlich in die Gänge, und Morten, Domenico und ich quetschten uns vor den kleinen Bildschirm.

Die Bilder waren erst undeutlich und wirr. Mike hatte die Kamera offenbar eingeschaltet gehabt, bevor er überhaupt zu filmen begonnen hatte. Alles, was wir bekamen, war immerhin ein Eindruck, dass wir auf einer Party waren. Dumpfe, verschwommene Takte hämmerten zu den Blitzen einer Stroboskoplampe, und dazwischen waren irgendwelche zufälligen Aufnahmen von Mädchenbeinen zu sehen. Auf einmal richtete sich die Kamera auf drei Mädchengesichter, die sich sofort kreischend hinter ihren Händen versteckten.

«Nein, nicht uns, Mike!»

Dahinter war Mikes gönnerhaftes Lachen zu hören.

Die Kamera zoomte auf verschiedene Ecken des Raumes, und erst, als ein großes, halbfertig gemaltes Wandbild eines Tigers auf dem Screen erschien, erkannte ich, dass es im Partykeller der Xenon-Tigers war.

Fast unwillkürlich schaute ich Nicki an, doch er verzog keine Miene angesichts seines damals noch halbfertigen Kunstwerks, an dem er sicher unzählige Stunden gearbeitet hatte.

Zwei Mädchen tanzten mitten ins Bild. «Yolooooo», grinsten sie und stellten sich in Pose, warfen ihre Köpfe zurück und spitzten ihre Lippen. Ich erkannte Mila als eine davon.

Die Kamera schwirrte weiter und verharrte in einer Ecke, in der ein Pärchen am Boden lag und knutschte. Stinkfrech zoomte Mike mit dem Objektiv auf sie.

«Oh nein ...», stöhnte Domenico. «Das muss ich echt nicht sehen ...»

Das Bild war zwar nicht ganz scharf und wegen falscher Einstellungen auch ziemlich körnig, doch immer, wenn das Licht wieder aufblitzte, konnte man die Gesichter erkennen.

Nicki – um einige Jahre jünger – beugte sich über ein schwarzhaariges Mädchen und zerrte ihr das T-Shirt vom Leib. Um seinen Hals erkannte ich deutlich seine Tigerzahnkette und die Kette mit dem silbernen Dornenanhänger, die er damals getragen hatte.

«Spinnst du?», flüsterte das Mädchen. «Sicher nicht hier vor allen anderen! Janet ist doch auch da! ...»

«Doch, hier», raunte Domenico im Film und begann, heftig ihren Nacken zu küssen. «Komm schon!»

«Psst, Nicki! Hör auf! Du bist betrunken!»

Nicki? In dem Moment, als das Mädchen ihr Gesicht Richtung Kamera drehte, erkannte ich Suleika. Sie starrte direkt in die Kamera, und auf ihrem Gesicht machte sich pures Entsetzen breit.

«Nein! Hast du sie nicht mehr alle, Mike? Nicki, der filmt uns!»

«Ey, verzieh dich!» Domenico schleuderte Mike ein paar besonders hässliche Wörter entgegen. Er schob Suleika ziemlich brutal von sich weg und versuchte, auf die Beine zu kommen, doch er torkelte und musste sich an der Wand festhalten. Er stöhnte und hielt einen Moment inne. Sein Kopf hing schief nach unten, und das Haar fiel ihm übers Gesicht.

«Oh nein», stöhnte der echte Nicki. «Können wir vorspulen?»

«Man darf doch wohl noch ein Dokumentarfilmchen drehen», hörten wir Mikes hämisches Grinsen hinter der Kamera. «Machst 'ne gute Figur als Hauptakt, Tiger.»

«Zieh Leine, Mann!», fauchte der virtuelle Domenico und richtete seinen Blick nun direkt in die Kamera. In dem Moment konnten wir sein Gesicht zum ersten Mal deutlich sehen, und ich erschrak richtig, als ich sah, wie jung er auf diesem Bild noch war, ja fast noch ein Kind. So kam er mir jedenfalls vor im Vergleich zu heute. Seine Wangenpartien waren viel weicher und runder, und trotz des leicht verschwommenen Bildes erahnte ich, dass seine Haut noch um einiges schöner gewesen sein musste. Er konnte jedenfalls kaum älter als vierzehn gewesen sein auf dieser Aufnahme. Und er sah Kjetil extrem ähnlich.

Irgendjemand hatte offenbar Mikes Arm gepackt, denn auf einmal stand wieder alles auf dem Kopf und wirre Bilder flitzten über den Schirm.

«Können wir das nicht vorspulen?», wiederholte Nicki mit gequälter Stimme. «Bitte! Ich will das nicht sehen.»

Morten schob den Regler etwas vorwärts. Aber offenbar war Mike fertig mit Domenico. Weitere chaotische Aufnahmen von Beinen und Füßen waren zu sehen. Wir hörten Mike mit Leuten diskutieren und ihnen erklären, dass er einen Dokumentarfilm machen wolle. Einige lachten bei dieser Aussage.

Und dann zoomte die Kamera plötzlich auf einen Jungen, der an eine Tür gelehnt stand und mit einem Mädchen diskutierte. Die Kamera zoomte noch näher – Mike schien sich offenbar hinter einer Theke zu verbergen. Das Bild war leider ziemlich unscharf, so dass ich erst nicht erkennen konnte, wer diese Leute waren.

«Ey, mach schon. Gib mir was davon», hörten wir den Jungen sagen, und die Stimme kam mir sehr bekannt vor. Eine tiefe, recht schöne Jungenstimme, die ich schon eine halbe Ewigkeit nicht mehr gehört hatte ...

«Spinnst du? Dein Bruder macht mich fertig!», erwiderte das Mädchen.

«Der braucht's nich zu wissen ... ey, ich sag dem doch nix.»

Mir blieb fast der Atem weg, als das Bild nun langsam an Schärfe zunahm, weil Mike offenbar endlich den Fokus gefunden hatte. Ich spürte, dass Nicki neben mir am ganzen Leib zu beben begann. Der Junge war niemand anders als Mingo, und das Mädchen ...

«Nein, Mingo. Das kommt nicht in die Tüte. Außerdem

hast du eh keine Kohle. Und ich brauch Knete, verstehst du? Gratis ist hier gar nix.»

Das Mädchen war Janet Bonaventura!

«Mann, ich geb's dir doch nachher. Ich will das doch einfach mal probieren, und dann is eh Schluss.» Mingo packte Janet am Arm.

«Ich hab gesagt, nein! No! Ey, hör zu: Ich bin mit deinem Bruder zusammen. Wenn der das erfährt, macht der mich platt. Okay? Geh von mir aus zu jemand anderem. Aber sicher nicht zu mir.» Janet versuchte Mingo von sich wegzustoßen, aber in dem Moment griff er mit einer blitzschnellen Bewegung ans eigene Handgelenk, und gleich darauf sahen wir eine Messerklinge in seinen Händen aufblitzen.

«Mingo! No ...», entfuhr es Domenico, und er streckte reflexartig die Hand nach dem Bildschirm aus.

Mingo hielt Janet drohend das Messer an die Brust.

«Ey, bist du krank in der Birne?», fauchte Janet. «Ich ruf die Polizei, wenn du nicht sofort mit diesem Mist aufhörst.»

«Stopp das. Bitte.» Domenico hatte Tränen in den Augen. Er riss Morten die Maus aus der Hand und klickte auf die Pausentaste.

Wir sahen einander stumm an.

«Ich kann nicht», flüsterte Domenico. «Das ist zu viel, ehrlich ...»

«Sollen wir lieber aufhören?», fragte Morten besorgt.

«Ich hab nicht gewusst, dass Mike das alles gefilmt hat.» Domenico wischte sich über die Augen.

Ich wollte etwas sagen, doch ich brachte keinen Ton heraus.

«Das ist der Abend, an dem mein Bruder zum ersten Mal Drogen nahm. Und wo ich so stockkanonenvoll war, dass ich es nicht verhindern konnte. Das verfolgt mich heute noch, versteht ihr ... ich werde mir das niemals verzeihen können ...»

«Wir können abbrechen, wenn du es nicht sehen willst», sagte Morten sanft.

«Nein ... nein, ich glaub, ich muss es doch sehen.»

Domenico holte tief Luft. «Ich muss die Wahrheit wissen ... ich muss wissen, was damals passiert ist.»

Er drückte zögernd wieder auf den Play-Button.

«Ey, du spinnst ja echt!», fauchte Janet auf dem Bildschirm weiter.

«Los, gib mir was. Nic wird das nich erfahren, okay? Ich zahl dir das Geld. Morgen oder so.»

«Nein ... Mingo ... das ist echt Kacke. Ey, wenn du das tust, ist das dein Ende, das schwör ich dir. Man probiert nicht einfach so Eitsch und hört dann wieder auf. Und nimm jetzt das Messer weg!»

Doch Mingo hatte das Messer unbeirrt gegen Janets Brust gerichtet.

«Hilfe ...», sagte Janet und sah sich nach allen Seiten um, doch offenbar wollte ihr niemand zu Hilfe eilen.

«Rück's raus», zischte Mingo und richtete die Messerspitze gegen ihr Kinn.

«Mingo ... bitte.» Janet hob abwehrend die Hände. «Glaub mir. Das ist die größte Kacke, die du dir antun kannst. Ey, du kannst alles machen, was du willst. Spring von mir aus vom Dom oder so. Aber lass die Hände vom Eitsch. Oder willst du so enden wie die Junkies da draußen?»

Mingo zog seine Hand mit dem Messer leicht zurück und machte eine ausholende Bewegung, so dass die Messerspitze einen langen Schnitt auf Janets Unterarm hinterließ.

«Aaaaah! Du bist echt krank im Kopf», heulte Janet auf und schaute auf das Blut, das ihr über den Arm rann.

«Ich hab dich gewarnt», knurrte Mingo.

Wir sahen, wie Janet langsam die Hand in ihre Hosentasche gleiten ließ und etwas hervorkramte. Mit einer unauffälligen Bewegung drückte sie Mingo etwas in die Hand.

«Aber wehe, du sagst Nic was», drohte sie. «Ich hab Beziehungen zu den Snakes, nur damit du das weißt.» Schnell machte sie auf dem Absatz kehrt und verschwand aus dem Bild.

Mingo blieb stehen und öffnete seine Faust. Er starrte auf das Beutelchen in seiner Hand, das ihm so derart zum Verhängnis werden sollte und das im Grunde der Anfang eines Todesstoßes gewesen war. Wie jung und unschuldig er damals noch ausgesehen hatte ... und Nicki wie aus dem Gesicht geschnitten.

«No ... Mingo ... nooooooooo!» Domenico war aufgesprungen und klatschte mit der Handfläche auf den Bildschirm. «Unnu fari ... no ... ey, sieht denn niemand ... Mingo!!!» Die Tränen liefen über sein Gesicht und tropften auf die Tastatur.

«Nicki ...» Morten fasste ihn sanft um die Schultern. Kjetil kam aus dem Zimmer gestürmt, und Manuel folgte ihm auf dem Fuß.

Mingo stand reglos da und sah sich um. Die Kamera war immer noch auf ihn gerichtet. Dann kam er ein paar Schritte auf die Kamera zu und blieb erneut stehen.

Wir hatten ihn nun ganz nah im Bild.

Domenicos Hand glitt zitternd über den Bildschirm.

Und einen Moment schien es, als würde der virtuelle, jüngere Mingo den echten, älteren Nicki geradezu durch die Kamera ansehen.

«Mingo ... Bruder ... bitte tu es nicht ... Mann, wenn ich nur die Zeit zurückdrehen könnte ...»

Mingo sah Nicki immer noch an und bewegte seine Lippen, als wolle er irgendwas sagen. Vermutlich hatte er in Wahrheit Mike entdeckt und versucht herauszufinden, ob Mike ihn tatsächlich filmte. Oder etwas in der Art. Aber ein paar Sekunden lang sah es tatsächlich so aus, als würden die beiden Brüder sich durch Raum und Zeit miteinander unterhalten.

«Mann, der sieht mir ja mega ähnlich», murmelte Kjetil.

«Das ist dein Vater, Manuel. Siehst du das?» Morten hob Manuel rasch hoch und setzte ihn auf Domenicos Schoß. Domenico schlang seine Arme um Manuel und drückte ihn fest an sich.

Manuel starrte auf den Bildschirm, und Mingo starrte zurück. Manuel streckte sein kleines Händchen nach seinem Vater aus. Ich wunderte mich, wie Mike es geschafft hatte, Mingo so lange zu filmen, und was Mingo tatsächlich bewogen hatte, so lange an derselben Stelle stehenzubleiben.

Ob er sich in diesem Augenblick überlegt hatte, ob er das Heroin wirklich probieren wollte?

Und da schaltete die Kamera urplötzlich ab, und der Bildschirm wurde schwarz. Morten spulte ein wenig vor, doch es kam nichts mehr.

Wir blieben alle betroffen sitzen, und keiner wagte einen Ton von sich zu geben. Über Domenicos Wangen liefen Tränen, und Kjetil sah aus, als hätte er ein Gespenst gesehen. Manuel tätschelte mit seinem Händchen immer noch über den Bildschirm, als schien er nach etwas zu suchen.

«Nicki …» Morten berührte vorsichtig die Schultern seines Sohnes. «Hör zu: Das war nicht deine Schuld, okay?»

«Ich wünschte so sehr, ich könnte die Zeit zurückdrehen …» Domenico schluchzte erneut auf.

«Das wünschen wir alle manchmal», versuchte Morten ihn zu trösten. «Aber selbst wenn du es damals verhindert hättest – wer hätte dir garantiert, dass Mingo nicht zu einem späteren Zeitpunkt Drogen genommen hätte?»

Kjetil nickte, als wolle er Mortens Worte bestätigen. Und dann legte er zögernd den Arm um Nicki.

Domenico vermochte nichts mehr zu sagen. Er saß nur da und schien alles in seinen Gedanken Revue passieren zu lassen.

Schließlich holte Morten die DVD aus dem Gerät.

«Was soll ich damit machen?», fragte er.

«Am besten vernichten …», murmelte Kjetil mit einem Blick auf Domenico.

Der nickte langsam.

«Bist du dir wirklich sicher? Es sind deine einzigen Videoaufnahmen von Mingo», sagte Morten.

«Doch. Ich bin mir sicher. Tu es.» Domenico schaute nicht auf beim Sprechen.

Morten tauschte einen unsicheren Blick mit mir, als wolle er meine Meinung auch noch hören.

Und irgendwie wusste ich, dass es das einzig Richtige war, und so nickte ich. Würden wir die DVD aufbewahren, würde

Nicki wohl keine Ruhe finden und sie immer und immer wieder anschauen müssen, bis er durchdrehen würde.

«Dann tu ich's jetzt.» Morten vergewisserte sich mit einem letzten Blick, dass Nicki einverstanden war, und holte eine große Schere aus dem Bad. Mit vier, fünf Schnitten zerteilte er die DVD in mehrere Stücke.

«Vergangenes ist Vergangenes, und Sünden sind ausgelöscht, würde Hendrik jetzt sagen», meinte Morten. «Und so soll es auch sein.»

«Wie ist deine Mutter eigentlich an diese DVD gekommen?», wollte ich wissen.

«Keine Ahnung. Ich glaub, Mike wollte sie mir geben als Beweismaterial für das, was mit Mingo passiert ist. Aber ich wollte sie mir nie ansehen. Meine Mutter hat sie wohl mal irgendwann mal im Zimmer gefunden. Jedenfalls war sie plötzlich weg.»

«Ich wollte dich schon lange etwas fragen», meinte Morten.

«Dann frag ...» Domenico lockerte seine Schultern ein wenig und ließ dann Manuel los, der von seinem Schoß runterwollte.

«Diese Geheimsprache, die du mit Mingo hattest – was war das genau? Das ist nicht Italienisch, oder?»

«Nein ... wir hatten so eigene Worte ... das entstand irgendwie, als wir klein waren.»

«Ich erinnere mich nämlich daran», sagte Morten. «Damals, als ich euch vor meiner Haustür gefunden habe. Und ich habe mich immer gefragt, was das war. Und dann hat Hendrik mir später mal erklärt, dass Zwillinge manchmal so Geheimsprachen haben. Stimmt das?»

«Kann sein ...»

«War ich eigentlich schon da, als das passierte?», warf Kjetil dazwischen. «Als Nic und Mingo damals bei uns waren?»

«Tja, du und Solvej, ihr wart da noch ganz klein», sagte Morten. «Aber ihr wart dabei.»

«Ich erinnere mich an dich», sagte Domenico und sah Kjetil an.

«Echt jetzt?»

«Ja.»

«Das heißt, ich hab Mingo auch gesehen?»

«Ja, hast du.»

«Krass ...» Kjetil schüttelte überwältigt den Kopf.

«Ich dachte immer, du hättest alles vergessen, Nicki», warf ich ein.

«Ja, das dachte ich auch.» Morten zog seine Stirn kraus.

«Es kommt wieder zurück ...», sagte Nicki leise. «Eins ums andere ... wie ein Puzzle ...»

«Das ist gut», sagte Morten.

«Dann hat Janet also Recht gehabt ...», murmelte Nicki. «Ich wollte es nicht glauben. Ich hab immer gedacht, dass sie Mingo zum Eitsch verführt hat ... aber so war es nicht. Mingo hat sie angegriffen ...»

«Nicki ... lass die Vergangenheit nun Vergangenheit sein», sagte Morten. «Du wirst das alles in der Therapie verarbeiten können. Wir *beide* haben viel zu verarbeiten. Doch wir werden es schaffen. Aber wolltet ihr zwei, du und Maya, nicht noch zusammen irgendwohin gehen? Es ist schon recht spät ...»

«Ja, die Laterne!», wandte ich ein. «Das machen wir doch, Nicki, oder?»

Domenico nickte und stand auf. «Okay. Dann komm. Ich kann dich dann nachher zu Delia bringen, wenn du möchtest. Ich muss sowieso mein Motorrad bei Mike abholen.»

Ich folgte ihm zur Garderobe, wo wir unsere Jacken anzogen. Da mein Zug am nächsten Tag ja bereits um zwölf Uhr nach Berlin zurückfahren würde, bedeutete dies, dass ich mich von Morten, Kjetil und Manuel jetzt schon verabschieden musste.

Morten wünschte mir alles Gute und versprach, mit mir in Kontakt zu bleiben. Manuel grinste mich an, und ich legte ein letztes Mal meine Finger in seine süßen Wangengrübchen. Und sogar Kjetil gab mir eine knappe Umarmung zum Abschied.

Ich wusste nicht, wann ich sie alle das nächste Mal wiedersehen würde.

# 16. Zum letzten Mal

Wir nahmen auch dieses Mal wieder den Hintereingang zum Park. Domenico führte mich sicher durch die Straßen. Fast hatte ich das Gefühl, dass er am liebsten den Arm um mich gelegt hätte, wie in guten alten Zeiten.

Wir machten einen Abstecher zu der Straße, in der Mike wohnte und die nur ein paar Parallelstraßen weiter von der Straße weg war, in der Domenico gewohnt hatte. Ich hatte eigentlich absolut keine Lust, jetzt noch in Mikes nach Salmiak und Rauch stinkende Wohnung raufzugehen und seine ätzenden Sprüche anhören zu müssen, doch zu meiner Riesenerleichterung zog Domenico einen Schlüssel aus seiner Jacke. Ich wusste, dass er immer bei Mike ein- und ausgegangen war, wie es ihm gepasst hatte. Teilweise hatte er ja sogar bei ihm gewohnt. Also war die Tatsache, dass er freien Zugang hatte, kaum verwunderlich.

«Ich hoff, dieser Quadratschädel hat Wort gehalten und meinen Tank gefüllt», bemerkte er, als er mich in einen Keller führte, in dem sein Motorrad ganz zuhinterst in einem Raum voller Fahrräder und anderer Motorfahrzeuge stand. Ich entspannte mich noch mehr, als ich erkannte, dass Domenico wirklich nicht vorhatte, Mike einen Besuch abzustatten.

Domenico betastete und begutachtete sein Motorrad sorgfältig, als wäre es ein alter Freund, den er ewig nicht mehr gesehen hatte. Offenbar zufrieden über den Zustand, rollte er es zur anderen Ausgangstür, die in einen Hinterhof führte, und wies mich an, ihm zu folgen.

In wilder Vorfreude setzte er sich auf den Sattel und startete den Motor – und mit einem lauten Röhren gab der Antwort. Nicki stieß einen leisen Freudenschrei aus.

«Es funktioniert noch! Los, steig auf, Sü... – Maya! Hier, zieh *du* ihn an.» Er reichte mir seinen Helm.

Ich gehorchte eilends, zog den Helm über und nahm auf dem Beifahrersitz Platz. Sehr zaghaft legte ich meine Arme um Domenicos Körper, weil ich es immer so gewohnt gewesen war.

Wie in guten alten Zeiten düsten wir durch die Straßen, und einen winzigen Augenblick lang vergaß ich wieder, dass wir kein Paar mehr waren. Erst jetzt wurde mir bewusst, wie sehr ich die gemeinsamen Motorradfahrten vermisst hatte, und für ein paar Sekunden war ich kurz davor, in Tränen auszubrechen. In diesem Moment wollte ich Nicki nur festhalten, für immer festhalten und ihn nie mehr loslassen …

Doch dann straffte ich meinen Rücken. Ich durfte meinen Gedanken nicht mehr erlauben, einfach davonzugaloppieren. Denn wie die Wirklichkeit aussah, wusste ich ja inzwischen …

Wir fuhren durch den Park, und kurz vor dem Steg, der zur Villa hinaufführte, stoppte Domenico. Hier konnten wir nicht weiter, weil Fahrverbot herrschte. Er parkte das Motorrad hinter einem Gebüsch, wo es vor Passanten verborgen sein würde, und schloss es ab. Ich stieg ab und reichte ihm den Helm.

Während wir schweigsam den Steg hochgingen, überlegte ich mir, wann wir wohl das letzte Mal hier gewesen waren. Es musste mindestens anderthalb Jahre her sein – kurz bevor Domenico nach Berlin aufgebrochen war.

Immerhin war es bald fünf Jahre her, seit wir das allererste Mal gemeinsam hierhergekommen waren und ich den ersten Kuss meines Lebens bekommen hatte. Fünf Jahre, die irgendwie trotz allem so schnell vergangen waren und mein Leben um hundertachtzig Grad verändert hatten.

Je näher wir der Villa mit der Lichtung kamen, desto mehr verlangsamten wir unsere Schritte. Es war, als wolle keiner von uns als Erster am Ziel ankommen. Zu guter Letzt kamen wir genau gleichzeitig an. Jeder von uns hatte sich wohl unbewusst dem Tempo des anderen angepasst.

Die gute alte Laterne leuchtete auf uns herab, als könne kein Wässerchen sie trüben. Wie eine treue Freundin, die auf unsere Rückkehr gewartet hatte und davon ausging, das alles noch beim Alten war.

Aber so war es leider nicht.

Denn hier standen wir beide nun mit schuldbewussten Mienen, und ich hatte das verrückte Gefühl, als müsste ich mich bei der Laterne entschuldigen, dass es zwischen Nicki und mir nicht geklappt hatte.

Und während wir wortlos dastanden und keiner von uns sich traute, ein Gespräch zu beginnen, fühlte ich genau, was Nicki dachte und dass er sich an jedes einzelne Wort erinnerte, das wir damals an diesem Ort gesprochen hatten. Denn so war Nicki – ein Mensch, der Dinge nicht auf die leichte Schulter nahm, der jedes Detail beobachtete und es ganz genau abspeicherte, sofern er sich an Dinge erinnern *wollte* und sie nicht verdrängte.

Und je länger wir dastanden und die spätabendliche Stille uns einhüllte, umso mehr nahm ich diese Wehmut in mir wahr, die sich meistens dann meldete, wenn ich mich einsam fühlte.

Und genau so fühlte ich mich jetzt in diesem Augenblick: Einsam und völlig auf mich allein gestellt in einer Welt, die eigentlich zu groß für mich war, ohne Schulter zum Anlehnen und ohne starke Arme, die mich beschützten.

Aber Gott würde mit mir sein. Das war der Boden, der mich noch trug …

Und plötzlich musste ich an meinen uralten Traum aus meiner Kindheit denken. Den Traum, den ich immer gehabt hatte, wie ich auf einem weißen Pferd durch einen Märchenwald galoppiert war, zu einem wunderschönen Platz mit einer Laterne – zu dem Platz, an dem alle meine Sehnsüchte, Wünsche und Hoffnungen Erfüllung gefunden hatten. Nur hatte ich inzwischen eine andere Wirklichkeit kennengelernt, hatte erfahren, dass es diesen Ort hier auf Erden wohl nur in meinen Träumen gab.

Und ich fragte mich, ob ich später zu meinen Kindern – falls ich mal welche haben würde – sagen könnte, dass sie ihre Träume festhalten sollen. Oder ob ich ihnen dasselbe sagen würde, was Mama mir einst gesagt hatte:

«Geh nicht weiter als bis zur Laterne. Sie ist die Grenze.»

Und dann wurde ich auf einmal in eine Welle voller Traurigkeit eingehüllt, die ganz deutlich von Nicki ausging. Es war so intensiv, dass ich es fast körperlich spüren konnte. Nicki war stark aufgewühlt, er war den Tränen ebenso nahe wie ich. Und seine Gedanken waren einen kurzen Augenblick so deutlich zu vernehmen, dass ich fast darüber erschrak, weil sie mich so tief trafen.

*Wenn ich alles rückgängig machen könnte, dann würde ich es tun. Jedes Wort, mit dem ich dich verletzt habe, jedes Verhalten, mit dem ich dich verärgert habe – ich würde am liebsten alles auslöschen und hier und jetzt nochmals von vorne mit dir anfangen, wenn ich nur noch eine einzige Chance bekäme.*

*Nein,* schrie ich innerlich. *Nein, sag das nicht – bitte nicht. Ich bin doch hier, um Abschied von dir zu nehmen …*

Mein ganzer Körper versteifte sich. Nein, ich konnte, wollte und durfte mich dieser Gefühlswelle nicht hingeben …

*Ich weiß, dass du hier bist, um Abschied von mir zu nehmen. Darum werde ich dir meine innersten Gedanken auch nie im Leben mitteilen. Ich werde sie in den tiefsten Tiefen meines Herzens versenken, wo niemand sie je wieder finden wird. Doch wenn ich die Sterne vom Himmel runterholen könnte – ich würde es tun. Wenn ich all deine Wunden verbinden könnte, all den Schmerz, den ich dir zugefügt habe, wegnehmen könnte – ich würde alles dafür geben. Ich würde mich selbst in Stücke reißen, wenn es sein müsste. Aber das werde ich dir niemals, niemals sagen …*

Beinahe hätte ich laut aufgeschrien. Das konnte doch nicht sein, dass wir immer noch so sehr miteinander verbunden waren, dass ich genau erkennen konnte, was er dachte. Und ich war mir sicher, dass es auf Gegenseitigkeit beruhte und auch Nicki meine Gedanken ganz genau erfasste.

*Nein, nein, nein, bitte hör auf … wir wissen doch beide ganz genau, dass es zwischen uns nie funktionieren wird. Bitte hör auf, mich zu foltern …*

Und wieder fragte ich mich, warum das hier eigentlich nun das Ende sein musste. Warum man nicht einfach Vergangenes vergessen und ganz neu anfangen konnte? Warum ich Nicki nicht noch eine weitere Chance geben konnte? Nur weil ich mich damit gegen alle meine Freunde und gegen meine Eltern stellen würde, die mir dringend davon abrieten, diesen Weg weiterzugehen? Oder weil ich es selbst so wollte? Wo war inzwischen eigentlich der Anfang und wo war das Ende dieses ganzen Karussells, auf dem ich mich befand?

Ich hatte im Moment überhaupt keine Orientierung mehr. Die einzige Frage, die erneut zwischen uns stand, war nur die: Konnte man sich denn nicht einfach verzeihen und diese kostbare Liebe retten? Konnte man sich nicht einfach ein bisschen höher auf die Leiter stellen und sich ein bisschen mehr strecken, um besser nach den Sternen zu greifen? Seinen Horizont etwas erweitern, neue Wege gehen, die vielleicht noch keiner vorher gegangen war?

Doch aus irgendeinem Grund ging das nicht. Irgendwelche Regeln verboten es einfach. Eine Beziehung konnte so nicht funktionieren. Punkt. Basta. Aus.

«Tja ...», durchbrach Domenicos heisere Stimme die nächtliche Stille. «Das war's nun, was?»

Ich war regelrecht platt, wie nüchtern sich seine Stimme anhörte. Ob ich mir den Gedankensturm am Ende doch nur eingebildet hatte? Ob meine Fantasie wieder mal mit mir durchgegangen war und Nicki das alles in Wahrheit recht distanziert sah?

«Ja, das war's ...», antwortete ich zögernd und wagte es endlich, einen vorsichtigen Blick auf ihn zu werfen. Seine Augen waren auf die Laterne gerichtet und verrieten nichts über seine Gefühle. Im Gegenteil, er sah ganz gelassen aus; so gelassen, dass ich irritiert den Kopf schüttelte.

Ich musste mir das alles nur eingebildet haben ... Daran war sicher diese nächtliche Stimmung schuld; diese sanfte, liebliche Atmosphäre, die uns umgab. Warum musste es auch ausgerechnet an diesem Tag wieder so eine sternenklare Nacht sein? Warum musste ausgerechnet jetzt der fast volle Mond durch die Baumwipfel scheinen? Und warum musste diese einsame Amsel ihr trauriges Nachtlied singen? Diese ganze Extra-Romantik war nicht das, was mein empfindsames Herz jetzt gerade brauchen konnte. Mir wäre es lieber gewesen, der Himmel wäre grau und verhangen gewesen, vielleicht sogar, dass der Regen auf uns niedergeprasselt wäre und uns gezwungen hätte, das Ganze so schnell wie möglich hinter uns zu bringen.

Aber gut – genauso wenig waren wir gezwungen, länger als nötig hierzubleiben, und so beschloss ich, endlich den Anfang zu machen und mich nicht darum zu scheren, ob die Worte so aus mir rauskamen, wie ich sie mir zurechtgelegt hatte. Denn das würden sie wie immer sowieso nicht tun ...

«Ich wollte dir noch was sagen, Nicki ...» Ich bemühte mich, meine Stimme fest und sicher klingen zu lassen, was gar nicht einfach war.

«Ich muss dir auch noch was sagen», entgegnete er rau.

«Okay.» Ich hielt die Luft an. Was das wohl sein mochte? Hoffentlich nichts, was mir komplett den Boden unter den Füßen wegziehen würde ...

«Soll ich beginnen, oder willst du?», hauchte ich.

«Fang du an.»

«Also gut ... ich wollte dir einfach dies sagen: Ich sehe, dass ich genauso viele Fehler gemacht habe in unserer Beziehung. Ich möchte einfach nicht, dass du die ganze Schuld tragen musst.»

«Wovon redest du? Was für Fehler meinst du?» Zur Abwechslung schien Nicki mal nicht auf Anhieb zu verstehen, was ich meinte.

«Ich habe mich nicht immer richtig verhalten», versuchte ich zu erklären. «Du bist nicht allein schuld, dass alles so gekommen ist, wie es ist.»

«Ich versteh immer noch nicht, was du meinst. Ich mein, du hast doch nix falsch gemacht ...? Du bist nicht pillenabhängig, rauchst nicht, hast niemanden geschlagen und hast auch nicht mit hundert verschiedenen Typen geschlafen. Du hast nie geklaut, nie mit Drogen gedealt, warst nie im Knast ... ich mein, ist doch offensichtlich, wer von uns Schuld hat an dem Ganzen, oder nicht?»

«Nein, das sehe ich anders!» Jetzt wurde ich mutiger und entschlossener. «Ich war in Berlin nicht ich selbst. Du wolltest mir damals eine Freude machen mit dieser Laterne in dem Villenviertel und mit dem Liebesschloss bei der Spree, und ich ... ich habe so kalt und abgebrüht reagiert. Und du warst so traurig deswegen. Ich weiß selber nicht recht, was damals mit mir los war. Irgendwie hatte ich mich gefühlt, als ob ein Stein auf meiner Seele läge. Ich hatte komplett die Orientierung verloren und bin jetzt noch immer dabei, sie wiederzufinden.»

Er schüttelte den Kopf. «*Dafür* musst du dich doch nicht entschuldigen. Ich hab das schon gecheckt irgendwie. Du hast einfach versucht, deinen Weg zu finden, so wie wir alle.» Er schaute mich kurz an und blickte dann runter auf seine Füße, während er anscheinend nach Worten suchte.

«Du wolltest halt neue Dinge ausprobieren. Ist doch kein Fehler. Du hast versucht, taffer zu werden, weil man dir dauernd vorgeworfen hat, dass du 'ne Heulsuse seist. Ich mein, ist doch voll klar, dass man dann versucht, anders zu werden.»

«Genauso ist es.» Ich war verblüfft, wie exakt er den Nagel auf den Kopf getroffen hatte.

«Ich hatte nie ein Problem damit», sagte er leise. «Dass du ziemlich schnell in Tränen ausgebrochen bist, mein ich. Im Gegenteil. Ich hatte immer wahnsinnig Angst, dass du so wirst wie die anderen. Du weißt schon. Diese Weiber, die immer allen zeigen müssen, wie cool und frech und sexy sie sind. Die so unecht sind und ständig 'ne Maske aufhaben. Ich hatte Panik, dass du auch auf diese Schiene kommst. Und nicht mehr du selber bist ...»

«Deswegen möchte ich mich ja bei dir entschuldigen», sagte ich. «Dass ich eben angefangen habe, mir so eine coole Maske aufzusetzen.»

«Ich erwarte keine Entschuldigung von dir. Du musst nie versuchen, jemandem was recht zu machen. Auch mir nicht.» Domenico sah mich wieder an, und sein Gesicht wirkte auf einmal um Jahre älter und so erwachsen. Erst jetzt, im sanften Licht der Laterne, sah ich die tiefe innere Wandlung, die sich in den letzten Wochen in ihm vollzogen hatte. Er war wieder um ein Stück reifer geworden, und ich sah Ansätze des Mannes, der er in einigen Jahren sein würde, wenn er sich für diesen Weg entscheiden und nicht wieder rückfällig werden würde.

«Ich hab von dir erwartet, dass du mir all die Dinge gibst, die mir fehlten», fuhr er fort. «Und das war falsch. Man darf nie von andern erwarten, dass sie einem das geben, was man selber nie hatte.»

«Stimmt schon», antwortete ich. «Trotzdem. Ich hab dich nicht immer so geliebt, wie du es verdient gehabt hättest.»

«Du konntest ja gar nicht», widersprach er. «Wie denn auch? Ich mein, ich hab dich tyrannisiert und kontrolliert. Ich hab dich provoziert, weil ich mich total mies fühlte neben dir. Und es tat mir selber jedes Mal weh. Wie hättest du mich da noch lieben können?»

«Vielleicht hättest du mich nicht provoziert, wenn ich dir meine Liebe besser gezeigt hätte?»

«Ach, jetzt hör doch auf, die Schuld bei dir zu suchen. *Ich* hab ganz klar versagt. Ich bin schließlich der Mann, und ich bin verantwortlich, dich anständig zu behandeln.»

«Aber es gehören immer zwei dazu, Nicki! Es ist nie nur die Schuld eines Einzigen. Und ich weiß, dass auch ich dir weh getan hab. Schon nur die Dinge, die ich zu dir gesagt hab … die mehr als verletzend waren!»

«Zum Beispiel?»

«Dass es mich ankotzte, dass du so ein kaputter Typ bist. Dass du in meinen Augen psychisch krank bist und dass ich dich zwangseinweisen lassen wollte.»

«Wieso? Stimmt doch. Du hattest ja voll Recht damit.» Sein Gesicht zuckte, als er das sagte, und es tat mir weh zu sehen, wie sehr er sich selbst immer noch ablehnte. «Ey, ich hab dir tausendmal weh getan, und beim tausendundersten Mal hast du dann endlich mal den Mund aufgemacht. Suleika hat mich immer viel schneller runtergeputzt.»

«Suleika?» Das war das Stichwort. Das eine Thema, das mich immer noch so brennend interessierte. «Darf ich dich was fragen zu Suleika?»

«Sicher …» Er hatte offenbar nicht vor, mir noch irgendwas zu verheimlichen.

Ich schilderte ihm kurz das Gespräch, das ich mit Suleika

geführt hatte damals, als ich an der Spree zufällig auf sie gestoßen war und wo sie mir unter anderem erzählt hatte, dass sie mit Nicki nach seiner Therapie eine gemeinsame Zukunft aufbauen wolle.

«Ist das wahr?», schloss ich den Bericht.

Er zuckte mit den Schultern und richtete seinen Blick zu der Laterne empor. «Ehrlich gesagt denk ich da im Moment nicht so darüber nach. Ich glaub, dass sie das gern will, ja. Wir sind in Kontakt zueinander, aber den muss ich ja abbrechen, wenn ich in der Therapie bin. Ich mein, was nach ein, zwei Jahren ist – wer weiß das schon? Kann ja sein, dass sie 'nen Neuen trifft in der Zwischenzeit.»

«Möchtest *du* denn nachher mit ihr zusammen sein?», fragte ich mit Herzklopfen.

«Ganz ehrlich, Maya, ich denk da jetzt wirklich nicht so dran. Hab momentan mehr als genug mit mir selbst zu tun. Außerdem … spielt es ja keine Rolle mehr, oder?»

Ich nickte beiläufig. Ich verstand nicht so richtig, warum das Thema mich einfach nicht kalt ließ.

«Bist du denn …?» Er sah mich nun etwas schüchtern von der Seite an. «Bist du mit jemandem zusammen? Was ist mit dem Jungen aus deiner Klasse?»

«Elijah?»

«Ja. Er würde gut zu dir passen, finde ich …»

«Echt?» Ich war fast ein wenig pikiert, dass er so gar nicht eifersüchtig reagierte. Dass er sich eher so anhörte, als sei es ihm ziemlich egal, ob ich mit einem anderen zusammen war oder nicht.

Ja, ich hatte mir diese gedankliche Verbindung vorher eindeutig nur eingebildet … ein weiterer Beweis für meine allzu romantische Veranlagung. Höchste Zeit, endlich aufzuwachen und nüchterner zu werden. Die Dinge verhielten sich nun mal nicht so, wie sie in meiner Wunschvorstellung waren.

Einen Moment war ich versucht, ein wenig zu pokern und eine Andeutung zu machen, dass ich eine Beziehung mit Elijah in Erwägung zog. Ich hätte zu gern gewusst, wie Nicki darauf reagiert hätte. Aber natürlich verwarf ich diese flüchtige Versuchung wieder. Das wäre ja nicht die Wahrheit gewesen, und ich wollte mir selbst treu bleiben.

«Nein, ich bin nicht mit ihm zusammen», sagte ich deswegen. «Ich bin jetzt noch nicht bereit für eine neue Beziehung. Ich muss erst selber rausfinden, was ich will und vor allem: Wo ich in Zukunft sein will.»

«Verstehe», sagte er und wandte seine Augen wieder von mir ab. Ich hatte gehofft, dass er mehr dazu sagen würde, aber das tat er nicht.

«Ich bin nämlich überhaupt noch nicht sicher, ob ich in Berlin bleiben möchte oder wieder hierher zurückkommen will», platzte ich heraus. Diese Frage hatte mich die letzten Wochen regelrecht verfolgt, und dieser Zustand, nicht mehr zu wissen, wo man hingehörte, wurde immer unerträglicher.

«Was hält dich denn in Berlin?», fragte Domenico, den Blick wieder auf seine Füße gerichtet.

«Meine Freunde. Elijah, Vicky, Amy ...»

«Sind das wirklich so enge Freunde? Hast du nicht die besseren Freunde hier? Delia, Patrik, Manu ...?»

«Hmm.» Darauf wusste ich einen Moment lang nichts zu erwidern.

«Ich meine, sind nicht diese zwei Mädels, Amy und Vicky, eigentlich ziemlich oberflächlich? Was machst du mit denen? Doch nur abhängen, oder?»

«Wir haben viel Spaß. Und Elijah – er ist ein wirklicher Freund.»

«Ja, der ist schon in Ordnung. Aber gibt dir das was? Kannst du mit diesen Mädels denn ernsthafte Gespräche haben? Ich mein, so wie mit Delia zum Beispiel?»

«Nein», musste ich ihm Recht geben. Ich dachte an ihre oberflächlichen Ratschläge, was meine Männerwahl betraf, und wie sie selber diese Dinge handhabten.

«Und Patrik – ich mein, er ist doch ein ebenso guter Freund wie Elijah, o no?»

«Der Kontakt mit ihm ist etwas eingeschlafen», musste ich zugeben.

«Ja, ich weiß. Geht mir ähnlich. Trotzdem – er ist immer noch unser Freund.»

«Hmm ...» Ich sah ebenfalls zu Boden, weil ich nicht mehr so genau wusste, wohin ich meinen Blick richten sollte. Domenico und ich redeten schon eine ganze Weile miteinander, ohne einander anzusehen.

«Ich wollt nur sagen damit ... vielleicht wirst du auf Dauer doch *hier* glücklicher. Auch wenn deine Eltern weit weg sind. Aber hier hast du deine Wurzeln. Ich mein ... ich weiß, wie elend es sich anfühlt, nicht zu wissen, wohin man gehört.»

«Ich weiß ...»

«Aber ... es geht mich nichts mehr an, verstehst du. Ich muss nämlich ...»

«Was?» Ich drehte flugs den Kopf zu ihm. Der Tonfall in seiner Stimme hatte sich im letzten Satz drastisch verändert. «Was musst du?»

«Es geht um das, was ich dir sagen möchte ...» Er zögerte nun gewaltig. Irgendwas Gefährliches lag in der Luft. Mein Herz begann schneller zu schlagen, während ich atemlos darauf wartete, was er mir zu sagen hatte.

«Du weißt, ich hab dir gesagt, dass ich in der Therapie keinen Kontakt nach draußen haben darf – außer zu Morten und Hendrik», begann er.

«Ja, das weiß ich. Und?»

«Ich hab viel nachgedacht. Ich möchte ... ja, ich möchte die Sache ganz beenden.»

«Ganz beenden? Was meinst du damit?» Wie so oft drückte er sich nicht so aus, dass ich ihn auf Anhieb verstand.

«Ich möchte dir für immer Lebewohl sagen», brachte er die Sache auf den Punkt. «Das mein ich damit.»

«Was? Das meinst du doch nicht im Ernst?»

Er wandte mir sein Gesicht zu und nahm nun offenbar seine ganze Kraft zusammen, um mir fest in die Augen zu blicken.

«Ich hab ... ich hab viele Nächte lang drüber nachgegrübelt», sagte er leise. «Und bin zu dem Schluss gekommen, dass es die einzig richtige Lösung ist. Ich hab immer ganz tief drin gewusst, dass ich das eigentlich damals schon hätte tun sollen, als ich zum ersten Mal zurück nach Sizilien ging. Dass ich, als du mich in Sizilien suchen kamst, vor dir hätte weglaufen sollen, so dass du mich gar nicht besser kennengelernt hättest. Dieser Gedanke hat mich so oft verfolgt.»

«Aber da bin ich völlig anderer Meinung!», sagte ich verzweifelt, während sich in meinem Herzen ein tiefer, hilfloser Schmerz auszubreiten begann. «Ich bin froh, dass ich dich kennengelernt hab!»

Er schüttelte traurig den Kopf, während er mich weiter aus seinen mandelförmigen, ausdrucksstarken Augen anschaute, die mich selbst im gedämpften Licht der Laterne wieder einmal mehr aufwühlten – womöglich das letzte Mal!

«Es wäre besser gewesen für dich, wenn wir uns nicht begegnet wären. Davon bin ich überzeugt», sagte er.

«Aber nun sind wir uns eben begegnet!», wehrte ich mich. «Und es hat mein Leben bereichert! Ohne dich wäre ich vielleicht für immer das Mauerblümchen geblieben!»

«Das glaub ich nicht. Dafür bist du viel zu stark. Du wärst schon aus dir rausgekommen. Vielleicht etwas später, aber das wär doch egal gewesen. Aber du hättest viele der Schmerzen nicht erleiden müssen. Und ich …» Er biss sich auf die Lippen. «Ich wär wohl für immer auf Sizilien geblieben. Mit Mingo. Und wir wären irgendwann nach Licata zu Zio Giacomo gegangen, und Mingo wäre wohl heute noch am Leben …»

«Aber das kannst du ja nicht wissen, oder?»

Er senkte seinen Blick. «Doch …», sagte er traurig.

«Aber du hast dich doch gar nicht mehr an Zio Giacomo erinnert!» Ich spürte, wie Wut in mir aufstieg – Wut, dass nun quasi *ich* in seinen Augen der Auslöser von Mingos Tod gewesen war.

«Ich hätte es rausfinden können.»

«Und wie denn, bitte?»

«Licata. Ich hab mich irgendwie an Licata erinnert. Wir hätten einfach dorthin gehen sollen. Ich hätte das Haus gefunden. Garantiert. Aber wir hatten beide Angst, Mingo und ich. Aber Mingo wäre mir gefolgt, wenn ich diesen Schritt gewagt hätte. Und Zio Giacomo hätte uns wiedererkannt und ihm geholfen. Da bin ich mir ganz sicher.»

Ich stieß voller Fassungslosigkeit die Luft aus.

«Damit sagst du, dass *ich* im Grunde schuld bin an Mingos Tod, ist dir das klar?»

Mist, ich wollte doch jetzt alles andere als streiten! Aber diese Behauptung hier tat einfach grausam weh!

«Nein!» Er sah mich entsetzt an. «Nein, du bist doch nicht schuld daran! Wie kommst du auf diesen Gedanken?»

«Weil du ja offensichtlich wegen mir nach Deutschland zurückgekommen bist.»

«Ja, bin ich. Aber das ist doch nicht *dein* Fehler. Es ist einfach, wie's ist. Ich will damit nur sagen, dass es für uns beide besser ist, wenn wir hier 'nen endgültigen Schlussstrich ziehen. Für dich und für mich. Das ist alles.»

«Aber ist das wirklich nötig? Ich dachte, dass wir trotzdem Freunde bleiben werden …?» Es war meiner Stimme anzuhören, dass mir gleich die Tränen kommen würden.

«Das werden wir. In unseren Herzen auf jeden Fall.» Auch seine Stimme hatte an Festigkeit verloren. «Aber *du* – du musst nun unbedingt nach vorn schauen. Du musst mich vergessen und dir 'nen neuen Typen suchen. Einen, der dir mehr geben kann als ich. Der dir guttut. Ich werde nie derjenige sein für dich, den du brauchst. Ich werde immer Wunden und Narben mit mir rumtragen, auch wenn ich immer besser lernen werde, damit umzugehen. Aber wenn du mich nicht vergessen kannst, wirst du nie frei sein, was Neues zu beginnen.»

Sehr vorsichtig hob er seinen Arm und berührte mit seiner Hand ganz kurz meine Schulter und mein Haar.

«Ich möchte nur eins für dich», sagte er leise. «Ich möchte, dass du glücklich wirst. Mit einem Mann, der richtig gut zu dir ist und dich anständig behandelt, wie du es verdienst.»

Unwillkürlich schluchzte ich auf. Es hatte keinen Zweck mehr, gegen die Tränen zu kämpfen. Sie schossen unkontrolliert aus meinen Augen hervor und begannen, über meine Wangen zu rollen. Und ich dachte daran, wie Domenico mir früher immer mit seinem Finger sanft die Tränen weggewischt hatte.

Doch dieses Mal tat er es nicht. Er wagte es nicht …

«Und ich ...», fuhr er fast im Flüsterton fort, «auch ich muss das alles hinter mir lassen. Ich muss auch ganz neu anfangen und mir meine Zukunft bauen. Meine Hauptaufgabe wird Manuel sein. Er wird mich so sehr brauchen. Solange ich dich dauernd in meinen Gedanken habe ...» Er stockte und suchte einen Moment lang fieberhaft nach den rechten Worten. «So lange werde ich jedenfalls nicht fähig sein, irgendwas Stabiles aufzubauen.»

Ich wischte mir mit meinem Ärmel die Tränen ab, doch sie wollten nicht so schnell versiegen. Ich hatte schon öfters gehört, dass es besser war, nach Trennungen den Kontakt ganz abzubrechen, um wieder frisch nach vorne schauen zu können. Aber meine Seele konnte und wollte es einfach noch nicht fassen.

«Es wird am Anfang weh tun, aber es ist das Beste für uns beide», schloss Domenico und rieb sich nun ebenfalls die Augen trocken.

Obwohl damit alles gesagt war, wollte keiner von uns gehen. Eine ganze Weile lang blieben wir einfach stumm da stehen, sahen abwechselnd zu der Laterne hoch, nur damit unsere Blicke sich dann wieder begegneten und schließlich erneut gen Himmel gerichtet wurden, wo der Mond langsam hinter den Baumwipfeln verschwand und die Sterne dadurch deutlicher sichtbar wurden. Frühlingsluft ... im Frühling nahm man doch eigentlich keinen Abschied!

Es war auch im Frühling gewesen, und zwar fast zur selben Zeit, als wir damals hier gestanden und miteinander die ersten schüchternen Versuche zu unserer Beziehung gewagt hatten ...

*Nein, nein, nein, das kann doch einfach nicht sein*, schrie es in mir drin. *Es kann doch nicht sein, dass diese wunderschöne Liebe einfach zerbrochen ist!*

«Damals, als ich mich zum ersten Mal von dir verabschiedete hier ...», hörte ich Domenicos Stimme nahe an meinem Ohr. Ich hatte nicht gemerkt, dass ich die Augen zugemacht hatte.

«Ich war damals so wütend über mich selber ... und ich hab die Laterne kaputtgemacht und mich mit einem der

Splitter geritzt ... und ich wollte nicht, dass du das je erfährst. Ich weiß nicht, warum ich dir das jetzt sage, aber ich ... ich werde das nicht mehr tun ... sorry, ich ... ich weiß nicht. Wollte einfach nur, dass du ... ja, dass du das irgendwie auch noch weißt und damit ich keine Geheimnisse mehr vor dir habe.»

«Danke, Nicki ...» Mehr wusste ich nicht zu erwidern. Mehr hätte meine Stimme auch nicht mehr hervorgebracht.

«Es gibt nun keine Geheimnisse mehr, Maya ...»

Ich nickte. Viel fehlte nicht mehr, und ich hätte mich einfach nur noch voller Schmerz auf die Erde geworfen.

«Okay. Lass es uns hinter uns bringen. Hier und jetzt. Nachher fahr ich dich zu Delia, aber dann werden wir uns nicht mehr verabschieden. Lass es uns *jetzt* tun. Mach die Augen zu.»

«Ich hab sie doch schon zu», schniefte ich. «Hast du sie auch zu?»

«Ja. Ich umarm dich jetzt einfach, okay? Ich sag nichts mehr. Und du auch nicht. Wir umarmen uns einfach, ja?»

«Einverstanden ...»

Und wir umarmten uns, erst vorsichtig, doch dann immer fester.

Ein letztes Mal legte ich meinen Kopf auf seine Schulter, und ein letztes Mal sog ich seinen Geruch nach Tabak, Meer und Sonne in mich auf. Sein Geruch, der sich so fest in seinen Körper und seine Haut eingebrannt hatte, dass er ihn wohl nie loswerden würde.

Oder hatte er sich einfach nur so fest in meinem Gedächtnis verankert, dass ich ihn immer noch roch, obwohl er vielleicht längst nicht mehr da war? War er lediglich eine Erinnerung?

Eine Erinnerung ... genau das, was nun auch Nicki werden würde für mich.

*3 Jahre später*

# 17. Klassentreffen

«Haben wir alles?» Delia zählte zum wohl hundertsten Mal Teller, Bestecke und Gläser nach. «Zehn Leute. Stimmt doch, oder?»

«Du, Manu, ich, Ronny, Patrik, André, Evelyn, Karin, Katharina und Dani», zählte ich zum vielleicht ebenfalls hundertsten Male nach.

«Immerhin. Das ist doch nicht schlecht, oder?» Manuela sah uns begeistert an. «Man kriegt ja eh nie alle Leute zu einem Klassentreffen zusammen.»

«Das ist mehr als die Hälfte», überlegte ich. «Na ja, zumindest von denen, die am Ende der zehnten Klasse noch übrig geblieben waren. Bis auf Dani, der ist ja auch vorher abgegangen. Und Karin auch.»

«Ronny wird sich freuen», bemerkte Delia trocken und band ihr langes Haar am Hinterkopf hoch. «Er und Dani hingen ja immer viel zusammen rum. Ich bin einfach nur froh, dass diese blöde Zicke Isabelle nicht kommt.»

«Das war ja abzusehen», sagte ich. «Wir haben sie ja auch nur aus Höflichkeit eingeladen.» Ich düste in mein Zimmer, um mein Smartphone zu holen. Ich hatte allen meine Nummer gegeben, damit sie sich melden konnten, falls sie den Weg zu uns nicht finden würden.

In meinem Zimmer herrschte im Augenblick grad ziemliches Chaos, weil ich am Sortieren einiger alter Sachen war. Ich stand vor der Entscheidung, einiges wegzuwerfen, was mir alles andere als leicht fiel. So war fast der ganze Parkettboden meines ohnehin schon recht kleinen Zimmers mit Papierstapeln und Kartonschachteln übersät.

Ich steckte mein Handy in meine Hosentasche und hielt einen Moment inne, um mich in dem kleinen Spiegel auf meiner Kommode zu betrachten. Ich band rasch meinen Pferdeschwanz neu, der vorhin etwas schief gesessen hatte. Seit Jahren trug ich zu diesem Look am liebsten große, silberne Ohrringe. Manche Sachen änderten sich einfach nicht …

Nach einem letzten halbwegs zufriedenen Blick in den Spiegel gesellte ich mich wieder zu Delia und Manuela.

«Wow, ich bin ja so gespannt!» Delia war gerade dabei, die Bowle ins Wohnzimmer zu schleppen. «Denkt nur, wir haben einige von ihnen seit mindestens sechs Jahren oder sogar noch länger nicht gesehen.»

«Tja, warte erst mal, bis wir alle noch älter sind und davon reden werden, dass wir mal vor fünfundzwanzig Jahren zusammen in die Klasse gegangen sind.»

«Uhh, daran will ich gar nicht denken», stöhnte Delia. «Dann sitz ich da schon mit den ersten Falten.» Sie strich sich über ihr Gesicht mit der makellosen Haut. Es war alles andere als einfach, sich Delia mit Falten vorzustellen, doch natürlich würde dies eines Tages unweigerlich so sein.

«Wir alle, Deli, wir alle», sagte ich. «Keiner bleibt für immer jung und schön. Ich hab übrigens heute auch meine erste Falte entdeckt. Immerhin werd ich ja heute zweiundzwanzig.»

«Wo, bitte schön?», fragte Delia.

«Hier. Unter dem linken Auge», sagte ich und deutete darauf. Delia kam mit ihrem Gesicht nah an mich heran, um die vermeintliche Falte zu untersuchen, schüttelte aber nur den Kopf.

«Ich sehe nix. Außerdem werde *ich* garantiert vor dir Falten kriegen. Ich hab eine viel dünnere und sensiblere Haut als du.»

«Das war übrigens 'ne prima Idee, das Klassentreffen gleich mit deinem Geburtstagsfest zu verbinden, Maya», unterbrach Manuela unsere Faltendiskussion.

«Na ja, ich dachte, wenn schon, denn schon ...» Ich war regelrecht ein wenig stolz auf mich: Das Klassentreffen war *meine* Idee gewesen, und ich hatte die Einladungen verschickt. Natürlich hatten Delia und Manuela mir eifrig bei den Vorbereitungen geholfen, so dass es unser gemeinsames Projekt war.

Etwas später stieß Ronny zu uns. Er hatte noch den Mixer aus seiner und Delias gemeinsamen Wohnung geholt – etwas, was in Manuelas und meinem Haushalt immer noch fehlte. So konnten wir noch auf die Schnelle ein paar Smoothies herstellen, ehe es im Fünfminutentakt an der Tür zu klingeln begann.

Patrik war der Erste. Der gute alte Patrik! Ihn hatte ich schon seit Wochen nicht mehr live gesehen, seit er in eine andere Stadt gezogen war, um dort sein Studium an einer technischen Fachhochschule zu absolvieren. Er hatte sich dadurch so positiv verändert. Seit er zu unserer aller Überraschung bei seiner Mutter ausgezogen war, die ihn dauernd gut bekocht hatte, hatte er einige Kilos abgenommen und war nun dabei, sich zu einem durchaus attraktiven jungen Mann zu entwickeln. Er ragte vielleicht nicht gerade mit seiner Körpergröße heraus, dafür aber mit Intelligenz.

Wir umarmten einander, und er drückte mir einen kleinen Rosenstrauß in die Hand.

«Z-zum Geburtstag», sagte er strahlend. Patrik war seinen Sprachfehler nie ganz losgeworden, aber mich hatte es nie gestört.

«Danke!» Ich hatte überhaupt nicht mit einem Geburtstagsgeschenk gerechnet. Ehrlich gesagt galt mein Hauptfokus dem Klassentreffen. Das andere war Nebensache. Zweiundzwanzig war ja auch kein besonders spektakuläres Alter.

Als Nächstes trudelten Evelyn und André ein.

Und danach Karin und Katharina. Nur Dani hatte sich für später angekündigt, da er am Abend noch Schule hatte.

Delia, Manuela und ich hatten alle Hände voll zu tun, um die Leute in Empfang zu nehmen, ihnen Jacken und Mäntel abzunehmen, sie ins Wohnzimmer zu bitten und Snacks und die belegten Brötchen aufzutischen. André half uns, indem er die Weinflaschen entkorkte, weil weder Delia noch Manuela noch ich das zustande brachten.

Während ich jedem ein Glas einschenkte und reichte, war ich damit beschäftigt, jeden Einzelnen gründlich zu studieren. Wie sehr sich alle verändert hatten! Vor allen Dingen die jungen Männer, denen nun Bärte sprossen und deren Körperhaltung dabei war, sich von jugendlich schlaksig zu der Haltung von erwachsenen Männern zu entwickeln.

Die erste halbe Stunde verbrachten wir wild durcheinander redend und essend im Wohnzimmer. Ich kam mir etwas unhöflich vor, weil ich mit Manuela, André, Ronny, Patrik und Delia auf der Couch saß, während die anderen Mädels sich auf der Matte zusammengepfercht hatten. Es schien ihnen jedoch nichts auszumachen. Doch ich stellte bald fest, dass sich dadurch zwei Gesprächsgruppen ergaben, und das fand ich schade. Ich wollte schließlich von allen etwas erfahren.

Entschlossen nahm ich deshalb mein Glas und klimperte mit dem Löffel daran, um für einen Moment Aufmerksamkeit zu bekommen – was eigentlich so ganz entgegen meinem Charakter war. Ich hielt nicht gern Reden.

«Los, kommt, Leute, wir erzählen nun der Reihe nach unsere Storys», rief ich. «Ich will schließlich alle eure Geschichten hören. Facebook verrät zwar eine Menge, aber auch nicht alles!»

«Hängt davon ab, wie viel man preisgibt», sagte André. «Es gibt ja Leute, die verkünden sogar, wenn sie aufs Klo gehen. Aber von mir aus: Gute Idee! Erzählen wir der Reihe nach.»

Alle murmelten zustimmend.

«Und wer fängt an?» Ich blickte in die Runde.

«Ich würd sagen, diejenige, die Geburtstag hat», schlug André vor.

«Oh nein», widersprach ich. «Ich würde sagen, das Geburtstagskind kommt zuletzt dran.»

«Na gut. Dann schlage ich vor …» André schaute forschend in die Runde, und sein Blick blieb an Manuela haften, die neben ihm saß. «Manu fängt an.»

«Och, ich doch nicht. Ich hab doch bestimmt die langweiligste Geschichte von allen», maulte Manuela.

«Ach was. Wird schon nicht so schlimm sein. Los.» André knuffte sie ein wenig in die Seite.

Manuela rollte mit den Augen. «Also gut: Ich hab letzten Herbst meine ach so tolle kaufmännische Lehre abgeschlossen, und nun jobbe ich im Büro. Und ich bin immer noch Single. Das war's auch schon. Klingt doch nach dem totalen Traumleben, oder?», meinte sie ironisch.

«Ach komm, du willst mir doch nicht erzählen, dass du immer noch keinen Kerl gefunden hast?» André sah Manuela unverhohlen an. «Kann ja nicht sein, oder?»

Ja, es war in der Tat nicht ganz zu verstehen: Manuela sah nun wirklich nicht aus wie ein Bus von hinten. Im Gegenteil: Mit ihrer neuen Kurzhaarfrisur sah sie richtig süß und frech aus. Eigentlich hätten die Jungs meiner Meinung nach bei ihr Schlange stehen müssen, doch Manuela behauptete nach wie vor steif und fest, dass sich Männer grundsätzlich nicht für sie interessierten.

«Die gute Manu ist halt etwas anspruchsvoll», versuchte Delia den Umstand zu erklären. «Sie wartet auf den Mann, den es nicht gibt. Und die armen Typen, die sich nach ihr die Köpfe umdrehen, lässt sie einfach stehen.»

«Nein, eben nicht!», widersprach Manuela energisch. «Das ist es ja gerade: Nach mir dreht sich kein Typ um! Keiner. Wirklich absolut keiner!»

«Und was war das letzte Woche, als wir im *Blue* waren? War das etwa keiner?»

«Ach, dieser verzweifelte Ausländer da.» Manuela winkte ab. «Der wollte doch nur einfach irgendeine haben, damit er nicht allein ist. Konnte ja kaum Deutsch. Das ist es ja: Für mich interessieren sich, wenn schon, dann nur *solche* Typen. Aber die richtig guten Männer, die wollen halt nicht so eine uninteressante kaufmännische Angestellte wie mich haben.»

Und schon waren wir wieder mittendrin in Manuelas Problemen und ihren ewigen Minderwertigkeitskomplexen.

«Wie oft muss ich dir noch sagen, dass das ganz bestimmt nicht der Grund ist, sondern der Grund ist einfach, dass du kaum Männer an dich ranlässt», schimpfte Delia. «Jetzt hör doch endlich auf mit dieser blöden Masche!»

«Okay», lenkte Manuela ein, die offenbar begriff, dass sie da gerade eine ziemlich tragische Figur abgab und auch von Evelyn und den anderen Mädels eher mitleidige Blicke als Verständnis erntete. «Also, eigentlich ist es mir ja zurzeit egal, da ich eh andere Pläne hab: Sobald ich nämlich Geld beisammen hab, melde ich mich auf der Schauspielschule an. Ob es meinen Eltern passt oder nicht. Und dort finde ich bestimmt den passenden Typen.»

«Wollen wir's hoffen», meinte Delia mit leichtem Sarkasmus. «Irgendwann wirst auch du in der realen Welt aufwachen und sehen, dass Männer eben auch nur Männer und keine Traumprinzen sind.»

Evelyn lachte. «Ich bin auch noch am Suchen, Manu. No worries also. Das wird schon.»

«Ich will halt einfach mehr vom Leben als einfach nur eine gewöhnliche Nullacht-fünfzehn-Beziehung», sagte Manuela.

«Was bitte ist eine Nullacht-fünfzehn-Beziehung?», fragte Delia angriffslustig. «Kannst du mir das bitte definieren?»

Ich witterte Streit. Diese Diskussionen zwischen Manuela und Delia endeten meistens im Uferlosen.

«Ähm ... also, können wir diese Männergeschichten lassen? Wir wollten doch nun alle erst mal erzählen, was wir so machen», versuchte ich die Wogen zu glätten. «Über solche Sachen kann man ja dann noch später diskutieren.»

«Hast Recht ...» Manuela sah mich peinlich berührt an.

«Und wie du Recht hast», legte André noch einen drauf und klopfte Ronny auf den Rücken, der dem ganzen Techtelmechtel mit offenem Mund zugehört hatte. «He, aufwachen, Mann!»

«Äh ... ha?» Ronny war mal wieder nicht ganz mitgekommen.

«Du starrst mindestens so viele Löcher in die Luft, wie sie ein Schweizer Käse hat, Alter. Also gut: Unsere Manu will Schauspielerin werden. Find ich niedlich.»

«Niedlich», schnaubte Manuela. «Na gut, ist ja noch ewig weit weg. Muss mir ja noch ein paar Jahre lang den Hintern in diesem langweiligen Kabuff absitzen.»

Die zweite Frage war, ob die eher zögerliche Manuela eines Tages diese Träume wirklich umsetzen würde oder ob sie sich dann irgendwann aus lauter Bequemlichkeit doch mit einem sogenannten mittelmäßigen Leben begnügen würde. Ich hatte sie ja nun in der Zeit, in der wir zusammen eine WG teilten, etwas besser kennengelernt. Aber das behielt ich lieber für mich.

«Du bist dran, Delia!», sagte ich deshalb, um Manuela aus ihrer Verlegenheit zu erlösen.

«Tja, was soll ich erzählen?» Delia zuckte mit den Schultern.

«Ja, was wohl? Die Modelaufnahmen auf Facebook sprechen ja ihre eigene Sprache», brummte André anerkennend. «Echt nicht schlecht, Herr Specht.»

«Danke. Ja, es läuft ganz gut», meinte Delia nicht ohne Stolz.

«Hast du denn richtig Aufträge?» Katharina, die uns gegenüber auf der Matratze saß, beugte sich eifrig vor.

«Ja, ich werbe nun für ein recht bekanntes Label. Da konnte ich mir so ein bisschen 'nen Namen aufbauen, so dass auch andere Firmen schon langsam anklopfen.» Delia lächelte.

«Wow!», meinte Evelyn, und ich hörte einen leichten Anflug von Neid in ihrer Stimme.

«Mann, Alter!» André schlug Ronny erneut mit seiner Pranke auf den Rücken. «Deine Frau ist Model. Wer hätte das gedacht?»

Ronny streckte stolz die Brust raus. Es war nicht zu übersehen, dass die Tatsache, so eine schöne Frau zu haben, sein Selbstbewusstsein mächtig aufpolierte.

«Ach, kommt», sagte Delia. «Schön sein ist nicht alles. Ich würde manchmal gern was davon abgeben, wenn ich dafür ein klein wenig intelligenter wäre. Außerdem kann ich noch lange nicht davon leben. Und Ronny ist auch noch nicht ganz fertig mit dem Abschluss, er musste ja die Prüfungen wiederholen. Deswegen möchte ich nun noch eine Lehre als Friseuse und Stylistin machen. Immerhin wollen wir ja auch etwas sparen und aufbauen können.»

«Äh, warte! Ist das wahr, dass ihr zwei geheiratet habt?» Evelyn deutete auf Delia und Ronny. «Oder ist das nur ein Gerücht?»

Als Antwort streckte Delia ihr stolz die rechte Hand mit dem Ehering entgegen und packte Ronnys Hand, um sie neben die ihre zu halten.

«Ist aber nicht wahr!» Evelyn lächelte, doch es lag leichte Skepsis in ihrem Blick.

Ja, Delia und Ronny waren in der Tat seit letztem Herbst verheiratet, und ich war sogar Delias Trauzeugin gewesen.

«So früh geheiratet?» Karin, die bis jetzt nicht viel gesagt hatte, konnte ihr Erstaunen nicht für sich behalten.

«Ja, wieso nicht?» Delia war auf diese Frage gefasst gewesen. «Wir sind nun seit über sechs Jahren zusammen. Wieso soll man da nicht mal eine Entscheidung treffen? Und wenn man weiß, dass man zusammenbleiben möchte, wieso soll man dann nicht heiraten?»

«Schon, aber mit zweiundzwanzig kann man doch solche Entscheidungen noch gar nicht treffen, finde ich. Da hat man doch noch gar nicht richtig gelebt.» Evelyn machte keinen Hehl aus ihren Bedenken.

«Meine Großeltern haben mit achtzehn geheiratet und sind ihr ganzes Leben lang zusammengeblieben», sagte Delia. «Und sie führen eine glückliche Ehe. Natürlich mussten sie auch kämpfen dafür. Aber hallo – ich meine, irgendwann muss man sich doch einfach entscheiden und das dann auch durchziehen. Man kann doch nicht immer gleich weglaufen, wenn es mal etwas schwieriger wird. Liebe ist eben auch eine Entscheidung. Das ist meine Meinung.»

«Tja, ihr müsst es ja wissen», meinte Evelyn. «Gratuliere jedenfalls. Na, dann bist du jetzt auch zumindest deine Schwester los, was?»

«Ja», seufzte Delia. «Das ging einfach nicht mehr. Ich glaub, wir hätten uns irgendwann die Augen ausgekratzt.»

«Linda heißt die, stimmt's?», fragte Karin. «Die war ja zwei Klassen unter uns. Oh ja, ich kann mich noch gut erinnern, wie ihr einander immer fiese Streiche gespielt habt. Ganz am Anfang, als sie an unsere Schule kam, haben wir dir noch geholfen, diese üblen Zettelchen in ihre Schultasche zu schmuggeln.»

«Ja-ja.» Delia winkte ab. «Das war so furchtbar. Ich mag gar nicht mehr dran denken.»

Delia und ihre Schwester hatten sich nie vertragen. Im Gegenteil, seit der Kindheit hatte ein erbitterter Machtkampf zwischen ihnen geherrscht. Warum das so war, konnte wohl niemand wirklich nachvollziehen, am allerwenigsten die beiden Schwestern selber. Umso glücklicher war Delia nun, eine verheiratete Frau zu sein und ein eigenständiges Leben zu führen.

«Und du, Skywalker?», fragte André und gab Ronny einen Klaps. «Wie läuft's bei dir, außer dass du nun unter der Haube bist? Mittlerweile Geheimagent in der Galaxis geworden?»

«Beinahe.» Ronny grinste. «Na jaaaaa ... muss die Prüfungen nochmals wiederholen. Aber das krieg ich schon hin. Und dann bewerb ich mich an der Hochschule und mach weiter zum Kriminalpolizisten. Dann kann ich dich endlich im Namen des galaktischen Imperiums verhaften.»

«Ja? Freu mich drauf.»

Delia verdrehte die Augen. «Ach, Jungs, aus dem Alter seid ihr doch nun wirklich langsam raus.»

«Wer weiß? Jede Wette, Ronny Skywalker träumt immer noch davon, eines Tages an der Jedi-Akademie zu studieren.»

«Nee ... also nein, ich meine ... nein, echt, das mach ich wirklich nicht mehr ...», stotterte Ronny.

«Ja, dank mir», sagte Delia. «Wenn ich deine DVDs und all die Spielsachen nicht ein für alle Mal ins Sozialkaufhaus geschafft hätte, würdest du heute noch damit spielen.»

«Ach Quatsch, selbstverständlich nicht», sagte Ronny und versuchte, eine vernünftige Miene aufzusetzen. Er sah immer noch ein wenig wie ein zu groß geratener Junge aus, der außer einem bisschen Flaum keinen vernünftigen Bart hinkriegte.

«Also, erst mal musst du dich ein wenig ranhalten, damit du überhaupt an der Hochschule aufgenommen wirst, Ronny-Schätzchen», sagte Delia streng.

«Ja-ja. Das schaff ich locker.» Ronny wandte sich von ihr ab und haute nun André auf die Schulter. «Und du, Alter? Was ist mit dir?»

«Ach, habt doch mal vernünftige Umgangsformen», schimpfte Delia. «Alter, Alter, Alter. Mensch, ihr seid erwachsene Männer!»

Ich hätte Delia gern gesagt, dass sie den «Jungs» doch ihren Spaß lassen sollte, aber seit ich Delia kannte, hatte sie es ziemlich eilig mit dem Erwachsenwerden.

André strich sich über sein dichtes Bärtchen, das er am Kinn trug. Er war immer noch ziemlich bullig und vor allen Dingen groß, doch er sah viel friedlicher aus als damals in der Klasse, wo er noch die Kleineren und Schwächeren getriezt hatte. Er war tatsächlich das geworden, was man erwachsen nennen konnte.

«Tja, ich bin auch so ziemlich fertig mit den Vermessungen. Jetzt kann ich dann endlich aufs Feld gehen und Leute anbrüllen.» André grinste.

«Also ist das mit dem Berufsmilitär nach wie vor dein Traum?», fragte Delia.

«Ja, klar. Ich will doch auch eines Tages die Welt retten. Genau wie Ronny.»

«Und bist du immer noch mit deiner Freundin Steffi zusammen?»

«Aber sicher. Geht ja mit mir auf die Berufsschule. Wir wollen bald zusammenziehen.»

«Nicht schlecht», sagte Manuela.

«Tja, das ist auch schon alles von mir.» André hob seine kräftigen Schultern.

«Dann ist jetzt Patrik dran», sagte Delia.

Alle Blicke waren nun auf Patrik gerichtet, der die ganze Zeit still zugehört hatte und nun ganz rote Wangen bekam, als er auf einmal zum Mittelpunkt wurde.

«Ja, ich ... also, ich h-hab den Eignungstest für die Pilotenausbildung b-bestanden.» Spätestens jetzt verwandelte sich der schüchterne Junge in einen übers ganze Gesicht strahlenden jungen Mann. «Ich hab's t-tatsächlich geschafft.»

«Wow! Hut ab, Kleiner.» André, der Patrik früher am meisten gemobbt hatte, freute sich nun wirklich mit ihm und beugte sich über Manuela und mich hinweg, um Patrik anerkennend auf die Schulter zu klopfen.

«D-danke.»

«Und? Irgend 'ne Beziehung oder so was in der Art?», fragte André weiter. «Freundin?»

«N-nein ... d-das heißt, ich hatte mal eine Freundin, aber d-das ist lange her.»

«Oh ja, hast du mal was von Jenny gehört?», warf ich dazwischen.

«Nein, wir haben k-keinen Kontakt mehr. Sie ist ja für immer nach Berlin z-zurückgegangen.»

Stimmt, das hatte ich noch mitbekommen. Ich hatte sie einmal in Berlin getroffen, doch seither hatte ich nie mehr was von ihr gehört. Sie hatte wohl irgendwo in Berlin ein ganz neues Leben angefangen und so, wie ich sie kannte, auch schnell wieder neue Freunde gefunden.

«War das nicht das verrückte Mädel, das nur eine Hand hat?» André versuchte sich angestrengt zu erinnern. «Die ein wenig aussah wie der Pumuckl und immer barfuß rumlief?»

«Ja, das war sie. Sie war ja immer ziemlich crazy. Eben Jenny halt. So 'ne richtige Berliner Schnauze. Eigentlich schade, dass wir den Kontakt mit ihr verloren haben.»

«So kann es gehen im Leben», sagte Katharina. «Warst nicht auch du lange in Berlin, Maya?»

«Ja, ich hab dort Abitur gemacht. Aber es hat mich wieder in die alte Heimat gezogen. Doch nun seid erst ihr dran mit Erzählen. Wir haben ja ausgemacht, dass ich den Schluss mache.»

Nacheinander erzählten nun auch Evelyn, Katharina und Karin von sich. Evelyn absolvierte ein Sprachstudium in Spanisch, Katharina war Krankenschwester geworden und Karin Physiotherapeutin.

In der Zwischenzeit war auch Dani eingetrudelt und schloss sich gleich nahtlos den Erzählungen an. Er holte neben seinem Job in einer Abendschule das Abitur nach und wollte später eine Ausbildung als Chemielaborant machen.

«Krass, Alter», sagte Ronny und boxte Dani kumpelhaft in den Oberarm, als wären sie immer noch alte Sandkastenfreunde. Ich hatte Dani in all den Jahren nie mehr gesehen und sein Gesicht schon fast vergessen. Er trug nun eine Brille und hatte sein braunes Haar brav zurechtgestutzt.

Ich hielt Delia mit einer beschwichtigenden Geste zurück, sich erneut über Ronnys kindisches Verhalten zu äußern.

«Hey Alter, erinnerst du dich noch an die guten alten Zeiten?», fuhr Ronny eifrig fort, der sich unheimlich zu freuen schien, Dani wiederzusehen. «Menschenskind, wir hätten wirklich in Kontakt bleiben sollen.»

«Ja, das war 'ne echt geile Zeit», pflichtete ihm Dani bei. «Blöd, dass ich damals 'ne Ehrenrunde drehen musste. Aber wenn man halt so faul ist wie ich ...»

«Hähä», machte Ronny.

«Also, ihr drei wart früher echt furchtbar», sagte ich mit einem Schmunzeln zu André, Dani und Ronny.

«Ja, das waren wir wirklich», meinte André. «Meine Herren, wir haben tatsächlich kein Haar ganz gelassen. Die Galiani ist ja manchmal echt fast verzweifelt an uns.»

«Ja, wir aber auch», lächelte ich. «Also, ich hatte ja furchtbar Angst vor euch.» Heute konnte ich darüber Sprüche machen, aber damals war es echt alles andere als lustig gewesen.

«Tja, da müssen wir uns wohl im Nachhinein entschuldigen», sagte André grinsend. «Aber wir waren wirklich dumme Lausejungs.»

«Das kann man wohl sagen», pflichtete Delia bei.

«Weiß eigentlich jemand, was aus Isabelle geworden ist?», fragte Evelyn plötzlich. «Ich hab nie wieder mit ihr Kontakt gehabt.»

«Ich bin mit ihr aufs Gymnasium gegangen, bevor ich nach Berlin gezogen bin», sagte ich. «Sie wollte Psychologie studieren. Was dann weiter aus ihr geworden ist, weiß ich aber auch nicht mehr.»

«Das weiß keiner», meinte Delia. «Und ehrlich gesagt interessiert es mich auch nicht.»

«Aber ihr wart doch eine Zeitlang ziemlich gut befreundet?», fragte Karin. «Du und Manuela und Isabelle?»

«Wie man's nimmt. Freundschaft kann man das ja nicht grad nennen. Wir haben einfach nur zusammen rumgehangen, mehr nicht.»

«Sie war ziemlich herrisch, was?», sagte Katharina.

«Milde ausgedrückt, ja.» Delia rollte mit den Augen. «Ehrlich, ich versteh heute auch nicht mehr, warum ich mich mit der abgegeben hab.»

«Was hatte die eigentlich für ein Problem? Dass die so war?», überlegte Karin.

Alle zuckten mit den Schultern, und wir wurden schnell einig, dass es eigentlich nicht so wichtig war für uns, was Isabelle nun machte. Diese Geschichte war vorbei, und das Beste war, sie einfach nur zu den Akten zu legen.

«Hat eigentlich jemand mal wieder was von der Galiani gehört?», warf Evelyn ein. «Unserer ehemaligen Klassenlehrerin? Eigentlich hätten wir sie auch einladen sollen ...»

«Ich wollte ja, aber sie ist zurzeit mit ihrem Mann in Italien, um dort zu unterrichten», wusste ich zu erzählen. «Ich hatte ja noch länger mit ihr Kontakt aufgrund von ein paar persönlichen Dingen, aber mittlerweile ist das halt auch etwas eingeschlafen. Wie Katharina vorhin sagte: So geht es eben manchmal im Leben ...»

«Stimmt schon», meinte Delia. «Ich hatte irgendwie immer etwas Angst vor ihr. Einerseits war sie total nett und mitfühlend, andererseits konnte sie so spöttisch sein ...»

«Also, hinterher muss ich sagen: Es war gut, dass sie so war», bemerkte André. «Sonst hätten wir es damals noch viel schlimmer getrieben. Sie hatte uns glücklicherweise recht gut im Griff.»

Wir schmunzelten. Wie erwachsen und vernünftig André geworden war! Was so ein paar Jährchen und eine Freundin doch ausmachen konnten ...

«Erinnert ihr euch noch an damals in London?», fragte Manuela plötzlich. «Als wir da im Hard-Rock-Café einander unsere Zukunftspläne erzählt haben?»

«Ja, jetzt, wo du's sagst», lächelte Delia.

«Da waren wir aber nicht dabei ...», meinte Katharina.

«Nein, ihr habt an einem anderen Tisch gesessen», sagte ich.

«London?», fragte Karin.

«Unsere Abschlussreise», erklärte ich. «Du warst ja nicht mehr in unserer Klasse zu dieser Zeit. Und Dani auch nicht ...»

«Und was willst du damit sagen, Manu?», unterbrach mich Delia gespannt.

«Na ja, praktisch alle von uns haben nun das gemacht, was sie damals gesagt haben. Aber wird es auch so bleiben? Werden wir diese Berufe unser Leben lang ausüben?»

«Wer weiß?», sagte ich.

«Also, ich nämlich sicher nicht», sagte Manuela. «Aber ich sagte ja schon damals, dass ich Schauspielerin werden will.»

«Also, ich werde s-sicher so lange Pilot sein, wie ich k-kann», sagte Patrik. «D-das war ja immer mein Traum.»

«Ich weiß noch nicht, ob ich mein Leben lang Leute anbrüllen werde», grinste André. «Kann sein, dass ich das irgendwann über habe und Kindergärtner werde.»

Wir lachten über diese Vorstellung.

«Ich werde ja auch nicht ewig als Model arbeiten können», sagte Delia leise. «Irgendwann werde ja auch ich alt und hässlich werden.»

«Was?» Ronny starrte sie entgeistert an.

«Ja, denkst du, ich bleibe immer so jung und frisch? Du auch nicht, mein Lieber.»

Ronny blinzelte. Offenbar war ihm das noch nie wirklich bewusst geworden, dass seine schöne Frau auch irgendwann älter werden würde.

«Na jaaaa ...», sagte er schließlich gedehnt und legte etwas unbeholfen den Arm um Delia. «Es gibt ja auch ... schöne alte Leute.»

«Nun, es kommt immer drauf an, was man selber daraus macht», sagte ich weise. «Ich glaube auch, dass man alt und gleichzeitig schön sein kann. Schön eben auf eine andere Weise. Und ich kann mir beim besten Willen nicht vorstellen, dass Delia jemals hässlich aussehen wird, selbst wenn sie mal Falten im Gesicht haben und vielleicht ein paar Kilo mehr auf den Hüften haben wird.»

«Was ist denn nun eigentlich mit dir, Maya?», fragte Evelyn. «Du hast jetzt immer noch nicht über dich erzählt, was du so machst.»

Alle schauten mich erwartungsvoll an.

«Stimmt», sagte ich. «Das habe ich fast vergessen. Also,

auch ich folge dem, was wir damals in London alles gesagt haben, und mach im Moment den Bachelor in Medizin. Aber ehrlich gesagt bin ich mir immer noch nicht sicher, was ich danach mache. Um wirklich als Ärztin praktizieren zu können, muss ich noch den Masterabschluss machen. Aber die Praxis meines Vaters kann ich ja nicht mehr übernehmen, weil er sie verkauft hat. Wir werden also sehen. Ich nehm eins nach dem anderen.»

«Wie lange warst du denn insgesamt in Berlin?» Evelyn sah mich an.

«Etwa ein Jahr. Ich hab ja, wie gesagt, mein Abitur dort gemacht.»

«Was hat dich denn eigentlich dorthin verschlagen?»

«Oh ... das ist eine gute Frage. Ich bin ja eigentlich nur wegen meines damaligen Freundes nach Berlin gegangen.»

«Du hattest einen Freund in Berlin? Das wusste ich ja gar nicht», sagte Evelyn überrascht.

«Warst du nicht lange Zeit mit diesem verrückten Typen da zusammen?», warf Karin dazwischen. «Dieser ... wie hieß er noch gleich? Der für ein paar Wochen in unserer Klasse war?»

«Du meinst Domenico? Ja – wegen ihm bin ich ja nach Berlin gegangen. Aber das ist eine lange Geschichte ...»

«Ach, war das *der*?!», platzte Dani heraus. «Dieser Italiener, der sich mit André geprügelt hat? Der nach ein paar Wochen schon wieder rausgeschmissen wurde, weil er irgendwas geklaut hatte ... Ja, was ist eigentlich aus dem geworden?»

«Tja ... der lebt nun auf Sizilien.» Ich war immer ziemlich vorsichtig darin, Informationen über diesen Lebensabschnitt preiszugeben.

«Warte ...» Dani runzelte die Stirn. «Jetzt fällt's mir wieder ein! Hatte der nicht Delia verprügelt und ist dann nach Sizilien abgehauen?»

Delia zuckte leicht zusammen. Dieses Thema gehörte zu den schmerzhaftesten Erinnerungen ihres Lebens. Ich beeilte mich daher, das Gespräch schnellstmöglich wieder in andere Bahnen zu lenken.

«Ja. Aber er ist dann wieder aus Sizilien zurückgekommen. Und dann kamen wir zusammen ... für lange Zeit.»

«Genau!» Evelyn schnippte mit den Fingern. «Und dann hat er uns doch noch mal in der Klasse besucht, um sich zu entschuldigen, und brach dann im Turnen zusammen. Erinnert ihr euch? Er hatte so eine Art Lungenkollaps, und dann musste doch der Krankenwagen kommen.»

«Oh ja, stimmt! Herrje, das war schrecklich.» Katharina verzog das Gesicht.

Aber Dani, der Domenicos Rückkehr aus Sizilien nicht mehr mitbekommen hatte, schwelgte noch ganz in den Erinnerungen an die anfängliche Zeit, in der Domenico noch in unsere Klasse gegangen war. «Ja, Mann, ich weiß nur noch, dass die Polizei kam und es ein Riesentheater gab und er in der ganzen Stadt gesucht wurde. Überall im Radio kam das. Und dann war noch gleichzeitig dieses heftige Gewitter ... hat doch voll zum Ganzen gepasst.»

«Ja, allerdings ...», meinte Manuela.

«Wow, das war ganz schön heavy. Der Typ war schon irgendwie krass, oder?», fuhr Dani unbeirrt fort. «Der hatte doch damals gleich am zweiten Tag schon geschwänzt und in der ersten Pause fast ein halbes Päckchen Kippen durchgequalmt. Ich traf ihn mal im Flur und fragte, ob er der Neue sei, und da sagte er, ich soll mich vorsehen, er würde hier schnell das Sagen haben. Und dann hat er André flachgelegt in einer Prügelei. Das war so abgefahren. Das hat's echt nie gegeben vorher. Und später haben wir ihn doch alle zusammen vermöbelt, und dann ist der Biedermann gekommen!»

«Oh ja, der olle Biedi», feixte Ronny.

«Wir waren doch alle in ihn verliebt, heimlich», meinte Karin ein wenig schmunzelnd.

«In den Biedi?» Ronny starrte sie entsetzt an.

«Nein, doch nicht in den Biedermann! Bist du verrückt? In Domenico natürlich. Aber keine wollte es zugeben.»

«Ach so», schmollte Ronny beschämt, der einfach das Talent hatte, manchmal ein wenig langsam zu denken. Es fiel mir noch nicht ganz leicht, ihn mir eines Tages als Kriminalbeamten vorzustellen.

«Da ist was dran.» Katharina errötete leicht. «Nico sah ja auch wirklich ... umwerfend gut aus.»

«Aber wie lange warst du denn nun insgesamt mit ihm zusammen?», fragte Evelyn lauernd.

«Also, unsere Freundschaft hat etwa viereinhalb Jahre gedauert, ein Paar waren wir offiziell etwa zweieinhalb Jahre. Allerdings mit vielen Ups und Downs und langen Trennungen dazwischen. Er war mal ein halbes Jahr in Therapie und ein paar Wochen in der Klinik und so weiter. Er hatte ja ziemliche Probleme aus seiner Kindheit ...»

«War er nicht sogar noch im Knast?», warf Katharina ein. «Das war doch in London auf der Abschlussreise, als er diese Typen da zusammengeschlagen hat? Da musste er doch hinterher ein paar Wochen in Untersuchungshaft oder so.»

«Ja, das auch», sagte ich. «Also eigentlich haben ja diese betrunkenen Engländer angefangen, aber er hat's dann ziemlich übertrieben und einen der Typen so brutal verprügelt, dass der eine leichte Behinderung davontrug. Solche Geschichten gab es leider öfters mit ihm ...»

«War er nicht auch irgendwie drogenabhängig?» Diese Frage kam wieder von Evelyn.

«Ja, er hat Pillen genommen. Er war ja auch manisch depressiv und musste deswegen Medikamente nehmen. Aber er hatte es nicht unter Kontrolle. Unter anderem musste er auch deswegen in die Therapie.»

«Ah – und war er nicht auch noch ein Gangleader oder so was? Er hatte doch auch einen Namen ... irgendwas mit Tiger?»

Ich war erstaunt, wie viel Evelyn wusste.

«Ja, Tiger-X», sagte ich.

«Schon echt krass, dass ausgerechnet *du* mit so einem Typen zusammengekommen bist», meinte Karin. «Du warst doch immer so brav ... so zurückhaltend ... also man hätte nie gedacht, dass ausgerechnet *du* dir so einen Typen angeln würdest.»

«Tja, das hat sich so ergeben.» Ich machte eine defensive Handbewegung. «Wir haben halt viel zusammen durchgemacht. Ich habe ihm damals beigestanden, als sein Zwillingsbruder an einer Überdosis Heroin gestorben ist, und er hat mich seinerseits unterstützt, als meine Mutter an Krebs erkrankt war. So ist dann halt auch eine tiefe Freundschaft entstanden.»

«Hmm, diese Sache mit Mingo ...», murmelte Manuela mehr zu sich selbst.

«Und jetzt? Habt ihr immer noch Kontakt zueinander?», fragte Karin weiter.

«Nein», antwortete ich. «Wir hielten es für das Beste, den Kontakt abzubrechen. Er musste ja dann nochmals eine zweijährige Therapie machen, in der er ohnehin keinen Kontakt nach außen haben durfte. Seither weiß ich nur von seinem Vater, dass er danach wieder nach Sizilien zurückgekehrt ist.»

«Aber ist das nicht traurig für dich?», fragte Katharina. «Wenn ihr so gute Freunde wart und jetzt überhaupt keinen Kontakt mehr habt?»

«Schon», sagte ich. «Es war wahnsinnig hart am Anfang. Aber mittlerweile weiß ich, dass es die richtige Entscheidung war. Manchmal ist eine abrupte Kontaktsperre einfach das Beste. Zeit heilt bekanntlich Wunden.» Ich zuckte mit den Schultern. «Ich sehe es mittlerweile einfach als einen wertvollen, lehrreichen Lebensabschnitt.»

«Also ich find's sch-schade, dass ich keinen K-kontakt mehr z-zu ihm habe», meldete sich Patrik zur Abwechslung wieder einmal zu Wort. «Er war so ein guter F-freund. Ich hab immer noch d-das Flugzeugposter, das er mir damals geschenkt hat.

«Ja, das war er», sagte ich leise. «Das war er wirklich. Aber wir beide mussten nach vorn schauen. Es hätte nichts gebracht, die Beziehung weiterführen zu wollen. Er hatte zu viele Probleme ...»

«Aber warte doch mal!» Jetzt mischte sich André wieder ein. «Warst du nicht sogar noch verlobt mit ihm?»

Oh nein, ich hatte so gehofft, dass das Thema nicht angeschnitten werden würde.

«Verlobt?» Evelyn, Karin und Katharina starrten mich fassungslos an.

«Äh … ja», wiegelte ich ab. «Im jugendlichen Übermut halt. Wir waren so verliebt …»

«Wow.»

«Aber hey, das ist jetzt lange her.» Ich winkte ab.

«Und jetzt? Hast du inzwischen 'nen andern Freund?», wollte Katharina wissen. Es hörte nicht auf …

«Nicht direkt», sagte ich. «Es gibt da jemanden an der Uni …»

«Erzähl!» Sofort setzten sich alle ganz aufrecht hin und sperrten Augen und Ohren speziell weit auf. Delia grinste vielsagend. Sie und Manuela kannten die Geschichte natürlich schon.

«Ooch, wir gehen momentan nur miteinander aus und lernen uns kennen. Ich muss ja nun langsam, aber sicher zu neuen Ufern aufbrechen. Ich mag ihn sehr, aber mehr ist da noch nicht.» Das war die reine Wahrheit.

«Wirklich? Wie heißt er denn? Und wie sieht er aus?» Die Mädels waren natürlich begierig, alles zu erfahren.

«Er heißt Sebastian und studiert mit mir Medizin. Er ist … tja, groß, schlank, hat braunes Haar. Nichts Spezielles eigentlich. Er ist echt lustig, hat viel Humor … und er geht gern wandern … und er liest wahnsinnig viel.» Ich lachte ein wenig.

«Das klingt doch gut», waren sich alle einig.

«Ja, das klingt supergut», meinte Delia. «Sebastian ist wirklich ein ganz heißer Typ. Du musst unbedingt dranbleiben, Maya.»

«Mach ich ja. Ich hab ja durch ihn wieder angefangen, mehr zu lesen. Das hat während meiner Freundschaft zu Domenico ziemlich brachgelegen. Dabei hab ich doch als Kind Bücher regelrecht verschlungen …»

«Ah, warte mal … wolltest du nicht auch mal Schriftstellerin werden?» André sah mich aufmerksam an.

Ich hatte eigentlich gar nicht so lange die Hauptperson des allgemeinen Interesses bleiben wollen. Aber nun musste ich da wohl durch.

«Alte Träume, ja. Das möchte ich immer noch gern. Aber das muss wohl erst mal warten …»

«Hast du denn schon mal was geschrieben?», fragte André interessiert. «Steffi hat mich nämlich auch ein wenig aufs Lesen gebracht.»

«Uff! Ja, als Kind hab ich mal Fantasy-Geschichten geschrieben. Und dann ...» Ich überlegte, ob ich das Folgende wirklich erzählen wollte. «Nun ja, nachdem Domenico in die Therapie gegangen ist und wir den Kontakt für immer abgebrochen haben, hab ich erst mal alles aufgeschrieben, um es zu verarbeiten.»

«Was – alles?», fragte André verblüfft.

«Ja, ziemlich. Ich musste es einfach tun. Und danach fiel es mir auch leichter, das alles loszulassen.»

«Wow. Das muss ja 'ne mega Story sein.»

«Tja, es sind neun Hefte draus geworden.»

«Wahnsinn. Da könntest du ja direkt ein Buch daraus machen!» Katharina sah mich staunend an.

«Nicht unbedingt.» Ich zuckte mit den Schultern. «Die Geschichte hat ja kein Happy End ...»

«Ist doch egal! Nicht alle Geschichten haben ein Happy End», meinte Delia.

«Ich glaub nicht, dass ich das nochmals hervorkramen möchte», sagte ich. «Ich hab's aufgeschrieben, um endlich aufhören zu können, über all das nachzudenken.»

«Und dann wirst du in Zukunft also als Ärztin arbeiten?», wollte Karin wissen.

Das war eine gute Frage. Die Zukunft stand weit offen, und ich hatte viele Möglichkeiten. Und noch so viel Zeit. Diese Geschichte aus meiner Vergangenheit hatte sich für immer in mein Herz gebrannt und ließ mich heute gleichzeitig lachen und weinen. Auch wenn sie nun langsam am Verblassen war, hatte ich doch viel daraus gelernt und meine ganz persönlichen Schlüsse daraus gezogen.

Nein, was die Zukunft bringen würde, wusste ich nicht und konnte ich auch nicht wissen. Ich wusste nur eines: Ich war dabei zu lernen, im Hier und im Jetzt zu leben. Und die Vergangenheit, so gut es ging, hinter mir zu lassen.

# 18. Anruf aus weiter Ferne

Später, als alle gegangen waren, saßen Delia, Manuela und ich noch in der Küche und ließen das Ganze Revue passieren. Ronny war schon nach Hause gegangen, doch Delia half uns noch mit dem Abwasch.

Nebenbei las ich auf meinem Smartphone alle Gratulationen, die ich via Facebook und E-Mail bekommen hatte. Vicky und Amy aus Berlin hatten mir gratuliert, und auch Heiko, Carl und meine ehemalige Lehrerin Nicole Winter. Und natürlich viele meiner Kollegen von der Uni. Ein paar Grüße waren auch aus Norwegen gekommen von Hendrik und Solvej. Von Elijah hatte ich eine längere E-Mail aus Amerika erhalten, in der er mir alles Gute wünschte und mir ein paar Episoden von der Filmakademie erzählte, die er nun in Los Angeles besuchte. Auch Mama hatte mir nochmals eine virtuelle Geburtstagskarte via Internet geschickt, obwohl ich schon am Vormittag mit meinen Eltern geskypt hatte.

«Viel Post bekommen?», fragte Delia neugierig.

«Und wie! Es scheint, als hätten die meisten an mich gedacht», sagte ich. «Vor lauter Klassentreffen hab ich wirklich fast vergessen, dass ich noch Geburtstag hab. Aber das war richtig schön.»

«Ja, was?», meinte Delia. «Hab mich riesig gefreut, die alle mal wieder zu sehen.»

«Ich auch. Am meisten erstaunt war ich ja über André – der ist ja richtig erwachsen geworden.»

«Ja, aber echt.» Manuela wedelte aufgedreht mit dem Geschirrtuch. «Der war ja wirklich kaum wiederzuerkennen.»

«Patrik ist aber auch echt erstaunlich.» Delia räumte die trockenen Weingläser in den Schrank. «Ich hab echt geglaubt, der wird noch alt bei seiner Mutter.»

«Ja, das dachte ich auch», konnte ich nur zustimmen. «Ich bin so froh, dass er diesen Schritt gemacht hat und ausgezogen ist. Das tut ihm so gut.» Ich erhob mich und nahm Manuela das Geschirrtuch aus der Hand. Ich hatte direkt ein schlechtes Gewissen, weil ich mich einfach hingesetzt hatte, um meine Geburtstagswünsche zu lesen, während Delia und Manuela eifrig die Küche auf Vordermann brachten.

«Mit den anderen Mädels wurde ich nicht so warm», gestand Delia. «Evelyn, Karin und Katharina. Ich weiß auch nicht, ich hatte schon in der Klasse nie viel mit ihnen zu tun.»

«Nein, ich auch nicht», bestätigte ich. «Die waren immer eher für sich, so eine eigene kleine Gruppe.»

Durch das offene Fenster wehte ein milder, sanfter Frühlingswind. Eine einsame Amsel sang im Hinterhof ihr letztes, wehmütiges Abendlied, und ein paar Sterne funkelten am schwarzen Nachthimmel. Als hätten wir es untereinander abgesprochen, war es auf einmal still zwischen uns.

Eine unverhohlene Sehnsucht kroch aus den verborgensten Winkeln meiner Seele hervor. Etwas Uraltes, längst Vergessenes ... Erinnerungen, die sich immer mit einer solchen abendlichen Stimmung verbanden. Schnell lief ich zum Fenster und machte es zu.

«Was ist los mit dir, Maya?» Delia drehte sich um und sah mich an.

«Nichts. Ich ... mir war nur kühl.»

«Hmm.» Delia runzelte skeptisch die Stirn und räumte dann die letzten Teller in den Schrank. Sie kannte mich zu gut ...

«Ich muss nun bald los», sagte sie. «Ronny wartet sicher schon ungeduldig zu Hause.»

«Klar», grinste ich. «Du bist entlassen. Du hast ja mehr als genug geholfen.»

Wir waren eben fertig mit dem Abwasch, als mein Handy einmal mehr klingelte. Wer wollte mir denn noch so spät zum Geburtstag gratulieren, wo es schon weit nach Mitternacht war? Ich sah auf dem Display eine ausländische Nummer. War das etwa Elijah, der ja in Los Angeles eine ganz andere Uhrzeit hatte und mir doch noch schnell ein paar persönliche Worte mitteilen wollte? Oder jemand aus Norwegen? Morten vielleicht? Aber der würde doch kaum um diese Uhrzeit anrufen? ...

Vielleicht hatte sich auch nur jemand verwählt ...
Ich ließ mich wieder auf einen der Küchenstühle fallen und wischte mit dem Finger über das Display, um den Anruf entgegenzunehmen.
«Hallo?»
«Hallo ...», sagte eine verhaltene männliche Stimme leise. «Ist ... Maya dran?»
«Ja, ich bin's. Wer ist da?»
Eine lange Pause folgte. Ich hörte nur leise Atemstöße an meinem Ohr, und im Hintergrund irgendwelche undeutlichen Stimmen, die einander etwas zuriefen. Und das Säuseln eines sanften Windes. Und in der Ferne etwas, das wie Meeresrauschen klang.
«Hier ist Domenico ...»
«Wer ...?» Mir blieb das Wort im Hals stecken.
«Domenico», wiederholte er, und seine Stimme war fast ein Flüstern. «Nicki ...»
Wie bitte? Hatte ich richtig gehört?
«Nicki?» Meine Stimme zitterte. «Tatsächlich ... Nicki?»
«Ja ...»
Meine Hand klammerte sich fest ums Phone. Delia und Manuela starrten mich entgeistert an. Ich sprang vom Stuhl auf und fing an, nervös auf und ab zu gehen.
«Ich ... warum rufst du mich an ... ich meine ...» Ich rettete mich instinktiv in den Flur hinaus. «Ich meine ... ist irgendwas passiert, oder ...?»
Ich hörte selber, dass sich mein Gestotter ziemlich wirr und unfreundlich anhörte. Aber ich war einfach nur völlig aus der Fassung. Wir hatten seit drei Jahren keinen Kontakt mehr gehabt; wir hatten einst beschlossen, uns für immer und ewig zu verabschieden, und das Allerletzte, was ich je erwartet hätte, war, dass er mich anrufen würde.
«Nein ... ich wollte dir nur zum Geburtstag gratulieren. Das ist alles ...» Seine Stimme klang dünn und zerbrechlich – und gleichzeitig doch so weich und rau. So, wie ich sie in Erinnerung hatte ...
«Aber ... wieso auf einmal? Ich meine ... wir haben drei Jahre nicht miteinander geredet ...» Ich fühlte, wie mein

ganzer Körper langsam von einem Schauer erfasst wurde. Ich ahnte, dass mir nach diesem Gespräch eine emotionale Katastrophe bevorstehen würde.

«Weil ich wissen wollte, wie es dir geht ...»

«Mir geht's gut ... danke ... und dir?» Meine Hand, die das Telefon hielt, war dabei, die Kontrolle zu verlieren, und ich flüchtete schleunigst in mein Zimmer und schloss die Tür hinter mir.

Er antwortete nicht.

«Bist du ... bist du immer noch auf Sizilien?», fragte ich weiter.

«Mhm.»

«Bei Zio Giacomo?»

«Ja.»

«Und ... dir geht es aber gut, oder?», wiederholte ich etwas eindringlicher.

«Mhm. Wie geht es deiner Mutter?»

«Äh, was? ... Ach so, meiner Mutter ... Gut. Sehr gut. Es sieht gut für sie aus.» Vor lauter Nervosität begann ich wie ein Buch zu reden. «Der Tumor ist seit über drei Jahren nicht weitergewachsen, und sie geht regelmäßig zur Kontrolle. Ja, er ist sogar etwas kleiner geworden, und es kann sein, dass sie noch viele Jahre damit leben kann. Sie hat auch kaum Beschwerden und kann fast normal leben, bis auf die gruseligen Tabletten, die sie wegen der Bauchspeicheldrüse einnehmen muss.»

Am anderen Ende war es still.

«Nicki? Bist du noch da?»

«Ja.»

«Wie ... geht es *dir* denn? Ich möchte so gern wissen, wie es dir geht. Wie war es in der Therapie? Konntest du all die Sachen aufarbeiten und so?»

«Ja ...»

Ich spürte, dass er zögerte.

«Ich muss leider auflegen, Maya. Ich hab kein Geld mehr auf der Karte. Sorry. Ich wollte einfach wissen, ob du so weit okay bist, und dir gratulieren. Das ist alles.»

«Warte ... ich kann dich doch zurückrufen!»

Doch da war die Verbindung schon weg.

Ich starrte auf das Telefon in meiner Hand. Ich bebte am ganzen Leib wie ein Vulkan kurz vor dem Ausbruch. Meine Knie wurden weich, und ich hatte keine andere Wahl, als mich auf mein Bett fallen zu lassen.

Und da blieb ich nun einfach liegen, nicht wissend, ob ich jemals wieder würde aufstehen können.

Seine Stimme zu hören, hatte mich völlig außer Gefecht gesetzt, und ich hatte nicht damit gerechnet, dass mich das dermaßen umhauen würde. Jetzt hatte ich doch in all den Jahren alles getan, um die Sache zu verarbeiten, zu vergessen und als sauber abgeschlossen zu betrachten, und ich hatte eigentlich den Eindruck gehabt, dass mir das recht gut gelungen war. Ich hatte bis zum jetzigen Augenblick geglaubt, den Namen Domenico aussprechen zu können, ohne noch groß Schmerzen in meiner Seele zu empfinden.

Wie gesagt: bis zu diesem Augenblick.

Seine Stimme hatte etwas aus meiner Seele hervorgeholt, von dem ich nicht mehr gewusst hatte, dass es noch existierte in mir. Und er hatte mich mit einer Unmenge von Fragen zurückgelassen. Er hatte merkwürdig geklungen, hatte nicht über sich reden wollen. Das war so ziemlich das Schlimmste, was er mir antun konnte. Ihn zu vergessen hatte vorausgesetzt, dass ich wusste, dass es ihm gut ging. Da ich nun aber diesbezüglich unsicher war, blieb mir fast nichts anderes übrig, als mich zwangläufig in Gedanken wieder mit ihm zu beschäftigen.

Verzweifelt drückte ich die Rückruftaste. Er konnte mich doch nicht einfach so zurücklassen. Doch intuitiv wusste ich, dass sich niemand melden würde.

Ich blieb auf meinem Bett liegen und starrte Löcher in die Luft, so lange, bis jemand an die Tür klopfte.

«Maya? Ist alles paletti?» Delia öffnete vorsichtig die Tür.

«Ehrlich gesagt ... ich weiß es nicht.»

«Mein Gott, du weinst ja!» Delia blieb vor mir stehen und starrte ziemlich entsetzt auf mich runter.

Erst jetzt merkte ich, dass mir Tränen über die Wangen liefen.

«War das Domenico?»
«Das war er ...»
«Aber warum weinst du denn?»
«Ich weiß es nicht.»
«Mensch, Maya.» Delia kniete sich neben dem Bett nieder und legte mir die Hand aufs Bein. «Das ist doch längst vorbei.»
«Ich weiß auch nicht, was los ist.» Ich richtete mich auf, und die Tränen tropften auf meine Knie. Delia zog ein Kleenex aus der Box auf meinem Nachttisch und reichte es mir. Ich schnäuzte mich kräftig.
«Aber warum ruft er dich nun auf einmal an?» Delia fasste sich kopfschüttelnd an die Stirn. «Ich verstehe das nicht. Ich meine, euer Abschied ist drei Jahre her – warum denn jetzt auf einmal?»
«Er wollte mir zum Geburtstag gratulieren ...»
«Nur das?»
«Er wollte hören, ob es mir gut geht ...» Meine Lippen bebten.
«Ja, aber ihr hattet doch eine Abmachung!» Delia konnte ihre Wut nicht ganz verbergen. Sie wechselte einen Blick mit Manuela, die sich ebenfalls zu uns gesellt hatte.
«Ich weiß auch nicht, warum ich auf einmal heule ... es hat mich einfach aufgewühlt ... seine Stimme und alles ... und er wollte nicht über sich reden ...» Ich schaffte es immer noch nicht, meinen zitternden Körper unter Kontrolle zu bringen.
«Maya!» In Delias Stimme lag eine sanfte Strenge. «Ich bitte dich: Bleib cool. Das sind jetzt einfach alte Gefühle, die aufbrechen. Das ist okay. Aber bitte denk dran, wie die Realität aussieht. Domenico ist ein Typ mit wahnsinnig viel Problemen. Es funktionierte nicht gut zwischen euch, und es wird auch nie gut funktionieren.»
«Ich weiß ... aber ich will doch nur wissen, ob es ihm gut geht. Das ist alles. Er wollte nicht über sich reden ... er wollte es mir nicht sagen, und ich fürchte deswegen, dass es ihm eben *nicht* gut geht ...» Ich wollte aufhören zu weinen, wollte

meine Tränen abwischen, aber irgendwas in meinem Inneren war nicht mehr unter meiner Kontrolle.

«Mensch, warum muss der dich nun auf einmal anrufen!», stöhnte Delia. «Das begreif ich wirklich nicht ... jetzt, nachdem du doch endlich alles verarbeitet hattest und zur Ruhe kamst. Das ist echt fies von ihm!»

«Ach, Deli ... sag nicht so was», flüsterte Manuela leise. Ihre Augen waren weit aufgesperrt. «Er wollte doch nur gratulieren ...»

«Maya!» Delia schüttelte mich. «Wach auf! Das war alles nur ein Teenietraum! Über diese Schwärmereien sind wir doch nun wirklich langsam hinweg. Du musst damit aufhören. Du tust dir nur selber weh.»

«Sorry, ich bin nur grad so durcheinander ...» Ich riss gleich fünf, sechs neue Kleenex aus der Box, um damit erneut mein tränennasses Gesicht trocken zu wischen.

Delia richtete sich wieder auf. «Maya, ein Junge sollte dir niemals so sehr den Kopf verdrehen. Hörst du? Das ist nicht gesund.»

«Ach, Deli, das sagst du nur, weil deine Beziehung mit Ronny so nüchtern und eintönig geworden ist», warf Manuela ein.

Delia starrte Manuela schockiert an. «Was soll das jetzt heißen?»

«Sorry ...»

«Nein, erklär mir das!»

«Nichts, ich wollte nur ...» Jetzt rannen auch Manuela plötzlich die Tränen aus den Augen.

«Was ist denn jetzt auf einmal mit euch los?» Delia schaute uns perplex an. «Jetzt heulst du auch noch? Was geht denn da ab, bitteschön? Habt ihr zu viel Wein getrunken, oder wie?»

«Nichts ... ich weiß doch auch nicht ...» Manuela riss sich ebenfalls ein Kleenex aus der Box, um ihre Augen abzutupfen.

«Mädels ... jetzt hört doch auf. Wie meinst du das mit Ronny und mir? Hä? Wie meinst du das, Manu?» Delias Stimme zitterte, als sei auch sie den Tränen nahe.

«Na ja, es geht einfach drum, dass ich finde, dass bei dir und Ronny jegliche Romantik verloren gegangen ist», heulte Manuela. «Das ist einfach so traurig. Alles ist traurig. Das ganze Leben ist traurig.»

«Hä?»

«Es ist alles nur noch so nüchtern. Keine Träume mehr, nichts. Das kann's doch nicht sein. Das kann doch einfach nicht sein!», schluchzte Manuela.

«Ja und? Man wird eben erwachsen und realistisch. Der ganze Gefühlskram geht halt weg mit der Zeit. Dafür sind Ronny und ich aber auch schon sechs Jahre zusammen und sogar verheiratet. Das ist nun mal so. So ist das Leben!»

«Aber ich will das nicht. Ich will nicht so leben!»

«Aber ...»

Delia und Manuela heulten nun beide. Und ich saß da, am ganzen Leib zitternd und mit einem Haufen zerknüllter Kleenex neben mir auf dem Bett.

Etwas später, nachdem Delia nach Hause gegangen war und Manuela sich in ihr Zimmer zurückgezogen hatte, saß ich immer noch auf meinem Bett und starrte an die gegenüberliegende Wand.

Die Laterne leuchtete wieder in meinem Herzen.

Ich fühlte mich wieder wie in einem seltsamen Märchen. Eine Flamme, die ich längst ausgelöscht zu haben glaubte, war wieder entzündet worden und loderte unkontrolliert in meiner Brust. Es war, als würde es mich innerlich fast zerreißen.

Dabei hatte ich doch versucht, erwachsen zu werden.

Ich versuchte dieses Feuer in mir irgendwie zu dämpfen, zu bändigen, aber es ging nicht.

Alles, alles war wieder da.

Die tiefen Gefühle von Verbundenheit, von Freundschaft; die Sehnsucht nach demjenigen, der mich am besten von allen verstanden hatte.

Eine Gefahr, die sich um mein Herz legte wie drohende Dornenranken ...

Ich konnte nicht mehr stillsitzen, geschweige denn schlafen. Ich stand auf und ging auf und ab, sofern das in meinem winzigen Zimmer überhaupt möglich war.

Es war, als wäre ich neu zum Leben erwacht.

Und ich merkte, dass ich mich in den letzten Jahren einfach der Realität gebeugt hatte, sozusagen klein beigegeben hatte, weil mir letztendlich auch nichts anderes übrig geblieben war.

Die Wirklichkeit zwang uns nun mal alle in die Knie …

Doch irgendwas in mir drin war neu auferstanden.

Vergebens versuchte ich, nüchtern und vernünftig zu bleiben. Vergebens versuchte ich, mich zur Ruhe zu zwingen – mein Herz machte genau das Gegenteil. Es rumorte und drehte sich in meiner Brust, als wolle es sie sprengen und einfach aus mir heraushüpfen.

Seine Stimme … sie hatte mich fast umgehauen! So warm und weich und gleichzeitig rau und heiser. Und der Klang in ihr, der von so vielen Geheimnissen zeugte – Geheimnisse, die ich zu gerne verstehen und erforschen wollte. Immer schon.

Ich setzte mich an mein kleines Pult, riss ein Heft hervor und versuchte, meine Gefühle niederzuschreiben, doch auch dies gelang mir nicht. Wie schrieb man etwas auf, für das man nicht genug Worte hatte? Und schon gar nicht die richtigen?

So beschloss ich, ins Bett zu gehen, in der Hoffnung, dass ich am nächsten Tag wieder normal sein würde. Und irgendwie gelang es mir auch endlich, einzuschlafen.

Aber selbst in meine Träume hinein verfolgte mich dieses Feuer. Ich lag mit ihm, Domenico, am Meer, und er hielt mich schützend in seinen Armen, fest an seine Brust gedrückt, und ich fühlte mich so glücklich und zu Hause wie schon ewig nicht mehr. Und als ich langsam wieder aufwachte und merkte, dass die Bilder verblassten und es nur ein Traum gewesen war, erfasste mich eine jähe Traurigkeit.

Ich wollte gar nicht aufstehen. Ich wollte nur noch liegen bleiben und an die Decke starren.

Was war denn auf einmal los? Ich hatte ja oft von Domenico geträumt die vergangenen drei Jahre, aber nie in diesem

Ausmaß. Irgendwie war ich mit so viel Neuem beschäftigt gewesen, dass ich es wundersamerweise hinbekommen hatte, nicht zu intensiv von ihm zu träumen.

Aber jetzt war es, als wolle mein Unterbewusstsein mich strafen für all die Jahre, in denen ich meine Gefühle unterdrückt hatte.

Schließlich stand ich gegen Mittag doch auf und tat etwas, was ich seit über drei Jahren nicht getan hatte: Ich ging auf den Dachboden und kramte die Kartonschachtel mit all den Sachen hervor, die ich von Domenico hatte und die ich nie weggeworfen hatte.

Ich musste einfach wissen, was wirklich mit meinen Gefühlen los war. Ich musste herausfinden, wie ich reagieren würde, wenn ich mir all diese Dinge ansehen würde.

Und so saß ich zusammengekauert auf dem düsteren Dachboden, bewaffnet mit einer weiteren Box Kleenex und einer Taschenlampe, weil die schwache Funzel an der Decke nicht genügend Licht abgab. Ich scherte mich nicht darum, dass es hier staubig war und ein paar kleine Viecher über mein Bein krabbelten. Ich blätterte mich systematisch durch all die Bilder und Zeichnungen, schaute eins nach dem anderen an und gab es auf, noch weiter gegen irgendwelche Emotionen zu kämpfen.

Ich sah mir das Bild von der Laterne mit dem weißen Kreuz und dem Rosengarten an – das Erste, das er für mich gemalt hatte und das lange an meiner Wand gehangen hatte. Danach das Bild mit den beiden ineinander verschlungenen Händen, das er mir einst zum Geburtstag geschenkt hatte.

Und schließlich all die Porträts von mir – angefangen bei den Zeichnungen, die er auf Sizilien mit erstaunlicher Präzision aus seinem Gedächtnis von mir angefertigt hatte und die er an seine Wand gehängt hatte, um sich besser an mich erinnern zu können. Und auf jedem einzelnen Bild waren die Fortschritte, die er im Zeichnen gemacht hatte, immer besser zu erkennen.

Aber am meisten berührte mich das Manga-Bild, das uns beide darstellte, ihn und mich, und auf dem er von hinten die Arme um mich schlang und mir eine Rose in die Hand drückte.

Als ich mit allen Bildern durch war, liefen mir wieder ganze Bäche von Tränen über die Wangen. Ich hatte von neuem die unglaubliche Tiefe und Leidenschaft erkannt, die er in diese Bilder gelegt hatte. Alles, was in seiner Seele war – seine ganze Liebe, Freundschaft und Zuneigung, aber auch seine Fragilität und Sensibilität – hatte er damit ausgedrückt.

Und das war etwas, was man auf dieser Welt gewiss nicht an jeder Straßenecke fand.

So was war beinahe seltener als eine exquisite Perle. Sehr vorsichtig nahm ich meinen Verlobungsring in die Finger, den ich ebenfalls in der Kartonschachtel aufbewahrt hatte. Ich drehte ihn so, dass ich Domenicos eingravierten Namen und unser Verlobungsdatum auf der Innenseite sehen konnte.

Und an diesem Nachmittag auf dem dunklen Dachboden wurde mir klar, dass so etwas zu finden großes Glück bedeutet, das nur wenigen vergönnt ist. Und gleichzeitig erkannte ich, dass mein Leben dabei gewesen war, in die von anderen vorgefertigten Geleise abzudriften – dort, wo man es haben wollte und wo es sicher war. Sicher, aber ohne jegliche Leidenschaft.

Und eins stand für mich fest: So etwas, wie ich es damals gefunden hatte, vor inzwischen fast acht Jahren, als ich Domenico kennengelernt hatte, würde ich wahrscheinlich in meinem ganzen Leben nicht mehr finden. So etwas konnte man nicht einfach ersetzen oder wiederholen.

Denn so etwas war ziemlich einmalig.

Ich wollte nicht, dass meine Träume starben wie einst die von Mama ...

Und hier, auf diesem düsteren, staubigen Dachboden, nahm ich es zum ersten Mal seit langem wieder wahr: das Verlangen und die Kraft, an das Unmögliche zu glauben.

Zu lieben wider jegliche Vernunft.

Ganz benommen kehrte ich schließlich vom Speicher zurück und hatte das Gefühl, Stunden, ja Tage da oben zugebracht zu haben. Mir war, als würde ich von einer ganz anderen Welt zurückkehren. Mein Haar war staubig und voller Dreck, und ich ging als Erstes unter die Dusche.

Während ich duschte, spannen meine Gedanken wie von selbst die Geschichte weiter und suchten sich ihren eigenen Weg. Ich duschte unverschämt lange, mindestens zwanzig Minuten lang, und als ich später im Bademantel am Küchentisch saß und Manuela nach Hause kam, verkündete ich ihr ohne Umschweife, was ich mir ausgedacht hatte.

«Manu, ich hab's mir überlegt: Ich reise nach Sizilien.»

«Wie?» Manuela schien nicht auf Anhieb zu verstehen.

«Ich sagte, ich reise nach Sizilien. Ich muss zumindest wissen, ob sein Leben stabil ist.»

Manuela stellte ihre Tasche ab und ließ sich langsam auf den Stuhl mir gegenüber sinken.

«Meinst du das jetzt wirklich im Ernst?»

«Ja. Ich hab den ganzen Tag gegrübelt. Er hat so geheimnisvoll geklungen am Telefon, weißt du … so … er wollte nicht über sich reden, und das lässt mir keine Ruhe. Ich spüre einfach ganz stark, dass ich das tun muss.» Ich zögerte ein wenig und wog anhand von Manuelas Gesichtsausdruck ab, ob ich weitererzählen oder besser die Klappe halten sollte.

«Ich war heute auf dem Dachboden und hab all die alten Bilder von ihm angeschaut. Und da wurde mir eins klar: So eine Geschichte kann man nicht einfach vergessen. Man kann sie höchstens verdrängen und irgendwo wegsperren.»

«Verstehe ich zu gut», seufzte Manuela sehnsüchtig.

«Wenn ich das einigermaßen abschließen soll, muss ich wenigstens wissen, ob das Leben es gut meint mit ihm. Verstehst du? Der Gedanke, dass er leiden könnte … oder krank ist … oder sonst irgendwas … das halte ich nicht aus.»

«Aber kannst du nicht seinen Vater fragen? Der kann dir doch sicher sagen, wie es ihm geht.» Es war eher selten, dass von Manuela so praktische Ratschläge kamen.

«Morten nennt mir keine Details, und vielleicht weiß er sie ja nicht mal selber. Außerdem haben wir auch schon länger nicht mehr miteinander gesprochen. Und Hendrik studiert ja zurzeit in Australien. Der kann sich sicher momentan noch weniger um die Dinge kümmern ...»

«Also, ich an deiner Stelle würde sofort alles stehen und liegen lassen und nach Sizilien aufbrechen!» Das klang schon eher nach Manuela. «Delia würde dir zwar genau das Gegenteil raten, aber ...»

«Das würde sie, hundertprozentig ...»

«Weißt du, ich konnte Mingo auch nie vergessen», platzte sie heraus. «Ich denke noch heute an ihn. Krass, was? Dabei hab ich ihn nur kurz gekannt und kaum mit ihm geredet, und er war so kaputt. Aber dieses Wenige, das zwischen uns war ... wie zum Beispiel, dass er meinen Brief hundertmal gelesen hat und dass er seinen Sohn nach mir benannt hat ... ja, und dass er meinen Namen an die Wand in dieser Ruine in Taormina geschrieben hat ... so was hab ich mit keinem anderen Jungen jemals erlebt.» Ich hörte, wie ihre Stimme eine Nuance tiefer fiel, und überlegte, ob ich die Kleenexschachtel holen sollte.

«Verstehe. Mingo war besonders, genauso wie Nicki.»

«So was findet man wohl höchstens ein Mal im Leben», sagte Manuela. «Schade, dass Nicki nicht noch mehr solche Brüder hat ...», murmelte sie dann mehr zu sich selbst.

«Hat er doch ...»

«Hä?»

«Einen jüngeren Bruder, der wie Mingo aussieht. Kjetil heißt er.»

Manuela riss die Augen auf. «Im Ernst?»

«Im Ernst!»

«Ich dachte, da gäbe es nur noch diesen Hendrik, aber der ist ja schon vergeben ... Kjetil also ...» Sie driftete einen Moment mit ihren Gedanken ab und kam dann langsam wieder in die Wirklichkeit zurück. «Also, du solltest diese Chance nutzen, finde ich. Wäre Mingo noch am Leben ... ehrlich, ich wüsste nicht, was ich dann alles anstellen würde.»

«Wir zwei Unvernünftigen», lächelte ich und zog die Nase hoch, die wieder zu tropfen beginnen wollte. «Hör zu, Manu, sag Delia noch nichts davon, ja? Ich möchte erst mal mit

Morten reden. Ich muss mir das Ganze noch mal gründlich durch den Kopf gehen lassen.»

Manuela versprach, den Mund zu halten. Und ich ging in mein Zimmer, schloss mich ein, holte meinen Laptop hervor und startete Skype.

Ich hatte Glück. Morten war online und meldete sich auch sogleich. Er freute sich, wieder mal von mir zu hören. Es war ja wirklich schon eine ganze Weile her, seit ich das letzte Mal mit ihm gesprochen hatte – von der schriftlichen Gratulation per E-Mail abgesehen. Aber sowohl Morten wie auch ich waren nicht sonderlich begabt darin, uns regelmäßig zu melden, nicht zuletzt, weil Morten das Telefonieren hasste. Und ich hatte mich wohl auch unbewusst ein wenig ferngehalten, weil ich nicht allzu viel an Domenico hatte erinnert werden wollen. Zudem war ja Hendrik, der immer ein wenig das Bindeglied gewesen war, momentan in Australien.

Natürlich hatten Morten und ich uns erst mal so einiges zu erzählen. Was man sich eben so erzählt, wenn man fast ein Jahr lang nicht mehr persönlich miteinander gesprochen hat. Morten erkundigte sich nach meinem Studium und nach meiner Familie und all dem, und ich wollte natürlich ebenfalls wissen, wie es Solvej und Kjetil und Liv ging, auch wenn Solvej ihre Facebookseite laufend mit tausend Fotos und News versorgte.

«Oh, die sind bestens unterwegs. Die beiden Rabauken sind ja kürzlich neunzehn geworden. Beide wollen Medienwissenschaft studieren. Ist ja klar. Sie hoffen, in dieselbe Klasse zu kommen. Unzertrennlich, die beiden.»

«Und Liv?»

«Die arbeitet wieder mehr als Trainerin und Sportlehrerin. Jetzt hat sie ja viel mehr Zeit als früher. Also grob zusammengefasst, läuft eigentlich alles ganz prima.»

Für ein paar Sekunden lang schweiften meine Gedanken ab zu Liv, und ich erinnerte mich daran, wie viel diese Frau ihrem Mann damals verziehen hatte. Hatte nicht Morten ihr ebenso schlimme Dinge angetan wie Nicki mir? Und trotzdem hatte sie einen Weg gefunden, ihm zu verzeihen und mit ihm weiterzugehen …

Aber ich konnte nicht lange dort verweilen, denn ich wollte mir vor Morten nicht anmerken lassen, wo ich gerade in meinen Gedanken war.

«Und du?», fragte ich deshalb. «Was machst du so?»

«Ach, ich hab immer viel zu tun. Trainiere ja ständig meine Junioren. Mal hier, mal dort. Eigentlich nichts Neues. Aber es macht Spaß.»

Doch nun konnte ich nicht allzu lange mit meiner Frage zurückhalten.

«Hör zu, ich muss dich ganz dringend was fragen.»

«Ja?»

Ich erzählte Morten von Domenicos Anruf am Vorabend und dass ich nach diesem Anruf komplett verwirrt gewesen war.

«Er war so geheimnisvoll und abweisend. Er wollte eindeutig nicht über sich reden, und nun frage ich mich, ob irgendwas nicht stimmt mit ihm», schloss ich meinen Bericht.

Morten blieb eine Weile still.

«Hmm. Ich habe schon eine Weile nicht mehr mit ihm gesprochen», gab er dann zu. «Viel um die Ohren, und Nicki meldet sich ja auch kaum von sich aus …»

«Wann hast du denn zuletzt mit ihm geredet?», fragte ich. «Ich weiß ja nur, dass er vor einem Jahr aus der Therapie rausgekommen ist und nun auf Sizilien bei seinem Onkel ist …»

«Ja, wie lange ist das her?» Morten überlegte. «Zwei, drei Monate vielleicht?»

«Wie ging es ihm denn zu dem Zeitpunkt?»

«Ganz gut, denke ich. Er hat ja die Therapie so weit gut überstanden, hat auch Freunde dort gewonnen. Gesundheitlich ist es ihm auch viel besser ergangen. Und er durfte Manuel mitnehmen nach Sizilien. Das war für ihn wohl das Wichtigste. Aber du weißt ja, er ist nicht besonders gut darin, sich zu melden. So ist er einfach, und ich will mich auch nicht aufdrängen. Wenn er mich braucht, weiß er ja, dass ich für ihn da bin.»

«Hmm.» Ich druckste damit rum, die nächste Frage zu

stellen. Ich hatte keine Ahnung, was Morten dazu sagen und wie er das beurteilen würde. Doch dann musste es raus.

«Denkst du, es gäbe eine Möglichkeit, mit ihm in Kontakt zu treten? Er ging nicht mehr ans Telefon ran, als ich ihn zurückrief …»

«Schwierig», meinte Morten. «Er benutzt ja weder E-Mail oder sonst welche sozialen Medien. Einen Brief schreiben vielleicht?»

«Ich fürchte, dass er mir dann nie darauf antworten wird.»

«Aber *er* hat sich zuerst gemeldet?»

«Schon, das ist ja das Merkwürdige. Erst meldet er sich, und dann will er doch nicht weiter drauf eingehen. Ich werde wohl nie schlau aus ihm werden. Aber ich hab über etwas nachgedacht …»

«Nämlich was?»

«Denkst du, es wäre gewagt, ihn einfach auf Sizilien zu besuchen?»

Die darauf folgende Schweigeminute versetzte mich in Aufregung. Doch Mortens Antwort war nicht so skeptisch, wie ich es befürchtet hatte.

«Das musst du selber entscheiden», sagte er. «Ob du das verkraften würdest und so.»

«Ja, aber denkst du, er würde vor mir weglaufen? Mich abweisen?»

«Das weiß man ehrlich gesagt nie bei ihm», musste Morten zugeben. «Drum sag ich, das musst du selber mit dir ausmachen. Ich kann dir nichts garantieren. Allerdings bin ich der Letzte, der dich davon abhalten würde …»

«Ich … ich glaube, ich liebe ihn immer noch», platzte es aus mir heraus, und wie auf Kommando schossen auch die Tränen wieder hervor. Es war mir peinlich hoch drei, und gleichzeitig erschrak ich, dass diese Worte nun so einfach über meine Lippen purzelten.

«Ich weiß.»

«Wie … du weißt?»

«Ich weiß, wie das ist. Ich habe doch dasselbe erlebt.» Mortens Stimme war nur noch ein Flüstern. «Du weißt doch. Domenicos Mutter … ich kann jetzt nicht darüber reden. Ich kann nur dies sagen: Liebe kann man nicht so einfach aus sich rausreißen. Wenn man sie einmal hat, dann hat man sie für immer. Wenn man sie einfach aus seinem Herzen reißen könnte, dann wäre es keine Liebe. Darum – ich bin der Letzte, der dich davon abhält.»

«Okay ...», hauchte ich.

«Wenn du meine Meinung hören willst: Geh, riskiere es. Verlieren kannst du ja eh nichts mehr. Wenn er dich abweist, weißt du Bescheid. Wenn nicht, dann ...»

Ja, was dann?

Und ich ahnte, dass ich kurz davor war, mein Leben erneut gründlich auf den Kopf zu stellen.

# 19. Das Geheimnis der Liebe

Die nächsten Tage verbrachte ich unsinnigerweise damit, möglichst vielen Leuten von meinem Vorhaben zu erzählen, und lernte dabei eine Lektion: dass es das Dümmste war, was man tun konnte! Aber es war, als suche ich verzweifelt nach jemandem, der mir die letztendliche gültige Antwort geben konnte, ob ich mein Vorhaben wirklich in die Tat umsetzen sollte.

Doch im Prinzip wusste ich ganz genau, dass ich die Antwort darauf selber finden musste, denn natürlich war keiner meiner Freunde begeistert von dieser Idee. Immerhin war Domenico in ihren Augen immer noch der Unmensch, der mich geschlagen hatte, und so gut wie jeder wollte mich davon abhalten, erneut in mein Verderben zu rennen. Und keiner konnte wirklich verstehen, warum ich immer noch an ihn dachte, wo ich doch in der Zwischenzeit so viele nette Männer getroffen hatte.

Doch das reichte nicht.

Ich hatte mittlerweile herausgefunden, dass ich nicht einfach nur einen netten Kerl wollte. Sonst hätte ich etliche andere junge Männer wählen können.

Was ich wollte, war, denjenigen zu finden, der mein Herz wirklich berührte, der es zum Brennen und Lodern brachte. Dieser sogenannte «Eine» in meinem Leben, von dem ich sagen konnte: «*Er* ist es!»

Ich wollte denjenigen finden, den ich wie «einen Siegelring an mein Herz legen» konnte – so wie es in der Bibel im Hohelied der Liebe steht.

Und dies bedeutete: Wenn mein Herz nicht durchs Feuer gehen konnte, wenn es nicht geschüttelt, zerquetscht und wieder aufgerichtet werden würde, wenn es nicht jubeln und weinen und lachen konnte – dann war das alles nichts. Jedenfalls nicht für mich.

Ich wollte keine funktionale Beziehung, bei der man einfach nur gut übereinstimmte.

Ich wollte denjenigen finden, für den ich bereit war, durchs Feuer zu gehen, selbst wenn die Flammen mich verbrennen würden.

Doch leider fühlte ich mich ziemlich allein mit diesem Gedanken. Auch wenn einige mir in gewisser Weise Verständnis vorspielten, so fühlte ich, dass keiner mich *wirklich* verstand.

Aber ich hatte etwas geschmeckt, was in mir eine Sehnsucht entfacht hatte. Ich wusste, dass es mehr geben musste als das, was die meisten meiner Freundinnen in Sachen Liebe erlebten.

Und so war es nicht verwunderlich, dass zu guter Letzt mein Weg mich wieder einmal zu Pfarrer Siebold führte – einem der wenigen Menschen, die irgendwie imstande waren, mein Herz zu erfassen und meine Gedanken auf den richtigen Kurs zu lenken.

Obwohl ich wusste, dass ich diese Entscheidung ganz allein treffen musste, hatte ich das Bedürfnis, meine Überlegungen jemandem mitzuteilen, der mich nicht einfach mit billigen Ratschlägen abspeisen würde.

Meinen Eltern hatte ich nämlich noch nichts davon gesagt ...

Ich hatte Pfarrer Siebold schon eine Weile nicht mehr gesehen und musste mir beschämt eingestehen, dass auch die Beziehung zu ihm dem ewigen Beschäftigtsein zum Opfer gefallen war. Umso mehr erschrak ich, als ich sah, dass Pfarrer Siebold in den letzten Wochen und Monaten unglaublich gealtert war. Seine Frau hatte mir die Tür geöffnet und mich ins Wohnzimmer geführt. Dort erhob sich der Pfarrer umständlich aus seinem Sessel. Er war dünner geworden, und seine Wangen waren eingefallen, doch seine hellen Augen funkelten immer noch mit derselben intensiven Lebensfreude.

«Unser Maiglöckchen. Es gibt doch immer wieder wunderbare Überraschungen!» Er strahlte mich an und schüttelte mir die Hand.

«Tut mir leid, dass ich einfach so kurzfristig hereinplatze, aber ...»

«Nicht doch. Unsereiner lebt halt immer noch im alten Jahrtausend, ohne Handy, ohne Computer und all das Zeug. Aber wenigstens haben wir ein Telefon.» Er zwinkerte mir zu. Seine weißen Haarbüschel standen wie eh und je hinter seinen Ohren ab, was mich manchmal ein wenig an eine Eule erinnerte.

Das Wohnzimmer war vollgestopft mit lauter Krimskram und vor allen Dingen einer Unmenge von Büchern. Ich kannte keinen anderen Menschen auf dieser Welt, der so viele Bücher besaß. Pfarrer Siebold las für sein Leben gern und war zudem ein unverbesserlicher Chaot.

«Tja, das Genie beherrscht das Chaos», schmunzelte er, als er mir zuschaute, wie ich mich in dem Tohuwabohu umsah. «Leider sieht das der Kirchenvorstand anders. Ich hätte mein Zimmer in der Villa ja gern noch eine Weile behalten. Aber andererseits – was kann ich von hier schon mitnehmen in die Ewigkeit? Gar nichts.»

«Ich hoffe echt, ich störe nicht, aber ich brauche wirklich noch einmal Ihren Rat.»

«Ach ja, wenn ein alter Mann tatsächlich helfen kann? Komm, setz dich!» Der Pfarrer wies auf das große Sofa. Seine Frau kam und fragte mich, ob ich eine Tasse Tee wolle, während wir Platz nahmen. Ich nahm das Angebot gerne an.

«Das können Sie bestimmt. Sie haben mir ja immer geholfen», versicherte ich.

«Das ist gut. Sehr gut.» Die Augen des Pfarrers glänzten. «Dann kann ich ja noch etwas richtig Gutes tun, bevor ich mich davonmache.»

«Davonmache?»

«Nun ja, mein Herr Papa hat das Ticket Richtung Heimat bereits für mich gebucht.»

«Wie meinen Sie das?» Mir schwante etwas Furchtbares.

«Ein kleiner Freund, der Nierentumor, hat sich bei mir eingenistet. Tja. Er fand wohl, dass es jetzt Zeit sei.»

«Was?! Nein, bitte nicht. Sie dürfen jetzt nicht sterben ...»

«Nicht doch. Ich bin ein alter Mann. Keiner von uns bleibt ewig hier auf dieser Welt. Ich bin zweiundachtzig und habe viel länger gearbeitet, als man eigentlich sollte. Es wird Zeit, dass ich meine alten Füße endlich etwas ausruhen kann.» Er zwinkerte mir zu. «Außerdem freue ich mich. Jetzt kommt was Neues. Was viel Besseres.»

Ich schaute Pfarrer Siebold entsetzt an. Ich konnte mir nicht vorstellen, dass es ihn bald nicht mehr geben würde. Aber er sah alles andere als traurig aus. Im Gegenteil: Er schien guter Dinge zu sein.

«Aber jetzt sag: Wo brennt es denn?»

«Im Herzen», sagte ich wahrheitsgemäß.

«Natürlich. Wo denn sonst? Darf ich es wissen?»

«Deswegen bin ich ja hier. Weil ich weiß, dass Sie der Einzige sind, der mich verstehen wird.»

Ich erzählte dem Pfarrer von meinen inneren Leiden, von Domenicos unerwartetem Anruf und dass mein Herz seitdem nicht mehr zur Ruhe kommen wollte. Wie immer hörte Pfarrer Siebold erst mal aufmerksam zu, ohne mich zu unterbrechen, und während ich redete, wusste ich, dass er die Antworten sorgfältig vorbereitete. Manchmal nickte er wissend oder schmunzelte ein wenig, und ich hatte den Eindruck, als wüsste er genau, wovon ich sprach.

«Es wäre dumm, zu sagen, dass du ja noch so jung bist und das ganze Leben noch vor dir hast», sagte der Pfarrer, als ich fertig war. «Das würden sicher die meisten sagen. Aber das hilft dir nicht viel, nicht wahr?»

«Es hilft überhaupt nichts», knirschte ich.

«Nein, denn du hast eine Erkenntnis gewonnen, die wohl den meisten anderen abgeht. Und wo Weisheit und Erkenntnis sind, ist nun mal viel Verdruss.»

«Das steht auch irgendwo in der Bibel, nicht wahr?», sagte ich.

«Stimmt. Im Buch Prediger. Vom selben Verfasser wie das Hohelied.»

«Wobei ich nicht weiß, ob das bei mir wirklich stimmt. Ich hab einfach nur immer das Gefühl, dass bei mir etwas nicht normal ist. Ich weiß nicht, warum ich mich nicht einfach mit einem – in Anführungszeichen – *normalen Typen* zufrieden geben kann. Es gibt so viele nette Männer. Aber irgendwie ist da eine Blockade in mir drin. Ich merke, dass es mehr geben muss. Jedes Mal, wenn ich einen dieser Männer sehe, sagt etwas in mir, dass er nicht der eine ist. Und nun ruft Domenico an, und alles in meinem Herzen steht wieder kopf.»

Der Pfarrer lächelte. «Du bist an einem Ort gewesen, an dem nicht sehr viele waren. Du bist durchs Feuer der Leidenschaft gegangen, hast die Liebe mit ihrer ganzen Schönheit, aber auch in ihrem ganzen Schmerz erlebt. Nicht vielen ist es vergönnt, dies je in ihrem Leben zu finden. Wie kannst du dich mit weniger zufrieden geben als mit dem?»

«Manche können es offenbar …»

«Aber sieh dich um: Die meisten Beziehungen plätschern dahin, sind eher funktionell als leidenschaftlich geworden. Das Feuer ist erloschen oder war gar nicht erst da. Ach, wenn ich noch zwanzig Jährchen mehr auf Erden hätte, würde ich mich daranmachen, all diese Beziehungen auf dieser Welt zu studieren.»

«Ja, das möchte ich auch …», sagte ich.

«Den einen Menschen zu finden, der uns so sieht, wie wir sind, und uns wertschätzt für das, was wir sind; der die Gabe hat, uns dort zu begegnen und genau dort zu berühren, wo wir es brauchen – das ist wenigen vergönnt. Doch in Wahrheit möchten wir alle diesen einen Menschen, diesen einen Gefährten finden. Die eine wahre Liebe unseres Lebens. All die Bücher, Filme, Lieder erzählen uns ja davon. Sie erzählen uns von dieser Sehnsucht, die in einem jeden von uns steckt. Tja, da siehst du, dass hier ein Mensch spricht, der viel gelesen hat ...» Pfarrer Siebold zeigte wieder sein heiteres Lächeln. Ich hatte mich schon oft gefragt, ob es überhaupt ein Buch in diesem Land gab, das er nicht gelesen hatte.

«Aber die wenigsten finden diese Liebe. Weil die wenigsten ihr Geheimnis kennen.»

«Und was ist ihr Geheimnis?» Ich war begierig auf jedes Wort, das Pfarrer Siebold mir zu sagen hatte. Es kam mir manchmal so vor, als würde Gott persönlich durch ihn zu mir sprechen.

«Dieses eine Geheimnis, das wohl nur Gott wirklich kennt. Einige mögen diesen besonderen Menschen im Leben finden, aber entscheiden sich aufgrund der Umstände gegen ihn. Sie wollen es lieber sicher und bequem haben. Daran ist ja nichts auszusetzen, aber nicht immer bietet das Leben die perfekten Umstände. Manchmal ist der Mensch, der unser Herz erfasst und versteht, meilenweit von uns entfernt. Zeitlich, örtlich, seelisch. Liebe ist eine hohe Kunst. Sie erfordert Opfer, Selbstaufgabe, Hingabe. Und vor allen Dingen Mut. Ja, es braucht manchmal Mut, jemanden zu lieben. Und daran scheitern viele. Die meisten haben Angst vor dem Schmerz, den das Lieben mit sich bringt.»

«Schmerz ...?»

«Ja, denn wer liebt, macht sich verletzbar. Vielleicht wirst du nicht so zurückgeliebt, wie du es dir wünschst. Jedes falsche Wort und jede falsche Handlung verletzen doppelt so sehr, wenn sie von dem Menschen kommen, den man liebt. Ergo ist es also gar nicht immer so verkehrt, eher praktische Beziehungen einzugehen. Auch diese haben etwas Gutes: Sie bringen weniger Schmerz mit sich.»

«Den Schmerz kenne ich zur Genüge», seufzte ich. «Den fürchte ich nicht mehr. Das, was ich nun viel mehr fürchte, ist, mein Herz für immer hinter Gitter zu schließen. Mich für den falschen Mann zu entscheiden. Eines Tages für immer gebunden zu sein, so wie meine Mutter es jahrelang war.»

«Unsere Sternenkönigin war so tapfer ... und sie hat so viel gekämpft, ja», sagte Pfarrer Siebold. «Aber sie ist ja auch reichlich belohnt worden dafür. Und sie ist das beste Beispiel dafür, dass auch aus einer anfänglich funktionellen Beziehung am Ende noch Leidenschaft entstehen kann. Denn im Grunde genommen ist Liebe eine Entscheidung, kein Gefühl. Doch vielleicht wirst du dich auch entscheiden müssen – zwischen einem Leben voller Leidenschaft, aber auch voller Schmerz, oder eben einem ausgeglichenen, gelassenen Leben mit weniger Höhen, aber auch weniger Tiefen. Beides hat Vorteile, und ich kann dir nicht sagen, welches die bessere Wahl ist. Die musst du für dich selber treffen.»

«Ich weiß», sagte ich, während ich mir jedes einzelne Wort von Pfarrer Siebold fest im Herzen notierte. «Wissen Sie, das kann ich wirklich nur Ihnen sagen: Ich will lieber leiden für die Liebe, will lieber innerlich verbrennen, aber ich will eines nicht: innerlich vertrocknen. Innerlich gefangen sein. Ich will lieben! Von ganzem Herzen lieben. Und ich weiß nicht, ob ich das, was ich mit Domenico erlebt habe, je wieder irgendwo finden werde.»

«Ja, das wird in der Tat nicht an jeder Straßenecke zu finden sein», bestätigte Pfarrer Siebold mit bedächtigem Nicken. «Und ich werde dir auch nicht das sagen, was die meisten Menschen sagen würden, die keine Ahnung von all dem haben und nie dort gewesen sind, wo du warst. Die meisten sagen dir nämlich: Vergiss Domenico, es gibt ja noch genug andere Männer, und der Richtige kommt schon noch. Stimmt's?»

«Oh ja!» Wie oft hatte ich diese Phrase schon gehört.

«Ein oberflächlicher Trost. Nun ja, es mag sein, dass dies passieren wird, ja, aber eins ist klar: Das, was du mit Domenico erlebt hast, diese Tiefe, durch die ihr gemeinsam gegangen seid – das ist nicht so einfach zu toppen. Ich sage nicht, dass es unmöglich ist, denn bei unserem Gott sind ja bekanntlich alle Dinge möglich. Sieh, das ist der einzige Grund, warum ich euch damals den Segen zu der Verlobung gegeben habe, obwohl die Umstände alles andere als großartig waren: Weil ich gespürt habe, dass zwischen euch ein besonderes Band ist. Und weil ich alter Narr eben auch an die Liebe glaube.»

Ich lehnte mich zurück, während ich Pfarrer Siebold zuhörte. Es war, als würde jemand mein Herz einbalsamieren. Niemand hätte mit seinen Worten besser ins Schwarze treffen können als er.

«Sie verstehen mich», sagte ich leise. «Ich wusste es.»

«Selbstverständlich.»

«Was würden Sie mir denn raten? Würden Sie mir raten, zu ihm nach Sizilien zu reisen? Auch wenn die Gefahr besteht, dass er mich abweisen wird? Oder wäre es doch besser, es einfach zu lassen?»

«Ist deine Frage denn damit noch nicht beantwortet?», lächelte Pfarrer Siebold.

«Nein … ich weiß nicht …»

«Wenn dein Herz dafür brennt, dann tu es. Wenn du bereit bist, unter Umständen auch dafür zu leiden, dann geh. Es kann sein, dass du findest, was du suchst. Es kann aber auch sein, dass du es nicht findest. Das kann dir leider niemand sagen.»

«Wenn ich nicht finde, was ich suche, dann weiß ich nicht, ob ich je wieder so lieben kann», gestand ich leise. «Ich fürchte, ich habe eigentlich mein Herz schon verschenkt, und ich glaube kaum, dass ich ein zweites Mal in der Lage sein werde, so intensiv zu lieben, wie ich … tja, wie ich Nicki liebe.» Es war immer noch unheimlich, dies auszusprechen.

«Ja, du bewegst dich gefühlsmäßig wahrhaftig auf Messers Schneide. Gefühle können einem eine Menge vorgaukeln, aber in deinem Fall sieht die Sache schon sehr ernsthaft aus. Und ich will nichts beschönigen. Was du vorhast, ist gewagt. Rein an der Vernunft gemessen müsste ich dir sagen, dass es besser wäre, alles so zu lassen, wie es ist. Aber ich habe noch nie nach der Vernunft gelebt. Und letztendlich ist es dein Herz, das die Antwort weiß.»

«Deswegen bin ich ja zu Ihnen gekommen. Sehen Sie … ich glaube, ich weiß, was mich erwartet. Ja, ich wäre bereit, diese Opfer zu bringen. Ich wäre bereit, wieder Schmerz zu erleiden. Ich habe zu Gott gesagt, dass ich, falls er mir Domenico erneut schenken wird, ihn lieben und mich um ihn kümmern werde. Ich werde mich nicht mehr beschweren, wenn es schwierig wird. Ich werde mir sagen, du hast diesen Mann gewollt, nun musst du die Suppe eben auch auslöffeln.»

Wir schwiegen beide, und mir war klar, dass die Worte, die ich da eben ausgesprochen hatte, ein ziemlich gewichtiges Ding waren.

«Eine reife Entscheidung», sagte Pfarrer Siebold.

«Nein. Eine verrückte Entscheidung», stöhnte ich. «Ich kann doch nicht wieder zu einem Mann zurückgehen, der mich geschlagen hat?»

«Ja, da wäre noch ein Aspekt zu bedenken», sagte Pfarrer Siebold nun vorsichtig.

«Ja?» Ich setzte mich etwas aufrechter hin.

«Vielleicht hast du schon mal was vom Krankenschwesternsyndrom gehört?»

Ich runzelte die Stirn, weil ich darin keinen Zusammenhang mit meiner Situation erkennen konnte.

«Es gab einmal diesen Film *The English Patient*. Ich weiß nicht, ob du ihn gesehen hast, aber es ging darin um eine Krankenschwester, die einen schwer verwundeten Soldaten pflegte. Dieser Film bewegte Millionen von Frauen zutiefst, und die Zeitschriften und Kritiker wunderten sich, warum dieser Film vor allen Dingen Frauen so zu Tränen rührte. Die Psychologen haben dann in den Zeitschriften erklärt, dass in fast jeder Frau so eine Krankenschwester stecke. Ein Element in der Seele, das helfen möchte, das Wunden verbinden möchte, tragen will, beschützen will – und sich dabei eben auch verbrennen möchte.»

Pfarrer Siebold neigte seinen Kopf ein wenig zur Seite und sah mich an, während ich ihm aufmerksam zuhörte.

«Es ist so einfach, diese helfende Hingabe mit echter Liebe zu vermischen und sich dabei wirklich total zu verbrennen – aber auf ungesunde Weise. Denn bei aller Liebe – man kann in einer Liebesbeziehung nicht nur geben. Man muss auch nehmen können. Man kann nämlich auch *zu viel* lieben und helfen wollen und dabei selber zugrunde gehen. Verstehst du, was ich dir sagen möchte?»

«Ich denke schon ...»

«Wenn du merkst, dass du dich im Film *Der italienische Patient* befindest ...», der Pfarrer schmunzelte ein bisschen, wurde aber gleich wieder ernst, «... dann würde ich dir davon abraten, dich auf die Suche nach Domenico zu machen.»

«Der italienische Patient ...?» Ich hatte den Joke nicht ganz begriffen.

«Ich meine damit dies: Wenn deine Liebe zu Domenico vor allen Dingen ein Helfersyndrom ist, dann muss ich dir leider mit aller Dringlichkeit sagen, dass dies keine Zukunft haben wird. Totale Selbstaufgabe ist keine Option für eine junge Frau wie dich. Das wäre keine gesunde Basis. Dann würdet ihr in Kürze wieder da sein, wo ihr wart, als ihr euch getrennt habt. Denke also gut darüber nach und forsche in dir selbst, wie es wirklich ist.»

Ich sah Pfarrer Siebold an und versuchte zu erfassen, was er mir eben gesagt hatte. Es kam selten vor, dass er ein so kompromissloses Wort an mich richtete. Ich runzelte die Stirn und dachte eine Weile über diese überraschenden Gedanken nach, und Pfarrer Siebold ließ mir Zeit.

«Nein», sagte ich schließlich leise. «Nein, ich glaube nicht, dass es so ist.»

«Dann steht ja einem Versuch nichts mehr im Weg», sagte der Pfarrer. «Doch du wirst es auf alle Fälle sorgfältig prüfen müssen. Du wirst herausfinden, ob Domenico aus seinen Fehlern gelernt hat. Ich persönlich hatte immer Vertrauen in ihn. Ich habe ihn als guten Jungen gesehen, als einen mit einem großen Herzen, das aber sehr verletzt worden ist. Ich muss oft an ihn denken. Und ich hätte mir gewünscht, ihn nochmals treffen zu können. Ich hätte ihm noch viel zu sagen ...»

Ich wurde traurig bei diesen Worten, als mir klar wurde, dass ein Zusammentreffen zwischen Nicki und Pfarrer Siebold wohl kaum mehr möglich sein würde.

«Ja, immer wieder kam mir der Gedanke, dass er ein ganz erstaunlicher junger Mann ist mit vielen Fähigkeiten. Und wo viel gekämpft wird, kann umso Größeres entstehen. Ich glaube, dass Gott noch lange nicht fertig ist mit ihm. Alles, was er in Domenico angefangen hat, wird er auch vollenden. Manche Dinge brauchen eben etwas länger. Und jeder von uns hat seine eigene Geschichte und funktioniert auf seine eigene Weise. Und Gott weiß genau, wo er uns begegnen muss.»

«Und falls Domenico mich abweist ...»

«... dann bleibt dir nichts anderes übrig, als dich voll und ganz in Gottes Hand fallenzulassen», sagte der Pfarrer warm. «Aber, nun ja – wer weiß? Immerhin hat Domenico ja *dich* angerufen. Er wollte aus irgendeinem Grund Kontakt mit dir aufnehmen ...»

«Aber wissen Sie ... falls ich nicht finde, was ich suchen werde, dann könnte es bedeuten, dass ich mein Leben lang allein bleiben werde. Weil ich nicht einfach irgendeinen Mann an meiner Seite haben kann, den ich gar nicht wirklich liebe. Ich habe es versucht ...» Ich dachte an all die jungen Männer, die ich im Laufe der letzten Jahre für eine Beziehung in Erwägung gezogen hatte. Leon, Elijah, Sebastian und drei, vier andere. Aber immer hatte etwas in mir drin widerstrebt, mich näher auf sie einzulassen.

«Ja, das verstehe ich sehr gut», seufzte Pfarrer Siebold. «Ach, ich wünschte, dir wäre dasselbe Glück beschert, das mir widerfahren ist.» Er warf einen Blick zu seiner Frau, die mit einem neuen Krug Tee hereinkam und uns mit einem herzlichen Lächeln nachschenkte.

«Du hast im Prinzip zwischen zwei Wegen zu wählen: Du kannst dir sagen, ich will nicht alleine sein, und dich irgendwann für eine Beziehung entscheiden, die dir vielleicht nicht ganz die Erfüllung bringen wird, nach der du dich sehnst, aber durchaus okay sein wird. Oder du gehst das Risiko ein, auf die große Liebe zu warten, wie man es so schön nennt – mit der Gefahr, dass du vor lauter Warten und Zögern dein Leben vielleicht als Single verbringen wirst. Gesetzt den Fall, dass Domenico dich abweisen wird. Aber ein Leben als

Single hat durchaus auch Vorteile, und gar nicht mal so wenige. Doch immerhin hast du die Höhen und Tiefen der Liebe schon erlebt. Viele träumen nur davon.»

«Das ist wahr. Wobei ich manchmal wünschte, ich wäre damals nicht auf die Suche nach ihm gegangen. Dann hätte ich diese kleine Jugendliebe vielleicht doch irgendwann vergessen können. Aber jetzt hat sich das alles zu tief in mein Herz eingebrannt, als dass ich es je vergessen könnte. Vielleicht würde es mir nun tatsächlich besser gehen, wenn ich Domenico nie gekannt hätte. Dann wäre ich frei, jemand anderen zu lieben.»

Ich trank einen Schluck Tee. Auf einmal fühlte ich, wie müde ich war. Die letzten Tage mit diesen Gedankenstürmen hatten mich richtig erschöpft.

«Wir werden nie wissen, ob der andere Weg besser gewesen wäre. Hättest du die Geschichte mit Domenico nicht erlebt, hättest du vielleicht andere Erfahrungen gemacht, ja. Aber wissen tust du es nicht. Und deswegen lohnt es sich auch nicht, darüber nachzudenken.» Pfarrer Siebold kratzte sich am linken Ohr, was seinen Haarbüschel noch weiter in die Höhe streckte.

«Wie ist es denn bei Ihnen? Darf ich das fragen? Ich meine … Sie sind glücklich verheiratet. Was ist Ihr Geheimnis?»

«Auch wir mussten um vieles kämpfen. Es gab Zeiten, da hätten wir beide ausbrechen wollen. Da war alles stumpf und langweilig. Ja, wenn man jeden Morgen nebeneinander aufwacht, wenn das, was man einst begehrt hat, zur Gewohnheit wird, gibt so mancher auf. Das Herz ist ein unstetiges Ding, das andauernd nach mehr verlangt. Und Gott weiß das. Beziehungen sind meistens nicht die Erfüllung aller Dinge. Denn das, was du besitzt, erscheint oft nicht mehr erstrebenswert.»

«Aber was ergibt das dann alles für einen Sinn?», stöhnte ich angesichts dieser schwierigen Aussage. «Wenn die Sehnsucht, die man in sich trägt, gar nicht wirklich erfüllt werden kann?»

«Das ist eine berechtigte Frage. Aber vielleicht ist dies eine mögliche Antwort: Manchmal ist es besser, mit einer Sehnsucht zu leben, als sie gestillt zu kriegen. Denn die Sehnsucht ist es, die dich antreibt zur Suche, die dich das Kämpfen lehrt, die dich inspiriert. Wenn du nichts mehr hast, wovon du träumen kannst, wird dir das Leben leerer erscheinen, als es in der Zeit war, wo der Wunsch noch brannte und loderte in dir. Manchmal ist es auch besser, etwas loszulassen, als es zu bekommen.»

Wir tranken schweigend unseren Tee, und Pfarrer Siebold ließ mir Zeit, all diese Worte nochmals Revue passieren zu lassen. Ich hätte mich noch ewig darüber unterhalten können, doch es war langsam Zeit aufzubrechen. Vorher musste ich aber noch ein wichtige Sache klären.

«Was ist denn nun mit Ihnen, Pfarrer Siebold? Das ... war doch nicht ernst gemeint mit dem Sterben, oder?»

Der Pfarrer und seine Frau, die erneut hinzugetreten war, wechselten einen Blick.

«Leider doch», sagte Frau Siebold. «Er wird bald die Heimreise antreten.»

«Nein!» Ich schüttelte den Kopf. «Nein, das glaub ich nicht ...»

«Wieso nicht?» Der Pfarrer sah ganz erstaunt aus. «Was ist daran verkehrt?»

«Sie dürfen doch jetzt nicht einfach sterben!»

«Sterben? Wer redet denn von Sterben?» Er lächelte. «Mein Körper wird sterben, ja. Aber hier ...» Er deutete auf sein Herz. «Das hier wird an einen besseren Ort gehen. Wenn wir *wirklich* verstehen würden, müssten wir nie mehr Angst haben. Denn wir haben eine Hoffnung über den Tod hinaus. Das Leben auf dieser Welt wird zu Ende sein, aber es wird etwas Neues kommen. Wie steht in der Bibel geschrieben? ‹Was kein Auge gesehen und kein Ohr gehört hat und in keines Menschen Herzen gekommen ist, ist, was Gott denen bereitet hat, die ihn lieben.› Ich weiß, wo ich hingehen darf, und deswegen bin ich guten Mutes. Und du und Domenico, auch ihr habt eine Menge zu erzählen, und ich wünschte ... ja, ich wünschte wirklich, ihr würdet einander wieder finden. Denn irgendwie glaube ich immer noch, dass Gott euch einander geschenkt hat.»

Ich konnte nicht behaupten, dass ich mich besser fühlte, als ich von Pfarrer Siebold wegging. Aber ich fühlte mich verstanden. Und ich fühlte mich getragen. Und ich wusste jetzt, was ich zu tun hatte. Ich wusste, dass mein Herz damit erneut in den Abgrund stürzen konnte. Aber genauso konnte ich auch alles gewinnen. Ich lief auf Messers Schneide, und alles, was ich tun konnte, war, Gott erneut zu vertrauen. Er kannte meinen Weg, auch wenn ich noch nicht wusste, wohin er mich führen würde.

## 20. Zurück auf Sizilien

Der Flug nach Palermo war verspätet.

Auch das noch. Wo ich eh schon mehr als nur nervös war. Obwohl man immer hörte, dass man als Frau besser nicht ohne Begleitung nach Sizilien reisen sollte, war ich allein unterwegs. Und wieder einmal mehr im Begriff, das größte Risiko meines Lebens einzugehen.

Die Nervosität war ohnehin schon seit Tagen mein ständiger Gefährte. Erstens einmal, weil ich zu guter Letzt nur noch wenigen Menschen erzählt hatte, dass ich tatsächlich nach Sizilien reisen würde. Morten und Hendrik wussten es natürlich, und auch Delia und Manuela waren eingeweiht.

Meine Eltern wussten es hingegen nicht, und das war das Schlimmste von allem. Ich hatte es nicht geschafft, es ihnen zu sagen, weil ich genau wusste, dass sie sich furchtbare Sorgen gemacht hätten. Und dass sie diese Reise alles andere als befürwortet hätten. Ich hatte mir vorgenommen, es ihnen hinterher zu erzählen, wenn ich wusste, was dabei herausgekommen war. Doch im Grunde fühlte ich mich nicht besonders wohl dabei. Deswegen hatte ich auch nur vier Tage für diese Reise einberechnet. Das hatte jedoch auch einen anderen Zweck: Falls Domenico mich nämlich abweisen würde, konnte ich mir immer noch für diese vier Tage ein Hotel suchen. Die erste Nacht würde ich sowieso in

Palermo verbringen müssen, da mein Flug erst um neun Uhr abends landen würde – und jetzt mit dieser dummen Verzögerung natürlich noch später.

Im Flieger war mir beinahe schlecht vor Aufregung, und ich fragte mich mehrmals, ob ich denn komplett von Sinnen war, so etwas zu wagen. Natürlich würde Domenico mich abweisen, das war doch eigentlich sonnenklar. Er wollte nicht, dass ich ihn aufsuchte. Dieses Mal *würde* er vor mir weglaufen. Garantiert.

Ich spielte daher bereits mit dem Gedanken, gar nicht erst nach Licata zu reisen, sondern die vier Tage einfach ganz allein in Palermo zu verbringen ...

Trotz der Verspätung kam ich gegen Mitternacht doch noch in Palermo an. Natürlich hatte ich ein Taxi nehmen müssen, was mich teuer zu stehen kam. Ich hatte das Zimmer im selben Hotel gebucht, wo ich damals mit Paps logiert hatte, als ich zum ersten Mal auf der Suche nach Domenico gewesen war.

Während ich mindestens eine halbe Stunde lang auf dem winzigen Balkon stand und mich an die Zeit zurückzuerinnern versuchte, wunderte ich mich darüber, dass mir alles so vorkam, als sei es erst gestern gewesen. So lebendig waren auf einmal all die Erinnerungen wieder da. Damals hatten wir das Zimmer fast an derselben Stelle gehabt, und wie jetzt hatte ich über den Park mit den Palmen blicken können, während daneben der Straßenlärm mit den knatternden Motorrädern und hupenden Autos zu hören gewesen war. Der einzige Unterschied zu damals war, dass dieses Mal die Klimaanlage funktionierte, so dass ich das Fenster schließen und dem Lärm entgehen konnte.

Als am nächsten Morgen die Sonne mich sanft aus dem Tiefschlaf kitzelte, wusste ich, dass ich es auf alle Fälle wagen und mich auf den Weg nach Licata machen würde.

Zum Glück konnte ich mich noch gut erinnern, von welcher Seite des Bahnhofs aus die Busse fuhren. Die Fahrpläne hatte ich mir bereits zu Hause ausgedruckt. Allerdings war die Webseite vor drei Jahren das letzte Mal aktualisiert worden, so dass ich mir mit meinen noch spärlich vorhandenen Italienischkenntnissen ein paar Zusatzinformationen einholen musste.

Irgendwie schaffte ich es, auf der über dreistündigen Fahrt nach Licata ein wenig zu schlafen. Ich wusste nicht, warum ich so furchtbar müde war, aber vermutlich war es die Aufregung und die um diese Jahreszeit für mich ungewohnte Hitze, die meinen Körper und meine Seele so müde gemacht hatten. Nicht mal der Umstand, dass ich Sizilien noch nie im Frühling gesehen hatte und eigentlich über die üppige Landschaft und das fantastische Blütenmeer hätte staunen müssen, konnte mich wachhalten.

Gemäß Fahrplan hätte ich um fünf Uhr nachmittags in Licata ankommen sollen, doch es war bereits Viertel vor sechs, als der Bus schließlich in die Busstation einfuhr. Mein Nervositätspegel stieg von Minute zu Minute an, und ich zog ernsthaft in Erwägung, das Ganze doch noch abzubrechen und direkt zu einem Hotel zu fahren. Ich hatte mir mindestens drei günstige Übernachtungsmöglichkeiten aus dem Internet ausgedruckt und mich erkundigt, ob sie laufend freie Zimmer hatten. Denn so, wie ich die Lage einschätzte, würde es letzten Endes ziemlich sicher darauf hinauslaufen, wenn Domenico mich wegschicken würde …

Aber natürlich wusste ich tief in mir drin, dass es keinen Weg zurück gab. Denn dann hätte ich diese Reise gar nicht erst antreten müssen. Ich musste das durchziehen, auch wenn es mir vor Aufregung schier den Magen umdrehte.

Ich suchte mir ein Taxi und versuchte dem Fahrer zu erklären, wo ich hinwollte. Da ich nicht mal wusste, wie die Straße hieß, blieb mir nichts anderes übrig, als ihm die Richtung zum Hafen anzugeben und zu hoffen, dass ich von dort aus den Weg zu Zio Giacomos Haus wiedererkennen würde.

Die Sonne neigte sich immer mehr Richtung Hügelspitzen. Der betörende Duft von Mandelblüten und Feigenblättern strömte durch das leicht offene Autofenster.

Ich erkannte die kleine Seitenstraße wieder, die einen holprigen Hang hinaufführte. Wir waren auf dem richtigen

Weg. Ich bat den Fahrer, hier anzuhalten, und bezahlte ihn. Das letzte Stück würde ich zu Fuß gehen müssen.

Bevor ich die letzte Wegstrecke zurücklegte, warf ich einen Blick über das tiefblaue, weite Meer, das in der Ferne mit dem Himmel verschmolz. Obwohl es Abend war, war es immer noch sehr warm. Die Jacke und die Socken hatte ich vergebens mitgenommen.

Ich erkannte auch das Häuschen von Zio Giacomo, das ein wenig abseits von den anderen Häusern am Hang thronte, auf Anhieb wieder. Es hatte einen neuen Anstrich erhalten, und auch das Dach war repariert worden. Der Auto-Anhänger vom Zio und das Fischernetz draußen vor dem Haus waren der letzte Beweis dafür, dass hier immer noch jemand lebte und arbeitete.

Denn auch dies war mir während der Reise mehrmals durch den Kopf geschossen: Was, wenn Domenico und der Zio aus irgendeinem Grund gar nicht mehr da wohnten? Vielleicht wusste ja Morten auch nicht alles …

Es kostete mich wohl den größten Mut meines Lebens, die letzten Schritte zu machen. Es war so still hier rundherum; bis auf das Rauschen des Meeres und des Abendwindes und in der Ferne die Geräusche der Stadt war kaum was anderes zu hören. Das Knirschen der Erde unter meinen Schuhen passte so gar nicht zu dieser Idylle.

Vielleicht war auch gar niemand zu Hause? Was dann?

Als ich nur noch drei Meter von dem Haus entfernt stand, kam ein kleiner, ungefähr sechsjähriger Junge mit rötlichem Haar um die Ecke gerannt. Er hatte eine Steinschleuder in der Hand und zielte damit auf ein paar kleine Vögel, die sich am Boden um ein paar Krümel versammelt hatten. Er hatte mich nicht gesehen, doch ich hatte ihn sofort erkannt und war wie angewurzelt stehengeblieben.

Es war unglaublich, wie ähnlich er Nicki sah – besonders da nun sein Haar die letzten kindlichen Locken verloren hatte und sich ähnlich wild wie Nickis Haare gebärdete! Ich konnte nicht anders, als einfach nur hier stehenzubleiben und ihn zu betrachten.

Vor allen Dingen bedeutete dies eines: Wenn Manuel hier war, dann musste auch Nicki in der Nähe sein!

Auf einmal richtete Manuel sich wieder auf, rief irgendwas auf Sizilianisch und rannte ins Haus. Er ließ die Tür dabei offen stehen – fast eine Einladung, um direkt ins Haus zu spazieren. Wenn ich mich getraut hätte …

Dann hörte ich Stimmen und Hundegebell. Jetzt wagte ich mich erst recht nicht mehr zu rühren. Erneut tauchte der Gedanke in meinem Kopf auf: Wenn ich das Ganze abbrechen wollte, dann war *jetzt* die allerletzte Gelegenheit dafür. Niemand hatte mich gesehen, ich konnte mich einfach klammheimlich wieder aus dem Staub machen und verschwinden, bevor ich das Leben von Nicki und mir erneut auf den Kopf stellen und vielleicht eine Katastrophe auslösen würde.

Denn Nicki war hier im Haus, ich hörte nun ganz deutlich seine Stimme am offenen Küchenfenster – ja, ich erinnerte mich ganz genau daran, wo die Küche war. Ich hörte, wie er mit Manuel sprach und irgendetwas am Kochherd werkelte.

Doch ich stand da, erstarrt wie eine Säule, und rührte mich nicht. Nur der Wind bewegte mein Haar.

Und dann kamen sie raus. Erst Manuel. Und dann Domenico. Manuel hatte die Schleuder immer noch in der Hand und wollte Nicki offenbar etwas zeigen. Ich sah zu, wie Domenico lächelte und Manuel die Schleuder aus der Hand nahm, um ihm zu helfen. Zwei große braune Hunde trabten hinter ihnen heraus und schnüffelten neugierig in der Erde rum.

Domenicos Haar war immer noch genauso lang wie früher, und er hatte es am Hinterkopf zusammengebunden, damit es ihm nicht ständig ins Gesicht fiel. Er trug ein zerschlissenes graues T-Shirt, das Spuren von geleisteter Handwerksarbeit zeigte. Dazu eine leichte, braune Cordhose, die ebenfalls ziemlich abgenutzt aussah. Ich blickte auf die unveränderte Tätowierung an seinem rechten Oberarm, deren Muster ich fast auswendig kannte.

All dieses Vertraute gab mir das Gefühl, dass es richtig

war, was ich tat, auch wenn mein Körper sich immer noch nicht rühren konnte.

Und dann stutzte Domenico, hob seinen Kopf und schaute mich direkt an. Wir standen nur etwa acht, neun Meter voneinander entfernt. Sein Gesicht sah aus, wie ich es mir vorgestellt hatte: Fassungslos. Ungläubig. Überrascht. Nun würde die Stunde der Wahrheit kommen, wo sich herausstellen würde, ob er weglaufen oder näherkommen würde. Ich blieb, wo ich war, bereit, alles, was nun kommen würde, zu ertragen.

Wenigstens hatte ich ein paar Sekunden Zeit, in sein Gesicht zu sehen und zu registrieren, dass er gut aussah. Gesund und braungebrannt.

Wenn er nun gleich vor mir weglaufen würde und dieser Anblick das Einzige sein sollte, was mir bleiben würde, dann hatte sich die Reise trotzdem schon gelohnt.

Er ließ die Schleuder fallen und kam einen winzigen Schritt näher, als ob er sich vergewissern musste, ob ich wirklich keine Fata Morgana war.

«Non ci posso credere», flüsterte er.

Nun kam auch Manuel näher und starrte mich ebenfalls an. Ob er mich allerdings erkannte, wusste ich nicht.

«Hi Nicki», hauchte ich und versuchte zu lächeln.

Leichte Zuckungen fuhren über Domenicos Gesicht. In seinen unergründlichen Augen war nicht auszumachen, ob er entsetzt war oder ob er sich freute. Manuel schmiegte sich fest an Nickis Körper und ließ seine neugierigen Kinderaugen nicht von mir.

Und ich war mir ziemlich sicher, dass Domenico in diesen ersten paar Sekunden, in denen wir uns gegenüberstanden, abwog, ob er von mir weg- oder auf mich zulaufen sollte. Wohl instinktiv legte er dabei seinen Arm um Manuel.

Und mir blieb nichts übrig, als dem Szenario standzuhalten und abzuwarten, was nun geschehen würde.

Und dann kam er langsam näher, ließ Manuel los und machte die letzten paar Schritte auf mich zu. Ein paar lange Sekunden lang schauten wir einander einfach wortlos in die Augen.

Domenicos immer noch schönes Gesicht, das zwar mittlerweile viele Spuren seiner Vergangenheit aufwies, hatte sich optisch nicht stark verändert, aber ich konnte sehen, dass sich eine Menge in seiner Seele getan hatte. Seine Haut sah älter aus als die eines Dreiundzwanzigjährigen und war von Narben und Furchen gezeichnet. Ich wusste, dass er in einigen Jahren vielleicht nicht mehr so umwerfend aussehen würde.

Seine blaugrauen Augen waren immer noch dieselben, und sie waren mitten auf mein Herz gerichtet, wie ich es von ihm kannte. Und genauso, wie ich ihn zu ergründen versuchte, versuchte auch er mich zu erforschen.

«Ich … ich habe mein Deutsch vergessen …», stammelte er schließlich und hob seine Hand, als wolle er mein Haar anfassen. Doch er zog sie schnell wieder zurück.

«Entschuldige … ich musste einfach herkommen …», stieß ich hervor. «Ich konnte nicht … ich musste wissen, wie es dir geht.»

«Wie bist du hergekommen?» Auch seine Stimme hatte sich nicht groß verändert, war immer noch dieselbe mit dem ewig heiseren Touch, genauso, wie ich sie kannte.

«Mit dem Bus … aus Palermo … und dann ein Taxi …»

«Ganz allein?»

Ich nickte. Er warf einen Blick auf meinen Rucksack, der schwer an meinem Rücken hing.

«Und wo schläfst du?»

«Ich … ähm … ich kann in ein Hotel gehen … es gibt ein paar günstige Hotels hier in Licata … ich wollte nur sehen, ob du zu Hause bist …»

Er schloss die Augen und schüttelte ganz leicht den Kopf. Er versuchte ganz offensichtlich jegliche Gefühle zu verbergen, von denen ich immer noch nicht wusste, ob sie eher Richtung Freude oder Angst gingen.

«Komm», sagte er schließlich. «Gib mir deinen Rucksack. Wir bringen das erst mal ins Haus.»

In dem Moment erkannte ich die Lederkette um seinen Hals wieder. Es war die, die ihm sein Halbbruder Kjetil mal geschenkt hatte. Mittlerweile war die Farbe am Stein verblasst und abgenutzt, aber ich hatte mir die Form damals gut eingeprägt.

«Du hast bestimmt Hunger?», fragte er. Manuel folgte uns und ließ seinen Blick nicht von mir.

«Noch nicht so richtig», sagte ich. «Vielleicht etwas später.» Jetzt, da ich den Rucksack nicht länger schleppen musste, kniete ich mich zu Manuel runter und schlang meine Arme um ihn.

«Hey, Manolito», sagte ich. «Kennst du mich noch?»

«Chista è Maya. A to' madrina», sagte Domenico.

«Maya», wiederholte Manuel und löste sich verlegen aus meiner Umarmung.

«Ich glaub, er kennt mich nicht mehr …», stellte ich etwas betrübt fest.

«Doch, tut er. Aber er versteht kaum noch Deutsch», erklärte Domenico. «Er spricht praktisch nur noch Sizilianisch und Norwegisch.»

Er wies mich mit einem Kopfnicken an, ihm ins Haus zu folgen, und stellte meinen Rucksack in der ziemlich heruntergekommenen Küche ab. In einer Ecke stand auch sein mittlerweile altes Motorrad.

«Ich koch dann was, wenn Zio Giacomo nach Hause kommt. Wird aber etwas später. Ist das okay?»

«Klar», meinte ich.

«Wenn du Hunger hast, kannst du was von dem Kuchen im Kühlschrank haben.»

Ich bedankte mich und versicherte ihm, dass ich gut ohne auskommen würde vorerst.

«Ich muss noch was am Netz draußen reparieren», sagte Domenico. «Zio Giacomo braucht es heute Abend. Wenn du magst, kannst du dich ins Wohnzimmer setzen oder auch nach draußen kommen. Wie du willst.»

Täuschte ich mich, oder war da irgendwas anders mit seinen Zähnen? Ich konnte es im schummrigen Licht der kleinen, vollgestopften Küche nicht richtig erkennen. Domenico wandte sich von mir ab und ging, ohne sich nochmals nach mir umzudrehen, wieder hinaus. Er schaffte es meisterhaft, jegliche Gefühle zu verbergen. Fast wie sein Vater Morten ...

Ich beschloss, mich ins Wohnzimmer zu verziehen, weil ich vermutete, dass Nicki immer noch etwas Zeit brauchte, um sich mit dem Gedanken anzufreunden, dass ich hier so unverhofft reingeplatzt war.

Dennoch: Er war nicht vor mir weggelaufen!

Ich setzte mich auf das ziemlich schäbige, uralte Sofa und sah mich in der düsteren Stube um. Es hatte sich, soweit ich mich erinnerte, nicht viel verändert hier drin. Die Möbel mochten alles alte Erbstücke sein und standen sicher schon seit hundert Jahren da. Auch die Familienfotos auf der kleinen Kommode hatten sich kaum in ihrer Anzahl und Formation verändert.

Ich döste ein wenig auf dem Sofa, während draußen die Sonne langsam unterging. Im Halbschlaf lauschte ich Domenicos Schritten, die vor dem Haus hin und her gingen, und versuchte ein wenig von der Unterhaltung zu verstehen, die er mit Manuel führte. Ich musste jedoch feststellen, dass ich nicht mehr viel Sizilianisch verstand. Domenico hatte die Tür zur Küche offengelassen, so dass von draußen ein leichter Wind ins Wohnzimmer wehte.

Es wurde zusehends dunkler, und irgendwann wurde ich von Hundegebell aufgeschreckt. Stimmen wurden laut; Zio Giacomo war offensichtlich nach Hause gekommen.

«Mimmo, scià, ti ringrazio. Iamuninne a preparai a cena ca poi minne vaju a mari.»

Domenico und der Zio traten zu mir in die Stube, doch ich konnte nur ihre Umrisse erkennen. Domenico machte das Licht der kleinen Schirmlampe an, die bei den Fotos auf der Kommode stand.

«Maya?», sagte er leise. «Schläfst du?»

«Nein!» Ich sprang rasch auf, um den Zio zu begrüßen. Zio Giacomo strahlte mich an und herzte mich und redete auf mich ein, als hätte er mich schon sein ganzes Leben gekannt. Leider musste ich zu meinem Bedauern feststellen, dass mein Italienisch wirklich in der allerhintersten Ecke meines Gedächtnisses klebte. Seit meinem Abschied von Domenico hatte ich es ja nicht mehr gebraucht. Domenico merkte es offensichtlich und schien dem Zio etwas in der Art zu erklären.

«Ich mach jetzt was zu essen», sagte er hinterher zu mir. Ich nickte und warf einen Blick auf die Uhr. Es war bereits neun. Extrem spät, wenn ich hinterher noch irgendwo eine Übernachtungsmöglichkeit finden wollte ...

«Wenn du willst, kannst du deine Sachen ins Schlafzimmer bringen», sagte Domenico, der anscheinend immer noch die Begabung hatte, meine Gedanken zu erkennen. «Weißt du, dort, wo das große Bett steht. Ich schlafe dann mit Manuel im Wohnzimmer ...»

«Okay, danke», sagte ich erleichtert und innerlich voller Freude. Domenico hatte mich somit tatsächlich eingeladen, hier zu übernachten! Zio Giacomo lächelte hinter seinem großen, weißen Schnurrbart.

Nicki verschwand in der Küche, und nur wenige Minuten später erfüllte ein würziger Geruch nach Zwiebeln, Fisch und Kräutern das Haus.

Manuel hatte sich im Wohnzimmer bäuchlings auf den Boden gelegt und malte mit einem Filzstift auf einem Block. Ich schaute ihm zu und erkannte, dass auf dem Papier ein Schiff entstand. Als er fertig war, riss er das Blatt aus dem Block und kam zu mir gerannt. Voller Stolz hielt er mir das Bild unter die Nase.

«Talé!», sagte er. «A varca do ziu.»

«Wow, schön», sagte ich aufrichtig. In der Tat: Für einen fast Sechsjährigen zeichnete Manuel erstaunlich gut, und es war natürlich keine Frage, woher er das hatte. Zweifelsohne zeichnete Nicki viel mit ihm.

«Ikke sant?» Manuel strahlte, und ich musste über seinen Sizilianisch-Norwegisch-Mix schmunzeln. Jetzt, wo sein Kindergesicht so nah an meinem war, konnte ich die vielen gemeinsamen Züge mit Nicki und Mingo noch genauer erkennen. Dasselbe spitze Kinn und dieselben hohen Wangenknochen waren dabei, sich zu formen. Aber auch ein paar von Carries Zügen waren in seinem Gesicht zu erkennen, zum Beispiel die Lippen und der Stirnansatz. Zweifelsohne würde auch Manuel ein sehr hübscher Junge werden eines Tages – ganz wie sein Vater. Als er mich anlächelte, erkannte ich, dass auch die Wangengrübchen sich genau wie bei Nicki und Mingo bildeten.

Bald darauf gab es an dem kleinen Tisch im Wohnzimmer ein ausgiebiges Mahl, das aus gebratenem Fisch, frittierten Auberginen, Zucchini, Reis, Oliven und mehreren anderen Antipasti bestand.

«Ich hab ein paar Reste zusammengeworfen», meinte Domenico fast entschuldigend. «Wir essen fast jeden Tag das Gleiche hier.»

«Non fare complimenti», sagte der Zio herzlich zu mir und wies mit einladender Geste auf die Köstlichkeiten. «Mimmo è un bravo cuoco.»

Dass Domenico ein hervorragender Koch war, hatte ich längst zur Kenntnis genommen, und wieder einmal mehr wurde dies bestätigt.

Nach dem Essen legte der Zio sich noch eine Weile aufs Ohr. Ich war durch mein Nickerchen vorhin überhaupt nicht mehr müde. Ich wollte Domenico in der Küche helfen, doch er lehnte ab. Ich wusste nicht so recht, was ich mit mir anfangen sollte, da ich erkannte, dass er offensichtlich allein sein wollte. Er hatte dann immer eine ganz spezielle Aura um sich, eine fühlbare Mauer, durch die man nicht zu ihm hindurchdringen konnte, und das hatte sich auch in den letzten drei Jahren anscheinend nicht geändert.

So nahm ich meinen Rucksack und brachte ihn ins Schlafzimmer, das Nicki mir zugewiesen hatte. Auch hier sah es immer noch genauso aus wie damals. Die Laken auf dem großen Doppelbett waren ziemlich zerwühlt. Hier schliefen Nicki und Manuel also ...

Ein Schauer von Betroffenheit durchflutete mich, als ich in der Ecke über dem Nachttischchen das Holzkreuz an der Wand entdeckte. Es stammte von Mingos Grab und war dort durch einen schönen Stein ersetzt worden. Auf dem Nachttisch selbst standen eine Menge kleiner Kerzen, einige neue und andere, die bereits abgebrannt waren.

Ich las die mir so bekannte Inschrift auf dem Kreuz.

*Michele Domingo di Loreno. Friede sei mit ihm.*
Dann fiel mein Blick auf das kleine Bild mit den beiden Kindern und dem Engel, der über ihnen wachte. Auch daran erinnerte ich mich noch gut. Nicki hatte es damals aus Monreale mitgenommen. Es war ein Relikt seiner Kindheit, das ihm offensichtlich was bedeutet hatte.

Ich atmete tief ein, öffnete den Rucksack und begann, ein paar Sachen auszupacken. Nun war ich tatsächlich zurück auf Sizilien! Wer hätte das jemals gedacht …

Es war bereits nach elf Uhr, als Domenico schließlich sachte an die Tür klopfte und vorsichtig eintrat.

«Bist du schon müde?», fragte er weich. «Oder magst du mit mir noch runter zum Strand gehen?»

«Gern …», hauchte ich. «Ich bin noch überhaupt nicht müde, nein …»

Er lächelte ein bisschen, und in dem Moment sah ich es deutlicher: Da war tatsächlich etwas anders mit seinen Zähnen! Sogar die Zahnlücke zwischen seinen Vorderzähnen schien etwas kleiner zu sein, als ich sie in Erinnerung hatte.

«Warte, ich kann dir das Bett noch frisch beziehen.» Er öffnete den Schrank und zerrte neue Bettwäsche hervor. Er fragte mich nicht, wie lange ich hierbleiben würde, aber offensichtlich war es für ihn klar, dass es ein paar Tage werden würden.

«Nimm am besten 'ne dünne Jacke mit», sagte er hinterher. «Jetzt im Frühjahr kann es etwas kühler sein in der Nacht am Meer unten.»

Daran hatte ich schon gedacht. Er selbst brauchte natürlich keine Jacke. Er schaute nochmals nach Manuel, den er auf dem Sofa einquartiert hatte und der bereits tief und fest schlief.

«Macht es nichts, wenn er allein hierbleibt?», fragte ich.

Domenico schüttelte den Kopf. «Der Zio ist ja noch da, und selbst wenn er dann zum Fischen geht, sind immer noch die Hunde da, die das Haus bewachen. Und wir bleiben in der Nähe.»

Es war in der Tat nicht weit bis hinunter an den Strand.

Ich erinnerte mich daran, dass ich mir auf diesem Abhang damals gründlich den Fuß verknackst hatte. Domenico führte mich zu einem kleinen Felsvorsprung, wo wir uns bequem hinsetzen konnten und einen wundervollen Ausblick über das nächtliche Meer hatten, das beruhigend, aber irgendwie auch geheimnisvoll vor sich hin rauschte.

Obwohl sich zwischen uns ein gewisser Sicherheitsabstand befand, war das Gefühl, ihm nach so langer Zeit wieder so nahe zu sein, unheimlich prickelnd und aufregend. Einige Minuten des Schweigens vergingen, da niemand von uns wusste, wie er das Gespräch beginnen sollte.

«Ich finde, du sprichst immer noch genauso gut Deutsch wie damals», versuchte ich schließlich einen Anfang.

«Meinst du? Ich find, ich hör mich schrecklich an.» Er strich sich mit der Hand die Strähnen aus der Stirn. Er hatte sein Gummiband aus dem Haar gelöst, so dass es ihm wieder in altbekannter Form ins Gesicht fiel.

«Ein bisschen mehr Akzent vielleicht», sagte ich. «Aber nicht schlimm.»

«Dann ist ja gut. Hab das Gefühl, ich muss mir die Worte richtig zusammenkratzen.» Er rutschte vorsichtig ein Stück weiter von mir weg. Tat er das, weil er mir mehr Platz bieten wollte? Oder weil er mir nicht zu nahe kommen wollte?

«Ich schaff's gar nicht, mit Manuel Deutsch zu reden. Der verlernt's total ...», seufzte er.

«Aber er braucht's hier ja auch gar nicht mehr», meinte ich. Domenico gab darauf keine Antwort und richtete seinen Blick gedankenversunken in den nächtlichen Horizont.

«Wieso bist du hergekommen?», fragte er endlich sehr leise. Ich hatte die Frage erwartet und mir die Antwort schon längst zurechtgelegt.

«Weil ich wissen wollte, wie es dir geht. Ich konnte dich ja nicht anders erreichen. Du bist nicht mehr ans Telefon gegangen. Ich konnte nicht mit dieser Ungewissheit leben, zumal du mir während unseres kurzen Telefongesprächs kaum was von dir mitteilen wolltest.»

«Ich dachte, es sei besser, wenn du nicht zu viel von mir weißt.»

«Wieso?»

Er schwieg und war ganz darin vertieft, mit seinen Fingern ein paar Grashalme auszuzupfen. Ich schaute ihn von der Seite an. Wie vertraut er mir war – und doch wieder so fremd zugleich. Mir wurde in dem Augenblick klar, dass ich ihn nochmals ganz neu kennenlernen musste – falls er mich überhaupt an sich ranlassen würde. Ich würde die altbekannte Vorsicht walten lassen müssen.

«Nur so», meinte er schließlich.

«Magst du etwas über dich erzählen?», fragte ich. «Darf ich wissen, wie es dir geht?»

«Von mir aus ...»

Wieder blieb es still. Erwartete er nun einfach, dass ich ihm Fragen stellte? Und wenn ja, wo fing ich an? Ich hatte ja tausend Fragen!

«Sag mal, hast du was mit deinen Zähnen gemacht?», entschied ich mich für die spontanste aller Fragen. «Irgendwas ist da anders ...»

Er lächelte ein wenig. «Ja, ich hab ein paar Sitzungen beim Zahnarzt gehabt ...»

«Hier oder in Norwegen?»

«In Norwegen. Morten hat das ja alles bezahlt. Etwa ein halbes Jahr vor Therapieschluss. Die mussten so ziemlich alles reparieren.»

«Wow», sagte ich. «Da bist du nun sicher froh, was?»

«Ja, schon. Jetzt trau ich mich wieder zu lachen.»

Sofort schoss der schmerzhafte Gedanke mir durch den Kopf, dass er nun mit seinen schönen neuen Zähnen umso mehr Chancen bei anderen jungen Frauen haben würde.

«Und wie ist es mit ...» Nein, ich konnte ihn unmöglich einfach so nach einer Freundin fragen. «Ich meine, mit der Nikotinabhängigkeit?» Es war ja kein Geheimnis, dass Domenico jahrelang dagegen angekämpft hatte.

«Ich bin clean, falls es das ist, was du wirklich wissen möchtest», sagte er.

«Auch kein Snus mehr? Wirklich rein gar kein Nikotin mehr?»

«Nein. Nix mehr.»

«Und wie hast du das geschafft? Darf ich wirklich einfach Fragen stellen?» Ich hatte nach wie vor Angst, in irgendwelche seelischen Wunden zu fassen.

«Ja, klar.»

«Aber dir ist es unangenehm, nicht wahr?» Ich hatte ja nur noch drei Tage zur Verfügung und daher keine Zeit, lange um den Brei herumzureden.

«Ich sag schon, wenn ich was nicht beantworten möchte», meinte er. «Also, wie ich es geschafft hab?» Er musste sich offenbar ein wenig zurückerinnern.

«Das war, als ich die neuen Zähne bekam. Ich war zwar schon vorher mit dem Nikotin auf null, doch dann hab ich mir gesagt: Wenn du jetzt wieder anfängst, schaffst du's nie mehr. Morgens als Erstes eine Zigarette anzünden – und abends als Letztes vor dem Zubettgehen nochmals eine reinziehen, nee, da fühlt man sich irgendwo zutiefst schmutzig und neben den Schienen. Und dann, irgendwie, ist es gegangen. Ich wollte dieses Neue einfach nicht mehr kaputt machen. Und hier fällt es mir gar nicht mehr so schwer, drauf zu verzichten. Ich hab so viel zu tun, dass mich gar keine Lust mehr überkommt. Und Zio Giacomo hat sogar mir zuliebe auch mit dem Rauchen aufgehört. Er wollte schon lange aufhören und hat gemeint, jetzt sei die beste Gelegenheit.»

«Aber das ist doch super!»

«Ja, klar …» Er zeigte ein verhaltenes Lächeln. «Ich mein, ewig hätt das meine Lunge ja nicht mehr mitgemacht …»

Warum hielt er so zurück mit seinen Gefühlen? Was wollte er vor mir verbergen?

«Deine Lunge … und deine Gesundheit … wie steht es damit im Allgemeinen?»

«Ganz okay. Seit ich mit all den Pillen aufgehört hab, geht's mir gut.»

«Also keine Schmerzen mehr? Gar nichts mehr?»

«Manchmal gewisse Flashbacks … dass es mir auf einmal schwindlig wird oder so, das kommt vor. Vergeht aber wieder.»

«Aber es ist ja nun gut zu wissen, dass du kein HIV hast,

was?» Wieder musste ich dran denken, dass dies seine Chancen bei anderen Frauen ebenfalls erhöhen würde ...

«Mhmm», nickte er und sah einen Moment lang wirklich glücklich aus. «Das ist sogar sehr gut.»

Sehr gut? Wie meinte er das? Das klang tatsächlich, als läge da was in der Luft. Als gäbe es irgendwo jemanden ... eine andere Frau, die ihn interessierte ...? Wie konnte ich das nur rausfinden? Ich musste es irgendwie auf Umwegen tun ...

«Und wie ist es mit allem anderen? Jähzorn, Borderline und all die anderen Sachen? Konntest du alles aufarbeiten?»

«Mhmm. Denk schon.»

Das war nicht gerade eine umfangreiche Antwort.

«Also ... heißt das, dass die Therapie gut war?»

Er dachte nach und kickte sachte mit dem Fuß einen Stein weg. Ich betrachtete die funkelnden Sterne am Himmel, die hier besonders gut sichtbar waren, da der Mond noch nicht aufgegangen war. Doch es war noch zu früh, um romantische Gefühle aufkommen zu lassen.

«Sie war herausfordernd», gab er mir schließlich die Antwort. «Sie hat mich so ziemlich alles gekostet.»

«Inwiefern? Was musstest du denn alles machen?»

Er holte tief Luft und zögerte. Es war ihm eindeutig nicht sonderlich darum, darüber zu sprechen.

«Ich will dich nicht ausfragen ...», sagte ich leise. «Sorry ...»

«Nein, nein ... schon okay. Also gut.» Er straffte entschlossen seinen Rücken. Ich fröstelte ein wenig, trotz Jäckchen, doch ich bemühte mich, es mir nicht anmerken zu lassen. Ich wollte unbedingt hören, was er mir zu erzählen hatte.

«Also, meine Pillenabhängigkeit war ja am Schluss so schlimm, dass ich die ersten paar Wochen mal nur diesen Entzug machen musste. Du hast das nicht gewusst, aber nachdem das mit uns beiden nicht mehr gut lief, hab ich wirklich nur noch alles durcheinander eingeworfen. Ist ein Wunder, dass mich das nicht ganz flachgelegt hat. Meine einzige Rettung war nur noch, nach Norwegen zu Morten und Hendrik zu gehen. Ja, und so musste ich halt erst mal ohne diesen chemischen Mist zurechtkommen, und das war so ziemlich etwas vom Härtesten, was ich je durchlebt hab. Ich konnte nicht mehr klar denken und bin fast die Wände hoch. Ich musste auf die geschlossene Abteilung, weil ich manchmal stundenlang in meinem Zimmer nur gegen die Wand geschlagen hab. Ich hab dann erst richtig geschnallt, wie das für Mingo immer gewesen ist. Zum Glück hatte ich diesen Therapeuten, der hat nicht lockergelassen. Der hatte mich echt im Griff. Den hat ja Hendrik für mich ausfindig gemacht. Das war so ein alter Seebär mit lauter Tattoos, der sein halbes Leben in der Marine mit Ex-Sträflingen gearbeitet hatte. Den konnte so leicht nichts umhauen, und vor allem konnte ich den nicht an der Nase rumführen.» Nicki grinste ein wenig. «Der war stärker als ich. Und das war gut so.»

«War das ein Norweger?», wollte ich wissen.

«Ja. Aber der konnte Deutsch und sogar ein wenig Italienisch. Der ist ziemlich in der Welt rumgekommen. Jedenfalls hat der ziemlich kurzen Prozess gemacht, wenn ich rebelliert hab. Aber ich mochte ihn. Weil ich spürte, dass er mich verstand. Ich durfte ja auch bei der Küstenwache auf einigen Booten mithelfen.»

«Echt, durftest du das? Auf dem Schiff arbeiten? Konntet ihr denn wählen, was ihr machen wolltet?»

«Wir wurden in so Sozialprojekte eingeteilt, aber mir war das recht. Ich hab den Job als Hilfsmatrose gern gemacht. Als ich da arbeiten durfte, ging's mir auch besser.»

«Und sonst? Musstest du Sitzungen machen, Anti-Aggressionstherapien und so?»

«Ja-ja, all das Zeug halt. Kannte ich ja schon.»

«Was musstest du da denn so machen?»

«Puh … entweder sitzt man in der Mitte, und alle sitzen um einen rum und greifen einen verbal an, und dann muss man halt versuchen, Ruhe zu bewahren und nicht zuzuschlagen. So Sachen eben. Viel Gruppentraining. Und ich musste vor allen Dingen lernen, nicht überall die Kontrolle haben zu wollen. Aber Sven hat auch da ziemlich kurzen Prozess gemacht mit mir, als ich wieder angefangen hab, alle unter meine Knute kriegen zu wollen. Er sagte: ‹Junge, entweder du hörst mit diesem Spiel auf, oder du bist deinen Job als Hilfsmatrose los!› Da hab ich dann echt die Klappe gehalten, weil ich unbedingt weiterarbeiten wollte.»

«Sven – ist das der Seebär?»

«Ja. Aber gleichzeitig hat er auch zu mir gesagt, dass ich ein großartiges Talent hab, Leute zu leiten, und das gefälligst richtig nutzen soll. Weiß ich ja auch. Er hat mich dann auch als Gruppenaufseher eingesetzt. Die wollten mich sogar bei der Marine eventuell als Soldat anheuern. Ich hätte ja wegen meines Vaters den norwegischen Pass beantragen können, aber ich wollte doch mit Manuel nach Sizilien, also bin ich gegangen.»

«Und nun bist du seit einem Jahr hier auf Sizilien?»

«Mhmm. Ungefähr.»

«Und ... und ... äh ...» Mist, ich kam mir so dumm vor mit dieser ollen Fragerei, aber er hatte es mir ja erlaubt.

«Was ... also, arbeitest du hier irgendwo? Du hilfst Zio Giacomo, hab ich Recht?»

«Ich helf ihm, ja, und ich helfe jeden Freitag und Samstag am Abend einigen Freunden vom Zio im Ristorante. Und nebenbei tätowiere ich noch 'n bisschen für ein Tätowierstudio. Hängt davon ab, wie viele Aufträge sie grad haben, aber es kommt immer öfters vor, dass die Leute das von mir machen lassen wollen. Weil ich angeblich der Beste bin ...»

«Das wundert mich ja nicht. Aber das klingt echt nach viel Arbeit», sagte ich, insgeheim erfreut, dass er auf einmal so freimütig erzählte.

Er zuckte mit den Schultern. «Ich arbeite gern. Was soll ich auch sonst machen?»

«Und kannst du jetzt echt ganz ohne Antidepressiva leben?»

«Mhmm, kann ich.»

«Wow. Das freut mich so riesig. Wie ... darf ich fragen, wie du das geschafft hast?»

«Ich hab denen einfach von Anfang an gesagt, dass das mein Ziel ist und sie mir helfen sollen, dorthin zu gelangen. Ich hab sie dann zwar mehrmals versucht auszutricksen, aber Sven sagte schlussendlich, dass er mich nicht auf dem Schiff arbeiten lässt, wenn ich noch irgendwelche Medis schlucke. Und der war knallhart mit mir. Etwa dreimal hat der mich heimgeschickt, weil ich was dabeihatte, und beim dritten Mal hat er mich hinterher auch 'ne ganze Woche nicht mehr arbeiten lassen. Und ich wollte unbedingt arbeiten, also hab ich pariert. Der wusste echt, wie er mit mir umgehen musste. Der hatte ja früher selber Alkohol- und Drogenprobleme und so, dem konnte ich nichts vormachen.»

«Und das ist nun alles kein Problem mehr mit deinen ... du weißt schon, mit den bipolaren Störungen und dem Borderline-Syndrom, die sie bei dir diagnostiziert haben?» Insgeheim geriet ich immer mehr ins Staunen. In Nicki hatte sich wirklich eine Menge verändert.

«Ich weiß nicht. Hier merk ich davon nicht so viel. Ich mein, ich mach meine Arbeit, ich passe auf Manuel auf – ich hab sowieso gar keine Zeit, darüber nachzudenken. Und irgendwie ist schon alles anders geworden in mir drin, seit ich in Norwegen war und auch hier auf Sizilien. Und seit ich endlich weiß, wie das alles gelaufen ist.»

Er hatte den Blick meistens aufs Meer gerichtet gehabt, während er mit mir gesprochen hatte, doch nun schaute er mich kurz an. Ich konnte es in der Dunkelheit mehr fühlen als sehen. Doch ehe ich ihm ein Lächeln schenken konnte, wandte er sein Gesicht schon wieder Richtung Horizont.

«Ich war wie meine Mutter», fuhr er leise fort. «Hab viele Tatsachen verdrängt und verdreht.»

«Oh ja, deine Mutter – was ist eigentlich mit ihr? Hast du sie je wieder getroffen?»

«Klar. Sie lebt ja hier. Wohnt bei Luisa. Du weißt schon, meine Tante.»

«Sie ist also tatsächlich wieder aufgetaucht?»

«Mhmm. Aber jetzt bist du dran mit erzählen, und ich darf fragen, ja?»

«Klar doch! Unbedingt.» Ich war froh um einen Rollentausch. Ich litt oft noch unter einem gewissen Komplex, wenn ich dauernd Fragen stellen musste, weil mein Vater ähnlich war und ich es überhaupt nicht mochte, wenn er mich löcherte. Meine Angst, Nicki damit auf die Nerven zu gehen, hatte mich in der Vergangenheit oft davon abgehalten, mutiger zu sein.

«Also, du studierst Medizin, ja? So wie du es immer geplant hattest?» Ich spürte, wie er mich nun wieder vorsichtig ansah.

«Ja, genau.»

«Und ist es immer noch das, was du wolltest?»

Das war seine zweite Frage, und sie forderte mich bereits ziemlich heraus.

«Ja, ich denke schon. Mir ist es nie richtig gelungen, herauszufinden, was ich wirklich will. Oder doch ... aber das ist lange her, und irgendwie hat sich alles geändert. Aber das Studium macht Spaß. Ich treffe eine Menge tolle Leute und wohne mit Manuela zusammen in einer WG. Im Moment ist es gut so, wie es ist.» Ich zuckte mit den Schultern, als könnte ich Nicki noch irgendwas vormachen.

Ich erwartete die nächste Frage, doch sie kam nicht. Stattdessen blieb er still und schien nachzudenken, und ich fragte mich, ob er sich insgeheim vielleicht dieselbe Frage stellte, wie ich sie mir in Bezug auf ihn stellte: Ob es noch irgendjemanden in meinem Leben gab, der für mich interessant sein könnte.

«Was ist mit dem Schreiben?», fragte er nach einer sehr langen Weile. «Du wolltest doch Autorin werden ...»

«Ja ...» Ich wusste nicht so recht, ob ich mit der Antwort rausrücken sollte. «Ja, ich hab ein paar Geschichten im Kopf, aber ich warte bis nach dem Studium», zog ich mich schließlich aus der Affäre und wusste gleichzeitig nur allzu gut, dass er mich sowieso durchschaute. Doch er ließ es darauf beruhen und fragte nicht weiter.

«Und deiner Mutter geht es also gut?», wollte er stattdessen wissen.

«Ja. Gott sei Dank. Sie ist so stark. Manchmal vergessen wir völlig, dass sie eigentlich krank ist, denn sie benimmt sich nicht so.»

«Spielt sie immer noch so schön Klavier?»

«Sie haben sich jetzt eins für die neue Wohnung gekauft. Sie leben nun ja definitiv in Basel, weil Paps dort auch eine gute Stelle bekommen hat. Ich glaub, sie sind jetzt auch wirklich glücklich zusammen.»

«Schön», lächelte er. «Ich hab irgendwie immer gewusst, dass sie nicht sterben wird.»

«Tja, wir hoffen, dass es noch lange so weitergehen kann. Aber Mama ist zuversichtlich. Ihr Glaube an Gott ist so unerschütterlich ...»

«Ich weiß», sagte er. «Ich fand das immer toll ...»

Wieder hatte ich den Eindruck, dass er mit seinen Gedanken irgendwo an einem Ort war, wo er mir noch keinen Zugang gewähren wollte. Ich merkte, wie mein Körper angesichts der feuchten Meeresluft immer mehr zu frösteln begann, und schaffte es nicht mehr, es zu verbergen.

«Du frierst», stellte er fest. «Lass uns zurückgehen ...»

Ich hatte nichts mehr dagegen. Etwas mühsam kraxelte ich hinter ihm her den steinigen Hang hoch. Nicki wandte sich mehrmals nach mir um.

«Geht's?», fragte er, und einen Augenblick sah es aus, als wolle er seine Hand nach mir ausstrecken.

«Ja, danke», sagte ich.

Drinnen im Haus machte er mir einen warmen Tee, gab mir Handtücher und öffnete die Läden in meinem Schlafzimmer. Dann verzog er sich mit Manuel in das andere Zimmer, da Zio Giacomo inzwischen zur Arbeit aufgebrochen war, und ließ mich allein.

Ich wusste am nächsten Morgen zunächst gar nicht, wo ich war, doch als ich erwachte, hatte ich gleich ein angenehmes Gefühl. Weil die Fensterläden offen standen, schien mir die Sonne herrlich mitten ins Gesicht und machte mich innerhalb kurzer Zeit hellwach. So zögerte ich nicht lange und stand auf.

Im Haus war niemand. Ich machte mich ein wenig zurecht, um einigermaßen hübsch auszusehen, und ging auf die Suche nach Domenico, doch ich fand ihn nirgends.

In der Küche entdeckte ich schließlich eine Notiz von ihm und stellte gleichzeitig fest, dass das Motorrad weg war.

*Iss von den antipasti und was du sonst magst. muste weg und komme speter wider. Domenico*

Ich öffnete den Kühlschrank, suchte mir etwas Essbares zusammen und ging damit hinaus, um mich an den Tisch auf der kleinen Veranda hinter dem Haus zu setzen.

Ich wusste allerdings nicht, dass ich nicht nur den ganzen Vormittag, sondern auch den Nachmittag auf Domenico würde warten müssen. Irgendwann kam Zio Giacomo nach Hause, um ein wenig zu schlafen, und da ich ihn nicht stören wollte, blieb ich draußen auf der Veranda sitzen. Doch Domenico war und blieb den ganzen Nachmittag verschwunden. Ich war ziemlich pikiert, dass er mir nicht genauer Bescheid gegeben hatte, dass er so lange wegbleiben würde. Doch gleichzeitig wusste ich, dass ich diesen Freiraum nicht antasten durfte. Er hatte sich nämlich definitiv noch nicht entschieden, ob er wirklich bleiben oder doch vor mir weglaufen sollte. Ich konnte nicht erklären, woher ich das wusste, aber es war mir sonnenklar.

Gegen fünf Uhr hörte ich ein Motorrad vor dem Haus und Domenicos Stimme, die Manuel etwas zurief. Schnell lief ich durchs Haus hindurch zum Vorderausgang. Domenico schob gerade sein Motorrad in die Küche.

«Da bist du ja», sagte ich.

«Sorry, musste dringend einigen Freunden was helfen», meinte er. «Hat länger gedauert als geplant. Tut mir echt leid. Hast du was gegessen?»

«Danke, ja.» Mein Verdacht, dass er immer noch nicht genau wusste, ob er sich wirklich näher mit mir einlassen wollte, verstärkte sich immer mehr.

«Ich kann dir dann nachher im Ristorante Pizza oder Pasta machen, wenn du möchtest», sagte er. «Ich muss von sieben bis Mitternacht arbeiten.»

Stimmt, es war ja Freitag …

«Okay», sagte ich und beschloss, die Dinge einfach zu nehmen, wie sie kamen.

Domenico verschwand wieder nach draußen und holte aus der kleinen Holztruhe neben dem Haus ein paar Werkzeuge hervor. Schweigend machte er sich an die Arbeit und werkelte an Zio Giacomos Anhänger herum, bei dem eine verrostete Schraube an der Kupplung ausgewechselt werden musste. Manuel sah ihm neugierig dabei zu und schnappte sich dann den Schraubenschlüssel, um Nicki zu helfen. Domenico lächelte und nahm ihm den Schraubenschlüssel dann vorsichtig aus der Hand, weil er ihn selber brauchte.

Ich trat behutsam zu ihm heran. «Machst du all diese Reparaturarbeiten selber?», fragte ich.

«Ja. Zio Giacomo hat in letzter Zeit oft Rückenschmerzen. Er ist froh, wenn ich ihm diese Arbeit abnehme und er sich ganz aufs Fischen konzentrieren kann. Ecco fatto!» Er warf den Schraubenschlüssel beiseite und prüfte, ob die Kupplung niet- und nagelfest saß.

«Magst du nun mitkommen zum Ristorante?», fragte er dann. «Wird vielleicht etwas langweilig für dich, aber …»

Doch ich nickte, weil ich ja möglichst viel Zeit mit ihm verbringen wollte.

Domenico ging ins Haus, um sich zu waschen und saubere Jeans und ein weißes Hemd anzuziehen. Dann nahm er Manuel an der Hand und wandte sich zu mir.

«Hast du alles? Wir fahren mit dem Auto.»

Er führte mich zu Zio Giacomos uraltem, klapprigem Alfa Romeo, der etwas weiter oben an der Straße stand. Manuel kletterte auf den Rücksitz und schnallte sich wie selbstverständlich an, während ich auf dem Beifahrersitz Platz nahm.

«Hast du den Auto-Führerschein inzwischen auch gemacht?», fragte ich, während er den Motor startete.

«Nö», grinste er. «Aber die nehmen's hier nicht so genau. Ich kann ja fahren. Und weit ist es auch nicht.»

Unwillkürlich musste auch ich grinsen. Domenico würde sich nie ganz an die Regeln anpassen.

Das Ristorante war ziemlich in der Nähe des Hafens in

einer kleinen Seitengasse. Es war nicht besonders groß und schien hauptsächlich von Stammgästen zu leben.

Ich durfte mich an einen kleinen Zweiertisch in der hintersten Ecke setzen, während Manuel sofort zu einer Gruppe Kinder rannte, die draußen auf der Straße mit einem Fußball spielten. Er schien diese Kids bestens zu kennen. Offensichtlich gehörten sie alle zum Restaurant. Domenico kümmerte sich nicht mehr weiter um Manuel, da der nun offenbar bestens beschäftigt war. Er grüßte ein paar Leute und verschwand durch eine Hintertür.

Ich wusste, dass jetzt ein eher langweiliger Abend auf mich warten würde, und stellte mich darauf ein. Aber Domenico musste nun mal arbeiten. Allerdings ärgerte ich mich, dass ich kein Buch mitgenommen hatte, da es mich zu teuer kam, hier im Ausland via Mobilfunk im Internet zu surfen. So vertrieb ich mir die Zeit damit, die Innendekoration mit den etwas kitschigen Madonnenfiguren und Engeln zu studieren sowie die riesige Malerei an der Wand neben mir, die das Zentrum von Licata darstellte.

Domenico kam eine Weile später wieder und brachte mir eine halbe Pizza und ein Glas Cola. Er hatte seine Haare wieder am Hinterkopf zusammengebunden und trug nun zu dem weißen Hemd eine schwarze Hose und ein Namensschild.

«Du musst übrigens nicht bis Mitternacht bleiben, wenn du nicht willst», sagte er. «Wenn du nach Hause willst, kann ich dich schnell fahren. Ist ja nicht so weit. Sag einfach Bescheid, ja?»

«Klar», sagte ich und schaute ihm nach, wie er wieder Richtung Küche ging. Er sah so umwerfend hübsch aus in seiner Uniform – so hübsch, dass es mich richtig schmerzte in der Brust. Die sizilianischen Mädchen waren bestimmt total verrückt nach ihm! So intensiv wie schon lange nicht mehr fühlte ich den brennenden Wunsch, dass er wieder zu mir gehören würde – zu mir ganz allein – und ich wieder die Seine wäre. Aber es sah nicht danach aus, als sollte das je wieder funktionieren zwischen uns. Domenico hatte nun hier sein Leben, das wurde mir immer mehr klar, und ich hatte mein Leben in Deutschland. Auch wenn sich offenbar einiges in ihm getan hatte – unsere Leben waren wie eh und je immer noch meilenweit voneinander entfernt. Und er hatte in seinem Herzen eindeutig eine Distanz zu mir errichtet. Vermutlich würde er mich gar nicht zurückhaben wollen.

Ich begann, das schöne Wandbild eingehender zu betrachten. Es erinnerte mich ein wenig an das Bild von Taormina, das Domenico einst vor langer Zeit an meine Wand gepinselt hatte. Die Farben waren irgendwie ähnlich. Und im selben Moment wurde mir klar, dass auch dieses Bild von ihm stammen musste. Natürlich! Dass ich da nicht sofort draufgekommen war! Ich beugte mich ein wenig nach vorne, um die rechte untere Ecke besser betrachten zu können, und tatsächlich sah ich seine Initialen. *DMdL – Domenico Manuel di Loreno.* Wahnsinn … er war so unglaublich talentiert.

Eine junge Kellnerin rauschte an mir vorbei und bediente ein älteres Ehepaar, das sich vor etwa fünf Minuten an den Nebentisch gesetzt hatte. Mir fiel sofort auf, dass sie ziemlich hübsch war. Sie war gertenschlank und hatte ihr lockiges Haar zu einer hübschen Frisur hochgesteckt. Wo kam sie auf einmal her? Ich hatte sie vorhin gar nicht gesehen.

Domenico kam wieder aus der Küche und trug zwei Pizzen auf seinem Arm, die für eine Familie am hintersten Tisch bestimmt waren. Die Kellnerin winkte ihm zu, und er lächelte zurück. Sofort zog sich alles in mir zusammen. Das war *sie!* Ganz sicher. Diese *sie*, die auf ihn stand und die vielleicht bereits meinen Platz eingenommen hatte … Eine neue Angel. Mit koketten Schritten ging sie an Domenico vorbei und lächelte ihn nochmals an. Mein Blick fiel auf ihren zarten Nacken und ihre zierlichen Schultern. Sie hätte perfekt ausgesehen in Domenicos starken Armen …

Es war klar, dass ich jetzt *auf keinen Fall* zurück zu Zio Giacomos Haus gehen konnte. Ich musste die beiden beobachten. Ich musste herausfinden, ob sie was miteinander hatten. Dafür war ich ja unter anderem hergekommen: Um die Wahrheit zu erfahren.

Mir war bald klar, dass sie zumindest ein ziemlich intensives Verhältnis hatten. Domenico selbst wirkte zwar cool und gelassen, doch *sie* warf ihm ständig Blicke zu und lächelte, sobald er nur in ihre Nähe kam. Für mich waren das ziemlich eindeutige Gesten.

Domenico hatte nicht viel Zeit für mich, doch ab und zu kam er zu mir und erkundigte sich, wie es mir ging und ob ich noch was haben wollte. Und jedes Mal, wenn er dies tat, konnte ich sehen, wie die Kellnerin nervös in unsere Richtung starrte. Und als Nicki dann einmal auf dem Weg in die Küche war, folgte sie ihm praktisch auf dem Fuß. Ich konnte gerade noch erkennen, wie sie ihre Hand auf seinen Rücken legte, ehe sie hinter der Tür verschwanden.

«Domenico! Cà si?» Eine Frau war am Eingang stehengeblieben und spähte neugierig hinein. Ich musste erst zweimal schauen, ehe ich sie erkannte. Das war erst der Fall, nachdem sie ihre Kopfbedeckung weggenommen hatte und ihr lockiges Haar darunter zum Vorschein kam.

Es war niemand anders als Domenicos Mutter. Maria di Loreno.

«Domenico?», rief sie ein wenig lauter.

Da kam Domenico wieder aus der Küche – dicht gefolgt von der schönen Kellnerin. Er begrüßte seine Mutter mit zwei Küsschen, sagte etwas zu ihr und wies dann auf mich. Maria schaute in meine Richtung, und dann begann sie zu strahlen.

«Madonna santa, was für eine sorpresa, dass du hier. Ich ewig dir nicht gesehen!», rief sie und kam auf mich zu.

«Maya, kann sich meine Mutter ein wenig zu dir setzen?», fragte Domenico. «Ich hab leider keine Zeit ... sie braucht etwas Gesellschaft, wenn du verstehst, was ich mein.»

«Klar», sagte ich und stand auf, um mich von Maria herzen zu lassen. Auch ich war froh um etwas Gesellschaft. Eine süße, schwere Parfumwolke hüllte mich ein, als ich beinahe in Marias Busen versank. Sie trug wie meistens ein sehr weit ausgeschnittenes T-Shirt, das wohl so einige Männerblicke anlockte, und ihre übliche Unmenge an Ketten und Fingerringen, so dass alles an ihr klimperte, wenn sie sich bewegte. Sie war nun um die vierzig und immer noch wunderschön, und sie hatte wundersamerweise noch kein einziges graues Haar und kaum Falten. Ob sie ihr Haar allerdings färbte, wusste ich nicht, und dazu war ihr Gesicht mit einer schweren Make-up-Schicht zugekleistert.

«Tu chi vivi, ma'?», fragte Domenico seine Mutter.

«Nu bicchier 'e vinu, scià.»

«Unu sulu, ah?»

«Ecché… vabbò, va. Ich nur eine Glas trinke.» Maria verdrehte die Augen und klaubte eine Schachtel Zigaretten aus ihrer Handtasche.

«Möchtest du auch ein Glas Wein, Maya?» Domenico sah mich an.

«Gern, ja. Aber nur wenig.»

«Okay. Bin gleich zurück.» Domenico warf seiner Mutter einen warnenden Blick zu und verschwand wieder. Und prompt folgte ihm auch wieder die zierliche Kellnerin in die Küche.

«Ich hier nicht rauche», sagte Maria und legte die Zigarettenschachtel etwas beiseite. «Domenico non vuole.»

«Lebst du nun wieder hier?» Das war das Erste, was mir einfiel, um ein Gespräch mit ihr zu beginnen.

«Ma sì. Ich nicht kanne leben ohne Domenico und meine kleine Bianca.»

«Kannst du denn wieder bei deiner Familie wohnen?» Ich wusste ja, dass ihr Vater sie einst rausgeschmissen hatte, weil sie immer alles Geld geklaut und verprasst hatte.

«Sì. Aber ja. Ich wohne mit meine Familie. Zusammen mit meine kleine Bianca …»

«Erzähl keinen Quatsch», tadelte Domenico, als er zurückkam und uns je ein Glas Wein und Wasser brachte. Er hatte den letzten Satz von seiner Mutter mitbekommen.

«Ich erzähl dir nachher, wie es wirklich ist, Maya», sagte er leise. «Kannst du auf sie aufpassen, dass sie nicht mehr trinkt als das hier? Bitte …»

«Mach ich», versprach ich, obwohl ich nicht wusste, wie ich das anstellen sollte.

Maria begann mich interessiert über mein Leben auszufragen, und ich erzählte ihr ein wenig, was ich machte – so ziemlich dasselbe, was ich Domenico auch erzählt hatte.

«Du sehe die Mädchen da?», sagte Maria auf einmal und deutete mit ihrem ringgeschmückten Finger auf die Kellnerin, die einmal mehr um Domenico herumscharwenzelte.

«Ja», sagte ich.

«È una bella ragazza. Vielleicht sie bald Freundin von Domenico?»

«Meinst du?» Ich konnte mein Entsetzen nicht ganz verbergen.

«Chiara heiße sie. Sie mag meine Domenico. Ich sehe das.» Sie kicherte. «E tu, scià? Du liebe Domenico immer noch? Du hergekommen, per vederlo, giusto?»

«Ja ... ich ... wollte ihn wiedersehen», stotterte ich.

«Benissimo. Hat dich vermisst, eh.»

«Glaubst du?» Ich schaute Maria forschend an.

«Ma certo. Ich kenne Domenico, eh.» Sie schmunzelte ein wenig, als Chiara sich mit schwingenden Hüften eng an Domenico vorbeidrückte. Ich nahm in mir ein gewisses Aufkeimen von Wut wahr und das nicht gerade edle Verlangen, einfach aufzustehen und dieser Chiara eine zu knallen. Gleichzeitig tadelte ich mich innerlich wegen dieser Gedanken. Chiara tat ja nichts Unrechtes. Domenico war schließlich ein freier Mann, und wer konnte es ihr verübeln, dass sie auf ihn stand?

«Alle Mädchen von Licata sind verliebt in meine Sohn.» Maria lächelte stolz und leerte den Rest ihres Glases in einem Zug. Dann ging sie hinaus vor die Tür, um sich eine Zigarette anzustecken. Ich fragte mich, wo Manuel eigentlich war.

Ich wusste nicht, wie lange ich noch zusehen konnte, wie diese Chiara Domenico zu bezirzen versuchte. Ich stöhnte innerlich, als ich feststellte, dass es erst zehn Uhr war. Noch zwei Stunden musste ich diese Tortur aushalten ...

Doch glücklicherweise wurde ich vorher erlöst. Domenico hatte eine kurze Pause und setzte sich ein wenig zu uns. Während er sich mit seiner Mutter unterhielt, schob er Marias Zigarettenschachtel mit dem Arm zur Seite.

«Scusami, scià», entschuldigte sich Maria bei ihrem Sohn und ließ die Schachtel schnell in ihrer Handtasche verschwinden. Ich wusste nicht, ob so was immer noch eine ernsthafte Versuchung für Domenico war, doch es sah nicht so aus, als ob er innerlich sehr in Aufruhr geriet. Im Gegenteil, er wirkte ruhig und gelassen.

«Wenn du schlafen gehen möchtest, Maya, kann ich dir den Schlüssel geben», sagte er. «Ich muss hier halt noch einiges machen. Meine Mutter kann dich begleiten, damit du nicht allein gehen musst.»

«Nein, ist schon okay.» Ich hatte entschieden, dass ich die ganze Chiara-Flirterei doch lieber über mich ergehen ließ, als dass ich mir dann ständig in Gedanken ausmalen musste, was die beiden wohl in meiner Abwesenheit taten.

Zu guter Letzt bekam Domenico die Erlaubnis, früher Feierabend zu machen, so dass wir um halb zwölf aufbrechen konnten. Er trug Manuel auf dem Arm, der wohl irgendwo eingeschlafen war.

«Er scheint auch ziemlich müde zu sein», stellte ich auf dem Weg zum Auto fest. Nicht mal das pulsierende Nachtleben, das in vollem Gang war, konnte Manuel aufwecken. Immerhin war es Freitagabend, und keiner dachte daran, nun ins Bett zu gehen.

«Er spielt immer so lange mit den andern Kindern, bis die nach Hause müssen, und dann legt er sich auf die Küchenbank und schläft dort ein», erklärte Domenico. «Manchmal schläft er mir dann sogar noch auf dem Motorrad weiter, wenn wir nach Hause fahren.»

«Ups, ist das nicht gefährlich?»

«Ich hab extra Fußrasten für ihn anmontiert und bind ihn mit einem Gurt an mir fest, so dass er nicht runterfallen kann. Er kann das mittlerweile im Schlaf.» Domenico lächelte ein wenig. «Ich pass gut auf ihn auf.»

Er setzte Manuel vorsichtig auf den Rücksitz des Autos, schnallte ihn an und öffnete mir dann die Beifahrertür.

Maria zupfte Domenico am Ärmel und fragte ihn etwas in der Art, ob sie auch mit zu Zio Giacomo kommen und dort übernachten könne.

«Wir haben momentan kein freies Bett», antwortete Domenico ihr auf Deutsch.

«Bitte. Ich habe weite Weg, se no.»

«Ich bring dich mit dem Auto heim, okay?» Domenico wirkte etwas genervt. «Los, steig ein.»

Maria nahm hinten bei Manuel Platz, und Domenico fuhr los. Auch wenn es mir schon wie eine Ewigkeit vorkam, so erkannte ich doch bald die Straßen wieder, die zu dem Haus von Domenicos Großeltern und Tanten und Onkeln führte.

Domenico lud Maria aus und wünschte ihr Gute Nacht. Maria schien ein wenig beleidigt zu sein, dass sie nicht mit uns kommen durfte, aber Domenico hatte es offensichtlich eilig, wieder hier wegzukommen.

«Es ist alles andere als einfach mit ihr», erklärte er mir, als wir wieder zu Zio Giacomo zurückfuhren.

«Sie wohnt jetzt tatsächlich wieder bei deinen Großeltern?», erkundigte ich mich.

«Na ja, vorläufig bei Luisa. Aber die wollen sie nicht ständig haben. Sie ist so anstrengend, und man muss dauernd auf sie aufpassen wegen dem Alkohol. Manchmal schläft sie auch bei mir. Aber auf Dauer geht das nicht. Wir müssen immer noch eine Lösung für sie finden.»

«Das ist schwierig, was?»

«Mhmm. Ich weiß nicht wirklich, wie ich ihr helfen kann. Manchmal …» Er verstummte und richtete seinen Blick konzentriert auf die Straße.

«Was ist manchmal?»

«Manchmal kommt sie und bittet mich, ihr aus der Bibel vorzulesen. Und dann tu ich das, so wie ich Mingo manchmal vorgelesen hab. Und dann möchte sie immer, dass ich für sie bete …»

«Das ist doch schön», sagte ich leise.

«Ja, klar.» Im Licht der Straßenbeleuchtung konnte ich ein kleines Lächeln über sein Gesicht huschen sehen. Wir fuhren das letzte Stück Weg hinauf, wo Domenico den Wagen dann kurz vor dem Abstieg zu Zio Giacomos Haus parkte.

Ein Luftschwall aus den blühenden Zitronen- und Orangenhainen, die auch in der Nacht ihren betörenden Duft verströmten, empfing uns, als wir ausstiegen. Domenico öffnete die hintere Tür, half Manuel beim Aussteigen und trug ihn behutsam auf seinen Armen zum Haus. Der Junge schlief tief und fest.

«Wo war denn deine Mutter eigentlich die ganze Zeit?», fragte ich. «Sie war doch lange einfach verschwunden?»

«Keine Ahnung», sagte er, während er mit dem Ellbogen die Klinke an der Haustür runterdrückte. «Sie wollte es nie sagen. Ist mir aber auch egal, ehrlich gesagt. Ich brauch es nicht zu wissen.»

Drinnen brachte Domenico Manuel gleich ins Schlafzimmer, das er nun während meiner Anwesenheit mit Zio Giacomo teilte. Der Zio war offenbar bereits wieder bei der Arbeit.

«Du kannst ja gar nie wirklich ausgehen, wenn du Freitag und Samstag immer arbeiten und hinterher Manuel ins Bett bringen musst», stellte ich fest, als Domenico wieder zu mir zurückkam.

Er zuckte nur mit den Schultern. «Nein, kann ich nicht. Ist mir aber auch ziemlich egal. Ich brauch das nicht mehr. Außerdem bin ich froh, dass ich Manuel bei mir haben darf. Das bedeutet mir mehr als alles andere. Ah, da fällt mir noch was ein …»

Er ging mir voraus in mein Schlafzimmer und öffnete die Schranktür. Er wühlte ein wenig in dem ganzen Krempel, der da reingestopft worden war, und zog schließlich eine mit lauter Kosmetikartikeln gefüllte Plastiktüte raus.

«Hier. Nimm dir, so viel zu willst. Gehört alles meiner Mutter. Sie kauft eh immer viel zu viel ein.»

«Danke.»

Er wollte sich verabschieden und aus dem Zimmer gehen.

«Warte … äh … Domenico?»

«Ja?» Er steckte den Kopf wieder zur Tür rein.

«Ist die Frau … ich meine, die junge hübsche Frau mit dem hochgesteckten Haar, die mit dir arbeitet, deine Freundin?» Ich musste es jetzt einfach wissen.

«Chiara? Nein. Warum?»

«Ich dachte … sie mag dich.»

Er lächelte ein wenig. «Ja, ich weiß. Aber ich ...» Er schüttelte den Kopf und senkte seinen Blick. «Ich habe keine Freundin.»

«Nein?»

Er sah mich an. «Gute Nacht, Maya.»

Und ehe ich weitere Fragen stellen konnte, hatte er die Tür zugemacht und war verschwunden.

Als ich später im Bett lag und einzuschlafen versuchte, quälte mich wieder dieses bohrende Gefühl tiefer Sehnsucht, gepaart mit dem Hauch eines ungelösten Geheimnisses.

Am nächsten Morgen wurde ich wieder von der Sonne geweckt, aber auch von kreischenden Möwen und von Hundegebell. Ich hörte, dass auch Domenico bereits wieder wach war und draußen vor dem Haus werkelte. Wann war er denn zum Frühaufsteher mutiert?

Ich tappte vorsichtig durchs Wohnzimmer und durch die Küche, immer noch im Nachthemd. Die Haustür stand wie meistens offen und ließ den frischen Morgenwind herein.

Domenico hatte das Fischernetz am Boden ausgebreitet und suchte offenbar nach Löchern und Rissen. Er entdeckte mich an der Tür und hob seinen Blick.

«Guten Morgen», sagte ich und lächelte ihn an. Es war noch ziemlich frisch, und ich legte fröstelnd die Arme um meine nackten Schultern. Es war nicht ganz zufällig, dass ich mein schönstes Seidennachthemd mitgenommen hatte.

«Du bist schon wach?» Domenico sah mich an, erwiderte mein Lächeln jedoch nicht.

«Es ist halb neun», erwiderte ich.

«Stimmt ja ... Ich dachte, es wäre erst acht.»

«Bist du denn schon lange auf?»

«Denkst du, der Kleine lässt mich ewig schlafen?» Er nickte Richtung Manuel, der neben ihm auf dem Boden saß und konzentriert mit seinem Schraubendreher an einem Spielzeugauto rumhantierte. Gerade hatte er die Vorderräder von dem kleinen Auto gelöst und streckte sie Nicki stolz entgegen.

«Talé, zi'. E smontaiu.»

«Bravo», meinte Nicki. «Ora però rimettile a posto.»

Nicht nur in Domenico, auch in Manuel hatte sich offenbar etwas verändert. Der Junge wirkte so viel ruhiger und zufriedener.

«Ich muss das hier heute noch fertig machen», sagte Domenico unvermittelt. «Da ist schon wieder was gerissen, und Zio Giacomo braucht das Netz morgen Abend. Er will Makrelen fischen gehen. Aber wenn du magst, können wir heute Nachmittag mit dem Boot irgendwo rausfahren.»

«Hast du denn heute frei?»

«Nee, muss am Abend wieder arbeiten. Aber wenn wir nach dem Mittag losfahren, haben wir etwas Zeit. Bis dahin bin ich fertig mit dem Netz hier.»

«Sag, wenn ich was helfen kann», bot ich an.

«Nee, das ist, glaub ich, mehr Männerarbeit. Geh lieber ins Haus, du frierst ja schon wieder.»

Ein leichter Hang zum Rumkommandieren war bei ihm offenbar immer noch vorhanden, doch mit gewissen Dingen würde man wohl leben müssen ...

«Ich find's angenehm», erwiderte ich leicht trotzig.

Er sah mich einen Moment lang aufmerksam an, erwiderte jedoch nichts mehr.

«Ich kann Frühstück machen, wenn du willst», schlug ich vor.

«Der Zio kommt ungefähr in 'ner halben Stunde heim, dann essen wir alle zusammen», sagte Nicki statt einer Antwort. «Ich mach das schon, nachher.»

Ich gab es auf und zog mich zurück, um mich zu waschen und anzuziehen.

Etwa eine halbe Stunde später saßen wir tatsächlich alle bei einem ausgiebigen Frühstück um den Tisch herum. Domenico und Zio Giacomo unterhielten sich angeregt miteinander, doch Domenico machte sich nicht die Mühe, mir zu übersetzen, worum es ging. Ich versuchte ein paar Brocken zu entnehmen und glaubte, dass sie sich vorwiegend über den Fischfang und sonstige Männerthemen unterhielten, doch ab und zu wanderte Zios Blick lächelnd zu mir rüber, und er stellte Nicki einige Fragen. Nicki beantwortete diese, ohne eine Miene zu verziehen, und ich spürte wieder einmal mehr den Hauch einiger ungelöster Geheimnisse.

Es war mir nach wie vor nicht gelungen herauszufinden, was er über meinen Besuch dachte; ob er sich insgeheim freute oder ob es ihm eher unangenehm war und er einfach nur versuchte, nett zu sein. Der einzige Fakt, den ich hatte, war, dass er nicht vor mir weggelaufen war ...

Domenico hielt sein Versprechen, und wir fuhren gegen Mittag los. Er hatte uns ein reichhaltiges Picknick gemacht und lud alles ins Auto, das der Zio an diesem Nachmittag wohl nicht brauchte. Manuel kletterte ausgelassen auf den Rücksitz und zappelte schon aufgeregt mit den Beinen. Er plapperte Nicki die Ohren voll und stellte ihm hunderttausend Fragen, die Nicki alle geduldig beantwortete.

«Ich dachte, wir nehmen Bianca mit», meinte Domenico, als Manuel mal für ein paar Minuten ruhig war. «Dann kann sie mit Manuel spielen, und wir haben mehr Zeit füreinander.»

Obwohl ich mich nie hundertprozentig mit Nickis kleiner Halbschwester angefreundet hatte, fand ich die Idee gut. Manuel würde sonst viel von Domenicos Aufmerksamkeit beanspruchen, und ich hatte ja nicht mehr viel Zeit mit ihm ...

Wir machten also einen Abstecher zu Luisa und Giovanna und zu Domenicos Großeltern, um Bianca abzuholen. Domenico parkte vor dem Haus und rief Bianca kurz auf dem Handy an.

«Ich will nicht reingehen», sagte er hinterher mit einem verschmitzten Grinsen. «Sonst stopfen die uns gleich wieder mit Essen voll und lassen uns nicht mehr gehen.»

Ja, hier im Auto zu warten war durchaus auch in meinem Interesse.

Eine Weile später kam Bianca aus dem Haus, und ich glaubte meinen Augen nicht zu trauen. Die war ganz schön gewachsen und vor allen Dingen extrem kurvig geworden. Von dem einst mageren Mädchen war nichts mehr übrig. Im Gegenteil, für ihre fast fünfzehn Jahre schien sie körperlich schon voll entwickelt zu sein. Sie sah ihrer Mutter Maria ähnlicher denn je, und ich war mir ziemlich sicher, dass auch sie den Jungs aus der Gegend den Kopf verdrehte.

«Ciao», sagte sie lässig und ließ sich neben Manuel auf die Rückbank fallen. Mich beachtete sie nicht weiter, aber ich hatte es auch nicht erwartet. Solange sie mich nicht feindselig behandelte, war ich zufrieden.

Domenico parkte das Auto nach einer etwa zehnminütigen Fahrt oberhalb einer Straße, die hinunter zu einer kleinen Boots-Anlegestelle führte. Es war nicht dieselbe Stelle, an der Zio Giacomo das letzte Mal sein Fischerboot gehabt hatte, und es war auch nicht dieses Fischerboot, sondern ein kleines, allerdings ziemlich heruntergekommenes Motorboot.

«Sorry, sieht ziemlich schäbig aus, aber fährt wie 'ne Eins», entschuldigte er sich für den abgetakelten Zustand des Bootes. «Immerhin hab ich's gratis gekriegt.»

«Sag bloß, das Boot gehört dir?»

«Na ja, es hat 'nem Bekannten von mir gehört, aber der wollte es eigentlich verschrotten. Ich hab dann gefragt, ob ich's stattdessen haben kann, so konnte er sich die Entsorgung sparen. Und dann hab ich's halt repariert.»

«Wow», sagte ich. «Du bist ja wahnsinnig begabt in so vielen Sachen ...»

«Nicht so begabt, wie Mingo es war», meinte er. «Der hätte das Boot noch viel besser hingekriegt. Aber nun, es fährt. Was will ich mehr?»

«Cool!»

Domenico sprang wie selbstverständlich mit einem Satz auf die Bugspitze und balancierte dann hinunter ins Boot, ohne sich überhaupt irgendwo festzuhalten. Er streckte seine Hand nach mir aus.

«Schaffst du es?», fragte er. «Ich halte dich!»

Ich kletterte vorsichtig auf die Bugspitze und ergriff Nickis ausgestreckte Hand, die mich sicher über die Reling auf das kleine Deck führte.

Domenico rief Bianca etwas zu, die ihm dann den Picknickkorb reichte und schließlich selber mit Manuel an Bord kletterte. Sie schienen das beide schon oft getan zu haben.

Nicht weit von uns entfernt stiegen ein paar Jungs in ein ähnliches Motorboot. Ich hatte sie vorhin nicht bemerkt, aber es schien, als hätten sie uns bereits die ganze Zeit im Visier gehabt. Einer rief schließlich Domenicos Namen und winkte ihm zu.

«Eh Nico! Amunì?»

«Natra vota, Anto'. C'haju o nicu cummia!», rief Domenico zurück und löste vorsichtig das Schiffstau vom Poller.

Bianca warf cool den Kopf zurück und zeigte den Jungs ein hämisches Grinsen.

«Was wollen die?», fragte ich.

«Mich zu einem Wettrennen rausfordern», sagte Domenico, während er das Tau aufwickelte. «Aber damit ist jetzt nix. Ich mach kein Wettrennen mit einem Kind an Bord.»

«Fahrt ihr manchmal Rennen?», fragte ich.

«Manchmal. Aber nur, wenn es windstill ist und nicht zu viel Verkehr auf dem Wasser hat. Und wenn Manuel nicht dabei ist. Doch meistens sag ich Nein.»

«Sind das Freunde von dir?»

Er zuckte mit den Schultern. «Nee, nicht wirklich. So 'ne kleine Straßengang halt. Wie es hier eben viele gibt. Die haben hier ja kaum Zukunft. Die hängen rum und wissen gar nicht, was sie mit sich anfangen sollen. Ist ja auch ein ziemlich langweiliges Kaff eigentlich. Ich dachte, wenn Manuel dann mal älter ist, werd ich vielleicht versuchen, was für die Kids hier aufzubauen.»

So, wie wir es eigentlich immer tun wollten, ergänzte ich in Gedanken, sprach es aber nicht aus. Ja, das war mal mein Traum gewesen: Mich um heimatlose, drogenabhängige Jugendliche zu kümmern und sie medizinisch zu betreuen …

«Die brauchen jemand, der sie versteht und ihnen zeigt, wo's langgeht», meinte Domenico und warf das aufgewickelte Schiffstau unter den Sitz. «Und mich respektieren sie. Ich spiel zwar manchmal mit, setz denen aber auch klar Grenzen.»

«Das kann ich mir denken.» Wer wäre auch besser für so eine Aufgabe geeignet als der ehemalige Tiger-X?

Domenico ließ sich nicht mehr durch die provozierenden Rufe der Jungs beeindrucken und startete in aller Seelenruhe den Motor. Und bald gaben auch die Jungs Ruhe und starrten uns fasziniert nach. Es machte tatsächlich ganz den Anschein, als hätte Domenico einen gewissen Vorbildstatus bei ihnen errungen.

Bald schon entfernten wir uns in gemächlichem Tempo aus dem Hafen, und die frische Meeresbrise rauschte um unsere Ohren. Je weiter wir auf das Meer hinausfuhren, desto kühler wurde der Wind. Ich hatte natürlich mein Jäckchen angezogen und mein Gesicht mit tausend Schichten Sonnencrème eingerieben, doch Domenico und Bianca standen da mit bloßen Armen und benutzten weder Sonnencrème, noch schienen sie zu frieren.

Ich saß neben Domenico auf dem Vordersitz, während er stehend und mit einer Hand das Steuer bediente und das Boot navigierte. Eine Windböe blies mir das Haar kreuz und quer ins Gesicht. Ich hatte vergessen, es zusammenzubinden. Domenico sah auf mich runter und streckte seine freie Hand nach mir aus, um mir das Haar aus dem Gesicht zu streichen.

Mein Herz pochte, als er das tat, und ich wusste nicht, ob es nur ein Reflex von ihm gewesen war oder ob er damit wirklich etwas ausdrücken wollte. Jedenfalls zog er sie genauso schnell wieder zurück und konzentrierte sich erneut auf das Meer vor uns. Wir näherten uns einer dicht bewachsenen Hügelkette, und Domenico steuerte das Boot direkt darauf zu.

«Dort ist eine kleine Bucht», sagte er. «Da fahren wir immer hin. Da sind kaum Leute, und man kann vom Felsen ins Wasser springen. Das ist unser ganz persönlicher Strand geworden.»

Etwa zehn Minuten später hatten wir die Anlegestelle erreicht, und Domenico machte das Tau am Poller fest. Wieder half er mir, vom Boot zu klettern, während Bianca und Manuel dies ohne Hilfe schafften.

Ich sah mich um. Domenico schien sich und Manuel und Bianca hier tatsächlich ein kleines Paradies erschaffen zu haben. Die Bootsanlegestelle sah aus, als hätte er sie selber gebaut. Etwas weiter hinten war ein kleiner schattenspendender Unterstand aus Holz und Zweigen errichtet worden, umgeben von Felsen und Oleandersträuchern. Dort breitete Domenico die Decken und das Picknick aus. In der Sonne war es nämlich viel zu heiß.

«Hast du das selber gebaut?», fragte ich und begutachtete die sorgfältig zusammengesteckte Konstruktion. In weiter Ferne war der Hafen von Licata mit den gelben Häusern zu sehen.

«Ja. Hatte keinen Bock, ständig Sonnenschirme und so mitzunehmen.» Domenico sagte das mit einer Selbstverständlichkeit, während ich nur den Kopf schütteln konnte. Er konnte einfach irgendwie echt alles ...

Bianca zog ihr Kleid aus und stand nur noch im Bikini da. Ihre sonnengebräunte Haut schimmerte wie Samt in der Sonne. Eine «Piuma» war sie nun allerdings wirklich nicht mehr. Mein Blick fiel auf die große Brandnarbe seitlich am Rücken, die von all den traurigen Geschichten aus der Vergangenheit zeugte. Instinktiv schüttelte Bianca ihr langes Haar so, dass es die Narbe verdeckte. Sie nahm Manuel an der Hand und half ihm, die Badehose anziehen.

Domenico überließ die beiden sich selbst und zog seelenruhig sein T-Shirt aus. Ich hielt die Luft an und schielte dann vorsichtig auf die große Tätowierung an seinem Unterleib, die all die Narben unter sich verbarg. Die Tätowierung, die so komplex war, dass man sie nicht mit einem Blick erfassen konnte.

Doch ich wollte in erster Linie nur eines wissen: nämlich ob das tätowierte «M» immer noch da war oder ob er daran irgendetwas verändert hatte. Dieses M, das für die drei wichtigsten Menschen in seinem Leben stand, wie er mir einst mal erzählt hatte ...

Doch er wandte mir den Rücken zu und streckte seinen braungebrannten Körper. Ob er sich meiner Blicke bewusst war?

Auch ich zog mir hinter umgebundenem Badetuch den Bikini an, den Domenico irgendwo zu Hause noch gefunden hatte. Seine Mutter hatte ihn wohl mal bei einem billigen Discounter erstanden, und er saß daher ziemlich schlecht. Aber ich hatte es tatsächlich geschafft, meinen eigenen Badeanzug zu Hause in Deutschland zu vergessen.

Ich traute mich daher fast nicht, unter dem Badetuch hervorzukommen. Ich wollte doch hübsch sein für Domenico, doch ich kam einfach nie wirklich aus meiner Überzeugung raus, dass ich eben nur Durchschnitt war und Domenico weitaus schönere Frauen haben konnte. Doch Domenico sah mich gar nicht groß an, als ich mich da in dem etwas lotterigen Bikini vor ihm präsentieren musste. Sein Blick wirkte völlig unberührt. Das war kein gutes Zeichen … Bedeutete dies, dass ich ihm völlig egal war und ihn absolut kalt ließ?

Und das, während ich selbst kaum die Augen von ihm lassen konnte …

«Möchtest du auch ins Wasser?», fragte Domenico und deutete auf Bianca und Manuel, die sich bereits in die Fluten gestürzt hatten. Manuel konnte offenbar sogar schon schwimmen.

«Später», sagte ich. «Ich muss erst mal so richtig schwitzen.» Der Wind während der Bootsfahrt war ziemlich kühl gewesen.

Domenico war das auch recht. Er wollte nämlich noch ein wenig dösen, da er in der Nacht kaum Schlaf abgekriegt hatte.

Er legte sich neben mich aufs Badetuch und schloss die Augen. Ich blieb sitzen und betrachtete die Landschaft um mich herum, den Himmel und das Meer. Bianca und Manuel waren bereits recht weit draußen, doch Bianca schien die Sache im Griff zu haben. Und offensichtlich wusste das auch Domenico, denn er schien sich keine Sorgen zu machen.

Bald schon konnte ich nicht mehr anders, als ihn vorsichtig zu betrachten. Es kostete mich ein wenig Überwindung, mich wirklich zu trauen, da ich wusste, wie feinfühlig

Nicki war. Er hatte es in der Vergangenheit immer gemerkt, wenn ich ihn angeschaut hatte.

Er lag auf der Seite, das Gesicht mir zugewandt, und hatte den einen Arm angewinkelt vor sich hingelegt, so dass ich zuerst seine Hand studierte. Auch hier wurden die Narben am Handgelenk durch Tätowierungen zugedeckt. Er trug nur noch ein paar wenige Lederbändchen, die er sich lose ums Handgelenk gebunden hatte. Erst dann wagte ich es, meinen Blick weiter rüber zu seinem Gesicht streifen zu lassen. Durch die Bretter des Unterstands fiel ein kleiner Sonnenstrahl auf seine Nase und ließ mich die zarten Sommersprossen auf seinem Nasenrücken erkennen. Sein kupferbraunes Haar bedeckte die Hälfte seines Gesichts. Wie gern hätte ich ihn berührt, ihm sanft über sein Gesicht und sein Haar gestreichelt ...

Ohne Zweifel, Domenico hatte sich verändert. Und zweifelsohne zum Guten.

«Du bist übrigens immer noch so schön wie damals», sagte er auf einmal, ohne die Augen zu öffnen.

«Im Ernst?», stammelte ich. Hatte er mich also doch angeschaut? Und er nannte mich schön ...?

Er drehte sich nun auf den Rücken und verschränkte die Arme hinter dem Kopf. Ich saß immer noch mit angewinkelten Beinen neben ihm und traute mich nicht zu rühren. Ich starrte auf seinen Bauch und erkannte, dass das Tattoo immer noch so war wie damals. Das «M» prangte unverändert in der Mitte des ganzen Kunstwerks.

Er öffnete nun die Augen und blinzelte, und ich schaute rasch woanders hin.

«Was ist mit dir?», fragte er auf einmal leise. «Hast *du* denn einen Freund?»

«Nein», entgegnete ich überrascht.

«Wieso nicht?»

«Ich hatte ... kein Bedürfnis.» Das war die Wahrheit.

«Du hättest aber genug Chancen», meinte er. «Das weißt du ja hoffentlich.»

Ich schüttelte den Kopf. «Nein ... ich weiß nicht. Vielleicht. Aber ich ... war einfach nicht so weit.»

«Verstehe.» Er schloss die Augen wieder.

«Aber nun sag mir, aus welchem Grund du keine Freundin hast», richtete ich die Frage zurück an ihn. «Ich meine, du hättest ja auch mehr als genug Chancen.»

Er schüttelte den Kopf.

«Klar doch, Nicki.» Es war das erste Mal, dass ich mich traute, ihn wieder Nicki zu nennen.

Er gab darauf keine Antwort.

«Ich meine, die Mädchen hier sind doch bestimmt alle verrückt nach dir.»

«Weiß nicht. Nicht wirklich. Die stehen auf große, kräftige Typen mit reichlich Kohle. Und das hab ich alles nicht.» Er zuckte die Schultern. «Es ist mir so was von egal. Ich hab im Moment überhaupt kein Bedürfnis mehr nach einer Frau.»

«Was?» Ich starrte ihn ungläubig und zugleich schockiert an. Mit dieser Aussage schwand jegliche Hoffnung ...

«Ich möchte im Moment einfach nur für Manuel und Zio und Bianca da sein und meine Arbeit machen. Echt, damit bin ich im Augenblick völlig zufrieden.»

«Das heißt, du könntest dir erst irgendwann in Zukunft wieder eine Beziehung vorstellen?»

«Vielleicht. Ich weiß es nicht ...» Er hatte die Augen immer noch geschlossen.

«Was ist denn ... aus Suleika geworden?» Es fiel mir nicht leicht, ihren Namen in den Mund zu nehmen. Sie hatte in meinen Gedanken immer eine gewisse Gefahr für mich dargestellt.

«Ich bin nicht auf dem Laufenden», antwortete er schlicht.

«Habt ihr keinen Kontakt mehr miteinander?»

«Im Moment nicht.»

«Aber ihr habt doch mal darüber geredet, dass ihr eventuell nach deiner Therapie zusammen hierherkommen wollt?» Ich musste es jetzt einfach wissen. «Sie wollte es doch nochmals mit dir versuchen?»

«Momentan ist das nicht aktuell», sagte er nur. «Sie hat ja ihr selbstgewähltes Exil aufgegeben und ging trotz allem wieder zurück zu ihrer Schwester Gina und ihrer Familie. Seither hab ich nichts mehr gehört.»

Offenbar hatte sich dieses Thema wirklich erledigt. Trotzdem. Irgendwie war mir immer noch, als ob ihn da ein Hauch von Mysterium umgab, was das Thema Frauen betraf.

Er richtete sich auf einmal auf und strich sich das Haar aus der Stirn.

«Möchtest du mit mir zu dem Felsen schwimmen, Maya?» Er deutete auf das aus dem Wasser ragende Inselchen etwas weiter draußen.

«Es ist nicht so weit, wie es aussieht», sagte er, als er merkte, dass ich zögerte. «Und das Wasser ist ganz ruhig.»

Schließlich konnte er mich überzeugen.

«Und was ist mit Manuel und Bianca?» Ich richtete meinen Blick ein wenig besorgt auf die beiden, die meiner Meinung nach wirklich weit draußen waren. Zu weit vielleicht.

«Kein Thema», sagte er. «Ich behalt sie schon im Auge. Die machen das immer. Manuel kann ja problemlos schwimmen. Und Bianca liebt es, mit ihm zu spielen. Sie hängt total an ihm.»

«Manuel scheint ja auch eine kleine Sportkanone zu sein», stellte ich fest. «Mortens Gene, was?»

«Möglich», lächelte Domenico. «Los, komm! Wer zuerst beim Felsen ist!»

«Das ist gemein! Du gewinnst doch sowieso!»

Er lachte nur, rannte mir voraus ins Wasser und stürzte sich mit einem Hechtsprung in die Fluten.

«Na super», knurrte ich. Ich brauchte erst ein paar Minuten, bis ich überhaupt im Wasser war, das für meinen Geschmack noch etwas zu kühl war.

Doch Domenico wartete auf mich, und schließlich passte er sich meinem Tempo an. Wir brauchten etwa fünf Minuten, um zu dem Felsen zu schwimmen. Zum Glück war das Meer recht ruhig hier. Domenico war natürlich ein hervorragender Schwimmer, und für ihn war es auch eine Kleinigkeit, auf den Felsen zu klettern.

«Komm, hier drüben ist eine kleine Mulde. Da leg ich mich immer hin», meinte er, nachdem er mir geholfen hatte, über die Klippen zu steigen. Ich folgte ihm auf die andere Seite der Felsspitze, und tatsächlich befand sich auf der anderen, abfallenden Seite eine kleine, glatte Kuhle, die aussah, als sei sie extra für zwei Personen angefertigt worden.

Vorsichtig nahm ich seine Einladung an, mich neben ihn zu legen. Das Gefälle auf beiden Seiten zwang uns, ziemlich nahe zusammenzurücken. Zum ersten Mal seit langer Zeit konnte ich seine warme Haut wieder an meiner spüren und begann innerlich zu erschauern. Ob ihm das auch bewusst war?

«Kommen hier denn keine anderen Leute her?», fragte ich, da ich wieder mal nach einem Gesprächsstoff suchte. Es gäbe vieles, über das ich reden wollte, aber all diese Themen schienen mir zu gewagt.

«Eher selten», sagte Nicki. «Jetzt sowieso nicht, da die meisten noch gar nicht baden um die Jahreszeit. Erst im Sommer, wenn es so richtig heiß wird, kommen ab und zu Leute hierher. Aber nicht wirklich viele ...»

«Hmm.» Ich schaute Bianca und Manuel zu, die ausgelassen im Wasser kreischten. Bianca schien echt viel Spaß zu haben.

«Bianca geht es recht gut, was?», stellte ich fest.

«Ja, sie scheint wirklich happy zu sein bei Luisa und Giovanna. Das heißt, eigentlich wohnt sie ja bei Giovanna, aber die hängen ja alle immer zusammen rum. Sie geht wieder zur Schule und hat auch einen Freund.»

«Bianca hat einen Freund?»

«Na ja, ist ihr vierter Freund mittlerweile. Ich muss langsam auf sie aufpassen, dass sie nicht ins gleiche Muster fällt wie ich. Sie ist ja viel zu reif für ihr Alter. Sie sollte lieber noch ein wenig Kind sein, meiner Meinung nach, aber sie hat halt auch zu viel durchgemacht. Deswegen schau ich, dass sie oft mit Manuel spielen kann. Das tut ihr gut. Siehst du ja ...»

«Redet sie denn nun mehr als früher?» Ich hatte sie auf der Fahrt nicht als sehr gesprächig empfunden.

«Ja, manchmal sogar echt viel. Wenn sie einen guten Tag

hat. Na ja ... sie hat schon so ihre Probleme. Aber sie weiß immerhin, was sie eines Tages mal werden will.»

«Was denn?»

«Rechtsanwältin. Aber da muss sie sich noch ziemlich ranhalten in der Schule. Das wird noch recht schwierig werden. Wenn die wirklich studieren will, muss sie entweder nach Catania oder aufs Festland. Aber nun, dumm ist sie jedenfalls nicht ...»

«Und Manuel? Der ist nun auch glücklich geworden hier, was?»

«Ja. Er heult auch nur noch selten. Er vermisst zwar Norwegen ein wenig, glaub ich. Er redet ab und zu von Kjetil. Aber er ist innerlich angekommen hier. Das spür ich.»

«Hast du mit Kjetil noch Kontakt? Und überhaupt mit Morten und deiner Familie?»

«Im Moment eher wenig, aber ich dachte, dass ich sie jetzt dann alle mal einlade nach Sizilien. Ich möchte sie gern hierhaben und ihnen alles zeigen. Muss mir nur noch überlegen, wo sie alle schlafen sollen, aber da fällt mir schon was ein.»

«Das wäre wirklich schön», sagte ich. «Aber sag mal – vermisst Manuel denn seine Mutter gar nicht?»

«Doch, ich denk schon. Aber ich glaube ehrlich gesagt, dass die Erinnerung an seine Mutter langsam verblasst. Er hat sie drei Jahre nicht gesehen. Wir wollten Carrie einmal besuchen, aber sie ist ja nun auch in der Rehabilitation und darf keinen Besuch empfangen. Ich weiß nicht, wie es ihr geht, aber sobald sie draußen ist, will ich mein Versprechen halten und dafür sorgen, dass sie Manuel sehen darf, wenn sie das möchte. Aber ich fürchte, dass Manuel sich mittlerweile darauf eingestellt hat, ohne Mutter zu leben. Ich weiß nicht, wie viel sie ihm noch bedeuten wird.»

«Das mit Carrie ist echt tragisch», sagte ich. «Ich hab leider auch keinen Kontakt mehr zu ihr.»

«Man kann nicht viel machen», meinte Domenico. «Ich bin froh, wenn sie einigermaßen mit sich klarkommen wird. Wer weiß, vielleicht kriegt sie ja 'ne neue Chance eines Tages und findet doch noch ihr Glück ...»

«Ich hoffe es.» Eine neue Frage hatte sich nun immer deutlicher in mir gebildet. Eine Frage, die über alles entscheiden konnte.

«Sag mal ... wirst du denn nun mit Manuel für immer auf Sizilien bleiben? Ich meine ...» Ich wusste nicht, ob ich dies überhaupt erwähnen sollte oder ob ich damit ein heißes Eisen anfasste. «Ich meine, viele Chancen auf eine gute Ausbildung hat er hier ja nicht, oder?»

«Ja, ich weiß», sagte er ruhig. «Ich überlege ja, ob ich später mit ihm entweder nach Rom oder Milano gehe, wenn er weiß, was er eines Tages werden möchte. Vielleicht sogar nach Deutschland oder Norwegen. Mal sehen. Aber vorläufig ist das noch nicht aktuell. Die Schule kann er ja erst mal hier besuchen. Vielleicht schaff ich's, ihm doch noch etwas Deutsch beizubringen, dann hat er mehr Möglichkeiten.»

«Und du? Wirst du nun definitiv keine Ausbildung mehr machen? Keinen Schulabschluss mehr?»

«Ich weiß nicht. Vorläufig schlag ich mich hier gut durch. Vielleicht versuch ich's dann nochmals, wenn Manuel zur Schule geht. Doof bin ich ja angeblich nicht. Die haben ja in der Therapie 'nen Intelligenztest mit mir gemacht und meinten, dass ich überdurchschnittlich begabt sei. Ich kann einfach nicht ruhig hinter 'nem Schultisch sitzen und pauken, das ist mein Problem.»

«Und das heißt also, du ziehst ernsthaft in Erwägung, eines Tages wieder nach Deutschland zu kommen?» Ich konnte es nicht unterlassen, das Thema etwas zu vertiefen.

«Vielleicht ...»

Wieder einmal entstand eine lange Stille zwischen uns. Eine Stille, in der irgendwas Unaussprechliches zwischen uns stand, das nicht beim Namen genannt werden durfte.

«Ich ... ich habe mir ab und zu insgeheim gedacht, dass ich den Master vielleicht im Ausland machen könnte», brachte ich leise und behutsam hervor. «Rom oder Oslo waren schon in meinen Gedanken. Aber ... na ja, das sind einfach mal vage Vorstellungen.»

«Ja?» Domenico schien erstaunlich interessiert zu sein. Er drehte seinen Kopf ein wenig zu mir und musterte mich. Mir war aufgefallen, dass seine blaugrauen Augen viel sanfter wirkten als früher. Ja, er war viel ruhiger geworden innerlich, das war eindeutig.

«Ja ... ich möchte irgendwie gern mal ein wenig aus Deutschland rauskommen.»

«Kann ich verstehen ...»

«Weißt du, ich kann mir nicht vorstellen, das ganze Leben lang nur dort zu verbringen. Ich hab immer tief in mir drin das Gefühl, dass ich eines Tages noch woanders hingehen werde. Warum, weiß ich auch nicht.»

«Ich dachte auch immer, dass du nicht dein Leben lang in Deutschland bleiben wirst ...», meinte er leise. «Frag mich nicht, warum.»

«Ich weiß es nicht», seufzte ich. «Ach, ehrlich ... die Zukunft ist so schwierig zu planen.»

«Das kenn ich. Glaub mir.» Er legte seinen Arm nach hinten, fast so, als wolle er ihn um mich legen. Irgendwie drang dieses Thema in immer sensiblere Bereiche vor, und keiner von uns schien sich weiter in diese Materie hineinzutrauen. Die Spannung zwischen uns war fast zum Anfassen.

«Deine Sommersprossen sind immer noch genau dieselben», sagte Nicki plötzlich. Ich hatte gespürt, dass seine Augen die letzten paar Minuten immer weniger von mir gewichen waren.

«Du hast auch welche», sagte ich.

«Kann ich nicht leugnen. Aber du hast mehr.»

«Stimmt», gab ich ihm Recht.

«Ich könnte sie immer noch auswendig zeichnen», meinte er leise. «Hier ... und hier ... und hier.» Er hob seine Hand und tippte mit seiner Fingerspitze sehr vorsichtig auf meine Nase.

Ich lag da, starrte ihn an und wagte kaum noch, Luft zu holen. Ich wollte so vieles sagen, doch ich brachte es einfach nicht heraus. Ich wünschte mir nur eines: Dass er mich in den Arm nehmen und mir sagen würde, dass er wieder mit mir zusammen sein wollte.

Doch er tat es nicht. Stattdessen richtete er sich auf und

ließ seinen Blick suchend über das Wasser schweifen. Manuel und Bianca waren dabei, zum Strand zurückzuschwimmen.

«Ich glaub, die haben Hunger», sagte er. «Lass uns zu ihnen zurückschwimmen.»

Ich wäre so gern mit ihm noch ein wenig hiergeblieben, doch ich nickte und tat so, als sei ich einverstanden. Domenico erhob sich und lief zum Felsvorsprung, und ehe ich mich versah, machte er einen Kopfsprung ins Meer.

Vorsichtig kletterte ich zur Felskante und schaute ins Wasser. Es waren mindestens vier Meter bis hinunter. Domenico tauchte wieder auf und lachte mich an.

«Warte, ich komm wieder hoch und helf dir», beruhigte er mich. Ich kraxelte vorsichtig zwei, drei Meter runter und wartete, bis er wieder bei mir war und mir die Hand reichte. Es war schön, seine Finger zu spüren, die sich um die meinen schlangen.

«Deiner Lunge macht das jetzt gar nichts mehr aus, wenn du solche Sachen machst?», erkundigte ich mich während des Abstiegs.

«Nicht, wenn ich richtig atme. Morten hat mir das ja beigebracht. Und ich bringe es Manuel bei. Er hat ja dasselbe Problem ...»

«Oh, natürlich», sagte ich. Irgendwie vergaß ich immer, dass Manuel durch seine Frühgeburt nur einen richtig funktionierenden Lungenflügel hatte.

«Aber er kommt gut klar», meinte Nicki. «Bis jetzt jedenfalls. Ich hoffe, es bleibt so. Wir haben ihn in Norwegen nochmals gründlich vom Arzt untersuchen lassen. Der war recht zufrieden mit ihm. Aber er kennt ja gar nichts anderes. Ist ja damit aufgewachsen. Im Gegensatz zu mir.»

«Aber Schmerzen hast du keine mehr?»

«Doch, klar. Ab und zu schon. Aber ich lebe halt damit ... ist aber nicht so schlimm, keine Sorge», beruhigte er mich, als er meine empathische Miene sah.

Wir schwammen wieder zurück. Ich merkte, dass mir die Sonne langsam auf dem Nacken brannte. Ich brauchte bald nochmals eine neue Schicht Sonnencrème, offenbar war diese nicht wasserfest.

Bianca und Manuel hatten sich bereits über den Picknickkorb hergemacht, als wir zu ihnen stießen. Ich holte als Erstes meine Sonnencrème hervor und begann, mir etwas umständlich die Schultern einzuschmieren.

«Gib her, ich kann das machen», sagte Domenico und nahm mir behutsam die Flasche aus der Hand. Seine Hände begannen sanft, die Crème über meinem Rücken zu verteilen, und es war mir, als mache er es besonders gründlich. Sehr vorsichtig strich er mit seinen Fingerspitzen über mein linkes Schulterblatt, wo er mir einst das Tattoo gestochen hatte. Es schien, als wolle er untersuchen, ob alles gut verheilt war. Seine Hände auf meiner Haut zu spüren war beinahe das Schönste, was ich mir vorstellen konnte, und ich wünschte mir, er würde nie damit aufhören …

Täuschte ich mich, oder erging es ihm ähnlich?

«Hier», sagte er leise und gab mir die Flasche zurück, und dann setzte er sich zu Manuel und Bianca und tat, als sei überhaupt nichts gewesen. Und ich blieb stehen und sah auf ihn runter und fragte mich, ob ich die Hoffnung nicht doch lieber begraben sollte …

Doch ich wusste, dass ich nur noch den morgigen Tag zur Verfügung hatte, da ich am Montag abreisen würde. Ich würde all meinen Mut zusammenkratzen müssen, dessen war ich mir gewiss …

Den Abend verbrachte ich dieses Mal allein zu Hause. Zio Giacomo hatte frei, doch der war mit Domenico und Manuel ins Ristorante gefahren, um dort ein paar Freunde zu treffen.

Doch ich hatte keine Lust, nochmals im Ristorante zu sitzen und dieser Chiara zusehen zu müssen, wie sie um Nicki herumschlich. Ich ertrug das einfach nicht. So hatte ich beschlossen, ein wenig am Strand zu spazieren und dann früh ins Bett zu gehen. Vor allen Dingen wollte ich eine Entscheidung fällen, ob ich diese sensible Barriere zwischen uns wirklich durchbrechen oder es lieber bleiben lassen sollte. Denn wenn ich dieses Thema erst einmal ansprechen würde, würde ich vermutlich etwas auslösen, was nicht so schnell wieder rückgängig gemacht werden konnte.

So nahm ich mir Zeit für einen ausgiebigen Spaziergang, bis es ganz dunkel war, und ging dann ins Haus zurück, um zu duschen, noch eine Kleinigkeit zu essen und mich dann ins Bett zu legen.

Ich blätterte noch in einer Zeitschrift, die ich im Wohnzimmer gefunden hatte, versuchte ein wenig Italienisch zu verstehen und beschloss dann, das Licht zu löschen. Aus irgendeinem Anflug von Neugierde öffnete ich die Schublade am Nachtschränkchen, dort, wo die Kerzen für Mingo draufstanden.

Als ich erkannte, was darin war, setzte ich mich wieder kerzengerade im Bett auf. Ein paar mir bekannte Gegenstände kamen zum Vorschein ... sehr bekannte Gegenstände sogar! Ich fasste hinein und hielt eine kleine, uralte Bibel in den Händen – *meine* ehemalige Bibel. Das kleine Neue Testament, das ich Nicki vor so vielen Jahren einmal geschenkt hatte und das so lädiert war, dass die Seiten nur noch mit Klebstreifen zusammengehalten wurden. Aber dass er sie immer noch hatte, raubte mir den Atem!

Darunter lag ein größeres Exemplar auf Italienisch – es war die Bibel von seiner Pflegemutter Rosalia Lucia, die wir damals zusammen mit dem Engelsbild in Monreale auf dem Dachzimmer gefunden hatten. Ich zog auch diese «Bibbia» heraus und blätterte ein wenig darin.

Und als ich einen letzten Blick in die Schublade warf, entdeckte ich ganz zuhinterst in der Ecke einen goldenen Ring, den ich nur zu gut kannte ...

Ich holte ihn heraus und drehte ihn so, dass ich die Gravur auf der Innenseite erkennen konnte. Mein Name. Maya. Und das Datum unserer Verlobung.

Ich holte tief Luft, schloss kurz die Augen und vergrub den Ring in meiner Faust, so dass ich sein kühles Gold spüren konnte.

Dann legte ich alles wieder zurück in die Schublade und beschloss, mich erst einmal in das Reich der Träume zu begeben.

Den nächsten Morgen verbrachte ich so lange im Bett, bis mich die Sonne regelrecht aus den Federn trieb. Ich hatte nicht wirklich geschlafen. Die ganze Nacht hatte ich mich mit der Entscheidung gequält, ob ich wirklich meine Karten offen auf den Tisch legen und Domenico einfach sagen wollte, was ich empfand. Ich hatte wohl unbewusst immer gehofft, dass er irgendwann den Anfang machen würde oder dass er mir zumindest deutliche Zeichen senden würde, dass es ihm innerlich genauso ging wie mir.

Aber seine Zeichen waren nicht deutlich genug gewesen. Sie konnten zwar vage in diese Richtung gedeutet werden, aber sie konnten auch viel weniger als das bedeuten. Sie konnten so oder anders interpretiert werden.

Doch verlieren konnte ich ja eh nichts mehr. Ich konnte lediglich auf Abweisung stoßen. Und ich konnte riskieren, dass er doch noch vor mir davonlaufen würde.

Aber was, wenn es ihm tatsächlich genauso ging wie mir und er sich auch nichts zu sagen traute?

Ich fand ihn wie jeden Morgen draußen vor dem Haus, wo er gerade die Wäsche aufhängte. Manuel saß neben ihm und legte mit den bunten Wäscheklammern ein Muster auf die Erde.

«Guten Morgen ... Nicki», sagte ich.

«Da bist du ja», meinte er.

«Tut mir leid, dass ich erst so spät aufstehe. Ich ... konnte nur schlecht schlafen.»

«Kein Thema», sagte er sanft. «Du kannst so lange schlafen, wie du möchtest.»

«Nein ... ich muss doch morgen Früh nach Hause.»

«Echt ... morgen schon?» Er wirkte etwas irritiert. Er ließ das Leinentuch wieder in den Wäschekorb gleiten und schien nachzudenken.

«Ich war der Meinung ... tja, ich weiß auch nicht. Ist nur schade, dass ich heute so wenig Zeit hab. Ich hab dem Zio versprochen, heute Nacht mit ihm auf Makrelenfang zu gehen, und heute Vormittag muss ich einem Freund in der Stadt was helfen. Der bezahlt mir fünfzig Euro dafür, die kann ich dringend gebrauchen. Ich hab nur am Nachmittag ein wenig Zeit.»

«Okay», sagte ich. Nun denn, dann war an diesem Nachmittag also die letzte Gelegenheit.

«Ich versuch dich morgen zum Flughafen zu bringen», meinte er. «Wann musst du denn los?»

«Ziemlich früh. Es sind ja mindestens drei Stunden bis Palermo. Mein Flug geht um eins.»

«Machbar.» Er schien in Gedanken etwas auszurechnen. Dann widmete er sich schweigend wieder der Wäsche.

Ich ging an den schlafenden Hunden vorbei in die Küche und beschloss, mir selber Frühstück zu machen. Domenico musste schon bald los, und deshalb hatte ich den ganzen Vormittag Zeit, mir die Sache nochmals durch den Kopf gehen zu lassen. Und so war ich wahnsinnig aufgeregt, als er gegen Mittag wieder zurückkam, denn ich wusste, dass nun bald die Stunde der Wahrheit schlagen würde.

Erst aßen wir mit Zio Giacomo zusammen Mittag, doch auch der Zio hatte viel um die Ohren und wollte gleich nach dem Essen losfahren zu seinem Bruder, mit dem er eine Familienangelegenheit besprechen musste. Er nahm Manuel mit, und so war ich nun mit Nicki allein.

«Was möchtest du machen?», fragte er. «Willst du nochmals zur Bucht? Oder möchtest du mit dem Motorrad irgendwo hinfahren?»

Ich hatte Lust auf eine kleine Motorradfahrt. Vor allen Dingen, weil ich mich dann so schön an ihm festhalten konnte. Und weil ich nicht wusste, ob das vielleicht meine letzte Fahrt mit ihm sein würde.

Am Anfang fühlte ich mich zwar etwas unsicher, doch dann stellte ich fest, dass ich es in den letzten drei Jahren kaum verlernt hatte. Mein Körper wusste immer noch sehr genau, wie er sich anpassen musste, so dass die Fahrt nicht zu einer Tortur wurde und ich vor lauter Verkrampfung Muskelkater bekommen würde. Außerdem war mir dieses Motorrad immer noch so vertraut. Zusammengezählt hatte ich ja mit Nicki zusammen Stunden, wenn nicht Tage darauf zugebracht.

Das Schönste war jedoch, ihn während der Fahrt umklammern zu dürfen, und ich fragte ihn nicht um Erlaubnis, die Arme um ihn schlingen zu dürfen. Ich tat es einfach, und er protestierte nicht dagegen.

Domenico fuhr zur Stadt hinaus und auf eine Anhöhe hinauf, wo wir eine recht schöne Aussicht über den Hafen und über das Meer hatten. Er hatte uns eine Flasche Cola mitgenommen, und wir setzten uns auf eine kleine Ruinenmauer.

Ich war mir fast sicher, dass auch Domenico mir etwas sagen wollte. Ich wünschte mir inbrünstig, er würde endlich den Arm um mich legen, doch er tat es nicht. Wollte er nicht – oder traute er sich nicht?

Uhhh, es sah ganz so aus, als ob ich den Anfang machen musste.

«Nicki ...?»

«Ja?» Der Tonfall seiner Stimme ließ erahnen, dass er sehr wohl wusste, dass etwas in der Luft lag.

«Wenn du sagst, du hättest kein Bedürfnis nach einer Frau – gilt das auch für mich?»

«Warum fragst du das jetzt?» Seine Augen sahen mich scharf an. Ich hatte es befürchtet ...

«Weil ich ...»

«Bist du deswegen hergekommen? Weil du hoffst, dass wieder was aus uns werden könnte?» Er hatte es offenbar nicht verlernt, diese schneidende Kälte in seine Stimme zu legen, wenn ihm etwas zu nahe ging.

«Ich habe gehofft, wir könnten wenigstens nochmals darüber reden», flüsterte ich.

«Nein. Nein, vergiss das, Maya. Ehrlich. Das funktioniert nicht. Vergiss das ganz schnell wieder, ja?»

«Darf ich wenigstens ausreden?», bat ich.

Er schüttelte den Kopf. «Ich will nicht, dass du dir irgendwelche Hoffnungen machst.»

«Ich mach mir keine Hoffnungen – und falls doch, dann ist es mein Problem und nicht deins. Aber ich will wenigstens etwas sagen. Darf ich das?»

«Dann mach halt ...»

Ich war froh, dass ich mir bereits alle möglichen Antworten im Kopf zurechtgelegt hatte.

«Ich hatte in den letzten drei Jahren so viel Zeit zum Nachdenken», sagte ich. «Ich hab alles mindestens hundertmal Revue passieren lassen in meinen Gedanken, und ich habe alles aufgeschrieben. Ich habe versucht, mich neu zu orientieren, nur um herauszufinden, dass mein Herz sich immer wieder von neuem einen Weg zu dir bahnen will. Ich konnte dich nicht vergessen, Nicki. Alles, was ich konnte, war, es zu verdrängen und in die untersten Schubladen zu stopfen. Oder besser noch: es zu entsorgen, wie man mir empfahl. Doch man kann nicht etwas sein Leben lang verdrängen. Und dann rufst du mich an … und alles, was ich weiß, ist, dass du derjenige bist, an den ich denke, wenn ich mir meinen Partner vorzustellen versuche. Du bist es, der an meiner Seite war, als ich in Not war, und du bist es, mit dem ich immer über alles reden konnte. Ich kann mir nicht vorstellen, mit jemand anderem wieder so etwas Tiefes aufbauen zu können wie mit dir, und alles, was ich nun will, ist, dir das wenigstens sagen zu dürfen. Wenn du dich verschließt – dann ist es halt so. Wenn du nicht dasselbe empfindest – nun, dann muss ich es akzeptieren. Bedrängen werde ich dich sicher nicht. Und wenn du nun aufstehst und vor mir davonläufst, dann weiß ich wenigstens, dass ich es versucht habe, und werde für immer aus deinem Leben verschwinden.»

Domenico hatte während meiner Rede die Augen geschlossen. Er schüttelte den Kopf und seufzte tief auf, als ich fertig war. Er öffnete die Augen wieder und blickte auf sein Handgelenk, wo die Narben unter der Tätowierung begraben waren.

«Maya … hör zu … das ist ja schön, was du sagst, aber … es geht nicht.»

«Und warum nicht?», flüsterte ich. «Wir haben einander verziehen … und wir haben beide viel gelernt, du und ich. Wieso … wieso sollen wir einander nicht nochmals eine Chance geben? Es zumindest versuchen?»

«Ich habe keine Worte dafür. Es ist … ich weiß nicht, was

ich sagen soll. Es geht einfach nicht. Aus verschiedenen Gründen.»

«Verstehe», sagte ich bitter. «Aber was immer die Gründe sein mögen – Liebe kann doch alles überwinden. Ich – ja, ich wäre bereit, mein Leben nochmals neu umzukrempeln deswegen. Einen gemeinsamen Weg zu finden. Doch der einzige Grund, warum es nicht geht, ist ... ist wohl der, dass du mich nicht mehr liebst ... und nicht dasselbe empfindest wie ich ... Wenn man jemanden wirklich liebt und mit ihm zusammen sein möchte, dann findet man einen Weg! Warst nicht du es, der mir früher immer solche Dinge gesagt hat?»

Es kostete mich alles, diese Worte auszusprechen. Denn wenn Domenico bestätigen würde, dass er keine Gefühle mehr für mich hatte und nicht mit mir zusammen sein wollte, weil ich seiner Meinung nach nicht die Richtige war für ihn – dann wusste ich, dass ich in einen tiefen Abgrund stürzen würde. Wie empfindlich und fragil die Liebe doch ist ...

Domenicos Gesicht zuckte. Er hatte die Augen zusammengekniffen und starrte an mir vorbei auf den Hafen von Licata hinunter. Ich betrachtete sein Profil, traurig, weil ich langsam ahnte, dass dieser Junge für mich nicht mehr zu haben war ...

«Maya», sagte Domenico mit Nachdruck. «Hör zu, ich werde immer dein Freund bleiben. Ich habe dich wahnsinnig gern, okay? Ich werde für dich da sein, wenn du meine Hilfe brauchst. Aber mehr kann ich dir einfach nicht geben. Punkt. Ich kann dir die Gründe nicht erklären.»

«Dann ist ja alles klar», sagte ich enttäuscht. «Du liebst mich einfach nicht mehr.»

Er atmete tief ein und sah mich an, als wolle er etwas sagen. Doch dann schüttelte er resigniert den Kopf und ließ es sein.

«Ich wäre bereit gewesen, zu dir nach Sizilien auszuwandern», sagte ich. «Ich hätte dir geholfen, Manuel aufzuziehen. Wir hätten später gemeinsam nach Rom gehen können, und ich hätte dort weiterstudieren können. Ich wäre bereit gewesen, meine Sicherheit für die Liebe und für uns beide zu opfern. Zu dem Entschluss bin ich nun in all den Jahren gekommen. Ich habe unsere ganze gemeinsame Geschichte aufgeschrieben. Neun Hefte voll. Nur damit du es weißt ...»

«Mann, willst du mich jetzt wieder auseinanderreißen?», fuhr er mich unerwartet an. «Jetzt hab ich drei Jahre lang mühsam all das verarbeitet, und jetzt kommst du einfach her und reißt das alles wieder auf? Ich hab gesagt, es geht nicht, mi vuoi capire? Jetzt akzeptier das doch endlich!»

Erschrocken über seine Worte starrte ich ihm in die Augen. Warum reagierte er nun auf einmal so heftig?

Doch wenn ich eins über ihn gelernt hatte in all den Jahren, dann war es dies: Wenn er so reagierte, dann bedeutete das, dass ich mitten in eine Wunde gefasst hatte.

«Nicki ...»

«No! Ich sagte, akzeptier es.» Er stand auf und drehte mir den Rücken zu. Eine ganze Weile lang rührte er sich nicht und ging dann schließlich zu seinem Motorrad und stieg auf.

Ich folgte ihm, schnappte mir den entgegengehaltenen Helm und setzte ihn auf. Schweigend reichte er mir die Hand, damit ich besser aufsteigen konnte, und startete dann den Motor. Und dieses Mal hielt ich mich an den Griffen hinter mir fest und nicht an Domenico.

Wir redeten kein Wort mehr während der Fahrt. Domenico hielt vor Zios Haus an und ließ mich absteigen. Ich gab ihm den Helm zurück. Er nahm ihn an sich und setzte ihn selbst auf.

«Wo willst du hin?», fragte ich.

«In die Stadt», erwiderte er kurz angebunden.

«Du liebst mich also wirklich nicht mehr», sagte ich betrübt.

Er schnaubte genervt und klappte das Visier runter.

«Aber vergiss nicht, dass *du mich* angerufen hast ...», murmelte ich leise vor mich hin, als er den Motor aufheulen ließ und meinen Blicken wieder entschwand.

Eine halbe Ewigkeit lang stand ich da und konnte mich nicht rühren. Um mich herum war es so still, dass ich dachte, die Welt sei ausgestorben. Nicht mal Zio Giacomos

Hunde waren da. Einfach niemand. Ich fühlte mich mutterseelenallein.

Nun war Domenico also tatsächlich vor mir weggelaufen. Wie er es als Option immer wieder erwähnt hatte.

Das war's also endgültig gewesen. Obwohl ich natürlich mit dieser Möglichkeit hatte rechnen müssen und mich auch darauf eingestellt hatte, fühlte sich die Realität dann doch scheußlich an.

Ich ging in das verlassene Haus und fühlte mich innerlich so leer wie eine Wüste.

Ich stellte den Wecker meines Handys auf fünf Uhr früh. Um sieben würde mein Bus in Licata abfahren, und um Viertel nach sechs hatte ich das Taxi bestellt. Mein Rucksack stand gepackt neben meinem Bett.

Bis jetzt hatte ich noch keine Träne weinen können. Alles, was ich fühlte, war eine dumpfe Einsamkeit. Domenico war nicht mehr zurückgekommen. Ich hatte den ganzen Abend allein verbracht. Auch Zio Giacomo war nicht da. Er war beim Makrelenfischen, und Domenico hatte ja versprochen, ihm zu helfen. Und Manuel war vermutlich mit ihnen auf dem Boot.

Ich würde mich also nicht mehr von Nicki verabschieden können. Und ihn vermutlich nie mehr wiedersehen. Die einzige Hoffnung, die mich irgendwie über Wasser hielt, war, dass ich mich zu Hause immerhin an Morten oder Hendrik wenden und mit ihnen über all das reden konnte. Und dass ich zumindest wusste, dass es Nicki gut ging und er glücklich war bei dem, was er tat.

Mit diesen Gedanken schaffte ich es, immerhin ein paar wenige Stunden zu schlafen. Ich hatte das Licht im Wohnzimmer brennen lassen und alle Fenster geschlossen, weil ich mich natürlich in dem einsamen Haus fürchtete.

Ich drückte schließlich ein paar Tränen ins Kopfkissen, wissend, dass gewiss später noch mehr folgen würden, und schlummerte langsam ein.

Pünktlich um fünf ging mein Alarm los, und ich saß fast mit einem Schlag kerzengerade im Bett. Ich machte die Nachttischlampe an und starrte aus dem schwarzen Fenster, in dem sich das Zimmer spiegelte. Mein Blick wanderte rüber zu Mingos Holzkreuz an der Wand.

Ein innerer Schmerz riss mich fast entzwei, doch ich musste nun tapfer sein. Ich fühlte so ein Verlangen nach Nicki, dass es mir fast übel wurde. Alles, was ich wollte, war, hier bei ihm zu bleiben, für immer bei ihm zu sein und von ihm gehalten zu werden.

Aber das war leider nicht möglich. Nicki hatte mich verlassen, war vor mir weggelaufen, und ich musste mich mit der bitteren Realität abfinden.

Fast schon mechanisch führte ich meine morgendliche Prozedur aus, duschte, bereitete mir in der Küche ein kleines Frühstück zu und schlüpfte dann in Schuhe und Jacke, bereit zu gehen.

Und zwar für immer.

Ich holte meinen Rucksack aus dem Schlafzimmer und schleifte ihn durchs Wohnzimmer in die Küche. Ich warf beim Vorbeigehen einen letzten Blick auf die Kommode mit den Familienfotos. All das würde ich vermutlich nie mehr sehen ...

Ein kleiner heller Streifen war durch das Küchenfenster am Horizont sichtbar. Ich wollte die Haustür öffnen, als ich draußen ein Motorrad hörte. Es parkte vor dem Haus, und dann liefen Schritte auf die Tür zu.

«Maya? Bist du da?» Die Tür wurde aufgestoßen, und vor mir stand Domenico, völlig außer Atem.

«Ich muss los», sagte ich. «Mein Bus fährt um sieben. Das Taxi sollte gleich kommen.»

«Ich fahr dich zum Flughafen», sagte Nicki und schnappte sich den alten Helm von Zio Giacomo, der auf dem Fensterbrett lag.

«Aber ich muss nach Palermo.»

«Sag ich ja. Wir sind sicher schneller mit dem Motorrad. Der Bus wird ewig brauchen, um durch die verstopften Straßen zu kommen. Pack dein Zeug in die Seitenkoffer. Schnell.» Er nahm mir den Rucksack ab und trug ihn voraus zum Motorrad.

«Aber ich hab nur diese eine dünne Jacke dabei. Drei

Stunden auf dem Motorrad – da wird mir sicher kalt!» Ich wusste immer noch nicht so richtig, wie mir geschah.

«Ich hol dir was. Warte hier.» Er verschwand wieder im Haus. Ich schaute ihm nach und begann dann, meine Sachen in einen Seitenkoffer am Motorrad zu packen.

Als er wiederkam, brachte er mir eine Lederjacke mit. Er half mir, den halb leeren Rucksack in den anderen Seitenkoffer zu quetschen, und reichte mir dann seinen Helm. Sich selber stülpte er den alten Helm von Zio Giacomo über, den er aus der Küche mitgenommen hatte.

«Aber das Taxi?», fragte ich. «Das ist sicher gleich da …»

«Ich regel das. Ich weiß ja, wie man mit denen reden muss.»

«Aber – musst du nicht Zio Giacomo beim Fischen helfen?», fragte ich verwirrt.

«Zio Giacomo hat gesagt, dass ich dich gefälligst zum Flughafen fahren soll. Er hat mich heimgeschickt. Bereit?»

Ich nickte und stieg hinter ihm auf den Sozius. Tausend Fragen drehten sich nun in meinem Kopf, die alle nach einer Antwort schrien. Aber ich hatte keine Zeit, ihn zu fragen. Er startete den Motor, und ich schlang mutig meine Arme um Nickis Bauch. Wenn, dann wollte ich ihn zumindest die letzten drei Stunden, die wir zusammen sein würden, nochmals so festhalten …

Unterwegs begegneten wir tatsächlich dem Taxi, das auf dem Weg zu Zios Haus war. Domenico hielt an und winkte dem Fahrer zu, und innerhalb weniger Minuten hatte er offenbar die Sache ausgehandelt. Der Fahrer schien zwar etwas sauer zu sein, weil er vergebens losgefahren war, aber Domenico versicherte mir, dass das eine normale sizilianische Reaktion sei.

Und so fuhren wir durch das morgendliche Licata, das langsam am Erwachen war, und hinaus auf die Landstraße. Ich war echt froh um die Lederjacke, da uns der Fahrtwind ziemlich scharf um die Ohren pfiff.

Da wir nun schneller vorankamen als mit dem Bus, konnten wir unterwegs eine Rast einlegen. Sobald die Sonne höher stand, wurde es auch schon wärmer. Wir deckten uns mit einem kleinen Imbiss in einer Raststätte ein und setzten uns draußen ins Gras, um ihn zu verzehren.

«Wie schön es im Frühling hier ist», sagte ich und blickte auf die saftig grüne und herrlich blühende Landschaft. «Ganz anders als im Sommer, wenn alles dürr und trocken ist.»

«Ja», sagte Nicki leise. «Ich weiß ...»

Er strich sich seine ewig ungebändigten Haarsträhnen aus der Stirn und sah mich dann von der Seite an. «Du, Maya ...»

«Ja?»

«Ist das ... ich meine, du ... willst also tatsächlich ... wieder mit mir zusammen sein, seh ich das richtig?»

«Ja ...» Ich versuchte, ihm in die Augen zu schauen. Eine winzig kleine Hoffnung keimte in mir auf ...

Er wandte seinen Blick jedoch wieder von mir ab und biss sich auf die Unterlippe.

«Ich glaube, dass Liebe immer Wege finden kann ...», wagte ich einen weiteren schüchternen Versuch.

Er bewegte seine Schultern ein wenig, so dass sie die meinen berührten.

«Vielleicht erwartest du zu viel von mir, Maya. Nur weil ich zwei Jahre Therapie gemacht hab, heißt das noch lange nicht, dass ich jetzt alles im Griff hab», meinte er schließlich. «Ich leide zum Beispiel immer noch unter Schlafstörungen. Und ich hab Tage, wo ich nach wie vor einfach nicht ansprechbar bin und in Ruhe gelassen werden will. Und manchmal hab ich halt Schmerzen in der Lunge und muss husten. Ganz weg geht das nicht. Ich weiß also nicht, ob ich wirklich der richtige Umgang für dich bin.»

«Bin nicht *ich* es, die das entscheiden muss?», erwiderte ich mit einem Flüstern. «Und ich kenne dich doch, Nicki. Ich weiß, worauf ich mich einlasse. Und du hast dich verändert.»

«Da wäre ich mir nicht so sicher. Ich hab mir eigentlich geschworen, mich so bald nicht mehr mit einer Frau einzulassen. Ich weiß nicht, ob ich die Dinge in 'ner Beziehung auch so gut hinkriege, wie ich es momentan allein hinkriege. Ich hab keine Lust, dass andere wieder unter mir leiden, verstehst du?»

Ich nickte schließlich ergeben, da ich einsah, dass es offenbar doch keinen Zweck hatte. Es war vielleicht tatsächlich besser so ...

«Lass uns weiterfahren», sagte er. «Sonst kommen wir am Ende doch noch zu spät, und du verpasst deinen Flug ...»

Wir stiegen wieder auf und setzten unsere Fahrt fort.

Drei Stunden auf dem Motorrad waren lang, doch es war nicht das erste Mal, dass ich so etwas gemacht hatte. Mir taten zwar der Rücken und der Hintern weh, doch ich war mir bewusst, dass ich die letzten Stunden mit Domenico noch genießen musste. Und je näher wir Palermo und dem Flughafen kamen, umso mehr wuchs die Wehmut wieder in mir.

Doch immerhin musste ich mich jetzt nicht im Streit von Nicki trennen. Das war riesig viel wert.

Domenico parkte auf dem öffentlichen Parkplatz vor dem Flughafengebäude. Ich sah, dass unser Timing super war und ich sogar noch etwas mehr Zeit als erwartet hatte.

«Musst du gleich wieder los, oder kommst du noch mit mir rein?», fragte ich, während ich meine Sachen aus den Seitenkoffern holte und alles wieder in den Rucksack stopfte.

«Wie spät ist es?» Domenico holte sein Handy aus der Jackentasche und schaute auf die Uhr. Er legte seine Stirn in Falten, schaute Richtung Flughafengebäude und dann zu mir.

«Ich müsste eigentlich spätestens um zwei wieder in Licata sein ...»

«Okay ... na, dann ...»

Ich schaute ihn an, bereit, den Abschied hinter mich zu bringen. Er blickte runter auf seine Füße und kickte mit dem rechten Turnschuh einen Stein weg.

«Ich kann mir gar nicht vorstellen, ohne dich ... Maya, du musst bald wieder herkommen, ja?» Er wirkte auf einmal sehr, sehr unsicher und anhänglich. «Bitte komm wieder. Du kannst hier Ferien machen ... du kannst hier sein, so lange du möchtest.»

«Echt?»

Er nickte. Und dann endlich hob er seinen Kopf wieder

und schob sich die Haare aus der Stirn, so dass ich einen unverhüllten Blick in seine Augen werfen durfte.

«Sag mal ... musst du wirklich diesen Flug nehmen?» Seine Frage kam wie ein Flüstern.

«Nein ... im Prinzip ... ich könnte auch ... eine Woche Vorlesungen schwänzen», sagte ich.

*Merkst du denn nicht, dass ich vor deiner Tür stehe und anklopfe, Nicki? Jetzt lass mich doch endlich rein!*

«Magst du denn ... noch eine Woche bei mir bleiben? Zio Giacomo wird es verstehen ... Ich könnte mir viel Zeit für dich nehmen, und wir können noch so schöne Dinge unternehmen.»

«Aber ... ja doch ...» Mein Herz fing so stark an zu pochen, dass es bis in meine Beine zu spüren war.

«Wir ... könnten zusammen am Strand liegen ... nur wir zwei, und Manuel könnte ein paar Tage zu Luisa in die Ferien. Wir könnten ganz viel zusammen über all das reden und ... Motorradfahrten machen ... und baden ... und lauter gute Sachen essen ... und alles, was du möchtest ...» Der Ausdruck in seinen Augen wurde immer weicher, bis er schon fast bittend war. «Ich hab dir noch so viel zu erzählen aus den vergangenen drei Jahren ...»

«Ich bleibe liebend gerne, Nicki», sagte ich, und da, wo nun so lange Zeit bohrender Schmerz in meinem Herzen geherrscht hatte, wich er nun langsam einer jubelnden Freude. «Ich meine ... weißt du, das hier ist nicht der erste Flug, den ich sausen lasse.»

Er lächelte mich an, so dass seine Wangengrübchen erschienen. Und ganz vorsichtig streckte er seine Hand aus und berührte mein Haar.

«Aber ich hab nicht genug Sachen dabei ...», wandte ich ein. «Ich hab nur diesen Rucksack ...»

Er grinste. «Beddamì ... du weißt doch, dass ich dir immer alles, was du brauchst, auftreiben kann.»

«Stimmt ... wie konnte ich das nur vergessen?»

«Ich möchte wieder jemanden haben, der nachts an meiner Brust liegt», flüsterte er. «Den ich festhalten kann. Manuel ... möchte ja vielleicht nicht sein Leben lang bei mir schlafen. Und vielleicht lerne ich es dann doch noch, endlich richtig durchzuschlafen ...»

«Ich habe doch immer gewusst, dass es das ist, was dir fehlt», meinte ich. Und ich legte behutsam meine Hand auf seine Brust und spürte, wie er innerlich bebte.

«Ich weiß nur noch nicht, wie ich es meinen Eltern beichten soll ...», murmelte ich beschämt.

«Wissen sie denn gar nicht, dass du hier bist?»

Ich schüttelte schuldbewusst den Kopf. «Nein.»

«Du bist ja echt ... krass.» Er lächelte, und dann zog er mich an sich und drückte mich fest an seinen warmen Körper. Ich schmiegte meinen Kopf an ihn und seufzte glücklich auf. Und all die Sorgen, wie ich das Mama und Paps und Delia und meinen anderen Freunden erzählen sollte, legte ich vorerst beiseite. Darüber konnte ich ja noch lange genug nachdenken.

Ich genoss es einfach, Domenicos Nähe, die ich in all den Jahren so sehr vermisst hatte, tief in mich aufzunehmen. Und seinen Duft nach Sonne, Meer und Tabak einzuatmen, der mir auch nach so langer Zeit immer noch so vertraut war.

*Principessa ... cori mia ... ich habe dich so vermisst. Wenn du wüsstest, wie sehr. Du bist ein Teil von mir, und wenn du nicht bei mir bist, ist es so, als würde ein Stück von mir fehlen. Aber das sage ich dir lieber nicht ... noch nicht. Ich hoffe, dass ich es dieses Mal nicht wieder kaputt mache. Ich habe Angst davor. Große Angst sogar. Deshalb auch meine harsche Reaktion gestern Abend. Aber ich wünsche mir mehr als alles andere, dass ich der für dich sein darf, den du verdienst ...*

Seine Hand streichelte zärtlich über mein Haar, und er hielt mich fest wie etwas ganz Kostbares, das er verloren und erst jetzt wiedergefunden hatte.

*Es gibt keinen Menschen auf dieser Welt, der das besser könnte als du, Nicki. Wir sind gemeinsam durch so viele Täler und über so viele Höhen gegangen, haben zusammen gekämpft, geweint, gelacht und vieles überwunden. Und es gibt niemanden, bei dem ich lieber bleiben möchte als bei dir. Und ich weiß, dass es nicht immer leicht werden wird. Ich weiß, dass du Narben hast aus deiner Vergangenheit und wir noch ein paar Kämpfe werden austragen müssen. Ich bin bereit, diesen Weg mit dir zu gehen. Doch halt mich jetzt einfach nur fest und lass mich nie mehr gehen!*

Und Nicki schlang seine Arme noch enger um mich.

Und einen Augenblick lang fragte ich mich, ob das alles Wirklichkeit war oder ob ich träumte und mich gleich jemand aufwecken würde.

Aber niemand weckte mich auf. Domenico ließ mich schließlich langsam los, nahm meine Hand und führte mich zum Motorrad zurück. Bevor wir den Rucksack wieder umpackten, nahm er mein Gesicht ganz sanft in seine Hände und berührte meinen Mund vorsichtig mit seinen Lippen.

Und ich war nervös wie ein Schulmädchen bei seinem ersten Kuss. Doch ich erwiderte ihn, und ich fühlte mich, als ob ich wieder zu Hause angekommen war.

«Also los, lass uns das hinter uns bringen. Nochmals drei Stunden Fahrt, da wird uns echt der Hintern weh tun heute Abend. Aber sobald wir in Licata sind, gehen wir an einen ganz schönen Ort, nur wir zwei, ja? Ich weiß auch schon, wo. Und dort können wir ganz ungestört und ausgiebig über alles reden!»

Ich hätte in diesem Augenblick die ganze Welt umarmen und einen lauten Jubelruf Richtung Himmel ausstoßen können. Auch wenn ich ja wusste, dass nicht nur eitel Sonnenschein auf mich warten würde und niemand uns garantieren konnte, dass wir es diesmal schaffen würden.

Ich setzte mich hinter ihm aufs Motorrad und hielt mich an ihm fest, bereit, nochmals drei Stunden Weg auf dem Motorradsattel zurück nach Licata auf mich zu nehmen. Und damit wohl eines der größten Abenteuer meines Lebens in Angriff zu nehmen …

# Epilog

Als ich am Traualtar stehe und auf sie warte, seh ich in all die Gesichter. All die Menschen, die da stehen und mich anschauen. All die Gesichter, die was ausdrücken. Stolz, Freude, Skepsis, Zweifel – alles.

Alle die, die mir was bedeuten, stehen hier. Alle die, die irgend 'ne Rolle in meinem Leben gespielt haben, und noch viele mehr. Ich mein, die ganze Via Semprevivo scheint ja hier zu sein. Die ganzen rausgeputzten Fischerfreunde vom Zio mit ihren damenbärtigen und perlenbehangenen alten Frauen, die ihnen noch die Anzüge zurechtzupfen. Muss mir echt das Grinsen verkneifen. Der Zio selber steht zwischen seinem Bruder und einem meiner Onkel, und ich seh ihm voll an, dass er froh ist, dass die Nonna nicht auch an ihm rumzupfen kann. Er scheint sich im Anzug eh nicht grad wie ein Fisch im Wasser zu fühlen, aber seine Augen glänzen, er lächelt und guckt sich um. Staunt wahrscheinlich genauso über das Kirchenschiff mit seinen pastellfarbenen Ornamenten, so wie auch ich staune. Irgendwie erinnert einen das an diese Mandelkonfekte, die die Kinder nachher draußen vom strahlendblauen Himmel werden regnen lassen. Bin ja kürzlich bei der Hochzeit von meiner Cousine Teresa gewesen, daher weiß ich schon, was uns erwartet.

Zwei seiner Neffen mit ihren Familien hat der Zio extra aus Salerno kommen lassen, hab ich gehört. Die kennen mich nicht mal und feiern heute voll meine Hochzeit. Die Mädchen sind angezogen wie kleine Bräute und warten mit blütengefüllten Körben aufgeregt auf ihren Einsatz.

Mein Blick schweift etwas rüber zu meiner sizilianischen Familie. Zu dem Teil, den ich *kenne*. Neben Zio Giacomo und meiner Nonna und dem Nonno auch Luisa und Giovanna und alle meine Onkel und meine Cousins und Cousinen. Das ist mit ein Grund, warum wir die Hochzeit hier auf Sizilien machen. Wie hätten wir die alle nach Deutschland gekriegt?

Es gab 'ne Zeit, da hab ich nicht mal gewusst, dass ich so 'ne große Familie hab. Irgendwie bin ich platt, wie viele

Menschen es in meinem Leben wirklich gibt. Ich mein, dafür, dass mein Leben eigentlich nicht geplant war, hat es doch irgendwie 'ne ganze Menge bewirkt. Ich krieg ja richtig Gänsehaut bei dem Gedanken.

Ist ja auch crazy, die Familien alle so vereint da vor mir stehen zu sehen. Ich sehe Sizilianer, Deutsche und Norweger, und sie alle gehören zu mir. Unglaublich. Mein Vater steht hier, in der vordersten Reihe – der Mann, der mich gezeugt hat und den ich lange Zeit nicht hab *Vater* nennen können. Aber nun schaut er mich an, und ich seh, dass er stolz auf mich ist. Tut ihm wohl auch gut zu sehen, dass ich tatsächlich was erreicht hab. Dass ich kein Fehler war. Ich hab's manchmal heute noch nicht ganz erfasst, aber ich bin auf dem Weg dazu, es zu begreifen: Mein Leben hat 'nen Sinn. Es ist kein Unfall. Jemand hat mich gewollt.

Neben meinem Vater steht meine Mutter. Die Frau, die mich geboren hat. Ehrlich, ich hab meine Eltern außer auf Fotos noch nie zusammen gesehen. Und sie selber hätten sicher auch nie gedacht, dass sie eines Tages hier in Licata in der Chiesa del Carmine gemeinsam die Hochzeit ihres Sohnes feiern würden. Das hätt ja nicht mal ich gedacht. Es ist das erste Mal, dass sie sich nach all den Jahren begegnen. Das Bild scheint mir so unwirklich. Meine Mutter ist so viel kleiner als mein Vater. Ich weiß nicht, ob sie es schaffen werden, miteinander zu reden nachher. Wünschen tät ich mir das schon.

Meine Mutter hatte die ganze Zeit Panik vor diesem Tag. Panik, meinem Vater zu begegnen. Sie benahm sich fast wie ein Teenager. Ich hab versucht, sie zu beruhigen. Aber sie ist immer noch nervös. Ich seh's ihr an, sie weiß ja kaum wohin mit ihren Händen. Und ich weiß, dass sie irgendwo in ihrer Handtasche ihren Flachmann hat. Sobald niemand hinschaut, trinkt sie sich Mut an.

Weiß ich genau. Ich kenn sie zur Genüge. Ich hab gelernt, sie nicht mehr zu hassen dafür. Ich hab keinen Grund, sie zu verurteilen. Ich hab ja selber jahrelang gebraucht, um aus diesem Mist rauszukommen. Und wenn ich eins weiß, dann dies, dass Hass einen nur selbst zerstört. Drum versuch ich sie jetzt mit anderen Augen zu sehen. Ich seh sie nun als einen Menschen, der selber viele Verletzungen erlebt hat. Vielleicht seh ich sie nicht unbedingt als Mutter, das kann schon sein. Denn das ist sie mir nicht gewesen. Aber das ist schon okay. Ich kann nun damit leben.

Aber an diesem Tag kann ich nicht auf sie aufpassen. Das macht mein großer Bruder und Trauzeuge, Hendrik. Er steht direkt neben ihr und strahlt mich an, als die Musik erklingt. Winkt mir zu. Er ist echt ein guter Typ. Bin froh, dass ich ihn hab. Flieg, Bruder, flieg. Ja, jetzt endlich bin ich flügge geworden. Hat vielleicht länger gedauert, als es hätte dauern sollen. Aber er hat mich nie aufgegeben. Das rechne ich ihm hoch an. Sein Blick sucht die Orgel, und ich muss lachen, weil es nämlich keine gibt.

Maya hatte sich so sehr gewünscht, dass die Trauung mit diesem Lied von Bach beginnt. Es ist ein ziemlich bekanntes und heißt «Jesus bleibet meine Freude». Ich kannte die Melodie schon vorher. Mike, mein alter Kumpel, war mir noch 'nen Gefallen schuldig, so dass ich ihn dazu kriegen konnte, ein absolut Eins-a-Soundsystem in dieser alten Barock-Kirche aufzubauen. Der Klang ist täuschend echt; kein Wunder, dass sich nun einige Gäste die Hälse nach den Orgelpfeifen verrenken und sie doch nicht finden können.

Nur Liv steht ziemlich reglos da. Meine Stiefmutter. Sie steht auf der anderen Seite von meinem Vater. Als kühle, blonde Norwegerin ist sie natürlich viel reservierter als die ganzen aufgekratzten sizilianischen Frauen. Aber das ist nicht unbedingt der einzige Grund. Ist wohl schon nicht ganz einfach für sie, an diesem Tag dieser Frau zu begegnen, mit der mein Vater einst eine heiße Affäre hatte. Das ist zwar zum Glück noch gewesen, bevor sie mit Morten zusammengekommen ist, aber die hat ja jahrelang nicht gewusst, dass es mich gibt.

Ich rechne ihr hoch an, dass sie mich damals überhaupt in ihr Haus aufgenommen hat. Jetzt, als Mann, kann ich mit ihr vielleicht eines Tages auch mal ein richtig erwachsenes Gespräch führen. Und ihr halt all das sagen und so. Dass ich ihr dankbar bin. Hätte ich damals nicht eine Zeitlang in Norwegen bleiben dürfen, wäre ich endgültig in der Gosse gelandet.

Nun haben auch die Letzten Platz genommen. Die Kirchentür muss bei der Hitze natürlich offen bleiben. Bin regelrecht dankbar für jedes bisschen von dieser aromatischen Sommerluft, die da durchs Kirchenschiff hereinweht, wenn sie auch nicht wirklich kühl ist. Aber in dieser kleinen Kirche, die jetzt zum Bersten voll ist, ist jedes winzige Lüftchen ein Segen. Zudem ist mein Anzug ziemlich eng, und die Frauen haben es mit ihren Parfums eindeutig übertrieben. Mein Blick fällt auf Delia, die Trauzeugin. Ich kann bis hierher ganz deutlich ihr Parfum «Deep Red» von Hugo Boss riechen.

Wenn ich sie so anschaue, schwitze ich bei dem Gedanken, wie leicht man sich doch an den falschen Partner verschenkt. Diese Frau war mal meine Freundin gewesen, vor einer Million Jahren. Und sie wäre echt wunderschön, wenn sie etwas weniger verbissen mit sich und den andern umgehen würde und sich nicht alles gefallen ließe. Versteh ja schon, dass die nicht richtig glauben kann, dass es wirklich hinhauen wird mit Maya und mir.

Delia hat natürlich ein Trauma. Ich darf gar nicht dran denken – das ist alles meine Schuld. Aber irgendwas anderes nagt noch an ihr. Ob sie wirklich glücklich ist? Ich mein, äußerlich sieht sie ja perfekt aus, aber ich kann ja nicht wirklich in ihre Seele reinblicken. Irgendwie ist sie zu schnell erwachsen geworden. Die wird mit vierzig alt aussehen. Das seh ich jetzt schon.

Langsam werd ich immer nervöser und vor allem ungeduldig. Ich möchte jetzt endlich *meine* Principessa sehen, ich halt's kaum noch aus. Das ist für mich sowieso die schönste Frau der Welt. Für mich quasi die Liebe und Treue in Person. Echt, was hätte ich mir Besseres wünschen können?

Neben Delia stehen die Eltern der Braut. *Meiner* Braut. Unglaublich. *La mia sposa*. Mein zukünftiger Schwiegervater sieht etwas steif aus, kein Wunder. Er muss ja auch gleich rausgehen, um meine Braut zu holen. Er gehört auch zu denen, die Zweifel haben. Kann ich ihm auch nicht verübeln. Ich hab ihn manches Mal enttäuscht, weil ich's nicht gerafft hab. Verdient hab ich seine Tochter eigentlich nicht. Aber wenn eine es verdient, dass ihr Traum wahr wird, dann Maya.

Obwohl ich immer noch nicht wirklich glauben kann, dass ihr Traum eine Hochzeit und ein Leben mit mir sein soll. Ich will sie und ihre Eltern nie mehr enttäuschen. Ich hoff, ich schaff das. Aber ich bin wirklich bereit, alles zu geben.

Neben Martin steht meine Schwiegermutter. Diese Frau nenn ich wirklich schön, auch wenn sie auf die sechzig zugeht. Aber ihr sieht man wirklich an, dass sie mit sich und Gott im Reinen ist. Ich mein, was die gekämpft hat. Und die lebt mit 'ner Krankheit, wegen der jeder normale Mensch schon lang abgekratzt wär. Aber sie hat sich so gewünscht, die Hochzeit ihrer Tochter noch zu erleben. Trotzdem hat sie immer gemeint, wir sollen nichts überstürzen und erst mal die Weichen für unsere eigene Zukunft gründlich stellen. Mit ihr möchte ich wirklich wieder 'ne tiefere Beziehung aufbauen. Sie war mir wie eine Mutter, genau wie damals Mamma Rosalia, meine Urgroßtante und Ziehmutter.

Es ist wohl auch ein wenig deswegen, dass ich diese Kirche hier neben dem Convento del Carmine ausgesucht habe. Ein paar der Nonnen vom Kloster sind nämlich auch da und besuchen die Hochzeitsmesse. Ihre gütigen Gesichter erinnern mich an meine früheste Kindheit. Eine schwere Kindheit, aber Gott hat mir immer wieder Menschen gesandt, die ihre Hand schützend über mich gelegt haben. So wie eben Esther, meine Schwiegermutter. Sie ist eine bemerkenswerte Frau, und Maya wird sicher einmal ganz genauso werden. Aber ich hab Mutter und Tochter wahnsinnig verletzt. Das tut mir so leid. Esther hat mir zwar verziehen, doch es ist nicht mehr ganz so, wie es mal war. Aber ich hab mir vorgenommen, dran zu arbeiten. Ich kann Gott so dankbar sein, dass er sie mir ins Leben geschickt hat. Ohne sie wär ich in der schwersten Zeit meines Lebens wohl zugrunde gegangen.

Das Orgelspiel aus der Soundbox ist zu Ende und der Kinderchor des Klosters stellt sich oben auf der Balustrade auf. Ihre weißen Spitzengewänder sehen aus wie Zucker. Sie singen «Panis angelicus», ein Lied, das ich noch aus meiner Kindheit kenne. Diese glasklaren Stimmchen machen mir richtig Gänsehaut. Ha, italienische Kinder singen nun mal einfach viel reiner als deutsche oder norwegische Kinder!

Automatisch suchen meine Augen meinen Sohn. Manuel. Hier steht er, in der zweiten Reihe. Zusammen mit all meinen Geschwistern. Besser gesagt, Halbgeschwistern. Er ist nicht wirklich mein Sohn. Er ist mein Neffe, aber für mich ist er wie ein Sohn. Ich bin wie sein Vater. Und ich bin wahnsinnig stolz auf ihn. Er hat so viel gemeistert. Wir zusammen eigentlich. Er ist jetzt auch schon so groß, geht hier in Licata in die fünfte Klasse und macht sich gar nicht mal so schlecht. Ich hab ihm zum Schulanfang das Haar geschnitten. Er wollte die Frisur des brasilianischen Fußballspielers Neymar, der kleine Frauenheld. Das wird ja noch heiter mit ihm!

Ich genieße jede Sekunde mit ihm, aber ich freu mich auch darauf, wenn er dann älter ist und ich mit ihm über alles reden kann, was ich ihm so gern sagen möchte. Wenn er mit der Scuola Media fertig ist, ziehen wir vielleicht um. Auch wegen Maya, damit sie sich beruflich entwickeln kann. Sie liebt Manuel inzwischen von Herzen, er ist auch für sie wie ein Sohn geworden. Er hat's sogar geschafft, ihr ein paar Sätze auf Sizilianisch beizubringen.

Er ist so ein sensibles Kind. Der wusste schon, als sie noch studierte und uns in den Semesterferien immer besuchte, dass er aus ihr 'ne richtige Sizilianerin machen muss, damit sie uns nie mehr verlässt. Ich seh immer mehr von Mingo in ihm. Mein geliebter Zwillingsbruder lebt in ihm weiter. Und ich bin so dankbar dafür.

Ich sehe auch in Kjet immer mehr von Mingo. Kjet – besser gesagt Kjetil, mein kleiner Bruder. Er ist zwar größer als ich, aber viereinhalb Jahre jünger. Der Bengel ist genau der gleiche Sturkopf wie Mingo. Aber ich mag ihn. Hat 'ne Weile gedauert, bis wir uns angefreundet haben. Aber er ist so ein Typ, mit dem ich mich ohne große Worte versteh. Im Gegensatz zu Hendrik, der manchmal wie ein Buch sabbeln kann, kriegt Kjet vielleicht grad mal fünf Sätze pro Tag raus. Aber das ist okay. Irgendwie weiß ich immer, was er denkt.

Neben ihm steht seine Zwillingsschwester. Solvej. Meine große kleine Schwester. Die kriegt sich fast nicht mehr ein vor lauter Gefühlen. Die fängt an zu heulen, wenn wir uns da vorne das Ja-Wort geben. Garantiert.

Und dann Bianca. Meine kleine Schwester, meine ewig kleine Schwester, die nun ebenfalls eine junge Frau ist. Neben Solvej ist sie tatsächlich klein, aber nicht weniger kräftig. Die muss sich vorsehen. Die Jungs starren ihr ganz schön auf die Figur. Sie weiß das. Sie weiß ganz genau, dass sie schön ist. Das seh ich daran, wie sie sich bewegt. Ich warne sie immer wieder. Aber sie will nicht hören. Ey, da soll nur einer kommen und sich an ihr vergreifen. Ich kann nicht versprechen, dass ich den dann nicht vermöbeln werde. Meiner Schwester was tun, das kommt einfach nicht in Frage. Ich glaub, ich werd noch viel auf sie aufpassen müssen.

Mein Blick fällt auf Carrie, die zusammen mit Bianca Manuel an der Hand hält. Es ist das erste Mal seit zwei Jahren, dass Manuel seine Mutter wiedersieht. Innerlich rührt mich das fast zu Tränen. Immerhin geht es ihr nun besser. Sie hat ihre Therapie durch und ist in so 'nem Sozialprojekt. Tiere füttern auf 'nem Bauernhof oder so was. Weiß nicht, wie es mit ihr weitergeht. Sie lebt von der Sozialhilfe und macht nicht viel anderes als Fernsehen und ab und zu mit Freunden auf ein Bier gehen. Sie gehört einfach irgendwie zu den Menschen, die's nicht packen. Um die sich halt einfach jemand kümmern muss. So wie meine Mutter ... Aber es macht sie glücklich, dass sie heute ihren Sohn sehen darf. Sie lächelt zwar kaum, aber ich seh's ihr an. Die singenden Kinder haben sie sicher traurig und nachdenklich gemacht.

Ist ja auch traurig, all diese tragischen Schicksale ... Carrie, Mingo, meine Mutter ... Ich muss selber einen Klumpen im Hals runterschlucken. Dieser Engelsgesang geht einem echt unter die Haut. Ich denke daran, wie glücklich sie alle hätten sein können, wenn das Leben nicht so grausam wäre. Wenn Morten bei meiner Mutter geblieben wäre. Und wenn Carrie und Mingo dem kleinen Manuel ein liebevolles Zuhause ohne Alk und Drogen hätten geben können.

Aber dann wäre das Leben jetzt auch nicht so, wie ich es heute erlebe und liebe. Dann hätte es vielleicht Hendrik und Kjetil und Solvej und Bianca nie gegeben. Nur allein diese Vorstellung ist wahnsinnig traurig. Und Manuel wäre vielleicht auch nicht bei mir. Wie es auch immer ist: Irgendwie schafft es Gott, aus allem was Gutes zu machen. Wenn wir Ja dazu sagen. Davon bin ich heute fest überzeugt.

Nur Mingo wird mir für immer fehlen. Ich musste lernen, mir an seinem Tod nicht die Schuld zu geben. Mir nicht und meiner Mutter auch nicht. *Facemu cuntu ca chioppi e scampau*, wie Verga sagt. Das heißt: «Lasst uns so tun, als hätte es geregnet und der Sturm wäre vorbei.»

Das ist der Lieblingsdichter von Zio Giacomo. Er sprich vom harten Leben der einfachen sizilianischen Bauersleute und Fischer vor zweihundert Jahren. Ich find's echt Wahnsinn, wie der Typ Schmerz und Leidenschaft ausdrückt. Geht mir unter die Haut. Hab sogar das Buch von ihm angefangen zu lesen, das ich beim Zio gefunden hab. Maya hat sich ziemlich gefreut, als sie mich beim Lesen ertappt hat. Ich bin ja nicht so gut im Lesen, eigentlich. Lese viel zu selten. Tut mir daher gut. Und Verga lehrt uns – wie auch die Bibel –, immer mutig und sich seiner Fehler bewusst zu sein, wieder aufzustehen und weiterzukämpfen. *A chi vuol bene, Dio manda pene.* Wie Recht er damit hat.

Ich wende meinen Blick nun auch der anderen Seite des Kirchenschiffs zu, wo all unsere Freunde stehen. Ganz außen steht Manuela. Direkt neben Kjetil. Nur der Mittelgang trennt die beiden. Die hat sich extra dorthin gepflanzt, da bin ich sicher. Die steht doch auf Kjet! Da kann mir keiner was anderes erzählen. Er ist genau ihr Typ. Kjetil ist zwar drei Jahre jünger als sie, aber das spielt ja keine Rolle mehr. Doch Kjet hat keine Augen für sie. Der hat's auf 'ne andere abgesehen.

Arme Manu. Irgendwie packt sie's nicht so ganz mit den Männern. Dabei, glaub ich, gäb's 'ne Menge, die sich für sie interessieren würden, wenn sie nur endlich mal die Augen aufmachen und in die richtige Richtung schauen würde. Aber das hab ich ja auch nicht gleich geschafft.

Neben Manuela steht Ronny. Delias Ehemann. Das ist ganz schön schräg. Ronny und Ehemann. Ich seh dem Typen doch an, dass er am liebsten immer noch mit Ufos und Legosteinen spielen würde. Sechsundzwanzig hin oder her. Irgendwie wird der in 'ne Rolle gezwängt, in der er sich gar nicht wohlfühlt. Armer Typ. Hoff, der packt das auf Dauer und schiebt nicht mit Vierzig 'ne Midlife-Crisis. Delia sollte dem wirklich ein bisschen mehr Freiheit geben ...

Und dann Patrik. Irgendwie sind wir immer befreundet geblieben, obwohl wir manchmal jahrelang nix voneinander gehört haben. Komischerweise geht das mit Patrik. Er ist so ein Typ, mit dem man dort weitermachen kann, wo man aufgehört hat. Der hat sich wirklich echt gut entwickelt. Ist jetzt ja auch viel schlanker, als er als Teenager war. Tut ihm wirklich gut. Der wird mal 'ne ganz liebe Frau abkriegen, da bin ich mir sicher. Wird vielleicht noch etwas Zeit brauchen, aber das ist ja egal.

Wenn ich an seine Ex-Freundin denke ... die gute alte Jen. Das ist ewig her. Was die wohl macht? Ich hab nie mehr was von der gehört. Die ist irgendwie auch wie der Wind. Ist mal hier und mal dort. Gewinnt überall immer gleich neue Freunde. Aber wahrscheinlich verliert sie irgendwann die Übersicht über all die Leute. Die ist nie in der Vergangenheit hängen geblieben. Ist wohl auch gut so. War wohl ihre Art, mit all ihrem Mist fertigzuwerden. Schade, ich hab keinen Kontakt mehr zu ihr. Sie wäre heute sicher gern dabei gewesen. Hat ja vermutlich auch ein ganz klein wenig sizilianisches Blut in sich. Hab sie damals hier auf Sizilien kennengelernt, weil sie zu ihrer Großmutter geschickt worden war. Dabei ist sie eigentlich so 'ne richtige Berlinerin.

Im Gegensatz zu meiner riesigen Familie hält sich's mit meinen Freunden in Grenzen. Ein paar Kumpels, die ich hier auf Sizilien hab, sind dabei. Mit den alten Freunden aus Deutschland hab ich irgendwann Schluss gemacht. Die gehören zu meiner Vergangenheit. Jene Vergangenheit, an die ich nicht gern erinnert werde. In der ich fast alles ausprobiert hab, was ein Mensch besser nicht ausprobiert. Manchmal wollen mich diese Schatten noch einholen. Sie versuchen an mir zu zerren. Manchmal sogar körperlich spürbar. Aber sie werden immer weniger. Und ich werde immer stärker.

Der einzige von meinen alten Freunden, den ich eingeladen hab, ist mein vollidiotischer Kumpel Mike, aber der hat sich nun mit der Musikanlage echt bewährt. Ich konnt's einfach nicht lassen. Eigentlich echt ein bescheuerter Kerl, aber ich mag ihn. Wollte dem mal 'ne richtige Hochzeit präsentieren. Mit Thunfisch-Couscous, einer riesigen Cassata siciliana und den traditionellen Tänzen, die sogar Bianca einstudiert hat und später in einer alten agrigentinischen Tracht mit ihren Cousinen und Cousins vorführen wird. Der Mike wird Augen machen! Dann sieht er mal, dass es auch noch anderes auf der Welt gibt als nur Sex und Kohle. Wird doch Zeit, dass der sich auch endlich mal 'ne richtige Frau anschafft. Vielleicht ist ja eine für ihn dabei.

Außerdem soll der ruhig endlich kapieren, dass aus dem Tiger nun ein Löwe geworden ist. Und dass ich's ernst mein mit meiner zukünftigen Frau. Und der alte Tiger-X mit seinen vielen Frauengeschichten nun tot ist. Und es so was wie Liebe tatsächlich gibt. Ich würd's meinem Kumpel wirklich wünschen, ein ehrliches, echtes Mädel von hier kennenzulernen. Und nicht solche wie die Kids aus unserer ehemaligen Szene in Deutschland ohne eine echte Kultur, in der sie sich zu Hause fühlen könnten. Sind doch alles Opfer und haben alle viel zu wenig Liebe abgekriegt im Leben. Ich mein, ohne Liebe hätt ich nicht überlebt.

Ich weiß immer noch nicht, womit ich das verdient hab. Ich hab's mehr als nur ein Mal kaputt gemacht in meiner Unfähigkeit. Hab diese wunderbare Frau verletzt, die ich am meisten von allen geliebt habe. Aber heute weiß ich besser, wer ich bin. Habe gelernt, mich zu akzeptieren und einigermaßen mit mir klarzukommen. Und zu glauben, dass es da oben wirklich einen gibt, der mich mag. Der mich sogar liebt. Der immer an mich geglaubt hat, auch wenn ich mehr als hundertmal versagt hab. Wenn ich all die Menschen hier sehe, die wegen uns gekommen sind, dann muss es so sein. Dann muss es diese Gnade geben, die man sich nicht verdienen kann.

Und dann seh ich sie. Der Hochzeitsmarsch erklingt, und sie schreitet langsam, viel zu langsam, den Mittelgang entlang. Jetzt erst fällt mir wirklich auf, wie schön die Kirche mit all den Blumen geschmückt ist. Erst als Maya mit ihrem weißen Kleid durch diese Pracht hindurchschreitet, nehme ich all das überhaupt erst richtig wahr. Die Feigenblätter in den Sträußen der Bankreihen verströmen einen betörenden

Duft, und ich denke daran, dass diese wunderschöne Frau gerade auf mich zuschreitet, um mich zu heiraten und für immer zu mir zu gehören.

Jetzt wird mir aber so richtig heiß. Ich hoffe, niemand kann die Gedanken lesen, die mir gerade alle Sinne durchtränken wie der Schweiß mein Hemd. Aber alle Augen sind auf *sie* gerichtet. Wie sie durch diesen endlos langen Mittelgang schreitet. Wie kann das sein bei dieser kleinen Kirche? Ich frage mich, wie viele Männer an diesem Altar seit dem 13. Jahrhundert wohl hundert qualvolle Tode gestorben sind, bevor sie ihre Angebetete endlich in Empfang nehmen durften. Ihr Kleid berührt nun die Citrusbäumchen an den Seiten der vorderen Bankreihen.

Mitten in all der Pracht sieht sie aus wie ein Engel in ihrem weißen Kleid und dem langen Schleier. Und duftet wie das Paradies. Mit Hibiskusblüten in ihrem glänzenden Haar. Mandelblüten in den Körben der Blumenmädchen regnen vor ihre zierlichen Füße. Ich wollte, ich könnte vor ihr niederstürzen und diese Füße küssen. Aber ich muss mich zusammenreißen. Warum geht sie denn nur so langsam? Ihr Vater hält sie am Arm und bringt sie mir nun an den Traualtar. Und ich krieg den Mund nicht zu, weil sie so wunderschön ist. Das Schönste, was es gibt. Ohne ihre unendliche Geduld und Liebe wäre ich jetzt nicht hier.

Ich kann nicht glauben, dass sie nun zu mir gehört und dass ich sie für immer beschützen darf. Und sie mich.

Der Pfarrer beginnt zu sprechen, und ich drifte komplett ab, kann mich gar nicht mehr konzentrieren. Ich sehe nur ihren Schleier aus dem Augenwinkel, wie er sich unter dem Hauch eines Luftstroms jedes Mal leicht bewegt und ihr Gesicht etwas mehr preisgibt oder verdeckt. Ich bin so aufgeregt, dass das Blut mir nur so in den Ohren rauscht.

Ich wollte ja damals vor vier Jahren nochmals vor ihr weglaufen. Weil ich nicht mehr daran glaubte, dass es noch funktionieren könnte zwischen uns. Ich bin echt kein einfacher Typ. Werde immer Narben haben. Ich wollte eigentlich nie mehr Kontakt zu ihr aufnehmen. Dieser Gedanke ist in dem Moment so absurd, dass mir fast die Luft wegbleibt.

Aber dann hab ich sie doch angerufen. Genau an ihrem zweiundzwanzigsten Geburtstag. Und obwohl ich extrem Panik hatte, ihr wieder zu begegnen, hab ich gehofft, dass sie zu mir kommen würde.

Und sie ist gekommen.

Auch wenn ich wahnsinnig glücklich war, sie zu sehen, bin ich nach drei Tagen doch vor ihr weggelaufen. Aber der Zio hat mich zurückgeschickt. Gott sei Dank. Er hat gesagt: Junge, verspiel nicht deine Chance. Wirf deine blöde Angst über Bord und geh zurück zu ihr. So etwas wie sie wirst du nie mehr finden. Sie ist ein einmaliges Geschenk. Ihre Liebe zu dir ist kostbarer als alles, was dir das Leben je schenken wird. Wirf das nicht weg. Sonst bist du ein Narr – *un loccu persu!*

Und so bin ich umgekehrt. Und das ist die beste Entscheidung meines ganzen Lebens gewesen. Und wir haben uns dazu entschieden, aufeinander zu warten. Sie sollte ihr Studium beenden, an sich und ihre Zukunft denken. An unsere Zukunft. *Il nostro futuro.* Wie schön das klingt. Ich weiß, sie wäre am liebsten schon zu mir gekommen, als sie kurze Zeit später ihr Bachelor-Diplom erhalten hat.

Ich war so unendlich stolz auf sie. Aber ich hab sie gedrängt, den Master gleich anzuschließen, um möglichst schnell eine Zulassung als Ärztin zu kriegen. Ich wollte doch nicht, dass sie hier bei mir putzen oder in einem doofen Hotel rund um Licata an der Rezeption stehen muss, um Geld zu verdienen. Sie sollte machen können, was sie immer hat machen wollen. Ich sehe sie schon mit ihrer Ärztetasche von Gasse zu Gasse wandern, so wie einst ihr Vater in Catania. Damals, als sie mir das erste Mal nachgereist ist. Gott, wie habe ich so eine Frau verdient, so treu und ehrlich und perfekt in allem, was sie tut. Sie hat ihren Doktortitel mit Manga komm Laude oder so erhalten. Ich bin fast abgekratzt vor Stolz.

Ich hab sie dann gepackt und zu unserer kleinen Bucht geschleppt, als sie mir das erzählte. Sie wusste gar nicht, wie ihr geschah. Ich erinnere mich noch an ihr erschrockenes Gesicht. Sicher dachte sie, ich plane wieder irgendeine Verrücktheit. Aber diesmal war ich mehr bei Sinnen als jemals sonst in meinem Leben. Ich wusste genau, was ich wollte. Ich kniete im kühlen Sand vor ihr nieder, und ich stotterte kein bisschen dieses Mal.

Ich glaube, ich habe den Antrag auf Deutsch begonnen und auf Italienisch beendet. Mittlerweile beherrscht sie ja Italienisch. Vielleicht war sogar noch Norwegisch dabei. Keine Ahnung, was ich alles gesagt habe, es kam jedenfalls direkt aus meinem Herzen. Ich hab sie gebeten, mich nie mehr zu besuchen. Ich weiß sogar noch genau, wie ich's gesagt hab: «Besuche mich nie wieder in meinem Leben. Besuche deine Familie, deine Freunde, wen immer du willst, aber nicht mich. Bleib bei mir – und zwar für immer. Lass uns gemeinsam durchs Leben gehen und miteinander besuchen, wen und was immer du willst. Nur lass mich nie mehr einen Tag ohne dich sein.»

Natürlich hat sie geweint. Ich ja auch. Vor allem hatte ich 'ne Riesenpanik bei dem Gedanken, irgendetwas könnte sich uns noch einmal in den Weg stellen. Hat es aber dieses Mal nicht. Sogar Martin hat auf seine Forderungen verzichtet, hat mit Morten zusammen die ganze Sause hier bezahlt.

Ich schaue Martin an, schaue ihm direkt in die Augen. Von Mann zu Mann. Ich werde deine Tochter ehren, sagt mein Blick.

Und da lässt er sie los. Und legt dann ihre Hand in meine. Sie schaut mich mit ihren rehbraunen Augen an – die schönsten Augen, die es gibt.

«Kümmer dich gut um sie, Nicki», murmelt ihr Vater, bevor er wieder zu seinem Platz geht.

«Klar.» Meine Stimmbänder versagen wieder einmal. Und einen kleinen Moment hab ich furchtbare Angst. Angst, dass ich es nicht schaffen werde, dass ich sie und ihre Eltern vielleicht wieder enttäuschen werde.

Aber ich will sie nicht enttäuschen. Ich will mich wirklich um sie kümmern. Ich will sie behandeln wie das Kostbarste auf der Welt. Denn das ist sie für mich.

Ich krieg irgendwie gar nicht alles mit, was passiert. Der Pfarrer spricht einige Segensworte. Auf Italienisch klingt der Vers im 1. Korinther 13 weich und irgendwie ganz anders:

> «*L'amore è sempre paziente e gentile, non è mai geloso. L'amore non è mai presuntuoso o pieno di sé, non è mai scortese o egoista, non si offende e non porta rancore. L'amore non prova soddisfazione per i peccati degli altri ma si delizia della verità. È sempre pronto a scusare, a dare fiducia, a sperare e a resistere a qualsiasi tempesta.*»

Wunderschöne Worte, aber ich wünschte, es wäre Pfarrer Siebold, der uns traut. Der hat's einfach irgendwie immer draufgehabt, genau die Worte zu finden, die wir am meisten gebraucht haben. Aber Pfarrer Siebold ist nicht mehr da. Der ist dort, wo hoffentlich jetzt auch Mingo ist. Im Himmel. Ich wünschte mir, er kümmerte sich dort um meinen Bruder. Der hätte seine Worte echt gebrauchen können.

Ich halte Mayas Hand ganz fest, als der Pfarrer uns segnet. Spüre, wie sie zittert. Mir geht's ähnlich. Und ich höre, wie einige ihre Taschentücher hervornehmen. Allen voran meine Mutter und meine Tanten. Und Esther, meine Schwiegermutter, auch. Schwiegermutter, na ja, das klingt so streng. Aber immerhin kann ich sie nun tatsächlich Mutter nennen.

Und natürlich schluchzt auch Solvej. Und wie! Bianca hingegen nicht. Die hat irgendwie keine Tränen. Hier ist es ausnahmsweise mal die Norwegerin, die mehr Gefühl zeigt als die Sizilianerin.

Kjetil heult natürlich auch nicht. Aber der zeigt sowieso nie gern Gefühle.

Aber es ist okay, an diesem Tag zu heulen.

Wir haben beide ja auch geheult, als ich ihr noch einmal den Heiratsantrag gemacht hab. Vier Jahre nachdem wir uns wiedergesehen haben, hab ich mich endlich getraut. Vier Jahre lang haben wir uns immer wieder getroffen und ihre Semesterferien zusammen verbracht. Meistens bei mir auf Sizilien, aber wir sind auch mal an Weihnachten zusammen nach Norwegen und nach Deutschland gefahren. Haben ganz viel geredet miteinander, und ich hab's endlich geschafft, *wirklich* über meine Vergangenheit zu sprechen. Hab ihr in all den Jahren viele Dinge erzählt, die sie noch nicht gewusst hat. Ich dachte, was soll's, wenn sie mich wirklich liebt, wird sie bei mir bleiben. Wenn nicht, dann hat sie trotzdem verdient, die Wahrheit zu wissen. Ich hab langsam gelernt, loszulassen und die Kontrolle aufzugeben.

Und sie ist immer geblieben.

Wir haben viele tolle Dinge zusammen unternommen. Und dann, eben an jenem Abend, hab ich sie zum Meer runtergezogen und hab sie gefragt. Hab gefragt, ob sie es sich doch noch vorstellen könnte, mich jetzt richtig zu heiraten. Sie hatte Tränen in den Augen. Und ich auch. Es war mir egal. Sie ist jede Träne wert.

Und sie sagte Ja.

Und nun wird sie für immer bei mir bleiben. Wo wir in Zukunft leben werden, wissen wir noch nicht. Vorläufig wird sie bei mir auf Sizilien bleiben. Aber dann werden wir weitersehen. Vielleicht werden wir nach Rom gehen oder nach Mailand. Aber erst, wenn Zio Giacomo uns nicht mehr braucht. So lange bleiben wir hier, und Manuel macht seine Schule fertig.

Ich will, dass er eine gute Zukunft hat. Ich will, dass er das werden und machen kann, was er möchte. Trotz seiner Einschränkungen. Ich mein, er kommt ja echt gut mit in der Schule und hat zum Glück trotz seiner schweren Geburt keine Hirnschäden davongetragen. Klappt auch mit Lesen und Schreiben, obwohl er, wie ich und auch Mingo, mehr handwerklich und künstlerisch begabt ist. Und im Fußball ist er echt ein kleiner Held. Aber er muss immer etwas aufpassen mit seiner Lunge. Er kommt schneller aus der Puste als die anderen Kinder. Das tut mir so leid für ihn. Wo es ihm doch so Spaß macht!

Und auch Maya soll ihren Traum verwirklichen können. Ich bin bereit, mit ihr zu gehen. Ich wünsch mir aber sehr, dass wir eines Tages 'ne richtige Familie haben werden. Doch das hat noch Zeit. Und im Moment reicht es mir ehrlich gesagt, dass wir uns um Manuel kümmern.

Und jetzt stehen wir hier vor dem Traualtar, und wir geben einander das Versprechen. Das Versprechen, dass wir ewig füreinander sorgen werden. Liebe ist auch eine Entscheidung.

Und ich verspreche ihr, dass ich zu ihr stehen werde in

guten wie in schlechten Tagen. Und stecke ihr vorsichtig den Ring an die Hand. *Ricevi questo anello, segno del mio amore e della mia fedeltà.* Ja, das ist das, was man sich bei 'ner Hochzeit verspricht. Aber ich mein's wirklich ernst. Sie ist ein Teil von mir, und ich bin ein Teil von ihr. Wir haben so viel zusammen durchgemacht. So ein Geschenk muss man mit Sorgfalt behandeln.

Klar, man weiß nie, was das Leben einem bringt. Und wir beide wissen, dass es nicht immer einfach sein wird. Aber wir haben die Wahl. Und die Zukunft ist das, was *wir* daraus machen werden. Das hab ich in all der Zeit nun gründlich gelernt.

Und auch sie gibt mir den Ring und verspricht mir das Gleiche, und ihre Worte kommen so klar und rein und voller Hingabe, dass mir schon wieder Tränen in die Augen kriechen.

Sie steht vor mir und strahlt mich an. Ich schiebe sanft den Schleier etwas beiseite und nehme vorsichtig ihr Gesicht in meine Hände, um sie zu küssen.

Wahrscheinlich jubeln nun alle oder klatschen oder weinen oder lachen. Ich weiß es nicht mal so genau. Ich kriege nichts mehr mit. Bin völlig hin und weg. *Mi gira la testa.* Ich sehe wirklich nur noch sie und spüre ihre sanften Lippen auf meinen. Wir haben uns ja schon oft geküsst, aber dieser Kuss bedeutet natürlich mehr als alle anderen. Ich möchte jetzt am liebsten mit ihr ganz allein sein, möchte gar nicht, dass uns alle zusehen und uns tausend Mal fotografieren. Aber wir werden ja noch so viel Zeit miteinander haben …

Und dann ist es vorbei. Oder besser gesagt, es fängt erst an. Hand in Hand gehen wir durch den Mittelgang durch das Kirchenschiff nach draußen. Dort stehen sie Spalier für uns. Jubeln und werfen Reiskörner und eben die bunten Mandelkonfekte. Die Sonne ist so hell und gleißend, dass es uns blendet. Ich lächle Familie und Freunden zu. Wir werden von allen Seiten umarmt und beglückwünscht. Ich glaub, es ist das erste Mal, dass ich meinen Vater umarme. So richtig umarmen, mein ich. Wir haben das vorher irgendwie nie gemacht. Nur so diese zurückhaltenden norwegischen

Umarmungen, die man sich in Norwegen zur Begrüßung gibt. Aber dieses Mal drückt er mich richtig fest und voller Stolz.

Meine Mutter steht da und heult nur noch und tupft sich mit dem Taschentuch über ihre verschmierten Augen. Die ganze Schminke läuft ihr die Wangen runter. Und da kann ich nicht mehr anders: Ich geh zu ihr und drück sie ganz fest. Auch zum allerersten Mal in meinem Leben. Genau wie meinen Vater. Und sie heult noch mehr, und ich fang auch an zu heulen. Ich hab meine Eltern noch nie so intensiv umarmt.

Mit Hendrik fällt es mir schon leichter. «Jetzt fliegst du aber, Bruder, was?», flüstert er mir ins Ohr. Ja, ich fliege! *Sto volando, e come!*

Und dann all die Umarmungen von meinen Tanten und Onkeln und Freunden und Bekannten – ich komme schon gar nicht mehr mit. Vor allem ist es wahnsinnig anstrengend. Und mir tun die Wangen weh vom vielen Lächeln. Ich würd mich wirklich gern bei jedem Einzelnen bedanken, aber ich schaffe es fast nicht. Ich glaub, Maya neben mir geht es ähnlich. Vor allem wird sie ja von meinen Tanten fast erdrückt.

Auch Bianca gibt mir 'ne kräftige Umarmung. Sie freut sich für mich, das spür ich. Auch wenn sie es nie zugeben würde.

Mike, mein oller Freund Mike, ist der Einzige, der mich nicht umarmt. Der kann so was nicht. Immerhin klopft er mir auf die Schulter und brummelt: «Junge, Junge, mein Schwein pfeift. Jetzt bist aber echt 'n Mann. *Ora sei grande e vaccinato.*»

Ist halt einfach seine Art, Anerkennung auszudrücken.

Ich glaub, eine der bemerkenswertesten Umarmungen hab ich von Kjet bekommen. Ich hätt das nie von ihm gedacht. Er hat sich extra ganz hinten angestellt, so dass er als Letzter drankommt. Und dann drückt er mich richtig fest und sagt: «Ich hab mir immer 'nen Bruder wie dich gewünscht. Wollt ich dir schon lange mal sagen. Jetzt weißt du's.»

Das haut mich fast um. Weil das *echt* viel bedeutet, wenn Kjet so was sagt. Ich schau ihn an und weiß in dem Moment, dass ich ihn unheimlich lieb hab. Echt. Ich möchte ihn noch besser kennenlernen in Zukunft. Ich glaub, in dem steckt noch ganz viel.

Und dann kommt Manuel, mein kleiner Manùcculi, der ja gar nicht mehr so klein ist, und nimmt meine Hand. Er strahlt mich an mit seiner Zahnlücke. Seine vorderen Schneidezähne stehen noch ziemlich weit auseinander. Genauso, wie es bei seinem Vater war. Und bei mir. Er genießt diesen Tag wirklich. Er liebt es, seine ganze Familie versammelt zu sehen.

Und dann kommt es. Ich muss sagen, im ersten Moment bin ich wirklich etwas erschrocken. Die Fischerkollegen von Zio Giacomo stehen plötzlich auf der Piazzetta vor der Kirche. Ich erkenne Turiddu und Pizzicotto. Ihnen gegenüber der alte Seebär Rino 'o Marò, der sich seine dunklen Bartstoppeln etwas mehr gestutzt hat. Sie tragen nun breite rote Bänder um die Hüften und lustige rote Bollen unter dem Knie. Dazu das traditionelle rote Tuch um den wettergegerbten Hals. Und sie stellen sich zum Tanz auf.

Wir flüchten uns in den Schatten einer Palme, um diesem Schauspiel folgen zu können. Die drei alten Kirchenglocken läuten, was das Zeug hält, aber ihr Klang wird übertönt von seltsamen rhythmischen Rufen dieser alten Männer. Kinder rennen herbei und legen ein Fischernetz vor ihnen aus. Die Männer ergreifen es und beginnen, ein altes Lied zu singen. Jetzt erst erkenne ich auch den Zio unter ihnen. Wie hat er es nur so schnell geschafft, sich umzuziehen?

Er packt das Netz und singt kräftig mit. Ich verstehe die Worte nicht recht vor lauter Emotionen. Es geht um einen Sturm und um den Glauben an Gott. Die Männer bewegen sich im Takt und wiegen das Fischernetz. Sie singen dazu mehrstimmig a cappella, und ihre Frauen haben Tränen der Rührung in den Augen und stoßen freudige Jubelrufe aus. Die denken sicher alle an ihre eigene Hochzeit zurück. Der Gesang ihrer Männer klingt so wehmütig und wunderschön – wie ein Lied aus längst vergangenen Zeiten. Es treibt mir einmal mehr Tränen in die Augen. Maya umklammert meine Hand und rührt sich nicht. Schaut mich nur an. Auch sie weint und lacht und sieht dabei hinreißend aus. Meine Frau. Das ist sie jetzt. *Me mugghieri.* Ich bin so dermaßen stolz!

Und jetzt wirbeln die Mädchen auf die Piazza. Keine Ahnung, wie auch Bianca so schnell ihre Tracht angezogen hat. Sie trägt jetzt wie die anderen Mädchen und jungen Frauen die Haare hochgesteckt und mit Blumen geschmückt, dazu starkes, leicht maskenhaftes Make-up. Sie tanzen vor den Männern eine Choreografie, umtanzen sie und werfen Blumen aus Körben, die sie im linken Arm über der Schürze halten. Auf ihre Sprechchöre antworten die Männer mit dröhnenden Stimmen, und die Mädchen weichen zurück und tanzen frech wieder hervor. «*Sono canti vecchi, li ricordo bene. Sono canti di matrimonio.*»

Meine Mutter steht plötzlich neben mir und raunt mir zu, das sei ein altes Hochzeitslied. Es gehe darin um die Rolle des Mannes und die Rolle der Frau, das Meer symbolisiere das Leben. Aber ich höre gar nicht richtig zu. Ich sehe den singenden Zio, die tanzende, lachende Bianca. Wer hätte das gedacht! Ich sehe den Carretto siciliano, der hinter den Männern auf der Piazza steht. Der traditionelle sizilianische Karren, dessen Räder farbig und kunstvoll verziert sind, gezogen von einem Muli. Auch Maya erblickt ihn und muss unter Tränen lachen, als sie darauf in typisch italienischer Schnörkelschrift «*Just married*» erkennt.

All diese Eindrücke sind zu viel für mich. Es ist zweifellos der glücklichste Tag meines ganzen verkorksten Lebens. Ich schaue nur noch sie an.

Und lasse ihre Hand nicht los.

Ich werde tausend Laternen für sie anzünden.

Sie ist meine Prinzessin, und mit ihr an meiner Seite stehe ich jeden Sturm durch. Meine Principessa.

# ENDE

# Dank

Es ist zur Tradition geworden, dass Gott immer als Erster auf meiner Dankesliste steht, denn ich weiß bis heute nicht, wie ich neun Bücher geschafft habe. Ich wundere mich immer noch, woher all die Ideen und die Kraft zum Schreiben kommen.

Danken möchte ich wie immer denen, die mich in den Stressphasen ermutigt haben. Was wäre ich ohne Euch alle? Ich hätte das alles nicht allein geschafft. Seit zehn Jahren schreibe ich nun an dieser Serie. So viele haben mir treu beigestanden und Mut zugesprochen. Denn Schreiben ist oft ein einsamer Job und Knochenarbeit. Ich hoffe, dass ich vielen von Euch eines Tages all das zurückgeben kann, was Ihr mir gegeben habt.

Danken möchte ich auch all den treuen Leserinnen und Lesern, die mir immer noch ihre Feedbacks, Wünsche und Ermutigungen schreiben. Zu wissen, dass die ganze Arbeit in so vielen Leben etwas bewirkt hat, tut mir gut. Auch das hat mich oft in den einsamen Schreibstunden über Wasser gehalten.

Natürlich möchte ich mich auch bei meinem Verlag bedanken und bei meinen treuen Lektoren Christian Meyer, Vera Hahn und Anne Helke, die mir, so scheint mir, jedes Mal noch mehr Zeit geben zum Schreiben und dann einen Turbo-Endspurt hinlegen, um meine Fehler auszubügeln.

Dank gebührt auch meiner Lieblingssizilianerin Sara Saltalamacchia, die nicht nur meine Italienisch-Dolmetscherin und Helferin geworden ist, sondern auch eine treue Brief- und Facebook-Freundin. Ohne sie wäre ich beim Schreiben von Band 9 ein paarmal hoffnungslos aufgeschmissen gewesen.

Mein Dank geht auch an einen besonderen Freund, den ich hier nicht beim Namen nennen möchte, der mich – ohne es zu wissen – zu manchen Passagen inspiriert hat.

# Von derselben Autorin weiterhin erhältlich: der erste Teil der Story

Maya und Domenico
Die krasse Geschichte
einer ungewöhnlichen
Freundschaft

256 Seiten
Taschenbuch, 12,0 x 19,0 cm
€ [D] 11.99 / € [A] *12.40 / CHF *17.95
* = unverbindliche Preisempfehlung

Bestellnummer 113.797
ISBN: 978-3-7655-3797-4

Das Leben der vierzehnjährigen Maya wird auf den Kopf gestellt, als der freche und angeberische Domenico neu in die Klasse kommt. Das ist das, was ihr gerade noch gefehlt hat: Der etwas ältere Domenico sieht einerseits so gut aus, dass sie in seiner Gegenwart weiche Knie bekommt. Und andererseits ist er so unsympathisch, dass er ihrer Meinung nach dahin gehen kann, wo der Pfeffer wächst.

Trotzdem kommen sich die beiden näher, und Maya entdeckt hinter seiner Maske einen ganz anderen Domenico. Plötzlich wird sie mit einer für sie völlig fremden Welt konfrontiert und gerät in eine Konfliktsituation. Und das nicht nur innerlich, sondern auch mit ihrem Vater, der gegen die Freundschaft mit diesem mysteriösen Jungen ist. Ein Kampf beginnt, in dem Maya über sich selbst hinauswächst und Domenicos Leben fast aus den Fugen gerät. – Kurzum: eine mega spannende Story um Liebe, Eltern, Drogenproblematik, Gewalt in der Schule, Außenseiterdasein und Rivalenkämpfe. Und eines wird klar: Gegen den Strom zu schwimmen lohnt sich!

# Von derselben Autorin weiterhin erhältlich: der zweite Teil der Story

Maya und Domenico
Liebe zwischen zwei Welten

288 Seiten
Taschenbuch, 12,0 x 19,0 cm
€ [D] 11.99 / € [A] *12.40 / CHF *17.95
* = unverbindliche Preisempfehlung

Bestellnummer 113.903
ISBN: 978-3-7655-3903-9

Die fünfzehnjährige Maya kann es kaum fassen: Leon, der gut aussehende Neue aus dem Gymnasium, scheint ein Auge auf sie geworfen zu haben. Doch eigentlich ist ihr ganz und gar nicht nach einer Beziehung mit diesem Arztsohn zumute. Sie kann ihren geheimnisvollen Freund Domenico nicht vergessen, der vor fast einem Jahr sang- und klanglos mit seinem drogenabhängigen Zwillingsbruder Mingo nach Sizilien abgehauen ist.

Maya hat nur einen Wunsch: Sie will Domenico wiedersehen und wissen, was aus ihm geworden ist. Und ganz unverhofft wird ihr Traum wahr. Sie darf mit ihrem Vater zusammen eine Reise nach Sizilien machen. Doch wird sie wirklich finden, was sie sich erhofft?

Schließlich wühlt das Wiedersehen mit Domenico und Mingo nicht nur erneut ihr Leben auf, sondern stellt Maya auch vor eine schwierige Entscheidung. Hat diese Liebe überhaupt eine Zukunft? Und was für Geheimnisse versteckt Domenico noch vor ihr?

# Von derselben Autorin weiterhin erhältlich: der dritte Teil der Story

Maya und Domenico
Entscheidung mit Folgen

320 Seiten
Taschenbuch, 12,0 x 19,0 cm
€ [D] 11.99 / € [A] *12.40 / CHF *17.95
* = unverbindliche Preisempfehlung

Bestellnummer 114.004
ISBN: 978-3-7655-4004-2

Die fast 16-jährige Maya erhält einen Brief von ihrem Freund Domenico aus Sizilien. Die Nachricht verheißt allerdings nichts Gutes: Domenico und sein Zwillingsbruder Mingo stecken mal wieder in ziemlichen Schwierigkeiten und sind auf der Flucht zurück nach Deutschland.

All die Gefühle für Domenico, die Maya so mühsam zu vergessen versucht hat, brechen wieder hervor. Als sie den beiden Brüdern und deren Halbschwester Bianca erneut gegenübersteht, wird klar, dass die Situation extrem schwierig ist. Probleme mit Polizei und Jugendbehörden stehen an, Bianca ist an einer schweren Grippe erkrankt, und Mingos Drogenprobleme scheinen ausweglos.

Maya, ihre Eltern und die Klassenlehrerin Frau Galiani versuchen zu helfen. Doch es kommt anders. Ein tragisches Unglück wirft Mayas Leben fast aus der Bahn und verbindet sie erneut mit Domenicos Schicksal. Sie merkt, dass sie ihre Liebe zu ihm nicht so einfach aus sich herausreißen kann. Auch wenn seine Welt so meilenweit von der ihren entfernt ist. Wie soll sie sich entscheiden?

# Von derselben Autorin weiterhin erhältlich: der vierte Teil der Story

Maya und Domenico
So nah und doch so fern

320 Seiten
Taschenbuch, 12,0 x 19,0 cm
€ [D] 11.99 / € [A] *12.40 / CHF *17.95
* = unverbindliche Preisempfehlung

Bestellnummer 114.040
ISBN: 978-3-7655-4040-0

Endlich wagen die sechzehnjährige Maya und ihr etwas älterer Freund Domenico vorsichtig die ersten Schritte einer zarten, zerbrechlichen Liebesbeziehung. Maya, gutbürgerlich erzogen und beschützt aufgewachsen, und Domenico, der sein Leben vorwiegend auf der Straße verbracht hat, merken allerdings bald, dass das alles andere als einfach ist. Neben den umwerfenden Gefühlen der ersten großen Liebe ist Maya auch immer wieder mit all den Problemen aus Domenicos Vergangenheit konfrontiert, die nicht von einem Tag auf den anderen zu bewältigen sind. So schnell wollen diese Schatten eben nicht weichen. Zudem muss sich Maya noch mit Domenicos eifersüchtiger Halbschwester Bianca auseinandersetzen. Und mit dem Punk-Mädchen Carrie, das ein Kind von Domenicos Zwillingsbruder Mingo erwartet. Die Lage spitzt sich bei einer Schulreise nach London zu. Erneut stehen Maya und Domenico vor einer großen Entscheidung. Wird ihre tiefe Liebe es schaffen, die sich auftürmenden Hürden zu überwinden?

# Von derselben Autorin weiterhin erhältlich: der fünfte Teil der Story

Maya und Domenico
Schatten der Vergangenheit

352 Seiten
Taschenbuch, 12,0 x 19,0 cm,
mit Musik-CD
€ [D] 14.99 / € [A] *15.40 / CHF *23.95
* = unverbindliche Preisempfehlung

Bestellnummer 114.082
ISBN: 978-3-7655-4082-0

Die siebzehnjährige Maya erwartet die Rückkehr ihres Freundes Domenico aus Italien mit gemischten Gefühlen. Viele Fragen beschäftigen sie: Konnte er in der Therapie seine schwere Vergangenheit aufarbeiten? Wie wird es mit ihrer Beziehung weitergehen? Hat seine Seele etwas Ruhe gefunden, oder ist er immer noch so aufgewühlt und getrieben wie zuvor?

Als Domenico früher als erwartet zurückkommt, hat sich wirklich viel geändert. Doch gewisse Fragen werden brennender denn je. Und ehe Maya es sich versieht, befindet sie sich mit Domenico auf der Reise Richtung Norwegen – auf der Suche nach der anderen, immer noch im Dunklen liegenden Seite von Domenicos Herkunft. Doch was den beiden dort begegnet, hätten sie sich selbst in ihren kühnsten Träumen nicht ausmalen können.

Schafft Domenico es, sich den Schatten seiner Vergangenheit zu stellen und seinem leiblichen Vater gegenüberzutreten? Und ist es wirklich möglich, all die Versprechen einzuhalten, die er und Maya sich damals bei der Laterne gegeben haben?

# Von derselben Autorin weiterhin erhältlich: der sechste Teil der Story

Maya und Domenico
Auf immer und ewig?

368 Seiten
Taschenbuch, 12,0 x 19,0 cm
€ [D] 11.99 / € [A] *12.40 / CHF *17.95
* = unverbindliche Preisempfehlung

Bestellnummer 114.105
ISBN: 978-3-7655-4105-6

Die siebzehnjährige Maya und ihr Freund Domenico sind soeben aus Norwegen zurückgekehrt, als auch schon die nächste Schocknachricht ihr Leben erneut kräftig durchschüttelt: Mayas Mutter ist an Bauchspeicheldrüsenkrebs erkrankt.

Maya muss sich nicht nur innerlich auf diese neue Situation einstellen, sondern auch äußerlich – ihr Vater hat vor, mit ihrer Mutter zu einem Spezialisten nach Basel zu reisen, und Maya soll in dieser Zeit bei ihrer Tante wohnen. Auf dem Weg durch ihr dunkles Tränental hat Maya nur einen Halt: ihren Freund Domenico, der ihr mit aller Kraft zur Seite steht.

Doch auch Domenicos Leben ist noch längst nicht von allen Schatten und Herausforderungen befreit: Manuel, Carrie, Bianca, seine eigene Zukunft und auch seine Mutter verlangen ihm einiges ab. Nicht zuletzt wird er nach wie vor von den Straßengangs aus seinem alten Umfeld bedroht. Auch Maya ist je länger, je mehr in Gefahr. Der letzte Ausweg ist schließlich die Flucht aus der Stadt, was Maya und Domenico hilft, in einem einsamen Ferienhaus am See über ihre Zukunft nachzudenken. Bis eine neue Situation sie zu einer schnellen Entscheidung zwingt ...

# Von derselben Autorin weiterhin erhältlich: der siebte Teil der Story

Maya und Domenico
Zwei Verliebte im Gegenwind

352 Seiten
Taschenbuch, 12,0 x 19,0 cm
€ [D] 11.99 / € [A] *12.40 / CHF *17.95
* = unverbindliche Preisempfehlung

Bestellnummer 114.144
ISBN: 978-3-7655-4144-5

Die bald achtzehnjährige Maya steht vor einem komplett neuen Lebensabschnitt: Ihr Freund Domenico hat ihr unverhofft einen Heiratsantrag gemacht, und ihre Eltern wollen das Haus verkaufen und auf Weltreise gehen. Doch vorher hat sie nur einen Wunsch: Endlich mal ein bisschen relaxen und mit Domenico zusammen Ferien auf Sizilien machen – fernab von all dem Stress. Doch wieder einmal kommt alles anders. Kaum sind Maya und Domenico in Monreale angekommen, befinden sie sich auch schon auf einer abenteuerlichen Motorradfahrt durch halb Sizilien – auf der Flucht vor Domenicos Vergangenheit, die ihm unermüdlich auf den Fersen ist.

Doch alles Fliehen und Verstecken hilft nichts: Ungeahnte Geheimnisse kommen zum Vorschein, die auf einmal ein völlig neues Licht auf Domenicos Geschichte werfen und seine Seele nochmals kräftig durchschütteln. Doch dann folgt ein ganz neuer Abschnitt: Berlin! …

# Von derselben Autorin weiterhin erhältlich: der achte Teil der Story

Maya und Domenico
Bitte bleib bei mir!

352 Seiten
Taschenbuch, 12,0 x 19,0 cm
€ [D] 11.99 / € [A] *12.40 / CHF *17.95
* = unverbindliche Preisempfehlung

Bestellnummer 114.197
ISBN: 978-3-7655-4197-1

Die 18-jährige Maya verlässt ihr Zuhause, um mit ihrem Verlobten Domenico nach Berlin zu ziehen. Damit beginnt ein neuer, aufregender Abschnitt für das junge Liebespaar. Doch ganz so harmonisch und romantisch, wie die zwei es sich ausgemalt haben, gestaltet sich das Zusammenleben nicht. Maya will «die Welt entdecken» und mit ihren neuen Freunden Teil eines Filmprojekts werden. Domenico jedoch, der in seinen wilden Jahren schon so viel durchgemacht hat, möchte sich zurückziehen und mit Maya seine eigene kleine Traumwelt aufbauen. Immer mehr tut sich eine Kluft auf, die kaum noch zu überbrücken ist. Schaffen es die beiden, einen gemeinsamen Weg für ihre so verschiedenen Interessen zu finden?